华南师范大学文学院
高水平大学建设专项经费资助

中国诗学

第二十四辑

主　编　张伯伟　蒋　寅
编　委　王小盾　王兆鹏　左东岭　刘　石
　　　　刘玉才　刘跃进　孙克强　邬国平
　　　　吴光兴　张宏生　周裕锴　徐　俊
　　　　彭玉平　傅　刚　戴伟华

人民文学出版社

图书在版编目(CIP)数据

中国诗学.第24辑/张伯伟,蒋寅主编.—北京:人民文学出版社,2017
ISBN 978-7-02-013641-4

Ⅰ.①中… Ⅱ.①张…②蒋… Ⅲ.①诗歌理论—中国 Ⅳ.①I207.2

中国版本图书馆CIP数据核字(2018)第001607号

责任编辑　葛云波
装帧设计　马诗音
责任印制　王景林

出版发行　人民文学出版社
社　　址　北京市朝内大街166号
邮政编码　100705
网　　址　http://www.rw-cn.com

印　　刷　三河市西华印务有限公司
经　　销　全国新华书店等

字　　数　400千字
开　　本　787毫米×1092毫米　1/16
印　　张　16.75　插页2
版　　次　2017年12月北京第1版
印　　次　2017年12月第1次印刷

书　　号　978-7-02-013641-4
定　　价　42.00元

如有印装质量问题,请与本社图书销售中心调换。电话:010-65233595

目　次

【诗学文献学】

艇斋曾季狸卒年卒地考 …………………………………… 敖雪岗（1）
《汪元量集校注》补订 …………………………………… 王培军（6）
书画文献所收"明词"辑补及其文学文献价值
　　——以《中国古代书画图目》为范围 ………… 魏　刚　刘璐亚（13）
张𬘡英《国朝列女诗录》钩沉 ………………………… 严　程　李裕政（31）

【诗歌史】

"比德"视域下《楚辞》中"玉"和"香草"的角色分析 ……… 袁晓聪（39）
张九龄与南方景象的审美化 ……………………………… 陈曙雯（45）
盛唐古风式七律的历史定位 ……………………………… 罗桢婷（54）
诗意与禅境的"双关"
　　——贾岛《送无可上人》诗意发微 …………………… 刘学军（65）
作为游戏的诗歌
　　——一组独特雪诗的细读 ……………………………… 张志杰（74）
读王阳明《纪梦》诗 ……………………………………… 李　庆（84）
记我来时卯与辰
　　——杜濬《初闻灯船鼓吹歌》的"南京"意义 ………… 侯宇丹（92）
曾国藩《沅圃弟四十一初度》与晚清庆寿诗的新拓展 …… 赵永刚（107）
近百年女性词坛点将录 …………………………………… 赵郁飞（117）

【诗学史】

近体押邻韵不限于首句论 ………………………………… 张培阳（148）
为诗法辩护
　　——重新思索古人对诗法著作的认识 ………… 张　静　唐　元（156）

论诗学中"格"之于"意"的依附性地位
　　——结合语义分析与康德美学 ………………………………………… 宋　烨（163）
宋代诗注观念之嬗变
　　——以《集注东坡先生诗前集》为中心的考察 ………………………… 谭杰丹（173）
王增祺"诗缘"、"樵说"系列著作考述
　　——兼及诗选与诗话之关系 …………………………………………… 郑　幸（182）
《道咸同光四朝诗史·甲集》的刊印
　　——兼论孙雄的选诗思想 ……………………………………………… 吕姝焱（192）

【比较诗学】

权近《诗浅见录》诗学成就论析 …………………………………………… 付星星（202）
《唐绝选删》研究 ……………………………………………………………… 左　江（212）

【书评】

篇终浑灏接今古　学力精微阅浅深
　　——评吴光兴《八世纪诗风》…………………………………………… 韦异才（233）

【文献辑录】

《全清词·顺康卷》续补二九〇首 ………………………………………… 夏志颖（241）
《全清词·雍乾卷》失收陆纶词辑补 ……………………………………… 和希林（247）

contents

Studies in Poetic Documents

Verification of the Death Year and Place of Zeng Jili ·················· Ao Xuegang (1)

Some Addition and Revision to *School Note of Wang Yuanliang's Poems* 汪元量集校注 ·················· Wang Peijun (6)

The Addendum and Literature value of the Ci – Poetry of the Ming Dynasty Collected in the Painting and Calligraphy Documents——Taking the *Illusrtated Catalogue of Selected Works of Ancient Chinese Painting and Calligraphy* 中国古代书画图目 as Example
·················· Wei Gang, Liu Luya (13)

About Zhang Qieying's *Guochao Lienv Shilu* 国朝列女诗录 ······ Yan Cheng, Li Yuzheng (31)

Studies in Poetic History

The Role Analysis of "Jade" 玉 and "Vanilla" 香草 in *the Songs of Chu* 楚辞 from the Perspective of "Bi De" 比德 ·················· Yuan Xiaocong (39)

Zhang Jiuling and Aestheticization of Southern Scenes ·················· Chen Shuwen (45)

The Historical Localization of guti – Shi 古体诗 Style qiyan – lvshi 七言律诗 in The Glorious Age of Tang Dynasty ·················· Luo Zhenting (54)

The Double Meaning of Jiadao's Poetry—— a New Survey of *Sending Monk Wuke* 送无可上人
·················· Liu Xuejun (65)

Wordplay and Poetry——A Close Reading of a Group of Special Snow Poems
·················· Zhang Zhijie (74)

A Discussion of Wang Yang – ming's Poem *Ji Meng* 纪梦 ·················· Li Qing (84)

Please Remember the Time When I Came here — the Meaning of Nanjing in Du Jun's *Song of Boats and Lights* 初闻灯船鼓吹歌 ·················· Hou Yudan (92)

The New Development about Zeng Guofan's Poem Dalled *Yuanpu Di* 41 *Chudu* 沅圃弟四十一初度 in the Late Qing Dynasty ·················· Zhao Yonggang (107)

The Generals of Famale Ci Circles in the Recent One Hundred Years ········ Zhao Yufei (117)

Studies in Poetic Theory and Criticism

Use of Neighboring Ryhmes in Jinti Poems not Limited to the Initial Line
.... Zhang Peiyang （148）
The Discussion about Ancients'Evaluates of Poetry Methods'Books
.... Zhang Jing,Tang Yuan （156）
A Discussion on Poetic Form's Dependancy on the Its Poetic Meaning：Combining semantic analysis and Kant's aesthetics .... Song Ye （163）
Transformation of Poetry Annotation Values in Song Dynasty：An Observation Focusing on *the Annotation Complex of Su Shi's Anterior Poem* 集注东坡先生诗前集 .... Tan Jiedan （173）
The Study on the Series Works "ShiYuan" 诗缘 and "QiaoShuo" 樵说 of Wang Zengqi——also on Relationship between Shixuan（Poetry Selection）and Shihua（Remarks on Poetry）.. Zheng Xing （182）
The Publication of *Daoxian Tongguang Si Chao Shi Shi Jia Ji* 道咸同光四朝诗史甲集：Meanwhile A Study on Sun Xiong's Thought of Choosing Poems .... Lv Shuyan （192）

Comparative Poetics

Analysis of the Poetic Achievement on the *Shi Qian Jian Lu* 诗浅见录 Written
  by Quan Jin 权近 .... Fu Xingxing （202）
Study and Analysis of *Tang jue xuan shan* 唐绝选删 .... Zuo Jiang （212）

Book Review

Book Review of *The Eighth Century Poetic Manner：an Exploration of the Shen－Song Century
（705—805）in Tang Poetic History* 八世纪诗风 .... Wei Yicai （233）

The literature material

290 Addendums on *Quanqingci－Shunkang Volume* 全清词·顺康卷 .... Xia Zhiying （241）
A New Supplement to *Quanqingci－yongqian Volume* 全清词·雍乾卷
  by Lu Lun 陆纶 .... He Xilin （247）

艇斋曾季貍卒年卒地考

敖雪岗

曾季貍,字裘父,号艇斋,江西临川人,南宋前期著名诗人,著有《艇斋诗话》。丁福保辑《历代诗话续编》及吴文治编《宋诗话全编》均收录有《艇斋诗话》。郭绍虞《宋诗话考》对曾季貍做了一些考证,但对其生卒年未曾措词。吴文治《宋诗话全编》仅言"约1147年前后在世"[1]。《宋才子传笺证》南宋前期卷专门立有"曾季貍"传,传文依据邓国军的研究,认为曾季貍"当生于徽宗政和八年亦即重和元年(1118),考证精密,可为定说"[2]。但此传对曾季貍卒年未有准确论断,仅说"约卒于淳熙六年前"[3]。"淳熙六年(1179)前",首先,包括不包括淳熙六年呢?其次,这样一个论断,范围还是太大了。胡建次一文,将曾季貍的卒年标为"1178年前"[4],即淳熙五年前,比《宋才子传笺证》所说要早一年。

研究曾季貍卒年,一个主要依据是陆游的《曾裘父诗集序》"予来官临川,则裘父已没"[5]。陆游于淳熙六年冬赴官临川,提举江西常平茶盐,十二月到任,[6]因此可以更具体一点说,曾季貍应卒于淳熙六年十二月以前。表述更具体了,时间范围仍然很大。本文拟考察曾季貍同时诸人的诗文,以此来确定曾氏的卒年卒地。

曾季貍淳熙五年八月以后曾到过江陵府。他与张栻是老朋友,张栻这时知江陵府并安抚荆湖北路,接待了来访的曾季貍,并在曾氏告别时写了一首《送曾裘父》:"交旧间何阔,能来浃日留。还寻佳橘颂,惜别仲宣楼。探古书盈屋,忧时雪满头。绝思黄阁老,招隐意绸缪。"[7]"仲宣楼",说明是在江陵府,"能来浃日留",说明曾季貍在江陵府停留的时间不长,只停留了十天左右。曾氏此行自然应当在张栻到任江陵府以后。考张栻仕历,自淳熙元年起知广西静江府,直到淳熙五年才转知江陵府。他赴任江陵府的时间,据胡宗楙《张宣公年谱》:"(淳熙五年)八月,至宜春,记袁州学。"[8]张栻《袁州学记》:"淳熙五年秋八月,某来宜春。至之明日,州学教授李中与州之士合辞来言……于是书以为记,今守名杓,实某之弟也,是月庚戌记。"[9]八月庚戌即八月十九日。张栻淳熙五年八月十九日仍在袁州,此后才经洞庭、澧州至江陵府,曾季貍与张栻在江陵府会面也应当在淳熙五年八月十九以后。

《宋才子传笺证》考曾季貍生平"孝宗淳熙初尝至江陵府,旋归抚州"[10],认为曾季貍在江陵府与张栻分别后,很快就回到抚州,还在抚州有游山玩水之作。实则不然。曾季貍从江陵府东归,并没有马上回到抚州,而是在鄂州逗留了一段时间,其间,曾季貍就亡故了,可以

---

*本文收稿日期:2017.6.8

在赵蕃的诗文中找到证据。

赵蕃，字昌父，号章泉，淳熙四年起任太和县主簿。在任期间，赵蕃与吉州、临川等地的文士交往密切，比如庐陵的胡铨子侄、周必大家族，临川的曾丰等。也就是在这一时期，赵蕃与陆游、杨万里、曾季貍等建立起了友情。在赵蕃与曾季貍及其他文人交往的诗文中，透露出一些曾季貍的行游踪迹。

赵蕃自幼仰慕曾季貍，他后来在《呈严黎二师并寄韩季萧》一诗中回忆道："我闻曾严黎，盖自入学初。每翻《东莱集》，出门思税车。一见良不易，寒暑三十余。前年太和官，遣书叩曾庐。得报副以诗，妙处真起予。更有严黎在，因曾庶几欤……"[11]东莱指东莱先生吕本中，曾季貍曾经从吕本中求学，其名字屡屡出现在《东莱集》中，故赵蕃说他每次翻阅《东莱集》，就想出门去追随曾季貍。严、黎二师，严指僧人文慧大师惠严，黎指道士黎师候。曾季貍与黎师候、惠严法师同时友好，三人一儒一僧一道，时称临川三隐。[12]周必大曾在《跋抚州邹虑诗》一文中介绍临川文学，以三人并称："临川自晏元献公、王文公主文盟于本朝，由是诗人项背相望。……其后儒冠则曾季貍裘父，释氏则文慧大师惠严，道士则黎道华师候，同时以诗名，人喜称之。"[13]故赵蕃诗中也以三人并称。

赵蕃具体是什么时候开始与曾季貍交往的呢？赵蕃诗中说"前年太和官，遣书叩曾庐。得报副以诗，妙处真起予"，在任太和主簿时，赵蕃往临川曾季貍家投书，曾季貍回信给赵蕃，并赠以诗歌。从这以后，赵、曾二人开始诗文唱和。但直到曾季貍去世，两人也未曾谋面，赵蕃后来在《寄秋怀》一诗中表达了自己的遗憾："我不识裘父，闻之空有年。曾题五字寄，仅以尺书旋。诸老没已久，故家谁复贤……"[14]因为与曾季貍的文字交，赵蕃又结识了严、黎。赵蕃任太和主簿，是从淳熙四年到淳熙七年，他们之间的最初交往也就是在这一段时间内。

赵蕃诗集中有寄给曾季貍的一首《白鹭洲词寄曾裘甫》诗："白鹭洲前烟草微，黄鹤楼外烟云飞。缥缥黄鹤政高举，漾漾白鹭孤无依。鹤举直上登寥廓，鹭立汀洲方俯啄。卒然惊堕野人罝，岂不欲飞遭急缚。"[15]赵蕃自注曰"曾时在鄂"。赵蕃在诗中以比兴手法把自己比做受困的白鹭，把曾季貍比作冲天的黄鹤。从赵蕃自注看，寄诗之时，曾季貍正在鄂州，所以诗中出现了"黄鹤楼"字样。

这首诗作于何时呢？显然应在他们开始诗文唱和之后，也就是淳熙四年赵蕃任太和主簿以后。白鹭洲即吉州庐陵赣江当中的一个小洲，距太和很近，当是赵蕃因故路经白鹭洲，有感而寄诗给曾季貍。也就是说，曾季貍在淳熙四年以后，曾经在鄂州逗留，赵蕃知道曾氏在鄂州，于是有此诗寄送。

不幸的是，曾季貍就是在这一次逗留鄂州期间亡故了。上引赵蕃回忆两人交往的诗《呈严黎二师并寄韩季萧》曰："前年太和官，遣书叩曾庐。得报副以诗，妙处真起予。更有严黎在，因曾庶几欤。骤闻鄂渚殁，经年为欷歔……""鄂渚殁"，即指曾季貍之亡。曾严黎三人并称，现在严黎仍在，曾氏却亡殁，赵蕃大出意外，为之叹息不已。从诗中可以看出，赵蕃与曾季貍的交往时间并不长，前年才建立文字交，到写诗之时，曾季貍都已经在鄂州去世一年多了。

考虑到曾季貍淳熙五年八月十九以后还曾在江陵府与张栻见面；而据赵蕃诗文，曾季貍又曾在鄂州逗留，最后亡故于鄂州；又据陆游序文，曾季貍在淳熙六年十二月前已经逝世，因此不难推断出曾季貍在世上的最后行踪:淳熙五年八月十九以后,淳熙六年十二月以前,曾季貍到过江陵府,与张栻会面,在江陵府游玩十天以后东归,东归途中于鄂州逗留,收到赵蕃寄来的《白鹭洲词》一诗,最后于鄂州物故。以下要考证的是,能不能把这段时间的范围进一步缩小?

曾季貍在鄂州收到赵蕃寄来的《白鹭洲词寄曾裘甫》一诗后,很快给赵蕃也回赠了两首绝句。前辈赠诗,赵蕃很受鼓舞,他将曾氏的两首绝句寄给自己远在玉山的好友徐审知欣赏;同时又根据曾季貍的绝句,一再次韵,共和作四首。兹移录四诗如下,诗题曰《曾裘父寄二绝并呈审知一再次韵前以寄曾后寄审知四首》:

向来共和有羊何,今见公才十倍过。可念此身如垢镜,要须着手为揩磨。
纷纷竞说杜陵翁,此老真能数百容。我亦几同叶公好,骇然今日见真龙。
安否别来端若何,尺书可是雁无过。南丰惠我新诗什,亦复怀君旧琢磨。
南丰鬓发已如翁,子盖他时冰雪容。长少结交端有道,我凡何处滥登龙。[16]

据诗题,前两首和诗是回赠曾季貍的,后两首和诗则寄给徐审知。曾氏诗歌除《艇斋小集》所收录者,大部分都已不存,不知他赠给赵蕃的两首绝句具体为何;但根据赵蕃的和诗,大概可以想见,曾的两首绝句,一首押歌韵,一首押冬韵,其内容应该是对赵蕃赠诗多有夸奖,也许是夸赵蕃《白鹭洲》有杜甫某类诗歌的风貌。从赵蕃的和作来看,赵蕃在前辈曾季貍面前还是很谦恭的,希望曾氏能不吝打磨自己。寄给徐审知的和诗中有曰"南丰惠我新诗什",颇有一些成为曾季貍诗友之后的欣喜与骄傲之情。

但很快,曾氏就殁于鄂州,赵蕃闻知消息,又依前韵,仍押歌韵与冬韵,寄诗两首给徐审知,表达自己的伤悼之情,《闻曾裘父丈亡,追用前韵寄审知二首》云:

凉风不审意如何,逝日能言客有过。师友渊源说宗派,要君文字饱研磨。
钓船颇欲佐涪翁,当世知余莫取容。谁料传亡终欠识,但同物论惜元龙。[17]

从赵蕃先后三次次韵来看,曾季貍、赵蕃、徐审知这一系列唱和都应发生在曾季貍亡殁前后。当其时,曾季貍在鄂州,赵蕃在吉州太和,徐审知在信州玉山。特别是赵蕃与徐审知,从《曾裘父寄二绝并呈审知一再次韵前以寄曾后寄审知四首》其三"安否别来端若何,尺书可是雁无过"一联来看,他们二人应是分处两地,肯定不在一起。淳熙五年八月十九日以后,赵蕃与徐审知两人在何地,何时在一起,又何时分离了呢?对这问题的回答有助于判断曾季貍的卒年。

淳熙五年秋天,特别是八月十九日以后,赵蕃在哪儿呢?淳熙五年,赵蕃丧妇。《己亥十月送成父弟絜两房幼累归玉山五首》其二曰:"去岁归营丘嫂葬,今年那复以家行。挽须无用只嗔喝,念我只儿同短檠。"[18]己亥为淳熙六年,诗中说"去年归营丘嫂葬",则淳熙五年赵蕃丧妇,他将亡妻送回玉山安葬。淳熙五年秋天,送亡妻回乡的赵蕃正好在玉山。赵蕃有《中秋无月呈审知》一诗,从诗中可以看出,赵蕃淳熙五年中秋节是在玉山度过的:"前年中秋月,痁鬼方见虐。彻曙不得眠,揭炉亲煮药。子时过桥来,劳我非赴约……去年中秋月,应候痁复作……漂流到今年,高兴属快阁。何期悼忘归,舟并南山泊。前年呻吟地,追随光如昨。天公似怜我,为遣云垂幕。那知千家墟,惨淡对杯酌。不然适与值,用趣则相各。人世夫何

3

常,明年定忧乐。"[19]诗歌回忆了过去三年的中秋节以及两人之间的交往。诗中提到前年中秋赵蕃病于疟疾,去年中秋仍病于疟疾,今年本打算在快阁过中秋节(快阁在太和县,黄庭坚"快阁东西倚晚晴"者),但没想到妻子亡故,赵蕃于是把亡妻送归玉山,中秋的时候舟泊南山。可见淳熙五年的中秋赵蕃已经回来了,与徐审知同在玉山,两家离得不远,隔着一道桥而已。

　　随后赵蕃与徐审知又于淳熙五年八月二十四日一起登塔山,赵蕃有诗《八月二十四日同审知登塔山用审知前载九日留题之韵作二首时彦博归及常山》,诗曰:"是山百年定谁主,一丘新壤手所开。渊明自祭岂非达,杜牧作志夫何哀。"[20]所谓"一丘新壤手自开",正是指赵蕃在塔山中开掘冢穴埋葬自己死去的妻子。八月二十五日,徐审知又到赵蕃处唱和诗歌,赵蕃有诗《明日同数公复登山忽闻履声乃审知也携和诗三篇来复用韵作一首》记之。[21]

　　淳熙五年八月中秋以后,赵蕃与徐审知在玉山交往甚密,赵蕃也一直在玉山呆到淳熙五年年底才又回到太和。赵蕃《感怀》诗:"重来快阁又三月,簿领不亲书得钻。俸夺未妨衣屡典,年侵还是岁将阑。何当酒与伯仁对,更欲石从卢肇观。谁能放我听归去,内朝班冠长天官。"[22]赵蕃送亡妻回玉山,再次回到太和已经是三个月以后:因为离开太和官职超过一百天,按照宋代的制度,赵蕃甚至被罚夺俸。[23]等他再次见到快阁,已是"岁将阑",到五年年底了。

　　既然淳熙五年秋天八月十五以后,一直到五年年底,赵蕃与徐审知都在玉山,曾、赵、徐三人分别三地唱和诗歌就不应该发生在淳熙五年,应是淳熙六年。如此可以推断,曾季貍鄂渚之行必然是在淳熙六年。这一年曾氏先到江陵府与张栻会面,十天之后东归,在鄂州逗留,逗留其间,收到赵蕃自吉州寄来的《白鹭洲词》,于是回赠赵蕃以两首绝句,此后赵蕃多次作次韵诗,分别寄给在鄂州的曾季貍、在玉山的徐审知。不久曾季貍即殁于鄂州。

　　曾季貍于淳熙六年卒于鄂州,不容有疑。当曾季貍在鄂州逗留时,赵蕃寄送《白鹭洲词》给曾季貍,首句曰"白鹭洲前烟草微";赵蕃在得知曾季貍去逝后寄给徐审知的《闻曾裘父丈亡,追用前韵寄审知二首》,其首句曰"凉风不审意如何",从这两句来看,曾、赵、徐三人的诗歌唱和有可能是在秋天进行的,则曾季貍有可能是淳熙六年秋天卒于鄂州。

　　曾季貍殁于鄂州,鄂州与江陵不远,且曾季貍不久前还在江陵与张栻见过面,张栻听到好友曾季貍去逝的消息,按照常理,应该会在诗文中有所表示,但现存《南轩集》却没有为曾氏表达哀悼的诗句或篇章,似乎有些奇怪。据胡宗楙《张宣公年谱》,张栻淳熙六年十一月即卧病,淳熙七年二月卒。[24]很有可能的原因是,当曾季貍去世的消息传到江陵府时,张栻自己也生病了,无力替曾氏写哀悼文字。这似乎又可以从侧面映证曾氏之死,应该是在淳熙六年的秋天甚至初冬时候。

注　释:

* 　本文为国家社科基金重点项目"宋代文学史料学研究"(批准号17AZW004)阶段性成果。

[1]　吴文治主编《宋诗话全编》第三册,《曾季貍诗话》,江苏古籍出版社1998年版,第2623页。

[2][3][10]　辛更儒主编《宋才子传笺证》南宋前期卷,辽海出版社2011年版,第89、102、95页。

[4]　胡建次《曾季貍〈艇斋诗话〉与江西诗学》,《涪陵师范学院学报》2005年第6期。

〔5〕 陆游《渭南文集》卷十五,《四部丛刊》本。

〔6〕 钱大昕《陆放翁年谱》,《北京图书馆藏珍本年谱丛刊》第 25 册,北京图书出版社 1998 年版,第 467 页。

〔7〕 张栻《南轩集》卷五,《文渊阁四库全书》影印本第 1167 册,台北商务印书馆 1985 年版。

〔8〕〔24〕 胡宗楙《张宣公年谱》卷下,《北京图书馆藏珍本年谱丛刊》第 31 册,北京图书出版社 1998 年版,第 289、303—306 页。

〔9〕 张栻《南轩集》卷九,《文渊阁四库全书》影印本。

〔11〕 赵蕃《淳熙稿》卷一,《文渊阁四库全书》影印本第 1155 册。

〔12〕 厉鹗撰辑《宋诗纪事》卷九十介绍黎师俣时说,"字道华,临川人,入道,学诗于谢无逸,与曾季貍裘父,文慧大师惠严同时,以诗鸣,号临川三逸"。上海古籍出版社 1983 年版,第 2138 页。黎师俣即黎师候,当是传写之误。

〔13〕 周必大《文忠集》卷四八,《文渊阁四库全书》影印本第 1147 册。

〔14〕 赵蕃《章泉稿》卷二,《文渊阁四库全书》影印本第 1155 册。

〔15〕〔20〕〔21〕 赵蕃《淳熙稿》卷五,《文渊阁四库全书》影印本。

〔16〕〔17〕 赵蕃《淳熙稿》卷二十,《文渊阁四库全书》影印本。

〔18〕 赵蕃《章泉稿》卷四,《文渊阁四库全书》影印本。

〔19〕〔22〕 赵蕃《淳熙稿》卷三,《文渊阁四库全书》影印本。

〔23〕 龚延明《宋代官制辞典》介绍宋代俸禄制度:"官吏请长假,至一百天,则停俸。"(中华书局 1997 年版,第 43 页)赵蕃回乡葬妻,回太和后竟致夺俸,说明赵蕃请假已经超过了一百天。

〔作者简介〕 敖雪岗,男,文学博士,南京大学海外教育学院副教授。

《陈绎曾集辑校》(浙学经典文献丛刊)

(慈波辑校,人民文学出版社 2017 年,47 元)

陈绎曾(1287?—1348 前后),字伯敷,处州(今浙江丽水)人。元至正三年(1343),任国史院编修,学识优博,精敏异常,诸经注疏,多能背诵,文词汪洋浩博。真、草、篆、隶俱通习之,各得其法。著有《书法本象》、《翰林要诀》、《文筌谱论》、《古今文式》、《科举文阶》等。

陈绎曾是元代成就最高的文学批评家,其著述版本复杂,且多为珍本、孤本,利用极其不便。本次整理广搜善本,对其进行全面汇校清理,收诗文评四种、书学著作两种;其诗文一并辑佚收录。整理中所利用的《文筌》元刻本、明刻本、朝鲜本都极为罕觏;《文说》参考了四库底本;参校的明写本《艺海汇函》为海内孤本;《翰林要诀》明刻本亦为首次发掘使用;所辑佚的部分文章,则根据仅存之碑刻拓本与古籍善本录入。

《汪元量集校注》补订

王培军

汪元量的诗集，是晚近学人所重视的。1918年前，王国维就据《永乐大典》残本校勘过，并作跋尾一篇（后题为《书〈宋旧宫人诗词〉、〈湖山类稿〉、〈水云集〉后》，收入《观堂集林》卷二十一）。二十世纪三十年代初，王献唐又据海源阁秘藏本校之，并请柳诒徵、顾实、王重民等学者为之多方抄校；1984年，其书由齐鲁书社梓行，是为《双行精舍汪水云集》。同年六月，中华书局又出版孔凡礼辑校的《增订湖山类稿》，孔校据李一氓所藏汪森本，复从《诗渊》、《永乐大典》新辑诗词百余首，加以编年，是为汪诗的最全之本。

1999年浙江古籍出版社出版胡才甫《汪元量集校注》，2012年此书再版，收为《浙江文丛》之一种。据卷首《校注经过》，知胡氏读汪集"三尽其卷"，又以九十余岁老宿，不辞丹铅之劳，而亲为之校注，则其"有如积薪，后来居上"，当不待言。惟通读之下，其中误注、失注处甚多，不能令人满意。今为之补订，于校勘之误从处，亦加以指出，庶几于读汪诗者，不无裨益焉。所引汪诗，即据《浙江文丛》本，所引他书，则据通行之本，并用括号注明页码或卷数，俾读者覆按也。

元量诗喜用前人语，如苏轼、黄庭坚等人名句，为其所化用者，集中屡不一见；而杜甫之诗，尤其生平笃好，故脱胎处独多。元量诗尝云："少年读杜诗，颇厌其枯槁。斯时熟读之，始知句句好。"（《草地寒甚毡帐中读杜诗》，175页）可信也。其称友人诗云"近法秦州体，篇篇妙入神"（《杭州杂诗和林石田》之一，36页），则又不啻自评也。

卷一

《柴秋堂越上寄诗就韵柬奚秋崖》："江山有待伟人出，天地不仁前辈休。"（6页）按，上句用杜甫《后游》："江山如有待，花柳更无私。"（《杜诗详注》卷九）"天地不仁"云云，语本《老子》。又卷二《东平官舍》："天地不仁人去国，江山如待客登楼。"（76页）亦用杜语。

《吴山》："莺摇御柳春犹闹，燕蹴宫花雾转深。"（17页）按，"燕蹴"，语本杜甫《城西陂泛舟》："鱼吹细浪摇歌扇，燕蹴飞花落舞筵。"（《杜诗详注》卷三）

《兵后登大内芙蓉阁宫人梳洗处》："江山咫尺生烟雾。"（26页）按，此用杜甫《奉先刘少府新画山水障歌》："堂上不合生枫树，怪底江山起烟雾。"（《杜诗详注》卷四）

《杭州杂诗和林石田》二十三首之四："独也吞声哭，潜行到水头。"（37页）按，此本杜甫《哀江头》："少陵野老吞声哭，春日潜行曲江曲。"（《杜诗详注》卷四）

本文收稿日期：2017.6.26

又:"百年如过翼,抚掌笑孙刘。"胡注"过翼":"谓星驰,喻时间迅速。翼,星名。"(37、38页)按,此注误。翼为二十八宿之一,"宿,宿也,星各止宿其处也"(语见刘熙《释名》),非"彗孛流天",转瞬即逝,不得以比时光。汪诗此句,实本周邦彦《六丑·蔷薇谢后作》:"春归如过翼,一去无迹。"周词"过翼",注家或据杜甫诗"村墟过翼稀",解为飞鸟(见俞平伯《唐宋词选释》131页);或据元稹诗"光阴三翼过",训为轻舟(见罗忼烈《清真集笺注》250页),无作星名解者。汪诗之意,不过为"百年犹旦暮",亦即《庄子·知北游》:"人生天地之间,若白驹之过隙,忽然而已。"汪诗之另一首《幽州月夜酒边赋西湖月》(卷三),即直用庄子语:"人生如白驹之过隙,若不痛饮真可惜。"(155页)捉置一处,正相印可。

《杭州杂诗和林石田》二十三首之五:"老子猖狂甚,犹歌梁甫吟。"(39页)按,此用杜甫《登楼》:"可怜后主还祠庙,日暮聊为梁父吟。"(《杜诗详注》卷十三)又,杜诗中用"梁父吟",此外尚有数处,如《同李太守登历下古城员外新亭》:"不阻蓬荜兴,得兼梁甫吟。"(《杜诗详注》卷一)《初冬》:"日有习池醉,愁来梁父吟。"(《杜诗详注》卷十四)《上后园山脚》:"敢为苏门啸,庶作梁父吟。"(《杜诗详注》卷十九)而最所传诵者,则《登楼》一联也。

《杭州杂诗和林石田》二十三首之六:"岭寒苍兕叫,江晓白鱼跳。"(40页)按,此用杜甫《绝句六首》之四:"隔巢黄鸟并,翻藻白鱼跳。"及《复阴》:"云雪埋山苍兕吼。"(《杜诗详注》卷十三、卷二十一)

又:"偶余樽酒在,聊以永今朝。"按,此用杜甫《朝雨》:"草堂樽酒在,幸得过清朝。"(《杜诗详注》卷十)

《杭州杂诗和林石田》二十三首之七:"一枝巢越鸟,八茧熟吴蚕。"胡校:"熟:王国维校:《永乐大典》引此诗,'熟'作'孰'。误。"(40、41页)按,"误"字之按,为胡氏语,误。"孰"同"熟",为通假字,前代诗人用此字,亦早有之,如陈师道《送张秀才》:"孰知诗有验,莫愠路无粮。"(《后山诗注补笺》卷八)《四库全书总目》卷一百五十四云:"'孰知诗有谶'句,以'熟'为'孰',实用杜甫诗(按指杜诗《舍弟占归草堂检校聊示此诗》:'孰知江路近,频为草堂回。',见《杜诗详注》卷十二)。"可证。汪诗必本之。又"一枝巢越鸟",胡注引《庄子》,尚未尽,宜更引《古诗十九首》之一:"越鸟巢南枝。"(《文选》卷二十九)

《杭州杂诗和林石田》二十三首之九:"越水荒荒白,吴山了了青。"(42页)按,此用杜甫《漫成二首》之一:"野日荒荒白,春流泯泯清。"(《杜诗详注》卷十)

《杭州杂诗和林石田》二十三首之十四:"携来鳊缩项,买得蟹团脐。"(45页)按,此本杜甫《解闷十二首》之六:"即今耆旧无新语,漫钓槎头缩颈(一作项)鳊。"仇注:"此怀孟浩然也。……'槎头缩颈鳊',即用浩然句。孟诗:'鸟泊随阳雁,鱼藏缩项鳊。'又:'试垂竹竿钓,果得槎头鳊。'"(《杜诗详注》卷十七)

《杭州杂诗和林石田》二十三首之十五:"杞天愁欲堕,黑入太阴中。"(46页)按,下句用杜甫《戏为韦偃双松图歌》:"黑入太阴雷雨垂。"(《杜诗详注》卷九)

《杭州杂诗和林石田》二十三首之十六:"愁城酒破围。"(47页)按,此本周邦彦《满路花》:"酒压愁城破。"(《清真集笺注》46页)周词亦兼本庾信《愁赋》及黄庭坚《行次巫山宋楙宗遣骑送折花厨酝》:"攻许愁城终不开,青州从事斩关来。"(《山谷诗集注》卷十二)参观庞俊《养晴室笔记》卷一"庾信《愁赋》"条及钱锺书《宋诗选注》唐庚《春归》诗注二。

《杭州杂诗和林石田》二十三首之二十："假途虞灭虢,尝胆越吞吴。黑白一棋局,方圆八阵图。"(50页)按,此用杜甫《八阵图》语"功盖三分国,名成八阵图。江流石不转,遗恨失吞吴"及《秋兴八首》之四:"闻道长安似奕棋,百年世事不胜悲。"(《杜诗详注》卷十五、十七)

《杭州杂诗和林石田》二十三首之二十二:"文章一小技。"(52页)按,此用杜甫《贻华阳柳少府》:"文章一小技,于道未为尊。"(《杜诗详注》卷十五)杜语本扬雄语及曹植《与杨德祖书》。

《送琴师毛敏仲北行》:"南人堕泪北人笑,臣甫低头拜杜鹃。"(53、54页)按,"南人"句,反用黄庭坚《予既作竹枝词,夜宿歌罗驿,梦李白相见于山间,曰:予往谪夜郎,于此闻杜鹃,作竹枝词三迭,世传之不?予细忆集中无有,请三诵乃得之》:"北人堕泪南人笑,青壁无梯闻杜鹃。"(《山谷诗集注》卷十二)"臣甫"句,亦用黄诗《书磨崖碑后》:"臣结舂陵二三策,臣甫杜鹃再拜诗。"(《山谷诗集注》卷二十)胡注仅引杜诗《杜鹃》:"杜鹃暮春至,我见常再拜。"未能抉出所本。

《答林石田》:"南朝千古伤心事,每阅陈编泪满襟。"(56页)按,上句用吴激《人月圆》词:"南朝千古伤心事,还唱后庭花。"(《全金元词》上册,4页)

《晓行》:"一家骨肉正愁绝,四海弟兄如梦同。"(58页)按,此暗用黄庭坚诗。黄《送王郎》:"墨以传万古文章之印,歌以写一家兄弟之情。江山万里俱头白,骨肉十年终眼青。"(《山谷诗集注》卷一)

卷二

《北征》:"出门隔山岳,未知死与生。"(60页)按,此本杜甫《赠卫八处士》:"明日隔山岳,世事两茫茫。"(《杜诗详注》卷六)

又:"山水岂有极,天地终无情。"按,此本杜甫《新安吏》:"眼枯即见骨,天地终无情。"(《杜诗详注》卷七)

《吴江》:"回首尚怜西去路,临平山下有荷花。"(61页)按,此本参寥子《临平道中》:"五月临平山下路,藕花无数满汀洲。"(《参寥子诗集》卷一)

《画溪酒边》:"忽有好诗来眼底,画溪榔板唱渔歌。"(65页)按,此用陈与义《春日二首》之一:"忽有好诗生眼底,安排句法已难寻。"(中华书局本《陈与义集》上册,159页)

《焦山》:"案上楞严都好在,昆明又见有新灰。"(69页)按,上句用苏轼《赠惠山僧惠表》:"山中老宿依然在,案上楞严已不看。"王注:"案上惟有《楞严经》事,见《传灯录》。"(中华书局本《苏轼诗集》第三册,946页)

《邳州》:"身如传舍任西东,夜榻荒邮四壁空。"胡注:"如传舍:投宿旅舍。如,往。"(72页)按,训"传舍"为"旅舍",自不误;所误者,乃是训"如"为"往"。"如传舍"云云,是汉人语,见《汉书·盖宽饶传》:"富贵无常,忽则易人,此如传舍,所阅多矣。"此处之"如"字,即"像、似、仿佛"也。惟汪云"身如传舍",意又不同,究其来历,则本诸刘禹锡诗:"视身如传舍,阅世甚东流。"(《宿诚禅师山房题赠二首》之二,《刘禹锡集》280页)"视……如……"句式,自属比拟之辞,殆无疑问。后来苏轼《临江仙》词又云:"此身如传舍,何处是吾乡?"(《东坡乐府笺》卷三)亦脱化于刘诗,可证。此为用汉人语,而进一解。胡氏睹后有"夜榻"字,以

8

为既已云榻,必先觅旅店,遂训"如"为"往"耳。

《湖州歌》九十八首之七十四:"乐指三千响碧空。"(114页)按,"乐指三千",本于苏轼《送江公著知吉州》:"红妆执乐三千指。"(中华书局本《苏轼诗集》,1744页)刘辰翁《宝鼎现》词:"肠断竹马儿童,空见说、三千乐指。"(《全宋词》第五册,3214页)又卷四《唐律寄呈父凤山提举》十首之四:"乐指三千粉泪寒。"(270页)亦用此。

《湖州歌》九十八首之九十八:"燕玉偶然通一笑。"(124页)按,"燕玉",语本杜甫《独坐二首》之一:"暖老思(一作须)燕玉,充饥忆楚萍。"仇注:"旧注:古诗:'燕赵多佳人,美者颜如玉。'须燕玉,所谓八十非人不暖也。"(《杜诗详注》卷二十)又卷三《送张总管归广西》:"燕玉成行把酒卮。"(181页)卷四《张平章席上》:"舞余燕玉锦缠头。"(336页)并亦用此。

卷三

《御宴蓬莱岛》:"山前山后花如锦,一朵红云侍辇游。"(139页)按,下句用苏轼《上元侍饮楼上三首呈同列》之一:"侍臣鹄立通明殿,一朵红云捧玉皇。"(中华书局本《苏轼诗集》第六册,1955页)

《登蓟门用家则堂韵》:"雨后林峦翠欲流。"(141页)按,此语本宋庠《晚晴》:"斜日红初敛,晴山翠欲流。"(《元宪集》卷三)又苏轼《和述古冬日牡丹四首》之一:"一朵妖红翠欲流。"(中华书局本《苏轼诗集》第二册,525页)尤为名句。陆游《老学庵笔记》卷八:"东坡《牡丹诗》云:'一朵妖红翠欲流。'初不晓'翠欲流'为何语。及游成都,过木行街,有大署市肆曰:'郭家鲜翠红紫铺。'问土人,乃知蜀语'鲜翠'犹言鲜明也。东坡盖用乡语云。"

《酬方塘赵待制见赠》:"久谓儒冠误。"(177页)按,此本杜甫《奉赠韦左丞丈二十二韵》:"儒冠多误身。"(《杜诗详注》卷一)

又:"吾曹犹未化,烂醉且穿庐。"按,此本杜甫《杜位宅守岁》:"谁能更拘束,烂醉是生涯。"(《杜诗详注》卷二)

《幽州除夜》:"十年旅食在天涯,到处身安即是家。"(179页)按,下句暗本白居易《吾土》:"身心安处为吾土,岂限长安与洛阳。"(《白氏长庆集》卷二十八)又苏轼《定风波》:"试问岭南应不好,却道,此心安处是吾乡。"词前小序云:"王定国歌儿曰柔奴,姓宇文氏,眉目娟丽,善应对,家世住京师。定国南迁归,余问柔:'广南风土应是不好?'柔对曰:'此心安处,便是吾乡。'因为缀词云。"(《东坡乐府笺》卷二)

《天坛山》:"群峰如儿孙,罗列三十六。"(186页)按,此本杜甫《望岳》:"西岳崚嶒竦处尊,诸峰罗立似儿孙。"(《杜诗详注》卷六)

《麻姑仙坛歌》:"琼瑢铁笛含氤氲,二十三弦语幽素。"胡注:"二十三弦:疑为'二十五弦'之误。古代有二十五弦之琴。"(205、206页)按,"二十三"不误,语本李贺《李凭箜篌引》:"十二门前融冷光,二十三丝动紫皇。"王琦注:"'丝'一作'弦'。"(《李贺歌诗汇解》卷一)

《夷山醉歌》二首之一:"遥看汴水波声小。"(208页)按,此本李贺《金铜仙人辞汉歌》:"渭城已远波声小。"(《李贺歌诗汇解》卷二)

《夷山醉歌》二首之二:"含宫嚼徵当窗牖,露脚斜飞湿杨柳。"(210页)按,上句语本苏轼《水龙吟》:"嚼徵含宫,泛商流羽。"(《东坡乐府笺》卷一)下句本李贺《李凭箜篌引》:"露

脚斜飞湿寒兔。"(《李贺歌诗汇解》卷一)

又:"愁吟痛饮真吾师。"(210、211页)按,此用杜甫《醉时歌》:"忘形到尔汝,痛饮真吾师。"(《杜诗详注》卷三)

《太皇谢太后挽章》二首之一:"事去千年速,愁来一死迟。"(216页)按,此本李益《同崔邠登鹳雀楼》:"事去千年犹恨速,愁来一日即为长。"(《全唐诗》卷二百八十三)

《青阳提刑哀些》:"看羊居北海,化鹤返西湖。"(219页)按,此暗本黄诗《次韵宋懋宗三月十四日到西池都人盛观翰林公出遨》:"人间化鹤三千岁,海上看羊十九年。"(《山谷诗集注》卷九)

《瀛国公入西域为僧号木波讲师》:"永怀心未已,梁月白纷纷。"汪注:"梁月:屋梁月光。因见月光而怀人。杜甫《梦李白二首》之一:'落月满屋梁,犹疑照颜色。'"(222页)按,此并用杜甫《陪郑广文游何将军山林十首》之九:"凉月白纷纷。"(《杜诗详注》卷二)

卷四

《云台》:"风卷黄埃丑上来。"(231页)胡注:"丑:不详。"按,此本沈佺期《塞北二首》之二:"胡骑犯边埃,风从丑上来。"(《沈佺期宋之问集校注》252页)丑指东北方。诸史《五行志》中,每有此类语,如《晋书·五行志下》:"(孝武帝)三年三月戊申朔,暴风迅起,从丑上来,须臾逆转,从子上来,飞沙扬砾。"

《封丘》:"树折枣初剥,藤枯瓜未收。"胡注:"言剥取枣子而折断枣树。"(233页)按,注误。上句"剥"字,本于《毛诗·豳风·七月》:"八月剥枣。"杜甫《又呈吴郎》云:"堂前扑枣任西邻,无食无儿一妇人。"仇注:"毛注云:剥,击也。陆德明音普卜切,正是扑也。"又引《容斋随笔》:"王安石作《诗新经解》,剥枣云剥者,剥其皮而进之,所以养老也。后从蒋山郊步至民家,问其翁安在,曰:'去扑枣。'始悟前非。"(《杜诗详注》卷二十)

《岁暮过信州灵溪》:"水落溪喧獭趁鱼。"(243页)按,此用杜甫《重过何氏五首》之一:"花妥莺捎蝶,溪喧獭趁鱼。"(《杜诗详注》卷三)

《三衢官舍和王府教》:"秉烛相看真梦寐,夜阑无语意茫茫。"(243页)按,此用杜甫《羌村三首》之一:"夜阑更秉烛,相对如梦寐。"(《杜诗详注》卷五)又卷四《南归对客》:"偶尔得生还,相对真梦如。"(254页)亦用此。

《湖山堂》:"忘机今古鸥来往,说梦兴亡燕语言。"胡注:"'说梦'句,似用'王谢堂前燕'典故。"又注"鸥来往"云:"典出北齐刘昼《刘子·黄帝》。"(249页)按,《刘子》中无《黄帝》篇,亦无"沤鸟事"。此语见《列子》,为诗家烂熟之典。"说梦"句,则本诸周邦彦《西河》词:"想依稀、王谢邻里。燕子不知何世,入寻常、巷陌人家相对,如说兴亡斜阳里。"(《清真集笺注》136页)胡注只提刘禹锡"旧时王谢堂前燕"一句,"说兴亡"三字,遂无着落。

《九日次周义山》:"阶下决明难独立,庭前甘菊好谁看。"(251页)按,上句本杜甫《秋雨叹》,胡注已指出。下句亦用杜诗,杜甫《宿府》:"中天月色好谁看。"(《杜诗详注》卷十四)此联以杜对杜也。

又:"一钱留得囊羞涩。"(252页)按,此亦本杜甫《空囊》:"囊空恐羞涩,留得一钱看。"(《杜诗详注》卷八)胡注仅引阮孚事。

《别章杭山》:"此夜同联鼎,他年莫寄书。"胡注:"'此夜'二句:似说宜多警惕,少写书信

(元灭宋后,各地义军兴起,频年战事,社会并不安定)。联鼎:一道进食。鼎,古代食器。"(256、257页)按,注误。"联鼎"者,指作诗耳,为石鼎联句之省语;见后引韩愈《石鼎联句诗序》。

《曾平山招饮》:"荐之新网鱼。"(258页)按,此本黄庭坚《送舅氏野夫之宣城二首》之一:"春网荐琴高。"(《山谷诗集注》卷二)琴高为鱼名,宣城所之,见赵与旹《宾退录》卷五所考。

《东湖送春和陈自堂》:"十年南北竟,故旧几人存。"(258页)按,此用杜甫《九日五首》之四:"他时一笑后,今日几人存。"(《杜诗详注》卷二十)

《寄赵青山同舍》四首之二:"短褐离披紫凤图。"(265页)按,此本杜甫《北征》:"天吴及紫凤,颠倒在裋(一作短)褐。"(《杜诗详注》卷五)

《寄赵青山同舍》四首之四:"谢傅东山喜劫棋,刘生南岳怕联诗。"汪注:"刘生:不详,或为唐刘禹锡。禹锡尝作《九日》诗,欲用'糕'字,以五经中无之,辍不复为。宋宋祁以为不然,因九日食糕,遂作诗云:'……刘郎不敢题糕字,虚负诗中一世豪。'"(266页)按,此注误。刘生指刘师服,其与道士轩辕弥明联诗事,见韩愈《石鼎联句诗序》:"元和七年十二月四日,衡山道士轩辕弥明自衡山下来。旧与刘师服进士衡、湘中相识,将过太白,知师服在京,夜抵其居宿。有校书郎侯喜,新有能诗声,夜与刘说诗。弥明在其侧,……喜视之若无人。弥明忽轩衣张眉,指炉中石鼎谓喜曰:'子云能诗,与我共赋此乎?'刘往见衡、湘间人说云年九十余矣,……见其老,颇貌敬之,不知其有文也。闻此说,大喜,即援笔题其首两句。次传于喜,喜踊跃,即缀其下云云。道士……倚其北墙坐,谓刘曰:'吾不解世俗书,子为我书。'因高吟,……初不似经意,诗旨有似讥喜。二子相顾惭骇,欲以多穷之,即又为而传之喜。喜思益苦,务欲压道士,每营度欲出口吻,声鸣益悲,操笔欲书,将下复止,竟亦不能奇也。毕即传道士,道士高踞大唱曰:'刘把笔,吾诗云云。'其不用意而功益奇,不可附说,语皆侵刘、侯。喜益忌之。刘与侯皆已赋十余韵,弥明应之如响,皆脱颖含讥讽。夜尽三更,二子思竭不能续,……二子大惧,皆起立床下拜。"(《韩昌黎诗系年集释》卷八)

《忠武侯庙》:"夔门春水拍天流。"(281页)按,此本刘禹锡《竹枝词》九首之二:"蜀江春水拍山流。"(《刘禹锡集》359页)

《歌妓许冬冬携酒郊外小集》:"偶尔流连借余景,出门一笑夕阳红。"(282页)按,此仿黄庭坚《王充道送水仙花五十枝欣然会心为之作咏》:"坐对真成被花恼,出门一笑大江横。"(《山谷诗集注》卷十五)

《眉州借景亭》:"隔邻修竹娟娟净,夹道枯桑冉冉黄。"(285页)按,此本杜甫《狂夫》:"风含翠筱娟娟净,雨裛红蕖冉冉香。"(《杜诗详注》卷九)

《送皇甫秀才下荆州》:"楚江萍似斗,太华藕如船。"胡注:"'船'应是同韵字'橡'之误。诗虽可以夸张,但'如船'不免过当。太华产藕,谢迈(薖)有诗曰:'人怜淤泥止(上),出此万朵莲。须知淤泥中,有藕大如橡。'"(304、305页)按,此注误。其所引诗,见谢薖《竹友集》卷一《食藕》,其作"谢迈"者,乃误字。汪句亦本韩愈诗,无所谓"过当不过当";韩《古意》:"太华峰头玉井莲,开花十丈藕如船。"(《韩昌黎诗系年集释》卷二)为咏太华莲之名句也。

《闻父老说兵》:"妇女多在官军中,兵气不扬长太息。"(322页)按,此用杜甫《新婚别》:

"妇人在军中,兵气恐不扬。"(《杜诗详注》卷七)

《寄李鹤田》:"老去莫思身外事,命穷甘作饮中仙。"(324页)按,此并用杜甫《绝句漫兴九首》之四:"莫思身外无穷事,且进生前有限杯。"及《饮中八仙歌》:"自称臣是酒中仙。"(《杜诗详注》卷九、卷二)

卷五

《疏影·西湖社友赋红梅分韵得落字》:"等恁时、环佩归来,却慰此兄萧索。"胡校:"兄:孔校:《全宋词》作'况',《诗渊》作'兄'。按'此兄',当是元量自指。"(373页)按,此亦袭《增订湖山类稿》183页:"'却慰此兄'之'兄',《全宋词》改成'况',《诗渊》作'兄',今仍作'兄';盖《全宋词》疑'兄'有误。""此兄"指梅花,不指元量本人,其语本黄庭坚《王充道送水仙花五十枝欣然会心为之作咏》:"含香体素欲倾城,山矾是弟梅是兄。"(《山谷诗集注》卷十五)惟《全宋词》以"兄"改"况",亦有所本,盖"兄"为"况"之古字。翟灏《通俗编》卷十八"称谓"云:"古书'况'字多通作'兄'。"王念孙《读书杂志·管子》三《大匡》:"'召忽曰:……虽得天下,吾不生也,兄与我齐国之政也。'《困学纪闻》诸子类引张嵲《读管子》曰:'兄,古况字。'而注乃谓召忽谓管仲为兄,陋矣。"是也。

〔作者简介〕 王培军,文学博士,上海大学副教授。

~~~~~~

《孙应鳌集》(明清别集丛刊)

(赵广升编辑校点,人民文学出版社2017年版,精装84元)

孙应鳌(1527—1584),字山甫,号淮海,贵州清平卫(今贵州凯里市炉山镇)人。嘉靖三十二年进士。历任江西按察佥事、陕西提学副使、四川右参政、右佥都御使郧阳巡抚、大理寺卿、户部右侍郎、礼部右侍郎掌国子监祭酒事、经筵讲官。万历十一年诏起南京工部尚书,不赴。卒赠太子太保,谥文恭。著有《淮海易谈》、《左粹题评》、《四书近语》、《律吕分解发明》、《教秦绪言》、《幽心瑶草》、《雍谕》、《学孔精舍汇稿》、《学孔精舍续稿》、《庄义要删》等,是明代隆庆、万历朝的著名学者,在易学、哲学、教育学、文学、史学、政治学、律吕、书法诸方面都有很高的造诣,因此莫友芝称他为"贵州开省以来人物冠"。

本次整理,文集以静嘉堂文库藏《督学集》明刻本为底本,参校川东巡署本、文恭遗书本、黔南丛书本。自明人别集、总集、史志等文献中,辑乡试策、奏疏、书序、赠序、记、书、墓志铭佚文29篇。诗集以《孙山甫督学集》静嘉堂本、《学孔精舍诗钞》清刻本为底本,参校《黔诗纪略》、《东皋诗存》、西安碑林碑刻等。自西安碑林碑刻等文献,辑佚诗13首。附录传记墓志资料、序跋提要、友朋信札、赠序、诗歌唱酬等。本书可谓资料完备的孙应鳌诗文全集。

书画文献所收"明词"辑补及其文学文献价值*
——以《中国古代书画图目》为范围

魏 刚 刘璐亚

张璋在饶宗颐初稿基础上统编成的《全明词》,对于研究明词具有千秋之功。然亦如《全宋词》等断代总集需不断补充修订,《全明词》也必然要有一个不断完善、补充的过程。前修时贤已在此方面取得较大成绩,如周明初、叶晔所编《全明词补编》、续补,即是对《全明词》一次大规模的补充。此外另有三十余人的陆续辑补[1]。经过众多学者的共同努力,学界目前对于"明词"的发现、了解已达到了较高的程度。

中晚明时期是我国书画艺术发展较为繁荣的历史时期,以书画形式创作诗词成为一时风气,其时产生了大量原创性词作。尽管《全明词补编》在辑补"明词"时,已一定程度上对此类文献有所关注,如"引用书目"中已列有《石渠宝笈》,具导夫先路之功。然实际征引词作数量有限,仅此一例,就连《石渠宝笈》之"续编"、"三编"亦未关注,更别说自明至今留存的大量书画文献。且目前所见其余诸家辑补,文献来源多集中于方志、国内外明人别集等。故以为从书画文献中辑补"明词",实乃一有效、可行途径。

在当代人编撰的众多书画文献中,《中国古代书画图目》(简称"《图目》")一书"基本上掌握了我国(台湾除外)古代书画的收藏情况"[2],较大程度上收录了现存的明代书画作品。故今以《全明词》及《全明词补编》(合称为"全明词")为参照,辑补其中未曾收录并以书画形式见存于《图目》中的原创词作。依"全明词"是否收录,分为未收词人之词和已收词人之词,辨识后分别予以迻录,并简要陈述以《图目》校勘"全明词"的价值,希冀能为周明初等前辈主持的国家社科基金重大项目"《全明词》重编及文献研究"起添砖之效,并就教于方家。

一、"全明词"未收词人之词作补遗

1. 曾棨 一首

棨(1372—1432),字子启,号西墅,江西永丰人。永乐二年进士第一,授翰林院修撰。任《永乐大典》副总裁、《天下郡县志》副总裁,预修《明太祖实录》、《明成祖实录》、《明仁宗实录》。累官左春坊大学士,卒赠礼部左侍郎,谥襄敏。为文如源泉,以文学自见;书学钟繇[3],

---

本文收稿日期:2017.9.6

工行草[4]。有《巢睫集》《西墅集》。[5]

苏武慢　为吴兴王孟安作

拔颖中山,管城增号,秦殿喜传新制。铅椠无功,漆书漫灭,让取彩毫精锐。燕许如椽,梦中五色,从此助添文势。是何人一掷,封侯非是,等闲荣贵。　亲曾见,云拥螭头,月明豹直,天上几回簪珥?玉署频呵,石阑斜点,偏惹御炉烟细。颠倒钟王,纵横褚薛,挥洒晋唐风致。算从前阵扫,千军不负,半生豪气。右苏武慢词一阕,为吴兴王孟安作。盖孟安工制,笔能造其妙,予平生用之无不如意,故作此词以赞美之。

按:辑自《图目》第20册第39页"曾棨《行书赠王孟安词》"。又见端方《壬寅销夏录》"明贤遗墨卷上",末署"永乐十三年秋七月,翰林侍讲曾棨识",可知系年。

2. 梁储　一首

储(1451—1527),字叔厚,广东顺德人。受业陈献章,举成化十四年会试第一,选庶吉士,授编修,司经局校书,累迁侍讲、翰林学士、吏部右侍郎、吏部尚书,兼文渊阁大学士,参修《孝宗实录》。卒赠太师,谥文康。《明史》有传。

一剪梅

小门深巷巧安排,没有尘埃,却有莓苔,自然潇洒胜蓬莱。山也幽哉,水也幽哉。东风昨夜送春来。才见梅开,又见桃开。十分相称主人怀。诗是生涯,酒是生涯。

按:辑自《图目》第13册第36页"梁储《草书词》"。经考,"小门深巷巧安排"至"却有莓苔"、"东风昨夜送春来"至"又见桃开"六句,为清褚人获《四时词》袭用,前三句用于"春",后三句用于"冬"。[6]

3. 张寰　二首

寰(1486—1561),字允清,昆山人,号石川[7]。嘉靖二十年进士[8],知济宁州,官至通政司右参议,致仕归,惟以图史自娱,临摹法书竟日不倦[9],嘉靖四十年卒。善诗,有《川上稿》2卷[10]。[11]

鹊桥仙　次筠庄寿南江八十

七夕佳节,四陵文社,馔入□□新味。昏弈啸傲太平时,镐耄耋、地仙能比。　歌掩桃花,舞低杨柳,畅饮碧箐芳醑。汔今□□度佳节,看海屋、筹添无数。

鹊桥仙　虎山步月,效坡翁

秋月盈眸,秋山纵步,身在广寒宫里。坐凉万籁入虚无,择胜处、坡仙可比。　万里秋光,三星十气,静抚洞庭春醑。放影□□□渔樵,□下乐、云岩能数。

按:辑自《图目》第21册第14—15页"张寰《行书诗》"。此幅作品共八开,第八开款识云:"频年期荆川、南山,避暑金焦,……嘉靖庚戌七夕之后二日",可知此两作系年为嘉靖二十九年七月九日。

4. 谢时臣　一首

时臣(1487—1567),字思忠,别号樗仙,吴人。能诗,工山水,颇能屏障大幅。[12]

卜算子　题蕉石独坐图扇面

舞袖怯西风,翠扇羞荒草。无限相思贮此中,斜卷银笺小。　　心里又藏心,心事何时了?昨夜新凋一叶秋,添得愁多少。

按:辑自《图目》第 1 册第 177 页"谢时臣《蕉石独坐图扇面》"。又见录于明徐伯龄《蟬精隽》卷三、姚旅《露书》卷三,文字稍异。原未题词牌,据格律及徐氏所云,可知调名为《卜算子》,故增改之。徐氏谓"国初词人王叔明之所作也"[13],然姚氏与《图目》俱题"谢时臣",故依之。姚氏录有自署款识云:"'嘉靖壬子春仲,樗仙谢时臣戏作小景,各赋芜句,聊遣孤兴,不足存也。'则为自作无疑矣。"[14]可知此作系年为嘉靖壬子年春。

5. 陆治　一首

治(1496—1576),字叔平,号包山,吴县人,诸生。倜傥嗜义,工写生,能诗。有《包山遗诗》[15][16]。

水龙吟　题沈周杨花图,次章质夫、苏轼韵

九十韶华都寻常。鏖作黄尘飘坠。独有杨花,宁怯多情,偏动词人,思不放春,归绕天涯,把长门封闭。万点芳心,一团香絮,玲珑滚滚,凌风起。　　弄轻狂趁蝶,翅蜂须,燕衣沾缀。遗踪无赖,奈蟏蛸网,破池萍碎。三眠梦里,记犹霸陵流水。湛露梢头,颦眉□下,总来尽是,伤春泪。

按:辑自《图目》第 2 册第 177 页"沈周《杨花图》"。后一条为文嘉"万历丙子八月九日"跋语,系年当早于此。又考《中华词律辞典》并无此词体,姑据小题所云"次章质夫、苏轼韵"施以句读。

6. 林炫　二首

炫,生卒不详,字贞孚,闽县人。正德甲戌进士,官至通政司参议。有《刍荛余论》[17]、《榕江集》十卷[18]、《卮言余录》十卷[19]。

水调歌头　和桂洲翁谈玄

五豪朝神林,一窍透玄关。穷取泥丸风起,铅汞玉钟安。□见本来万物,龙虎要明闻,颠倒浅真还。黄叶生满地,金液自成丹。　　活子时,□下年,早更残。淡然无中生有,毛□尽松间。炼已先朝昨生,会令龙兴云雨,添养莫教寒。要吮道士壳,骑鹤遍千山。

水调歌头　和桂洲翁谈禅

踏遍河沙路,□擘菩提关。究竟非空非色,心觉天地间。芥子谓庄法界,弹指即名千仞,只履又西回。苦海渺无岸,传灯炳朱丹。　　身似鹤,不□□,百花残。寂灭去如不动,柏树小庭间。地中水都尽,电露幻醒日夜,孤月碧潭寒。黄生认白地,何处须弥山。

按:以上二首,辑自《图目》第 9 册第 89 页"林炫《行书水调歌头四首》"。桂洲翁,乃夏言也。此作后有落款:"癸卯七月五日",林氏为正德进士,故癸卯当为嘉靖二十二年,即二词作之系年。

15

江南春　和云林《江南春》

象床凝香郁兰笋,阿阁逶迤绿窗静。佳人梦转抱余眠,檐外朝曦徐度影。填城绿盖朱宫冷,扑地红烟花万井。谁家游冶紫纶巾,宝马青丝起陌尘。传花迟,促羽急。酒酣淹泪青衫湿,新劝未终悲已及。油油芳草萦怀碧,长洲尽是吴都邑。帝子行官随处立,星移物换成飘萍。幙燕巢居还自营。

按:辑自《图目》第20册第335页"陆治《江南春图》"。又见明郁逢庆《书画题跋记》卷十一"倪云林山水自题江南春辞"条、清陆绍曾《古今名扇录》、吴荣光《辛丑销夏记》卷五。系年不可考。又按:此《江南春》词调与《江南春慢》、《秋风清》(别名《江南春》)以及唐声诗《江南春》均不同,然见于《全清词·顺康卷》第三册第1456页,且《倚声初集》卷十九"长调五"收录邓汉仪《江南春·追和倪云林韵》,故以此体例辑录。

7. 梦暗　一首

暗,生平不可考。按:此名疑为别号。

水龙吟　题钱舜举西湖吟趣图卷

孤山踏雪归来,小窗试问梅开未。一折枝取,暖瓶添水,唤回春意。瘦影疏疏,暗香楚楚,月昏黄处。向冷斋清夜,怜渠寂寞,伴孤坐,时相对。　　想象细寻诗句。有谁解此时佳趣。红销炉焰,寒欺鹤梦,苍头欲睡。绿萼无言,冰凝研沼,风生吟几。到西湖莫负,当年旧约,餐英嗅蕊。

按:辑自《图目》第19册第206—207页"钱选《西湖吟趣图》"。又见录于端方《壬寅销夏录》。此作前为周岐凤"宣德五年庚戌仲夏朔"所作题跋,后为尹凤岐题诗,考焦竑《国朝献征录》卷二十,尹氏为"永乐丁酉解元",于"天顺三年三月卒"[20],可知梦暗亦为明人,此词应作于宣德五年后、天顺三年前。

8. 皇甫从龙　一首

从龙,生卒不详,后改黄姓,明初人,曾任岳州同知。[21]

壶中天　为路教提举先生寿

十分春色,况明朝正值,清明佳节。岳渎储精都道□,间世天生人杰。芹藻分香,蓬弧纪瑞,又见蟠桃结。公堂称寿,诜诜青佩环列。　　天相一脉斯文,再开融帐,未许皋比撤。且把平生诗酒兴,判断若溪风月。彩袖蓝袍,苍颜白发,自得长生诀。来年此际,除书催觐天阙。

按:辑自《图目》第19册第219页"赵孟頫等行书"。系年不知。

9. 曹镤　一首

镤,生卒不详,字良金,吴江人。弘治癸丑进士,改庶吉士,授刑部主事,进员外郎,调东昌府通判,迁兴化府同知,擢湖广按察司佥事。归田之后,娱情绘事,兴到题诗,有《林归集》。[22]

临江仙

清静空迟流白露,归飞枝上慈乌。哑哑中夜自相呼。西风吹叶冷,明月照林疏。

欲报亲恩思反哺,孝心百鸟谁如。冥冥天报定无虚。明年当此夕,亦有孝思雏。

按:辑自《图目》第20册第186页"曹镆《花鸟》"。系年不知。

10. 陈芹　一首

芹(1512—1581),字子野,号横崖[23],景泰中隶籍羽林前卫,家金陵,嘉靖甲午举人,诗清婉幽澹,有陶韦王孟风度;书则钟太傅入室弟子;画则长于写生,于竹特妙。有《子野集》、《凤泉堂稿》《忠孝说义》。[24]

满江红

堪嗟樗材,空难任、明堂大木。莺□□、五湖烟水,一竿修竹。忽尔顿开名利锁,悠然若了山林□。向去远、驱个小车儿,双□□。　　宝剑抽,霜毫秃,惟酿酒,惟栽茶。白云间水有,是飞□口。豪杰总须豪杰事,闲人自有闲人福。任朝来、蓬户鸟声喧,眠方熟。

按:辑自《图目》第20册第291页"陈芹《行草书诗》"。未署具体日期,然前首诗署为"癸酉冬日",后一首为"冬至",可知此幅书法完成于同一年东。经考,陈氏生卒年日期内之癸酉年为万历元年,故此词可系年于万历元年冬。

11. 申穟　一首

穟,生卒不详,字逊菴,吴县人,明末清初时人。[25]

西江月　题陈洪绶乞士图

气奕胸摇五岳,神怡座满春风。行藏直判自天工,不似人间说梦。　　虽则吹箫此客,亦能负版为佣。杖藜闲听莺啼红,岂是寻常举动?

按:辑自《图目》第21册第291页"陈洪绶《乞士图》"。系年不可知。

12. 钱允治　一首

允治(1481—?)[26],初名府,后以字行,更字功父,长洲人,勤于汲古诗篇,有《少室先生集》、《国朝诗余》五卷[27]。[28]

点绛唇

独倚栏杆,夕阳斜度花梢影。有怀耿耿,萧索罗衣冷。　　煮雪添香,辜负闲房静。凄凉景。飘残红杏。性事重重省。

按:辑自《图目》第18册第70页"薛明益等楷书"。题扇之作,系年不可知。

二、"全明词"已收词人之词作补遗

1. 姚绶　一首

绶(1422—1495),词作已见《全明词》第1册第304—310页、《全明词补编》上册第96页。据《本朝分省人物考》,姚氏尚有《大易天人合旨行》十卷及杂集若干卷。[29]

玉蝴蝶　游西湖

西子湖中佳景,长时凝坐,楼高云遮。无限春山,掩映绿水红霞。林逋阁、梅花尚在;苏公堤、柳半横斜;孔家桥,古满芳草。愁渺天涯。　　堪嗟,乐天何在? 几春花鸟,几度桑麻。往古来今,画船箫鼓还争华。笑他不、及时载酒,叹鸟飞、速似驱车。图画里,一时乐兴,并付诗家。

按:辑自《图目》第 2 册第 166 页"姚绶《三绝十八开》"。据卷首《心赏册引》署日期为"弘治七年七月三日",可以此为系年。

2. 沈周　五首

周(1427—1509),词作已见《全明词》第 1 册第 317—324 页、《全明词补编》上册第 99—102 页。

柳梢青　题梅竹图和杨无咎

其一　未开

特地寻芳,含情匿意,春犹乖隔。脉脉佳人,酷令相爱,难通相识。　　后时定有逢时,何怎地、先多吝惜。还煞归休,把侬来与,半连生勒。

其二　欲开

休较休量,且浇新酒,为尔催妆。晓袂巡边,风襟之处,略省微香。　　北枝不及南枝,一样梅、平分别肠。勒转芒鞋,探幽追隐,或在僧廊。

其三　盛开

东枝西搭,斗开如约,不遗余蕾。一夜西湖,六桥无洛,百重千匝。　　逋仙破宅无多,好则好、跌茅怕压。不□临流,弄珠摇玉,打惊鸳鸭。

其四　将残

昨日繁花,今朝欲落,意尚迟迟。弱当消香,余须抱粉,雨掠风披。　　这场败兴谁移,春转眼、如秋可嗟。更割相思,卧魂残梦,月堕之时。

满江红　题梅竹图

画逸词超,梅打合、十分超逸。犹剩下,四般情性,四般标格。树上□剜造化心,华头彤补栽培力。老逃禅,当是弄珠人,偷香客。　　福吝啬,才的砾。正烂熳,还飘过。有开开落落,没多消息。一圈圈抔柔精魂,一重重漏春痕迹。色虽空、借春破去空,些儿墨。

按:以上五首,均辑自《图目》第 3 册第 89—90 页"陆治《梅竹图》"。据此阕前"小序"云:"题后复填《满江红》一首,以□□□。"可知与《柳梢青》四首创作于同一时期,或相隔不久。《柳梢青》末一首有题款日期为"正德戊辰,八十二岁翁沈周和",故可以之系年此五阕。考《中华词律辞典》并无《满江红》此体,或可为九十二字体之又一体。

3. 史忠　题《忆别图》二十三首

史忠词作,已见《全明词》第 2 册第 631 页,仅二首;且"小传"云"又名史廷直,字浪仙,又字子谋,号鹤山。金陵人,明弘治间人",颇语焉不详。据钱谦益《列朝诗集》"痴翁史忠"条知,忠当为名,字廷直,自号痴翁,十七方能言,忽通诗词,画山水树石,纵笔挥写,不拘家数,性豪侠不羁,负气高抗,不谒权贵,卒享年八十。[30]又据《明画录》知,字端本,复姓徐,上元人。[31]又据张彬《中国古今书画家年表》知,生于正统二年。[32]综言之,史忠,字端本,又字廷直,自号痴翁,复姓徐,上元人,生于正统二年,卒于正德十二年,善诗词,画尤佳。

题"孤馆题情"二首:

清平乐

忘寐挑灯,舍惆怅寒幽下。都把夜思□灯舍,□□□秋前夜。　　双眉怎得舒开。天涯妨杀多才。懊恨檐前锲写,声声敦怒愁来。

谒金门

孤馆夜深,人远空□窨,知音自古爱知音,情思□□□袄,游烟腾舞桥波浸。朝品良辰秋废寝。思多不禁,愁多逼临,不是□微沁。

按:考《中华词律辞典》并无《谒金门》此体,然原文题如此,故依之,并寻句意断句。

题"空阶步月"三首:

太常引

辇回移步月明中,魂梦逸江东,恨别忒匆匆。只□□、风流醉翁。　　清影已远,山笛□悲,何日见春风? 不见愁万重,若见他、风情更浓。

捣练子

清耿耿,夜迢迢,孤馆无人深寂寥。惟有一天明在□,照人清影思无聊。

一院香

新月窥檐,离人懊恼,客中三度轮圆。寒光照我,岑寂不成眠。不见多情,多丽有谁知? 风月神仙。想前度、临岐分袜,别泪洒离宴。　　清歌闲。象板银筝声歇,齐断北弦。见竹卤亭子,草萧风烟。燕复朱帘卷,月销沉、□宝钏金钿。江东正□□,南陌闲却赏花钱。

按:《一院香》调名见于《宋史·乐志》,然后世词谱鲜有收录。史忠词作,原题如此,故疑其时《一院香》词谱尚存,今已不知,姑寻句意施以句读。又按:原图中,题"空阶步月"除以上三首外,另有已收入《全明词》之《天净沙》一首。

题"敷演传奇"两首:

鹧鸪天

曾将旧曲播新腔,不数当年黄四娘。高髻云鬟惊刺史,缕衣檀板动君王。　　精律吕,捻宫商,默思余韵尚悠扬。凭谁吸起崔徽画,多风调朱粉难妆。

沉醉东风

歌一阕,清音清音听多时,余韵悠扬行云遏,不取船马□嘹亮。惟红牙白雪新腔,好事□□也放住,一字字沉吟自想。

题"赏观柬翰"两首:

昭君怨

泪渍书题何故,却把真情先露。浓淡墨犹香,□镜吾。　　应喜雁书寄早,欲请再传更好。珍翰厘相思,多自知。

凭阑人

昨夜登流饯舟开,今日青鸾云里来。凝神着意栽,花香再拜□。

题"尺素传情"两首:

阳春曲

殷勤尺素传心事,好倩花笺写春词。风流万种悄人儿,谁堪似,不红了害相思。

金菊对芙蓉

尚想权娱,不堪岑寂,又经旬日分离。正朔风布雪,寒气侵肌。欲付鳞鸿传尺牍,隔江山、恐误佳期。密托儿童,临行又嘱,似醉如痴。　　何时重会珠帏。就耳边倾诉,无限情意。把花枝才领,倩像签书。多娇念方成□了,这三般、聊寄相思。表意香囊传心,前尽写□新诗。

题"长檠背壁"两首:

捣练子

寒夜静,漏声长,客舍孤灯背壁光。鸿雁(此字为墨点,据句意补)不来鱼不到,教人寒损杜韦娘。

江儿水

长檠短檠空照我。孤馆添寂寞。照我影儿孤,看你花儿落。忆多情,这内心似火。

按:原作中,题"长檠背壁"实有三首,除以上两首外,另一《卜算子》已收入《全明词》。

题"临晨占鹊"三首:

谒金门

孤身忆。鹊报声相接。若是不思量,只疑心似铁。　　欢颜竟不绝,便觉归计切。打迭诗书箧,留作度江楫。

按:考《中华词律辞典》并无《谒金门》此体,然原文题如此,故依之,并寻句意断句。

捣练子

愁且得,醉江淹,传占芳信料应来。卓氏新灵鹊器器,重荐孤馆行好事。

寿阳词

雀呼谩清落檐前,禳我既料乡□(此字为墨点),远传芳信来。这相思,又索害。

题"忆远望风"二首:

忆秦娥

多念它,待它念我非虚谬。非虚谬。天,赋惺惺,要人消受。　　当初曾向神前咒,暂分莺燕休忘旧。休忘旧,离恨天高,有朝成就。

落襟风

人足瘦,信不通。别离情不禁。魔弄我,终日天边望顺风,他可似恁般弥重。

卷末总题《忆别图》五首:

尉迟杯

乌衣路,日卓午、畏热依林树。炎炎暑气蒸人,只念佳人好处。闲登小阁,不忍说、明朝远隔江浦。且舒眉、叹饮琼杯,肯教此心先去。　　深忆向日妆帘,不悼离香闺,绣户相聚。万紫千红面曾识,频过眼、吴歌楚舞。思量更、何人追及,泪如注、自言仍自语。向谁行,可托盟言,有时再成欢侣。

按:此词实次周邦彦《水仙子·隋堤路》韵,故据周作"烟波隔前浦"一句,疑此作因笔误多一"远"字。

长生引

楼外风来,为传秀峰消息。报导王母蟠桃,正逢今日燕集。群仙尽是,轻红浅碧。云鬟金插,辉辉光炙。那堪绮裳练服,阵阵麝兰飘袭。鹤舆鸾軿,济济蓬莱,欢声无极。玳瑁筵张,定非人间尊席。盈几美馔肴,佳琼("浆"字点去)玉津,乐按箫韶,鼍翠鼓凤("箫"字点去)生龙笛。飞琼舞袖,双成朱舄。漫盘("娇质"两字点去)体态,万种风流娇质。人醉长声,年年如昔。

满庭芳

雨阻佳期,风传芳信,算来万事从天。不须计较,勉强也徒然。存着心神闲逸,枕南薰、且只高眠。蓝桥下,波平浪息,还济好因缘。　　清风,吊明月,良辰美景,席上尊前。但随时歌乐,拼个心坚。浅酌低讴欢聚,忆多情、暂作留连。百岁里,烟云春梦,都付短长篇。

水仙子

去年南郭赏中秋,今夜西山独倚楼,桂华香里人消瘦。怕吟诗,只对酒。忆多情绝响歌讴。但愿人长寿,也须是心奋久。当歌偕老白头。

按:原文"右《水仙子》一首",实为七言律一首,其左所题符合《水仙子》词律,故疑原文误记。经考,史氏此作实为小令,调见《钦定词谱》张可久"天边白雁"、倪瓒"东风花外"二首。

忆人娇

雨过园林青滴滴。风静樱鸟声寂寂。绿暗已红稀,杨花飞尽长日。帘卷看山,秀峰真出小小,群山何及。　　意若熏香惟自适。相见相偎知甚日。伊自有心香,清宵想誓只碧。梦对痴人,言之无益。真个前途如漆。

按:前二十三阕,均辑自《图目》第 2 册第 219—221 页"史忠《忆别图(八开)》"。其中《沉醉东风》、《凭阑人》、《阳春曲》、《江儿水》、《寿阳词》、《落襟风》、《长生引》、《忆人娇》、《水仙子》九首,并非既有词牌,实为小令。《全明词》已将《天净沙》收录,依此例,将此九首视为词,亦可由此窥见明词"曲化"的发展。至于系年,前十八作未题署日期,后五作均有日期,最早为《尉迟杯》"己未冬月",最晚为《水仙子》"弘治十三年中秋";《尉迟杯》题写位置距《落襟风》较近,前十八作为同一时期完成,故疑其系年与《尉迟杯》均为弘治十二年冬月;后《长生引》《满庭芳》《水仙子》《忆人娇》四作分别为弘治十三年之五月十三日、五月、八月十五日、四月十一日。

4. 杨循吉 一首

循吉(1456—1544),词作已见《全明词》第 2 册第 403—407 页。

浣溪沙

绿树阴中泊画船,时当八月早凉天。罗衣轻妙喜新穿。　　寻得园林休问主,搬将酒果与开宴。三分要学是痴颠。

按:辑自《图目》第 2 册第 260 页"杨循吉《行书自书诗》"。据卷末《见白发》一诗所署日期"成化丁未十月三日,与启东同会",可知系年。

5. 祝允明 九首

允明(1460—1526),词作已见《全明词》第 2 册第 416—424 页、《全明词补编》上册第 147 页。

清平乐

未央春夜,酒气暗熏兰麝。珊枕交横晕金藉,准拟鸳鸯娇冶。　　三千粉红明装,个个欲赋《高唐》。一境呈而献雨,教谁仰接君王?

按:辑自《图目》第 12 册第 35—36 页"祝允明《行书诗词》"。系年据题款日期"甲申五月",知为嘉靖三年。

咏苏台八景词

其一　蝶恋花　咏虎阜晴岚

暖日晴霞蒸染透,草树峰峦,结上千层秀。浓绿嫩青相搁就,芙蓉一朵初阳候。
睡醒真娘才沐首,玉润香温,放了眉峰皱。游子入山相逗过,云鬟剪赠沾襟袖。

其二　点绛唇　咏苏台夕照

落日荒台,碧霞影断黄云委。残山剩水,暝色来千里。　　一抹微红,闪闪归鸦背。千年事,销亡兴废,惨淡模糊里。

其三　八声甘州　咏上方春色

算吴门风景最佳时,都来是秋天。看上方山下,行春桥畔,杜若洲边。随意万声千色,天锦杂神弦。都倚东君宠,恣媚争妍。　　还看冶郎游女,竟红装素饰,竹轿花船。任高歌烂醉,醉倒锦窗前。幸吾侬、三生有分,得生来、此地作游仙。而今后、愿天从我,欢赏年年。

其四　忆秦娥　咏包山秋月

包山月,四时都好秋还绝。秋还绝,冰轮碾玉,碧波流雪。　　洞天仙老怜尘劫,水宫龙女伤离别。伤离别,也应不似,世间悲切。

其五　摸鱼儿　咏越溪渔话

并轻舟、与君商话,且收掌中钩钓。天空水阔风光美,摸得鱼儿多少?却堪笑,痴呆老,得鱼又向波中倒。钓还有道。在不浅非深,莫迟休急,更要收纶早。　　还闻说,此处越兵来到,亡吴踪迹堪吊。只今溪水清如玉,还是越池吴沼。君且道,人间世,功名争似安闲好。且开怀抱,便鲜煮肥鲈,满倾香酒,万事醉都了。

其六　忆王孙　咏甫里帆归

风高浪大日昏黄,天际飞蓬一寸长,隐隐歌声送夕阳。天微茫,认得先生关鸭庄。

其七　西江月　咏横塘晓霁

水面小风轻快,树头凉日熹微。青烟一缕绕湖飞,正是横塘晓霁。　　岸上小娃初起,映帘描罢山眉。荷花荡里去休迟,怕负藕心莲意。

其八　尾犯　咏寒山晚钟

落日下层城,钟发近村,声乱人鸟。隐约依稀,萦萦风远到。伤离绪、孤娥悲惨;急归心、行人惊扰。最无端处,夜夜声声,敲得人都老。　　堪憎人世上,两事钟鸣鸡叫。豪杰英雄,被销磨过了,但随时、流行坎止,且宽怀、眠迟起早。便无烦恼,此法不向忙人道。

按:以上八首,辑自《图目》第 15 册第 221 页"祝允明《行草书咏苏台八景词》",据自署日期"乙酉三月望日",可知为嘉靖四年。

6. 唐寅一首

寅(1470—1522),词作已见《全明词》第 2 册第 492—496 页、《全明词补编》上册第 174—175 页。

失调名

香闺长日不胜情,把春心分付银筝。巧弄十三弦,间关花底流莺,写幽怨,绿惨红惊。还记得,天宝年中旧曲,调促音清。且移宫换徵,试奏新声。　　能弹,更羡人如玉,玉生香,笑语盈盈。十指弄纤柔,传芳意,款语叮咛。催象板,一任他翠钿零落,金鸭纵横,恁风流,也应未数薛琼琼。

按:辑自《图目》第 20 册第 345 页"唐寅《醉璃香谱辞》"。又见《式古堂书画汇考》卷二五、《六艺之一录》卷三九二。《唐伯虎全集》补辑卷五末二句作"恁风流也应,也应未数薛琼琼",误也。系年不知。

7. 文徵明　《渔夫》词十首(外补二首)

徵明(1470—1559),词作已见《全明词》第 2 册第 479—505 页、《全明词补编》上册第 175—176 页。

其一　白鹭群飞水映空,河豚吹絮日融融。溪柳绿,野桃红。闲弄扁舟锦浪中。
其二　笠泽鱼肥水气腥,飞花千片下寒汀。歌欸乃,扣笭箵。醉卧春风晚自醒。
其三　湖上梅花卷雪涛,湖鱼出水掷银刀。春浪急,晚风高。前山欲雨且回桡。
其四　四月新波拂镜平,青天白日映波明。风不动,雨初晴。水底闲云自在行。
其五　江鱼欲上雨萧萧,楝子风生水渐高。停短棹,住轻桡。杨柳湾头避湖潮。
其六　霜落吴淞江水平,荻花洲上晚风生。新压酒,旋炊粳。网得鲈鱼不入城。
其七　月照蒹葭露有光,木兰轻楫篾头航。烟漠漠,水苍苍。一片蘋花十里香。

其八　黄叶几头雨一蓑,平头舴艋去如梭。桑落酒,竹枝歌。横塘西下少风波。
其九　雪晴溪岸水流澌,闲罩冰鳞掠岸归。收晚钓,傍寒几。满篷斜日晒蓑衣。
其十　陂塘夜静白烟凝,十里河流冱断冰。风飐笠,月涵灯。水冷鱼沉不下罾。

按:辑自《图目》第17册第25页"文徵明《隶书渔父词十首》"。又《虚斋名画续录》卷一《唐王摩诘春溪捕鱼图卷》共录十二首,除以上十首外,另有二首,兹补于后:

其十一　白藕花开占碧波,榆塘柳陕绿阴多。抛钓铒,枕渔蓑。卧吹芦管调吴歌。
其十二　败苇萧萧断渚长,烟消水面日苍凉。鱼尾赤,蟹膏黄。自酿村醪备雪霜。

又按:《图目》所载十首未署日期,据《续录》载"丁丑二月五日"题识可知,此十二首《渔夫》词并非作于一时,乃自"癸酉岁至丁丑,恰四年"[33],系年应为正德八年至正德十一年,实不可系于具体某一年[34]。

8.夏言　三首

言(1482—1548),词作已见《全明词》第2册第667—729页、《全明词补编》上册第243—246页。

水调歌头　谈玄

我有先天气,日日透三关。走上昆仑绝顶,奔入绛宫安。飞洒鹊桥甘露,凝结玄珠黍米。八九互回环。风雷起中夜,龙虎护初丹。　又何妨,铅汞老,药苗残。静里调停心息,呼吸自闲闲。出入原通橐龠,烹熏不须炉灶,水热火偏寒。兴来游八极,醉里度三山。

水调歌头　谈禅

飞锡还归定,蒲团且闭关。借问九年面壁,四大怎生安?都落黑风鬼国,那是慈航彼岸,谁手买珠还。我佛原无法,众生自有丹。　一棒大,千相灭,万灯残。才被风幡勘破,寂寂镜台闲。水上莲花稳坐,芦叶江心径度,圆影浸波寒。离诸烦恼障,尔是清凉山。

按:出处与前文林炫《水调歌头》和夏言二首同。此处录夏氏被和之作。今已不知夏氏作于何时,姑据林氏所署"癸卯七月五日"系年。

失调名　晚节亭

绿竹猗猗,琅玕森立。独挺岁寒标格。直节凌霜,疏枝傲雪,堪并江梅颜色。小结茅亭,深通一迳,招引山阴野客。算园林、久要交承,惟有此君难得。　待将来、作杖成龙,编箫引凤,应许万竿千尺。雨后堪观,风前宜听,更在月明奇特。客散亭空,苔痕凝绿。屐齿交横鹤迹。笑人间、汗简杀青,也是一场戏剧。

按:辑自《图目》第20册第278—279页"夏言《行书晚节亭词》",据题款:"嘉靖戊申春二月五日,桂洲言书于天津舟中,寄李子实修撰。"可知系年。

9.陈淳　一首

淳(1483—1544),词作已见《全明词》第2册第740—744页。

眼儿媚　题桃花竹石扇面

东风吹入武陵时,花发不禁持。分腮融酒,薄罗舒翠,国色仙姿。　　多情一见魂应断,脉脉许谁知？伤心最是,门中笑面,观里幽期。

按:辑自《图目》第 1 册第 73 页"陈淳《桃花竹石扇面》"。系年不可知。

10. 文嘉　二首(外补二首)

嘉(1501—1583),词作已见《全明词》第 2 册第 951 页,然"小传"谓"生年不详",考钱保塘《历代名人生卒录》卷七,知生于"弘治十四年"[35]。

柳梢青　和杨补之咏梅词
其一　盛开

升撩松搭。暖风吹动,不容时霎。万树香云,满林晴雪,几重开匝。　　朝来花底闲行,早已觉帽檐低压。限不折来,幽斋相对,胜添金鸭。

其二　将残

竹外斜枝。风飘点点,懊恨来迟。雪圃瑶林,风吹狼籍,雨打离披。　　枝头青子催期,底须怨笛声太悲。乍蕊将舒,盛开欲坠,俱是佳时。

按:辑自《图目》第 3 册第 127 页"文嘉《二梅图》"。然据郁逢庆《书画题跋记》卷一、张丑《清河书画舫》卷十二下,文氏所作《柳梢青》实有四首,且前文所录沈周亦为四首,故疑《图目》所录实为后二图,缺前二图,致所题词作亦仅为《盛开》、《将残》,尚缺《未开》、《半开》两首。故以郁、张二人所录,兹补于后:

未开

寒尽寻春。几回冲雪,小桥犹隔。偶过溪边,瞥然相见,浑如曾识。　　莫教寒鹊争枝,恐踏碎琼瑶可惜。分付东风,且迟开放,悄寒轻勒。

半开

正拟论量。如何开拆,已露新妆。欲敛难收,将舒未可,半吐幽香。　　真心一点难藏,疏篱外有人断肠。月色朦胧,搅人魂梦,吟绕回廊[36]。

又按:《柳梢青》四首所写内容,实依据梅花开放之顺序,故排序当为:《未开》、《半开》、《盛开》、《将残》。另《图目》残缺,未有题款日期,而张丑《清河书画舫》卷十二下载云:"万历己卯竹醉日书,茂苑文嘉。"实可以此为系年。

11. 莫是龙　二首

是龙,词作已见《全明词》第 3 册第 1057—1061 页。按:乃孙莫秉清《傍秋庵文集》卷二《家传》载"秋水公名是龙,后以字行,更字廷韩,亦字后朋,生嘉靖丁酉,……卒年五十一"[37],可知生于嘉靖丁酉、卒于万历丁亥。《全明词》"小传"谓"卒年三十",欠考。

浣溪沙　题山水花卉八开之四咏牡丹

晏起犹嗔中酒迟,玉牌分托牡丹枝。花下自填新乐府,写乌丝。　　付与紫衣传别院,夜来翻入管弦吹。吹得老夫重醉也,有情痴。

临江仙　题山水花卉八开之七

门外青山如屋里，尽堪些子婆娑。深山卜得老盘阿。茆帘流夜雨，对弈有僧雏。

推起西窗刚得仰，夕阳帆影如梭。笑他抵死犯风波。白鸥飞起处，一枕好花多。

按：辑自《图目》第9册第113页"莫是龙《山水花卉》"。第七开所署为"甲辰春月"。经考，有明一代与莫是龙相近之"甲辰"有二，一为嘉靖二十三年，一为万历三十二年，后者不符合莫秉清所记生卒时限，而当前者时，莫氏方七岁，不具书画能力，且据《莫太学廷韩公传》所记："十四而补郡博士弟子，声籍籍黉序，间二十年来习博士之业，……好攻诗，攻古文词，攻书法，攻弈，又攻画，……书法无所不窥，而独宗钟繇、宗羲、献，宗米，……画法黄大痴，亦放情磅礴，极意仿摹，不轻落笔。"[38]可知莫氏二十岁方学书画有成，故疑所题"甲辰"为"甲戌"之误，甲戌为万历二年，其时前后莫氏有多幅书画传世，如"万历癸酉五月望"题《黄筌三龟图卷》[39]，"甲戌仲秋之望"题识《柳公权书兰亭诗卷》[40]，"甲戌仲秋望日"跋《宋米芾摹王羲之此月帖》[41]等。由此，以上二首词，可系年于甲戌年。

12. 朱曰藩　一首

曰藩，词作已见《全明词》第3册第1026页。按：朱曰藩之生卒年，《全明词》"小传"未载。考欧大任《欧虞部集十五种》"年四十四始举嘉靖甲辰进士"[42]，知生于弘治十三年，卒于"辛酉秋"即嘉靖四十年，享年六十一。

江南春　和倪云林

江南春事过樱笋。夜深方响游船静。横塘初日揭沉烟，妆楼照见吴姬影。薄罗初试飞蝶冷。娃儿去汲西家井。欠伸花底拂香巾。粉得新茶胜曲尘。夕阳亭，鼓声急。朝来露冷琼花湿。相思欲归归不及。楚天如醉波摇碧。莫上高楼望乡邑。十二阑干人玉立。西湖鹢首转流萍，日暮归来抱剑营。

按：辑自《图目》第20册第229—232页"文徵明等《行草书三吴墨妙》"。又见《山带阁集》卷十五，文字稍异，词调同前文林炫所作。原未署日期，据前周伦"嘉靖癸巳十一月廿五日"题诗，后文彭"癸丑七夕后二日"题诗，可知大概。

13. 方以智　一首

以智（1611—1671），词作已见《全明词》第5册第2545—2550页。

失调名

蚁封旋马，床头有《易》。撒手便行无顺逆。今日一众念摩诃，未审常寂。光中如何砍额，一道飞流玉峡香，搴兰自有儿孙力。

按：辑自《图目》第12册第302页"方以智《行书长短句》"。系年不知。

14. 陈洪绶　三首

洪绶（1599—1648），词作已见《全明词》第4册第1817—1822页、《全明词补编》下册第878—879页。

点绛唇

雪积喧堂，十千买得柳花酒。蜜梅香透，煮酒红酥手。　　随分杨华，无泪弹红袖。

扬帆后,不去消瘦,还在吴江否?

菩萨蛮

雪天酒客蒙相过,割鲜剪韭自津和。吟堂不易事,活来多□得。　　秋之舞谁为,唱□楞东阁。□□□十年,不见渡淮河。

南乡子

风雪酒三巡,不览滟□且慢斟。花酒尘缘还不断。覆文,不见红楼□中人。　　古寺宿□春,半幅乌丝老亦怜。□□可怜七个字,情真,须是丑君不怯嗔。

按:以上三首辑自《图目》第21册第299页"陈洪绶《行书词》"。系年不知。

三、《图目》所收"明词"的文学文献价值

进一步考察可知,以《图目》为代表的书画文献,对于"全明词"并非只具有补遗价值。文人的书画创作本就属于艺术创作,故其所创作的文学作品也就最能符合作者的最初创作形态,与纯文学性创作同样具有原创形式,甚至因书画创作具有款识等特定的形式要求,从而使得经书画创作出来的文学作品,更能在一定程度上反映作家的原始表现,因此,《图目》中所收录的作品,也就在校勘异文、确定系年、增补纪事等方面具有较为可信的文献价值,对于其余明清时期的作品,则亦具较高辑佚价值。然篇幅所限,姑就此四方面简述于后。

首先,校勘异文。经比对可知,《图目》对于"全明词",主要具有校勘讹文、提供异文两种校勘价值。如《图目》所录沈周《满江红·题宋高宗赐岳飞手敕》中"恨飞之一死"、"桧全奸策"两句(2/190—191)(为行文简便计,此处概不赘注,以"/"分隔引文册数与页码,之前为册数,之后为页码。),《全明词补编》作"痛飞之一死"、"桧全奸策"(上/101),"痛"、"奸"二字显然更能体现作者惋惜岳飞而憎恨秦桧之真实情感;又如文徵明《江南春·和倪瓒原韵》"莫怪涕痕栖素巾"句中"栖"字(2/313 或 20/215),《全明词》作"楼"(2/504—505),此处如作"楼",句意显然不通,当据改;再如史忠《卜算子·长檠背壁》中"檠"字(2/219—221),《全明词》作"□"(2/631),亦可据《图目》补之。另外,除词正文外,亦可据《图目》所录对"全明词"所收词作之"词题"进行增补。增加者,如文徵明《风入松·夏日漫兴》一首(20/217—219),《全明词》则未录词题(2/503)。如此等等,均足以说明《图目》对校勘"全明词"具有重要的作用。至于异文,与校勘讹文相比,其文献范围则较为普遍,此处仅举一例以避冗赘,如文嘉《江南春·追和倪云林〈江南春〉词二首》中"云母屏寒浸娇影"、"泥金小扇障纱巾"、"画桥紫陌踏香尘"、"摘花笑映溪流碧"三句(3/128 或 15/232),《全明词》分别作"云母屏碎珊瑚影"、"谢公笑戴折角巾"、"香昏兰气纱窗碧"(2/951)。

其次,确定系年。对于作家作品的研究,作品系年是一个必不可少的环节,而"全明词"并未对所收词作进行系年,不利于研究。由于《图目》所收书画作品多具有"题识"这一必备的形式要素,故可依据其题款日期对词作进行系年,此类例子较多,故亦仅以一例以避冗赘,如夏言《苏武慢·次虞伯生韵,咏白鸥园》一首,据《图目》不仅可知系年"乙巳冬孟",即嘉靖二十四年初冬,甚至亦能知地点"后业西园";另外,据《图目》所题日期,亦可对既有错误系

年作出校正，如前文文徵明《渔夫》词十二首，周道振辑校《文徵明集》将系年定为"嘉靖壬午"，然根据《虚斋名画续录》卷一《唐王摩诘春溪捕鱼图卷》条所录文氏题识，可知并非作于一时，乃为正德八年至正德十一年期间。

再次，增补本事。中晚明时期，书画艺术发展异于前代最突出的现象之一，就是文人间广泛以书画作品进行社会交往，书画作品具有社交功能。因此，为满足这一功能，文人以书画形式创作的诗词，多会在前首或尾后标明题赠的对象或缘由，这样就可从中捕捉到相应词作的部分"纪事"。其中最具代表性者，即为中晚明书画家对倪瓒《江南春》词的追和以及彼此间的唱和，是一场参加人数多、持续时间久的唱和活动。综合考察《图目》所收录《江南春》词的书画作品与"全明词"中的《江南春》词，即可从中探察到这一空前的唱和活动发展的基本情况，且其中所透露的大量词作的动机、背景、主旨等"纪事"内容，对于增补词作纪事是具有一定价值。另外，作为书画作品"附带"的一些信息，对于考证词人生平、事迹，亦同具较高价值。考证《全明词》未收录的词人，如前文所列十二词人，依据《图目》所存信息，再辅于其他记录，实可增补词人数量并提供其生平资料；至于"全明词"已收录词人，则可对已有信息纠谬正误，如前文"朱曰藩"一例，即为最佳证明，经《图目》所获信息，实能纠正《全明词》所作"小传"之误。

最后，辑佚价值。前文所录七十九首词作，实已证明《图目》具有辑佚"明词"的较高价值。然扩而言之，《图目》中同样收录大量明诗、明文、清词、清诗、清文，若进行辑补，不仅对于整理作家别集，甚至于整理明、清文学总集，如目前如火如荼进行的《全清词》编纂，同样具有辑补佚文、校勘讹误、确定系年、增补本事等文献价值。另外，《图目》对于作家作品的研究，亦具辅助之功，通过异文的对照分析，似可从中窥测作家创作风格的演变。如文徵明《风入松·行春桥玩月》中"晚"、"白"、"顾"、"浮"、"昔"、"山高月小"诸字（20/217—219），《全明词》作"夜"、"碧"、"忽"、"轻"、"当"、"单衫露冷"（2/504），两种版本的用字显然具有不同的感情色情。因此，若能进一步确认此两种版本的前后顺序，则可从中窥测文氏创作风格或情感的演变。

综上，从《图目》中共可辑补"明词"七十九首，其中除"全明词"已收十三位词家外，另辑得未收词家十二位，词作与词家数量，具有较高的补遗价值；至于其中与"全明词"共同收录的作品，则具有校勘异文、确定系年、增补纪事等较为可信的文献价值；而对于已开始或未开始的明清别集、总集的编撰，亦具有较高辑考价值。纵观此些文献价值，足以证明从书画文献中辑补"明词"实为一可行、有效的途径。尽管如此，这样一些文献价值同样需要辩证看待，乃因其中一些信息并非完全真实，如文嘉等人的《江南春》词曾多次题画，落款日期因时而异，实难系年具体年限。另《图目》中所收均为明人留存于今的书画作品，并不能代表其余大量未能留存于今或尚未被发现的作品，因此，对于此类作品，或可从明清文人编撰的书画目录文献中进行辑补，此一类文献可分为：如《珊瑚网》、《明画录》等一类的画史著作，如《佩文斋书画谱》、《历代画史汇传》、《秘殿珠林石渠宝笈》等一类的公家文献，如《壬寅消夏录》、《江村消夏记》、《庚子消夏录》、《辛丑销夏记》等一类的私家目录，均收录了大量明清已经亡佚的书画作品的内容，实可从中对明清文人以书画形式创作的文学作品进行辑录。

附记:本文曾由云南师范大学傅宇斌副教授提出修改意见,谨致谢忱!

注　释:

＊　本文系南京大学博士研究生创新创意科研项目"中晚明时期诗论与画论会通研究"(项目号:2016001)阶段性成果。

〔1〕　如张仲谋、胡晓燕、吴丽娜、朱则杰、郑礼炬、朱传季、耿传友、王兆鹏、萩原正树、岳淑珍、余意、孙广华、马莎、张清华、汪超、潘明福、彭志、欧阳春勇、陆勇强、江合友、蓝青、刘荣平、吴可文、王禹舜、彭志等及其相关辑佚著作。

〔2〕　王世襄《介绍〈中国古代书画图目〉》,《中华读书报》2001年6月13日"书评"版。

〔3〕　丰坊《书诀》,民国四明丛书本,第39页。

〔4〕　朱谋垔《续书史会要》,文渊阁《四库全书》收与《书史会要》合编本,第151页。

〔5〕　详见过庭训《本朝分省人物考》卷六三,天启刻本,第1410页。

〔6〕　褚人获《坚瓠集》卷四,康熙刻本,第44页。

〔7〕　彭元瑞《天禄琳琅书目后编》卷四,光绪刻本,第43页。

〔8〕　亦有正德辛巳一说,见钱谦益《列朝诗集》丙集卷十三"刘尚书麟"条。

〔9〕　孙岳颁等《佩文斋书画谱》卷四三"书家传"二二,文渊阁《四库全书》本,第993页。

〔10〕〔18〕　黄虞稷《千顷堂书目》卷二二,文渊阁《四库全书》本,第541页。

〔11〕　详见过庭训《本朝分省人物考》卷二三,天启刻本,第438页、第535页。

〔12〕〔31〕　徐沁《明画录》卷三,读画斋丛书本,第21页、第18页。

〔13〕　徐伯龄《蟫精隽》卷三,文渊阁《四库全书》本,第10页。

〔14〕　姚旅《露书》卷三,天启刻本,第59页。

〔15〕　黄虞稷《千顷堂书目》卷二四,文渊阁《四库全书》本,第586页。

〔16〕　冯桂芬《(同治)苏州府志》卷八十,光绪九年刊本,第2773页。

〔17〕　黄虞稷《千顷堂书目》卷十五,文渊阁《四库全书》本,第392页。

〔19〕　嵇璜等《续文献通考》卷一七七"经籍考",文渊阁《四库全书》本,第2923页。

〔20〕　焦竑编《国朝献征录》卷二十"翰林院一",万历四十四年刻本,第730页。

〔21〕　钟崇文等《(隆庆)岳州府志》卷十四,隆庆刻本,第211页。

〔22〕〔28〕　朱彝尊撰,黄君坦点校《静志居诗话》,人民文学出版社1990年版,第242页、第543页。

〔23〕　王兆云《皇明词林人物考》卷十一,万历刻本,第193页。

〔24〕　焦竑编《国朝献征录》卷八九"湖广二",万历四十四年刻本,第3317页。

〔25〕　法式善《清秘述闻》卷十二,嘉庆四年刻本,第179页。

〔26〕　钱保塘《历代名人生卒录》卷七,海宁钱氏清风室刊本,第300页。

〔27〕　万斯同等《明史》卷一三七"艺文志",钞本,第2053页。

〔29〕　过庭训《本朝分省人物考》卷四四,天启刻本,第863页。

〔30〕　钱谦益《列朝诗集》丙集卷十四,顺治九年毛氏汲古阁刻本,第1794页。

〔32〕　张彬《中国古今书画家年表》,文物出版社2006年版,第80页。

〔33〕　庞元济撰《虚斋名画续录》卷一,《续修四库全书》第1091册,第188页。

〔34〕　如周道振辑校《文徵明集》将系年定为"嘉靖壬午",《续录》所载题识已明确为癸酉至丁丑二月五日,四年期间,十二首《渔夫》词实已完成,故"嘉靖壬午"之说,误。见周道振辑校《文徵明集》(增订本),上海古籍出版社2014年版,第1190页。

〔35〕 钱保塘《历代名人生卒录》卷七,民国海宁钱氏清风室刊本,第289页。
〔36〕 张丑《清河书画舫》卷十二下,文渊阁《四库全书》本,第410页。又见郁逢庆《书画题跋记》卷一,文渊阁《四库全书》本,第14页。
〔37〕 莫秉清《家传》,《傍秋庵文集》卷二,民国二十年刊本,上海图书馆藏本。
〔38〕 何三畏《云间志略》卷十九,天启刻本,第320页。
〔39〕 吴升《大观录》"晋隋唐五代名画卷十一",民国九年武进李氏圣译廔本,第425页。
〔40〕 吴升《大观录》"唐贤法书卷二",第57页。
〔41〕 张照《石渠宝笈》卷二九,文渊阁《四库全书》本,第525页。
〔42〕 欧大任《广陵储王景赵朱蒋曾桑朱宗列传》,见《欧虞部集十五种》,清刻本,第224页。

〔作者简介〕 魏刚,1989年生,男,云南曲靖人,南京大学文学院文艺学专业2015级博士研究生。刘璐亚,1990年生,女,江苏淮安人,南京师范大学文学院汉语言文字学专业2015级博士研究生。

《李国文评注酉阳杂俎》

(段成式著,李国文评注,人民文学出版社2017年版,精装169元)

《酉阳杂俎》是唐代笔记小说,作者段成式,出生于世代簪缨之家,其祖段志玄是唐代开国功臣,其父段文昌原为中晚唐时期宰相,其子段安节著有《乐府杂录》。因家族及官职之便,段成式遍览宫中藏书,博学精敏,文章冠于一时。

《酉阳杂俎》内容十分驳杂,全书三十卷(前集二十卷、续集十卷),每卷分类记事,材料来源广泛,有从古书中摘引,有从旁人口中听说,也有唐代流行的传说异事;所记人物从皇帝宰辅士大夫到道士僧人穷书生,以及贩夫走卒等,均有涉及;主要内容则有道教传说、佛教传说、唐代社会生活、文化艺术、风俗习惯、奇闻异事、文人掌故等等,堪称唐代社会生活的百科全书;文章篇幅不定,长短不拘,短则十几字,长则有近千字,多为片段化的记叙,与唐代传奇、后世小说不同,是典型的唐人笔记。

本书评注者李国文,当代作家,晚年转向古代文化的研究,出版本书的目的是使《酉阳杂俎》走出学术研究的高阁,他倾向于对历史、掌故、传说等进行详细的介绍,对许多现象也借古讽今,直言不讳。语言通俗易懂,风格犀利大胆。

《酉阳杂俎》对于唐代社会的生活、风俗、文化的描写,以及其评注中对唐代生活的想象和描绘,都是十分宏大、有趣、神秘又瑰丽。

张缙英《国朝列女诗录》钩沉

严 程 李裕政

清代闺秀诗人沈善宝(字湘佩)《名媛诗话》中提到,闺友张缙英(字孟缇)在京时曾选编《国朝列女诗录》。沈张二人道光年间同寓京师十余年,皆有著述,可谓闺秀诗坛佳话。如今沈氏诗话为学界所重,研究颇多,张缙英的选本却散佚不存,湮灭无闻。美国汉学家曼素恩(Susan Mann)在其著作《张门才女》(*The Talented Women of the Zhang Family*)一书中提及张缙英的闺秀选政,称"Shen Shanbao's ambitious project, to compile an anthology of women's poetry and poetry criticism, encouraged Qieying to create an anthology of her own. (罗晓翔译文:沈善宝编纂名媛诗话的宏伟计划刺激了缙英,她也想编撰一部诗话。)"[1]这句话及其翻译引出了三个值得关注的问题:第一,张缙英意图编纂的是一部什么样的著作;第二,张、沈的编选和著述工作分别开始于什么时间;第三,二人之间是否存在相互激励和影响的情况。

一、编选体例与宗旨

沈善宝《名媛诗话》涉及当时女诗人及其诗作有关的纪事、评论,既有引证文献,也有自己的评点,自然是诗话。虽今无法见到张缙英的编纂成果,但《名媛诗话》卷八明确提到张氏的工作:"孟缇因《撷芳集》收闺秀诗太滥,《正始集》选闺秀诗太简,故另选闺秀诗一集,搜罗甚富,尚未付梓。"[2]这里写得很清楚,孟缇(张缙英字)是"选闺秀诗",而且参照对比了两部在清代很有影响的女性总集——汪启淑编写的《撷芳集》和恽珠编写的《国朝闺秀正始集》。

张缙英对于《正始集》"太简"的论断,并非否定恽珠的选诗成就,而是就其体例言之。恽作之"简"体现在两方面。一方面,恽珠选诗严而精,她自己在弁言中提到,因为初稿存诗繁多,从严删削,将三千余首裁汰半数;另一方面,《正始集》的诗人小传亦惜墨如金,不过记其里中姓氏,罕见述评。尽管张缙英的选本未能流传,但协助长姊编纂诗选的季妹张纨英(字若绮),在其《餐枫馆文集》中保存了四十余篇为《国朝列女诗录》所作诗人小传,题为《国朝列女诗传》[3]。将恽珠《国朝闺秀正始集》和张纨英《国朝列女诗传》的诗人小传相对比,可以看出二者在体例上的差异。以清初最为著名的闺秀词家徐灿为例,《国朝闺秀正始集》的徐灿小传:

本文收稿日期:2017.11.2

> 徐灿字湘蘋,江苏吴县人,大学士陈之遴室。湘蘋善属文,工填词,不减北宋人风调。兼精绘事,尤善写白描大士相。之遴获罪,安置鄱阳,湘蘋偕行,发愿绘大士相一藏,康熙中放归。[4]

张纨英《国朝列女诗传》中的徐灿小传:

> 徐灿字湘蘋,又字明深,号紫㛐,江苏吴县人。海宁大学士陈之遴继室也,封一品夫人。海宁初官秘书院侍讲大学士,寻迁礼部侍郎、右都御史,晋礼部尚书、弘文院大学士,加少保。夫人皆从官京师。顺治十三年,御史魏裔介、给事中王祯,并劾海宁植党徇私,以原官发辽阳居住,旋释回。十五年,复以贿结内竖吴良辅,流徙盛京,夫人亦从。居七年,海宁殁,子并夭折,夫人布衣茹苦。康熙十年,圣祖谒陵还驾,夫人沥血上疏,乞归夫骸骨,得旨俞允,乃扶榇归。夫人工填词,风格似李易安、朱淑真,陈维崧称为南宋以来闺房第一。善写大士象及官妆美人,闲作花草,笔致古秀,衣纹如莼叶,得北宋人传染法。著有《拙政园诗词集》。今录诗一首。夫人之祖姑曰徐少淑,著《络纬集》。族女曰徐文琳,并有才。文琳即海宁季子永堪妇也。[5]

行文篇幅的繁简差异反映了张氏姊妹对于恽珠《正始集》选诗"太简"这一问题的解决方案,即在人物小传中从生平系年和典型事例两个方面加以详细记述,并引证前人观点,评价其艺术成就。恽、张两家对于陈之遴获罪的叙述各有不同,这可能是她们所能获得的历史文献有限所致。[6] 恽珠与张纨英皆出自阳湖,秉桐城、阳湖古文笔法。纨英行文更近于史传。例如,对于《正始集》将徐灿绘大士相与陈之遴放归联系在一起的说法,张氏姊妹采取了审慎的态度;将传主生平系年,循其踪迹,亦可见出其用意之严谨;传末附其族姑及子妇,简而有法。此外,《国朝列女诗录》的诗人小传继承了《正始集》著录封号、集名及注重家族关系的做法。纨英所作传末有"今录诗一首",说明写作小传时,缊英的选诗工作业已完成。检《国朝列女诗传》的传主排列,也基本遵循以年代为序的规律。因此,若《国朝列女诗录》全书得以面世,在体例上应与《正始集》相仿,即以年代为序,选诗附于小传之后。

在选诗的宗旨上,张缊英有意继承家学。其父张琦工选诗,[7] 曾编《古诗录》(又称《宛邻书屋古诗录》)《李杜诗录》;伯父张惠言工选赋,并有《词选》传世,为晚清常州词派的开创者。这些家族事迹,在张缊英《澹菊轩初稿》的题词中屡被提及:

> 此事吾家有正声,千秋词苑辟榛荆先府君著《词选》二卷,识者多宗之。传书我愧中郎女,卅载耽吟苦未成。[8]

周保绪是其父故交,因而在题诗中张缊英再一次祖述家学,表现出对"正声"的自信。《国朝列女诗录》选诗的标尺,也与张氏的"雅正"与"诗教"主张有关。包世臣总结张缊英的"诗法"家学,有"温柔敦厚,诗教也;微言相感以谕其志,诗法也。循法以知教,其工初不系乎声色"之说,阐发了张惠言"缘情造端,兴于微言,以相感动"的主张,倡言诗教,对"俳色揣声"的"新声"表示反对。包世臣的说法在张氏姊妹关于选政的言论中亦得到验证,如张缊英在写给弟妹的诗中提到闺秀诗选,有"考俗思陈列国风,无邪欲正中闺行"[9] 之志;季妹张纨英在写给长姊的诗札中亦有"采风严雅郑,传注学毛苌"[10] 之句。张曜孙对于长姊选政宗旨的宣传，也体现在其友人的题诗中，如姚福增（湘波）为张㭎英《澹菊轩初稿》所作的题辞，就有一首专咏其闺秀诗选：

> 力崇雅正斥新声，暝写晨书勘校精。却笑冬烘迷五色，闺中玉尺自持平。方选国朝名媛诗集。[11]

其中对"雅正"与"新声"的态度，亦与包世臣所言相合。张㭎英的"闺中玉尺"特重诗教自不待言。于诗法亦有所坚持。如《诗传》中有"录林烈妇一首"[12]，传末附"时钱塘有烈妇汪氏者，效文女，夫死亦赋诗绝粒卒，诗不工，未录"，虽然以效仿者事迹附于传后，但声明诗不工，也可见出其去取之意。

在选诗的地域范围上，张㭎英继承了恽珠《国朝闺秀正始集》力求广泛的征集理念。恽珠在弁言中提到自己处理域外汉诗的经验，"朝鲜虽自天聪年间即奉正朔，究系属国"，因此将朝鲜闺秀四人的诗作置于附录中。张㭎英亦通过幼弟曜孙广征域外汉诗。在写给朝鲜译官李尚迪的信中，张曜孙提到："名媛诗多清艳之致，已编入家姊《国朝列女诗录》中。惟念东国为人文渊薮，名媛当不仅此数家，尚望广为搜罗，以著一时之盛。"[13]说明他此前已经通过李氏搜求朝鲜闺秀诗作，并获得㭎英的采纳。

二、起讫时间

沈善宝《名媛诗话》编纂的起讫时间，在诗话的第十一卷中有明确记录："余自壬寅（1842）春送史太夫人回里[14]，是夏温润清又随宦出都，伤离惜别，抑郁无聊，遂假闺秀诗文各集并诸闺友投赠之作，编为《诗话》。于丙午（1846）冬落成十一卷。"[15]沈善宝寄母史太夫人回里事，在沈善宝的别集《鸿雪楼诗选初集》中有明确系年，事在道光二十二年（1842），[16]也即这部诗话着手编写的时间。《名媛诗话》历时五年落成后，沈善宝复辑续编三卷，其中所记时事最晚至咸丰二年（1852）。

关于张㭎英《国朝列女诗录》的编纂时间，她的好友沈善宝在二人相识之初便有所提及。道光十八年（1838），由杭州入都不久的沈善宝初识张㭎英，在《题张孟缇〈陶山赠别吟卷〉》的赠诗中写道：

> 林下高风思不群，词坛笔阵扫千家。即看此日珊瑚网，收尽金闺锦绣文。时选本朝闺秀诗。[17]

《陶山赠别吟卷》是道光九年（1829）张琦亲手为女儿送别所书，沈善宝将张㭎英选诗的志业记入这组题诗，似乎也有意彰显张氏家学背景。这首诗可以说明，最晚在道光十八年，张㭎英已经着手选录闺秀诗。张纨英写作《国朝列女诗传》，也开始于道光十八年，这一年她整满四十岁。张㭎英《寄若绮妹即寿四十初度兼示婉紃妹仲远弟》的祝寿诗中提到了四妹纨英（字若绮）协助她编纂诗选之事：

> 愿祝西池锡大年，相将订我玉台编。汉家十志长生篆，刘氏全书不老丹。太息吾衰事难竟，简策丛残多未定。考俗思陈列国风，无邪欲正中闺行。阃内非凭文字传，少时艰苦亦堪怜。百龄扰扰终何补，一世悠悠未足言。我倡新诗为子寿，凤志应须早成就。

他日编书集一门,白头重与绳愆谬。[18]

同年张纨英寄给长姊的诗札《秋怀寄孟缇姊》中也写道:

> 老去心情苦著书,红笺久薄女相如。大家自有名山业,一代文章付石渠。姊著有《国朝列女诗录》。
>
> 四十年华转瞬过,中郎世业竟蹉跎。疏顽愧作刘家妹,只把名篇万遍歌。姊寄寿诗。[19]

姊妹二人相互激励,以选政为名山事业,可见对于编选闺秀诗的重视。张纨英的自注中还提到诗选的题名为《国朝列女诗录》,说明此时集名业已确定。十年之后,她们的幼弟张曜孙回忆季姊纨英为文的开端:"初未见其为文也。年四十,忽为文示余,余以为工……伯姊孟缇尝辑闺中诗为《国朝列女诗录》,若绮为作传。"[20]纨英忽然开始写作古文,很可能与辅助乃姊编纂《国朝列女诗录》并撰写诗人小传有关。

道光二十一年(1841),张𫄨英五十寿辰,幼弟张曜孙为她刊刻《澹菊轩初稿》四卷,并广征题咏。这时距离张氏姊妹着手编选闺秀诗已经过去至少三年,选诗的消息亦不胫而走。沈善宝为诗集所作的序言有"选来佥艳,远过《撷芳》;细辑然脂,接踪《正始》"[21]之句,即指张𫄨英选政。不过清道光刻本《澹菊轩初稿》与《江南女性别集》整理本沈序落款皆作"道光辛卯九月",即道光十一年(1831),此处疑为"道光辛丑"之误。文中语涉张琦夫妇辞世事,分别在道光十一年、十三(1833)年,则是序写作时间不可能早于道光十三年。且沈善宝北上入京在道光十七年(1837)末,此后方与张𫄨英初识,作序称"五载交深",推算在道光二十一年辛丑。结合张曜孙整理《澹菊轩初稿》的时间(道光二十年)和张𫄨英五十寿辰(道光二十一年),可为此序写作时间勘误。与此同时,寓京闺秀朱玙(小苣)为《澹菊轩初稿》所作的题诗中,亦有"锦绣囊偏富,珊瑚网莫遗"句,自注"君有闺秀诗选"[22]。

是年张纨英寄长姊贺寿诗《寄怀孟缇姊并祝五十寿》中,再次提到了张𫄨英的选诗事业:

> 初集编香茗,新图袭锦囊。无文惭作序,述德婉成章。仲远弟校刊姊《澹菊轩诗词稿》,并绘《澹菊轩图》为寿。复就名山业,堪为石室藏。采风严雅郑,传注学毛苌。丹汞金砂拣,毫厘玉尺量。中闺人物志,内史姓名详。姊著《国朝列女诗录》。志意争千载,流传必四方。[23]

从纨英的诗中可以见出张𫄨英的高标,志在名垂千载、流传四方。选政也为张𫄨英带来闺秀诗坛的盛名,与沈善宝交好的旗籍闺秀西林春(顾太清)在《惜黄花·题张孟缇夫人〈澹菊轩诗舍图〉》中称赞她"彤管振琳琅,闺阁知名宿"[24]。联系西林春一向对闺秀以诗扬名所持"吾侪视若赘,坊刻灭如烟"的保守态度来看,她对张𫄨英的称颂也可作为赞同其诗教观念的佐证。

道光二十六年(1846),《名媛诗话》甫一脱稿,沈善宝立即把这个消息告诉了远在武昌与弟妹团聚的密友张𫄨英。𫄨英在回复的诗里一面称赞闺友的成就,一面为自己的闺秀诗选担忧:

> 中馈尤难兼著述,一代诗篇勤论列。彤管新标月旦评,玉台已就名山业。愧我陈编插架看,半生心力渐凋残。三千环佩精诚合,万卷丹铅抉择难。拙著《国朝列女诗录》,约三千

余家,尚未能编定也。

其中"玉台已就名山业"之句,使人不由想起编选之初缃英对纫英"相将订我玉台编"的期许,及纫英在长姊五十初度时"复就名山业,堪为石室藏"的热忱。现在,同样的措辞用在了祝贺闺友新作的诗句中,而自己的事业却远未达成。"中馈尤难兼著述"道出了女性作者于家务繁琐中坚持著述的不易,不但是对沈善宝的褒扬,也是张缃英自己亲身经历的写照。然而这首诗所反映的衰颓心境,却是正处在精力与才华顶峰的沈善宝所难以理解的(时张缃英55岁,沈善宝39岁)。道光二十五年(1845)武昌相聚,本是张氏姊弟四人十五年来日夜期待的重逢,但一门上下半年内连遭弟妇包孟仪、纶英夫孙劼、纫英夫王曦三丧,加之舟车劳顿,一堂皆悲忧劳苦、戚戚不欢。在这样的气氛中,五十五岁的张缃英感到衰老将至,为弟妹悲伤的同时,也开始为自己的名山志业忧虑起来。

这一年五月,张缃英的丈夫吴赞(伟卿)殁于京邸。[25]可以想见,迁延十载的选政事业可能因此不得不暂时中止。数月之后,张曜孙在季姊的文集序言中不无悲哀地写道:

> 姊今五十,余亦四十二矣,老之将至,学将安成?先大夫、世父之绪,恐将藉姊继之。校刊是编,不觉忽然生感也。伯姊孟缇尝辑闺中诗为《国朝列女诗传》,若绮为作传,先后得若干首。孟缇全书尚未成,先附刊焉。[26]

自纫英四十岁寿辰与乃姊相期"他日编书集一门"至此,已经过去十年了。检《餐枫馆文集》中的48篇诗人小传,皆前辈闺秀,未见同时代作者。若非凡例有不录存者的定例,或者姊妹二人有时代上的分工,则以纫英刊布的文献来看,所著录的诗人仅至清中叶,人数距孟缇自述的"三千余家"也相差甚远,全编似乎远未完工。

三、诗话与选政

张缃英、沈善宝二人同寓京师、密切往来的十年,正是张缃英潜心选政的十年。尽管《国朝列女诗录》未能传世,但沈善宝《名媛诗话》中保存了许多有关闺友选诗的细节和踪迹,借此或可一窥二人在著述编纂过程中的相互影响。

与曼素恩在《张门才女》中的推测不同,沈善宝著述的起始时间略晚于张缃英选诗,甚至可能受到了张氏的启发。沈善宝入都的动机,如她自己"要将文字动公卿"[27]的诗句所言,很大程度上是为了扬名。入都之初,沈善宝便积极拜谒公卿名宿,并结交闺阁名媛。通过寄母史太夫人和闺友许延礽,她在半年之内与当时著名闺秀诗人潘素心、西林春及阮元府中诸女眷多有往还。沈善宝很早便注意到张缃英的选政,初识便有《题张孟缇〈陶山赠别吟卷〉》言及此事。在这组题诗的前两首中,沈善宝皆以张缃英的经历与自己相比,如"侍养输君四十年"感慨父亲早逝,"坞笼叠奏阳关曲,百感中来可奈何"悲叹自己兄弟失和。因此,当看到张缃英"词坛笔阵扫千秋"[28]的名山事业,她很可能联想到自己的扬名夙愿。

道光二十一年(1841),沈善宝为《澹菊轩初稿》所作序文中提到,张缃英操闺秀选政"选来夺艳,远过《撷芳》;细辑然脂,接踵《正始》"[29],似乎已经见到过张氏诗选的手稿。沈善宝开始撰写《名媛诗话》也在这一年,历时五年初竣。与张缃英的编选对象相重合,她的取材范围也是清代闺秀诗人,写作时间略晚于《国朝列女诗录》而成书更早。《名媛诗话》涉及张氏选政的情况,除前文提及"张绷英"条"另选闺秀诗一集,搜罗甚富,尚未付梓"的记述之外,另有卷十"昨于孟缇处借闺秀诗稿"[30]云云,可以说明沈氏著作有部分文献素材可能来自张绷英已经收集的资料。张纨英《餐枫馆文集》中刊布的《国朝列女诗传》,传主四十余人,许多在《国朝闺秀正始集》、《撷芳集》等选集和《燃脂余韵》、《闺秀诗话》等诗文评中不见著录,可见张氏姊妹在当时占有了部分鲜为人知的一手材料,保存了许多闺秀诗人的事迹和作品。然而,这些传主中有十八人出现在了沈氏《名媛诗话》里,且《名媛诗话》开篇第一则"顾若璞"、第二则"毕著",与《国朝列女诗传》前两则的姓名、顺序相同。不过因为难以见到张氏诗选的全文,对于《国朝列女诗录》是否采纳《名媛诗话》的材料,却不得而知。结合沈善宝自叙"余寓春明已十二载,最相契者太清、孟缇,不减同气之谊"的说法,若沈善宝与张绷英在月旦人物和诗词选政上彼此影响、相互切磋,也在情理之中。

沈善宝别集中最后一通写给张绷英的信札,时间约在咸丰三年(1853)[31],也即《名媛诗话》续集完成之后不久。此时张曜孙失守汉口,自经获救。数十年相依同居的姊妹们不得不避乱奔逃,一度避居武汉的张绷英与京中音问不通。沈善宝在《秋日怀孟缇》中既牵挂闺友"远水遥山信不通"的安危,又为她"著成缃帙书千卷"的事业忧心。离乱之中,张绷英诗集刻板悉数焚毁,[32]凝聚十数年心血的《国朝列女诗录》稿本亦无迹可寻。

虽然未能流传于世,这部闺秀诗选的题名却在后来的著述和史料中保存下来。《清史稿》卷二百五十九《列女传》有张绷英传,称"绷英尝编次《国朝列女诗录》,纨英为作传,简雅合法度"。施淑仪《清代闺阁诗人征略》[33]、王蕴章《燃脂余韵》[34]、徐乃昌《小檀栾室汇刻闺秀词》及《清代毗陵名人小传》等,对张绷英编选《国朝列女诗录》事皆有著录。唯陈芸《小黛轩论诗诗》注为《国朝列女诗略》,[35]不知是否见到了简编版本。到了近代,胡文楷编纂的《历代妇女著作考》中对此选集仍有著录,[36]但标明"未见"。尽管如此,仍然可以通过其他文献的记录,钩稽张绷英《国朝列女诗录》的大致情况,推测其编选体例,考辨成书时间,分析它与《国朝闺秀正始集》、《名媛诗话》等同时代闺秀著述的关系。这些集中出现在清代中晚期的女性总集和诗话,共同见证了当时闺秀诗坛的繁荣,也成为中国古代文学总结时期诗学遗产的重要一环。

注　释:

[1] Susan Mann. *The Talented Women of the Zhang Family*. Berkeley and Los Angeles: University of California Press. 2007. Page. 106. 译文见曼素恩著、罗晓翔译《张门才女》,北京大学出版社2015年版,第94页。另外,此处如果译作"名媛诗话",需加"《》"。

[2] 沈善宝《名媛诗话》卷八,王英志编《清代闺秀诗话丛刊》,凤凰出版社2010年版,第482页。整理本在"闺秀诗"外加"《》",事实上这并不是张绷英总集的题名,不应加书名号。

[3] 张曜孙《〈餐枫馆文集〉序》:"伯姊孟缇尝辑闺中诗为《国朝列女诗录》,若绮为作传,先后得若干首,孟缇全书尚未成,先附刊焉。"胡晓明、彭国忠编《江南女性别集三编》,黄山书社2012年版,第1375页。

[4] 恽珠《国朝闺秀正始集》二十卷,清红香馆刻本,卷二叶第五。

[5] 张纨英《国朝列女诗传》,《江南女性别集三编》,第1407页。

〔6〕 据《清史稿》卷二四五《列女传》,陈之遴顺治十三年坐结党,以原官发盛京居住。同年冬命回京入旗。十五年复坐贿结内监吴良辅,流徙尚阳堡,死于徙所。

〔7〕 包世臣为张琦所撰墓表称"编修(张惠言)工选赋,君(张琦)工选诗",李桓编《国朝耆献类征初编》第247卷,叶第五一。明文书局1985年影印,第163—233页。

〔8〕 张缙英《题周保绪先生姬人〈伫素楼词稿〉》,《江南女性别集四编》,黄山书社2014年版,第689页。

〔9〕〔18〕 张缙英《寄若绮妹即寿四十初度兼示婉紃妹仲远弟》,《澹菊轩初稿》,胡晓明、彭国忠编《江南女性别集四编》,第697页。

〔10〕〔23〕 张纨英《寄怀孟缇姊并祝五十寿》,《邻云友月之居诗初稿》,《江南女性别集三编》,第1344页。

〔11〕 《江南女性别集》整理本此处将"国朝名媛诗集"误加书名号。见《澹菊轩初稿》姚福增题辞,《江南女性别集四编》,第643页。

〔12〕 张纨英《国朝列女诗传》,《江南女性别集三编》,第1412页。

〔13〕 醉香山楼《海邻尺赎》"张曜孙书信"条,美国哈佛大学燕京图书馆藏抄本。转引自温兆海《朝鲜诗人李尚迪与晚晴诗人张曜孙交游行述》,《东疆学刊》第20卷,2013年第1期。

〔14〕 李太夫人史氏,寿光李世治室,道光八年(1828)与沈善宝相识于袁江,抚为义女。十七年(1837)闻湘佩生母弃养,召至京寓,为择配遣嫁。见《名媛诗话》卷七,王英志编《清代闺秀诗话丛刊》第一册,凤凰出版社2010年版,第459页。

〔15〕 沈善宝《名媛诗话》卷十一,王英志编《清代闺秀诗话丛刊》,第547页。

〔16〕〔28〕 沈善宝《送李寄母史太夫人回安邱》,《鸿雪楼诗选初集》卷八,沈善宝著、珊丹校注《鸿雪楼诗词集校注》,中国社会科学出版社2012年版,第239页。

〔17〕 沈善宝《题张孟缇〈陶山赠别吟卷〉》,《鸿雪楼诗集初选》卷六,《鸿雪楼诗词集校注》,第189页。

〔19〕 张纨英《秋怀寄孟缇姊》,《江南女性别集三编》,第1335页。

〔20〕 张曜孙《〈餐枫馆文集〉序》,《江南女性别集三编》,第1375页。

〔21〕 沈善宝《〈澹菊轩初稿〉序》,《江南女性别集四编》,第628页。

〔22〕 整理本此处将"闺秀诗选"误加书名号。见《江南女性别集四编》,第651页。

〔24〕 西林春著,金适、金启孮校笺《顾太清集校笺》,中华书局2012年版,第702页。

〔25〕 《海邻尺素》张曜孙致朝鲜李尚迪书:"伟卿(吴赞)之卒,在今岁五月中。家孟缇女兄以袷殡未归,尚居京邸。"转引自孙卫国《清道咸时期中朝学人之交谊——以张曜孙与李尚迪之交往为中心》,《南开学报(哲学社会科学版)》2014年第5期,第105页。

〔26〕 张曜孙《〈餐枫馆文集〉序》,《江南女性别集三编》,第1375页。

〔27〕 沈善宝《抵都口占》,《鸿雪楼诗词集校注》,第174页。

〔28〕 沈善宝《题张孟缇〈陶山赠别吟卷〉》,《鸿雪楼诗集初选》卷六,《鸿雪楼诗词集校注》,第189页。

〔29〕 沈善宝为《澹菊轩初稿》所作序,《江南女性别集四编》,第628页。

〔30〕 沈善宝《名媛诗话》,清鸿雪楼刻本,卷十叶第二十。

〔31〕 沈善宝作于癸丑(1853)年的《秋日怀孟缇》,《鸿雪楼诗选初集》卷十四,《鸿雪楼诗词集校注》,第346页。

〔32〕 张曜孙致朝鲜李尚迪书:"孟缇女兄年七十矣。前刻《澹菊轩诗》四卷板毁于楚中。今又得续稿

四卷,拟并前稿刻之。阁下辱为昆仲交,又与伟卿有缟纻之交,敢乞赐题一言,为千秋增重,至至恳恳!"见《海邻尺素》清抄本。

〔33〕 施淑仪《清代闺阁诗人征略》卷九,上海书店1987年版,第513页。
〔34〕 王蕴章《燃脂余韵》卷一,上海商务印书馆民国九年(1920)铅印本,第21页。
〔35〕 陈芸《小黛轩论诗诗》卷上叶第廿八,清刻本。
〔36〕 胡文楷《历代妇女著作考》清代八,上海古籍出版社2008年版,第531页。

〔作者简介〕 严程,清华大学人文学院中文系文艺学专业博士生。李裕政,清华大学人文学院中文系文艺学专业博士生。

《苏轼和陶诗编年校注》(中国古代名家集)

(杨松冀校注,人民文学出版社2016年8月版,33元)

和陶诗是古代文学史上的一个独特现象,苏轼首倡而成为一种风尚,历经千年而不衰。和陶这一文学活动标示的主要是对清高人格的向往和追求,对节操的坚守,以及保持人之自然性情和真率生活的愿望。

本书以现存宋刊单行本黄州刊本《东坡先生和陶渊明诗》为底本,校以宋景定补刊本《增补足本施顾注苏诗》、清查慎行《补注东坡编年诗》等。本书先列陶渊明原诗,再列苏轼和诗,对每首诗进行校勘、编年、笺注、辑评。注释力求精、准确、详尽。附录苏辙和陶诗、苏辙《东坡先生和陶渊明诗引》、东坡和陶总评、苏轼《问渊明》、《归去来集字》十首等。

"比德"视域下《楚辞》中"玉"和"香草"的角色分析

袁晓聪

"美人香草"是《楚辞》中的一组经典意象,对此前辈学者已多有研究。朱自清说:"他(屈原)将怀王比作美人……他又将贤臣比作香草。'美人香草'从此便成为政治的譬喻,影响后来解诗作诗的人很大。"[1]作为"贤臣"的一个比喻,"香草"意象被赋予了一定的道德品质意义,这和儒家以玉比喻君子的德行,有着异曲同工之妙。考察《楚辞》,其中"香草"和"玉"两个意象虽同有道德人格的指义,但在具体的语境中所扮演的角色仍有区别,不能一概而论。学界迄今为止未作深入探讨,因此本文试对两者进行比较分析。

我国古人不喜抽象思辨,也很少对道德人格的概念作出严密的界定。古人一般比较喜欢用抽象名词的"客观对应物"来具现其意义。比如在中国文化史上,梅、兰、竹、菊经常被用作高洁的精神品格象征,豺、狼、鼠、蝇被用作丑恶的象征。

在《楚辞》中,"玉"和"香草"作为道德品质的象征,其意义内涵有着很大的不同。

首先,从"客观对应物"的自然属性来讲,"香草"比"玉"更容易枯萎变质,它们在屈原的"比德"思想中分别有着不同的意义。春秋战国时代,随着理性精神的觉醒,以及对儒家伦理道德的宣扬,人们对自我完善的要求得到进一步强化,甚至将人格的完善当作生命的全部价值去追求。屈原就是这样的一位诗人,他将"修名"看的比生命还重要,他始终坚持追求高洁的品质,哪怕直至死亡,即用他的话说就是"伏清白以死直兮"。在《楚辞》中,屈原选择了多种"香草",如有江蓠、辟芷、留夷、揭车等,来表示美好的人事。但这些"香草"容易衰落变质,所以作为修身之物的"香草"要时时换新以修洁,表现在诗歌作品中则是以不断地"佩带"香草的行为来暗示自己修身以洁的思想意识。又因为"香草"容易枯萎变质的自然属性,屈原也以此对贤才的"变坏"作了比较形象的文学书写。作品中诗人抒发"香草变质"的伤感,云"哀众芳之芜秽"[2]。一般认为,"众芳"即指屈原培养起来的贤才。在《离骚》中屈原屡次痛恨昔日的"盟友"变节为今日的"敌党":"兰芷变而不芳兮,荃蕙化而为茅。何昔日之草兮,今直为此萧艾也。"[3]兰芷、荃蕙指变节前的人才。而茅、萧艾则指变质后的政敌。这些贤人之所以变质变节,在屈原看来主要是因为不喜修身的结果,所以他说:"岂其有他故兮,莫好修之害也。"[4]屈原本来以为"兰草"是可以依靠的,却不知它华而不实只是徒有其表:"予以兰为可恃兮,羌无实而容长。"[5]可见,芳草虽美,终有零落变质的时候。所以屈原选择以"香草"的变质来比喻贤才的变节,充满了文学形象性。相比之下,屈原更倾向于以

本文收稿日期:2017.9.8

"美玉"自比,这不单是因为美玉比较不容易变质的自然属性,更重要的是在儒家的观念里"美玉"是君子的象征。在《离骚》中他说:"览草木其犹未得兮,岂珵美之能当?"[6]珵,即美玉。这句话以草木和美玉对比,突出了"珵"的美好。又云:"何琼佩之偃蹇兮,众薆然而蔽之。惟此党人之不谅兮,恐嫉妒而折之。"[7]琼佩,即玉佩。"惟兹佩之可贵兮,委厥美而历兹。"[8]佩,即玉佩。以上均是屈原以美玉自比,并且抒发了其美质惨遭埋没的哀叹。所以,在屈原的"比德"思想中,虽然以"香草"比喻贤臣,但他更倾向于以美玉自比,寓意着"坚贞的"君子人格之美。

在《楚辞》中,"香草"意象的内涵较为复杂。首先是作为饰品被用作修身的美物,如"扈江离与辟芷兮,纫秋兰以为佩";[9]"佩缤纷其繁饰兮,芳菲菲其弥章"[10]等,都是将"香草"作为修洁之物。屈原佩带"香草"目的是为了表示自己的洁身自好,是一种动态修身过程的文学性的直观展示。所以在《楚辞》中,随处可见主人公不断佩带"香草"的动作、身影以及神情。屈原认为佩带"香草"是一个人追求美好品德的行为标志,流俗之辈是不能服习的,即所谓"謇吾法夫前修兮,非世俗之所服"[11]。但是,芳草容易枯萎,所以要时时整理和佩带以保持新鲜芬芳,即"溘吾游此春宫兮,折琼枝以继佩"[12]。屈原爱好美德,但是却屡遭排挤,"既替余以蕙纕兮,又申之以揽茝。"[13]意思是:放弃我的原因是因为我身佩蕙草啊,又加上我用兰茝作为佩饰。[14]屈原博采众芳爱好美洁的行为,不被世人理解,"户服艾以盈要兮,谓幽兰其不可佩。"[15]可见,当时楚国政坛对"修洁"之人的排挤。是故屈原认为既然君王连"香草"、"恶草"这些草木都不分清楚,怎么可能还会识得美玉的质地呢?因此,在《楚辞》中,屈原以佩带"香草"表示自己修洁的行为,而以"美玉"表示自己的美好品质。进一步讲,君王连屈原的外在修洁行为都无法理解,还怎么懂得他内在本质的高洁呢?虽然屈原以"香草"比喻未变质的贤臣,但是他选择"香草"意象主要是因为"香草"具有容易变质的可能性,更容易表达屈原"众叛亲离"的心理情感。其实,他更多时候是以佩带"香草"说明一种修身的状态,因此从某种意义上说,屈原更倾向于以"美玉"喻示自己的君子之美。以上亦可见屈原对意象的选择有着比较充分的自然属性的考量,"玉"和"香草"都有着"天生丽质"的形象,但是"玉"的物理属性更加稳定,"香草"则比较容易变质或变坏。以"香草"譬喻更注重于其"由好变坏"的特征。"以玉比德"和以"香草修身"有着不同的文化意蕴。"德"是一个静态的结果,"修身"则是一个动态的过程,用"香草"来修身是为了达到"立德"这个目的。所以在屈原的"比德"思想中,其实是以"玉"为核心,以"香草"为辅助的。

其次,"香草"和"玉"两个意象的文化底蕴不同,因此所代表的意义也不相同。屈原以"香草"修身的原因,前人已经探讨过很多,一般认为是楚地的宗教文化、饮食文化等影响的结果。佩带"香草"用以修身多是宗教习俗的延续,但表明屈原"循礼仪、知养生、好修洁的品性人格,塑造一个有别于世俗的自我。"[16]洪兴祖《楚辞补注》云:"昔楚国南郢之邑,沅湘之间,其俗信鬼而好祠。其祠必作歌乐鼓舞以乐诸神。"[17]巫术祭祀是楚地最具代表性的文化。《汉书·郊祀志》:"楚怀王隆祭祀,事鬼神,欲以获福助,却秦师。"[18]上行下效,楚国巫风盛行。楚辞正是巫祭感性形式和现实理性思想的美妙结合。"纪楚地、名楚物"是楚辞的一个显著特征。"香草"是巫觋祭祀歌舞时的佩饰、祭品及道具。如《东皇太一》云:"抚长剑兮玉珥,璆锵鸣兮琳琅。瑶席兮玉瑱,盍将把兮琼芳。蕙肴蒸兮兰藉,奠桂酒兮椒浆。""灵偃塞兮姣服,芳菲菲兮满堂。"[19]是说巫觋手抚长剑玉石为珥,身上玉佩锵锵而鸣。献祭的供案上有玉瑱、芳草,蕙草包裹着祭品,下面还有兰叶,桂椒泡制的酒浆敬献上神。巫师翩翩起舞衣服亮丽,祭殿芳香馥郁让人心旷神怡。又如《云中君》云:"浴兰汤兮沐芳,华采衣兮若英。灵连蜷兮既留,烂昭昭兮未央。"[20]主祭者用芳香的兰汤浴身,以白芷洗头发,身穿华美五彩衣裳,芳香宜人绚丽如花。神灵附身,巫师身姿美好而让人流连,天色微明,夜犹未尽。再如《礼魂》:"成礼兮会鼓,传芭兮代舞,姱女倡兮容与。春兰兮秋菊,长无绝兮终古。"[21]传芭乃舞者手执香草,相互传递,春兰秋菊是春秋二季祭祀用的香花。总而言之,古人祭祀是为了达到人神沟通的目的。《九歌》中的香草大都芳香馥郁,是为了让神灵享受到香气。

另一方面,玉也是祭祀礼仪的重要物品。古人认为,玉是天地之精华,有灵性。《越绝书》云:"夫玉,亦神物也。"[22]一般而言,玉神物可作四种理解:其一,玉是神灵寄托之物体;其二,玉为神之享物;其三,玉为通神之神物;其四,玉本身就是神。[23]史前玉文化一个重要的特点便是灵玉崇拜,这种观念对后代人们尊玉、崇玉、爱玉等文化心理影响深远。从原始宗教文化的角度来看,"香草"和"玉"扮演的角色差异似乎不太大。但是,周公"制礼作乐",在尽可能保留前代各种巫祭仪式的前提下,赋予祭祀以新的人事内容。使得以"巫祝文化"为特点的原始自然宗教,转向为以社会伦理为核心的礼乐制度。《礼记·表记》云:"周人尊礼尚施,事鬼敬神而远之。"[24]极为精准的道出了当时文化思潮的变化。孔子曾说:"周监于二代,郁郁乎文哉,吾从周。"(《论语·八佾》)"吾学周礼,今用之。吾从周。"(《礼记·中庸》)表达了他对周礼的向往和赞美。也因此,孔子在前代原始玉崇拜文化心理的基础上,总结当时社会的用玉实际,赋予了"玉"以新的道德内容,最终形成了儒家"玉德观"。[25]也因此,"玉"成了君子的象征,代表着一种理想的人格精神。

但是,楚国贵族因地理位置和自身的原因,在文化上有意识地与中原地区拉开距离。《史记·楚世家》记载,楚王熊渠和武王熊通都曾在周王面前自称"蛮夷"。自称"蛮夷"也就是强调自己的政治传统、伦理风俗等不同于周王朝。所以楚国对中原文化的接受有其不彻底性。但屈原曾在外交部门任职,他吸收了中原的先进思想和文化。所以他对"香草"和"玉"的认识自然不同于别的人。在《楚辞》中"香草"以多种不同的面孔出现,诗人借此抒发感情、宣泄各种过激的情绪,使他获得暂时的解脱。而"玉"除了在"神游"模式中扮演带有沟通神灵的角色外,一般都比较正式的用来喻示自己的品德。应该说,在屈原这里,"香草"是楚文化的沿袭,而"玉"则是周文化的借鉴。但是这两者又不是截然分开的,屈原在"香草"的描述中,已深深地融入了儒家的伦理道德思想。所以,我们在解读"香草"意象的时候,总会和儒家的君子之德联系起来。其实,应该说屈原的"佩香草"是"君子佩玉"的外延。因此,我们认为"香草"和"玉"的原始涵义虽同脱胎于原始宗教,但是"玉"在经历了儒家的道德比附之后,已经具有了理性精神,并成为一种人格的象征;而"香草"在屈原之前似乎并没有人赋予它以道德内涵,屈原笔下的"香草"是在延续了楚地佩饰香草的文化风俗的基础上,赋予了它修身的象征性内涵。

孔子和屈原都是在用"原始意象"说话,即孔子用"玉"阐释了儒家的君子人格思想,而屈原则是用"香草"表达了自己愤懑的忧郁情怀。"一个用原始意象说话的人,是同时在用千万个人的声音在说话。他吸引、压倒并且与此同时提升了他正在寻找表现的观念,使这观念超出了偶然的暂时的意义,进入永恒的王国。"[26]是的,儒家之"美玉"和屈原之"香草"都是在原始意象的基础上得到了升华,成为永恒的文化意象。这背后是原始宗教文化的各种理念和仪式,同时也包含着孔子和屈原所赋予的新的内涵。蔡斯在《麦维尔研究》中提到一组神话原型,即堕落和追寻。屈原在政治失意,惨遭流放之后,他在作品中以"神游"的情节上下求索,力图从眼前的迷雾中挣扎出来。虽然在"神游"的情节中,"玉"和"香草"表现出同样的功用,但是在《楚辞》中,一般而言,"玉"是理性精神的体现,而"香草"则更多感性色彩。在屈原那里,"玉"主要体现的是一种质美思想,"香草"则体现的是一种修洁思想。一个是儒家精神的体现,另一个则是对楚地文化的发明。

第三,"玉德"即君子之德,是上天赋予的品质,包蕴着天人合一的文化理念。而"香草"并不具有这样的文化意义。在《楚辞》中,屈原曾说:"纷吾既有此内美兮,又重之以修能。"[27]可见,他不但重视内美,而且也很注意外修。何谓内美?王逸说那是内含天地之美气,今天解释为"先天具有的内在的美好德性"。[28]综合起来理解,就是天人合德。这是儒家的说法。屈原以"香草"之衰落喻示楚国政坛的昏暗,也以"香草"的变质暗喻贤才的变节,但是独以美玉自喻,"览察草木其犹未得兮,岂珵美之能当?"[29]意思是说考察选用的草木都不得当啊,难道能公正的衡量玉石的美质?可见,对自己内美的自信。"何琼佩之偃蹇兮,众薆然而蔽之。"[30]是说玉佩卓然高贵,但是"杂草"却被遮蔽了光芒。换句话说,玉滋润了草木,但是杂草丛生却遮蔽了玉的光芒。在屈原这里,"玉"代表的是一种质美,是上天赋予的;而"香草"则代表的是外在修洁之美,有后天努力的意思。又云:"同糅玉石兮,一概而相量。"[31]玉,比喻德行端正的君子。石,比喻谗佞的小人。"怀瑾握瑜兮,穷不知所示。"[32]是说自己身怀美玉一样的情质。这些都说明了屈原对上天赋予的德性或本质是十分重视的。在《九章》中,屈原也多次提到"质",云:"恐情质之不信兮,故重著以自明。"[33](《惜诵》)意思是说,担心内心的本性无人相信啊,所以要反复陈说表明自身。"情与质信可保兮,羌居蔽而闻章。"[34](《思美人》)我的心志若能真的保持啊,居处虽然蔽塞,也能名声显扬。"内厚质正兮,大人所盛。"[35]是说内心敦厚品格方正,为大人君子所盛赞不已。"文质疏内兮,众不知余之异采。"[36]外表质朴秉性木讷,众人不知我出众的文采。"怀质抱情,独无匹兮。"[37](《怀沙》)内心修美品格坚贞,无可匹敌。其实,屈原所说的"质"即是儒家所谓的"仁"、"义"等道德品质,所谓"重仁袭义兮,谨厚以为丰"[38]。《论语·子路》云:"子曰:'刚、毅、木、讷,近仁。'"所以,屈原口中所说的"内美",并不专指出身高贵,更多的是说自己具有君子的仁义品德。而且这种"德性"是上天赋予的。

儒家玉德思想包含着"天人合一"的精神诉求。儒家相信,天赋予人以基本的内在德性。"君子于玉比德","德"预示着一种内在的潜能。这就好比虽然人人都具有善端,但性善的人还不足以构成善人,因为认识并不等同于行为,一个没有经过修身的人可能有同样的潜能成为圣贤或成为罪犯。所以儒家特别注重修身,以此来达到激发这些潜能的目的。儒家玉德思想体现的是一种个体修身思想,同时预设了一种完美的人格形象——君子。孔子说:"文质彬彬,然后君子。"(《论语·雍也》)屈原也说:"精色内白,类可任兮。"[39](《橘颂》)这里诗人夸赞橘树外表鲜丽,内在纯洁,如同肩负重任的君子。所以,屈原也非常重视修身,"余虽好修姱以鞿羁兮,謇朝谇而夕替。"[40]"民生各有所乐兮,余独好修以为常。"[41]屈原的好修在《楚辞》中则意象化为不停的佩饰"香草",为了不让"修身"的"香草"枯萎变质,因此要时刻注意换新以保持其新鲜和芳香,这不但遵循了楚地之风俗人情,而且也使诗人的情感得到很好的抒发。在《楚辞》中,屈原很少以"香草"自喻,只是将"香草"用作修身之物,或者说以佩饰"香草"象征修身的一个动态过程。另一方面,屈原也以"香草"指代贤臣。作为一个有才能的人,屈原和其他"盟友"似乎没有区别,他爱好修洁,所以一直保持着美好的品质,而"盟友"则由于不好修身而失去了本质的美好变为"敌党",变为"恶草"。所以在《楚辞》中,"玉"代表的是本质美,"香草"更多的只是表示外在的修饰美。如果说"党人"之前也是"香草"的话,他们顶多是算一种"有才无德"的"香草",或最终变为"无才无德"的"恶草",而屈原才是真正的"有才有德"的"香草"。"有才有德"即体现出质美,也可说是玉美。

在"比德"视域下,《楚辞》中"玉"和"香草"这两个象征意象,各自扮演着相似而又不太相同的角色。首先,它们都和原始宗教文化有关,但是"玉"经过儒家的阐释被定型为理想人格的象征。"香草"在屈原笔下也赋予了修身的意义,内蕴着不断追求上进和美好的涵义。《楚辞》中的"香草":一种是真正的"香草",一种是变节的"香草",即变为"恶草"。屈原在政治上经历了从和"盟友"一起励精图治,为楚国之长远发展而努力的美好时期到后来遭小人猜忌,不被重用,"盟友"背叛为"敌党",并且惨遭流放,所以屈原在意象的选择上除了沿袭楚地的风俗习惯之外,还要必须考虑意象的形象类比性。屈原最终选择了"香草"作为"变节"之前的理想人格象征。这是物的自然属性决定的结果。一般而言,"香草"总是比"美玉"更容易变质。"盟友"的变质是因为不修身的缘故。他自己特别注重修身,并且以佩饰"香草"昭示自己的修洁行为。

其次,在《楚辞》中,"香草"是一个集体意象,"玉"则是一个个体意象。以"香草"比喻贤臣,在这种意义下,屈原是"香草"亦是贤臣。如《悲回风》:"故荼荠不同亩兮,兰茝幽而独芳。"[42]荼,苦菜。即恶草。荠,一种味甘的野菜。即香草。"鸟兽鸣以号群兮,草苴比而不芳。"[43]草,鲜草。苴,枯草。意思是说,荣草、枯草不能一起散发芳香。这种对比是一种艺术修辞手法,其所内涵的情感因子是好坏之别,并无特指意义。作为人格精神的象征,屈原更倾向于以"美玉"自比,是一种个体意象,换句话说,屈原独以"美玉"自比。我们在前文已多有阐述。此外,还有一种情况,就是以"香草"的凋零喻示诗人自己的悲剧命运,如"悲回风之摇蕙兮,心冤结而内伤。物有微而陨性兮,声有隐而先倡"[44]。悲悯疾风摇落蕙草,内心忧愁郁结。蕙草微小而丧失性命啊,风声无形却能发出声响。诗人以蕙草暗喻自己的凄惨命运,这种"香草"意象的选择更多地是体现了屈原的生命意识。也因此,这种"香草"的用法已经不是人格精神的象征,也不属于道德的范畴。

总之,作为《楚辞》中的两种不同意象,"玉"和"香草"的文化释义有相似也有不同。一般认为,"玉"意象更能象征高洁的品质,"香草"意象则更倾向于表达一种修身的思想。前者侧重于言说天生的心性,而后者则倾向于后天的修洁行为。并且在一定程度上,"香草"的零落也象征着屈原的悲剧命运。虽然如此,"玉"和"香草"意象又都指向道德层面的意义追求,也因此两者又有着相似的情感内蕴。

注　释：

〔1〕　朱自清《经典常谈》,生活·读书·新知三联书店1980年版,第93页。

〔2〕〔3〕〔4〕〔5〕〔6〕〔7〕〔8〕〔9〕〔10〕〔11〕〔12〕〔13〕〔14〕〔15〕〔19〕〔20〕〔21〕〔27〕〔28〕〔29〕〔30〕〔31〕〔32〕〔33〕〔34〕〔35〕〔36〕〔37〕〔38〕〔39〕〔40〕〔41〕〔42〕〔43〕〔44〕　林家骊译注《楚辞》,中华书局2010年版,第8、26、26、26、25、26、3、13、8、22、11、12、25、38、41、76、3、5、25、25、136、136、113、143、136、137、139、138、154、10、13、157、157、157页。

〔16〕　黄震云《楚辞通论》,湖南教育出版社1997年版,第232页。

〔17〕　洪兴祖撰,白化文等点校《楚辞补注》,中华书局2015年版,第44页。

〔18〕　班固《汉书》,中华书局1999年版,第1042页。

〔22〕　袁康、吴平辑录,乐祖谋点校《越绝书》,上海古籍出版社1985年版,第81页。

〔23〕　杨伯达《中国史前玉文化》,浙江文艺出版社2014年版,第13页。

〔24〕〔25〕　杨天宇《礼记译注》,上海古籍出版社2004年版,第724页、852页。

〔26〕　荣格著,冯川译《心理学与文学》,生活·读书·新知三联书店1987年版,第122页。

〔作者简介〕　袁晓聪,女,1983年生,南京师范大学博士研究生,主要从事中国古代文学研究。

《中国传统词学重要命题与批评体式承衍研究》

（胡建次、邱美琼著,中国社会科学出版社2016年版,74万字）

　　本书从一个维面切实展开与呈现了对我国传统文论承纳接受与创新发展的历史认识。全书上下两编,共二十四章。上编主要对传统词学中一些重要理论命题包括体制论、创作论、审美论中一些专题与范畴如中国传统词源之辨、词体之辨、词情论、词兴论、词意论、用事论、词味论、词韵论、词趣论、词格论、词气论、词境论的承衍予以考察;下编主要对传统词学重要批评命题包括批评论、宗尚论及批评体式中一些专题如中国传统词学尊体之论、政教之论、雅俗之论、本色之论、正变之论、体派之宗、南北宋之宗及传统词话、词学评点、论词绝句、词作选本、词学品说方式的承衍予以考察。本书围绕着不同词学专题的承纳接受与演变发展,专注于从思想养料与历史生成的角度加以清理,在历史的长河中比照异同,揭橥所潜藏的词学承衍内涵。始终以"承纳"为研究的立足点,从而钩索出不同理论批评专题的历史承衍过程及其丰富面貌的形成。其着力张扬的学术理念是揭橥更合乎历史逻辑的词学承衍历程,勾勒更入情合理的词学发展轨迹。注重历史的构架和宏观意识、关注不同专题内在的细微承纳与点滴创衍是其基本特征。本书的写作与出版,对于进一步拓展我国古代文论研究格局,对于不断深化对我国文论古今演变与贯通的认识,都具有深远的理论与现实意义。

张九龄与南方景象的审美化

陈曙雯

本文所说的"南方"是较长江以南更为狭窄的区域,重点指岭南,也包括贵州、湖南、福建、江西等地。这些地区定居着众多的非汉民族,至少在唐代时,他们还被统称为"蛮"或"獠"。而唐代的岭南道、江南西道等南方地区,又是官员贬谪的最主要去处。[1]人们即使因入幕、游历等原因去南方,也有"南行无罪似流人"[2]的惶恐。"夷獠之乡"与放逐之地的结合,使得南方人的地位明显低于北方,也使得南方景象在北方籍的士人与谪迁官员的话语系统中,呈现出令人畏惧的一面。张九龄作为出生于岭南的汉族移民的后裔,通过科举考试进入仕途,其经历极具特殊性。尽管后来成为开元名相,在他的仕宦生涯中,岭南人的身份还是给他带来种种不利与不便。如同他人的审视有助于自我意识的确立一样,张九龄观察南方的眼光始终与抱有文化优越感的北方华人保持距离,他笔下的南方图景呈现出与北方人的感受或想象完全不同的特征,其中也投射了特别的情感内涵。

一、"荒徼微贱"的身份困境

禅宗六祖慧能初见五祖弘忍时,弘忍谓"汝是岭南人,又是獦獠,若为堪作佛"[3]。獠是中国南方的古老民族,有很多不同的部落与分支,主要分布于湖南、四川、云南、贵州、广东、广西等地区,"獦獠"又写作"葛獠",有可能即是仡佬族[4]。弘忍作为主张众生平等的佛门中人,在佛性问题上尚且对南方獠人持分别之见,亦可见彼时南方异族地位之低。值得注意的是,弘忍的贬抑不仅指向作为族别的獠,也指向岭南地域自身。为人轻视的"岭南人",既包括那些异族,也包括生活在当地的汉人移民及其后裔。

张九龄出生于韶州曲江,据《旧唐书》本传,其曾祖为韶州别驾,家于此始兴,后世遂为曲江人。他所代表的一批汉人与当地土著一起,蒙受着代表国家主流文化的北方华人的歧视。生活在岭南的汉人,即使进士及第进入仕途,同中原华族相比,依然有着身份上的尴尬。《封氏闻见记》的这则记载便透露了些许信息:

> 贺知章为秘书监,累年不迁。张九龄罢相,于朝中谓贺曰:"九龄多事,意不得与公迁转,以此为恨。"贺素诙谐,应声答曰:"知章蒙相公庇荫不少。"张曰:"有何相庇?"贺曰:"自相公在朝堂,无人敢骂知章作獠。罢相以来,尔汝单字,稍稍还动。"九龄大惭。[5]

本文收稿日期:2017.6.8

材料的记述者意在展示贺知章的诙谐,但由此可以看到,"獠"已由对南方蛮族的称谓演化为对南方人的歧视性称谓。贺知章为会稽人,尚且有被骂作"獠"的可能,来自岭南韶州的张九龄自然更是"獠",所以在他位高权重时人皆避此字。

不过,也不能排除张九龄确有来自母系的"獠"人血统。据《新唐书》本传,张九龄在张说罢相后,改官太常少卿,出为冀州刺史,因其母不肯离乡,遂上表陈情,改为洪州都督,徐浩为张九龄所作神道碑也提及"太夫人乐在南国,不欲北辕"[6]。其母不肯北上固然有年老、思乡等常见原因,但"乐在南国"一语颇有意味,不免让人联想其身为獠人的可能性。丧妻而无子的柳宗元谪于永州时,苦于"荒陬中少士人女子,无与为婚"[7],深感忧虑。永州在五岭以北,尚且缺少浸染于汉文化的士人家庭,声名不显的张九龄之父娶当地蛮女也并非不可能。如果这一推测成立,张九龄所蒙受的歧视还会更深一层。

南方人遭受歧视,与落后的文化状况密切相关。唐代虽然结束了门阀之制,以科举制度为部分寒士打开入仕之途,但在张九龄的时代,南方尚无人以科举显名,既无以门第自傲的世家大族,又乏通过科举入仕的新贵,在地理与文化上都属于遐裔僻壤之地。中唐以前,在社会声望与地位上占据绝对优势的仍是关陇集团、山东集团与江南的世家大族。

张九龄于武后长安二年(702)及第,中宗神龙三年(707)应制举"才堪经邦科",得授秘书省校书郎。玄宗即位之初,又应"道侔伊吕科",迁左拾遗。[8]进入仕途的张九龄依然面临着地域歧视和身份卑微的困扰,长安三年流放岭南时即已认识张九龄并对其赏识有加的张说伸出了援助之手。《新唐书·张九龄传》载:"改司勋员外郎,时张说为宰相,亲重之,与通谱系,常曰'后出词人之冠也'。"[9]所谓"与通谱系",是理出二人同祖晋代张华的关系。这一谱系并不可靠,[10]但是反映出张说希望帮助张九龄摆脱岭南籍身份困境的努力。

即使有张说与之通谱,张九龄还是敏感地表明自己"臣本单族,过蒙奖拔","远自炎荒,忽至霄汉"[11]。在《咏燕》诗中,他以海燕自比:"海燕何微眇,乘春亦暂来。岂知泥滓贱,只见玉堂开。"海燕不知自身贱如泥滓,飞入玉堂,引起鹰隼的猜忌,故而表明心迹,"无心与物竞,鹰隼莫相猜"。《旧唐书·李林甫传》载玄宗欲用牛仙客,张九龄力谏,玄宗因问:"卿以仙客无门籍耶?卿有何门阀?"张九龄对曰:"臣荒徼微贱,仙客中华之士。然陛下擢臣践台阁、掌纶诰,仙客本河湟一使典,目不识文字,若大任之,臣恐非宜。"[12]这事涉及玄宗时期的吏治与文学之争。开元前期用人,一派重吏治才干,一派重文学才华,前者以姚崇为代表,后者以刘幽求、张说为首。[13]张九龄为相之后,用人亦重文学,而李林甫欲引牛仙客排挤张九龄。对于目不知书的牛仙客,张九龄言辞激烈,至谓"陛下必用仙客,臣实耻之"[14],引起玄宗不悦,终被罢相。玄宗提起门阀,已含不满与警告之意,张九龄深知自己"荒徼微贱"的身份难与作为"中华之士"的牛仙客抗衡,故引文学为自己增加分量,"陛下过听,以文学用臣"成为张九龄抵消微贱身份获得自尊的筹码。

在三十余年的仕宦生涯中,张九龄常于诗中以比兴之法吐露身份所带来的无奈。开元四年(716)辞官家居时,他有《林亭寓言》一诗:

> 林居逢岁晏,遇物使情多。萱草不时与,芬荣奈汝何。更怜篱下菊,无如松上萝。因依自有命,非是隔阳和。

芬芳的蕙茝不得时而无人欣赏,高洁的秋菊不如依附松树的藤萝,这很容易让人联想起左思《咏史诗》中"郁郁涧底松,离离山上苗。以彼径寸茎,荫此百尺条"的感慨。《感遇》诗是他的名篇,其七云:

  江南有丹橘,经冬犹绿林。岂伊地气暖,自有岁寒心。可以荐嘉客,奈何阻重深。运命推所遇,循环不可寻。徒言树桃李,此木岂无阴。

张九龄以生长于南方的丹橘自比,经冬不凋的江南丹橘,因为山河的阻隔,难以荐与北方之"嘉客"。北方人只知树桃李,却不知丹橘亦可成荫。与此相似的还有:

  重林间五色,对壁耸千寻。惜此生遐远,谁知造化心。(《涘阳峡》)
  孤桐亦胡为,百尺傍无枝。疏阴不自覆,修干欲何施。高冈地复迥,弱植风屡吹。凡鸟已相噪,凤凰安得知。(《杂诗五首》其一)

或以遐远之地不为人知的美景作比,或以植根不深又无依傍之孤桐自比。这些诗句来自张九龄在仕宦岁月中最深切的感受。

张九龄的人生自有其独特意义,他不仅昭示出寒士进入政权的可能性,更重要的是,尽管蒙受着一定程度的地域歧视,还是提升了岭南人的形象。"自公生后,大岭以南,山川烨烨有光气。士生是邦,北仕于中州,不为海内士大夫所鄙夷者,以有公也。"[15]乡邦典型的示范效应也激励着后来的追慕者,提升了岭南士人的文化自信心。当然,张九龄的意义已超出了岭南,在整个南方文化发展史上,他都是一个标记性人物。

二、作为"他者"的南方

  从东晋开始,山水作为独立的审美对象进入文人的视野。晋室南迁以后,江、浙一带秀美的风光给来自北方的士人以强烈的审美冲击,而且,山水与玄理之间有着微妙的关联,山水的澄明之境和玄学的深微之理可以互相印证。于是,晋人对山水呈现出前所未有的兴趣,亲近山水成为人物具有玄远之心的标记,山水诗也于此发轫。
  但是,华南的气候、物产、饮食、自然风光、民情风俗不仅不同于江浙,更与中原迥异,最让北方人难以应付、闻之色变的,是瘴气以及由之而致的疾病。正如美国学者薛爱华指出的,"在先唐文学中,诗歌里所描写的古老的南方意象,往往有习见的南越背景,充斥着有毒的植物、蜿蜒的虫蛇、人形的猿猴与猴精、赤色的天空、黑色的森林,以及巫术、神秘和困惑"[16]。唐代,官员南贬成为政治生活中的突出现象,与之相关的南方图景遂得以凸显。张籍在送别友人时,即根据想象描绘出一幅典型的谪迁图像:"去去远迁客,瘴中衰病身。青山无限路,白首不归人。"(《送南迁客》)不少被贬的官员最终死于瘴疠,感染致命疾病的可能与放逐之地的性质使得唐代文人笔下的岭南单向度地呈现出蛮荒恐怖的特色,狰狞可畏的一面易被放大,而风景宜人的一面多被忽略。无论是亲身经历或是身在北方遥想南国,都是习惯性地表达岭南甚或整个南方令人不适的一面,瘴疠与魑魅成为诗歌中突出的意象[17]。韩愈在贞元年间(785—805)被贬为阳山令,其《燕喜亭记》一文提及当地有"吾州之山水名天下"之语,当地土人为自己家乡的山水自豪,而韩愈更乐意描绘的景象却是"青鲸高磨波山浮,怪媚炫曜推蛟虬。山獠謹噪猩猩愁,毒气烁体黄膏流……阳山穷邑惟猿猴,手持钓竿远相投"(《刘生诗》)。当然,三十多岁的韩愈此时并未觉得悲哀凄惶,相反,这样的景象倒是与他猎奇好异、喜荒幻雄强之事的趣味相契合。而他在元和年间(806—820)被贬潮州刺史时,赴任途中所作的《泷吏》诗,则明显心境低落:

> 恶溪瘴毒聚,雷电常汹汹。鳄鱼大于船,牙眼怖杀侬。州南十数里,有海无天地。飓风有时作,掀簸真差事。圣人于天下,于物无不容。比闻此州囚,亦有生还侬。

借泷吏之口,描绘出来的潮州景象令人畏惧,"比闻此州囚,亦有生还侬",以故作轻松的口吻,直接道出了生还希望的渺茫。对于南方的食物如蛤蟆蛇虫之类,韩愈也是从心底排斥,虽说"我来御魑魅,自宜味南烹"(《初南食贻元十八协律》),但又"常惧染蛮夷,失平生好乐"(《答柳柳州食虾蟆》),对只是饮食上的同化于"蛮夷",也保持着戒备之心。

柳宗元也是唐代著名的南贬者之一,永贞元年(805)初贬湖南永州时,他能够欣赏贬谪地的山水,从中寻求心灵的平衡,达到"心凝神释,与万化冥合"(《始得西山宴游记》)的境界。他也把自己的精神与情感投射于山水中,《钴鉧潭西小丘记》中美而见弃的小丘,《小石城山记》中瑰伟之石,《愚溪诗序》中不适世用而清莹秀澈的溪水,皆被他引为同类,借以抒发心中郁结。但是,当他于元和十年再次南贬至柳州的时候,尽管作为刺史颇富政绩,山水对他的抚慰作用却减弱了,最终死于柳州的柳宗元从未在心底接纳过这块土地。[18]

元稹、白居易俱无贬谪岭南的经历,但皆有送客至岭南的长诗。元稹的《送崔侍御之岭南二十韵》,在抒发离别之情后,谆谆告诫崔韶"瘴江乘早度,毒草莫亲芟。试盅看银黑,排腥贵食咸。菌须虫已蠹,果重鸟先鸹",除了瘴气、毒草、蛊毒之外,对南方的食物也表现出深深的担忧,告诉友人应该如何化解易引起呕吐的肥腥之物,如何辨别野菌异果是否安全。白居易拟元稹之诗作《送客春游岭南二十韵》,遍叙岭南方物,且时时添加自注,代表了中原人对岭南全面而标准的想象:

> 瘴地难为老,蛮陬不易驯。土民稀白首,洞主尽黄巾。战舰犹惊浪,戎车未息尘(时黄家贼方动)。红旗围卉服,紫绶裹文身。面苦桄榔制,浆酸橄榄新。牙樯迎海舶,铜鼓赛江神。不冻贪泉暖,无霜毒草春。云烟蟒蛇气,刀剑鳄鱼鳞。路足羁栖客,官多谪逐臣。天黄生飓母(飓母如断虹,欲大风即见),雨黑长枫人(枫人因夜雷雨,辄暗长数丈)。回使先传语,征轩早返轮。须防杯里盅(南方盅毒多置酒中),莫爱橐中珍。

所谓枫人,晋人嵇含已有记载,"五岭之间多枫木,岁久则生瘤瘿,一夕遇暴雷骤雨,其树赘暗长三五尺,谓之枫人。越巫取之作术,有通神之验"[19],则亦与巫术有关。飓母则是作为飓风来临前兆的虹蜺,唐李肇《唐国史补》、刘恂《岭表录异》均有解释。南方不仅食物、服饰、风俗异于中原,还有令人恐惧的瘴疠、毒草、蟒蛇、鳄鱼、飓风、枫人以及叛乱与巫盅。白居易意在劝阻,故将北方人尤觉骇异的方物景象——罗列,希望对方产生戒惧之心。岭南多珍异之物,海外贸易发达,为此,唐王朝还于开元二年在广州专门设立"市舶使",所谓"牙樯迎海舶"反映的即是海上贸易的盛况。南游之客似亦为货物而去,故白诗结尾以"北与南殊俗,身将货孰亲。尝闻君子诫,忧道不忧贫"之语,告诫他不可重财货轻性命。元稹复作《和乐天送客游岭南二十韵》,一句"冠冕中华客,梯航异域臣",道出了中原人视野中岭南的异域特质。

元诗、白诗和韩诗描绘出的岭南在唐代具有代表性,对于北方人来说,这是陌生的、异己的甚至有性命之忧的区域,散发着令人不安的气息。在迁谪者的眼中,作为"他者"而存在的南方风土景象无疑在强化逐臣的悲剧命运,印证他们的苦难。能够超越于"他者"与"自我"的对立,以审美的眼光打量南方景象,还山水以本来面目的,除了柳宗元关于永州的游记外,在诗歌领域,只有张九龄。

三、家园与遂初

北方人畏惧的瘴气,对于自幼生长于岭南的张九龄来说,却视若平常,甚至自信"秋瘴宁我毒"(《夏日奉使南海在道中作》)。张九龄诗中的南方景象于他是熟悉的、亲切的,没有令人敬畏之处,不是外在于逐臣的"他者",而是他自我的镜像。不管是南归还是南贬,他的诗都有着独特韵味,流露出安宁祥和的气息,同样的意象也传达出与别人不同的情感内涵。

张九龄仕宦生涯中有三个低谷时期,这三个阶段所作的关于家乡的诗,前后跨二十余年,流露在诗中的心情却并未有不同。开元初,作为左拾遗的张九龄"封章直言,不协时宰,方属辞病,拂衣告归"[20]。时宰指姚崇,"封章直言"或指开元元年(713)十二月《上姚令公书》。[21]辞病去官后写的《南还以诗代书赠京都旧僚》诗中,流动着两种不同的情绪,情绪基调取决于行程的方向。"去国诚寥落,经途弊险巇。岁逢霜雪苦,林属蕙兰萎",离开家乡至京城,道路险隘,气候不适,情绪寥落;而去官南归时,情绪顿时变得欢快起来,"树晚犹葱蒨,江寒尚渺弥。土风从楚别,山水入湘奇。石濑相奔触,烟林更蔽亏。层崖夹洞浦,轻舸泛澄漪。松筱行皆傍,禽鱼动辄随",北方冬季蕙兰凋萎,南方则青松翠竹,树木葱茏,激流、山崖、轻舟、游鱼,这些美好的景象轻盈地涌出,映衬着轻松的心境。张九龄甚至为京都同僚看不到南方景物而惋惜,"惜哉边地隔,不与故人窥",迥异于北方人对南方的畏惧情绪。至于仕途还未充分展开即已中断,年未不惑的张九龄并未流露出忧虑之情。

开元十四年(726)五月,因张说罢相,张九龄也由中书舍人出守冀州,次年改洪州都督,十八年(730)转桂州刺史,充岭南道按察使。唐代贬谪官员通常是随着处罚的加重,地点逐渐向南迁移;而官员被赦免时,也多半是由南向北逐渐改任。由洪州刺史转桂州刺史,这是一次由岭北向岭南的迁转,前途并不乐观,但是他在赴任途中感受到的是"浦树遥如待,江鸥近若迎"(《自豫章南还江上作》),树木、鸥鸟都在等待、迎接自己回来,岭南的景物于他是友人般的亲切。在巡察岭南道所辖各州时,他看到的山水是"佳"而令人"怡然"的:

况乃佳山川,怡然傲潭石。奇峰岌前转,茂树隈中积。猿鸟声自呼,风泉气相激。目因诡容逆,心与清晖涤。(《巡按自漓水南行》)

一路上,奇丽的景象让他目不暇接,山水的清辉荡涤着心灵,心情平静而愉悦。即便张九龄心中有着远离政治文化中心的沮丧,他的诗至少并未因此受到影响。

开元二十四年(736)十一月,张九龄罢相,次年再贬荆州长史,期间因"善恶太分,背憎者众,虞机密发,投杼生疑,百犬吠声,众狙皆怒"[22]。虽然有忠而见疑、信而被谤的悲愤,有"归老守故林,恋阙悄延颈"(杜甫《八哀诗》之张九龄篇)的忠悃,诗歌中的一抹亮色依然是故乡与家园。卧病荆州时,张九龄开始了对故乡不可遏止的怀念,"行行念归路,烨烨惜光阴",迫切希望回到自己的旧居,那里的景色他历历在目,"云间目孤秀,山下面清深。萝茑自为幄,风泉何必琴",他深切希望"归此老吾老,还当日千金"(《始兴南山下有林泉,尝卜居焉,荆州卧病,有怀此地》),认为回去的生活,每日都胜过千金。他确实在旧居度过了最后的岁月,开元二十八年(740)春南归扫墓,五月即卒于曲江,期间写下了《南山下旧居闲放》:

> 清旷前山远,纷喧此地疏。乔木凌青霭,修篁媚绿渠。耳和绣翼鸟,目畅锦鳞鱼。寂寞心还闲,飘飘体自虚。兴来命旨酒,临罢阅仙书。但乐多幽意,宁知有毁誉。

这首诗的心情更为宁静,他的始兴旧居周围环绕着绿树修篁,云气缭绕,流水清澈,美丽的鸟儿叫出动人的声音,水中游鱼色彩斑斓。绣翼鸟和锦鳞鱼不是北方人以新奇的眼光打量的异乡风物,而是让他"耳和"、"目畅"的故乡之物,他只觉得熟悉而亲切。住在这几乎远离人世的地方,张九龄没有悲苦忧怨,而是赏此"幽意",超出毁誉得失之外。

张九龄笔下的岭南景象之所以宁静宜人,是因为他对岭南的情感指向迥异于谪迁的官员。对于逐臣而言,向南的行程意味着远离家园,也意味着与政治中心、权力中心的渐行渐远,是故情绪日渐黯淡,不能生还的恐惧也逐渐加重;对于张九龄而言,向南的行程有着回到熟悉的家园以及更深层次的内涵。他在诗中反复言说"枥马苦蜷局,笼禽念遐征"(《秋晚登楼望南江入始兴郡路》),"鱼意思在藻,鹿心怀食苹。时哉苟不达,取乐遂吾情"(《南还湘水言怀》),"策蹇惭远途,巢枝思故林……鱼鸟好自逸,池笼安所钦"(《在郡秋怀》其二),以枥马、笼禽、池鱼等比受到束缚的自己,希望像鱼回到河水、鹿回到田野一样,回到自己的"故林"中自由自在。他也经常流露出对仕途的厌倦情绪和改变"初服"的惘然,"尝蓄名山意,滋为世网牵。征途屡及此,初服已非然",这首作于开元四、五年左右的《自始兴溪夜上赴岭》,即已流露出牵于世网的失落之感。每当政治上受挫,张九龄便流露出陶渊明式的"归去来"之意,"归去田园老,倪来轩冕轻"(《南还湘水言怀》),去官归家是轻快的。他人眼中蛮荒落后的岭南,对他而言,却有归隐与退守的意味,"祗役已云久,乘闲返服初"(《南山下旧居闲放》),遂初主题的加入使得这里成为他精神上的家园。

刘禹锡曾提及张九龄被贬后的作品:

> 世称张曲江为相,建言放臣不宜与善地,多徙五溪不毛之乡。及今读其文,自内职牧始安,有瘴疠之叹;自退相守荆门,有拘囚之思。托讽禽鸟,寄词草树,郁然与骚人同风。嗟夫,身出于遐陬,一失意而不能堪,矧华人士族而必致丑地,然后快意哉。[23]

此中不无讥讽之意。因为对张九龄政治举措的不满,刻意强调其"出于遐陬"的身份,并将之置于与"华人士族"对立之地,已失平允。平心而论,张九龄之诗多"托讽禽鸟,寄词草树",但无论是外放任桂州刺史,还是罢相贬荆州长史,皆未流露出对南方风土的不适之感,亦即所谓的"瘴疠之叹"。至于"拘囚之思",则要看造成拘囚之感的对象为何。刘禹锡所说的"华人士族"亦即北方官员被贬南方后,陌生的南方环境极易让他们形成囚笼之感,景物、风土、物产都在强化着他们对命运的悲叹。使张九龄生发"拘囚之思"的,不是南方的环境,而是仕宦生涯本身,是对不能回归初心的厌倦。他一直以审美的眼光审视这里的风物,这固然是因为生于斯、长于斯而天然具备的自然而然的眼光,也与北方人眼中单一的、不无夸张的南方图像的激发有关。虽然上文提及的描绘或想象南方的几个北方诗人年代上都晚于张九龄,但是在他同时代以及更早的时候,都不乏类似的描绘,他在政治生活中感受到的微妙的地域歧视也与这种描绘相映衬。来自他人的排斥强化了他对自己岭南人身份以及南方景象的认同,并将故土视为精神家园。

四、猿鸣情绪色彩的方向性

张九龄诗中的猿鸣极具特色,也是他所描绘的南方景象的一部分。唐诗中的猿声有哀鸣与清啸之别,分别对应着悲慨与超脱的心境。[24]张九龄诗中的猿鸣,则与之有所不同。张诗中写到猿鸣的一共十处,依据行程与情绪的不同可以分为三组。第一组:

望鸟唯贪疾,闻猿亦罢愁。两边枫作岸,数处橘为洲。(《初入湘中有喜》)

吾亦江乡子,思归梦寐深。闻君去水宿,结思渺云林……东南行舫远,秋浦念猿吟。(《别乡人南还》)

月明看岭树,风静听溪流。岚气船间入,霜华衣上浮。猿声虽此夜,不是别家愁。(《耒阳溪夜行》)

猿鸟声自呼,风泉气相激。(《巡按自漓水南行》)

这四首诗的行程皆指向南方。《初入湘中有喜》诗中有"归棹入湘流"之句,确知也是归来之旅。猿是南方之物,听到猿声对张九龄来说,有着与别人不一样的感受,意味着渐近故乡,因而"闻猿亦罢愁"。《别乡人南还》流露出对南归乡人的欣羡之意,"吾亦江乡子,思归梦寐深。闻君去水宿,结思渺云林",想象归去的船渐行渐远,自己也思念起南方的猿鸣。《耒阳溪夜行》可能作于开元初去官南归或开元十四年祭南岳途中,张九龄夜行于耒水之上,眼中的景色是风静月明,树木高耸,溪流潺潺,夜色中雾气漂浮,霜华沾衣。对于山中水面漂浮的雾气,张九龄没有恐惧地称之为瘴气,而是使用了不乏优雅意味的"岚气"。此夜的猿声,对别人而言或许堪愁,对自己而言却引不起丝毫愁情。《巡按自漓水南行》中,山水让人怡然,而猿与鸟都只是自己在那儿鸣叫,并无悲伤之意。总之,当行程指向南方的时候,张九龄笔下的猿鸣不见丝毫的悲伤情绪,反倒让人有熟悉、欣喜之感。第二组:

日夜乡山远,秋风复此时。旧闻胡马思,今听楚猿悲。念别朝昏苦,怀归岁月迟。壮图空不息,常恐发如丝。(《初发道中寄远》)

湘流绕南岳,绝目转青青。怀禄未能已,瞻途屡所经。烟屿宜春望,林猿莫夜听。永路日多绪,孤舟天复冥。浮没从此去,嗟嗟劳我形。(《湘中作》)

溪路日幽深,寒空入两欹。霜清百丈水,风落万重林。夕鸟联归翼,秋猿断去心。别离多远思,况乃岁方阴。(《赴使泷峡》)

孤楫清川渚,征衣寒露滋。风朝津树落,日夕岭猿悲。(《使还都湘东作》)

四诗皆为离家北上时所作,《初发道中寄远》具体时间不能确定;《湘中作》作于开元六年或十九年奉诏入朝途中;《赴使泷峡》为开元十四年祭祀事毕,离家北返,过乐昌泷作;《使还都湘东作》应作于开元十四年祭祀南海后的回京途中。[25]这四首诗中的猿鸣都是悲哀的,第一首"日夜乡山远"、"怀归岁月迟"二句实际是"今听楚猿悲"的原因,因为远离家乡,有怀归之情,故而觉得猿声悲哀。第二首诗因为"怀禄未能已"而"浮没从此去",北上的行程意味着离别,故而猿声不堪听。第三首"秋猿断去心",意指猿鸣悲哀而让人不忍离去,此情绪的形成同样是因为别离。第四首诗的基调也是"牵役"、"离别",是离开家乡陷于"尘缁",故而感受到的是征衣寒露,看到的是树叶飘落,听到的是猿猴悲鸣。第三组:

> 高僧闻逝者,远俗是初心。藓驳经行处,猿啼宴坐林。(《祠紫盖山经玉泉山寺》)
> 神女去已久,云雨空冥冥。唯有巴猿啸,哀音不可听。(《巫山高》)

此二诗皆不涉及家园或离别之情。前诗奉旨祭祀湖北襄阳的紫盖山,途径当阳的玉泉山,诗中猿啼的情绪指向并不明显,反而在宝刹梵音与高僧的映衬下,有了自在自得之意。《巫山高》中的猿啸虽是哀音,但只是袭用了习见的三峡猿声的情绪指向,以不变的猿鸣与已去的神女形成对照,是一种泛化的悲哀。

概言之,张诗中的猿鸣绝大部分关涉家乡,猿鸣的情感内涵则取决于行程的方向:当诗人向着南方,向着家园行进时,猿鸣令人罢愁乃至怡然;当诗人离家北返时,熟悉的猿鸣则成为哀音,映衬着离别的愁情。

结　语

对于中原士人或贬谪官员来说,岭南是有性命之忧的放逐之地,他们笔下的岭南风物是陌生的、异己的,带着沮丧与挫败的情绪。而对于张九龄而言,这些景象熟悉而令人欢欣,即便是猿鸣的情绪色彩,也随他的行程方向而变化。张九龄对于岭南所具有的特殊情感,并不仅仅是普通的思乡之情。家园与贬谪之地的叠合,使岭南从地理意义上的故乡抽象为他对抗政治失意的精神家园,对故乡景物风土的热爱与思念,蕴含着对摆脱世网、得遂初心的期盼。

张九龄的诗歌使南方山水回归日常化情境,呈现出本来面目。虽然这种将南方景象审美化的倾向在唐诗中并未引起多少直接的回响,其景物的气质却直接影响了盛唐的山水诗。明人胡应麟指出张九龄"首创清澹之派",其后王、孟诸人皆"本曲江之清澹而益以风神者也"。[26]而且,在吴越山水诗以清丽秀媚的齐梁之风取胜于开元前期的诗坛时,张九龄恢复谢灵运的古调,以骨力充实山水诗,提升了山水诗的格调与品位。[27]自然地展现山水的宁静安详之美,才会形成"清澹"的风格;以自己的深沉的人生感怀与精神追求灌注于山水景物中,山水诗才会骨力深厚。

注　释:

〔1〕 尚永亮《唐五代贬官之时空分布的定量分析》,《上海大学学报》2007年第6期。
〔2〕 杜荀鹤《赠友人罢举赴交趾辟命》,《唐风集》卷二,《文渊阁四库全书》本。
〔3〕 慧能著,郭朋校释《坛经校释》,中华书局1983年版,第8页。
〔4〕 芮逸夫《僚为仡佬试证》,《国立中央研究院历史语言研究所集刊》第20本上册,商务印书馆

1948年版。潘重规则认为"獦"是"猎"的俗写,"獦獠"即是以渔猎为生的獠族,见《敦煌写本六祖坛经中的"獦獠"》,《中国文化》第9期。

〔5〕 封演著,赵贞信校注《封氏闻见记校注》卷十"讽切"条,中华书局2005年版,第92页。

〔6〕〔20〕〔22〕 徐浩《唐尚书右丞相中书令张公神道碑》,《全唐文》卷四四〇,中华书局1983年影印本,第4491页。

〔7〕 柳宗元《寄许京兆孟容书》,《柳宗元全集》,上海古籍出版社1997年版,第243页。

〔8〕 因为史料记载的含糊性,关于张九龄及第时间、应制举时间及授官时间,后人多有误解。见王勋成《从选举制审视唐人的及第登科入仕》,《文学遗产》2010年第3期。

〔9〕 《新唐书》卷一二六,中华书局1975年版。

〔10〕 戴伟华《张九龄"为土著姓"发微》,《文学遗产》2011年第4期。

〔11〕 张九龄《谢工部侍郎集贤院学士状》,熊飞校注《张九龄集校注》,中华书局2008年版,第801—802页。本文所引张九龄的诗及文章,均采用熊飞校注本。

〔12〕 《旧唐书》卷一〇六,中华书局1975年版。

〔13〕 唐长孺编《汪篯隋唐史论稿》,中国社会科学出版社1981年版,第196—208页。

〔14〕 《新唐书》卷一二六《张九龄传》。

〔15〕 丘濬《唐丞相张文献公开凿大庾岭碑阴记》,《重编琼台稿》卷十七,《文渊阁四库全书》本。

〔16〕〔18〕 薛爱华《朱雀:唐代的南方意象》,程章灿、叶蕾蕾译,生活·读书·新知三联书店2014年版,第531、86—87页。

〔17〕 罗媛元《唐人在岭南诗歌意象中的书写》,《广州大学学报》2008年第10期。

〔19〕 嵇含《南方草木状》卷中,《清文渊阁四库全书》本。

〔21〕 何格恩《张九龄年谱》,《岭南学报》第4卷第1期。

〔23〕 刘禹锡《读张曲江集作并引》,卞孝萱校订《刘禹锡集》,中华书局1990年版,第263页。

〔24〕 刘亮《论唐诗中的"猿"意象》,《中国韵文学刊》2008年第2期。

〔25〕 熊飞《张九龄集校注》,第228页注1、第238页注1、第272—273页注1。

〔26〕 胡应麟《诗薮》内编卷二,上海古籍出版社1979年版,第35页。

〔27〕 葛晓音《唐前期山水诗演进的两次复变——兼论张说、张九龄在盛唐山水诗发展中的作用》,《诗国高潮与盛唐文化》,北京大学出版社1998年版,第88—90页。

〔作者简介〕 陈曙雯,1970年生,文学博士,南京信息工程大学文学院副教授。

盛唐古风式七律的历史定位

罗桢婷

从唐诗的发展来看,诗歌高潮在盛唐降临,离不开初唐诗歌的百年积累。以诗体而论,初唐诗人沿着齐梁以来的律化、骈化探索,通过不断的创作实践,最终确立律诗体制,号为"唐律",成为有唐一代之所胜[1]。其中,五律的定型早于七律,在武则天朝(684—705)就已确立;七律的成熟稍晚些,至唐中宗景龙二年至四年(708—710)才算基本定型。[2]

虽然七律的格律形式在初唐已经确立,但是,在盛唐的创作中,仍然存在大量拗律。具体数据如下[3]:初唐拗律的比例约为40%,盛唐仍占34%。如果不计杜甫所作(杜甫在盛唐的七律仅有五首,其余全部创作于安史之乱以后),盛唐拗律的比例更高达38%,几乎可与整个初唐持平(景龙二年至四年宫廷唱和约80%的合律率)[4]。

在初、盛唐拗律看似接近的数据背后,隐藏着彼此风格上的巨大差异。简言之,盛唐的七言拗律,不仅表现为"失律",更表现出饶有古意、不求工对、用古诗句法等特点,是以风格迥异于初唐[5]。然而,盛唐七律虽有"律非雅纯"[6]之嫌,却仍被后世视为难以企及的诗美巅峰。同时,与此相关的七律正、变问题,也造就了有关"唐人七律第一"的千古公案。

一、盛唐七律复古:从"唯声律论"到"兴象风骨"

据《唐会要》载:"开元二年(714)闰二月诏,令祠龙池。六月四日,右拾遗蔡孚献《龙池篇》,集王公卿士以下一百三十篇。太常寺考其词合音律者,为《龙池篇》乐章,共录十首。"[7]《全唐诗》除"龙池乐章"外,又收张九龄《奉和圣制龙池篇》,故现存同题之作,共有11首。以沈佺期之作最负盛名,被视为"初唐之冠冕"[8],又"大而拙,其势开启三唐"[9],诗曰:

> 龙池跃龙龙已飞(失律),龙德光天天不违(失对)。池开天汉分黄道(失粘),龙向天门入紫微。邸第楼台多气色,君王凫雁有光辉。为报寰中百川水(失粘),来朝此地莫东归。

此诗文辞散漫,失律主要集中在前半篇,也是全诗最能具古意的部分。例如,频繁使用重字:"龙"凡五次,"天"四次,"池"两次;颈联以"邸第楼台"对"君王凫雁",既疏朗古拙又出人意表。尾联拟对话而郑重嘱托"百川水",使自然客体人格化,也是以古风入律的典型。为此,

---

本文收稿日期:2017.3.17

后人大多把此诗视作崔颢《黄鹤楼》、《雁门胡人歌》,李白《鹦鹉洲》、《登金陵凤凰台》等盛唐七言拗律的滥觞。

无独有偶,同为由初入盛的宫廷诗人,崔日用所作《奉和圣制龙池篇》,也是以古风入律的典型拗律,诗曰:

> 龙兴白水汉兴符,圣主时乘运斗枢。岸上丰茸五花树,波中的皪千金珠(拗句:三平调)。操环昔闻迎夏启(拗句:"夏"出律)[10],发匣先来瑞有虞。风色云光随隐见,赤云神化象江湖。

据统计,沈佺期在初唐所作七律共有12首[11],除《守岁应制》外全部合律;崔日用也作有3首,全部合律。由此可见,沈、崔二人至盛唐的失律,绝非囿于能力。不仅如此,在全部11首"龙池"应制之中,共有7首拗律,合律率为36%,远低于初唐的平均水平。声律倒退的现象,到底是因何而起的呢?

回顾初唐宫廷的应制七律,以中宗景龙四年(710)的"奉和春日幸望春宫应制"为例。沈佺期有诗曰:

> 芳郊绿野散春晴,复道离宫烟雾生。杨柳千条花欲绽,蒲萄百丈蔓初萦。林香酒气元相入,鸟啭歌声各自成。定是风光牵宿醉,来晨复得幸昆明。

崔日用亦有诗曰:

> 东郊风物正熏馨,素浐鳬鹥戏绿汀。凤阁斜通平乐观,龙旗直逼望春亭。光风摇动兰英紫,淑气依迟柳色青。渭浦明晨修禊事,群公倾贺水心铭。

以上两首七律风格相似,皆可谓声律整饬,用词华赡;中二联对仗;绝无复字之嫌,是典型的初唐应制七律。若与前引"龙池"诗篇相比,自然是风格迥异。从"春日幸望春宫"到"龙池",前后相隔只有四年,说明从初唐到盛唐宫廷,应制七律的诗美追求,已经悄然转换,故胡应麟有云:"初唐七言律缛靡,多谓应制使然,非也,时为之耳。此后若《早朝》及王、岑、杜诸作,往往言宫掖事,而气象神韵,迥自不同。"[12]这与国运、时势、诗人心态,以及诗歌内在趋势皆有相关。即使是唐玄宗本人的好尚,也在以声律端稳为追求的中宗朝,表现出对声律拗峭的极大宽容,其为太子时所作《春日出苑游瞩》,曰:

> 三阳丽景早芳辰,四序嘉园物候新。梅花百般障行路(失律),垂柳千条暗回津(失律)。鸟惊直为飞风叶,鱼跃都由怯岸人。唯愿圣主南山寿(失律),何愁不赏万年春。

回到开元二年,更有姜皎的"龙池"应制,与沈佺期、崔日用诗并列,被清吴乔认为是"七律有未离古诗气脉者"[13]的典范。诗曰:

> 龙池初出此龙山,常经此地谒龙颜(失对)。日日芙蓉生夏水(失粘),年年杨柳变春湾。尧坛宝匣余烟雾,舜海渔舟尚往还。愿似飘飘五云影,从来从去九天关。

此诗仍然是七言拗律,也恰是在声律拗峭处,多用重(叠)字。其中,尾联以发愿口吻,一气而下,与沈佺期"龙池"尾联相近,诗曰:"为报寰中百川水,来朝此地莫东归。"又末句用两"从"字而能合律,则与崔诗"龙兴白水汉兴符"近似。尽管姜皎缺少初唐所作七律以资比较,但通过与沈佺期、崔日用诗的横向比较,也可以得出如下结论,即:无论是声律的拗峭,还是叠字、拟愿、流水对等遣词特质,抑或是洗去铅华、刻意古雅的古诗风貌,都是盛唐宫廷诗人的自觉追求。同时,这些具有声律瑕疵的七言拗律得以入选龙池乐章,也就随之成为王朝典范。这说明,盛唐宫廷已经有别于初唐,并不是将声律追求置于首位,而是着意锻炼诗意,追慕古风,兼顾"兴象"、"风骨"与"声律",故殷璠《河岳英灵集》评价盛唐诗云:"既闲新声,复晓古体。文质半取,风骚两挟。"[14]

有关盛唐七律的复古倾向,再以重(叠)字为例说明。从《诗经》开始,先秦诗歌便多用复沓以为流转,而七古(歌行)自诞生之后,亦多如此,如张衡《四愁诗》、曹丕《燕歌行》,以及释宝月、吴均的《行路难》等。然而,自齐梁以下,以五言为主的永明体日盛。诗人作诗,开始琢磨精致,故有意避忌重(叠)字。因此,重(叠)字与当用与不当用,便也成为一段公案。例如,南宋严羽不喜繁法,以"吟咏性情"的天然为趣,故以《古诗十九首》的"幸有弦歌曲"、"青青河畔草"等为例,指出:"古诗正不当以此论之。"[15]与此相反,明人胡应麟立足今体,讲究法度,故与严羽针锋相对,曰:"古人佳处,岂在是乎?""'青青河畔草'一章,六用迭字而不觉,正古诗妙绝处,不可概论,然亦偶尔,未必古人用意为之。"[16]总之,重(叠)字原属古诗传统,与近体化趋势背道而驰。因此,清毛先舒将李白《鹦鹉洲》视作七古,便是以重字作为证据的,其《诗辩坻》云:"调既急迅,而多复字,兼离唐韵,当是七言古风耳。"[17]然而,以七律写成的"龙池"诸篇,也恰是以重(叠)字为特色。除沈佺期、崔日用、姜皎三篇之外,还有姚崇的"此时舜海潜龙跃,此地尧河带马巡";蔡孚的"昔日昔时经此地,看来看去渐成川";张九龄的"天启神龙生碧泉,泉水灵源浸迤延"等。

事实上,初盛唐七古,如张若虚《春江花月夜》、刘希夷《代悲白头翁》、李颀《古从军行》等,仍是以重叠复沓为特色的。而初盛唐的七律创作,也都呈现出以重(叠)字矫正七律端丽凝重之弊的努力。其中,初唐以叠字为主,如"云山一一看皆美,竹树萧萧画不成"(苏颋《扈从鄠杜间奉呈刑部尚书舅崔黄门马常侍》);"羽卫森森西向秦,山川历历在清晨"(张九龄《奉和圣制早发三乡山行》);"骑仗联联环北极,鸣笳步步引南熏"(张说《扈从温泉宫献诗》)等,而重字虽有如李乂"此时朝野欢无算,此岁云天乐未穷"《人日重宴大明宫恩赐彩缕人胜应制》等,却很少见。盛唐七律的叠字虽不少见,却多用重字造成顶针、复沓效果。这也几乎已经成为崔颢、李白七言拗律的标准搭配,如下:

> 昔人已乘黄鹤去,此地空余黄鹤楼。黄鹤一去不复返,白云千载空悠悠。(崔颢《黄鹤楼》)

> 高山代郡东接燕,雁门胡人家近边。解放胡鹰逐塞鸟,能将代马猎秋田。(崔颢《雁门胡人歌》)

> 凤凰台上凤凰游,凤去台空江自流。(李白《登金陵凤凰台》)

> 鹦鹉来过吴江水,江上洲传鹦鹉名。鹦鹉西飞陇山去,芳洲之树何青青。(李白《鹦鹉洲》)

除此之外,如前所论,从对偶,到遣词造境、结撰谋篇,盛唐七律也都呈现出"文质半取,风骚两挟"的特质。而其间的简古流动、天真散漫,也无疑是对齐梁以来的一味律化、骈化、精致化创作,所作的反思与调整。

由此可见,尽管初、盛唐七律都存在着不少拗律,但二者之间却是有所区别的。简言之,初唐拗律的产生,大多是囿于能力,不能写出正格七律。例如,刘宪存诗四首,许敬宗、于季子各二首,全是拗律,是其"不能为"的明证;相反,盛唐诗人能作拗律的,都至少有一首正律存在,是其"能而不为"的明证。为此,清人赵翼指出:"(盛唐七律)尚多惯用古诗,不乐束缚于规行矩步中。"[18]这意味着,景龙宫廷诗人维持在80%以上的七律合律率,在盛唐突然跌落至初唐的平均水平,并不能看做是声律的倒退,而是意味着,七律创作已经由初唐的"重律",转变为"文质半取,风骚两挟"的盛唐风貌。

二、初盛唐的七古入律对七律的影响

在此之前,研究初盛唐的七律演变,学者大多着眼于"律篇的构建"。然而,如前所论,初盛唐的七律,无论是在声律上,如首句用韵的确立,还是在遣辞层面,如重(叠)字的使用,都与七古渊源颇深。因此,本文尝试引入"古风入律"的线索,借以考察初盛唐七古的发展趋势,以及对七律"文质半取,风骚两挟"的具体影响。比较两种思路的优劣,主要是:研究"构建律篇"原是以法度为常量,以风格为变量,强调诸如声律、对偶、遣辞等外在形制,有利于解决有关七律体制定型的问题;相反,研究"古风入律"的过程,却是以七古(风格)为常量,以格律(法度)为变量,强调的是七言古诗受"律化"影响,以独特的辞意风格日渐融入七律,并由此重塑七律风貌的过程。这是理解盛唐七律复古倾向的关键。

先来看初唐诗人刘希夷的《江南曲》组诗。其中,只有最后两首(其七、其八)全用七言,如下:[19]

> 北堂红草盛丰茸(丁),南湖碧水照芙蓉(丁:失对)。朝游暮起金花尽(甲),渐觉罗裳珠露浓(乙)。自惜妍华三五岁(丙),已叹关山千万重(乙:失对)。人情一去无还日(甲:失粘),欲赠怀芳怨不逢(乙)。(《江南曲》其七)

> 忆昔江南年盛时(乙),平生怨在长洲曲(甲)。冠盖星繁江水上(丙:失粘),冲风摽落洞庭渌(甲)。落花两袖红纷纷(丁:三平调),朝霞高阁洗晴云(丁:失对,又此处换韵)。谁言此处婵娟子(甲),珠玉为心以奉君(乙)。(《江南曲》其八)

若从既成的律诗法则来看,这两首诗虽为同题组诗,却分属古、律范畴:前诗押平声,一韵到底,是典型的"古风式七律";后诗换韵,先押入声,再换平声,所以只能视为"入律古风"。若抛开成法,回到诗律未备的初唐,则诗人落笔之初,未必有此预设,应是纵意所之,游走于古拙与精致、天真与雕琢、散行与对仗之间。只因转韵与否,便在组诗之中,分为古、律。

有关古诗与律诗的界限,清赵殿成注王维诗,曾云:"古、律之分,当以调以格,不当以韵。"[20]其中,"格"是风格,"调"归声律,意思与"格律"相当。从内容来看,刘希夷诗是"旧题新意":虽用汉乐府古题《江南曲》,却不止于沿袭旧题"美芳晨丽景,嬉游得时"的内容,[21]而是翻出新意,能得雅怨之情。从风格来看,以上两首七言可谓亦古亦今。首先,皆以散行为主,文辞粲然;其次,有工对,特别是其七首联,但又融铸楚辞意境,作美人香草之叹;至于声律,虽全用律句,粘对成篇,却偶有失粘、失对,变现出趋今而不泥于今体的独特风貌。这说明,在初唐时期,七古与七律之间,就已经埋下交融的伏笔。不难看出,兼取古、今而自铸伟词,正是刘希夷的用意所在;反倒是后世用以区别古、律的押韵方式,在他却是不以为然的。事实上,终唐一代,即使是在七律完备的中晚唐,也偶"跨界"之作,例如李商隐的《偶成转韵七十二句赠四同舍》。只是,初盛唐大多出自天然随意;而中晚唐则全是故意。[22]

至盛唐,"七古入律"的趋势愈演愈。有高适《行路难》、《送别》、《渔夫歌》,岑参《感遇》、《韦员外家花树歌》,李白《怨情》、《怀仙歌》、《金陵城西楼月下吟》,孟浩然《长乐宫》、《夜归鹿门山歌》,储光羲《新丰主人》等,都是律化程度很高的七古。此处以孟浩然《和卢明府送郑十三还京兼寄之什》诗为例,曰:

昔时风景登临地(甲),今日衣冠送别筵(乙)。醉坐自倾彭泽酒(丙),思归长望白云天(丁)。洞庭一叶惊秋早(甲:换韵),濩落空嗟滞江岛(丙:特种拗救)[23]。寄语朝廷当世人(乙),何时重见长安道(甲)。

这首诗全用律句,讲究粘对。其中,首联以今昔作正反对,可以说是极为工整的。与前引刘希夷的《江南曲》其八(七古)相比,孟浩然的这首七言古诗,声律更加婉协,也更符合七律法则,可视为盛唐七古入律的典型。

从初唐到盛唐的七古入律方式,主要是从平仄上贴近七律,而在形制却仍然保有独特的古诗风貌。这与五古从声律到体制的全面律化不同,是七言古诗入律与七律复古两条线索得以并轨的关键。明人许学夷在《诗源辩体》中,也曾断言:"汉魏五言终变而为律,七言终变而为古。"[24]具体而言,汉魏五古原以比兴为重,至初盛唐而沾染今律习气,除声律之外,又多杂骈俪、雕琢,多用议论、赋写。相反,初盛唐的七言古诗,虽用律诗格律,却仍是以比兴、咏叹为主,又大多重章复沓,散行流转,虚字承接。如刘希夷《代悲白头翁》、张若虚《春江花月夜》、李颀《古从军行》等,尽皆如此。

追溯唐前五、七言古诗的发展脉络可知,五古的成立与流行,远早于七古。从汉魏的简古发展至初盛唐时,早已是无所不施。虽有陈子昂、李白等着意复古,却也不能脱却近俗。即使是作为复古旗帜的名篇,如陈子昂《感遇》、李白《古风》等[25],也自然是迥异于汉魏。为此,明人李攀龙甚至在《唐诗选序》中断言,称:"唐无五言古诗,而有其古诗。"[26]相反,七言后起,自曹丕《燕歌行》以来,便天然地具有绮思丽藻的品格。至元嘉以后,更是语兼骈散,又多以重迭、虚字流转。由于七古缺少五古那般简拙质朴的初始态,因此,七言的律化并不急于摆脱古诗束缚,而是优游其间,用自在为天然。以乐府为例,宋鲍照作《拟行路难》,是汉魏古题,却多用骈语;汤惠休、沈约的《白纻歌》,拟当世新声,竟全用散行。可见,其间取舍,全凭作者之意。而这份散漫自在,也正是七言歌行独特的诗体魅力所在。此外,以声律而论,七言原比五言更难。因此,诗人在竭力应付平仄之余,自然也会更倾向于辞意的因循。

初唐的七律,绝大部分出自宫廷应制。在野诗人如刘希夷、王勃等,所作虽多因转韵而有"七古"之名,但其声律却早已俨然近体,乃至只能通过"换韵与否"来区别古、律。因此,明许学夷《诗源辩体》云:"七言平韵者少而转韵者多,平韵者虽入律,而转韵者则犹古也。使初唐七言中无转韵,则亦古、律混淆矣。"[27]除前引刘希夷、孟浩然诗外,再以王勃《滕王阁

诗》为例,如下:

> 滕王高阁临江渚(甲),佩玉鸣鸾罢歌舞(丙)。画栋朝飞南浦云(乙),珠帘暮卷西山雨(甲)。闲云潭影日悠悠(丁:此处换韵),物换星移几度秋(乙)。阁中帝子今何在(甲:失粘)?槛外长江空自流(乙)。

这首诗先押上声韵,意峻调促,再换作平声,情深韵远,所以是"入律的古风"。诗篇全用律句结撰,只是在颈、尾联间失粘,稍显遗憾。其中,颔联对仗,精美整饬,具备"律"的特质;多用散行,诗意萧散,则又贴近"古"的意趣。这意味着,从初唐到盛唐,因"七古入律"趋势而产生的大量"声律格古"的七言作品,早已成为盛唐七律"用今体格律写古诗风貌"的示范。

事实上,初唐七古对七律风格的影响始终不容小觑。即使是一向致力于"近体化"的初唐宫廷诗人,也从未彻底摆脱七古风貌的影响。仍以重(叠)字为例,在初唐有限的创作之中,其实并不少见,如"云山一一看皆美,竹树萧萧画不成"(苏颋《扈从鄂杜间奉呈刑部尚书舅崔黄门马常侍》);"羽卫森森西向秦,山川历历在清晨"(张九龄《奉和圣制早发三乡山行》);"骑仗联联环北极,鸣笳步步引南熏"(张说《扈从温泉宫献诗》);"此时朝野欢无算,此岁云天乐未穷"(李乂《人日重宴大明宫恩赐彩缕人胜应制》)等。

总之,沿着初唐宫廷诗人"建立律篇"的努力,发展至盛唐,原本应是形成更为整饬的七律风貌,如李颀《送魏万之京》、祖咏《望蓟门》等。然而,以崔颢《黄鹤楼》、李白《鹦鹉洲》为代表的盛唐七言拗律,与王维"律古格今"的部分作品,都说明影响盛唐七律风貌的,绝不只是"建立律篇"的内部动力。换言之,初、盛唐的七言拗律,其实拥有完全不同的坐标。初唐七律受七古影响,原是被动、消极的。作为"律篇建立"的初始态,其风貌天然趋向今体,并由此发展为盛唐七律的正格传统。相反,盛唐拗律作为"七古入律"的成熟态,是在自觉延续七古独特风貌的同时,最终得以融入七律。既然是终点,这也预示着盛唐古风式七律的无以为继。

三、盛唐七律的正、变:不可复制的《黄鹤楼》

后人讨论唐代七律的典范,或以盛唐为正宗,以示区别于"宗杜"派。然而,在"宗唐"派内部,又可以分为三派。一是推重崔颢、李白,如宋严羽首倡《黄鹤楼》为"唐人七律第一"。清王夫之云:"以古诗为近体者,惟太白间能之。"[28]又称:"太白诗(《登金陵凤凰台》)是通首混收,颢诗(《黄鹤楼》)是扣尾掉收;太白诗自《十九首》来,颢诗则纯为唐音矣。"[29]二是独尊王维,如沈德潜《唐诗别裁集》云:"王摩诘七言律风格最高,复饶远韵,为唐代正宗。"[30]三是视李颀为典范,如清翁方纲云:"东川七律,自杜公而外,有唐诗人,莫与之京。"[31]联系以上所涉盛唐诗人的七律风格来看,崔颢、李白都是彻底的"以古为律"。王维诗在声律上或有瑕疵,如平仄多见拗峭,又有胡应麟责其"多仄韵对起"[32],但是,因其对仗遣词全是今体风貌,故可称为"居中而近律"的代表。至于李颀七律,虽具风骨、兴象,却是从声律到格调,都更趋婉谐精致,所以是盛唐正律的典范。

以此为基础,后人或有并尊王维、李颀的,如李攀龙云:"七言律体,诸家所难,王维、李颀颇臻其妙。即子美篇什虽众,愦焉自放矣。"[33] 甚至有明胡应麟,能够打破盛唐派与宗杜派之间的壁垒,论七律而并称盛唐王维、李颀、杜甫,却偏巧遗落崔颢、李白,曰:"盛唐王、李(颀)、杜外,崔颢《华阴》,李白《送贺监》……皆可竞爽。"[34] 很显然,崔颢与李白的七律,在这里都只是作为盛唐"皆可竞爽"的点缀而已。不仅如此,胡应麟所认同的佳作,也是两篇七言正律,而绝非崔、李真正的名篇,如《黄鹤楼》、《登金陵凤凰台》等七言拗律。其中,崔颢《行经华阴》仍具盛唐气象,而李白《送贺监归四明应制》据陶敏所考,当是伪作。[35] 诗曰:

> 久辞荣禄遂初衣,曾向长生说息机。真诀自从茅氏得,恩波宁阻洞庭归。瑶台含雾星辰满,仙峤浮空岛屿微。借问欲栖珠树鹤,何年却向帝城飞。

直说"荣禄"、"息机"、"真诀",语俗而寡淡;颈联对仗又全是匠气,即使置于中晚唐也难称佳构。而胡应麟舍《登金陵凤凰台》、《鹦鹉洲》等佳篇,特以此诗作为李白代表作,那么,其贬弃盛唐拗律的态度,便已不言自明。由于明代诗家特别重视"审音辨体",因此,宋以来备受推重的盛唐古风式七律,以《黄鹤楼》为代表,在明代自然会处境尴尬。除胡应麟外,高棅《唐诗品汇》讨论七律,曾专门指出崔颢、李白有"律非雅纯"之嫌[36]。许学夷《诗源辩体》虽然承认《黄鹤楼》"于唐人最为超越",但仍认定其"语无不炼",从而有别于古诗。不仅如此,他还不满李攀龙的选诗标准,云:"七言律,太白一篇,取《凤凰台》(拗律)而遗《送贺监》(正律)。"[37] 可见,明代诗家受制于时代风气的影响,大多只能对《黄鹤楼》给予有条件的肯定。

然而,从高棅《唐诗品汇》奠定唐诗四段论及其源流正、变,到前七子提出"诗必盛唐"论,盛唐诗作为诗美理想的巅峰,在明代同样是不可动摇的。因此,尽管明人对盛唐的七言拗律颇有微词,但仍是以暧昧含蓄的婉斥为主。试看胡应麟所论初盛唐时期的七律流变,曰:"唐七言律自杜审言、沈佺期首创工密,至崔颢、李白时出古意,一变也;高、岑、王、李,风格大备,又一变也;杜陵雄深浩荡,超忽纵横,又一变也。"[38] 有趣的是,作为盛唐诗人的崔颢、李白,却被单独拎出,放置于初唐与盛唐大家之间。而所谓"时出古意",联系胡应麟的其他评论来看,其实也是褒贬参半的。简言之,声律复古是绝不可以接受的,而风格复古或可聊备一体。这说明,胡氏其实是把崔、李的古风式七律视为"半成品",而将其熔铸古风的特质视为"变体",从而区别于盛唐诸家的。这种视盛唐七言拗律为瑕疵的观点,至清代袁枚,又得到了更为清晰的表述。其《随园诗话》卷六有云:"七律始于盛唐,如国家缔造之初,宫室粗备,故不过树立架子,创建规模,而其中之洞房曲室,网户罦罳,尚未齐备。"[39]

不难看出,从胡应麟到袁枚,都是立足七律体制,将初唐到盛唐的七律发展,仅视为"建立律篇"的过程。因此,他们很难区别初、盛唐拗律的不同,所以只能笼统归之于"声律未备",成为上接初唐而先变于盛唐的过渡态。相反,从宋严羽到清王夫之,甚至包括相对通达的明人许学夷,却都能参考"古风入律"的线索,推重"古意"。同时,在承认律诗新变趋势不可逆的基础上,意识到盛唐其实是在律诗成立以后,与七古(歌行)交融的最初,也是最后阶段。因此,盛唐的七言拗律,就不再是声律未备的"残次品",而是"以古入律"的广陵绝唱。严羽由此定义盛唐,故推崔颢《黄鹤楼》为"唐人七律第一"。

然而,强调"审音辨体"的明代诗家,自然难以认同严羽以"奇变"为巅峰的评论,是以相继挑起"唐人七律第一"之争。这也是盛唐七言拗律的处境尴尬的反映。事实上,无论是何景明、薛蕙选中的沈佺期《古意》,还是胡应麟、潘德舆力荐的杜甫《登高》,抑或是他人提出的诸如祖咏《望蓟门》、苏颋《奉和春日幸望春宫应制》、张说《侍宴隆庆池应制》、岑参《奉和中书舍人贾至早朝诗》,以及杜甫《九日蓝田崔氏庄》、《秋兴·玉露凋伤枫树林》等。[40]其实质,都是试图以七律正格取代古风式拗律,以正统取代奇变,并由此重新定义盛唐七律的经典地位。在这场公案之中,似乎只有许学夷所提《雁门胡人歌》,是以拗律代替拗律,但是,其所述理由,却仍是与格律相关,如下:

> 崔颢七言有《雁门胡人歌》,声韵较《黄鹤》尤为合律……崔诗《黄鹤》首四句诚为歌行语,而《雁门胡人歌》实当为唐人七律第一。
>
> 太白《鹦鹉洲》拟《黄鹤楼》为尤近,然《黄鹤》语无不炼,《鹦鹉》则太轻浅矣。至"烟开兰叶香风暖,岸夹桃花锦浪生",下比李赤,不见有异耳。以三诗等之,《龙池》为过,《鹦鹉》不及,《黄鹤》得中。《凤凰台》"吴宫"、"晋代"二句,亦非作手。
>
> 盛唐七言律,多造于自然,而崔颢《黄鹤》、《雁门》又皆出于天成。盖自然尚有功用可求,而天成则非人力可到也。予尝谓:浩然五言、崔颢七言如走盘之珠,非若子美以律以言解为妙耳。[41]

以上评论,主要有两点值得注意:首先,尽管许氏嘉许崔颢七言拗律的"天成",以为高于"子美以律以言解为妙",但是,他对其他盛唐拗律的评价,仍然设有诸多限制,以防"太过"与"不及"。其次,许氏所论古(歌行)、律之别,并不全是以"声律"划分,而是综合考虑"律"与"言(语)"的完整性的。

诚然,在盛唐拗律的内部,因遣辞与意境的古今趋向,也会导致完全不同的效果。先以王维《酌酒与裴迪》为例,如下:

> 酌酒与君君自宽(乙:孤平拗救),人情翻覆似波澜(丁)。白首相知犹按剑(丙:失粘),朱门先达笑弹冠(丁)。草色全经细雨湿(丙:失粘,三仄调),花枝欲动春风寒(丁:三平调)。世事浮云何足问(丙:失粘),不如高卧且加餐(丁)。

此诗虽然声律拗峭,但在遣词造境方面,却仍具典型的近体气质。首先,这首诗是典型的"正格模式":首尾散行,中二联对仗。其次,颔联以朱对白,颈联以花对草,以风对雨等,都是最为工整的"的名对"(又称正名对、正对、切对)。这类"律古意今"的七律,恰与"律今意古"的正格七律,如沈佺期《古意》、苏颋《奉和春日幸望春宫应制》等,相辅相成。

再看李白的《鹦鹉洲》,诗曰:

> 鹦鹉来过吴江水,江上洲传鹦鹉名(失对)。鹦鹉西飞陇山去,芳洲之树何青青(失律:三平调)。烟开兰叶香风暖,岸夹桃花锦浪生。迁客此时徒极目,长洲孤月向谁明。

若以声律而论,这首诗的平仄,其实是比王维诗更为端整的。但是,与王维诗不同的是,这首诗从遣辞到意境,却全是古诗风貌。例如,前四句重章复沓,虚字流转,散行不对,绝似歌行;末联"迁客极目",也是熔铸古诗意境的。其中,唯只有颈联对仗,稍具律诗体格。由此可见,从声律到格调的全面复古,才是《鹦鹉洲》有别于《酌酒与裴迪》,从而引发质疑的关键。因此,本文所谓的盛唐"古风式七律",应当有别于王力的最初定义。在声律之外,还需要加入遣辞、修辞与意境的创造等,作为判定标准。

这种"格、律皆古"的盛唐古风式七律创作,虽然是以崔颢、李白作为代表,但是,受七古入律趋势影响的,却也并不只限于他们。以王维《寒食城东即事》为例,诗曰:

> 清溪一道穿桃李(甲),演漾绿蒲涵白芷(丙)。溪上人家凡几家(乙),落花半落东流水(甲)。蹴鞠屡过飞鸟上(丙:失粘),秋千竞出垂杨里(甲)。少年分日作遨游(丁),不用清明兼上巳(丙)。

此诗的前半部分,与王勃《滕王阁诗》的平仄完全相同;后半部分却并未转韵,而是一韵到底,成为仄韵七律。由于在宋代以后,诗家大多以平、仄区别古、律。因此,对格律派而言,仄韵非律,所以并不影响有关王维七律的评价;对意境派而言,仄韵是律,却又不以拗峭为瑕疵。除此之外,又有王维《赠吴官》、李颀《魏仓曹东堂桎树》、高适《题李别驾壁》等七律拗格,皆用仄韵,风格亦在古、近之间。

最后回到崔颢的《黄鹤楼》,诗曰:

> 昔人已乘黄鹤去,此地空余黄鹤楼。黄鹤一去不复返,白云千载空悠悠。晴川历历汉阳树,芳草萋萋鹦鹉洲。日暮乡关何处是?烟波江上使人愁。

从前文的引述中可知,《黄鹤楼》并非孤立存在,而是作为从《龙池》到李白《鹦鹉洲》、《登金陵凤凰台》等一系列盛唐古风式七律的最高代表。其最为显著的特征,便是"前古后律"的篇章结构,如许学夷所言:"首四句为盛唐歌行语。"[42]

在此之前,初唐七律原有"前律后古"的结构,如张昌宗《奉和圣制夏日游石淙山》、马怀素《奉和立春游苑迎春应制》、萧至忠《奉和幸安乐公主山庄应制》等;也有"前古后律",如卢藏用《奉和立春游苑迎春应制》、刘宪《奉和幸安乐公主山庄应制》、徐彦伯《石淙》等。即使到盛唐,也都还有王维《辋川别业》以"前律后古"的形式,与《黄鹤楼》分庭抗礼。然而,在《黄鹤楼》之后,却只见"前古后律"的七律层出不穷。其中,仅罗隐所作就多达七首,如《皇陂》、《忆夏口》等。除此之外,更有李山甫《蒲关西道中作》、李咸用《江南曲》、杜荀鹤《送李镡游新安》等,皆是如此。相反,中晚唐"前律后古"的结构却近乎绝迹。究其原因,当是在盛唐以后,七言古、律体之间渐成泾渭,从而失去了最初散漫天然的姿态。然而,只有《黄鹤楼》作为经典,才使"前古后律"的七言拗律结构,得以成为某种特定的范式。换言之,崔颢所作《黄鹤楼》,原是承接《龙池》诸篇,并因七言古风入律趋势的影响,大胆融歌行于近体。这是意在辞先,辞在律先。然而,至中晚唐,诗人却只是覆刻经典,所以必然是声律先于文辞意境。因此,无论晚唐诗人的模拟多么惟妙惟肖,也注定只能是有形无神的赝品,如纪昀所言:"(《黄鹤楼》)偶尔得之,自成绝调,然不可无一,不可有二,再一临摹,便成窠臼。"[43]

若以正格七律而论,盛唐大家如李颀、王维等,皆有名篇妙绝千古。但是,由于作品数量有限,自然难以曲尽变化。相反,杜甫的七言正律风格大备,如《登高》、《秋兴八首》等,皆能颉颃盛唐而不逊色。至于拗律,虽亦有《白帝城最高楼》、《愁》等堪称佳构,但是,因其多存法度与故意,自然是无复盛唐出入古、律的天然散漫。这意味着,以崔颢《黄鹤楼》为代表,包括李白《鹦鹉洲》,王维《寒食城东即事》(仄韵)等拗律,才是盛唐七律最为独特的存在。换言之,盛唐七律的妙处,原是因法度粗备,去古未远:既不似初唐宫廷,急于建立诗法;也不似中晚唐那般惨淡经营;加之没有经典掣肘,故能自铸伟辞,不假他人。后世诗家在讨论七律时,也是大多将杜甫的法度与盛唐的天然想独立,如王夫之就很赞赏盛唐七律"以古诗为近体"的特质,并对杜甫以降"即物深致"的传统颇有微词。

注 释:

[1] 焦循撰《易余籥录》卷十五云:"齐、梁者,枢纽于古、律之间者也。至唐遂专以律传。杜甫、刘长卿、孟浩然、王维、李白、崔颢、白居易、李商隐等之五律、七律,六朝以前所未有也。若陈子昂、张九龄、韦应物之五言古诗,不出汉魏人之所范围。故论唐人诗,以七律、五律为先,七古、七绝次之。诗之境至是尽矣。"见收于(清)李盛铎辑《木犀轩丛书》,清光绪中德化李氏木犀轩刊本。

[2][4] 赵昌平《初唐七律的成熟及其风格溯源》,《赵昌平自选集》,广西师范大学出版社1997年版,第24—43页。

[3] 以下相关资料,是以《全唐诗》为底本,参考迄今为止的相关考辨成果而得出的。有关初唐、大历诗人作于盛唐的七律的考订,主要参考了徐毅、陈俐《盛唐七律研究》第一章,人民出版社2015年版。由于初盛唐七律的创作情况极为复杂,"七律"与"七言八句非律诗(古诗)"之间的界限相对模糊。涉及某些具体诗作的认定,难免聚讼纷争。最典型的当属崔颢《黄鹤楼》与李白《鹦鹉洲》、《登金陵凤凰台》等。具体而言,以严羽、方回、高棅、沈德潜为代表的诗家,以其属"七律";而胡应麟、胡震亨、王士禛等,则倾向于判定"非律",认为是"歌行短章"。此外,现代学者王力在《汉语诗律学》中所讨论的特殊古诗,即"入律的古风"与"古风式的律诗",其中也有不少是古人指明为"律诗"的。在此,本文倾向于更为宽泛的七律概念。判定标准如下:以声律法则为主,遵循"首重律篇,次及律联,再次律句"的原则;辅以对仗、修辞等因素。例如,许敬宗《七夕服用成篇》、上官仪《咏画障》等,虽颇有声律瑕疵,但因其遣辞却端稳整饬,具有"趋今"的明显倾向,是以仍归于"律诗"。另外,本文所用的"古诗",概念与律体相对,指的是古体诗。之所以不用"古体诗",是与本文所引古代诗评家的用语保持一致,特此说明。

[5] 现存初唐七律的作者几乎全为宫廷诗人,所作也以应制为主,风格典雅,这与盛唐诗人多以古诗意法入律,风格自然通脱是有不同的。详见下文所论。

[6] 高棅《唐诗品汇》"七言律诗叙目",上海古籍出版社1982年版,第706页。

[7] 王溥《唐会要》卷二二,中华书局1955年版,第433页。

[8][13] 吴乔《围炉诗话》卷三、二,《清诗话续编》本,富寿荪校点,上海古籍出版社1983年版,第560、544页。

[9][31] 翁方纲《石洲诗话》卷一,人民文学出版社1998年版,第26、33页。

[10] "闻"字,中古有平、去二的读法,此处作去声。

[11] 《全唐诗》于沈佺期名下所收《再入道场纪事应制》、《红楼院应制》、《和上巳连寒食有怀京洛》三首七律,当为他人之作。见佟培基《全唐诗重出误收考》,陕西人民教育出版社1996年版,第63—64页;又,陶敏、易淑琼《沈佺期宋之问集校注》,中华书局2001年版,第331—332页。

[12][32][34][38] 胡应麟撰《诗薮》内编卷五,上海古籍出版社1979年版,第83、86、83、84页。

[14] 殷璠撰《河岳英灵集叙》,傅璇琮主编《唐人选唐诗新编》,陕西人民教育出版社1996年版,第108页。

[15] 严羽撰,郭绍虞校释《沧浪诗话校释·诗评》,人民文学出版社1983年版,第199—201页。

〔16〕 《诗薮》外编卷二,第150页。

〔17〕 毛先舒《诗辩坻》卷三,《清诗话续编》,第46页。

〔18〕 赵翼《瓯北诗话》卷一二,《清诗话续编》,第1341页。

〔19〕 本文用甲、乙、丙、丁式来表示标准律句。其中,甲式句为(平平)仄仄平平仄,即"平起仄收"式;乙式句为(仄仄)平平仄仄平,即"仄起平收"式;丙式句为(仄仄)平平平仄仄,即"仄起仄收"式;丁式句为(平平)仄仄仄平平,即"平起平收"式。

〔20〕 王维撰、赵殿成笺注《王右丞集注》,上海古籍出版社1961年版,第199页。

〔21〕 郭茂倩撰《乐府诗集》,中华书局1979年版,第384页。

〔22〕 详见另文有关"平仄考察"与"转韵拗体"的论述

〔23〕 所谓"特种拗救",是指丙式句的句中拗救。在七言,即是第五字拗,以第六字救,即:仄仄平平仄平仄。因其在律诗中经常出现,已经略等同于律句而很难称之为"拗",故曰"特种拗救"。

〔24〕〔27〕 许学夷《诗源辩体》卷一二,人民文学出版社1987年版,第143页。

〔25〕 有关李白五古《古风·大雅久不作》的复古倾向,历来有两种说法,一是从"文学复古"的角度加以理解;一是强调"政治复古",以俞平伯、袁行霈为代表。具体见袁行霈《李白〈古风〉(其一)再探讨》,《文学评论》2004年第1期。

〔26〕〔33〕 李攀龙撰,包敬第标校《选唐诗序》,《沧溟先生集》,上海古籍出版社2014年版,第473页。

〔28〕 王夫之《明诗评选》之《评杨慎〈折杨柳〉》,《船山全书》第十四册,岳麓书社1996年版,第1402页。

〔29〕 王夫之《唐诗评选》,《船山全书》第十四册,第1085页。

〔30〕 沈德潜《唐诗别裁集》"七言律诗",上海古籍出版社1979年版,第447页。

〔35〕 佟培基《全唐诗重出误收考》,陕西人民教育出版社1996年版,第136页。

〔36〕 《唐詩品汇》,第706页。

〔37〕 《诗源辩体》卷三六,第367页。

〔39〕 袁枚《随园诗话》卷六,广陵古籍刻印社1998年版,第94页。

〔40〕 查清华《明代"唐人七律第一"之争》,《文学遗产》2001年第2期。

〔41〕〔42〕 《诗源辩体》卷一七,第171—172、171页。

〔43〕 方回选评,李庆甲集评校点《瀛奎律髓汇评》,上海古籍出版社2005年版,第25页。

〔作者简介〕 罗桢婷,1985年生,北京大学中文系在读博士生。

诗意与禅境的"双关"

——贾岛《送无可上人》诗意发微

刘学军

贾岛是中国文学史上无法忽略的人物,杨慎将他与张籍并列为晚唐两个主要诗派的领袖[1],李怀民封为拥有很多"入室"、"升堂"、"及门"模仿者的"清真僻苦主"[2],闻一多推为元和长庆间诗坛与韩孟、元白三足鼎立的"较有力的新趋势"之一[3],此外,贾岛影响波及两宋诸大家及重要诗歌流派[4]。贾岛在唐风宋调转捩的过程中,扮演了十分重要的角色。

然而,自苏轼"郊寒岛瘦"(《祭柳子玉文》)之论出,历代对于贾岛的评价大多胶执于此,"瘦"似乎成了贾岛诗风的符号。人们往往将之与"苦吟"联系在一起,以为"瘦"与"苦吟"之间存在直接的关联。但"苦吟"究竟所指为何?是贾岛的身世背景、创作态度还是时代意识?学界对此一直众说纷纭,难以定论[5]。事实上,在论证"苦吟"的具体所指及其与贾岛诗风联系时,学者均不约而同地选择从贾岛"两句三年得,一吟双泪流。知音如不赏,归卧故山秋"这首"自注"诗入手,以为这是"苦吟"的最佳注脚。历代贾岛诗集诸版本中,此诗均附于《送无可上人》颈联"独行潭底影,数息树边身"两句之下,作为"自注"形式存在。恰恰是看似简单的两句,一直以来,也是争议不断,如宋魏泰说:"人岂不自知耶?及自爱其文章,乃更大缪,何也?……贾岛云:'独行潭底影,数息树边身。'其自注云:'二句三年得,一吟双泪流。知音如不赏,归卧故山秋。'不知此二句有何难道?至于'三年'始成,而'一吟'泪下也?"[6]元方回则推此两句为"绝唱",清纪昀也以为"初读似率易,细玩之,果有幽致"[7]。总之,对于《送无可上人》这首诗,特别是对其颈联两句的解读,俨然成了中国文学史上的公案。对此公案的解析,也将关涉对贾岛"苦吟"的理解,进而影响对于贾岛诗歌艺术特色的判断及文学史地位界定等问题,值得特别关注。当代学者在这个问题上,已经产生了一些先期的研究成果[8],为今后的深入研究奠定了较为坚实的基础,但与此同时,也还存在义有未明之处。本文拟在辩证旧说的基础上,对贾岛《送无可上人》诗,特别是"独行潭底影,数息树边身"一联进行重新解诂,从而揭示贾岛诗歌创作中诗意与佛教之间的交涉。

一、"自注"诗及其问题

《送无可上人》是贾岛众多五言律诗其中之一,顾名思义,这是一首送别诗。又,从贾岛的生平经历以及诗中提到的地点(圭峰)和景物(蛩鸣)来看,此诗当作于元和七年(812)贾岛三十四岁还俗来到长安以后的某个秋天[9]。为便分析,兹请迻录全诗如下:

> 圭峰霁色新,送此草堂人。麈尾同离寺,蛩鸣暂别秦(齐文榜校注本作"亲")。独行潭底影,数息树边身。终有烟霞约,天台作近邻。[10]

又,历代版本均在颈联"独行潭底影,数息树边身"两句下题自注云:

> 两句三年得,一吟双泪流。知音如不赏,归卧故山秋。

需要说明的是,这四句诗系于《送无可上人》颈联下,最早见之于前引宋人魏泰《临汉隐居诗话》,后世贾岛诗集诸版本均依此[11]。可是现存其它贾岛诗作均未见有"自注"现象。此外,《文苑英华》收录此诗时,也未有"自注",这本身很让人生疑。但在没有可靠证据证明上面四句"自注"诗是误植或伪造的情况下,权且依魏泰说法。

关于《送无可上人》颈联两句及"自注"诗的理解,历代聚讼纷纷。除上引魏泰、方回、纪昀三家说法之外,还可以再列举几条材料——

赞赏意见如欧阳修《六一诗话》云:"诗人贪求好句,而理有不通,亦语病也。如'袖中谏草朝天去,头上宫花侍宴归',诚为佳句矣,但进谏必以章疏,无直用稿草之理。唐人有云:'姑苏台下寒山寺,半夜钟声到客船。'说者亦云,句则佳矣,其如三更不是打钟时! 如贾岛《哭僧》云:'写留行道影,焚却坐禅身。'时谓烧杀活和尚,此尤可笑也。若'步随青山影,坐学白塔骨',又'独行潭底影,数息树边身',皆岛诗,何精粗顿异也?"[12]

批评意见如谢榛《四溟诗话》卷四:"逊轩子曰:凡作诗贵识锋犯,而最忌偏执。偏执不惟有焦劳之患,且失诗人优柔之旨。如贾岛'独行潭底影',其词意闲雅,必偶然得之,而难以句匹。当入五言古体,或入仄韵绝句,方见作手。而岛积思三年,拘于声律,卒以'数息树边身'为对,不知反为前句之累。其所为'一句三年得,吟成双泪流',虽曰自惜,实自许也。不识锋犯,偏执不回至于如此。唐人中识锋犯者,莫如子美,其'落日在帘钩'之作,亦难以句匹者也,故置之句首,俊丽可喜;使束于联中,未必若首句之妙。学者观其全篇起结雄健,颈联微弱可见矣。因拟阆仙,勉成一绝,附之末简:'杂树已秋风,空山又斜景。杖策不逢人,独行潭底影。'"[13]

试图调停两方面意见的,如施闰章《蠖斋诗话》:"贾阆仙尝得句云'独行潭底影',苦难属对;久之,联以'数息树边身'。自注云:'二句三年得,一吟双泪流。'后续成一律,送无可上人:'圭峰霁色新,送此草堂人……'余谓此语宜是山行野望,心目间偶得之;不作送人诗,当更胜。送老杜'力稀经树歇,老困拨书眠',气象全别矣。"[14]

总之,从可以收集到的材料来看,批评或代为辩解的意见似乎占据了大多数,而肯定意见即便有之,但也大都含混其词,未能道出所以然。仔细寻绎这些材料,却不难发现众人的争议其实有一个焦点,即如何理解贾岛在颈联之下的"自注"诗。

表面上看,这是一首标准的五言绝句,上联对仗工整,讲究粘对,三四句押平声韵,意思也似乎很好理解。在解读的时候,却有两点须加以廓清:其一,"三年"是否为确指?其二,"双泪流"的原因为何?

以往的研究对此多不关注或含混其词,目力所及,只有张昌红新近刊载文章对此问题提出了讨论。他在总结前人相关研究的基础上，略加考辨，得出了新人耳目的结论[15]。该文作者认为贾岛这首"自注"诗应作于长庆元年(821)春夏之交，诗中的"三年"指的是贾岛应举期间，借宿圭峰草堂与僧人无可相处的时间，因此，大家以前所认为的贾岛为了两句诗苦吟三年的观点是错误的；"双泪流"是指贾岛在借宿的这三年间看到无可勤学精进，终于受邀主持越州，道业获得认可，而自己脱离僧籍十数腊，辛苦应举，却不得上天怜悯，连试不中，以至贫病交加，一事无成，每虑及此，不得不潸然泪下，因此，认为贾岛为了苦吟而辛酸流泪的观点也是有误的。

作者意识到对这首"自注"诗的解读，将关系对"独行潭底影，数息树边身"的理解，因此需要首先辨明，这一点毫无疑问是很对的；又，作者落实其中词句所指，试图顺平逻辑的用心也是值得肯定的。但如果沿着作者的思路逐个按核下来，仍有值得进一步辩证之处，以下试为分疏。

首先，"三年"的时间断限，这似乎是论证的关键。正如作者所指出的那样，此"三年"不是指三年前贾岛就预先知道自己将要送别无可，从而一直在准备这首送别诗，这于情理不符。张昌红认定"此'三年'应是贾岛与无可密切交往以至常止宿于其处之时光的约略说法，与'苦吟'关系不大"，其时间断限的论证基础是景凯旋《无可考》、《贾岛事迹考辨》两文。景文的考证思路是这样的——由无可《秋夜宿西林寄贾岛》诗中有"昔因京邑病，并起洞庭心"句，推测贾岛写作《送无可上人》可能表达了自己不能与无可同游"天台"的遗憾之情，之所以无法同行，主要是因为当时贾岛本人正处于生病期间(这有很多诗作为证)；而为了确证贾岛生病具体时间，考证者联想到贾岛有一首《黄子陂上韩吏部》诗，其中恰恰有"涕泗闻渡瘴，病起喜还泰"句，可见，贾岛生病时间或与韩愈流放还京的时间(据洪兴祖《韩子年谱》，大致在长庆元年)大体相接近。张文在此考证基础之上，得出贾岛写作《送无可上人》的背景正是他当时生病，无法陪同无可游越，在时间上，应该在长庆元年；由此时间节点往上推三年，正是贾岛屡屡下第、困顿失意、贫病交加的时候，只得食宿借助于无可而常住寺中。此外，张文还据此，并结合姚合《送无可上人游越》的诗题异文[16]和诗歌字句，推测此诗与贾岛诗系同时而作，当时无可正准备去越州(在天台山)当主持，节气大约在春夏之交——因为姚合诗有"芳春"和"花连寺"、贾岛诗中有"蛩鸣"(作者认为此"蛩"应为蝗虫)。

张文之推论，可能有穿凿嫌疑，原因在于：其考证的基础建立景文的系列推论上，而限于材料，景文考证其实只给出了或然的结论。据此或然，复无新材料佐证的情况下，再加以推论(如长庆元年之前三年，贾岛借食宿于无可，常住寺中)，无异屋下架屋，钻之过深，且十分危险。此外，据姚合诗题"异文"断定无可去越主持僧事，也显得证据单薄；说姚诗"芳春"和"花连寺"指示本诗作于春夏之交，也存在错误，因为这两个词所在颈联分明表现的是对于被送之人远途之上风景的假想，非关当下季节风物；说贾岛诗中"蛩鸣"是蝗虫的声音，恐亦误会——试举一证，贾岛《宿姚少府北斋》第二、三联"鸟绝吏归后，蛩鸣客卧时。锁城凉雨细，开印曙钟迟"中"蛩鸣"分明指的是秋日蟋蟀的鸣叫声，这也是古今叙别诗中常见的意象。

其次，关于"双泪流"的原因。张文在上述推论的基础上，认为是贾岛在借食宿于无可期间，目睹无可勤学精进，道业获得认可，受邀主持越州，而念及自身落魄，不禁落泪。这种推论可能有违情理：一则这首送别诗并"自注"是写给具有一定地位的僧人，贾岛本人也具有僧侣修行经历,佛教既然强调断灭人情,在诗歌中表达类于俗人的戚戚之情似于情理不符;二则从贾岛诗集看,贾岛一生与包括无可在内的僧人群体广有交游,写过很多为僧人送行的诗,未见哪一首表达了自己的凄苦之情,就算是写给那些与他一同应试而中举之人的诗,也不见有此情绪明显表露出来,如《送雍陶及第归成都宁觐》:"不唯诗著籍,兼又赋知名。议论于题称,春秋问对精。半应阴骘与,全赖有司平。归去峰峦众,别来松桂生。涨江流水品,当道白云坑。勿以攻文捷,而将学剑轻。制衣新濯锦,开酝旧烧罋。同日升科士,谁同膝下荣。"相反,贾岛在写自己"双泪流"的时候,都是与自己未能领悟佛教空理有关,如《苦柏岩禅师》"自嫌双泪下,不是解空人",或与作诗苦吟有关,如《秋暮》:"白须相并出,暗泪两行分。默默空朝夕,苦吟谁喜闻。"

在没有新的可靠材料提供支撑之前,暂时还无法一一落实"三年"和"双泪流"的具体所指,但如果换一种思路,或许能够获得更为通脱的理解,避免死于句下。

这首绝句的前两句其实是对仗工整的一联,对句之间"二句"与"一吟","三年得"与"双泪流"相对,一句之内"二句"与"三年"、"一吟"与"双泪"也相对。因此,与其说这是一种意义层面的对仗,倒不如说是一种形式层面的数字对仗。"三年"更像是一种形式层面的凑足,而不是确有所指。可在贾岛诗中再寻出一例,如《寄远》一诗下联作"十书九不到,一到忽经年",其中的数字显然都不是指确切的书信数目,只是一种形式层面的对仗而已。总之,"三年"应该是一种时间上的虚指,表示"很长时间"的意思。而"双泪流"的原因,从诗意上看,应该是指吟读那两句诗的鉴赏效应,也是在极言写诗炼句之辛苦——或许只有这样理解,也才能疏解这首"自注"诗的下联,因为对于"知音"欣赏的渴慕,正是建立在"两句三年得"艰辛创作的基础和"一吟双泪流"的艺术鉴赏效果之上。

在尝试解读完贾岛的这首"自注"诗后,要回过头来考察"独行潭底影"二句的特色。

明王世贞发出了同宋人魏泰一样的疑问:"岛诗'独行潭底影,数息树边身',有何佳境,而三年始得,一吟泪流。"[17]其实,这个问题困扰了历代的诗论家和研究者,即便有赞赏如欧阳修、方回、纪昀者,也都是直下印象式的批评,没有细论。这固然是中国传统诗论的特色,但站在现代学术的立场上看,毕竟有失简略,需要在古人的基础上重新加以衡量厘定。

闻一多在《唐诗杂论》中提及这一联,说贾岛:"形貌上虽然是个儒生,骨子里恐怕还有个释子在。所以一切属于人生背面的、消极的、与常情背道而驰的趣味,都可溯源到早年在禅房中的教育背景"[18],即是看到了贾岛诗歌创作与佛教禅宗之间的关联,为后来研究者提示了思考的方向。可是,迄今为止,学界既有的研究,在论证两者之间关系问题上,却大多数停留在一个印象式比附的层面,并未能深入揭示佛教对于贾岛诗歌节奏结构、表现方式以及体式生成等方面的具体影响,这是值得深思并加以改进的。

就"独行潭底影,数息树边身"这一联而言,清人李怀民《重订中晚唐诗主客图》注解道:"此幻影也,独行者谁?(上句)此色身也,数息者谁?(下句)此等李洞诸人皆不能道,非不及其诗,不及其精于禅也。此为师生平意语,须思其得意处安在"[19],便首先揭出了此联与佛教禅宗之间的关系,可惜后来很少有人接续其议。张昌红考证此联语词与佛教戒律之联系认为:"独行"和"数息"都是佛教的词汇,前者指一种调剂身心的散步方式,后者指计算出息(呼气)或入息(吸气)次数,令心摄于一境以入定的修持方法(据《四分律》),两者皆禅修精进的法门;而"潭底影"和"树边身"亦深蕴禅意,潭底的虚影与树边的色身,共同暗示了一种禅修境界,即"无我"。[20]看到了此联有着佛教戒律实践的背景,尤其是对于"数息"、"潭底影"和"树边身"禅宗意味的揭橥,是其它研究所未及的,可惜仅及于此,没有对全诗进行彻底解释。另外张文对于"独行"的解释是有问题的,首先,作者径直将"独行"等同于"经行"("经行"与"数息"同是禅修的术语),并没有可靠文献依据。实际上,"独行"并非"经行"之误,试以贾岛同时期较为流行的玄觉《永嘉证道歌》偈句为证——"镜里看形见不难,水中捉月争拈得。常独行常独步,达者同游涅槃路"[21],这里的"独行"显然不是禅修的"经行"。"独行"意思为何呢?唐代圭峰宗密禅师在《圆觉经大疏释义钞》中将之解释为:"不与忿等相应起,故名为独行"[22],《释氏要览》解释得更清楚:"独觉,梵云毕勒支底迦,唐言独行,此有二——谓部行,麟喻也,《瑜伽论》云:常乐寂静,不欲杂居,修加行满,无师友教,自然独出,世间中行中果,故名独觉。或观缘悟道,又名缘觉,《华严经》云:上品十善道,修治清净,不从他教,自觉悟故,大悲方便,不具足故,悟解甚深,因缘法故。"[23]因此,简单地说,"独行"就是修行时排除五情杂扰,保持清净空寂的状态。

其次,"数息"之"数",究竟作 shǔ(计数解),还是作 shuò(屡次解),尚有待进一步考虑。设若作禅修时计算出息入息次数解,似乎可以与上句中的"独行"相关联而成对("独行"亦与禅修有关),整联两句的意思似乎也变得很通顺——"潭底影"所蕴含的色空观念(唐人作诗经常以潭底之影指示佛教性空观念,如贾岛《寄白阁默公》"石室人心静,冰潭月影残"、常建《题破山寺后禅院》"山光悦鸟性,潭影空人心"[24]),刚好与强调修行时排除五情杂扰的"独行"实践契合起来;"树边身"所指示的佛教常见树下坐禅的修行方式(《法句譬喻经》载佛曾令一刚猛勇健比丘"树下坐,数息求定,知息长短,安般守意,断求灭苦,可得泥洹"[25]),也刚好与坐禅时调理呼吸的实践方式("数息")契合起来;这样,"独行潭底影"传达的是性空的理念,而"数息树边身"指示的是为获得性空观念而需要实践的行为,上下句侧重点不同,但却刚好意义相补充。可是,这还只是从佛教修行实践角度来理解这一联,并没有顾及到整首诗意的完整性,似有割裂之嫌。此外,若此联果真照此理解,从读者的角度来看,则实在无法理解如此并不太复杂的佛教修行术语的组合,如何使得贾岛达到"两句三年得,一吟双泪流"的地步?

二、结构营构与诗意生成

需要进一步将"独行潭底影,数息树边身"这一联放在整首诗的诗意情境中加以定位和理解。首先要追问这样几个问题,即作为一首送别诗,同时又是一首律诗,为什么要在颈联这么重要的位置安置这样两个表达佛教性空道理的句子?是否仅仅是因为所送行的对象是一位僧人?其中有无特别用心?

前引清人施闰章《蠖斋诗话》的评论,表达的其实就是这些疑问,他附和谢榛《四溟诗话》中的假设,也认为贾岛可能是先偶然得到"独行潭底影"一句,然后再费力联以"数息树边身"句,最后勉强凑成了一首律诗。由于全诗不是一气呵成,所以首先写出的颈联就与之后敷衍而成整诗显得龃龉不安,因此,他认为"此语宜是山行野望,心目间偶得之;不作送人诗,当更胜"。这样的看法虽然较之谢榛强行攘美拟作的态度,要谦逊很多,但还是失之于武断。不过,作为一种鉴赏直觉,倒也提示出了贾岛此联异于常人处。

先从诗歌结构上来观察。一般而言,不同主题的诗歌会有不同的叙写结构,也会有相对倾向性的表达体式。就《送无可上人》这类送别主题的诗歌来说,其主要内容和结构一般由送行的场景(时间、地点和人物)、被送之人的美好品德以及送别时的离情别绪构成。这种书写模式其实自《诗经》时代便已定型,以《邶风·燕燕》为例,全诗四章,每一章前四句(如"燕燕于飞,差池其羽。之子于归,远送于野")写的是送行所见的风物,暗示具体的时间地点,后两句(如"瞻望弗及,泣涕如雨")表达的是分别时刻的悲伤心情,最后一章叙写的是被送之人的美好品德。到了《古诗十九首》时代,这种送别诗模式,在乱世离情的环境下,增加了对于送别之人的嘱托寄望,如《行行重行行》一首最后两句"弃捐勿复道,努力加餐饭"便是表达了这种寄望。魏晋六朝时,送别诗一方面在继承之前的叙别模式,另一方面注意加强对于送别场景的渲染,例如《文选》"祖饯"类所收曹植《送应氏诗二首》之一"步登北邙坂,遥望洛阳山。洛阳何寂寞,宫室尽被焚。垣墙皆顿擗,荆棘上参天"[26],诗中对于洛阳宫城遗址的描摹,显然都是为了凸显送别时的悲壮情绪。到了初唐,此类诗一改之前叙述成份居多的特征,将重点放在对于送别场景描摹和离情别绪的渲染上面,例如杨炯《送梓州周司功》"御沟一相送,征马屡盘桓。言笑方无日,离愁独未觉。举杯聊劝酒,破涕暂为欢。别后风清夜,思君蜀路难"[27];至此,送别诗常用的诗歌体式也似乎开始渐渐聚焦到五律上。到了杜甫,用五言律诗(包括五言排律)来写作送别诗已经完全定型——据笔者统计,杜甫送别诗总计83首,其中以五律体式写作的有69首,占比约83%[28];此外,还有杜甫送别诗还有一个重要的特征,即颈联除去合律之外,就表达内容而言,一般都是描写离别之后对被送之人行止的想象,且皆是将离情蕴藏在景物描摹的笔触之后。到了韩愈,送别诗创作继续沿用五言律诗形式,但由于昌黎"以文为诗"的创作取向,增加了诗歌的叙述比重,所以其中绝大多数都是采用排律形式(据笔者统计,韩愈送别诗26首,其中五言律诗23首,排律21首,占送别诗总数约81%[29])。贾岛送别诗创作的情况如何呢?根据齐文榜《贾岛集校注》予以全面调查,得到数据为——在贾岛现存诗400首("删除诗"除外)中,送别诗有104首,占存诗总数约26%;而送别诗中以五律形式创作(排律排除在外)的有74首,占总数约71%;又,这74首中写给僧人的(包括处士、逸人、山人[30])有29首,占总数约39%;还有,从内容结构上说,不逾此前送别诗创作的基本框架,即"送行的场景+想象别后被送之人旅途的情状+展望别后被送之人的生活状态";此外还有一点,即贾岛以五律形式创作的送别诗中,其颈联除去合律之外,叙写的内容几乎全部都是对别后友人行止的想象,试举两例:送僧人诗如《送神邈法师》"柳絮落濛濛,西州道路中。相逢春忽尽,独去讲初终。行疾遥山雨,眠迟后夜风。绕房三两树,回日叶应红",此诗颈联对仗工稳,内容是遥想神邈法师与自己离别之后跋山涉水的情景;送方内之人如《送韦瓘校书》"宾佐兼归觐,此行江汉心。别离从阙下,道路向山阴。孤屿消寒沫,空城滴夜霖。若耶溪畔寺,秋色共谁寻",此诗颈联也是设想韦瓘秋天赴浙东幕职途中所见所闻。由此可见:一方面,贾岛送别诗创作沿袭了之前送别诗自身的发展轨迹;另一方面,送别诗是贾岛诗歌创作中极其重要的一类题材(占据存诗总数超过四分之一),而就体式来说,五律占据压倒性优势,可谓是贾岛送别诗创作的标准形式[31]。

在把握了贾岛送别诗创作特点的基础上,再回过头来分析《送无可上人》这首诗。应该说,这首诗理论上也应同样遵循着送别诗的基本模式,即"送行的场景+想象别后被送之人旅途的情状+展望别后被送之人的生活状态"。这首诗的首联和颔联"圭峰霁色新,送此草堂人。麈尾同离寺,蛩鸣暂别秦"四句,正是交待了此次送别的场景——时间为某个晴朗的秋日("蛩鸣"、"霁色新"),地点为秦地圭峰山麓的一座寺庙("秦"、"圭峰"、"草堂"、"寺");尾联"终有烟霞约,天台作近邻"两句,则设想了无可上人与自己分别后的生活状态——最终抵达布满烟霞的天台山。

颈联"独行潭底影,数息树边身"两句,按照上述的送别诗模式,理应叙写的是诗人设想中的无可上人与自己分别后的行止见闻,一般而言,应是以一种孤独寂寞的状态。"独行潭底影,数息树边身"这两句,是否能够传达出一种孤独的意味呢?照一般的理解,也许将"独行"理解为"独自行走"、将"数息"理解为"屡次不停地叹息"[32],大概才能由此宣示一种孤寂吧。然而,正如前文所分析的那样,单这一联本身而言,其所用术语以及背后传达的义理,却是佛教性空的观念,似乎并没有什么孤寂的意味。如此,送别诗所要求的书写模式与颈联文句实际传达出来的意味,两者之间似乎存在很大差异。是否颈联两句是一种拼凑(如谢榛等人所指责的那样)?而贾岛的联下的"自注"是否只是一种虚张声势?

要揭示贾岛在这首诗特别是颈联两句上的匠心独运,必须联系此诗的诗题来综合考虑。正如题目所示,这是一首送给僧人的诗。无可上人的生平事迹虽然还有很多空白之处,但大体可知他在当时僧界地位比较崇高,且与广大士人交往甚密,和贾岛之间关系尤是如此[33]——无可甚至为贾岛编纂过诗集,现存贾岛诗中,除此诗外还有两首诗(《寄无可上人》、《喜无可上人游山回》)也都是写给无可的,字句之间俨然引对方为知己莫逆。鉴于这样一种作者和被送人两者的特殊身份特征,决定了这首送别诗的写作无法严格按照传统送别诗的书写模式(即传达一种离愁别绪),因为佛教(无论何种宗派,而尾联实际指示的是天台宗)从根本上说,是要断灭人情侵扰的,这其中自然包括排斥由世俗聚散离合所产生的妄念(愁绪)。如此,在这种矛盾的情况下,贾岛似乎只能选择一种变通的办法,即巧妙地利用五言律诗的文体特色——颈联一般讲究合律且重视情景交融、寓情于景,采用一种"双关"的方式,一方面选择一些能够体现离别情境的物象(倒映在水中的孤单身影、树下休憩的有情之身)来保证送别诗整体结构的完整,另一方面这些物象也能完美地传达出佛教性空的观念("潭底影"所指示的色空、"数息"所指示的坐禅修行实践)。事实上,贾岛诗集中其它写给僧人的送别诗,其创作思路大体皆类于此,试举一例,如《送贞空二上人》"林下中餐后,天涯欲去时。衡阳过有伴,梦泽出应迟。石磬疏寒韵,铜瓶结夜澌。殷勤讶此别,且未定归期",此诗颈联所写物象如磬声悠缓、铜瓶结冰,与整首诗被送之人秋冬林下日中进食然后出入山泽、夜晚行路的情境完美融合。再进一步体味,就可以发现,联中"石磬"与"铜瓶"相对,共同指示与佛教相关;"石磬"与"寒韵"联系,表达一种空境;"铜瓶"与"夜澌",表达一种修行与清凉。物象之间搭配巧妙,佛理与诗境也契合无间,读后令人印象深刻。某种程度上说,完全可以说,这种禅意与诗意的"双关"正是贾岛五律送别诗的特色,而这一点在同时期其它诗人笔下是绝少见到的。

要之,"独行潭底影,数息树边身"一联非但不是一种拼凑,反倒是贾岛诗歌创作的一种匠心营构——利用诗意书写与禅境传达在意象上的重合，来取得一种"双关"的艺术效果，因此，从这个角度来说，似乎其"自注"诗所宣示的自得也是可以被理解的。而要追究这种创作手法和风格的起源，除了与贾岛出入僧俗两界的实际生活背景有关，更与贾岛诗歌创作自觉追求文体风格的意识有关（即后人指出的"贾岛格"）。

注 释：

〔1〕 杨慎《升庵诗话》卷十一"晚唐两诗派"，《历代诗话续编》，中华书局1983年版，第851页。

〔2〕 李怀民《重订中晚唐诗主客图》，清嘉庆十年莱阳赵擢彤刊本。

〔3〕 闻一多《唐诗杂论》，江苏文艺出版社2007年版，第37页。

〔4〕 参见李嘉言对相关史料的梳理，《长江集新校》（"附录"之五），河南大学出版社2008年版，第243—251页。

〔5〕 详见吴淑钿的梳理，《贾岛诗之艺术世界》，《唐代文学研究》（第七辑），广西师范大学出版社1998年版，第636—647页。

〔6〕 魏泰《临汉隐居诗话》，何文焕《历代诗话》，中华书局2004年版，第326页。

〔7〕 李庆甲集注校点《瀛奎律髓汇评》，上海古籍出版社2005年版，第1648页。

〔8〕 参张震英《近二十年贾岛研究述评》，《寒士的低吟——贾岛诗歌艺术新论》，中国社会科学出版社2006年版，第131—156页。

〔9〕 见齐文榜、景凯旋有关贾岛年谱考订，齐文榜《贾岛年谱新编》，《贾岛研究》，人民文学出版社2007年版，第278—307页；景凯旋《贾岛事迹考辨》，《唐代文学考论》，南京大学出版社2012年版，第299—320页。又，张昌红在景凯旋相关考论的基础上，进一步推论，将此诗系在长庆元年（821）春夏之交，其说可商，见下文辩证。《贾岛〈送无可上人〉诗意辨正》，《南京师范大学文学院学报》2015年第3期，第43—44页。

〔10〕 齐文榜《贾岛集校注》，人民文学出版社2001年版，第119—122页。颔联"亲"字，依《文苑英华》（卷二二二"释门"四）改作"秦"。本文下引贾岛诗作均采此版本。

〔11〕 关于贾岛诗集版本流传情况，请见齐文榜《贾岛集校注》"前言"，第17—21页。

〔12〕 何文焕《历代诗话》，中华书局2004年版，第269页。

〔13〕 丁福保《历代诗话续编》，中华书局1983年版，第1222页。

〔14〕 《清诗话》，上海古籍出版社1978年版，第396页。

〔15〕〔20〕 张昌红《贾岛〈送无可上人〉诗意辨正》，第43—44、41—43页。

〔16〕 康熙年间刘云份刻《十三唐人诗》本，该诗题作"送无可住越州"。

〔17〕 王世贞《艺苑卮言》卷四，《历代诗话续编》，第1012页。

〔18〕 闻一多《唐诗杂论》，江苏文艺出版社2007年版，第38—39页。

〔19〕 《重订中晚唐诗主客图》，清嘉庆十年莱阳赵擢彤刊本。

〔21〕 《大正藏》第48册，经号2014，395下。

〔22〕 《卍续藏》，第9册，经号0245，574下—575中。

〔23〕 《大正藏》第54册，经号2127，286下。

〔24〕 《全唐诗》卷一四四，中华书局1960年版，第1461页。

〔25〕 《大正藏》第4册，经号0211，577下。

〔26〕 《文选》卷二十，上海古籍出版社1986年版，第974页。

〔27〕 祝尚书《杨炯集笺注》，中华书局2016年版，第193页。

〔28〕 本统计所据杜诗版本为萧涤非主编《杜甫全集校注》,判定为送别诗的标准首先为诗题(以"送"、"奉送"、"别"、"赠别"等字眼为题),其次为内容(以叙写离情别绪为内容)。

〔29〕 本统计所据韩愈诗版本为钱仲联《韩昌黎诗系年集释》,判定送别诗的标准同上。

〔30〕 此三类人皆可归入僧道隐士类,共有三首,分别为:卷三《送耿处士》一首,卷七《送孙逸人》、《送褚山人归日东》两首。

〔31〕 实际上,如果要把五言排律、五言绝句这两类五律变体纳入,比例将会更高,优势更为明显。

〔32〕 马斗全《贾岛"独行潭底影,数息树边身"刍议》一文认为:"这二句并非指无可,而是写送别无可上路后,作者自己独行野望、徙倚徘徊之情的……作者送走其弟后,若有所失,不免产生一种孤独、闲寂之感,才会在潭边踽踽独行,并数次倚树怅望、遐想。这二句的妙处在于不独写了自己送走弟弟后独自漫行而归之情,更抒写了避世之人的性情和志趣,真有点野鹤孤云的味道",见《中州学刊》1987年第2期,第8页。

〔33〕 见景凯旋《无可考》,《唐代文学考论》,第359—364页。

〔作者简介〕 刘学军,1982年生,安徽六安人,文学博士,现为江苏第二师范学院文学院讲师。

《郭麐诗集》(精装,全三册,乾嘉诗文名家丛刊)

(姚蓉等编校,人民文学出版社2016年9月版,208.00元)

郭麐(1767—1831),字祥伯,号频伽、复庵等,诗、书、画、金石具精。其诗文著述数量惊人。《郭麐诗集》收录《灵芬馆诗》之初集四卷、二集十卷、三集四卷、四集十二卷、续集九卷,《爨馀集》一卷,及《蘅梦词》二卷、《浮眉楼词》二卷、《忏馀绮语》二卷、《爨馀词》一卷等。全书诗、词作部分以上海图书馆藏清嘉道年间刊刻之三十六册《灵芬馆集》为底本,校以许增本、民国本、手稿本、许增重刊本、四部备要本等。书末附录朱春生手录之《灵芬馆集外诗》一卷、《郭频伽先生手书诗稿》两册,及《郭麐年谱简编》《传记》《评论》等,以备读者参考。

作为游戏的诗歌
——一组独特雪诗的细读

张志杰

"游戏于斯文"的姿态与"以文字为诗"的方式是宋诗极普遍又极具表现力的创作特征。相对于前代诗人,宋人更加突出对诗歌文字与形式本身的审美表现力与艺术塑造性的强调,甚至热烈地寻求和追逐文字游戏,或负材力,或逞辨博,热衷于各种新规则的设定,并且不断演绎转化,造为新体。这一倾向与方式虽然自宋代以来一直不免争议,甚至有"诗厄"之讥,但蔚为大观的创作实际又无疑使这种批评显得无力。学界目前已从多方面对其独特艺术品格与审美价值进行了研究,本文拟具体通过南宋中兴诗坛项安世(1129—1208)的一组特殊雪诗的细读,对此做一些琐细的论述。不揣谫陋,谨以就教方家。

一、数字与类书:每句寓字的内容诠释

项安世一千五百余首存诗中,有一组次韵胡榘的雪诗独具特色,其最引人注目处在于如诗题所示"再雪诗每句寓再字"、"三雪诗寓三字"等规定,要求每首诗每一句须寓含如"再"、"三"、"四"、"五"、"六"等表示下雪或雪诗次数、次序的数字(含序数词与基数词)。这一规则很大程度上左右了整个诗歌的命意造语下字,即是说,其诗歌艺术塑造首先在此规定性下展开。寻绎如何寓有这些数字,是解码此诗的基础。以下不惮琐屑之嫌,五组十诗,胪叙如次:

第一组,《次韵胡抚干再雪诗每句寓再字仍用汝阴诗禁》:

积疑茶井实,高恐剑峰平。星暗楚双路,津迷洛两生。随风来不断,泫水冻无声。已觉一为甚,更堪三后行。(其一)

力减沙头酒,情添汉浦神。有歧俱可可,无髯不新新。淮蔡层城夜,元和二月春。遥瞻双阙贺,难预合班人。(其二)[1]

规定每句寓"再"字,实际上凡表示"再"意的字眼如"二"、"双"、"两"等皆符合题中之义,甚至可以直接使用,但不能明确出现"再"字。第一首首联"茶井"指"双井",双井茶是宋代名

本文收稿日期:2017.1.28

茶,欧阳修、黄庭坚、杨万里等皆有双井茶诗。"剑峰"即庐山双剑峰,宋代题咏此峰者甚众。两句皆暗含"双"字,即寓"再"字。颔联"楚双路"、"洛两生"寓字甚明。颈联中,"随,从也。""从,相听也,从二人。"(《说文解字》)"洊"意"再",如"洊岁"即再岁,寓"再"字。尾联"已觉一为甚,更堪三后行。"前云"一为甚",则"再更甚",后云"更堪三",意谓"再雪"何妨,"再"字呼之欲出。

第二首首句"沙头酒"用杜甫《醉歌行》"酒尽沙头双玉瓶"语典,寓"双"(再)字;同时化用郑谷《雪中偶题》"密洒高楼酒力微"句意。次句"汉浦神"用郑交甫逢汉水二女典故,事见《列仙传》。寓"二"(再)字。三四句"歧"指岔路,自然寓有"二"(再)意。"鬓"即双鬓,双鬓雪染,如新白。五句用李愬雪夜入蔡州擒吴元济事,见《旧唐书·李愬传》。"层城"即重城,悬瓠城有外城、有里城。六句"元和二月春"用韩愈《辛卯年雪》"元和六年春,寒气不肯归。河南二月末,雪花一尺围"的语典。七句"双阙"甚明。八句"合班"是指朝班,臣子上朝,侍列两班。

第二组,《三雪诗用前韵寓三字》:

> 令月浓于耜,丰年兆太平。片飞何粲者,魄落太麤生。薛凤崩腾势,巫猿寂寞声。冰溪无豕渡,樵路有人行。(其一)

> 巴峡疑无路,蓬山似有神。极涵天地混,光助日星新。开拓大千界,铺张九十春。闭门经几日,饥杀咽螬人。(其二)

第一首首句"令月浓于耜"。《诗·豳风·七月》"三之日于耜",《传》云:"三之日,夏正月也。""于耜,始修末耜也。"寓"三"字。次句"丰年兆太平"寓"三白"之意。欧阳修《喜雪示徐生》:"常闻老农语,一腊见三白。是为丰年候,占验胜蓍策。"《苕溪渔隐丛话》后集卷二十三云:"三白事古人不曾用,自永叔始,遂为故实。如鲍钦止《雪霁》云:'三白岁可期,一饱分已定。'吕居仁《雪诗》云:'看取一年三白,喜欢共入新年。'皆本此也。"三白即三度见雪,为丰年之兆。颔联寓字在"粲"、"麤",《国语》云:"兽三为群,人三为众,女三为粲。""麤"字从三鹿。"片飞"句又点化老杜《曲江》诗"一片花飞减却春"。粲为白意,以花喻雪,又双关三女。颈联"薛凤"指薛收及其族兄德音、侄元敬,世称"河东三凤",事见《旧唐书·薛收传》。诗句又点化韩愈《辛卯年雪》"崩腾相排挤,龙凤交横飞"句。"巫猿"来自渔歌"巴东三峡巫峡长,猿鸣三声泪沾裳。"见《水经注》卷三十四。尾联"豕渡"用"晋师三豕涉河"典,事见《吕氏春秋》卷二十二。"人行"用《论语·述而》"三人行,必有我师焉"语典。

其二相对明晰。首联"巴峡"指三峡,与其一"巫猿"同用"巴东三峡巫峡长,猿鸣三声泪沾裳"之典;"蓬山"代指蓬莱、方丈、瀛洲海上三山。颔联"极"为三极,即三才,天、地、人也;"光"寓三光,日、月、星也。颈联"大千界"即释典所谓三千大千世界;"九十春"指三春,春季九十日之谓。末联"咽螬人"乃陈仲子。《孟子·滕文公下》匡章曰:"陈仲子岂不诚廉士哉!居於陵,三日不食,耳无闻,目无见也。井上有李,螬食实者过半矣,匍匐往将食之,三咽,然后耳有闻,目有见。""三日不食"、"三咽"皆寓"三"字。"闭门"、"饥杀"同时暗用袁安卧雪事,切合咏雪。

第三组,《四雪诗用前韵寓四字》:

皓景连辛甲，寒歌遍仄平。会同符盛治，假合类浮生。境变西山色，诗翻郢曲新。且随车角住，休趁马蹄行。（其一）

气用乾阳壮，云兴初望神。渎流连夜剪，泽草万花新。暮夜翻疑晓，冬郊总是春。皇皇天一色，穆穆迳无人。（其二）

其一首联"连辛甲"，意指由辛至甲，即辛、壬、癸、甲四天连续下雪，寓"四"字；"遍仄平"，寓平、上、去、入"四声"。颔联"会同符盛治"寓"四会"，谓四海会同符合盛世之治。"假合类浮生"寓"四大"，佛教谓人的生命由四种元素——地、水、火、风所谓"四大"假合而成，四大离散则生命消亡。颈联"境"为四境，"西山"指西方昆仑群玉之山，扣合咏雪主题；"诗"为"四诗"，即"风"、"小雅"、"大雅"、"颂"，又称"四始"。"郢曲"用阳春白雪典故。末联中"车角"，车箱长方，形有四角；"马蹄"为四蹄，杜甫《房兵曹胡马诗》诗云："风入四蹄轻。"此联又点化韩愈名篇《咏雪赠张籍》诗句"随车翻缟带，逐马散银杯"。

其二首句"气"寓"四气"，即四时之气。《礼记·乐记》："奋至德之光，动四气之和。"又，"乾阳"，乾亦阳，寓"四象"，即太阳、少阳、少阴、太阴。此句从欧阳修禁体《雪》诗首句"新阳力微初破萼，客阴用壮犹相薄"化来。次句"云兴初望神"谓云集而雪始作。"望"寓"四望"，《周礼》郑玄注："郑司农云：'四望：日、月、星、海。'玄谓：'四望：五岳、四镇、四渎。'"四望，意为四方山川之祭。《尚书·舜典》："望于山川，遍于群神。"颔联"渎"为"四渎"，即江、河、淮、济；"泽"为"四泽"，即四方之泽，彭蠡、云梦、震泽之属。颈联"暮夜翻疑晓"寓朝、昼、夕、夜一日之四时。《左传·昭公元年》云："君子有四时，朝以听政，昼以访问，夕以修令，夜以安身。""冬郊总是春"寓"四郊"，《毛诗》传云："邑外曰郊，郊外曰野，野外曰林，林外曰坰。"《礼记·曲礼》："四郊多垒。"白居易《西楼喜雪命宴》诗云："四郊铺缟素，万室甃琼瑶。"四郊是春，所谓"总是"。此联句意与岑参雪句"忽如一夜春风来，千树万树梨花开"同。末联，"皇皇天一色"意谓大雪弥漫，四方无际，天地一体。《庄子·知北游》："其来无迹，其往无崖，无门无房，四达之皇皇也。"又，"天"有"四天"，《尔雅·释天》云："春为苍天，夏为昊天，秋为旻天，冬为上天。""穆穆迳无人"有四径无人之意。又《尚书·舜典》云："四门穆穆。""皇皇"、"穆穆"或借用经典成句，其暗含"四达"、"四门"的方式，与前诗"于耜"寓"三之日"相似。

第四组，《五雪诗用前韵寓五字》：

偪塞天星近，纷纶世事平。瘴消原谷长，蝗死岳芝生。径合迷车辙，宵明误鼓声。袴寒空数挽，屦绽莫深行。（其一）

眼看山城老，心经木有神。燕台六月旧，粤岭一冬新。色映康衢色[2]，花沾彩服春。瑞多休更辑，禹甸有穷人。（其二）

其一首句"星"寓"五星"，金、木、水、火、土五星之谓。次句"纷纶"，《北堂书钞》雪类录何承嘉雪句："飘飘乘虚，纷纶随风。"另，"五经纷纶"为熟典，此或借用其字，未详。颔联"谷"谓"五谷"，雪为五谷之精；"岳"寓"五岳"。颈联"车"寓"五车"，《事类赋·雪赋》所谓"武王之五车两骑"为雪事熟典，类书天部雪类多录有五车两骑谒周武王事。如《艺文类聚》："《金匮》曰：武王伐纣，都洛邑未成，阴寒大雪，深丈余。甲子旦，不知何五丈夫乘五车从两骑止门外。"《太平御览》神鬼部所录又加"车骑无迹"说辞:"武王都洛邑未成,阴寒,雨雪十余日,深丈余。甲子旦,有五丈夫乘车马从两骑止王门外,欲谒武王。武王将不出见,太公曰:不可。雪深丈余而车骑无迹,恐是圣人。""径合迷车辙"当寓字此典。"宵明误鼓声"寓"五鼓",即"五更"。尾联"袴寒空数挽,屦绽莫深行",用《史记·滑稽列传》东郭先生事:"东郭先生久待诏公车,贫困饥寒,衣敝,履不完。行雪中,履有上无下,足尽践地。""袴寒空数挽"或谓五挽寒袴之意;又,袴寒来自衣敝,极形容其贫困饥寒,寓字或与《后汉书·廉范传》所谓"平生无襦今五袴"也有关。白居易《西楼喜雪命宴》诗云:"歌乐虽萦耳,惭无五袴谣。""屦绽"即五趾践地之谓。

其二首联"眼"寓"五眼",释家有"五眼"之说,即肉眼、天眼、慧眼、法眼、佛眼。"木"寓"五木",《尸子》:"燧人上观辰星,下察五木,以为火。"指五种取火的木材。颔联"燕台六月旧",似杂用邹衍因燕事与东海孝妇事。《北堂书钞》录《淮南子》佚文:"邹衍事燕惠王尽诚,左右谮之王,王系之。夏五月,天为之下霜。"霜雪在诗中虽常通用,毕竟不同,此处项氏是否借用霜事写雪,不能断定。可以明确的是,"五月飞雪"来自东海孝妇故事的演变。在《说苑》、《汉书·于定国传》及《搜神记》孝妇故事的基础上,《太平御览》始增飞雪之事:"《汉书》曰:汉女者,居东海养姑。姑女逸之于姑,姑经。太守诉而杀之,五月下雪。"事在五月,故言"六月旧"。"粤岭"指"五岭"。按《水经注》,五岭乃大庾岭、骑田岭、都庞岭、萌渚岭、越城岭。颈联"色"寓"五色","彩"寓"五彩"。又,"衢"寓"五衢";"彩服"为有职者之服,寓"五服"。按《尚书》伪孔传:"五服,天子、诸侯、卿大夫、士之服也,尊卑彩章各异。"七句"瑞"寓"五瑞"。《尚书·舜典》云:"禋于六宗,望于山川,遍于群神。辑五瑞,既月乃日,觐四岳。"伪孔传云:"舜敛公、侯、伯、子、男之瑞圭璧。"又,班固《白虎通·文质篇》云:"《尚书》'辑五瑞,觐四岳'……何谓五瑞?谓珪、璧、琮、璜、璋也。""瑞"双关圭璧和雪。末句"禹甸",《尚书·禹贡》"五百里甸服"。《说文解字》:"甸,天子五百里地。"寓"五"字。又,《诗·小雅·信南山》云:"信彼南山,维禹甸之。……上天同云,雨雪雱雱,益之以霢霂。既优既渥,既沾既足,生我百谷。"切合主题。

第五组,《六雪诗用前韵寓六字》:

> 点点多难赛,茧茧势欲平。群排风鹢退,深掩烛龙生。乡混群狵吠,军喧乱鹭声。光阴乘岁暮,威令极施行。(其一)

> 天宗兴岁事,滕叟盛威神。乐羽朱成素,宫墙旧变新。周爻方用坎,燕律遽生春。花阵连天出,欢回合宇人。(其二)

其一首联中"点点"形容雪落,稍晚的释居简有诗云:"落梅都着子,点点六花零。"此似同一用法。"茧茧",纷乱貌,或借用扬雄《法言》"六国茧茧,为赢弱姬"字意,与前诗"于耗"寓字方式相似。三句用《春秋》"六鹢退飞"甚明。四句"深掩烛龙生",谢惠连《雪赋》云:"烂兮若烛龙衔耀照昆山。"烛龙为能衔火精而照幽冥之神。此处义同"六龙",喻指太阳。五句"乡混群狵吠"用柳宗元"粤犬吠雪"之说,见《答韦中立论师道书》。"乡"寓"六乡"。《周礼》郑玄注引郑众云:天子远郊"百里内为六乡,外为六遂"。"六乡"为比、闾、族、党、州、乡。六句"军喧乱鹭声"用《旧唐书·李愬传》事典,李愬雪夜入蔡州,六军以鹅鹭之喧掩其行军

77

之声。"军"寓"六军"。按《周礼》,"凡制军,万有二千五百人为军。王六军,大国三军,次国二军,小国一军。"贾公彦《周礼疏》云:"六乡之内,有比、闾、族、党、州、乡,一乡出一军,六乡还出六军。"七句"光阴乘岁暮",《左传》曰:"天有六气……六气曰:阴阳、风雨、晦明也。分为四时,序为五节。""六"字似寓于此。末句"威令极施行",四时各有令,此句寓字当在冬季六节令,即立冬、小雪、大雪、冬至、小寒、大寒。

其二"天宗兴岁事",《礼记·月令》:"孟冬,天子乃祈来年于天宗。"郑玄注云:"天宗,谓日月星辰也。"孔颖达疏云:"六宗,贾逵等以为:天宗三,谓日、月、星;地宗三,谓泰山、河、海。郑玄六宗以为星也、辰也、司中也、司命也、风师也、雨师也,不同贾逵之义。今此云天宗谓日月星者,尚书'六宗'文承'肆类上帝'之下,凡郊天之时,日月从祀,故祭以日月,配日月在类上帝之中,故六宗不得复有日月,此不云六宗而云天宗,与彼别也。"按规则,诗中不能明确出现所寓字眼,此处"天宗"实为"六宗"同义之词。次句"滕叟"乃雪神,名滕六。三句"乐"寓"六乐",指云门、咸池、大韶、大夏、大濩、大武。干羽之舞,因雪之故。朱变成素,《初学记》录刘璠《雪赋》云:"既夺朱而成素,实矫异而为同。"四句"宫"寓"六宫"。五句"周爻方用坎",《周易》八卦"乾、震、兑、离、巽、坎、艮、坤"中,坎卦居第六,故云"方用坎";坎为水,合咏雪。"爻"兼寓"六爻"。六句"律"寓"六律",用邹衍吹律寒谷生春典故。十二律吕中,律为阳,故"寒谷丰黍,吹律暖之"。李善《文选》注引刘向《别录》曰:"邹衍在燕,有谷地美而寒,不生五谷。邹子居之,吹律而温至黍生。""六律",指太蔟、姑洗、蕤宾、夷则、无射、黄钟。七句"花阵连天出",草木之花皆五出,雪花独六出,故雪花别称"六出"。八句"合"寓"六合",上下四方谓之六合。

以上不惮饾饤獭祭之嫌,逐句对十首诗的寓字内容进行了简释。可以看出,为达成每句寓含规定数字的目标,项氏竭力调动了多方面的知识,体现出一种突出的类书化创作方式。诗中寓字或浅或深,甚至也不免生涩僵硬处,然而命意造语皆能严守规则并扣合主题。其中一些寓字艰深(或勉强)者,限于学力不能确知,但大体即如上述。

二、规则与技术:因难见巧的诗艺表现

如前文所释"每句寓字"的独特方式,该组诗实质上含有多重规则、多重难度,体现出强烈的"于艰难中特出奇丽"的艺术特征。如果说格律诗创作是"戴着镣铐跳舞",该组诗显然是戴着多重镣铐的技艺表演。下文且摘取《次韵胡抚干再雪诗每句寓再字仍用汝阴诗禁》的诗题中几个关键词,对其因难见巧的诗艺表现作一论析。

关键词一:"雪诗"——影响的焦虑

特意拈出雪诗的题材并不多此一举,实质上宋人对于咏雪存在一种普遍而突出的心理:影响的焦虑。宋末方回总结前人雪诗时的感慨"雪于诸物色中最难赋"[3],是一个有力的说明。以学识才华自负的宋人对雪濡毫不免三叹,显然并非因为雪作为客体本身的某种因素,实在在于百千年来吟咏者太多,很难避免为牛后人的尴尬。比如即使韩愈雪诗名篇《咏雪赠张籍》,也不能尽如宋人意。据刘攽《中山诗话》记载,欧阳永叔与江邻几论诗,直言其"'随车翻缟带,逐马散银杯'为不工。"[4]韩诗所步正是六朝雪诗的窠臼。对于苏轼雪诗也颇有

微词。如胡仔云:"东坡雪诗有'飞花又舞谪仙檐'之句,余读李谪仙诗'好鸟迎春歌后院,飞花送酒舞前檐'。恐或用此事也。'应惭落地梅花炽,故作漫天柳絮飞。'世传王淡交雪句'似梅花落地,如柳絮因风'与坡诗全相类,岂偶然邪?'遗蝗入地应千尺,宿麦连云有几家。'盖蝗遗子于地,若雪深一尺,则入地一丈,麦得雪则资茂而成稔岁。此老农之语也。故东坡皆收拾入诗句,殆无余蕴矣。"[5]胡仔之论有两重意思:一是对因袭前人的质疑;其二,如其所谓东坡以俗语入诗全无余蕴,认为即使认清了前人窠臼,多半仍然不能很成功,又往往滑向天平的另一端。虽然宋人对"当作不经人道语"有着偏执的努力,但对于浅切卑下与怪怪奇奇同样充满焦虑。就浅俗者言,比如对郑谷雪诗"江上晚来堪画处,渔人披得一蓑归"的评价,苏轼直目之为"特村学中诗"[6],叶梦得也认为"气格如此其卑"[7]。奇怪者,如张元雪诗"战退玉龙三百万,败鳞残甲满天飞",被认为只能用"怪谲"形容[8]。再如《冷斋夜话》的一则记载:"盛学士次仲、孔舍人平仲同在馆中,雪夜论诗。平仲曰:'当作不经人道语。曰:'斜拖阙角龙千丈,淡抹墙腰月半棱。'坐客皆称绝。次仲曰:'句甚佳,惜其未大。'乃曰:'看来天地不知夜,飞入园林总是春。'平仲乃服其工。"[9]诸人外交辞令式的称赞给足了孔平仲面子,事实上孔诗虽摆脱了陈俗,显然又不可避免地偏入奇怪一路。宋人对于雪诗难赋有着共通的心理。就项安世创作看,《平庵悔稿》中雪诗约存30题,且多组诗,数量不少,但其中高者也不过唐临晋帖,不能出前人樊篱。尤其《雪中得两联不能成篇》一首,很能说明方回的感慨(其所得两联也难称佳句)。历史遗产影响下雪诗难赋的焦虑,是第一重隐形的然而无法逃避的镣铐。

关键词二:"汝阴诗禁"——思维惯性的悖逆

所谓"汝阴诗禁",即是皇祐二年(1050)欧阳修于颍州太守任上所赋《雪》诗的规则。欧诗自序云:"玉、月、梨、梅、练、絮、白、舞、鹅、鹤、银等事,皆请勿用。"约四十年后继任颍州太守的苏轼追步欧公赋《聚星堂雪》,以"禁体物语,于艰难中特出奇丽"、"白战不须持寸铁"发明其诗禁,之后在南渡诗人的重新发现与阐释演绎中最终确立起一条独特的咏雪传统,即禁体或称白战体雪诗。对于禁体诗的禁令范围,程千帆、张宏生有详细指陈,约有以下几个方面:"一是直接形容客观事物外部特征的词,如写雪而用皓、白、洁、素等;二是比喻客观事物外部特征的词,如写雪而用玉、月、梨、梅、盐、练、素等;三是比喻客观事物的特征及其动作的词,如写雪而用鹤、鹭、蝶、絮等(因为它们不但色白,而且会飞翔和飘动,有如雪花飞舞);四是直陈客观事物动作的词,如写雪而用飞、舞等。"[10]周裕锴进一步确认,禁体律令即是在咏雪的诗中禁止使用常见的比拟雪花之白的名词、直接描写雪的颜色的形容词,以及常用的形容飞雪的动词。[11]作为一种特殊的雪诗规范[12],"禁体物语"的律令要求那些前人习惯用以摹写或者比拟雪的形色及动作的字眼皆被禁止出现在诗句中。这是一种有意与传统反其道而行之的方式。虽然作为宴饮场上作诗的偶然性规则,"禁体物语"的出现带有强烈的游戏性,但之所以悬此禁令,自然是深刻把握了前人咏雪套路的。影响的焦虑语境下,这一规则客观上似乎带有了一种自赎的色彩。然而这一"自赎"并不轻而易举,如莫砺锋所言"它本质上是一种作茧自缚的做法"[13],其困难正在于对惯性思维的悖逆。禁体的难度可以从宋人的追述与自惭中略作小窥,比如苏轼《聚星堂雪》小序即称:欧公汝阴诗禁"迩来四十余年,莫有继者"。叶梦得《石林诗话》云:"欧阳文忠公守汝阴,尝与客赋雪于聚星堂,举此令,往往皆阁笔不能下。"[14]胡仔《苕溪渔隐丛话》感慨:"自二公赋诗之后未有继之者,岂非难措笔乎?"[15]禁体创作中,比如张镃感叹:"何能巧模写,吟思欠幽微。"许及之:"白战场前受降北,笔补造化戈却日。郢中之曲信寡和,鼓宫宫动能者职。"赵蕃:"我今困客乃自困,韩非说难竟死说。戏诗还与作官同,大错知合几州铁。"方岳:"醉翁出令凡马空,坡老挥毫风燕瞥。两公仙去各已久,一代风流尚谁说。"[16]等等。不论诗话里实录似的客观记述还是唱和中儒家君子式的自惭与自谦,都确切表明了"汝阴诗禁"这一规则所带来的压迫感。然而项安世刻意选择挑战更高的难度,要求此组诗不仅须句句咏雪,句句寓字且句句不能出现所寓数字,同时须严守白战律令,句句不能出现禁体所禁字眼。总体上看,项氏较为成功地遵守了这一规则,只是技术并不细腻。十首诗中,第三组其一的"凤"字,第四组其一的"皓"字,第六组其二的"羽""素"等字,事实上已犯"禁体物语"的诗令。对于这几个字的使用,或者出于失检,当然或者也存在项氏本人对于"汝阴诗禁"的理解问题,其不尽合于后人的归类总结也是可能的,毕竟上述几字并不直接出现在欧阳修禁字之列。但《雪》诗序中"等事"之谓,应当是包括了此一类型的所有词汇。

关键词三:"每句寓字"——知识要求与文字技术

作为本诗最主要的独特性体现,自我挑战,逞才逞学,以诗娱玩是"每句寓字"这一规则本来的动机和目的。与"禁体物语"不同,寓字的方式当是项安世新创[17]。这一独特规则与传统的药名诗、建除体的嵌字艺术精神近似,但方式不同。如前文所释,项安世的这一自我设限,要求十首诗的每一句内容中必须寓有如"再"、"三"、"四"、"五"、"六"等字意,同时,形式上必须回避所寓数字,否则犯规。这一规则下,其处理途径只能依靠相关字眼、意象或者典故迂回表达。大体说来,全诗寓字方式主要有如下几种:一是用同义词,如第一组使用双、两、二等;二是用代语,如苕井(双井)、巴峡(三峡)、滕叟(滕六)等;三是用简称,如剑峰(双剑峰)、大千界(三千大千世界)等;四是借用字义,如浭、歧、粲、麤、甸等;五是用典故,如沙头酒、丰年兆、巫猿声、风鹢退等用语典,汉浦神、豕渡、屦绽、咽蝤等用事典;六是省略经典中熟悉的成句,如于耜(三之日于耜)、皇皇(四达之皇皇)、穆穆(四门穆穆)、蛰蛰(六国蛰蛰)等;七是借用干支或卦名等的次序,如"皓景连辛甲"、"周爻方用坎"等;第八,最普遍的是使用本身带有所规定数字之意的字眼或词汇,如极(三极)、渎(四渎)、岭(五岭)、乐(六乐)、仄平(四声)、假合(四大)等等;另外有一些其他方式,比如寓字于句意之中,"已觉一为甚,更堪三后行。""闭门经几日"、"袴寒空数挽"等即是如此。项安世是南宋中兴诗坛的重要诗人,与张镃、赵蕃、姜夔等同列"四大家"外所谓"十后进"之中;同时也是以《周易玩辞》、《项氏家说》等多种著作鸣世的学者,于经典文史皆有深究。可以说其知识与诗情共同塑造了此诗禁体咏雪并寓字这一独特方式。依照前文的注释,挑剔一点说,才力富瞻的项氏在技术上其实并未能完全做到游刃有余。其所寓字意,有明晰,有隐幽,生硬牵强也间有之。浅显者如以"双"、"二"、"两"寓"再"字,艰深者如"假合类浮生"等如不察佛典则不易知,幽微者如"纷纶世事平"等并不容易找到直接的关联线索。这也说明了寓字规则的难度。

关键词四:"次韵"组诗——来自形式的压力

作为其诗规则难度与处理技术的体察,律诗、次韵、组诗的形式组合理应纳入范围,来自形式自身的规则无疑使得"禁体物语"与"每句寓字"的实现倍增其难。一个事实是,宋人诗歌创作中对形式的追求并不满足于原本律诗格律的规范,次韵是其发现的一条有价值的途径,并且不肯浅尝辄止,往往次而再次,一发不可收。"敢将诗律斗深严"(苏轼句)是宋人普遍的姿态。《沧浪诗话》论曰:"古人酬唱不次韵,此风始盛于元白、皮陆,本朝诸贤乃以此斗工,遂至往复八九和者。"[18]严羽对宋人反复次韵以斗工逞才的心理有充分认识。例如苏轼作《雪后书北台壁二首》后,王安石爱其能用韵,五次其诗犹不能罢,又复次一首,苏轼本人又再作《谢人见和前篇二首》,"往返数四,愈出愈奇"[19]。然而以王安石之精工,仍不免后人"支凑勉强,贻人口实"[20]的批评。即使次韵在宋人诗歌中为平常之事,组诗反复次韵也不难见,项安世此组诗也不算险韵,但这并不能否定特殊语境下这一形式规范带来的困难。在禁体和寓字双重规则的苛刻条件下进行反复次韵,又因为律诗的诗体必须严格讲求平仄、粘对等,处理起来更须左右照顾,洵属不易。然而项氏的创作事实上已超越了律诗的一般规范。从上录五组诗看,其中不乏四联皆对者,其余大多或首联或尾联也是三联工对,颇可见其文字驾驭能力。据笔者的考察,在有宋一代的60余题百余首禁体雪诗中,除吴潜《喜雪用禁物体》用律诗组诗次韵赋雪28首之外,项安世此组诗属第二多。不易的是,其诗是在寓字规则下以律诗反复次韵的禁体组诗,较吴诗更为特出。

纵观以上四个关键词亦即四重困难,"汝阴诗禁"与"每句寓字"自然是最核心也最具挑战性的规则,二者一禁字一寓字,一反一正,形式上虽然相背而行,实质上禁体回避正面摹雪而通过雪中万象烘云托月的方式,与寓字依靠意象与典故蕴含所规定数字的方式正好契合,这也一定程度上使得创作的困难有所减轻。

三、游戏与诗学:"以文字为诗"的审美价值

若依上文所论对此组诗作一归类的话,其身份标签由大到小可以是:一组特殊的咏物诗(雪诗),一组特殊的雪诗(禁体),一组特殊的禁体诗(寓字)。雪诗难赋,禁体已奇,寓字又奇,且又是次韵律诗联篇迭咏,不仅与六朝唐代雪诗迥然不同,即在宋诗中也很特别。诸多规则叠床架屋,环环相套,而项氏一赋再赋,难中求难,奇中出奇,极尽文字之能事。作为一组充满强烈游戏性的诗歌,"以文字为诗"是其根本特征。

诗歌在宋代进入了一个"以文字为诗"的时代[21]。如《沧浪诗话·诗辨》所谓"近代诸公乃作奇特解会,遂以文字为诗,以议论为诗,以才学为诗"[22]。严羽这一贬斥之论事实上准确把握了宋人诗歌创作的典型特质。相较于唐人对兴象意境的追求,宋人的确更加表现出对文字本身的审美表现力与艺术塑造性的浓烈兴趣,强调对造语下字、使用用韵等的琢磨推敲,甚至热烈地寻求和追逐文字游戏。从上文可见,这一倾向在该组特殊禁体诗中表现尤为突出。

虽然禁体并未出现在严羽所列"只成戏谑,不足为法"的"建除、字谜、人名、卦名、数名、药名、州名之诗"之列[23],历来的诗学批评与文体分类中,禁体事实上多不被归为杂体诗,也少有研究者论述到其文字游戏的性质。夷考其实,作为宴饮酒令的"禁体物语"天然带有游戏的色彩,其诞生的动机和目的并非着意针对陈陈相因的咏雪之弊,包括欧苏在内的几乎所有禁体作者之后皆创作有大量充斥银玉盐絮之词的雪诗,并不以此禁令为严肃的雪诗创作

立场[24]。虽然不为矫弊制定,但如前文略及,这一游戏规则显然仍是基于对六朝及唐以来如灯取影、如印印泥的形似诗法的逆向思维,将其悬为厉禁,主动设置镣铐,从前人的对立面着眼,以难相挑,形成一种巨大的艺术张力。"禁体物语"作为"一时之律令"[25],其实质意义更多地在于一种创作思维的反叛和语言技术的考验。禁体诗明令禁止一些类型的字眼入诗,根本上与药名诗、人名诗及建除体、八音歌等要求嵌入一些固定文字的规则性质一致。项氏该诗更变本加厉踵事增华,充分利用汉字语义构成的自由度与延展性,在禁体基础上又巧立新规,每句寓字,这一方式更与药名、建除及离合等体相仿佛,并且似乎"以文字为诗"的意味更强烈、"文字奉娱玩"(黄庭坚句)的姿态更极端一些。

"禁体物语"与"每句寓字"毫无疑问是一种与常规创作相对立的方式,然而其审美价值正产生于这种差异之中。宇文所安《刘勰与话语机器》一文认为,《文心雕龙》中存在两个角色,一个是作为作者本人的刘勰,一个是作为骈体文修辞的"话语机器",二者在争夺着对文本的控制[26]。借用宇文氏这一概念,可以说每一类题材(比如雪)、每一种文体(比如律诗)都存一种隐含的"话语机器"——自身的传统,即其在长期的积淀和固化中形成的稳定自足的结构、秩序以及习惯、规则等,它们依照自己的要求产生话语,支配文本朝着有利自身传统的方向展开。而作者刻意的干预使其传统扭曲,文本走向发生改变。以禁体诗为例,"白战不须持寸铁"的号令即是诗人与修辞话语机器争夺文本控制权的宣言。这种行为并非不常见,当诗人不满足于一首诗歌常规的修辞,往往会主动寻求改变,或者在韵脚上下功夫(如次韵、险韵等),或者在对仗上做文章(如偷春格、扇面对等),或者要求禁字嵌字寓字等(如白战体、八音歌、离合体等),这些偶被讥为"诗厄"[27]。

文字与形式本身的凸显对于诗歌是重要的。不论项氏此组寓字的特殊禁体,还是其他通常的禁体诗,还是所有以"以文字为诗"的作品,其独特规则与创造皆作为"有意味的形式"而存在,陌生化是其共同的特征。根本上说,宋人对文字、对形式执著态度的表象之后,实质是对旧的思维惯性的突围或者(以及)对新的审美价值的探寻。在诗歌创作中,陌生化形变方式无疑是达成诗歌审美重塑的有效途径,这一过程也并不排斥娱乐性,相反,正是借助近似游戏的方式,才得以更好地突破对程式化语言呆板的因袭及对创作潜意识中习惯性思维的依赖,才使作品变得更为立体,构建出具备多重阐释可能的系统结构。另外重要的是,陌生化方式与游戏姿态,作为诗人反抗日常经验的手段,实际上也透视出宋人乐观主义的语言观[28],折射着宋诗变唐的一种语言学转向方式。

附言:本文多蒙周裕锴教授赐教,谨致谢忱。

注　释:

〔1〕项安世《平庵悔稿》卷二,江苏古籍出版社影印宛委别藏本,1988年版,第62—65页。本节下文注解为避免太过繁琐,只文内标明引文篇目或卷次,不一一详注版本页码。

〔2〕按:此句"色"字重,不合律诗惯例,当有误字。项氏《平庵悔稿》现存宛委别藏本、《续修四库全书》收清抄本皆作"色",《宋集珍本丛刊》收清抄本第五字有涂改,疑此处或为"邑"字,涉形近而误。

〔3〕〔25〕方回选编,李庆甲集评《瀛奎律髓汇评》卷二一,上海古籍出版社1986年版,第855、

855页。

〔4〕 刘攽《中山诗话》,何文焕辑《历代诗话》,中华书局2004年版,第285—286页。

〔5〕〔15〕 胡仔《苕溪渔隐丛话》前集卷二十九,人民文学出版社1960年版,第204、203页。

〔6〕 洪刍《洪驹父诗话》,郭绍虞《宋诗话辑佚》,中华书局1980年版,第425页。

〔7〕〔14〕 叶梦得《石林诗话》,何文焕辑《历代诗话》,中华书局2004年版,第436、436页。

〔8〕 蔡絛《西清诗话》卷下,张伯伟编《稀见本宋人诗话四种》,江苏古籍出版社2002年版,第239页。

〔9〕 惠洪《冷斋夜话》卷十,张伯伟编《稀见本宋人诗话四种》,江苏古籍出版社2002年版,第96页。

〔10〕 程千帆、张宏生《"火"与"雪":从体物到禁体物——论"白战体"及杜、韩对它的先导作用》,《中国社会科学》1987年第4期,第217页。

〔11〕 周裕锴《白战体与禁体物语》,《古典文学知识》2010年第3期,第62页。

〔12〕 按:禁体是一种雪诗传统的专有名词。从创作实际看,欧阳修到方回,宋代标明用禁体的诗歌共60余题百余首(笔者据《全宋诗》统计)皆是雪诗,绝少例外,只胡寅、王之望、邹登龙等数首咏梅诗亦宣称用禁体,但并不见于宋人诗话、笔记等的谈论中,即是说,此类个例也未进入宋人的诗学理论建构。

〔13〕 莫砺锋《推陈出新的宋诗》,辽海出版社1995年版,第94页。

〔16〕 张镃《连日雪未能多曾无逸见惠二首遵欧苏律禁体物语及用故事走笔次韵》(其一),《全宋诗》卷二六八四,第50册,第31569—31570页;许之《再次韵呈徐漕》,《全宋诗》卷二四四五,第46册,第28304页;赵蕃《二十七日复雪用东坡聚星堂雪韵禁物体作诗约诸友同赋》,《全宋诗》卷二六三八,第49册,第30862页;方岳《次韵刘簿观雪用东坡聚星堂韵禁体物语》,《全宋诗》卷三二二〇,第61册,第38452页。

〔17〕 按:胡榘原诗不存。从项安世《次韵胡抚干再雪诗每句寓再字仍用汝阴诗禁》之题看,胡榘诗题当略如"再雪用禁体"之类。若原诗也寓字,则项氏"仍用"之意应统摄"每句寓字"与"汝阴诗禁"才是。

〔18〕〔22〕〔23〕〔27〕 严羽著,郭绍虞校释《沧浪诗话校释》,人民文学出版社1983年版,第193—194、26、101、26页。

〔19〕 费衮《梁溪漫志》,上海古籍出版社1985年版,第74页。

〔20〕 《唐宋诗醇》,《影印文渊阁四库全书》第1448册,台北:商务印书馆1986年版,第662页。

〔21〕 参见周裕锴《文字禅与宋代诗学》前言,高等教育出版社1998年版,第4页。

〔24〕 张志杰《论宋代禁体诗及诗人创作心态的变迁》(《中国韵文学刊》2016年第1期)有详细论述,可参看。

〔26〕 宇文所安著,田晓菲译《他山的石头记》,江苏人民出版社2003年版,第120—137页。

〔作者简介〕 张志杰,男,1988年生,甘肃天水人,复旦大学中文系博士研究生。

读王阳明《纪梦》诗

李 庆

本文在校读王守仁《纪梦》诗基础上,探讨该诗在王守仁研究、中国"纪梦"诗研究中的意义,并思考有关的若干问题。

一

笔者寡见,未见对此诗的注释和研究,故先对文本加以考订,再做说明、笺注。
该诗现存主要有三种文本:
1、《王阳明全集》卷二十《江西诗》,上海古籍出版社1992年版。下简称《全集》本。
2、杨慎《升庵诗话》卷二,丁福保《历代诗话续编》,中华书局1983年版。下简称杨本。
3、明代碑刻拓片本。拓片原藏余姚周巷何氏,据说现存余姚档案馆。见计文渊《王阳明法书集》第四十一种收录,西泠印社1996年版。下简称计本。
该诗有关内容分为四部分:王守仁的《诗序》、《纪梦》诗、传为郭璞所赠的《诗》、王守仁的《跋》。拓片本中,《诗序》、《跋》合为一体,列于郭璞所赠的《诗》之后。
为了便于说明,先对全文加以校勘,进行笺注如下[1]:

纪梦 并序

正德庚辰八月廿八夕(1),卧小阁,忽梦晋忠臣郭景纯氏以诗示予(2),且极言王导之奸(3),谓世之人徒知王敦之逆(4),而不知王导实阴主之(5)。其言甚长,不能尽录。觉而书其所示诗于壁,复为诗以纪其略。嗟乎!今距景纯若干年矣,非有实恶深冤郁结而未暴,宁有数千载之下尚怀愤不平若是者耶!

秋夜卧小阁,梦游沧海滨。海上神仙不可到,金银宫阙高嶙峋[一](6)。中有仙人芙蓉巾(7),顾我宛若平生亲;欣然就语下烟雾,自言姓名郭景纯。携手历历诉衷曲(8),义愤感激难具陈(9)。切齿尤深怨王导(10),深奸老猾长欺人(11)。当年王敦觊神器(12),导实阴主相缘夤(13)。不然三问三不答,胡忍使敦杀伯仁(14)?寄书欲拔太真舌(15),不相为谋敢尔云(16)!敦病已笃事已去(17),临哭嫁祸复卖敦(18)。事成同享帝王贵,事败乃为顾命臣(19)。几微隐约亦可见(20),世史掩覆多失真(21)。袖出长篇再三读[二](22),觉来字字能书绅(23)。开窗试抽《晋史》阅,中间事迹颇有因。因思景纯有道者,世移事往千余春;若

本文收稿日期:2016.12.25

非精诚果有激⁽²⁴⁾,岂得到今犹愤嗔⁽²⁵⁾!不成之语以箴戒⁽²⁶⁾,敦实气沮竟殒身⁽²⁷⁾。人生生死亦不易,谁能视死如轻尘?烛微先几炳《易》道⁽²⁸⁾,多能余事非所论。取义成仁忠晋室,龙逢龚胜心可伦⁽²⁹⁾。是非颠倒古多有[三],吁嗟景纯终见伸⁽³⁰⁾!御风骑气游八垠⁽³¹⁾。彼敦之徒草木粪土臭腐同沉沦⁽³²⁾!

我昔明《易》道,故知未来事。[四]时人不我识,遂传耽一技。一思王导徒,神器良久觊。诸谢岂不力⁽³³⁾?伯仁见其底⁽³⁴⁾。所以敦者佣⁽³⁵⁾,罔顾天经与地义。不然百口未负托,何忍置之死⁽³⁶⁾!我于斯时知有分,日中斩柴市⁽³⁷⁾。我死何足悲,我生良有以!九天一人抚膺哭⁽³⁸⁾,晋室诸公亦可耻。举目山河徒叹非,携手登亭空洒泪。王导真奸雄,千载人未议。偶感君子谈中及,重与写真记。固知仓卒不成文,自今当与频谑戏⁽³⁹⁾。倘其为我一表扬⁽⁴⁰⁾,万世万世万万世⁽⁴¹⁾。

右晋忠臣郭景纯自述诗,盖予梦中所得者,因表而出之[五]。

【校勘】

[一]高:杨本作"尚"。
[二]读:杨本作"说"。
[三]古:杨本无。
[四]"我昔"句,计本作:"昔我明《易》道,故知未形事。"
[五]此跋语,计本作:"右晋忠臣郭景纯之作,予梦遇景纯,出以见示,且极论王导之罪。谓世人徒知王敦之逆,而不知导之奸阴有以主之。其言甚长,不能备录,姑写其所示诗于壁。呜呼,君子之泽五世而斩,则小人之罪亦数世可泯矣。非有实恶深冤,抑结而未暴,宁有千载之下,尚怀愤不平若是者耶?予因是而深有感焉。复为一诗以纪其略。时正德庚辰八月廿八日,阳明山人王守仁伯安书。"

【笺注】

(1)庚辰:正德十五年,时王守仁在江西。
(2)郭景纯:郭璞(276—324),字景纯,河东闻喜(今属山西省)人。《晋书》卷七十二本传:王敦之谋逆也,将举兵,"使璞筮。璞曰:'无成。'敦固疑璞之劝峤、亮,又闻卦凶,乃问璞曰:'卿更筮吾寿几何?'答曰:'思向卦,明公起事,必祸不久。若住武昌,寿不可测。'敦大怒曰:'卿寿几何?'曰:'命尽今日日中。'敦怒,收璞,诣南冈斩之。"后,王敦之乱平,追封之,以彰其忠。故称"晋忠臣"。郭璞曾注释《周易》、《山海经》、《尔雅》、《方言》及《楚辞》等。诗文有数万言,"词赋为中兴之冠"。今多散佚。[2]
(3)王导:晋大臣。《晋书·王导传》:"导忝荷重任,不能崇浚山海,而开导乱源,饕窃名位,取紊彝典。"
(4)王敦:东晋权臣。晋元帝永昌元年(322)正月,王敦以诛隗藟恶为名在武昌(今湖北鄂州)起兵。后明帝即位,太宁二年(324)下令讨伐。明帝亲率六军与王敦军抗争。敦病卒,乱被平定。见《晋书·王敦传》、《晋书·明帝纪》、《资治通鉴》卷八十三至九十三。参见上"郭景纯"注。
(5)阴主:暗中主持。
(6)嶙峋:此指宫殿形容高峻、重叠。《汉书·扬雄传》:"岭嶒嶙峋,洞无涯兮。"
(7)芙蓉巾:指道家式头巾。《三洞法服科戒文》将入道者分为七等,"正一"着"芙蓉玄冠";"洞玄","冠象莲花";"洞真","莲花宝冠"。此虽为后来的规定,但道家巾冠当与芙蓉有关。
(8)衷曲:内心秘隐。宋刘宰《和丹阳徐文度令君》:"抚字究衷曲,诛求无俗见。"

85

(9)具陈:备陈;详述。《古诗十九首·今日良宴会》:"今日良宴会,欢乐难具陈。"

(10)切齿:咬牙。极端痛恨貌。《战国策·燕策三》:"樊於期偏袒扼腕而进曰:此臣日夜切齿拊心也。"

(11)深奸老猾:犹深奸巨猾。犹老奸巨猾。指深于世故而手段极其奸诈狡猾。《周书·苏绰传》:"若有深奸巨猾,伤化败俗,悖乱人伦,不忠不孝,故为背道者,杀一利百,以清王化,重刑可也。"

(12)神器:此指帝位,政权。《文选·左思〈魏都赋〉》:"刘宗委驭,巽其神器。"唐吕延济《注》:"神器,帝位。"

(13)导:王导。缘夤:攀附上升,拉拢关系。

(14)伯仁:晋大臣周顗的字。上两句,指王敦之乱时,王导对王敦问及如何处置大臣周顗的三个问题时,都不作回答。《晋书·列传三十九·周顗传》:"初,敦之举兵也,刘隗劝帝尽除诸王,司空导率群从诣阙请罪,值顗(字伯仁)将入,导呼顗谓曰:'伯仁,以百口累卿!'顗直入不顾。"敦既得志,问导曰:'周顗、戴若思南北之望,当登三司,无所疑也。'导不答。又曰:'若不三司,便应令仆邪?'又不答。敦曰:'若不尔,正当诛尔。'导又无言。"结果导致周顗被杀。"导后料检中书故事,见顗表救己,殷勤款至。导执表流涕,悲不自胜,告其诸子曰:'吾虽不杀伯仁,伯仁由我而死。幽冥之中,负此良友!'"守仁在此假郭璞之口,指王导与乱臣王敦"缘夤"。

(15)太真:晋臣温峤之字。温峤,《晋书·温峤传》:"峤性聪敏,有识量,博学能属文,少以孝悌称于邦族。"晋明帝时,"峤有栋梁之任,帝亲而倚之,甚为王敦所忌",峤察知王敦反意,上疏请明帝防备。"及敦构逆,加峤中垒将军、持节、都督东安北部诸军事。敦与王导书曰:'太真别来几日,作此事!'表诛奸臣,以峤为首。募生得峤者,当自拔其舌。"

(16)上两句意为:王敦谋反,给王导写信,要"拔"敢于言事、揭露其反状的温峤之"舌",若不是相互为谋,怎么敢这样说?

(17)见前本诗诗序注。

(18)此处指明帝讨伐王敦,时王敦病,王导率子弟发丧哭之。王敦叛军军心动摇,晋军得以平之。事见《资治通鉴》卷九十三:"司徒导闻敦疾笃,帅子弟为敦发哀,众以为敦信死,咸有奋志。"(标点本,中华书局1956年版)守仁认为此乃"卖敦",即出卖了王敦。

(19)顾命臣:《尚书·顾命》:"成王将崩,命召公、毕公率诸侯相康王,作《顾命》。"后称受皇帝临终之命的大臣为"顾命臣"。《晋书·王导传》:王导年十四,陈留高士张公见而奇之,谓其从兄敦曰:此儿容貌志气,将相之器也。'若乃荷负顾命,保朕冲人。'"又《陆晔传》:"帝不豫,晔与王导、卞壸、庾亮、温峤、郗鉴并受顾命,辅皇太子。"上两句意:若王敦成功,可与之"同享帝王贵";而王敦事败,王导仍为"顾命臣"。乃指责王导首鼠两端。

(20)几微:预兆,隐微。《汉书·萧望之传》:"愿陛下选明经术,温故知新,通于几微谋虑之士以为内臣,与参政事。"

(21)掩覆:掩盖,掩饰。《三国志·魏志·曹爽传》:"其微过细故,当掩覆之。"

(22)长篇:指以上各种史料。

(23)书绅:把话写在绅带上。《论语·卫灵公》:"子张书诸绅。"宋邢昺《疏》:"绅,大带也。子张以孔子之言书之绅带,意其佩服无忽忘也。"后称牢记他人之话为书绅。

(24)激:激发,激动。指一直不能平静。

(25)愤嗔:犹怒嗔,愤怒。发怒。

(26)不成之语:指王敦欲起兵,"使璞筮。璞曰:'无成。'"

(27)敦:王敦。气沮:气馁。宋梅尧臣《回自青龙呈谢师直》:"气沮心衰计欲睡,梦想先到藜渚前。"殒身:丧生。《史记·汉兴以来诸侯王年表》:"大者叛逆,小者不轨于法,以危其命,殒身亡国。"

(28)炳《易》道:明白《易》的道理。下附郭璞《梦中》诗:"我昔明《易》道,故知未来事。"

(29)龙逢:即关龙逢。传说中夏代贤人,因谏而被桀杀害,后用为忠臣之代称。《庄子·胠箧》:"昔者龙逢斩、比干剖。"汉刘向《九叹·怨思》:"若龙逢之沉首兮,王子比干之逢醢。"龚胜:汉代贤人,与龚舍齐名。《汉书·两龚传》:"两龚皆楚人也,胜字君宾,舍字君倩。"王莽篡汉,龚胜耻事二姓,坚不应莽征,绝食而死。宋辛弃疾《念奴娇·赋傅岩叟香月堂两梅》:"看取香月堂前,岁寒相对,楚两龚之洁。"可伦:可与伦比。《说文》:"伦,辈也。"

(30)吁嗟:感叹词。见伸:得以伸诉,伸表。指郭璞的怨愤得以伸表。

(31)御风骑气:谓乘云气飞行。宋张耒《吴大夫墓志铭》:"殆古所谓得道逍遥,御风骑气之人欤?"八垠:八方。《魏书·高允传》:"四海从风,八垠渐化。"

(32)南朝宋刘义庆《世说新语·文学》:"有人问殷中军:'何以将得位而梦棺器,将得财而梦矢秽?'殷曰:'官本是臭腐,所以将得而梦棺尸;财本是粪土,所以将得而梦秽污。'时人以为名通。"余嘉锡《世说新语笺疏》,中华书局1983年版。

(33)诸谢:诸多谢家人士。晋朝王、谢俱是大族。

(34)伯仁:周顗之字。

(35)此殆指被王敦所用。

(36)周顗未负王导的"百口"之托,而王导仍置其于死地。

(37)指郭璞被斩于柴市。

(38)九天一人:指在九天之上的郭璞。抚膺:抚摩或捶拍胸口。表示惋惜、哀叹、悲愤。《列子·说符》:"昔人言有知不死之道者,燕君使人受之,不捷,而言者死……有齐子亦欲学其道,闻言者之死,乃抚膺而恨。"

(39)谑戏:调笑戏耍。晋葛洪《抱朴子·疾谬》:"载号载呶,谑戏丑亵。"

(40)表扬:宣扬;张扬。明李贽《复焦弱侯书》:"此一等人心身俱泰,手足轻安,既无两头照顾之患,又无掩盖表扬之丑,故可称也。"(见《焚书》卷二,中华书局1973年版,第46页)

(41)按:此乃欢呼之词。

二

在解读全诗的基础上,对该诗产生的背景,略作探讨。

该诗作于"庚辰",即正德十五年(1520),当时王守仁在江西,平定了"宸濠之乱"。然而,在此后的一段时间,他并没有受到正德皇帝的信任。朝廷中权臣借口他和宁王的关系,指他原来就和宁王勾结,指责他滥杀无辜。[3]而他在攻克南昌城,平息了宁王叛乱之后,收缴了许多朝中大臣和宁王交往的信件等文件,对于当时朝中诸多大臣和宁王勾通的情况多有了解。出于各种考虑,他下令把有关文书信件都烧毁了[4]。结果,反过来被原来和宁王有勾结的人诬告,心中冤屈和积郁的情绪可想而知。在这样的情况下,王守仁并没有失去理智,而是以坦荡的态度对待,冷静地处置。[5]

经过正德十四年秋冬之际的波折,在正德十五年二月,由于他的坦然,也由于张永等人的努力,终于得到正德皇帝认可,命他回到江西[6]。此时,在正德皇帝的周围,有关王守仁,依然流言蜚起。面对这一切,王守仁不与之争辩,听之任之,"不辨"[7]。但是,他对这一切并非没有自己的想法和认识。

《纪梦》诗,就是在期间撰写的。表面上看,是"论史"之作,是对于东晋时代王氏家族在王敦叛乱过程中各种人物态度的分析,尤其是对王导伪善的批判。如果把这首诗放到王守仁当时所处的环境,就不难看出其中借古讽今,抒发自己内心积郁之情的隐存含义。

现代心理学和思想史的研究已经阐明,"梦"不仅是无意识的欲望、情感的发散,还包含着理性的因素[8]。由"梦"写成的文学作品,更带有超越作者思辨的内涵[9]。因此,该诗虽说"纪梦",实际既包含着作者内心中对现实发出的真实感触,也有着理性思辨的因素。

《纪梦》诗,写的是王敦这样的谋反者和朝廷当权者的关系,可使人联想到张忠、许泰、陆完等一大批朝中权贵与谋反的宁王"宸濠"暗中的勾结的情况。或许还有把冀元亨等当时仍在蒙冤者,乃至自己本身,比作古代受冤屈的郭景纯的可能。所谓"梦中所得"的"郭景纯《自述》诗",恐怕也系王守仁假托郭璞之作。是借晋朝的历史,借用所谓郭璞之口,对于朝廷中的现实,表述自己的看法。

他对晋朝的看法,后来得到不少学者的认同和共鸣。杨慎《升庵诗话》卷二:"慎尝反复《晋书》,目王导为叛臣,颇为世所骇异。后见崔后渠《松窗杂录》,亦同余见。近读阳明《纪梦》诗,尤为卓识真见,自信鄙说之有稽而非谬也。"明王夫之《读通鉴论》"明帝"条:"王敦称兵犯阙,王导荏苒而无所匡正,周顗、戴渊之死,导实与闻,其获疚于名教也,无可饰也。"

三

王守仁在正德十五、十六年间,思想观念尤其是人生态度发生了很大的变化,他对一生所学习的儒家学说,有了新的感悟和认知。同一时期写的《归怀》,反映了这样的心态:

> 行年忽五十,顿觉毛发改。四十九年非,童心独犹在。[10]

关于这一时期自己思想的变化,在他给邹谦之的信中,表达了出来:

> 近来信得致良知三字,真圣门真眼法藏。往年尚疑未尽,今自多事以来,只此良知无不具足。譬之操舟得舵,平澜浅濑,无不如意,虽遇颠风逆浪,舵柄在手,可免没溺之患矣。

又对身边的陈九川说:"我此良知二字,实千古圣圣相传一点滴骨血也。"[11]

关于王守仁何时提出"致良知"之说,学界有不同看法。一说在四十九岁,一说在五十岁。也就是在正德十五年或十六年。[12] 不管怎么说,这两年是王守仁思想观念发生变化的时期,则没有异议。为什么会在这一时期,提出"致良知"这样一个重要的概念?他从强调人内心的"诚"进而发展到"致良知",这种基本概念的转变,是突发其来的"天才"发明,还是别有其他的因素呢?现时分学科的分析研究,往往把人物、思想、文学割裂开。这样就无法全面地把握一个人思想变化的全面情况。

毫无疑问,这样的思想变化,除了思想领域中的思考、对于前人成果的批判和继承之外,必然有着现实生活中的直接诱因,有着现实的基础。正德十四年平定"宸濠之乱"时,王守仁所看到、感受到了什么呢?是从最底层的艰辛苦难到最高层的荒淫腐败;从忠良真诚的热血呼唤到权贵卑劣的道貌岸然;是在道学家"善"的教义的背后,显现出来的那些肮脏和无耻;

在自己一片忠心的奉献之后,遭受到的无端诬陷。总之,历经平定"宸濠之乱"的波折和磨练,王守仁对于当时朝廷中和社会上的伪善嘴脸,对于人性中丑陋的一面,看得更清楚了。

这首《纪梦》诗和《序》的写作,正是在王阳明一生中重要的时期、也就是"致良知"之说提出时期。把这二者结合起来思考,可以看到使他思想发生变化的现实诱因。这些经验感受,是促成王守仁思想变化的重要因素,是促成他理念升华飞跃的现实基础。正是在实践中,使他认识到:单纯的心灵的"善"和"诚",固然是立身之本,但现实人生中的那些"恶"与"伪",必须要通过自我——也只有自我的反思,才能清除。也就是说,必须要有一个自我反思、反省的过程。在这里,自我的思维不再是静态的、原生的,"返归本性"(所谓"性本善")式的,而是强调了个人自我的思考、辨析、判断、追求的动态过程。这也就是他所想要提倡的"致良知"。这在我国的思想史上,有着非重要的意义,这是沿袭汉唐儒学、宋代理学"道统"基础上的一个重要发展。(关于这一点,容另作阐述)

王守仁不是圣人,他的思想,也是在现实中逐步形成和展开的。

四

该诗以"纪梦"为题,也颇具特色。

"梦"字,早在甲骨文中就出现,据说有二十多种形态,涉及天地人文各个方面[13]。史书中,有关梦的记载也很多,比如《周礼》的"春官"有"占梦":"以日月星辰占六梦之凶吉。"已把梦分为六种:正梦、噩梦、思梦、寤梦(或作悟梦)、喜梦、惧梦。[14]

《说文解字》中,"梦"字的本意,是"不明也"(许慎《说文解字》"夕"部)。秦汉时代,梦字的意义有所展开,指的是人的"想象"(《荀子·解蔽》),就在精神现象上的表述而言,是指"魂魄神气之所外行也"(《素问·脉要精微论》)。

或许和人们对于"梦"的理解有关,因为直到南北朝期间,认为肉体和灵魂是可以分离的观念仍占有相当市场有关。[15]尽管早在秦汉时代的古书中有许多关于"梦"的记载,但是直接以"梦"为诗题的情况,似乎不多。而以灵魂、追仙等为题的诗歌较多。这表现为在文学作品中使用"梦"字的频率较小。如在《昭明文选》中,使用"梦"字的词语,据统计,单独使用"梦"字的句子,总共只有25处,而出现由梦开头组成的词语只有4个:梦见,梦想,梦寐、梦与,包含这些词汇的句子,出现13处。也就是说,总共出现了38处"梦"。远少于"魂"字出现60余处的频率。[16]

唐代出现"梦"字的诗,比较多了,在李白诗中尤其明显。《李太白全集》中,单独出现"梦"字的诗句为31处,以"梦"为首的词语9个:梦里,梦魂,梦霄、梦寐、梦渚、梦泽、梦想、梦中、梦思,共有25个诗句,其他还有以"梦"组成的词语共13个:托梦、云梦、魂梦、归梦、秋梦、有梦、客梦、远梦、大梦、如梦、如梦里、别梦、昨梦。总共涉及"梦"字的诗文有70处左右[17]。关于"梦"的诗有所发展了。

直到南宋,写"梦"的诗才显得比较多见,陆游,范成大、杨万里的诗歌中,多有纪梦、咏梦之作。清代的赵翼曾检核陆游的诗,说他全集中说梦的诗有99首,并颇不以为然地评论:"人生安得有如许梦,此必有诗无题,遂托于梦耳。"(赵翼《瓯北诗话》卷六)话有点刻薄,但也说出了一个实际现象,即那个时代的文人,已经有着把自己的思想、情感、欲望,假托以"梦",并明确使用"梦"或以"梦"组成的词汇的形式表现出来的自觉。[18]

到了明代又如何？王守仁的时代,明代的诗歌,正处于由清雅的"茶陵派"向前七子过渡的转换阶段。[19]当时诗歌创作,存在两种倾向,一是追求"复古"。模仿汉魏古诗,唐代近体诗,讲求用词典雅。另一则是追求"世俗"。向民间展开,语言讲求通俗易懂、口语化。

这两种倾向,在王守仁的这首诗歌中都有所表现,从形式上看,是采用有长短句式的乐府歌行体。用假托前代诗人托梦赠诗"咏史",然后自己又做诗对此加以评论,即"论史"的表现手法,以此来抒发自己内心的积郁和思辨。内容所述,又是"正史"中实际记载的人和事,使读者更有真切感。而其中不乏用典和古雅。

因此,可以说,该诗是明代"纪梦"诗的一篇有特色之作。在当今的文学史、诗史的研究中,对于王守仁的诗歌研究,对于纪梦诗的系统研究,似尚未充分展开。我们在研究"文体"（似乎比较侧重于文学表现形式的研究）之际,是否可对以内容分类的表现文体的展开,比如对"纪梦"诗,稍加关注,重视一下呢？

五

最后,把王守仁的这首诗歌和当时他所处的环境、遭遇,他对处的态度、和他的思想发展结合起来思考的话,或许对分析15到16世纪以来,中国知识分子的精神世界和知识结构,对探讨这和中华民族在近代世界大潮中落伍的原因,有所启发和补益。[20]

1421年以后,郑和下西洋的庞大船队降下了前往西非海岸的风帆之际,欧洲的探险家们却开了"大航海时代"的序幕;当京城和鄱阳湖畔的王公贵族在忙于搜刮财富,争夺帝位之际,地中海沿岸的佛罗伦萨等地,孕育出了新时代的萌芽;当伽利略坚定地宣称地球在转动,马丁·路德揭起了宗教改革的大旗,莫尔提出了空想共产主义,当时中国最有头脑的思想家王守仁,却在冤屈地悲吟。

为什么会如此？已有众多的研究。多倾向对外在社会环境、政治制度的批判,而欠缺对同一时代知识分子内在的精神世界缺陷的分析。那么,是否可以从当时知识分子内在的知识结构和思想倾向做一些探讨呢？从王守仁这首诗引用的典籍可以看出,他使用的思维资料,仍然是《周易》,是《四书》《五经》；表现的思想,依然是对于君主王朝忠诚的歌颂和对于叛逆的鞭笞；他们的思维模式,依然是封闭的。

当然,王守仁也关注到了具体的个人,关注到人的"良知"。他也企图对明朝永乐以降的所谓的"道统"加以修正,这和欧洲人文主义有着相似的因素。但是,不久,他的学说就被官方贬入冷宫。后来则以其他的方式展开。[21]在探讨王守仁时,把这首诗和他在这一时期的思想转变、结合起来考虑,对于认识当时知识分子的知识结构、思维模式乃至人格,是否可以有些新的发现呢？

注　释：

〔1〕　校勘以[ ]编号,笺注以( )编号。笺注取《文选注》方式,注明意思,并尽量注明根据。

〔2〕　《晋书》,中华书局1974年版。下引《二十四史》,概出中华书局标点本版。其余引书,俱常见

本、标点本,不一一另注版本。

〔3〕 流言指王守仁等"滥杀"、"抢掠"、"侵王府金帛"等,见《邹守益集》卷二十二《南溪伍希儒墓志铭》,凤凰出版社2007年版。

〔4〕 见《明史纪事本末》:"得宸濠交贿大小臣僚手籍悉焚,置不问。"中华书局标点本,第702页。又见《明通鉴》,中华书局标点本,第1835页。

〔5〕 比如,坦然地把捕获的宁王等俘虏交给代表朝廷的张永(见《明史·张永传》),在被怀疑的时期,依然自然地在九华山等山间,并反复来往长江中。见《王阳明全集》卷二十《江西诗》,上海古籍出版社1992年版。

〔6〕 关于其间王守仁的行迹和有关问题,笔者另有专门论说。此从略。此参见《王阳明全集》所载《年谱》。又见《明通鉴》卷四十七。

〔7〕 见《与陆原静》,《王阳明全集》,第188—189页。

〔8〕 见弗洛伊德《精神分析引论》,商务印书馆1984年版,第8—9页。

〔9〕 见荣格《心理学与文学》,生活·新知·读书三联书店1987年版,第109—111页。

〔10〕 王守仁正德十六年,年五十。殆此年所作。又考《年谱》,正德十六年六月允其归越省亲,此诗当作于归省之前。

〔11〕 以上见《年谱》正德十六年正月,《年谱》第1279页。邹谦之:邹守益(1491—1562),字谦之,号东廓。江西安福县人。《明史》有传。陈九川,字惟浚,临川人。事见《明史·夏良胜传》。这两人都是王守仁晚年的得意弟子。

〔12〕 见日本山下龙二《阳明学研究》的《成立篇》,日本现代情报社1971年版,第199—203页。

〔13〕 见胡厚宣《殷人占梦考》,载《甲骨文商史论丛初集》上。河北教育出版社2002年版。

〔14〕 影印《十三经注疏》,中华书局1980年版,第807—808页。

〔15〕 南北朝灵肉分离论,"灵魂"离开肉体,得以再生的观念,占有相当市场,可参范缜《神灭论》及有关论说。参见李庆《中国文化中人的观念》,学林出版社1996年版,第259—264页。

〔16〕 斯波六郎编,李庆译《文选索引》,上海古籍出版社1997年版,第1545、1626页。

〔17〕 李庆译《唐代研究指南》中的《李白歌诗索引》,上海古籍出版社1991年版,第274—275页。李白诗歌包括残句为1200篇(条)左右,是李白一人之作;《文选》收127名作者的480多篇作品,无法完全对应比较。但是从《文苑英华》的"诗",一百八十个门类中,没有特定的"纪梦"一类,有关与梦有关的诗,散见于"七夕"、"游仙"等许多部分,见《文苑英华》第二册,卷一五一至三三〇,中华书局1982年版。

〔18〕 今人统计,陆游的纪梦诗,标题有梦者即达184首。陆游梦意向诗990首,1108次包括功名、关河、人生如梦、归梦、亲友、梦蜀、梦游等类。见唐启翠《陆游诗歌梦意象研究》(《海南师范大学学报》2005年第2期)。鉴于对于"纪梦"诗歌研究的专题研究尚未开展,在此仅根据所见资料略作叙说。

〔19〕 关于明代文学的发展,笔者曾写《明代文学分期的札记》,2002年11月南京召开的第一届明代文学国际研讨会发表,载《新世纪学刊》第四辑,新加坡斯文舍2004年版,第120—125页。

〔20〕 应当关注中国知识分子的人格和知识结构的研究,见《读〈王世贞传〉——16世纪中国文人人格与知识结构的探讨》,2015年11月,上海交通大学举办的王世贞国际研讨会上的发言。

〔21〕 见《明实录·世宗实录》卷九十八"嘉靖八年二月"甲戌,嘉靖曰:"都察院仍榜谕天下,敢有踵袭邪说,果于非圣者,重治不饶。"又参见岛田虔次《中国近代思维的挫折》,日本筑摩书房1970年版,第47页;沟口雄三《中国前近代思想的屈折和展开》,日本东京大学出版会1980年版,第41—51页等。

〔作者简介〕 李庆,1948年生,日本金泽大学名誉教授。

记我来时卯与辰
——杜濬《初闻灯船鼓吹歌》的"南京"意义

侯宇丹

杜濬(1611—1687),字于皇,号茶村,湖北黄冈人。明末避乱而寓居金陵。顺治四年(1647),在清朝刚刚统治了金陵不到两年之时,客居南京已十三年的杜濬写出了一首长篇歌行《初闻灯船鼓吹歌》[1],借秦淮灯船抒写历史兴衰。清代诗人张清标盛赞此诗:"丽句新词不可删,当年一字重千环。酒酣唱彻江关赋,便是江南庾子山。"[2]这首诗,历史与当下穿插,风物与人心相应,成为清初诗歌名篇之一。不过,描写秦淮灯船的诗文从明末就已出现,清代更加多样,这首诗究竟有何独特之处?本文拟以此诗展开,探讨南京对于杜濬的意义。

一、灯船到处游船开:都是秦淮灯船

余怀(1616—1696)《板桥杂记》云:"洪武初年,建十六楼以处官妓:淡烟、轻粉、重译、来宾……称一时韵事。自时厥后,或废或存,迨至三百年之久。"[3]明中叶秦淮河房兴起后,游人常租船舫游弋秦淮,并请河房妓家或梨园艺人登船演唱以供游乐。明末起,就有不少诗文记录秦淮灯船盛况,如钟惺(1574—1624)《秦淮灯船赋》之序:

> 集众舫而为一兮,乃秦淮之所观。借万炬以为舟兮,纵水嬉之更端。波内外之化为火兮,水欲热而火欲寒。联则虬龙之蠢动兮,首尾腹之无故而交攒。散则鹳鹅之作阵兮,羌左右下上于其间。(《隐秀轩文集》赋一)[4]

清代更多,如汪楫(1626—1689)《秦淮灯船鼓吹歌》:

> 五月送客秦淮河,秦淮河里灯船多……钟山十里晚烟浓,忽然一声飞霹雳。依稀望见八尺鼓,倒置船梢形最武。双槌不知几许长,一客操持猛如虎。更有三尺铁绰板,坐中一客双手绾。岂无玉笛与瑶笙,几客同吹不肯筒。此地灯船鼓吹之,鼓吹之名殊远播……不羡儿郎万钧力,今夕声音余未知,丝丝短发东风吹。归来不信口头绝,却忆当年全盛时。(《秦淮诗钞》上卷)[5]

杜濬所作《初闻灯船鼓吹歌》与汪楫诗题类似,但在写法上却有不同。他开篇直入,直接

本文收稿日期:2017.8.28

写鼓吹:"一声着人如梦中,双槌再下耳乍聋。三下四下管弦沸,灯船鼓声天上至。""如梦中",既描述出鼓声令人入魅的力量,又暗示了诗将在现实与历史的梦境中游走穿插。诗接着叙述游赏之人:"居然列坐倚船弦,惊指遥看相诧异。鼓声渐逼船渐近,亦解回环左右戏。"灯船上回环往复击鼓,"急攒冷点槌犹涩,春雷坎坎初惊蛰。吹弹节鼓鼓倔强,中有闲声阑不入。"诗人不禁感叹:"吁嗟,此时听鼓止听鸣,谁能打掉声里情。谁能眼底求精妙,乍许胸中见太平。"鼓声,应与太平气象有关。如何能从鼓声中见到太平呢?杜濬说"胸中见太平","胸中"二字在此诗中具有结构上的功能,牵引出来的是对一个繁华的时代、一个太平盛世的追忆,诗接下来就追忆那个"太平"时代。"太平久远知者稀,万历年间闻而知。九州富庶无旌麾,扬州之域尤稀奇。谁致此者帝轩羲,下有江陵张太师。"万历年间被视为"理想"时代。因为上有与轩辕、伏羲一样的皇帝,下有江陵张居正。"江陵初年执国政,乐事无多庙谟竞。尔时秦淮一条水,伐鼓吹笙犹未盛。江陵此日富强成,圣人宫中奏云门。后来宰相皆福人,普天物力东南倾。豪奢横溢散向水,此水不须重过秦。"诗人详细分析了"太平"之所以得来的原因:张居正初执国政,没有追求丝竹管弦享乐之事,朝廷上下竞相出谋划策为国为民。国富民强,皇帝与贤臣才在宫中奏起《云门》歌舞,这是黄帝之乐,升平之乐。张居正与后继者们大力发展东南,豪奢之气散向水中,这样的水再也不会像"陇水秦声"[6]那样凄凉。一番分析之后,诗歌展开对繁华太平的详细描述:"王家谢家侈纨绔,湖海游人斗词赋。广陵女儿绝可怜,新安金帛谁知数。旧都冠盖例无事,朝与花朝暮酒暮。水嬉不待二月半,袯服新妆桃叶渡。高楼夹水对排窗,卷起珠帘人面素。"南京的大家族依然富贵,广陵名妓、新安富商云集于此。"腾腾便有鼓音来,灯船到处游船开。烛龙但恨天难夜,赤凤从教昼不回。"烛龙,借指太阳。赤凤,乐曲名,《赤凤皇来》。游人沉迷于夜晚繁华的灯船鼓吹之中,夜夜笙歌夜夜不眠。"皇天此时亦可哀,龟年协律正奇材。善和坊接平康街,弄儿狎客多渠魁。"善和坊、平康街,皆唐代地名,多歌舞乐伎,为士人冶游赋诗之地。强盛时期的灯船鼓吹自然汇集了人杰物华最好的东西:"船中百瓮梁溪酒,胆大心雄选锋手。苏州箫管虎丘腔,太仓弦索昆山口。镇江染红制璎珞,廿腕珠灯悬一角。当前置鼓大如筐,黄金钉铰来淮阳。"如此灯船鼓吹,"此声一欢众声集,不独火中闻霹雳。风雨丛中百鸟鸣,旌旗队里将军立。熬波煮火火更然,积响沉舟舟未湿。"极尽繁盛之描写。

仔细比较,杜濬"熬波煮火火更然,积响沉舟舟未湿"与钟惺"波内外之化为火兮,水欲热而火欲寒"差别不大;杜濬"一声着人如梦中,双槌再下耳乍聋"与汪楫"忽然一声飞霹雳"、"一客操持猛如虎"也并无多大不同;杜濬"太平久远知者稀,万历年间闻而知"除明确指明太平之时为万历年间之外,与汪楫之"归来不信口头绝,却忆当年全盛时"也相类似。诗至此处,并不能看出杜濬诗的特殊之处。

汪楫的灯船歌,一句"却忆当年全盛时",就草草模糊地戛然而止;杜濬的诗刚刚要进入它真正有意的部分:追忆"胸中"存在的那个过去。

二、记我来时卯与辰:彼时的此地

关于此诗,学者胥若玫有个判断:"杜濬以一曲《初闻灯船鼓吹歌》在金陵的文化圈中打响名号"[7],"杜濬因此首长歌进入金陵的文化场域"[8]。这一判断,很可能是因诗歌本事的流传记载而造成的印象偏差。

此诗本事大体上分两个不同的版本。其一为沈德潜(1673—1769)《秦淮杂咏》"鼓吹灯船续旧京,当年楚客气峥嵘。清辞欲下铜仙泪,曾听前朝煞尾声"后注:

> 合肥龚尚书芝麓续灯船鼓吹之胜,命客赋《再闻灯船鼓吹歌》,楚人杜于皇长句擅场,合肥顾夫人以百金赠之。[9]

其二为卢见曾(1690—1768)在王士禛(1634—1711)《感旧集》"杜濬"下所做"按语":

> 按:茶村与周栎园诸名士观灯于秦淮,栎园出百金,置席上,采赌鼓吹词。茶村遽起而攫之曰:"鲍叔知我贫也!"就吟席上,振笔直书,立成长歌一百七十四句,一座为之倾倒。[10]

这两则本事差别较大,对比来读,有诸多可疑之处:第一,杜濬是与龚鼎孳还是周亮工一起观赏灯船? 第二,"歌擅场"与"一座为之倾倒"的表述,究竟哪个更符合实际情况?

关于此诗本事的资料,仍有以下数种,约按时间顺序排列:

清杨际昌(1719—1804)《国朝诗话》:

> 黄冈杜处士茶村,侨居金陵,与周侍郎栎园亮工诸名士观灯船,周出百金置席上为采,赌鼓吹词。茶村遽起攫之曰:"鲍叔知我贫也。"就吟席振笔,立成长歌一百七十四句,客皆倾倒,诗名大著。[11]

清徐鼒(1810—1862)《小腆纪传》:

> 周亮工偶集诸名士观灯船于秦淮,出百金置席上为采,赌鼓吹词。濬遽起攫之云:"鲍叔知我贫也!"就吟席振笔直书,立成长韵一百七十四句;一座为之倾倒。求诗者踵至,多谢绝。[12]

清钱林(1808年进士)《文献征存录》:

> 茶村与周栎园诸名士观灯船于秦淮,栎园出百金置席上为采,赌鼓吹词。茶邨遽起攫之云:"鲍叔知我贫也!"就吟席振笔,书立成长韵一百七十四句,一座为之倾倒。[13]

清况周颐(1859—1926)《眉庐丛话》:

> 合肥龚芝麓尚书主持风雅,振拔孤寒,广厦所需,至称贷弗少吝……尚书姬人顾媚,字横波,识局明拔,通文史,善画兰,尚书疏财养士,顾夫人实左右之。某年,尚书续灯船之胜,命客赌鼓吹词,杜茶村立成长歌一百七十四句,一座尽倾,夫人脱缠臂金钏赠之。[14]

对比这些记载,很明显地看出这些记载之间相互传抄的印迹。不同的是,沈德潜、况周颐认为与杜濬一起观赏灯船的是龚鼎孳与其夫人,卢见曾、杨际昌、徐鼒、钱林认为是周亮工。在这样的分歧之下,就有第三种说法:

清张清标(? —1847):

> 雅雨山人(即卢见曾)谓同栎园诸公观灯秦淮,栎园出百金,赌鼓吹词。茶村遽起而

> 攫之,就吟席,振笔直书,立成长歌一百七十四句,一座尽倾。沈德潜谓龚合肥尚书续灯船之胜,令客赋诗,茶村歌擅场,合肥夫人以百金赠之。两论不一。予意尚书续灯船鼓吹,栎园出金赌诗,而茶村诗压卷,合肥夫人赠金,此自一时事。[15]

清孙静庵《明遗民录》:

> 濬与诸名士观灯舫于秦淮,有出百金置席上,为采赌鼓吹词。濬遂攫之曰:"鲍叔知我贫也。"即振笔直书长歌一百七十四句,一座倾倒。[16]

张清标说,不管是龚鼎孳还是周亮工,抑或是顾夫人,"此自一时事"。孙静庵无法判定故事的第二主角,只好说"濬与诸名士观灯舫于秦淮"、"有出百金置席上"。

有关杜濬此诗"本事"的叙述如此不确定,使此诗本事染上了浓厚的"传奇"色彩。在这些记载中,最重要的一个问题是:杜濬是否因此诗而开始闻名于秦淮?

从这些叙述可以看出,越到后来,故事越细节化。沈德潜仅说"合肥顾夫人以百金赠之",况周颐则言"夫人脱缠臂金钏赠之";沈德潜仅说"长句擅场",卢见曾不仅改变了主角,还渲染为"一座为之倾倒"。杨际昌在"客皆倾倒"后紧接着说"诗名大著",徐鼒在"一座为之倾倒"接着讲"求诗者踵至"。其实,从"长句擅场"到"一座为之倾倒",已经开始夸张这首诗的影响,不过影响还只是当时在场的人物。而杨际昌、徐鼒在"一座为之倾倒"之后紧接着叙述"诗名大著"、"求诗者踵至",让此诗的意义走出了那个赋诗的场域,将此首诗对于杜濬的声名鹊起加上了某种因果关系。这首诗究竟实际影响如何呢?

与杜濬有交往的宗元鼎(1620—1698)有《赠黄冈杜于皇》称赞杜濬此诗:

> 眼看王谢没渔樵,花老南冈吊书客。丁亥风雨深入村,更客清瑟来叩门。挟君灯船歌一首,如见秣陵灯火昏。[17]

宗元鼎说在丁亥年(1647)的某个风雨之时读到朋友朱清瑟带来的杜濬《初闻灯船鼓吹歌》,宗元鼎常年生活在扬州,诗中说看到此灯船歌就如见到南京的秣灯火黄昏,可见此诗从南京传到了扬州。据此推测,杜濬此诗在当时确实有一定影响。胥若玫在研究中指出:"早在《江宁县志》(1683)就收录了杜濬的诗作,包括最有名的《秦淮灯船鼓吹歌》及《古杏花村寻友人居》。此时杜濬尚未谢世,方志中还未有杜濬的传记资料,然而艺文志收录《秦淮灯船鼓吹歌》全文"[18],也说明此诗在当时确实有影响。

目前所见关于此诗的流传的文献较少,可见的称赞杜濬此诗的资料大多在杜濬去世之后,如喻文鏊《怀杜茶村》:"杜陵诗老老更贫,药炉经卷送残春。灯船鼓吹词犹在,不见鸡笼拾橡人。"[19]王崟《读茶村集》:"戋戋乙榜旧科名,茶喜风流变雅声。自是品能高宇宙,不如人是未公卿。灯船鼓吹江南梦,属国牛羊塞上情。我亦计星仇禄命,投书真欲吊先生。"[20]程之桢《访杜于皇先生故居》中有"故国虫沙喧四镇,秦淮灯火送南朝。那知耐冷遗民在,烂醉金焦咽晚潮"[21]。康熙年间的王安修说:

> 囊闻杜茶村《秦淮灯船鼓吹行》,妙绝古今,恨未一见。偶索之陈丈菊囿,蒙以汉阳某君所编《秦淮诗钞》见示,凡四方人士咏秦淮者,其诗具在,不下数百篇,而茶村《灯船行》帆其首。予既爱杜诗之瑰玮,而又叹诸君子者,徒以舞衣歌扇相流连,而无复有人心

风俗之感,于风人之义何当也。[22]

王安修距离杜濬不远,说"妙绝古今,恨未一见",此诗被时人称赞,应是实情。乾嘉时期的陈文述(1771—1843)《秣陵集》说:"(杜濬)尝咏东坡诗二十字,又赋《灯船鼓吹歌》,为时所叹服。"[23]也是类似的说法。

不过,"为时所叹服"的说法慢慢多出了歧义。上文提到杨际昌《国朝诗话》在"客皆倾倒"之后又附加上了"诗名大著",使此诗与杜濬出名产生了某种关系。与陈文述大约同时的张清标更说:"杜茶村以灯船鼓吹歌得名。"[24]表面上似乎是要表达"为时所叹服",但其重心却已大变。杨际昌、张清标给出了一个判断:杜濬,是因为此诗才获得名声的。

这个说法,与胥若玫的判断一致,杜濬"因此首长歌进入金陵的文化场域"。不过,这个说法却大有可疑之处。胥若玫提到雍正十年(1732)的《湖广通志》载:"杜濬……气象豪迈,为诗文自辟町畦,睥睨一世,尤精于五律。"[25]明确指出,杜濬最著名的是其五律。如果说地方文献说服力还不够强的话,文坛名宿钱谦益(1582—1664)在其《丙申春就医秦淮寓丁家水阁浃两月临行作绝句三十首留别留题不复论次》之十六称赞杜濬云:"麦秀渐渐哭早春,五言丽句琢清新。诗家轩鼚今谁是,至竟《离骚》属楚人。"诗下自注:"杜于皇近诗多五言今体。"[26]吴伟业(1609—1671)也说:"吾五言律得茶村焦山诗而始进。"[27]与杜濬有交往的顾景星(1621—1687)《麻城旅夜读吴初明炯楚游诗兼寄杜二濬》说:"五言律诗好,知子有师承。近日标高格,茶村句可称。"[28]熊文瑞(?—?)《与杜于皇书》说:"杜茶村五律,一味清老,绝非时流所能项背。"[29]

杜濬五律之所以被时人称道,是因为杜濬诗学老杜。清朱彝尊(1629—1709)《静志居诗话》说:"启、祯之间,楚风无不效法公安、景陵者,于皇独以杜陵为师,是亦豪杰之士。"[30]在竟陵派"楚风"盛行之下,杜濬开辟出自己的道路。郑方坤(1693—?)《变雅堂诗钞小传》:"当前朝崇祯之季,公安、竟陵之说簧鼓天下,白苇黄茅从风而靡,茶村独以少陵为师,喧啾百鸟,孤凤独鸣。"[31]清赵宏恩(?—1759)在《(乾隆)江南通志》中也说:"自景陵钟氏、谭氏矫王、李规摹汉魏之习,流而入于浅薄,独濬不染楚风。"[32]以杜陵为师,使杜濬的诗"一往情深,自发其胸中之藏实"、"于当时诸作家之外别具一种幽思"[33],袁枚(1716—1797)在《随园诗话》里说:"杜茶村为国初逸老,人多重其五律。余以为袭杜之皮毛,甚觉无味。独爱其咏《海棠》一句云:'全树开成一朵花。'"[34]虽然认为杜濬只是"袭杜之皮毛",但他也承认"人多重其五律"。也就是说,杜濬诗文之所以名重一时,最重要原因在于其五律之超人之处。《国朝先正事略》中提到:"吴梅村尝言:'吾五言律得茶村焦山诗而始进'。阎百诗于时贤多所訾謷,独许先生五律,称为'诗圣'。"[35]阎若璩(1636—1704)因其五律称之为诗圣。

然而,《初闻灯船鼓吹歌》则是歌行体。如何看待杜濬的歌行与五律呢?《黄州府志》里说:"(杜濬)作诗力追少陵,灯船鼓吹,百韵长歌,虽以此得盛名,应是别调。五言律尤高浑沉雄,自名一家。"[36]这个说法或许更为确切,能使杜濬"自名一家"的是其"高浑沈雄"的五律,而《初闻灯船鼓吹歌》只是"别调"而已,虽然他以此早于自己五律圆熟之前的歌行获得了"盛名"。其实,1884年的《黄州府志》这种看法并不是首创,沈德潜(1673—1769)在《明诗别裁集》里早就提出:"茶村长篇颇近颓唐,又闻《灯船鼓吹歌》以此得名。其实颓唐之尤者也。兹录其整顿有骨格者。"[37]在沈德潜的选择标准中已经可以看出,《初闻灯船鼓吹歌》

虽使其获得名声,但并非其最终博名立足之处。

关于《初闻灯船鼓吹歌》一诗,胥若玫提到地方文献中的一个更加特别的记载:

> 国朝顺治丁亥岁春,濬自金陵泛维扬,太平初定,天下名士适聚秦淮,于是灯船方盛,有富者列货宝满舟,榜曰:"名公能为诗先成者,愿以为寿。"濬继至,笔不加点,为长歌千余言,投其稿而去,不问主客为谁氏也者。去之白门,名愈盛,杨龙友肃冠带,以五十金乞一传。茅止生非之曰,细甚,未知文章之难也。一时争传,虽不知其文者,皆来趋之,亦如此推重云。[38]

这个记载非常有意味,除了把杜濬做诗地点改为扬州的秦淮河以及作诗的情节更加具有传奇性之外,有两个地方值得留意:其一,它强调了杜濬作诗之前已经为"天下名士",并非杜濬以此诗才得名;其二,"去之白门,名愈盛",回到了南京,杜濬在南京更加有盛名。这个记载虽混淆了此秦淮河与彼秦淮河,但它对于杜濬出名的地点却是值得留意的。

按汪士伦编、王葆心拾补《杜茶村先生年谱》与廖宏春《杜濬年谱》,崇祯七年(1634)杜濬侍父母去其乡,僦舍金陵。[39]这是杜濬最初到达南京的时间,此后,杜濬开始了他经营名声的行动。崇祯七年,与归庄相识,与胡曰从交,与方文交。崇祯十年(1637),与方以智、范文光、陈弘绪、刘城、刘肇国、刘湘客等集于钟山。崇祯十一年(1638),与郑元勋、刘肇国、茅元仪、方以智、黄以升、黄伸等续永社于北山。崇祯十三年(1640),与冒襄交。崇祯十四年(1641),东游鹿城,薛冈、范文光、刘城、吴应箕、林古度、方其义、顾梦游、张一鹄、杨鼎卿等人钱送于燕子矶;崇祯十五年(1642),春,复社成员大集虎丘,杜濬在其中,与龚鼎孳、曹溶交;此年春,赴京赴试,秋,与曹溶、龚鼎孳、张学曾、姜垓集方以智寓。崇祯十六年(1643),与周亮工交。崇祯十七年(1644),同余怀、唐允甲、陈伯伦、钱汇集万畿新居;潘永图卒,为作墓志铭。顺治二年(1645),与方文、邢昉、史玄、潘陆、程邃游镇江。[40]也就是说,从崇祯七年杜濬二十四岁寓居南京至顺治四年杜濬三十七岁写出《初闻灯船鼓吹歌》,杜濬已在南京经营名声十三年之久。姑且不论其交往的对象均为当时的名人已表明杜濬在文化圈里已有一定的名声,崇祯十三年郑元勋园中黄牡丹盛开嘱杜濬咏、崇祯十七年潘永图卒杜濬为作《巡抚顺天都察院右佥都御史潘永图墓志铭》、顺治二年与朱尚云交,杜濬为其作《山晓亭记》等事件,以及在与众人交游中作诗甚多,都表明杜濬的诗文已经得到文人界的认同。

故而,杜濬并非以此诗才成名,《初闻灯船鼓吹歌》显示的,恰恰是另外的意义。从第二部分开始,就可以看出这个独特意义所在。诗在第一部分极尽灯船繁盛描写之后,笔锋一转,"可怜如此已快意,未到端阳百分一"。这一过渡性的诗句之后,要写那个独特的端阳。

"记我来时卯与辰,其时海内久风尘。石榴花发照溪津,友生置酒我为宾。下船稍迟渡口塞,踏人肩背人怒嗔。""卯与辰",是一个独特的时间点,作者非常强调这个时间自己独特的经验感觉。卯与辰,应指卯年与辰年,即崇祯十二年(1639)与十三年(1640)。崇祯十二年,杜濬省试中乙榜,以明经入太学;十三年,杜濬将贡入北雍。之前他还是个布衣名人,从此时开始,他的身份有了极大的不同"。他游秦淮时意气风发。南京,具体地说,秦淮,对他是个有特别意义的地点,他已经开始结交当时文坛上卓有名望的人物,有了身份,就可以开始塑造自己在全国的名声。最重要的是,此时虽然"海内久风尘",陕西的农民起义已经开始并且规模不断扩大,国家内部已经纷乱,但这个特定的时间仍处于他追念的大明王朝。诗人详细记述了他来到秦淮河时的细节:石榴花开,照亮溪津,友人为他置酒接风洗尘。当时的情景历历在目,一片喧闹之象:"灯光鼓吹河河遍,衔尾蟠旋成一串。"诗人再次描述灯船鼓吹,这次描述的是停留在他记忆里的景象,因而充满着光影晃动之感。"蔽亏果觉星河覆,演弄早使鱼龙颤"两句用极夸张的手法写出灯船鼓吹之喧哗浩荡。不过,越是在众人喧嚣之中,"众人汹汹我静赏",突然插入此句,诗人好似有种抽离之感,这是一种回忆曾有的繁华热闹时的独有感觉。"呜呼!此时灯船更难动,但坐饱食挥槌调丝按孔相凌乱。侯家别携清商部,那得于中闻唱叹。复有劣鼓与劣吹,就中藏拙谁能见。"诗人依旧是描述灯船鼓吹之繁华喧闹,人的感受却在描述之中慢慢增强:"爆竹声低烟雾浓,暂借香风解沾汗。"灯船鼓吹依旧繁盛,然而,在诗人强烈的主体感觉中,出现了不和谐的因素,即"乐极生悲真可厌"与"酒醒忽迷此何地"。一个清醒的言说"乐极生悲"与一个恍然若梦的体验"酒醒忽迷",暗示着周围的环境已发生了变化,家国正在飘零之中。"归来沉眠须竟日,流莺啼破河阳战。此后游人数日稀,清淮十里桃花片。"诗表面上写游玩一夜,归来之后须竟日沉眠。这更像一个暗喻,在沉沉的睡意之中,流莺啼醒美梦,"河阳"战事已紧。"河阳战"指唐乾元二年(759)十月,安史之乱中李光弼督师在河阳挫败史思明部多次进攻的作战。此处用唐代之事暗比明末的战争与动乱。"游人数日稀"这一个典型的片段的特写,正是整个国家状况的具体而微者。

这一段,诗人特意描述了"记我来时卯与辰"他到来时刻的特殊意义和那时灯船鼓吹的繁盛与动荡。杜濬在崇祯七年即"僦舍金陵",然而他在诗里却特意指出"记我来时卯与辰",把到秦淮游玩的时间写为崇祯十二年己卯与十三年庚辰。特别选择的这个时间,对他来说无疑有特别的意义。崇祯十二年,杜濬省试中乙榜以明经入太学,与余怀、白梦鼐齐名。关于"余杜白"之称,清郑方坤《变雅堂诗钞小传》:"杜濬……以明经贡入太学,与余澹心、白仲调齐名南雍,角艺两司,成品题甲乙,无出三人右者,一时有'余杜白'之目,鱼肚白乃金陵市语染坊中名色也。"[41]清陈康祺《郎潜纪闻》载:"国初莆田余怀流寓金陵,文词凄丽,撰《板桥杂记》三卷,感均顽艳,与杜濬、白仲调齐名,时号'余杜白'。卒后长洲尤侗吊之曰:'赢得人呼鱼肚白,夜台同哭党人碑。''鱼肚白',金陵市语染名也。"[42]杨钟羲《雪桥诗话续集》:"杜于皇,正月十七生于黄岗……少倜傥,角艺南雍,与余澹心、白仲调有'鱼肚白'之目。"[43]从各种不同的记载中,可见"余杜白"对杜濬声名的拉升作用。这一年,杜濬有了太学生的身份。第二年,杜濬遇到了吴梅村,"呜呼,濬之辱教于梅村先生也,岁在庚辰。其时先生司业南雍,而濬以贡入北雍,旧制南北雍相为一体,故濬与先生有师生之谊,而先生以国士遇濬"[44]。吴伟业比杜濬大三岁,此时的声名与地位远非杜濬可比。杜濬对吴伟业如此尊重,除为师生关系外,很可能也从吴伟业这里看到了自己声名上升的机会。

其实,第二部分诗中,除了杜濬强调到来时刻的特殊意义外,还有一个更重要的问题:"记我来时卯与辰,其时海内久风尘",他来的那个时候"事情正在起变化"。诗自然带出一种繁盛即将逝去而引起的今不如昔与沧海桑田变化的感慨。这种变化的感慨一直持续进入诗的第三部分中。

三、无人不断渡边肠：大家都是易代人

胥若玫认为，在诗的后半部分中，杜濬表现出了态度的转变："那个如同李贺的杜濬已死，转生成风流杜牧"，"杜濬原有政治抱负，但从被迫旁观，最终主动放弃，在长歌中展现出消极的心态。"[45]是否如此呢？这就需要分析《初闻灯船鼓吹歌》第三部分的意义。

诗在第二部分"归来沉眠须竟日"四句过渡性的诗句之后，诗接着用音乐人的变化来描摹每况愈下之变。"记得座中客，能说王稚登。稚登挝鼓湘兰舞，赏音击节屠长卿。后来好事潘景升，晚节犹数茅止生。绝艺于今谁作主，李小大歌张卯舞。当时惆怅说于今，忍见于今又说古。"王稚登（1535—1612），江南苏州人，诗人，结交名妓如马湘兰、薛素素等。屠隆（1543—1605），字长卿，浙江鄞县人，明代著名戏曲家，精通曲艺。王稚登击鼓、马湘兰舞蹈，并有屠长卿赏音击节，可谓盛事。潘之恒（约1536—1621），字景升，江南歙县人，侨寓金陵，与戏曲家张凤翼、汤显祖、屠隆都有来往。茅元仪（1594—1640），字止生，浙江归安人，与杜濬有深交。列举了这些有名望的诗人文人之后，回到现在，这种鼓与舞的音律绝技，于今谁最好呢？李小大与张卯。李小大，余怀《板桥杂记》"丽品"载："李大娘，一名小大……得'侠妓'声于莫愁、桃叶间。"张卯，《板桥杂记》"轶事"载："曲中狎客，则有张卯官笛，张魁官箫。"[46]从追溯明代文人雅士参与的鼓舞之绝佳到如今仅余歌伎艺人鼓舞之乐的退化，诗人不禁感慨："当时惆怅说于今，忍见于今又说古。"表面上，是说鼓舞之乐凋零的惆怅，其实，更在悲叹一个繁华朝代的过去。当时繁盛的明代不复存在，"忍见于今又说古"，在清代这个时间里忍住内心的悲哀重新追忆过去的美梦。

为何"忍见于今又说古"？朝代的更换对士人来说，是个沉重的打击。诗人忍不住要反思这种悲哀及其造成的原因。"年复年来事可叹，灯船伐鼓鼓不欢。辛壬之际大饥疫，惟见凤陵烽火照见秦淮白骨横青滩。桃叶何须怨寂寞，天子孤立在长安。"杜濬仍借助于灯船鼓吹的荣盛衰落与秦淮河的萧条的变化来反思。辛壬之际，即崇祯十四、十五年之际。明末大饥荒从崇祯十二年开始一直延续到十四、十五年，农民起义军与朝廷军队战事不断。崇祯八年张献忠率农民军攻克凤阳，毁凤陵楼殿。凤陵，即明祖陵，朱元璋父母的墓地。"桃叶何须怨寂寞，天子孤立在长安。"桃叶渡为秦淮河上的渡口，桃叶是东晋王献之的爱妾，因桃叶害怕秦淮河水深湍急，王献之就在渡口接她渡河，称桃叶渡。"天子孤立"指崇祯皇帝意欲奋发图强，然而朝臣们却消极辅政，使崇祯自觉无力。秦淮人流稀疏对照天子孤独，不同的空间被照应地连接在一起，描述出明季朝野的荒凉。自觉作为与时政休戚相关的诗人，杜濬必定要探寻这种"荒凉"的原因："吾闻是时宰相薛复周，黄金至厚封疆仇。公卿济济咸一德，坐令战鼓逼龙楼。"诗在前边认为万历的强盛主要是因为张居正，现在衰落的原因仍在宰相。"薛复周"，即指首辅薛国观、周延儒。薛国观为崇祯十二年至十三年的内阁首辅，周延儒在薛国观前后两次为内阁首辅。这些宰相不同于以前，只会用厚重的黄金去处理边疆的危机。崇祯十四年，明朝对清军战事吃紧，十五年初，内阁辅臣们让兵部尚书陈新甲提出与清军议和，崇祯询问阁臣，首辅周延儒故意不表态。给事中李清记载："宁锦之溃，北边精锐几尽，而中州寇祸正张，上意欲以金币姑缓北兵，专力平寇，谢辅升与陈司马新甲主之。周辅延儒亦

欲以安享其成,成则分功,败不及祸,其不欲去升以此。"[47]明末的首辅们,基本都是成事不足败事有余之徒,消极不作为,坐令战火燃烧到帝城之下。

"甲申三月鼓遂破,断管残丝复谁和。半闲堂里起笙歌,平章舟上称朝贺。"终于,甲申(1644)之年,李自成攻陷北京,多尔衮占领北京,战鼓遂破,断管残丝无人相和。一个朝代的倾覆,就用鼓与丝管之乐来做象征,使整首诗借用秦淮河的灯船鼓吹来叙述明王朝的衰落更加照应一致。明亡,诗继续叙述南明小朝廷之事。"半闲堂里起笙歌,平章舟上称朝贺。"半闲堂,用贾似道的典故。贾似道,南宋末年右丞相,蒙古军挥师南下,贾似道暗地派人求和,宋理宗以为其有功而赐西湖半闲堂、养乐园等,贾似道在半闲堂遥控朝廷,并寻欢作乐。这里,"半闲堂里起笙歌"是讽刺腐化享乐的"公卿济济",而"平章舟上称朝贺",仅暗用朱元璋鄱阳湖决战陈友谅"焚伪平章舟,刘毅余二千"[48]之事,实际上应是指南京百官迎见福王朱由崧于龙江关舟中,请其监国,建立南明朝廷。南明建立了,情况如何呢?整首诗围绕鼓吹音乐来写,于是再次提到与音乐有关的典故雷海青:"试问当时雷海青,阶下池头还几个。"雷海青,唐朝乐官,安史之乱安禄山攻陷长安城,令雷海青和众乐官为其庆功,雷海青不肯演奏,又痛斥安禄山之罪,被安禄山处死。诗人义愤填膺,像当年雷海青那样,能刚正不阿地站在阶下池头的能有几人?臣子们都已经变了。"新剧惟传《燕子笺》,杀人有暇上游船。行人何必近前听,荼毒鼓中无性命。"《燕子笺》,作者阮大铖。南明皇帝朱由崧耽溺于酒色声妓,不理朝政,政事由马士英、阮大铖处理,而马、阮二人以卖官鬻爵、公报私仇为常事,"日事报复,招权罔利,以迄于亡"[49]。此四句诗仍紧扣声乐之事,巧妙地扣合到阮大铖的剧作家身份与奸臣身份。"同时阿谁伎畜尔,惟有刘黄高左五侯耳",五侯,用汉代典故,此处指刘泽清、黄得功、高杰、刘良佐等人。朱由崧欲得皇帝之位时,凤阳总督马士英与江北四镇黄得功、高杰、刘良佐、刘泽清等人前往淮安迎接朱由崧,朱由崧继位后,设淮、扬、凤、庐四镇,以黄得功、刘良佐、刘泽清、高杰为总兵统领,掌握军事大权。诗人发出了深重的感慨:"君不见师延靡靡濮上水,未若《玉树后庭》美。赏音何人丞相嚭,相对掀髯复切齿。一拨弦中半壁亡,一棒鼓中万人死。鼓急弦惊曲不长,两年歌绝随渔阳。"师延,传为黄帝之司乐之官,夏末投奔殷商为乐师,纣王浸淫声色,幽拘师延,师延奏迷魂之音,乘机逃脱,闻武王兴师伐纣,越濮水而逝。《玉树后庭花》,南朝陈后主所作,其音靡靡,被称作亡国之音。诗人感叹这些误国之人宁肯听亡国之音《玉树后庭花》,也不愿听师延那些警醒世人之音,其原因正在于,赏音之人都是丞相伯嚭一样的人。伯嚭,春秋晚期人,出身于楚国贵族,逃难到吴国,得吴王宠信,升至宰辅,因贪财好色劝吴王释放勾践,又陷害伍子胥,伍子胥被迫自刎,吴国遂被越国打败。这些误国之重臣,只会"相对掀髯复切齿",相互党争算计,相互打击内耗,完全不顾朝廷家国的安危存亡。在这种相互的争斗内讧与腐化享乐中,农民军造反、清军入关,致使半壁江山失去,万人惨死。这些重大的事件,都在"一拨弦"、"一棒鼓"微小的事件中叙说,宏大变为细小,反而更让人激愤于权臣误国,更悲哀于亡国之痛。

一个时代落幕,诗人从对过去的哀悼与激愤中回过神来,诗歌又重新叙述当下。"有客徒怜桥下水,无人不断渡边肠。及此相看真分外,何许藏舟一舟在。"此时此刻,物换星移之时,众人都沉溺于一个悲伤的过去又被叫醒的时刻,"有客徒怜桥下水","客"指诗人自己,"无人不断渡边肠","无人"指诗人周围的易代之人,"有客……无人……"的述说方式,将诗人和他的朋友们拉入一个共同的情境之中,此时此地,此景此情,他们都以同一个"易代人"的身份哀悼着那个繁华的过去。因此,诗人明白地表示,"及此相看真分外",历史兴衰枯荣就是如此明显。"藏舟",《庄子·大宗师》:"夫藏舟于壑,藏山于泽,谓之固矣,然而夜半有力者负之而走,昧者不知也。"藏舟,喻事物不断变化,不可固守。"何许藏舟一舟在",如何能抵挡着兴衰的历史变化呢?虽然都伤心失望于明朝的覆灭,然而,作为个体的人,在历史洪流的面前,又能如何呢?只看着眼前"拂尘捍拨初光辉,奋槌扬袖蓝缕衣"。在诗的开篇,"一声着人如梦中,双槌再下耳乍聋"似乎在描述热闹繁华的景象,然而,当经过一个历史的沉思之后,再看眼前的灯船鼓吹,已经不同。依然是灯船丝竹鼓吹,拨弦的捍拨一动乐声如光辉四射,击鼓之人奋槌扬袖精神昂扬,但拨弦却要拂去尘土,扬袖却露出了褴褛的衣衫,繁盛的背后隐藏着的破败进入诗人的叙述之中。从喧哗欢乐的人群之中抽离出来,诗人凝视自己:"不灯漫乘夕波出,无伴知从何处归。"无人相伴,不知何处是家园。诗人在繁华喧闹之中突然感到了一种孤独,既有自身身世飘零的孤独,又有家国不存、何所归依的茫茫之感。"争新夸奇各有故,君看西风桃李枝。西风一枝众称异,东风万树空尔为。"此时此世,外在的喧哗依旧,争新夸奇者依旧,这些人都随着新朝的建立而怡然自适了。在众人独对"西风一枝"称异之时,"东风"即便万树花开,也"空尔为"无人欣赏,就如自己的才华与胸怀抱负,就如自己对故国的眷恋之心。

此时,"入耳悲欢难具说",五味杂陈,"醉里分明寸心热",然而又能怎样呢?"呜呼!汉代金仙唐舞马,此事千年无有者。兴亡不入心手间,然后声音如雨下。"一边叹息着历史兴亡,一边又拒绝让兴亡之感进入心头。"探汤挝鼓蒺藜刺,应有心肝碍胸次。"这正是对对明代覆灭之事的深重的悲哀。"余音漠漠搅飞絮,灯船灯船过桥去。"诗里边的景,在此时突然安静了下来。诗人从外界开始沉入内心世界。"过桥去,伤鼓声,长歌短歌歌当成。""过桥去"暗含着一个"流水落花春去也"无奈的朝代更替,不能对过去还那么地依恋,只能随着时代无可奈何地往前走去。只是听到这鼓声不能不悲伤,也不能不如此"长歌短歌"作诗遣怀。他说:"陇西李贺抽身死,举杯相属樊川生。""李贺抽身死",指李贺将死时,昼见绯衣人驾赤虬对他说:"帝成白玉楼,立召君为记。"[50]"举杯相属樊川生"指杜牧在此地写下了《泊秦淮》,杜濬引之为同道。杜濬说,有人像李贺一样已经抽身而逝,自己像杜牧一样,望着眼前灯船鼓吹,在人间,在此,写下这样的诗歌,悲叹着"商女不知亡国恨,隔江犹唱《后庭花》"。诗歌的最后,诗人凝望自身:"此生流落江南久,曾听当时煞尾声,又听今朝第一声。"真令人无限唏嘘。什么都不用再说,诗便戛然而止。

在诗的第三部分里,除了分析明朝倾覆的原因外,主要展示朝代更迭中个体的无可奈何之感,因而使此诗带有浓厚的麦秀之音。张清标《题杜茶村灯船歌后》说:"煞尾声传感逝波,南朝往事已销磨。苍凉一掬兴衰泪,进入渐渐《麦秀歌》。"[51]孔尚任《桃花扇》第八出"凭栏人散后,作赋吊长沙"的评中说"似茶村灯船鼓吹歌,更觉畅快!"[52]也含有此意。

除了麦秀之音外,此部分诗对诗人来说,隐含着一个更重要的意义:他完成了一个身份的约定与认同,即"无人不断渡边肠",通过此诗将自己和朋友们拉入一个共同的情境之中,都"成为"(becoming)怀有易代之悲的人。因而,此诗并不是如胥若玫所说"在长歌中展现出消极的心态",而是进行了一个积极主动的身份划定与约定:我们都是易代人。

四、南京：一个时间的地点

华兹华斯（Wordsworth）诗中有关于"时间的地点"（spotoftime）[53]的概念，可以借来描述南京对于杜濬的意义。

杜濬之父杜祝进，为南京国子监助教。杜濬从崇祯七年"僦舍金陵"起，就欲在南京闯出自己的天地，南京作为冠盖云集的文化中心给了他机会。南京这种文化中心的意义，方苞在《杜茶村先生墓碣》中就暗示出来："金陵为四方冠盖往来之冲，诸公贵人求诗名者凑至，先生谢不与通。"[54]他以性格孤傲自标，"茶村先生峻廉隅，孤特自遂，遇名贵人，必以气折之……然名在天下，诗每出，远近争传诵之。"[55]在南京这个"冠盖往来之冲"成为"名在天下"之人，确是杜濬努力的目标。然而，科考之途并不顺利，两次乡试仅中副榜，崇祯十五年到京赴试，未博得功名。回到南京，应作于崇祯十六年（1643）的《元日》诗："元日我无事，梅花伴读书。天心连日见，人迹向来疏。既雨难忘酒，方春孰荷锄。客情原至介，三叹对盘蔬。"[56]《自咏除夕元日诗》："除夕至元日，诗分新旧年。江山惊久客，骚赋问何天。醉后闻邻管，愁中赠影篇。一晴差足慰，得句或花前。"[57]一边是"元日我无事，梅花伴读书"表面上的清闲，一方面感觉到"江山惊久客，骚赋问何天"久客南京追求出身的过程中的些许失意。

崇祯十七年，甲申之变，杜濬34岁，朝廷更迭之事给杜濬带来很大冲击。他在《仲春青崖再往草堂小酌承示佳篇依韵二首》诗中自注："予年三十四，自废弃两贡一官。"[58]杜濬应是个自视甚高的人，在南京文人的圈子中已有的名声，使他不能接受仅为贡士的身份和司李这样的小官。听闻崇祯皇帝之死，他自愿放弃自己已经考取过的举人功名。不过，自己是否要隐居山林做隐士呢？诗其一说：

> 不辨君王事，丁年负黑头。感翁来客舍，劝我上归舟。偏宕孔文举，高明陈太邱。终须同洛社，未可各沧洲。[59]

朝廷发生什么样的动荡，杜濬不知，只感觉自己"丁年负黑头"，正在壮年却不能为国家出力，辜负了国家。同为黄冈人的郑青崖劝他"上归舟"隐居，他却说自己如偏宕的孔融，青崖就如高明的陈太丘——"陈太丘与友期行，期日中。过中不至，太丘舍去。"杜濬表示，青崖独去作隐士就可，自己要参与这社会之中，"终须同洛社"。洛社，宋代以程颐为首的洛阳诗人群成立的诗社，杜濬愿意在南京继续生活于已经融入的诗人群体之中。杜濬在此做了一个选择。杜濬是选择了他诗人身份这个价值所在吗？并不是。与杜濬有交往的方苞在《杜茶村先生墓碣》中说杜濬"少倜傥，常欲赫然著奇节，既不得有所试，遂一意于诗，以此闻天下，然雅不欲以诗人名也"[60]。他的"奇节"没有在晚明动荡的时局中有机会展示，然而，易代之际却有了这样的机会。顺治二年五月清军占领南京，杜濬自愿成为"遗民"。不过，这和当时他身边的很多人一样，并没有很强的特殊性。直到将近两年后的顺治四年四月，他写出了这首《初闻灯船鼓吹歌》。这首诗，"一篇中，于理乱兴亡三致意焉"[61]，当下与历史穿插，描写、议论与抒情兼有，风物变化与人心哀乐相应，批判色彩浓厚，兴亡感慨深沉。沈德潜评论杜濬的诗"《灯船鼓吹歌》以此得名，其实颓唐之尤也"[62]，如果说"颓唐"是指兴亡的深重感叹，正好也合乎了本诗的情感色彩。姑且不论召集他去观灯船的是龚鼎孳还是周亮工,也不管"长句擅场"或"一座为之倾倒"为何没有清楚地指明当时在场的人到底多少,不管怎样,在这首诗中,杜濬表达出的麦秀之哀使时人共鸣,杜濬的"无人不断渡边肠"将自己与周围的人共同纳入一个新的身份——"易代人"之中。在改朝换代之际,杜濬不仅调适了身份,还凭借这首诗试图完成一次"群体自我身份"的认同。时人潘耒(1646—1708)《赠杜于皇诗》说:"男儿无家复无国,六合飘然一孤客。"[63]王撰(1623—1709)《赠杜于皇诗》:"人惊夔府贪来句,世重樊川乱后名。"[64]当周围的人们读到这首诗,心有戚戚地赞扬他时,证明了这首诗确实达到了它"群体身份"指认的目的。后来毛师柱有《追感杜茶村先生》诗云:"一生心事向谁陈,道路皇皇老更贫。白发几人怀故苑,青山何地葬遗民。狂来自合歌衰凤,绝外犹堪纪获麟。名并少陵身客死,空余书卷照千春。"[65]对杜濬之诗与遗民气节赞赏有加。杜濬不仅自己"成为"遗民,也以此诗拉着周围的人完成"易代人"的自我认同。不过,这恰恰成为遭后人批评的原因,清方濬师(1830—1889)《蕉轩续录》引用袁枚的话:

> 随园先生《与邵厚庵书》曰:"……当鼎革时,诸名士流离江湖,结社群居已,而不学。其诸老先生多晚节不臧,欿然病乎已,遇胜国士人,争罗致燠咻之,冀免其清议。而其时冒称逸民者,遂乘其虚而劫焉,往往屣破履,登高座,居之不疑。以为李、杜、韩、苏,摇笔便是,既无刿怵之苦心,又无畏友之剀切,借国家危亡,盗窃名字。盖不止茶村然也。"[66]

把批评的矛头直接针对"杜濬为首"的遗民们,不仅质疑他们的品质,还针对他们对自己"逸民"身份的构建。

最值得注意的是,杜濬在《初闻灯船鼓吹歌》中特别指明"记我来时卯与辰"这个特别强烈意味的时间,正是标明了南京的意义。胥若玫意识到"杜濬与金陵,两者都互相赋予对方神奇的魔力"[67],确为洞见。可以说,是南京成就了杜濬。南京,以及《初闻灯船鼓吹歌》对于杜濬的真正意义,正是胥若玫无意间提到的"杜濬的《灯船鼓吹歌》,同样经历易代时刻的人们、甚至后来未亲身参与这段历史的人们,当他们做好丰富的历史准备阅读这首长歌,都能被感动,甚至能在心中浮现一个金陵影像,这就是杜濬及其《灯船鼓吹歌》呈现的金陵文化记忆。"[68]南京,在改朝换代之际,成为一个镌刻着时间的地点。作为现实的地点,从"旧都"变为"新城",新旧之间都在让杜濬完成着自己的声名;作为再现的地点,南京(或者说秦淮)桑田沧海的变化,成为一种文化象征,杜濬与周围的人在南京的影像中完成了一个"大家都是易代人"身份的约定。"灯船灯船过桥去,过桥去,伤鼓声,长歌短歌歌当成。"杜濬唱着诗,撑着时间之桨,从旧的时间的南京无可奈何地渡河,到达了新的时间的南京。南京,这个地点,在一个特别的时间中显示出其对于杜濬及其周围的人们一种特别的意义与价值。应为康熙二十四年(1685)之后杜濬晚年所作《楚社秦淮泛》:

> 淮水悠悠六代情,端居相与昧平生。晚凉路许通歌板,深夏朋初集雨声。懒僻那堪遥入社,羁栖终有旧题名。相期不负沧江意,月落船归笛正横。[69]

似乎是一个新的诗社"楚社"成立,南京年轻的诗人们邀请资深的杜濬入社,他说"懒僻那堪遥入社,羁栖终有旧题名",当年的《初闻灯船鼓吹歌》,多年的羁栖生涯,终于让他在南京秦淮河边,镌刻入自己的名字。就如宇文所安在《追忆》中所说的:"大自然成了百衲衣,连缀在一起的每一块碎片,都是古人为了让后人回忆自己而划去的地盘。人们热衷于把最初的杰出的回忆者们的名字铭刻下来,既刻在石碑或者其他纪念物上,也刻在自然风景上。"〔70〕南京,成就了杜濬。杜濬把自己的名字刻在了南京这一个时间的地点上。

注 释:

〔1〕 杜濬《变雅堂遗集》诗卷二,《清代诗文集汇编》三七,上海古籍出版社2010年版,第293—295页。

〔2〕 钱仲联主编《清诗纪事》明遗民卷,江苏古籍出版社1987年版,第336页。

〔3〕 余怀著,李金堂编校《板桥杂记》,《余怀全集》,上海古籍出版社2011年版,第404页。

〔4〕〔5〕 龚斌、范少琳编《秦淮文学志》,黄山书社2013年版,第1627、1629页。

〔6〕 李白《愁阳春赋》:"若乃陇水秦声,江猿巴吟。明妃玉塞,楚客枫林。试登高而望远,痛切骨而伤心。"瞿蜕园、朱金城《李白集校注》,上海古籍出版社1980年版,第23页。

〔7〕〔18〕〔67〕〔68〕 胥若玫《胡不归——杜濬诗及其形象分析》,"国立清华大学"中国文学系硕士论文2009年,第27、126、90、161页。

〔8〕〔45〕 胥若玫《伤心国变,感怀身世——杜濬的〈初闻灯船鼓吹歌〉》,《明清诗文研究》2011年第1辑,第228、215页。

〔9〕 沈德潜《归愚诗钞》,《续修四库全书》集部第1424册,上海古籍出版社1995年版,第414—415页。钱仲联主编《清诗纪事》乾隆朝卷,第5069页。

〔10〕 卢见曾《渔洋感旧集小传》,《古今说部丛书三集》卷二,上海文艺出版社1991年版,第17页。杜濬《变雅堂遗集》,《清代诗文集汇编》三七,附录卷一,上海古籍出版社2010年版,第357页。

〔11〕 杨际昌《国朝诗话》卷一,郭绍虞辑、富寿荪校点《清诗话续编》,上海古籍出版社1983年版,第306页。

〔12〕 徐鼒《小腆纪传》补遗卷四,中华书局1958年版,第798页。

〔13〕 钱林《文献征存录》卷十,清咸丰八年有嘉树轩刻本。

〔14〕 况周颐《眉庐丛话》第四卷,《东方杂志》本。

〔15〕〔24〕〔33〕〔36〕 杜濬《变雅堂遗集》附录卷一,第357、357、341、339页。

〔16〕 孙敬庵《明遗民录》卷十九,谢正光、范金民编《明遗民录汇辑》,南京大学出版社1995年版,第324页。

〔17〕 宗元鼎《芙蓉集》,《四库全书存目丛书》第238册,据清康熙元年刻本影印,台南:庄严文化事业有限公司1997年版,第312—313页。

〔19〕 喻文鏊《红蕉山馆诗集》,《变雅堂遗集》附录卷一,第354页。

〔20〕 王崟《高士庄草》,《变雅堂遗集》附录卷一,第354页。

〔21〕 王安修《维周诗抄》,《变雅堂遗集》附录卷一,第354页。

〔22〕 夏仁虎《秦淮志》,南京出版社2006年版,第59页。

〔23〕 陈文述撰,管军波、欧阳摩一点校《秣陵集》,南京出版社2009年版,第261页。

〔25〕 迈柱修,夏力恕纂《湖广通志》(雍正十年刻本)卷二十五,第43a页。转引自胥若玫《胡不归——杜濬诗及其形象分析》,第135页。

〔26〕 钱谦益著,钱曾笺注,钱仲联标校《牧斋有学集》,上海古籍出版社1996年版,第284页。

〔27〕 徐世昌编,闻石点校《晚清簃诗汇》卷十八,中华书局1990年版,第523页。杜濬《祭少詹吴公》

中也说:"先生谢曰:吾于此体,自得杜于皇《金焦》诗而一变,然犹以为未逮若人也。"见李学颖集评标校《吴梅村全集》附录,上海古籍出版社1990年版,第1421页。

〔28〕 顾景星《白茅堂集》,《变雅堂遗集》附录卷一,第346页。

〔29〕 熊文瑞《居俟楼集》,《变雅堂遗集》附录卷一,第349页。

〔30〕 朱彝尊《静志居诗话》卷二十二,人民文学出版社1990年版,第706页。

〔31〕 郑方坤《国朝诗钞小传》,《变雅堂遗集》附录卷一,第359页。

〔32〕 黄之隽等《(乾隆)江南通志》卷一百七十二人物志,文渊阁四库全书本。

〔34〕 袁枚著,王英志校点《随园诗话》,江苏古籍出版社2000年版,第237页。

〔35〕 李元度《国朝先正事略》,岳麓书社2008年版,第1298页。

〔37〕 沈德潜选编《明诗别裁集》卷十二,河北人民出版社1997年版,第162页。

〔38〕 胡绍鼎《杜茶村先生传》,《黄冈县志》卷十六古文下,1759,第28b—30b页。湖北文征出版工作委员会编《湖北文征》第8卷,湖北人民出版社2000年版,第40—41页。见胥若玫《胡不归——杜濬诗及其形象分析》,第133页。

〔39〕 汪士伦编,王葆心拾补《杜茶村先生年谱》,《北京图书馆藏珍本年谱丛刊》第79册,北京图书馆出版社1999年版。廖宏春《杜濬年谱》,广西师范大学硕士论文2010年,第6页。

〔40〕 以上据廖宏春《杜濬年谱》,第6—19页。

〔41〕 清郑方坤《国朝诗钞小传》,《变雅堂遗集》附录卷一,第359页。

〔42〕 清陈康祺《郎潜纪闻》卷三,清光绪刻本。

〔43〕 钱仲联主编《清诗纪事》,第329页。

〔44〕 杜濬《祭少詹吴文公》,《变雅堂遗集》文集卷八,第257页。

〔46〕 余怀著,薛冰点校《板桥杂记》,南京稀见文献丛刊,南京出版社2006年版,第14、23页。

〔47〕 李清《三垣笔记》,中华书局1990年版,第185页。

〔48〕 宋濂《平江汉颂》,《宋濂全集》,浙江古籍出版社1999年版,第326页。

〔49〕 张廷玉等撰《明史》卷三百八,中华书局2000年版,第5316页。

〔50〕 李商隐《李贺小传》,刘学锴、余恕诚《李商隐文编年校注》,中华书局2002年版,第2265页。

〔51〕〔61〕 张清标《楚天樵话》,《变雅堂遗集》附录卷一,第357页。

〔52〕 孔尚任《桃花扇》,花山文艺出版社1996年版,第41页。

〔53〕 Wordsworth's own use of the phrase: "There are in our existences pot of time,/That with distinct pre—eminentretain/Are novating virtue". The prelude XII,208—210ff. Reference through out are to De Selincourt'seditionof the 1850 version(Oxford,1926). See Jonathan Bishop, Wordsworth and the "Spots of Time", *ELH*, Vol. 26, No. 1(Mar.,1959),p45.

〔54〕〔60〕 刘季高校点《方苞集》,上海古籍出版社1983年版,第400页。

〔55〕 方苞《杜苍略先生墓志铭》,《方苞集》,第250页。

〔56〕〔57〕〔58〕〔59〕 杜濬《变雅堂遗集》诗卷三,第298、298、303、303页。

〔62〕 沈德潜、周准编《明诗别裁集》卷十二,上海古籍出版社1979年版,第311页。

〔63〕 潘耒《遂初堂诗集》,《变雅堂遗集》附录卷一,第345页。

〔64〕 王撰《三余集》,《变雅堂遗集》附录卷一,第346页。

〔65〕 沈德潜编《清诗别裁集》,上海古籍出版社2013年版,第624页。

〔66〕 方濬师撰,盛冬铃点校《蕉轩随录续录》,中华书局1995年版,第523—524页。

〔69〕 杜濬《变雅堂遗集》诗卷七,第325页。

〔70〕 宇文所安著、丁学勤译《追忆——中国古典文学中的往事再现》,生活·读书·新知三联书店2014年版,第34页。

〔作者简介〕 侯宇丹,1993年生,女,国立清华大学中国文学系硕士研究生。

《诗僧皎然集注》
(乾源俊主编,汲古书院2014年)

本书由乾源俊、爱甲弘志、浅见洋二、斋藤茂等21位从事汉学研究的日本学者共同完成。皎然为唐代最享盛名之诗僧,生前著作已被纳入集贤殿御书院,其在文学史、文学理论史、文学文化史上皆具有代表性。然而,学界到目前为止尚未有皎然集注释问世,《诗僧皎然集注》的出现可说补足了此一缺憾。本书以明毛晋汲古阁刊本皎然集《杼山集》为底本,辅以其他版本作校勘,以日文注释《杼山集》第1卷《杼山集序》与65首诗。在体例上,每篇诗歌文本的正文旁边皆附上日文翻译,并提供了《广韵》、平水韵两种系统的押韵情形,继而说明诗歌体裁、校勘版本,最后则针对全篇文本作逐字逐句的注释。关于本书在注释方面的特色有以下四项:(一)本书在注释时,乃是建立在对皎然生平扎实理解之基处之上。根据贾晋华《皎然年谱》的研究成果,为每首诗歌系年,提供皎然诗歌创作时间与背景。(二)将诗歌依照文意的起承转合,为诗歌分段,并说明各段落的主旨,以助于读者深入掌握文意。(三)注释词汇之时,先以白话文解释该词汇的意思,继而指出典故出处与唐以前诗文中用到该词处,尤其着意列出唐诗中使用到相同词汇之处。更为重要的是,本书进一步列出皎然全部作品中用到相同、相近词汇之处,这一点可说是本书在注释上,最具代表性之处,使得词汇的注释兼具历时性与共时性之脉络,所谓历时性,是指考查出每个词汇在唐以前(包含唐代)的意思与使用情境;所谓共时性,则是指考察罗列出皎然自身作品中,使用到所有相同与相近词汇之处,而此一注释方法有助于读者了解皎然的情感与思想,以及诗人喜用的词汇。(四)皎然与浙西文人群之间有大量酬唱、赠答、联句之作,形成密切而复杂的人际网络。本书详尽考察每首诗中所提到的人名,说明该对象的身分、位阶、职务、生平。更重要的是,本书考证出皎然写给同一对象的所有作品,将写给同一对象之诗题附在该对象第一次出现时的诗歌注释中,这对于理解皎然与交游者们的关系,以及中唐文人的文化活动有极大帮助。尽管本书仅注释了皎然诗文集的第一卷,但在注释时,因能考证、列举出皎然全部诗文中使用到相同或相近词汇之处;同时,也考察、罗列出皎然写给同一对象的所有作品,再加上附录中列出皎然全部诗文题目并加以系年。这使得本书必然会成为日后研究皎然诗歌风格、思想与情感,乃至于研究中唐文学与文化的学者们不可或缺的重要著作。(林孜晔)

曾国藩《沅圃弟四十一初度》与晚清庆寿诗的新拓展

赵永刚

一、晚清庆寿诗文之流弊

《尚书》提出中国人的幸福观是五福,五福之首即为长寿。中国有源远流长的庆寿风俗,催生了大量庆寿诗文。庆寿诗的雏形可以追溯到《诗经》,陈瑚《和石田诗序》曰:

> 古人无寿诗,非无寿诗也,三百篇所载臣子颂祷君父,如介眉寿、祈黄耇、君子万年、黄髪儿齿之辞,皆言寿也。而或赞扬其休烈,或称道其令名,故能欢欣和悦以尽其情、恭敬斋庄以发其德。千载而下,读其诗而美,美斯爱,爱斯传。[1]

《诗经》中已有零零星星的祝寿词句,但还不是成熟的庆寿诗。庆寿诗的大量涌现应该始于宋代,其弊端充分显露则始于明代。李东阳曰:

> 挽诗始盛于唐,然非无从而涕者。寿诗始盛于宋,渐施于官长,故旧之间,亦莫有未同而言者也。近时士大夫子孙之于父祖者弗论,至于姻戚乡党,转相征乞,动成卷帙,其辞亦互为蹈袭,陈俗可厌,无复有古意矣。[2]

明清两代,庆寿之风盛行,对寿序和寿诗的需求量也日渐增多,多则滥,滥则俗,弊端日渐明显。概括来说,其弊端主要有三点:

第一,数量多而水平低。擅长寿序写作的归有光对此有深刻体悟,他说:

> 东吴之俗,号为淫侈,然于养生之礼,未能具也;独隆于为寿。人自五十以上,每旬而加。必于其诞之辰,召其乡里亲戚为盛会,又有寿之文,多至数十首,张之壁间。而来会者饮酒而已,亦少睇其壁间之文,故文不必其佳。凡横目二足之徒,皆可为也。[3]

第二,作者志在求利,不计文之工拙。作者撰写寿序和寿诗,一般都会收取高昂的润笔费用,邱仲麟《诞日称觞——明清社会的庆寿文化》指出:"清代寿序的价码,多半数十两,有些则至百两以上。……光绪十九年,王闿运(1832—1916)代撰贺湖南巡抚吴大澄的寿序,甚至索价一千两。"[4]庆寿诗文的作者几乎都是卖文求利,至于诗文的水平高低,则无暇计较。

第三,违背事实,阿谀逢迎。花费巨资请人撰序祝寿,无非是要借他人之文彰扬家族文

本文收稿日期:2017.3.16

教儒风,希望通过诗文将寿星的令名德行、文采风华传播久远。请托者一般都是寿星的儿孙,儿孙辈在通过诗文娱亲致孝、以博堂上欢心的同时,自然也期望诗文能表彰他们谨守家风、有所成就等美德,故此,请托者上述的诸种阅读期待不能不影响到作者的行文,因此,就出现了不管事实之有无,一味阿谀奉迎的怪现状。归庄曾愤慨地道出了此种弊端:

> 凡富厚之家,苟男子不为盗,妇人不至淫,子孙不至不识一丁字者,至六七十岁,必有一征诗之启,遍求于远近从不识而闻名之人。启中往往诬称妄誉,不盗者即李、杜齐名,不淫者即钟、郝比德,略能执笔效乡里小儿语者,即屈、宋方驾也。[5]

关于庆寿诗的揄扬失实之弊,如陈昌图《孟广文六十寿诗》:"辕固张苍杜子春,经师耆福庆松筠。新词谱出南飞鹤,绛帐生徒三百人。"[6]孟氏是广文先生,是闲闲而清苦的儒学教官,尽管他在儒学方面可能有不俗的造诣,但是将其比作辕固生、张苍、杜子春,乃至绛帐传经的经学大师马融,就显得比拟不伦,迹近阿谀。

对于庆寿诗文的这些弊端,曾国藩有清醒的认识,他在《田昆圃先生六十寿序》中指出:

> 寿序者,犹昔之赠序云尔。赠言之义,粗者论事,精者明道,旌其所已能,而蕲其所未至。是故称人之善,而识小以遗巨,不明也;溢而饰之,不信也;述先德而过其实,是不以君子之道事其亲者也;为人友而不相勖以君子者,不忠也。[7]

曾国藩对庆寿诗文的弊端深恶痛绝,在创作过程中自觉地矫正其流弊,并试图采用新的写作方法提升庆寿诗文的艺术水平。针对庆寿诗文"称人之善,而识小以遗巨,不明也"的弊端,他强化庆寿诗文的叙事性功能;针对"溢而饰之,不信也"的弊端,坚持修辞立诚的创作准则,强化庆寿诗文的事实性原则;针对"述先德而过其实,是不以君子之道事其亲者也;为人友而不相勖以君子者,不忠也"的弊端,坚持儒家责善之道,在庆寿诗文中植入了道德训诫。通过这三种写作策略,其庆寿诗文呈现出卓尔不群的艺术水准,也实现了对晚清庆寿诗文的新突破。下文以《沅圃弟四十一初度》为例,分析其诗学艺术和时代价值。

二、曾国藩《沅圃弟四十一初度》写作缘起

同治三年(1864)八月二十日,曾国荃迎来了他四十一岁的生日。曾国荃历经艰险,终于在本年六月十六日攻陷太平天国首府天京,立下盖世功勋,被封一等威毅伯,赏戴双眼花翎,加太子少保。位高权重,自然是志高意满,得意洋洋。但是趾高气扬的心情并没有持续太久,功高震主,曾国荃以及其麾下湘军,已经成为清政府猜忌提防的对象,并将其视为太平军之后最大的军事威胁,在清政府的授意下,一时间弹劾曾国荃的奏疏此起彼伏,正如曾国藩所言:"好事未必见九弟之功,坏事必专指九弟之过。"为了全身避祸,其长兄曾国藩采取断臂保身之法,决定裁撤湘军以表忠心,又命曾国荃急流勇退、辞官归里,以消除清政府的猜疑。如此一来,曾国荃炙手可热的权势得而复失,因此窘辱愤懑,旧疾复发,一度病倒。生日当天,曾国荃收到了曾国藩的家书:

> 今日乃弟四十一大庆,吾未得在金陵举樽相祝,遂在皖作寿诗,将写小屏幅带至金

陵,以将微意。一则纪泽寿文不甚惬意,一则以近来接各贺信,皆称吾兄弟为古今仅见。若非弟之九年苦战,吾何能享此大名? 故略采众人所颂者,以为祝诗也。东坡有寿子由诗三首,吾当过之耳。顺贺寿祺。[8]

曾国藩说他拟写一组诗为曾国荃祝寿,并说明写诗祝寿的原因。四天之后,曾国藩开始创作这组祝寿诗,《曾国藩日记》详细记载了创作过程:

> 八月二十四日:"思作小诗数首为沅弟祝寿,沉吟久之而不可得,是夕仅作一首。"[9]
>
> 二十五日:"旋作诗,七绝四首。夜又作诗二首。机轴太生,艰窘殊甚。"[10]
>
> 二十八日:"又作沅弟寿诗三绝句,至二更三点毕。久不作诗,艰窘若此,殊自叹耳!"[11]
>
> 九月初一日:"夜再作沅弟寿诗二首。"[12]
>
> 初二日:"作诗二首,共作七绝十三首,至是始毕。写手卷一个,即沅弟寿诗十三章。跋尾云:'使儿曹歌以侑觞',盖欲使后世知沅甫立功之苦、兴家之不易,常思敬慎以守也。"[13]

曾国藩花费九天时间,克服了"机轴太生,艰窘殊甚"的困境,郑重其事地创作了十三首祝寿诗,名曰《沅圃弟四十一初度》:

> 九载艰难下百城,漫天箕口复纵横。今朝一酹黄花酒,始与阿连庆更生。
> 陆云入洛正华年,访道寻师志颇坚。惭愧庭阶春意薄,无风吹汝上青天。
> 几年橐笔逐辛酸,科第尼人寸寸难。一剑须臾龙变化,谁能终古老泥蟠。
> 庐陵城下总雄师,主将赤心万马知。佳节中秋平剧寇,书生初试大功时。
> 楚尾吴头暗战尘,江干无土著生民。多君戡定同安郡,上感三光下百神。
> 濡须已过历阳来,无数金汤一蹴开。提挈湖湘良子弟,随风直薄雨花台。
> 邂逅三才发杀机,王寻百万合重围。昆阳一捷天人悦,谁识中军血染衣。
> 平吴捷奏入甘泉,正赋周宣六月篇。生缚名王归夜半,秦淮月畔有非烟。
> 河山策命冠时髦,鲁卫同封异数叨。刮骨箭瘢天鉴否,可怜叔子独贤劳。
> 左列钟铭右谤书,人间随处有乘除。低头一拜屠羊说,万事浮云过太虚。
> 已寿斯民复寿身,拂衣归钓五湖春。丹诚磨炼堪千劫,不藉良金更铸人。
> 黄河余润沾三族,白下饥民活万家。千里亲疏齐颂祷,使君眉寿总无涯。
> 童稚温温无险巇,酒人浩浩少猜疑。与君同讲长生诀,且学婴儿中酒时。
> 甲子八月二十日,沅甫弟四十一生日,为小诗十三首寿之。往在壬戌四月,沅弟克复巢县、和州、含山等城。余赋诗四首,一时同人以为声调有似铙歌而和之,此诗略仿其体,以征和者,且使儿曹歌以侑觞。国藩识。[14]

祝寿诗是世俗应酬性诗体,有诸多限制,格调不高,鲜有上层之作。曾国藩的这组祝寿诗,却是经过较长时间的推敲打磨,是精心构思的上层之作,体现了较高的艺术水准,对晚清祝寿诗的创作发展来说,也有新的突破。

三、庆寿诗叙事性特征的强化

《沅圃弟四十一初度》十三首组诗的成功之处,首先就在于对庆寿诗叙事性功能的强化,曾国藩优秀的叙事才能决定了这组诗不俗的文学价值。曾国藩的叙事之才得益于对历史典籍的熟稔,根据曾氏《日记》和《家书》等文献记载,曾国藩几乎通读了二十四史,对于《史记》和《汉书》的阅读次数更多。另外,与清政府长期的章奏往还,与同僚之间的书信交往,也在实践中锻炼了曾国藩的叙事才能。其叙事才能在这组诗中也有充分的展示,归纳来说,表现在三个方面,即叙事的条理性、叙事的典型性和叙事的概括性。

第一,叙事的条理性。这十三首诗是一个首尾完足的整体,叙事有条不紊,层次分明。组诗由四个部分组成:

第一首是第一个部分,总说曾国荃盖世之功勋与创作之缘起。"九载艰难下百城"。《清史稿》卷四百一十三《曾国荃传》曰:"(咸丰)六年,粤匪石达开犯江西,国藩兵不利。国荃欲赴兄急,与新授吉安知府黄冕议,请于湖南巡抚骆秉章,使募勇三千人,别以周凤山一军,合六千人,同援江西。"[15]咸丰六年(1856),曾国荃援救江西,是出师之始。至同治三年(1864),时间跨度为九年。九年之中,曾国荃率领湘军攻城略地,所下之城确有百数之多。出句言功高天下,次句言谤满天下。曾国荃被人指摘之原因,萧一山《曾国藩传》有详细分析,他说:"当金陵攻下的时候,国藩兄弟功名盖天下,而谤亦随之,因幼主逃亡,他根据报告称业已焚死,就和左宗棠、沈葆桢打了不少的笔墨官司,甚至绝交!历年以来,中外纷传,洪秀全占据南京十余年,金银如海,实则全无所得,又仓促把李秀成杀了,于是群言嚣嚣,都说曾国荃有毛病。"[16]后二句黄花酒,菊花酒,时近九月,正是菊花初开的美好时节;阿连,指代曾国荃,用《宋书·谢灵运传》中谢惠连典故,表达兄弟之深情,并褒扬曾国荃才悟出众,不可以平常人视之。

第二首、第三首是第二个部分,叙述曾国荃在科举上的困顿失意。第二首,前二句用陆云入洛的典故叙述曾国荃在京城时期的生活。道光二十年(1840),曾国藩授职翰林院检讨。本年十二月,十七岁的曾国荃陪同其父曾麟书、嫂夫人欧阳氏、侄儿曾纪泽进京,希望在京城谋求发展。当时曾国藩官位卑下,无力给曾国荃太多帮助,道光二十二年(1842)七月,曾国荃很失望地离开了京城,对此曾国藩也深感遗憾,即后二句。第三首,前二句从京城回到湘乡之后,十多年来,曾国荃在科举上始终没有成功,三十二岁才考取了优贡生。次年(1856),曾国荃弃文就武,从此命运发生了变化,正如困龙升天一般,一跃而起,即后二句。

第四首至第八首是第三部分,叙述曾国荃在军事上的春风得意和丰功伟绩,以及兄弟同日封爵的荣耀。

第九至第十三首是第四个部分,表达对曾国荃的庆寿祝福之意,并植入委婉的训诫之意。

第二,叙事的典型性。曾国荃投笔从戎之后,九年之间,经历的大小战役不计其数,若不加选择,拉杂叙述之,就难免主次混乱、枝蔓冗长之弊端。为避免此种弊端,曾国藩择取六件典型性事例叙述之。

第四首自注云:"沅甫初在吉安统兵二万,八年八月十五日,克复府城。"咸丰八年(1858)中秋节,曾国荃率领湘军攻克江西吉安府,解除了曾国藩在江西军事上的困境。曾国荃也一战成名,这只军队也因之被名为吉字营,曾国荃和吉字营的威名从此流播海内。

第五首自注云:"十一年八月初一日,克复安庆。钦天监奏是日四星联珠,日月合璧。"咸丰十一年(1861)八月初一,曾国荃攻陷安徽安庆。安庆是长江要塞,历来是兵家必争之地,攻陷安庆,彻底切断了太平军与长江上游的联系,将太平军的势力范围挤压在长江下游的狭小范围内,湘军取得了战争的绝对优势。正如陈康祺所言:

> 咸丰十一年八月初一日,今山西巡抚威毅伯曾公国荃克复安庆,钦天监奏是日四星联珠,日月合璧,见《曾文正公集·沅圃弟四十一初度》诗注。按文正公兄弟收湖湘之猛士,膺鲁卫之崇封,东征十载,直捣金陵,划除僭号巨寇,其光复王土,由尺寸以基至千百里,实赖同安一郡为中兴堪定之基固。宜城下之日,三光现瑞,百神效灵,中外驩欣,焯然知为天之所佑也。[17]

第六首黎庶昌《曾国藩年谱》曰:"同治元年(1862)五月初三日,公弟国荃攻克大胜关、秣陵关、三汊河贼垒,会合水师攻克头关、江心洲、蒲包洲诸贼垒,遂进军金陵城外,驻营雨花台。"[18]湘军攻陷了太平军设在金陵外围的主要堡垒,抢占了城南雨花台制高点,初步实现了对太平天国首府金陵城的包围。

第七首,同治元年(1862)闰八月二十日,为解除金陵被包围的困境,忠王李秀成自苏州率军六十万联合城内太平军,里应外合,猛扑湘军雨花台大营,被曾国荃拼死击退。九月初一日,侍王李世贤自浙江率军十万再次强攻雨花台,还是被曾国荃击退。十月初五日,曾国荃主动出击,大获全胜,斩杀俘获太平军数万人。雨花台争夺战前后持续了四十六日,这场恶战之后,湘军彻底实现了对金陵的包围,太平军再也没有能力打破被包围的格局,失败的命运已经难以挽回。

第八首,同治三年(1864)六月十六日,曾国荃攻陷金陵,太平天国宣告失败。六月十九日,生擒忠王李秀成、勇王洪仁达,斩断了太平天国的复国梦想。

第九首,同治三年(1864)六月二十九日,奉上谕"曾国藩着加恩赏加太子太保衔,锡封一等侯爵,世袭罔替,并赏戴双眼花翎。曾国荃着赏加太子少保衔,锡封一等伯爵,并赏戴双眼花翎"[19]。兄弟同日获封侯爵、伯爵,是世所罕见的荣耀之事,曾国藩分析获封之原因是"可怜叔子独贤劳"。

这一部分也有一个总分的关系,前面叙述五个典型战役是分说,第九首封爵的获得是前面战争成功的结果是总说,叙事的层次甚为分明。

第三,叙事的概括性。第四首至第九首叙述了曾国荃的卓著功勋,这些功勋的获得,自然是经历了浴血奋战的艰苦过程。这组庆寿诗既铺陈了曾国荃的功高,又渲染了曾国荃的劳苦。对于这些劳苦之事,曾国藩进行了高度地概括,最终凝结为两句诗"谁识中军血染衣"和"刮骨箭瘢天鉴否"。

曾国藩以高度概括的诗化语言书写了曾国荃出生入死的经历,这些经历都是有史实可以佐证的,如曾国藩在《金陵湘军陆师昭忠祠记》记载了同治元年(1862)秋季,在雨花台争

夺战中,曾国荃裹创奋战的情景:

> 伪王李秀成等大至,援贼三十万,围我营者数重。我军力疾御之。一夕筑小垒无数,障粮道以属之。江贼益番休迭进,蚁傅环攻,累箱实土以作橹楯,挟西洋开花炮自空下击,子落则石裂铁飞。多掘地道,屡陷营壁。凡苦守四十五日,至冬而围解。军士物故,殆五千人。会有天幸,九帅独免于病,目不交睫者月余,而勤勚如故。虽枪伤辅颊,血渍重襟,犹能裹创巡营,用是转危而为安。[20]

攻陷金陵时,曾国荃疲惫不堪,"申刻将尽,忽报中丞回营,余偕众贺。中丞衣短布衣、跣足,汗泪交下"[21]。萧一山《清代通史》说:"国荃读至刮骨箭瘢二句,为之放声大哭。盖以至情至性文字,现极高极明意境。"[22]曾国藩用高度凝练的概括性语言,唤醒了曾国荃对战争的苦难记忆,引发了曾国荃的心灵震动,从曾国荃"放声大哭"的反应来看,曾国藩的这组诗是成功的、是优秀的。

四、庆寿诗真实性原则的强化

李瀚章《曾文正公全集序》着重强调曾国藩的著作符合儒家"修辞立其诚"的原则,他说曾著:"朴茂闳肆,取途于汉、魏、唐、宋,上沂周、秦,衷之以六经,而修辞必以立诚为本。"[23]李瀚章在《求阙斋文钞序》中也有类似的表述:"文之精审缜密,又无一浮溢之词,真孔子所谓修辞立其诚者与!"[24]"修辞立其诚"语出《周易·乾卦》,即"修辞立其诚,所以居业也"。孔颖达疏曰:"辞谓文教,诚谓诚实也。外则修理文教,内则立其诚实,内外相成,则功业可居,故云居业也。"[25]"修辞立其诚"原本是儒家文教的基本原则,属于道德政治的范畴。之后也被用来指导文学创作,成为儒家立言的道德规范,要求作者秉承实事求是的诚实原则,以文质彬彬的语言形式反映真实情感。

曾国藩一生谨守儒家之道,以圣贤人格为师法对象,著书立说严格遵守"修辞立其诚"的原则,其庆寿诗文呈现出典型的理学特色。"他问途六经,宗奉修辞立其诚的为文准则,在寿序中注入宏大之论、理学之旨,提升了寿序这一应酬文体的思想境界,是继归有光文学化寿序、黄宗羲学术化寿序之后的又一新变,是典型的理学化寿序"[26]。

《沅圃弟四十一初度》符合"修辞立其诚"的立言准则,这组诗既是庆寿诗,也是史诗,诗中所言曾国荃的功勋都有史实作为依据,而且还是诗史,这组诗还可以作为补充晚清史写作的重要史料。

曾国藩通过两种方法强化了这组庆寿诗的真实性,保证了诗中史事的可信度:

第一,强化结果的真实性而弱化过程的真实性。曾国荃先后攻陷吉安、安庆、占领雨花台,最终攻克金陵城,生擒李秀成和洪仁达,彻底击败了太平军,这些都是有目共睹、有史可查的历史事实,这个结果是真实的,我们可以把它称为结果的真实。还有另外的一种真实,就是过程的真实。过程的真实远远比结果的真实更为复杂,这里面涉及很多问题,比如征战的过程中是否存在军纪涣散的问题,是否存在残杀暴虐的问题,是否存在侵官扰民的问题,这些问题或多或少地都存在,不适合在诗中展示,以免引起不必要的争议。曾国藩在组诗中就弱化了过程的真实性,而强化了结果的真实性。

曾氏兄弟的心腹幕僚赵烈文也有十三首唱和之作,且不说赵烈文和诗的艺术水准明显低于原作,即使在真实性的原则下来考察,和诗也有诸多失实之处。造成失实的原因,就在于赵烈文采用了与曾国藩完全相反的叙事方法,他过分强调过程的真实性而忽视结果的真实性。赵烈文对于过程真实性的渲染不但有悖于国史,而且与他本人的记载也有自相矛盾之处。

和诗第九首"斩馘何曾及二毛,湛恩妇孺亦同叨",颂扬曾国荃攻克金陵时并未曾残杀斑白二毛之老人,妇女儿童也承受其湛深恩德,得以保全性命于混战之中。事实果真如此吗?恰恰相反,城破之日,金陵已经沦为人间地狱,首当其冲的就是老人、妇女和儿童。赵烈文《能静居日记》六月二十一日载:

> 是日城中大火渐灭,犹一二处尸骸塞路,臭不可闻。中丞令各营掩敛其当大路者,曳至街旁草中,以碎土覆之,余皆不问。[27]

六月二十三日载:

> 计城破后,精壮长毛除拒时被斩杀外,其余四者寥寥,大半为兵勇扛抬什物出城,或引各勇挖窖,得后即行纵放。城上四面缒下老广贼不知若干。其老弱本地人民不能挑担,又无窖可挖者,尽情杀死,沿街死尸十之九皆老者,其幼孩未满二三岁者亦斫戮以为戏,匍匐道上。妇女四十以下者,一人俱无,老者无不负伤,或十余刀,或数十刀,哀号之声达于四远。其乱如此,可为发指。[28]

为了掩盖残杀百姓、掠夺财物的罪证,湘军还放火烧了金陵城,赵烈文《能静居日记》六月十七日载:"官军进攻,亦四面放火,贼所焚十之三,兵所焚十之七,烟起数十道,屯结空中不散,如火山紫绛色。"[29]六月二十三日载:"又萧孚泗在伪天王府取出金银不眦,即纵火烧屋以灭迹。"[30]

不可否认,赵烈文的幕僚身份限制了他写作的自由,他不敢在诗歌这种公众性文体中书写历史的真实,而是把它隐藏在私密性的日记中。不过,选择性叙述的失误无疑是导致这首诗违背史实的主要原因,赵烈文确实不该颠倒是非,渲染这个不该被渲染的过程。曾国藩就比赵烈文更为高明,他更多地强调了金陵城下的结果,而略写了整个过程,第八首用"生缚名王归夜半,秦淮月畔有非烟"含混之语,轻轻带过,没有给人留下质疑真实性的空间。

第二,强化事的真实性而弱化理的真实性。曾国荃攻克金陵之后,可谓是福祸相依,紧相连属,荣封一等伯爵同时,御史的弹劾奏疏也随之而来,这就是曾国藩诗中所言"左列钟铭右谤书","漫天箕口复纵横"。曾国藩这两句诗描述的是实情,曾国荃确实是被人弹劾诽谤,这是事的真实。至于别人弹劾诽谤曾国荃的内容,以及这些内容的真实性与合理性,是属于理的真实,曾国藩略而不谈。理的真实是个争议丛杂的是非问题,不易着手。比如,御史弹劾曾国荃的一条罪状就是他私吞了金陵城太平天国的宝藏,赵烈文《能静居日记》同治三年(1864)七月二十一日载曰:

> 见七月十一日廷寄,内称:御史贾铎奏,请饬曾国藩等勉益加勉,力图久大之规,并

粤逆所掳金银,悉运金陵,请查明报部备拨等语。曾国藩以儒臣从戎,历年最久,战功最多,自能慎终如始,永保勋名。惟所部诸将,自曾国荃以下,均应由该大臣随时申儆,勿使骤胜而骄,庶可长承恩眷。至国家命将出师,拯民水火,岂为征利之图。惟用兵日久,帑相早虚,兵民交困,若如该御史所奏,金陵积有巨款,自系各省脂膏,仍以济各路兵饷赈济之用,于国于民,均有裨益。此事如果属实,谅曾亦必早有筹画布置。惟该御史既有此奏,不得不令该大臣知悉等语。[31]

这些都是非常严重的政治问题,要在奏疏等公文中据理力争,不适合在非官方性质的诗歌中讨论。另外,诗歌的语言太过凝练,有严格的字数限制,不像奏疏那样,可以根据内容放宽字数限制,铺陈言之。要在诗歌之中,把复杂事情之理的真实性说清楚,几乎是不可能的。这也是曾国藩强调事的真实性,而搁置理的真实性的原因之一。

很容易想起梅村体。

五、庆寿诗训诫功能的强化

与世俗习见的庆寿诗不同,曾国藩《沅圃弟四十一初度》在颂扬功德之时,还植入了相关的训诫内容。面对曾国荃所处的复杂处境,曾国藩以善相责,教诲曾国荃明哲保身之法和养生长寿之术。

第一,功成身退,明哲保身。"低头一拜屠羊说",典出《庄子·让王篇》:

> 楚昭王失国,屠羊说走而从于昭王。昭王反国,将赏从者,及屠羊说。屠羊说曰:"大王失国,说失屠羊;大王反国,说亦反屠羊。臣之爵禄已复矣,又何赏之言!"王曰:"强之。"屠羊说曰:"大王失国,非臣之罪,故不敢伏其诛;大王反国,非臣之功,故不敢当其赏。"王曰:"见之。"屠羊说曰:"楚国之法,必有重赏大功而后得见,今臣之知不足以存国而勇不足以死寇。吴军入郢,说畏难而避寇,非故随大王也。今大王欲废法毁约而见说,此非臣之所以闻天下也。"王谓司马子綦曰:"屠羊说居处卑贱,而陈义甚高,子綦为我延之以三旌之位。"屠羊说曰:"夫三旌之位,吾知其贵于屠羊之肆也;万钟之禄,吾知其富于屠羊之利也;然岂可以贪爵禄而使吾君有妄施之名乎?说不敢当。愿复反吾屠羊之肆。"遂不受也。[32]

曾国藩用此典意在点醒曾国荃要师法屠羊说之恬淡,不可贪恋富贵。"拂衣归钓五湖春"亦是此意,该句用范蠡典故,见于《史记》卷四十一《越王勾践世家》:

> 范蠡以为大名之下,难以久居。……乃装其轻宝珠玉,自与其私徒属乘舟浮海以行,终不反。[33]

攻陷金陵之后,曾国藩反复劝说曾国荃功成身退,《日记》同治七月初一日曰:"夜与沅弟论行藏机宜。"[34]九月初三日《致沅弟》家书曰:"弟回籍之折,余斟酌再三,非开缺不能回籍。平日则嫌其骤,功成身退,愈急愈好。"[35]

曾国藩明哲保身之举,受到了《周易》和老庄思想的影响。曾国藩精通《周易》哲学,深知阴阳消长、盛衰更迭的自然规律,即诗中所言"人间随处有乘除"。曾国藩自言:"吾学以禹墨为体,以庄老为用。"[36]老子哲学中祸福相依之道也是做出这一决策的理论依据。

中国历史上功高震主,以至于鸟尽弓藏、兔死狗烹的惨剧屡见不鲜,使曾国藩常怀忧患意识,同治三年(1864)八月二十四《致澄弟》:

> 纪鸿想已抵家,在署一年,已染贵公子习气否?吾家子侄,人人须以勤俭二字自勉,庶几长保盛美。观《汉书·霍光传》,而知大家所以速败之故。观金日䃅、张世安二传,而知大家所以久盛之故。弟抄此三传解示后辈可也。[37]

现实遭遇到的艰难困境,以及对哲学、历史的熟稔,使曾国藩在为乃弟庆寿之时,并没有被功勋卓著的表象所迷惑,他有非常清醒冷静的认识,并将这种认识提炼为训诫之词植入庆寿诗中,警醒曾国荃急流勇退才是明智之举。

第二,养生有术,知足常乐。虽然在曾国藩的反复开导劝说下,曾国荃同意开缺回籍,但其内心并不情愿,不平之气见于辞色,曾国藩回忆当时的情景说:"三年秋,吾进此城行署之日,舍弟甫解浙抚任,不平见于辞色。时会者盈庭,吾直无地置面目。"[38]曾国荃显然是热衷功名的利禄之人,追随曾国荃多年的赵烈文对此有深刻的认识,同治三年七月初十日记载:

> 傍晚至中丞处久谈。中丞归志颇切,自言非疆吏才,局量褊浅而急躁,太无学问,又各事务规模条例,绝不当行。余云:"量未尝不宏,但过急则有之;至事务之规例,其小焉者不足经意。公为国名臣,岂有乐志林泉之理,所愿遇事益求详慎,自无悔咎矣。"中丞改容纳之。[39]

曾国荃迫于各种压力和曾国藩的开导,很不情愿地申请开缺,内心却是愤愤不平,肝火过旺,一度病倒。所以曾国藩在组诗的最后一首就告诉曾国荃养生之法。曾国藩说师法童穉之无欲无求,效法醉酒之人难得糊涂,知足常乐,恬淡为怀,才是养生长寿之术的根本所在。曾国藩在家书中也屡次以此意开导曾国荃,如同治三年八月初二日《致沅弟》曰:"弟肝气尚旺,遇有不称意之端必加恼怒,不知近日如何懊闷?"[40]八月十四日《致沅弟》:"沅弟湿毒与肝郁二者总未痊愈。湿毒因太劳之故,肝疾则沅弟心太高之故。立此大功,成此大名而犹怀郁郁,天下何一乃快意之事?何年乃是快意之时哉?"[41]

曾国藩《沅圃弟四十一初度》是至情至性之作,以至于曾国荃拜读之后,痛哭流涕,可以说这首诗在情感的感发方面是成功的。在庆寿诗被阿谀奉迎的虚伪感情充斥的晚清,此种情真意切的训诫之作是不多见的。

注 释:

* 本文为国家社科基金项目"朝鲜半岛《孟子》学史"(编号:15CZW)阶段性成果、贵州省2016年度哲学社会科学规划国学单列课题"王阳明诗集编年校注"(编号:16GZGX14)阶段性成果,本论文受贵州大学—孔学堂中华传统文化研究院经费资助。

〔1〕 陈瑚《确庵文稿》卷十二,清康熙毛氏汲古阁刻本。
〔2〕 李东阳《麓堂诗话》,中华书局1985年版,第17页。
〔3〕 归有光《陆思轩寿序》,《震川先生集》,上海古籍出版社2007年版,第334—335页。

〔4〕 蒲慕州主编《生活与文化》，中国大百科全书出版社2005年版，第471页。

〔5〕 归庄《谢寿诗序》，《归庄集》，上海古籍出版社2010年版，第493页。

〔6〕 陈昌图《南屏山房集》卷六，清乾隆五十六年陈宝元刻本。

〔7〕〔14〕〔20〕〔23〕〔24〕 曾国藩《曾国藩诗文集》，上海古籍出版社2005年版，第127、113、364、451、451页。

〔8〕〔35〕〔37〕〔40〕〔41〕 曾国藩《曾国藩全集》，岳麓书社2011年版，第21册，《家书之二》，第325、325、326、318、322页。

〔9〕〔10〕〔11〕〔12〕〔13〕〔34〕 曾国藩《曾国藩全集》，岳麓书社2011年版，第18册，《日记之三》，第86、86、87、88、89、70页。

〔15〕 赵尔巽等《清史稿》，中华书局1977年版，第39册，第12037页。

〔16〕〔36〕 萧一山《曾国藩传》，江苏人民出版社2015年版，第114、66页。

〔17〕 陈康祺《郎潜纪闻》卷四，清光绪刻本。

〔18〕〔19〕 黎庶昌《曾国藩年谱》，岳麓书社1986年版，第152、189页。

〔21〕〔27〕〔28〕〔29〕〔30〕〔31〕〔38〕〔39〕 赵烈文《能静居日记》，岳麓书社2013年版，第799、802、806、801、806、815、1110、812页。

〔22〕 萧一山《清代通史》，中华书局1986年版，第806页。

〔25〕 孔颖达《周易正义》，北京大学出版社2000年版，第18页。

〔26〕 赵永刚《曾国藩寿序文刍议》，《厦门教育学院学报》2010年第1期。

〔32〕 郭庆藩《庄子集释》，中华书局1961年版，第974—975页。

〔33〕 司马迁《史记》，中华书局1959年版，第1752页。

〔作者简介〕 赵永刚，1981年生，文学博士，贵州大学文学与传媒学院副教授。著有《清代文学文献学论稿》。

《中国近代文学发展史》(修订本，三册，中国断代专题文学史丛刊)

(郭延礼 著，人民文学出版社2017年版，175元)

本书在中国近代历史的背景下，以中华民族广阔的历史文化为素材，系统而有重点地描述了我国多民族的近代文学发展的风貌，剖析了近代文学在吸收、融合西方文化以及创新方面的经验和局限，客观评价了近代文学创作的成就和历史地位。

本次对初版做了全面修订，并增补了《二十世纪初期(1900—1919)的女性文学》一章。

近百年女性词坛点将录

赵郁飞

　　自逊、抗、机、云之死,英灵不钟于世之男子,而钟于妇人[1];钟灵毓秀之盛,莫甚乎近百年。自南唐北宋倚声初创,女词家罕觏,惟易安、淑真占其名。其后檀火相递,继声如缕。有清一代,闺音复振,徐湘蘋、顾贞立导夫路,熊商珍、吴蘋香扬其波,顾太清出,集三百年之大成。洎乎近世,天机转毂,英风鼓荡,词家蔚起。星霜流易,哀丝迸入豪竹;宫徵换移,老凤发为新声。其人何如?足涉沧浪,手搦虹霓;其境何如?上穷碧落,下蹈八荒。巍巍乎,洋洋乎,遂成巨观,此前人所不能限,亦前人所不能及也。

　　选评现当代词家者,有钱萼孙《近百年词坛点将录》、刘蓉卿《"五四"以来词坛点将录》,皆称采摭宏富,辞理精峻。然为循文体成例,仅各取女词人三名[2],数量实未及百年之什一,每引为憾。因作《近百年女性词坛点将录》,录女词家一百八人,以充"分布词史"[3]一种,纪词国百年之运命。夫词以小道春容大雅,论者宜淹贯百家,转识成智,思及此辄汗下涔涔。定庵云:"品题天女本来难",诚哉!余虽未敢希踪前贤,然亦多方搜访,苦心安置,百年女词家之概况已大备于斯。自古皆死,不朽者文[4];风雅之存,何必石碣?青史几番春梦,红尘多少奇才。西人云:永恒之女性,引导我们上升。

　　一、刘永翔序王培军《光宣诗坛点将录笺证》,谓汪展庵"拟之之道非一"[5],余作亦然。有以等第拟者,如以词坛都头领并掌管机密军师天魁、天罡、天机、天闲四星拟沈祖棻、丁宁、陈小翠、吕碧城是也。其外有以诨名拟者,如双枪将之配茅于美,铁笛仙之配张充和是也;有以姓名拟者,如皇甫小菱之比皇甫端,宋清如之比宋清是也;有揣其身份者,如叶嘉莹为纳兰氏后裔,则配以柴进,吴无闻为词宗夏承焘夫人,则配以郁保四是也;有以所操之业拟者,如萧娴之比萧让,曾懿之比安道全是也;有以生平行止拟者,如神行太保之比周素子,八臂哪吒之比康同璧是也;词人有姊妹二人者,则拟之以兄弟,如以解珍、解宝之配徐自华、徐蕴华,孔明、孔亮之配王真、王闲是也。人物俱称卓绝,词才如鹤长凫短,不必以座次强为轩轾。

　　二、梁山英雄草莽,为彰其粗豪勇武,往往取字不祥。诸如丑、损、罪、败、催命、丧门云云,女词人兰心蕙质,或曰比之不伦。然此亦月旦藻鉴之途也,观者有识,幸勿囿之。

　　三、云近百年者,实已延及二十一世纪初之网络时代。本录最年少者发初覆眉属网坛"中生代",年甫逾而立,已卓然成家矣。余者85、90后虽代有才人,则以所得有限、定论尚早故,未予选入。

本文收稿日期:2017.4.5

词坛旧头领一员

托塔天王晁盖　秋瑾（1875—1907）

女词国，万古夜；俟谁出，鉴湖者。胡君复氏挽秋瑾联云："化身为自由神，姓氏皆香，剑花飞上天去；呕心作长击语，龙鸾一啸，诗朝还让君传"[6]。璿卿以卅龄慨然赴难，丹心碧血，不独荡涤革命潮流，亦一洗女词苑绮靡故态，振起百年新精神。"肮脏尘寰，问几个、男儿英哲？算只有蛾眉队里，时闻杰出。良玉勋名襟上泪，云英事业心头血。醉摩挲长剑作龙吟，声悲咽"、"智欲萌芽，权犹未复，期君力挽颓风。化痼学应隆。仗綮花莲舌，启瞆振聋。唤起大千姊妹，一听五更钟"（《满江红》、《望海潮·送陈彦安、孙多琨二姊回国》句）！女性词至此始大声镗鞳步入"后易安时代"，"觉天烔烔英雌齐下白云乡"[7]。鉴湖诗句"翠鬓荷戈上将坛"[8]，堪为定评。拟旧头领，为彼招魂。

词坛都头领二员

天魁星呼保义宋江　沈祖棻（1909—1977）

子苾为近世女词家最负人望者。平生身涉国难，尽发为词，《涉江》六稿甫一梓行，名家耆宿皆称赏不置，一倡百应，直目为百年翘楚、再世易安。子苾词于南唐两宋名家涵泳特深，奄有众妙，浑化无痕，以为韦冯可，以为漱玉可，以为清真、玉田、碧山亦可。然恪守词体之精雅本色而跬步不失，弱于新创，是为遗憾。

天罡星玉麒麟卢俊义　丁宁（1902—1980）

丁宁世家女而命宫磨蝎，"种种不幸遭际……'均寄之于词'"[9]，《还轩词》诚"断肠人一生心事化为掩抑之声"[10]也。施蛰存于怀枫极推崇："并世闺阁词流……以还轩三卷当之，即以文采论，亦足以夺帜摩垒。况其赋情之芳馨悱恻，有过于诸大家者"[11]，许为当代第一。怀枫重然诺，轻财帛[12]，又尝从武术家刘声如、黄柏年习技击剑术，从事图书馆工作四十载，数度持剑护书，凛然有古侠之风，颇似"忠肝贯日，壮气凌云，慷慨疏财仗义，论英名播满乾坤"[13]之玉麒麟。才华幽忧皆称不世，而自甘枕肱饮水，抱残守缺。临终前自作挽联云："无书卷气，有燕赵风。词笔谨严，可使漱玉倾心；幽栖俯首；擅技击谈，攻流略学。门庭寥落，唯有狸奴为伴，蠹简相依"[14]，能不令人发一太息！又，余乙未秋于图书馆古籍部翻阅民国词集，于罗庄《初日楼集》卷端见题字"怀枫仁姊惠存。子美敬赠"[15]，此书曩时或供于斯人案头者。遥想岁月流迁，感慨不胜。

掌管机密军师二员

天机星智多星吴用　陈小翠（1902—1968）

小翠原名璻，字翠娜，别署翠侯、翠吟楼主，空翠居士。世居钱塘。父陈栩蝶仙、兄陈定山蝶野为两代爱国实业家，兼擅文艺。母朱恕懒云、弟陈次蝶叔宝亦以诗文有声于当时。小翠雅擅丹青，于二十世纪三十年代倡中国女子书画会。解放后首批入上海画院，有文采第一之誉。小翠通人，举凡诗、词、曲、文、书、画、小说，俱造诣超卓。其为词能一空依傍，别开户牖，写少女生活则云："双鬟词仙娇不嫁。嚼蕊吹香，日日红楼下。向晚沙堤风渐大，柳丝扶上桃花马"；写情事则云："载春船小，恰春人双个。坐近湘裙并肩可。把罗襟兜月，玉笛吹烟，风催放、鬓角素馨一朵"；咏物则云："怕姊呵腰，恼郎题字，未觉旁人拜倒卿。华灯里，讶花开似伞，缀满明星"（《洞仙歌》、《蝶恋花》、《沁园春·今美人裙》句）。云霞满纸，奇句纷披,真不知何处飞来! 能作壮语,《解佩令》云:"燕卿金弹,信陵珠履。有多少酒人徒旅。斗大孤城,且暂把斜阳悬住。破江山,待侬来补";《金缕曲·题迦陵集》云"谁是知音者? 猛悲歌、穷途日暮,泪珠盈把。季布千金轻一诺,不识绮罗妖冶。惭愧煞、龙门声价。十载依人厮养耳,被尘缰、缚煞横空马。吹铁笛,古城下";《羽仙歌》三首洵为旷代杰作:"旷达竟如斯,知死知生,把千古、哑谜猜着。看蝴蝶花开满山云,比坡老寒梅,一般潇洒"、"一寸心灰九分烬。只蛮鞋蹴雨,絮帽披云,忘不了、天下崇山峻岭"、"种树小梅花,分占青山,浑不用、大书言行。遣翠羽低低说平生,倘谥作诗人,死而无恨"。遣苏辛见之,当许异代知己。翠楼词堂庑之大,技艺之精,以书论之,则如善琏名管,墨饱笔酣,能作正、侧、偏诸锋,有雍容、姿媚、萧疏各态。性孤介,离异后终身未再醮。至"文革"起,因不堪凌辱而引煤气自绝,刚烈竟如此。生辰为壬寅年中秋后九日,与后主同月同日[16],天纵奇才,灵襟凤慧,于后主亦不多让;而遭际之惨酷实过于后主。今我修词史,不能不拭去尘蔽,彰其姓字而还其魂魄。昔邵祖平盛赞翠楼云"就中疑有女陈平"、"聪明绝世又能豪";我谓翠楼云"撑住天南灵秀气"、"好句能支五百年"(《金缕曲·木笔花》、《人日大雪客至戏笔》句)!

天闲星入云龙公孙胜　吕碧城(1883—1943)

碧城原名贤锡,字圣因,一字兰清,法号宝莲,别署信芳词侣、晓珠等,安徽旌德人。少年游津门,得英敛之赏识,委以《大公报》编辑职。又长北洋女学,旋任袁世凯秘书。中年去国,游雪山大洋间,以数十年研习佛法,宣扬护生。后逝世于香港,遗命骨灰和面为丸,投诸海中,结缘水族。为人"手散万金而不措意,笔扫前人而不自矜"[17],至有"绛帷独拥人争羡,到处咸推吕碧城"(缪珊如诗句)之盛景。行止既奇,作词每如手采珠尘,随播寰宇,瑰迈无伦。《鹊踏枝》云:"影事花城闻冕邪。海水生寒,一夕霓裳罢。罗袜凌波归去也,遗钿坠珥皆无价。　泪透鲛绡谁与话。泪铸黄金,不为闲情洒。弹彻神弦啼玉姹,四天雷雨冥冥下"、"凤德何曾衰末世。半壁丹山,十树红桐死。哀郢孤累空引睇,微波未许微辞递。　夜有珠光能继晷。见说仙都,不作晨昏计。石破天惊成底事,闲供玉女投壶戏。"读之恍堕梵天花雨中。夫先有奇情,次生奇才,再成奇人(马大勇《沁园春》句),碧城者,云龙暂憩于清季也,洵为千年词史异数,非仅三百年之殿军。[18]

掌管钱粮头领二员

天贵星小旋风柴进　叶嘉莹(1924—)

嘉莹号迦陵,原姓纳兰,满族镶黄旗人。十七岁入辅仁大学,为顾随入室弟子,尝得"别有开发,能自建树,成为南岳下马祖"[19]之寄语,厚望存焉。迦陵垂教席于海外逾三十载,返大陆后以高龄奔走南北,广开讲筵,得"叶旋风"之嘉名。又著作美富,当世仅见,"取径于蟹行文字"[20]阐释中国诗词尤为观堂后首推。一生舌耕笔种,论词每重"感发",作词亦多寓人世沧桑感,《鹧鸪天》、《浣溪沙》云:"明月下,夜潮迟。微波迢递送微辞。遗音沧海如能会,便是千秋共此时"、"莲实有心应不死,人生易老梦偏痴。千春犹待发华滋",高致遥揖苦水。

天富星扑天雕李应　吕凤(1868—1934)

吕凤字桐花,江苏武进人,赵翼五世孙赵椿年室,世称桐花夫人。有《清声阁诗余》六卷,存词逾六百,为民国女词人之冠。夫妇为聊园词社成员,花朝秋夕,觞咏不绝。《诗余》出,一时雅士,咸来题辞,至有"迭霸红妆"[21]之目。栖梧食竹之凤,亦垂翼敝天之雕也。

马军五虎将五员

天勇星大刀关胜　陈家庆(1903—1970)

家庆字秀元,号碧湘,别署丽湘,湖南宁乡人,与兄家鼎、家鼐、姊家英、家杰及夫徐英同隶南社。毕业于东南大学,师事刘毓盘、吴梅。后任教于安徽大学、重庆大学、上海中医学院,"文革"中受迫害致死。词兼东坡稼轩之高逸,茗柯鹿潭之淹雅,堪与张默君称民国湖湘之双璧。伉俪游黄山,佳制绝多,《步蟾宫·观夷女裸泳》云:"桃花溪畔银涛冷。看洛水、惊鸿留影。千岩万壑雪飞来,正潭上、珠流玉迸。　铅华净洗余娇晕。只约略、远山难认。横波无奈使人愁,却飐下、一天风韵"。陈声聪云:"想见其风流胜赏,如天外刘樊矣"[22]。抗战军兴,闻辽吉失守,怆然作歌:"西风容易惊秋老,愁怀那堪如许!胡马嘶风,岛夷入犯,断送关河无数。辽阳片土。正豕突蛇奔,哀音难诉。月黑天高,夜阑应有鬼私语。　中宵但闻歌舞。叹隔江自昔,尽多商女。帐下美人,刀头壮士,别有幽怀欢绪。英雄甚处?看塞北烽烟,江南箫鼓,不信终军,请缨空有路"(《如此江山·辽吉失陷和澄宇》)。寄声悲慨,骨力端翔,允为词史之作。

天雄星豹子头林冲　尉素秋(1914—2003)

素秋字江月,[23]江苏徐州人。就读中央大学时受吴瞿安引导填词,与沈祖棻、王嘉懿、曾昭燏、龙芷芬结梅社,裙屐飞扬,"切磋琢磨……极一时之胜"[24]。民国三十年夏抗战方酣,由赣入蜀,途中作《浣溪沙》组词,声响沉咽,气韵雄浑,可与少陵纪行诸作同观:"漠漠车尘侵短鬓,迢迢驿路走丛山。任他离恨自年年"、"向晚江风吹面凉。烟波一棹渡潇湘。行人今夜宿衡阳"、"瘴雾冥迷白昼昏。羊肠石道阻轮奔。乱山深处隐苗村"。《齐天乐》咏南京故居老杏树云"一江南北烽烟满,惊心范阳箫鼓。六代豪华,金陵王气,都入庾郎哀赋"、"谁信芳菲凋殂。天涯倦旅。又泪堕岩荒,梦萦中土。昔日园林,杏泉今在否?"沉郁跌宕,意脉通贯,是军中内家拳法。建国后辗转赴台,任成功大学中文系主任。自言"(词)牵引着我个人的生命内容"[25]、"一直为了延续词的命脉,奉献其余年"[26]。汪旭初尝将沈、尉并称,为"学生中有成就者"[27],惟素秋以遁去大陆数十年,知之者寡也。

天猛星霹雳火秦明　吕小薇(1915—2006)

小薇名蕴华,号竹邨,江苏武进人,少将吕祖绶女、吕思勉族妹。曾从唐文治、钱基博、陈衍、王蘧常学。抗战中流寓江西,后从事中、高校教学及古籍整理工作四十余年。性豪宕,能饮,"凭一腔、女儿情性,多惭名士"(《贺新凉》句),集中多势大力沉、气盛胆张之篇什,纪游定情之作《金缕曲》云:"昨夜山灵语。道姑苏、天平幽胜,待小薇去。晓起驰轮三百里,惊破空山烟雾。便谢却、人间尘土。怪石嶒崚森万载,甚朝天、玉版奴媚主。看列阵,刑天舞。

吴宫废址今何许。上荒台、渺然四顾,凉生袂举。目极沧浪悬一棹,记取盟心尔汝。肯闲誓、明朝牛女。夭矫龙蛇影外路,共斯人、忧乐迈千古。同下拜,松间墓"。家国忧、儿女感,打叠一处,感慨邃深,稼轩见此亦当颔首。

天威星双鞭呼延灼　段晓华(1954—)

晓华字翘芝,号颖庐,江西萍乡人,广州大学教授,与他人共建当代诗教传承重镇。2010年与王翼奇、杨启宇、熊盛元、刘梦芙、龚鹏程同登峨眉金顶,创立持社,当选副会长。词雍容蕴藉,学人正格,尤以对句擅场:"摊书有味拈奇字,枕手无眠数阵鸿"、"草甸风轻容放鹤,桃湾水浅不胜篙"、"新欢未必婵娟子,[28]旧事难防鹦鹉哥"、"蝶羽难搧新旧梦,鳞波岂送去来心",名章俊句,层见叠出,词中好对偶尽矣。非手段高强不可擎双鞭,恐未及伤人先自伤也。《浣溪沙》云:"风挽疏帘扫碧苔。沉沉云叶阁轻雷。西园消息忍重猜。　酒后言辞偏易记,花前意绪总难回。坐听新燕语春来",感时忧世心,居然大晏。颖庐为吕竹邨高弟子,健笔渊源有自,能掸空胭粉而不强为丈夫气,惟真名士能此。

天立星双枪将董平　茅于美(1920—1998)

于美为桥梁专家茅以升长女、经济学家茅于轼堂姊。师从吴宓、缪钺,曾赴美国华盛顿大学研究院攻读英国文学,为新中国第一代比较文学学者。于美中英诗歌皆有造诣,能英译汉诗,汉译英诗,[29]双手写篆,鸣音百啭。《夜珠》、《海贝》二集,词心莹澈,纤尘不染,情愈真,格愈古,一洗雕饰,直上花间:"云浓雾薄霜风细,侬心一点分明水。水面落花轻,微波感不胜"、"泪盈双睫,低眸旋向君前说:'只缘今日春风别,草草秾华,个个先春活'。"(《菩萨蛮》、《一斛珠》句)纯美如新荷垂露,摇动嫣然。《生查子》云:"妾有夜光珠,采掬经沧海。悱恻以贻君,奇处凭君解。　近偶失君欢,断弃平生爱。不敢怨华年,但惜珠难再"。此等言语纳兰不曾道,秦七不曾道,子夜清歌尚在人间耶?

马军八骠骑兼先锋使八员

天英星小李广花荣　李舜华(1971—)

舜华号复庵,江西广昌县人,华东师范大学教授。师事吕小薇,从词人颖庐、晦窗、胡马游。学养深湛,为词得心应手,矩镬从容,又"自是天真"、"不肯垂眉",时作"女儿疏放态"(《于网上得晦窗佳作,怅然有怀,兼寄晦窗》、《秋日杂诗》、《浪淘沙·辛未中秋感怀二首》句)。《水龙吟·和颖庐香江纪念馆黄遵宪词章长卷附骥以答晦窗》云:"回首万峰烟暝,但疏星、乍惊还醒。良方莫诩,当时热血、尽成新病。且把芙蓉,天涯望断,野蒿初劲。要寒涛怒起,铁弓迸雪,认鱼龙影"。余者如"回首津桥惊一羽,天风吹下星如雨"、"等闲浇遍芙蓉土,千树桃花漫水坟"、"一砚如冰,奇文销尽长夜"(《蝶恋花》、《鹧鸪天·上元》、《探春慢》句),皆如倚竹清啸,全无俗声,得定庵、芸阁之风概,当代学人词之射雕手也。

天佑星金枪手徐宁　景蜀慧(1956—)

蜀慧,蜀中才女,师承缪钺、叶嘉莹,中山大学历史系教授。为词特重寄托,曲尽深心,《玉楼春》二首云:"刘郎已去蓬山久。王母白云深户牖。华林园冷月将斜,劝汝长星一杯酒"、"何郎粉面堪经国。右相元功称盛德。独持杯酒向黄昏,今古茫茫风露白"。二词意象重叠明灭,难名喻指,然楚骚心事,终难掩藏,此是正中、易安未至之境。[30]刘梦芙谓段、景二女史"同时瑜亮,各擅灵芬,未易轩轾"[31],拟之妆束,则段宜青衿纸扇,景宜玄衣金簪。

天暗星青面兽杨志　刘蘅(1895—1998)

刘蘅字蕙愔,号修明,黄花岗烈士刘元栋胞妹。兄殉难方十六龄,自斯发奋治学,师从闽中名宿陈衍、何振岱。我春室俊彦毕集,蕙愔高才曼寿,领翘流辈,列"福州八才女"之首。词多郁伊惆怅感,幽愁暗恨每从字间拂拂生。《苏幕遮·新寒》云:"远山低红日坠。雁背西风,冷透相思字。倚枕行吟俱不是。只是魂销,暗洒无声泪。　绕疏林,窥浅水。秋在湖心,人在黄昏里。绝好新寒诗味美。我的心头,这是何滋味"。末句白话一字千钧,堪继武易安。

天空星急先锋索超　李蕴珠（1958—）

蕴珠号猗竹阁主，甘肃天水人，供职卫生部门，学诗词于张举鹏、文怀沙、袁第锐。词情深辞秀而能贯以法度，如《金缕曲·送别》之"情字难图画。问从来、有谁量过，相思尺码"、《木兰花慢》之"侬知。是桃花，沾惹旧相思。忍把长亭寄语，无端写上墙西"，皆妍丽新警，动人心旌。《酹江月·解读林昭遗作普罗米修斯受难的一日》突作弦歌变徵："高加索冷，有群鹰、啄食殷殷心血。欲使人间知黑暗，窃火照红妖孽。皓月清霜，丰城剑气，万里寒光彻。铁窗孤胆，壮怀能向谁说。　　强权主宰黎元，千年一慨，抗手真豪杰。饮弹从容奇女子，冷眼不图昭雪。填海移山，补天逐日，青史彪英烈。沉吟抚卷，望空涕泪如泄"。壮音发越，声震梁尘，识才胆力，迥不犹人，凭此一阕可名垂词史矣。

天捷星没羽箭张清　张珍怀（1916—2005）

珍怀别署飞霞山民，浙江永嘉人，张之纲女。受古文学于王瑗仲、钱仲联，问词于夏敬观、龙榆生、夏瞿禅，长期从事教学及古籍整理工作。词名夙著，为诸大家推挹，以陈兼于"清真二窗之间，而时有新题新意，谱时代之新声"[32]最为的评。《减字木兰花》咏外星文明云："夜空灿灿，银汉无声球似霰。几万光年，智慧高峰在那边。　　九霄云外，一颗星辰一世界。贝阙珠宫，多少鲛人碧海中"。又《齐天乐》咏荷兰水仙云："尘生罗袜重洋渡，依稀洛滨流盼。翠羽明珰，丰肌素靥，舞态新翻胡旋。惊鸿已倦。讶淡伫禁寒，异邦幽怨"。雅洁明快，举重若轻[33]，逸思妙想，一时齐飞。所谓飞花摘叶，皆能制敌。

天满星美髯公朱仝　李静凤（1964—）

静凤字羽闲，斋号散花精舍、褪红簃，网名青凤。为词令慢俱擅，情格兼美，涉网十数年来；以雅厚深挚誉满词界。网间婉约词沉沉夥矣，青凤词则气质殊异，一望而知。盖婉约真境，必先吐纳重大、经营沉郁而后至，如积旬秋茧方能抽出细丝，沾衣微雨须先酿自彤云。青凤之婉约，是学思才性融通所致，固非率尔操觚、腕力纤弱者可及。青凤兼修内外，深于昆曲、古筝、书画慧业，冰心光莹（《玉漏迟·咏镜湖桃花水母》句），或得俊助。

天微星九纹龙史进　发初覆眉（1985—）

发初覆眉本名许方冬子，另有马甲书生骨相、素手把芙蓉等，上海崇明人，现供职东方航空公司。少年甫涉网坛，即予人惊艳之感。[34]刘梦芙《二十世纪中华词选》选百年词人凡八百三十八家，小眉乃"题名处最少年"。《空花》、《后身》、《天涯清露》、《小淹留》数集存词凡三百余，多为抒写一己幽怀之作。词能熔冶文言、白话、西哲、佛家语，而以女子兰息徐徐吐之，空灵清发，罕有俦匹，在气则深秋，在花则白莲，"不似人间笔触"[35]；又拟为姑射仙人，风袂飘举，每一顾盼，则观者魂为之夺，如入琉璃世界。近年词作多打入身世感，味遂转厚。发初覆眉非仅筑网词园囿一隅，更以开创审美范式之功于网间众姝丽中脱颖而出，故成现象级名手。《西厢记》云："幽僻处可有人行？点苍苔白露泠泠"。余观今词界，自小眉之出，于苍苔小径目送芳尘、心摹手追者，真不知凡几也。

天究星没遮拦穆弘　问余斋主人

问余斋一名贺兰雪，二十世纪七十年代生人，任"秋雁南回"论坛诗词版版主、网络诗词百花潭潭主等职。作诗极快，人称"人工作诗机"[36]，自谓"诗能一日百首，各进六十篇"（《水调歌头·自嘲》句），故存词绝多，大抵峭拔历落，劲装迫人，每有湖海楼雄风。《满江红·杂咏五首》最称纵横捭阖,映带连环:"收长叹,钳恨口;刚易折,柔难守。遇釜下无焰,由他燃豆。欲换清肠移傲骨,祝黄天厚青天寿。酒醒时、愁海正茫茫,羲鞭朽"、"长乐老,兴亡计;王谢宅,闲歌吹。算桃根种后,易成萍柢。无用书生休击楫,消磨忧国文章事。到头来、有恨岂堪言,空中字"、"春不见,天雨粟;秋不见,苍生足。只欢歌唱似,故陵名曲。北毒南船西陕水,更深恻恻鬼听哭。愿明堂、富贵迫人来,时扪腹"。交游最广,慷慨好饮,网人尊之曰"女孟尝"。青凤谓"大气浑涵,清刚劲峭,略无脂粉习气",绍兴师爷谓"若怒潮欲举,铁骑将腾"[37],嘘堂"以其同声同气",许为"近代最好的女诗人"、"网络诗坛,离开她去谈则毫无意义"[38]。

马军小彪将兼远滩出哨头领一十六员

地煞星镇三山黄信　蔡淑萍(1946—)

淑萍为四川营山县人,"文革"中受家庭牵连,未准大学录取,被迫回乡务农,旋以生计赴新疆阿勒泰地区兵团农场劳作十七年。返乡后供职重庆民盟部门,任中华诗词学会常务理事、《中华诗词》杂志特约编审等。善写西疆生活经历:"狼食狐偷经夜守,苇棚篝火月如纱"、"羊儿扒雪觅衰草,我拾枯枝烤冻馕"、"斜日。晚风急。正两两三三,牛马归匿。苍茫大地思无极。待雁字重到,雪原新碧"、"炎日彤云,疾风飘雪,素氊白草黄沙。看长烟落日,听怨管悲笳。怎堪异、秦关汉月,蹒跚步履,枯骨饥鸦。叹驼铃,如诉声声,魂断天涯"(《小秦王·忆往事》、《兰陵王》、《扬州慢·戈壁车行感怀》句),苍凉悲郁,文姬嗣音。杨启宇赠诗云:"已惯人间行路难,风波历尽自心宽。狼河归梦清霜冷,鸡塞栖身毡帐安。词笔信能摅愤懑,萍踪端不负吟冠。铿锵掷地开诚语,恐有男儿带愧看"。淑萍"少当劫乱","老际承平"(《浣溪沙》句),坐镇巴蜀词坛。

地勇星病尉迟孙立　王筱婧(1931—)

筱婧别号青女,福建福州人,毕业于上海外国语学院,后供职福建师范大学。二十世纪六十年代初得夏承焘激赏,并以通讯形式受业于龙榆生,为其私淑高弟子[39]。《金缕曲·邓拓同志逝世廿周年纪念》云:"忧国书生事。记东林、头颅掷尽,茫茫劫里。三百年来花开落,何意重逢天厄。星乱陨、红羊祸起。万丈罡风吹血雨,问避秦、可有容身地? 千载恨,倩谁记。　家山故宅今犹是。想明朝、功成四化,策勋情味。华表归来回首处,猿鹤沙虫俱已。但左海、英灵长识。欲话燕山新消息,向夜台、秉笔应无忌。还更吐,浩然气"。筱婧词"堪称八闽之秀","却不轻易出示于人"[40],不意笔力勇锐有如此。

地杰星丑郡马宣赞　郭坚忍(1869—1940)

坚忍原名宝珠,字筠笙,江苏扬州人,清民际女杰。光绪维新后,率先放足,首倡女子不缠足会,宣扬平权思想。尝与秋瑾通函交好,鉴湖殉难后,改名坚忍,字延秋,以继承秋瑾遗志自任。一生兴办女学,"亘数十年弗衰"[41],为中国现代教育先驱。词擅长调,《满江红·自题停琴拔剑小影》云:"一表英风,只应是、绘图麟阁。却缘何、钗环巾帼,潜藏绣幕"、"长啸处,天惊愕。生铁铸,今生错",激切耿介,透发淋漓,鉴湖流脉。

地雄星井木犴郝思文　刘韵琴(1884—1945)

韵琴为刘熙载女孙,"九岁能诗,及笄文名藉甚"[42],尝旅居马来亚、日本。归国后聘任上海《中华新报》,为中国首位女新闻记者,[43]以冒死笔伐袁世凯、袁克定闻名。擅以杂文句法入词,《金缕曲·时有假余名投稿于某报者,作此以质之》云:"心地明如雪。转嗤他、须眉巾帼,供人愉悦。女界闻名参特识,谁谓人皆贤哲。独词藻、妍媸能别。尽尔妖魔鸣得意,比寒蛩、徒自吟呜咽。蝉饮露,惟高洁。　　寻章摘句拼心血。费无限、揣摩简炼,低回曲折。男子才华须磊落,下笔力同屈铁。何屑效、香闺一辙?大雅骚坛供鉴赏,信品评、月旦非虚设。问叶否,音和节"。周退密题《韵琴诗词》云:"自是文坛不栉才,丰城剑气肯长埋。大家若使生今日,定有雄篇动地来",与平江不肖生"横扫千人军"之评语异代同心。为越轶文学批评之性别藩篱,特擢为地雄星。

地威星百胜将韩韬　苏些雩(1951—)

些雩祖籍广东虎门,生于广州,早年拜朱庸斋学词。分春馆老人论词尚醇雅,些雩能亭亭独立于侪辈外,自成一格。其词隽快明朗,善融入现代语汇情感,读之如乘轻舟过重山,有寓目骋怀之乐。《忆少年·昙花》云:"三分是雪,三分似月,三分如酒。青山待梦醒,捧琼卮相候。　　撷取浮云留永昼,这星空,也曾拥有。清芬任一刻,亦天长地久"。《夜游宫·往游丹霞山途中因交通阻塞,车不能前往,遂乘夜徒步廿余里。天黑路滑,时雨时晴,汗雨淋漓莫辨,作此以记》云:"闻道丹霞似画。急急地、兼程连夜。我约流萤早迎迓。笑鸣虫,向林间,吹打打。　　路在天之下。人世间、行行行也。历雨经风跋涉者。有晨星,在高山,遥遥挂",风度襟怀堪与东坡相视而笑。

地英星天目将彭玘　梁雪芸(1948—)

雪芸原名雪卿,广东南海人,现居美国。雪芸亦分春门人,其《浣香词草》婉丽雅正,逼肖古人,如同记风雨夜行,神貌即与些雩迥异:"年年春事惊如梦,花飞又成春怨。海市迷烟,珠灯隐雾,怅触高城临远。芳菲漫恋。正骤雨催愁,子规声变。薄幸东皇,尽教残絮逐萍转。　　春魂今夜甚处,纵行人满陌,春去谁饯。撼树雷骄,连川草湿,凄断。离巢莺燕。孤惊暂遣。任年少伤春,鬓蓬飘倦。遍拍栏杆,暮潮天外卷"(《台城路》)。梁、苏二女史,一守正,一生新,春兰秋菊,各足风流,接绍分春余韵。

地奇星圣水将单廷珪　谷海鹰(1968—)

海鹰居津沽,受业于王蛰堪。吟咏之外,耽于习医礼佛,自云"曾疑宿世比丘身,错念堕红尘。依稀梦里,浮沉影事,渺渺溯前因"(《少年游》句),集名《捞月》盖取自《法苑珠林》。词得白石冷香,字字濡冰沃雪,读之凉侵腠理:"冻云垂雾,流霜荐瓦,黄昏庭角。细检寒丛,枝老不禁香萼。谁怜寂寞。恨久负、孤山梅鹤。凝眸处,月华仍照,那时衣着"、"漏声断续,寄古寒、蟾光细抚檐棁。春恼残冰,客伤迟暮,难消雾冷烟零。梦谁肯醒。恁醉迷、槐穴风灯。叹年涯、镇逐萍波,践霜迎雨苦兼程"。然非冷眼观世者,殷殷忧生之心多有流露:"轻舒蝶翅绕须弥,千江一苇凭谁渡"、"一自鸿蒙开巧睫,无端轮转滔滔孽",有观音大士杨枝洒水之概。

地猛星神火将魏定国　周燕婷(1962—)

燕婷号小梅窗,广东顺德人,熊东遨室,张采庵词弟子。广东师范学院物理系毕业,从事中学教育至今。当代婉约名手,为词谨守要眇宜修之体,深具女性美。《高阳台》云:"白玉阑边,碧桃花下,那年初解相思。欲赠琼瑶,惊风轻皱春池。飞鸿夜夜西窗过,隔窗纱、梦影低迷。梦醒时、檐角勾留,一撮柔丝。　　人间不是忘情地,正斜阳脉脉,垂柳依依。半掩梨门,东风几度徘徊。倩谁问取情何物,总为伊、瘦损双眉。怎消他、花满楼头,月满桥西"。温柔馨逸,尤为人道。燕婷伉俪以诗词为生活方式,与王蛰堪、魏新河、苏些雩诸名家往来酬唱,极一时风雅。

地辟星摩云金翅欧鹏　飞廉(1982—)

飞廉本名张印瞳,江苏无锡人,生于沪上,长于纽约,故笔下驱遣东西古今,奇采异质有过于添雪斋者。《千秋岁引·赋云并寄非烟》云:"或作雷霆长恣略,或御沧浪从冰魄。宿雾朝霞任相托。虚空绽成光影梦,婆娑谢在光明篝。此无生,亦无着,何当缚",驰想无极如抟风扶摇而起,网间开新一派骁将。

地阖星火眼狻猊邓飞　灏子(1968—)

灏子本名汪顺宁,西方美学博士,现任上海财经大学副教授,有《廓尔集》。词得益于所学,色彩光影感如印象派画,具"幽花静瓶"(《太常引》句)之美。方之网络全人,则格应在添雪斋、独孤食肉兽间。《一斛珠·明晨谷雨》之"素坛鸟骨沉簧管"、《减兰·夏日雨后的窗前盆花》之"褐灰栀子,殓迹收香开后死"、《疏影·绿旗袍》之"光影如禅似定,有黑猫醒坐,空里游息",皆诡靡幽艳,令人称异,堪与飞廉称添雪氏麾下两副帅。

地强星锦毛虎燕顺　王兰馨(1907—1992)

兰馨号景逸,广东番禺人。北平师范大学毕业后辑历年所作词百五十首为《将离集》。词绝似南唐北宋人,如缀诸名家成锦章:"雨过月华清,小院人初静。一桁疏帘宛地垂,飞过杨花影",虽三影郎中不能过也;"年年此地红心草,斜阳荏苒侵幽道。三面藕花风,阑干黯淡红"(《卜算子·用东坡韵》、《菩萨蛮·游颐和园》句),虽山抹微云君当袖手也。惟以历经劫波,晚年之《晚晴集》已大不复先前之貌。兰馨为新文学家李广田室,与沈从文、冯至多有往来。广田不作旧诗,兰馨不涉新诗,各守乃业,俱有所成。

地明星铁笛仙马麟　张充和(1914—2015)

充和为合肥张武龄季女,天资颖悟,兼有郑虔三绝,尤以昆曲名噪当时。抗战时供职陪都教育部礼乐馆,《思凡》一曲,名动山城。尝私淑于沈尹默,从章孤桐、卢冀野、汪旭初、姚鹓鶵诸公游。建国后偕夫赴美,从事昆曲教学研究,以百二高龄谢世。其人其词绝去凡响,风神洒落,见之出尘。平生第一咏物佳制《临江仙·桃花鱼》云:"记取武陵溪畔路,东风何限根芽。人间装点自由他。愿为波底蝶,随意到天涯",摹神取髓,非庸庸词匠辈可及。郭频伽《词品·高超》云"潇潇秋雨,泠泠好风。即之愈远,寻之无踪"、"众首俯视,莫穷其通。回顾数泽,翩哉萤鸿",此之谓也。

地周星跳涧虎陈达　杨庄(1878—1940)

杨庄字叔姬,杨度妹、杨钧姊。少以诗文闻名乡里,与兄、弟合称"湘潭三杨"。学诗于王闿运,后适其四子代懿。《湘潭杨叔姬诗词文录》录三十岁前作品,同门齐璜为署签。杨晳子为"中国近现代史上第一'变形金刚'"[44],叔姬一生亦数度于新旧界河两岸踟蹰往还,如跳涧然。

地隐星白花蛇杨春　罗庄(1896—1941)

罗庄字甯生,一作婺琛,又字孟康,浙江上虞人,罗振常长女,罗振玉女侄,周子美继室。笄年习作诗词,积《初日楼集》二卷,朱彊村、况蕙风、王国维诸老见之,共讶笔力重大,称异者再。孟康自矜遗民,又以早逝,致声名未传后世也。

地暗星锦豹子杨林 吕惠如(1875—1925)

惠如原名湘,行名贤钟,以字行,圣因长姊[45],"工书画,善诗词……为人婉嬿淑慎"[46],"邃于国学,淹贯百家,有巾帼宿儒之概……长江宁国立师范女校有年,人多仰其行谊"[47],身后龙榆生为遍征海内,得遗词数十篇。词怀抱高华"似闻鹤语空山,忍寒餐雪,总不向红尘飞到"、"独立水云侧,似信天翁鸟,饥守蒹葭",深具风人之旨;"满袖落梅风,吹笛石头城下。杨柳小于娇女,倚赤栏低亚。　六朝金粉飘零,燕子伤心话。剩有齐梁夕照,罨青山如画"(《祝英台近》《忆旧游》《好事近》句),笔法酷肖迦陵。点惠如为杨林,盖锦豹子为入云龙介绍入伙之唯一一条好汉也。

地空星小霸王周通 宋亦英(1919—2005)

亦英又名梅,皖南歙县人,毕业于苏州美专。二十世纪四十年代参加共产党地下工作。建国后以画艺供职美术部门。以早年革命经历故,诗词"富于战斗气息"[48],多作昆冈裂石之声。《满江红》云:"怒发冲冠,问此是、人间何世?有多少,一字倾家,一言弃市。真理斗争人有几,英雄末路空垂泪。恸丹心碧血委黄沙,谁之罪?　天地转,群魔溃;云雾散,风光媚。喜沉冤昭雪,石人飞泪。此事此情人共奋,何时何地无此例。乞杨枝水洒一般匀,山河翠。"自言平生秉持"诗言志",不蹈袭古贤,不拘于格律,"情有所触,笔有所抒"、"我之为我",[49]然因性情学养未臻高境,诸作多伤于质直空疏而诗意略欠。盖"真我"与"老干"仅一步之遥,诗与非诗则判若云泥矣。

步军头领一十员

天孤星花和尚鲁智深 刘柏丽(1928—2001)

柏丽原名伯利,湖南长沙人,为水利部天津勘测设计研究院英语副教授,学通中外,著作甚夥。词如巨川海波,灌注漭洏,不假拾掇,笔墨淋漓;又如新磨禅杖,精光照人,脱手而出,气力千钧,堪与苏、辛、刘、陈及清季诸家相视而笑。《贺新郎》云:"我是杂家穷摭拾,不耐烦、两句三年得",快人奇语,亦似鲁达声口。试题《水调》于其《郁葱葱室词稿》卷末:"伯也何利者,一起百代颓。弹下满身蝉屑,大踏步出来。天遣掌纶铁手,昨夜河图秘授,云气漫鸾台。生男不足许,未近谢家才。　陈迦陵,辛老子,谁复侪。要向君词湔洗,章句古莓苔。谪到曹郎司业,管领清都山水,万夫莫能开。兴至偶咳謦,东海涨碧埃。"

天伤星行者武松 冯沅君(1900—1974)

沅君原名恭兰,后改淑兰,字德馥,冯友兰、冯景兰胞妹,陆侃如室。沅君早岁熏沐"五四"风潮,以新文学家名世,然亦不废旧诗,笔名沅君即出自《湘夫人》。二十世纪三十年代获巴黎大学文学博士学位,此后专事古典文学教研,著有《张玉田年谱》、《古优解》等。沅君《四余词稿》、《续稿》存词百篇,风调出入稼轩、白石间。佳制如《点绛唇》组词:"风定云开,远林推上明明月。扁舟如叶,稳泛蛟龙窟。　隐隐前村,渔火明还灭。沧海间,人天悲郁,一啸千岩裂"、"拔地孤峰,濡毫须用如天纸。长天如纸,不尽沧桑意。　冻雨飘风,袖底重云起。群山外,晴空无际,偷得哥窑翠"。清刚劲健,牢落不群,是绮罗队中掉臂独行者。

天异星赤发鬼刘唐 添雪斋(1976—)

粤人添雪斋以妖异独造驰名网间,其荒寒诡谲远倍于郊岛。一入添雪国,品添雪辞,则如溺梦魇,如闻梦呓。遍检前贤词论,唯杨夔生"畸士羽衣,露言雷喧"(《续词品·独造》)之语差可拟。喜作僻调,尝以《白雪》自寿、《催雪》自序,以《踏歌》咏希腊神话之卡珊德拉、美狄亚,洵美且异。余初读《影青词》,至"微灯鳞火是耶非,累累冰凌依骨叠"、"燃尽骨为灰,乱雨千丝做褐衣。翻野据梧孰与睹,忘归。魂梦如花错落飞"、"迷迭香和玫瑰色,缀白纱七十年如雪。覆你我,终同穴"(《木兰花令·冷灰日》、《南乡子》、《贺新郎·埃利斯》)句,辄诧为鬼语。当是时,冷雨敲窗,残焰昏昏,悚然掷卷,不能卒观。

天退星插翅虎雷横　丁小玲(1947—)

小玲,浙江嵊县人,下放十年,企业退休。四十后始知诗,"口生疮,肘成胝,抄诗不辍",自云作诗词"未敢有所期,风铎自鸣,孤怀自宣而已"[50]。因恨"生不在,男儿列",自号曰半丁。集中《浣溪沙》、《临江仙》特多,隽句如"枨触奇愁开倦眼,沉吟大月漫长堤"、"海月一轮看李白,寒花万朵说黄巢"、"一女投炉剑始出,千金买骨梦诚痴"、"子规思小杜,虫梦响深山"、"好山藏慧业,风叶是平生"、"晚来双燕子,轻剪一行烟"、"古今多少梦,南北往来舟",皆苦心扪剔而后工也。

天煞星黑旋风李逵　张默君(1883—1965)

默君初名昭汉,号涵秋,以字行,湖南湘乡人。性颖慧,弱岁已颇可观,后游学上海,龚炼百、黄克强奇之,挽入同盟会。与秋瑾交称莫逆,尝阴护其党人,所全非一。辛亥之役,父张伯纯举事苏州,默君制长幡盈二丈,擘窠书"复汉安民",树北寺浮图顶,数里皆见之。又主《大汉报》,创办神州妇女协济社、神州女学,鼓吹民治,进导女权。游于欧美时闻巴黎和会将不利,与留学士子奔走呼号,吁恳我代表退席。国民政府甫建,历官杭州教育局长、立法院立法委员、考选委员。持文衡最久,树人最多,又以为人率直伉爽,光风霁月,海内识与不识,皆呼先生。内战后赴台,仍任职教育界。以诗词文章雄于时,《红树白云山馆词》尤高蹈绝俗,啼笑百端,格最近同世易哭庵。《玉簟凉》云:"晶箔飘灯。正梦瘦梅花,月浸空庭。霜钟摇古怨,况雪意沉冥。红墙银汉缥缈,旧阆苑、仿佛曾经。云路冷,甚玉鸾啼处,哀断长更。

平生。当筵说剑,浮海赋诗,游侠肯误功名。鱼龙看变幻,指弱水膻腥。青城幽话未已,忽化鹤,足乱繁星。花雨外,响九天,横展修翎"。邵瑞彭题序曰:"……惊采壮志,辚轹千古……默君本非常人,值此非常之境,复葆此非常之才之学,求诸彤史,绝无伦比……世有善知识,慎勿以古来闺秀相提并论,庶几可以读默君之词矣"[51]。

天巧星浪子燕青　周錬霞(1906—2000)

錬霞原名紫宜,又名苾,字嬬,号螺川,笔名忏红等。少年移居上海,从郑德凝学画,蒋梅笙学诗,朱古微学词,与陈小翠、顾青瑶、顾飞等共举中国女子书画会。其词妙趣天成,性灵四溢,真如敲冰戛玉,诵之满颊生香,令人辄生"美人才地太玲珑"之叹。有论词者云:"碧城姿首仗严妆,子苾犹薰漱玉香。若比灵心与仙骨,都教输与錬师娘。"[52]咏馨楼主《近百年词坛点将录》擢螺川词人为双枪将董平,眼光如炬。錬霞美姿容,善应对,只身周旋沪上文化名流间,有索诗词者,当筵立就。更兼"咳珠唾玉,妙语迭出"[53],故"鬓眉衮衮,奉手称臣"(宋训伦词《沁园春》句)。迨红羊劫起,陈小翠、庞左玉相继自尽,錬霞勉力维生,始终不肯揭发他人,后竟以"但使两心相照,无灯无月何妨"句见诬,被殴打至一目盲。遂请友人代刻"一目了然"、"眇眇兮愁予"二印解嘲,旷达乃尔。二十世纪八十年代赴美与家人团聚,瞽目复明，寿至耄耋。《水浒》七十四回起首单道着燕青云："他虽是三十六星之末，却机巧心灵，多见广识，了身达命，都强似那三十五个"[54]。此番好言语，移誉鍊霞可也。

天牢星病关索杨雄　汤国梨（1883—1980）

国梨字志莹，号影观，章炳麟室，二人由征婚结合，太炎畸人，多赖相侍。[55]国梨自言："老先生声名盖世，虽擅诗文而不屑于词曲，我之习倚声，亦有意以示非倚傍老先生者"[56]，身后之名终未为夫所牢笼。夏夫子谓《影观词》"幽深绵缈"[57]、"婉约深厚"[58]，细味其"木叶飘摇风不息，残阳影里啼乌集"、"漫说花灵憔悴，终怜月魄荒唐"、"支离双泪眼，憔悴一生心"（《蝶恋花》、《菩萨蛮》、《临江仙·时上海已沦陷》句）句，佳处则每在含颦衔怨、因病生妍。太炎有奇语云"人之娶妻当饭吃，我之娶妻当药用"[59]，讵知国梨夫人亦一病词女耶？

天慧星拼命三郎石秀　盛静霞（1917—2006）

盛静霞字弢青，扬州人，受业于汪辟疆、吴梅、唐圭璋。汪旭初云："中央大学出了两位女才子，前有沈祖棻，后有盛静霞。"[60]特擅歌行，尝以新乐府四十首充毕业论文[61]，《大刀吟》、《哀渝州》、《壮丁行》诸作，足具诗史之高度。弢青词仙心秀骨，好句纷披："粉蝶飞迷千里路，落花飘下一声钟"、"月易朦胧天易妒，人间别有烟与雾"、"恒沙流尽天难老，烧痕暗发原头草"、"秋风不皱星河水，闲庭一霎愁无已"（《蝶恋花》、《菩萨蛮》句），迷离倘恍，思致飘然，慧心若此。弢青为天风阁弟子蒋云从室，夫妇琴瑟甚笃，以诗词文章相濡沫，如频伽灵鸟交颈相鸣，学林佳谈。

天暴星两头蛇解珍　徐自华（1873—1935）

自华字忏慧，号寄尘，别署秋心楼、语溪女士，浙江崇德人。同盟会、光复会会员，南社社友。为秋瑾义姊，尝倾奁中黄金三十两助其起事。秋瑾赴义后，与吴芝瑛冒死为之营葬。后筹办秋社，主持祭奠，死保秋坟。又职掌竞雄女校，以志秋魂。寄尘于南社文名藉甚，诸宗元径题其词卷云："我读闺秀词，昔嗜庄莲佩。我读近人词，今慕徐忏慧"。集中固多悼秋侠篇什，复以豪侠之气格工于侧艳小词，是多面人生之写照。雅人义士，集句作赞：秋风秋雨愁煞人，河梁分手欲沾巾。古来圣贤皆寂寞，多谢诗人为写真（顺次为秋瑾绝命残句、张耒《出京寄无咎二首其二》、李白《将进酒》、陈维英《太古巢记事》句）。

天哭星双尾蝎解宝　徐蕴华（1884—1962）

蕴华为自华胞妹，字小淑，别字双韵，别署月华、曾立雪人，同盟会、光复会会员，南社社友。自幼受姊课，及长拜秋瑾、陈去病为师。上海爱国女校肄业后，膺教职近三十年。抗战中拒伪职，流寓浙沪间。才华不逊乃姊，柳亚子并举曰"玉台两妙"、"浙江两徐"[62]；鉴湖亦赠诗云："丽句天成谢道韫，史才人目汉班姬"。有《金缕曲》题寄尘《忏慧词》："漱玉清音歇。可颉颃、女儿溪畔，犹留词笔。慧业忏除焚稿矣，黄鹄歌成凄绝。更又是、掌珠坠失。身世茫茫多感慨，抱愁怀、天地为之窄。谁解得，词人郁。　　残山剩水悲家国，最伤心、秋风秋雨，西泠埋骨。风雪山阴劳往返，今日只留残碣。叹一载、空喷热血。造物忌才艰际遇，剩裁云缝月金荃集。恐谱人，哀弦烈"。哭秋悲姊，感时伤己，兼而出之。

步军将校一十七员

地默星混世魔王樊瑞　薛绍徽（1866—1911）

绍徽字秀玉，号男姒，福建侯官人，适同乡陈寿彭。寿彭福州船政学堂毕业后留学欧洲，获系统西方教育,绍徽由此颇得西学浸润。戊戌变法中,绍徽积投身上海女学运动,创办女学会、女子刊物、女学堂。变法败,退与寿彭合作编译西方文史、科技著作,编辑报刊[63],凡尔纳之《八十天环游地球》首部中文译本即薛、陈夫妇所作。寿彭游学时尝以海外珍玩寄妻,绍徽遂着意拣选词调,填词回赠。《绕佛阁·绎如夫子由锡兰寄贝叶梵字佛经填此却寄》、《穆护砂·绎如又寄埃及古碑拓本数种用题以寄》、《八宝妆·绎如寄珍饰数事》、《十二时·金表》诸作,无不协调圆融,文藻斐然,有凿通之妙。梦苕翁许绍徽诗为"闺阁中大手笔"[64],观其词作,诚可随笔致神游列国也。

地暴星丧门神鲍旭　杨令茀(1887—1978)

令茀名清如,江苏无锡人,名士杨宗济小女、杨味云妹。自幼受新式教育,通法、英、俄文字;又以家学沾濡,诗古文辞深入堂奥。从兄游摰下时,为逊清诸老陈弢庵、樊云门、张季直交口称誉,袁世凯延为子女教读。[65]以画艺名世,曾任北平、沈阳两地故宫博物院画师。"九·一八"事变后,日本遣间谍相笼络,慨然书"关东轻弃千钟禄,义不降日气节坚",去国流亡。经德国,逢画展,其水墨花鸟为希特勒所喜,强请题款。遂以中文题"致战争贩子",飘然而去。侨居北美四十余年,逝世前将毕生珍藏文物捐献祖国。有《莪慕室诗余》,曾作《水龙吟》留别武英殿、《金缕曲》重别武英殿,遗民心绪颇浓重。令茀一生传奇,点为丧门神,以彰其爱国之忧、反战之勇,非恶谥也。

地飞星八臂哪吒项充　康同璧(1889—1969)

同璧字文佩,康南海次女。梁启超《饮冰室诗话》载其"研精史籍,深通英文……孑身独行,省亲于印度,以十九岁之妙龄弱质,凌数千里之莽涛瘴雾,亦可谓虎父无犬子也"[66]。随父历游海外十余国,自作诗云"若论女士西游者,我是支那第一人"。于乃父思想宣传最力、维护最坚,为民国女界领袖,曾任万国妇女会副会长、中国全国妇女大会会长。建国前夕任华北七省参议会代表,与人民解放军商议和平解放北平事宜。后于数次政治运动中逐渐边缘化至失声状态,昔时俊杰,晚景凄凉,终因感冒死于医院观察室。有词集名《华鬘》,可为其雄奇跃宕、云龙变幻之生涯作一注脚"宿雾收云脚,朝云浴涧边。望迷一片绿芊绵。须趁秋深茶熟,踏花田",何等优容;"雨横风狂葬落花,角声凄咽送行车。长亭迷望远山遮",何等萧杀;"金粉凋残,神州怅望,妖祲漫漫结。谁挽银河,可能为浣腥血",何等豪侠(《南歌子·大吉岭秋晚试马》、《浣溪沙·送别》、《念奴娇·题步月写怀图》句)。集龚定庵、康同璧诗吊之:"天将何福予蛾眉。胸中海岳梦中飞。遥知下界觇乾象,故现华鬘作女儿"(顺次为龚自珍《己亥杂诗》第一百九十五、三十三、四十三,康同璧《题天女散花图》句)。

地走星飞天大圣李衮　黄墨谷(1913—1998)

墨谷名潜,福建同安人。厦门大学肄业。抗战中赴东南亚诸国讲学,归国后辗转各地执教鞭。曾以词受知于毛夷庚,并师事乔大壮;又研词学,著《重辑李清照集》等。其词集名《谷音》。《永遇乐·题蒲松龄故居》云:"子夜灯昏,荒斋案冷,满腔孤愤。狐鬼奇文,风雷绝唱,托寄痴狂忿。汨罗沉石,寒郊骑弩,一例吞声饮恨。想当年、呕心沥血,总为苍生泪揾。

松溪映带,三问茅舍,依旧烟霞隐隐。魂返魂来,青林黑塞,比黄州困顿。藏之名山,传诸后代,春秋微义谁引。算知我、刺贪刺虐,诗人笔奋"。"满腔孤愤"、"汨罗沉石"云云即恸恩师曾劬也。乔大壮以人、词横绝民国,有"词坛飞将"之目,墨谷女弟宜拟飞天大圣。

地幽星病大虫薛永　隆莲（1909—2006）

　　隆莲法师俗名游永康，字德纯，亦名慈，法名隆净、仁法，别号文殊戒子、清时散人。在家时遵父命参加全省文官三场考试，俱荣登榜首，峻谢县长之任命。二十世纪四十年代出家，师事能海上师，建国后出任全国佛教协会副会长，创办尼众佛学院，毕生致力佛门教学事业，世尊之当代第一比丘尼。法师词多言礼佛事，《菩萨蛮》云："旃檀香袅慈云护。纱窗不许春风度。斗室静无尘。低头礼至人。　　庄严瞻妙相。垂臂长相望。游子不归家。池莲空自华"。《沁园春·野望》为声调悲慨之别调："试上高楼，极目西川，迤逦平原。问二十三年，几王几帝；卧龙跃马，载鹤乘轩。剖腹燃脂，寝皮食肉，万姓同衔九死冤。悲风起，又黄尘匝地，来扑空村。　　天高地迥黄昏。向豺虎空山早闭门。信微君之故，天胡此醉；人间何世，予欲无言。彼黍离离，吾其左衽，昨夜西山闻杜鹃。三闾氏，问万方一概，谁与招魂。"以慈悲怀发壮音，盖"修持之严"与"爱国之殷"、"利生之忧"[67]原不相妨也。

地伏星金眼彪施恩　陈懋恒（1901—1969）

　　懋恒又名珊，字樨常，号荔子、墨痕等，福州螺洲人，陈宝琛女侄，合家称"十八姑"。燕京大学历史系毕业，师从顾颉刚、邓之诚、钱穆，为顾氏入室弟子。先后工作于东吴大学、圣约翰大学、上海美术专科学校、上海历史研究所等。懋恒自幼强于记忆，能默诵十三经中十一经，后果成良史，著有《明代倭寇考略》、《中国上古史演义》等。兼能诗、词、文、琴、棋，[68]有福州才女班头之誉。"文革"起，挚友陈小翠避居懋恒所，懋恒慨然迎接，毫无畏惧。小翠赠诗云："狼狈青毡百不存，解衣推食女平原。乞天暂缓三年死，我有平生未报恩"。小翠自尽后，懋恒不顾危难，当即着手为其整理年谱及诗词集，三十二年后，终由儿媳许宛云交还小翠之女汤翠雏，合编为《翠楼吟草全集》，于台湾出版。[69]其词《解语花·翠姊赠藕》云："积尘书笈，仙凡隔，丽句妙香齐灭。苍茫吟彻。又岂独、杜陵愁绝。应念伊，一片冰心，似旧时莹澈"，写尽小翠灵慧。懋恒"形貌虽娇弱，而行事则类丈夫。性豪爽而果敢、诚笃而正直"[70]，只手出小翠于存亡死生间，直是朱家、郭解一流人物。懋恒后小翠一年而逝，不知地下，翠楼报恩也未？

地镇星小遮拦穆春　柯昌泌（1899—1985）

　　昌泌字徽君，山东胶州人，柯绍忞女，王广浩室。从王国维学词，有《和观堂长短句》廿三首，追怀乃师。《蝶恋花》云"碾尽香尘车辚辚。别后江南，烟水谁相讯。蜡炬烧残红几寸，今宵归梦犹无分"、"为问闲愁愁几许。日日东风，不绾游丝住。费尽黄莺千万语，落花依旧东流去"。虽细针密缕，仍见"人间"情怀明灭其间。

地僻星打虎将李忠　雪泥萍踪（1974—）

　　雪泥网间一奇客，尝披甲穿梭于各大论坛，以疗诗圣手自许，张榜攻讦，语辞锋利，人不堪其伤，雪也不改其乐，大有真理在握、受敌八面之气概。绝句最佳，赠人如"窗前多种相思树，截住萧郎老去秋"、"郎似红荷侬绿叶，不妨莲藕有余丝"、风情摇曳，我见犹怜。词擅短章，立春日为家中小猫小狗作《如梦令》二首云："纵是寒风满路，已露芳菲气数。春似道旁猫，暗里长牙一吐。低语，低语，鱼在桃花红处"、"总算冬成过往，幸此毛皮无恙。试咬春之襟，拖到咱家楼上。独享，独享，春是油油向往"，天然语，新鲜语，每诵为之绝倒。雪泥居随园，或真能得袁子才遗风沾溉。

地异星白面郎君郑天寿　黄润苏（1922—）

润苏号澹园，四川荣县人，复旦大学教授。曾受业于汪东、陈子展、蒋天枢，尤惠于卢冀野。润苏词每擅煞尾，如镜头步步推进，定格于细节刻画之上，全词精神顿出。如《御街行》之"更无人处更销魂，野草山花如洗。红衣小髻，断桥流水，并坐横吹笛"、《临江仙》之"呢喃听燕语，风绣每停针"。为人"不傲睨于时，不讽喻于事"[71]，恂恂然一书生。

地魔星云里金刚宋万　梁珺（1913—2005）

梁珺字颂笙，又字庸生，福建闽侯人。中央大学时入吴梅创立之潜社，与盛静霞、陶希华称"三才女"。后适同窗徐益藩，举家辗转宁沪间。夫殁后赴连云港，任海州师范学校教师。"反右"中革去教职，划为右派，下放至图书馆任管理员，所存诗词亦尽抄没，平反后始退还，劫后余灰，弥足珍贵。[72]《菩萨蛮·五都词》作于国难方殷时，其三、其四咏汴梁、临安云："虫沙海内纷如织，黄袍竟见陈桥驿。奠国几何时，议和三四回。　凄然遥望北，一片胡尘墨。卧榻任人眠，天津听杜鹃"、"凄凉一片烽烟逼，皋亭山下胡兵入。半壁纵偏安，行都守亦难。　百年重寂寞，秋水钱塘落。莫过半闲堂，秋原蟋蟀荒"。直笔大书，略无拘忌，是卢冀野《中兴鼓吹》之流亚。

地妖星摸着天杜迁　李淑一（1901—1997）

淑一长沙人，李肖聃女，柳直荀室，杨开慧好友。1957年以旧作《菩萨蛮》寄主席，词云"兰闺索寞翻身早，夜来触动离愁了。底事太难堪，惊侬晓梦残。　征人何处觅，六载无消息。醒忆别伊时，满衫清泪滋"，后竟得主席《蝶恋花》词回赠。横汾之赏，荣逾华衮，淑一由是播名天下。

地短星出林龙邹渊　王季淑（1900—1966）

季淑字静宜，出身闽侯望族，适珍重阁主赵尊岳，"名士才媛，伉俪綦笃……一时比于赵松雪之于管仲姬"[73]。有纪史七绝《悼珍妃》一百首，今已佚。叔雍集中存其《望江南》六首，兹录其二略窥词才"江南好，画舫载娇娆。风里落花红入桨，雨余春水绿平桥。金粉尚南朝"、"江南好，人在木兰船。柳拂一溪如画罨，花为四壁藉书眠。箫鼓夕阳天"。

地角星独角龙邹润　赵文漪（1923—）

文漪为赵尊岳长女，承庭训，颇能词，有《和珠玉词》一卷，与叔雍《和小山词》合刊。父女而和父子，时人目为"大小晏"。卢前《望江南》云："蘋香例，常派有斯人。直向易安分一席，高梧家学本清真。二晏得传薪"，并谓"同叔父子并有继响，为不寂寥矣"。叔雍晚年与夫人失和，往星岛投文漪，老去颓唐，客中寂寞，幸赖女儿奉养。去世后，《高梧轩诗》、《珍重阁词》亦由文漪主持刊行。今人咏馨楼主谓"夫人有子，中郎有女"[74]，文漪功其不泯。

地捷星花项虎龚旺　如月之秋

如月之秋居重庆，出道网络甚早。刘梦芙称"吹气若兰，风韵独绝……心丝一缕，不断绵绵"[75]，苏无名称"似清茶檀香，久而有味"[76]，皆言其词清而不疏、雅而能厚也。如月隽句如"人定凉秋深院里，手合刹那优昙"、"月度楼中，照见小瓶花淡红"、"一时人倦，衣薄压阑干，云又淡，隔花看，仿佛成相忆"（《河满子·怀旧三首》、《减字木兰花》、《蓦山溪》句），俱温淡从容，殆杨夔生所谓"采采白蘋，江南晓烟。觅镜照春，逢塘写莲。渔舟还往，相忘岁年。佳语无心，得之自然"（《续词品·澄淡》）之境界。如月隐退经年，生平知之不详，以咏花多故,拟花项虎。

地速星中箭虎丁得孙　萼绿华

萼绿华又有马甲成昆、能饮一杯无,亦能作说部,成名于光明顶[77]、菊斋。萼绿华名托天女,词亦超逸近仙。《莺啼序·咏兰》云:"宿壑栖崖,披发曳带,任雾凄风恚"、"携灵苓、松阜夜坐,招皓露、篁林晨醉"、"时维夕暮,群芳将秽"、"孤高不在逍遥,且遣余馨,不同凡义",其饮芳食菲之山鬼耶？留取残荷叹曰:"绝怜并世风华少,彩笔纵横有几枝？"苏无名赞之曰:"灵性较孟依依犹胜,读之如对姑射山人,顾盼倾国,氓童登徒,狂思至矣"[78]。仙人其逝何速,空余衣香珮响,令人怀想出尘。

地恶星没面目焦挺　孟依依

依依另有网名谢青青等,2000年即涉网,成名于天涯诗词比兴版块,后加入菊斋网,历任诗词曲联版版主、管理员。为网间最早之"偶像派",清慧才女代表人物。亦以亲历各论坛人事风波,列网坛元老。《月出》一集,清丽缠绵,时见灵心,使置于大观园中,应夺颦卿之位。《风入松·雪花寄江南》云:"仙葩惟许种天坛。夜守昼犹监。霜娥偷得琼瑶去,向人间、倾倒花篮。如絮风流体态,痴儿差拟为盐。　爱他一朵鬓边簪。素手苦难拈。方开旋谢知何故？想深情、绝似春蚕。笺札若能封取,与君寄往江南"。《南歌子·周末网上算命》云:"抱枕人迟起,居家发懒梳。蓬头且作小妖巫,卜卜将来那个是儿夫。　已自心中有,如何命里无？刷新之后再重输,不信这台电脑总欺奴"。十数载间诸子往来啸聚,倾慕者如草虻江鲫,而依依始终不肯见一人[79],真容至今人莫能知,遂为网坛悬案矣。

地丑星石将军石勇　石人山(1976—)

石人山本名刘芳,河南人,网间名家碰壁斋主室,游于深、港间。其词气息萧索,惯作出世语,似怀大心事。其最擅《菩萨蛮》一调:"茫茫失路客,试上危岩立。三面海声寒,乱云驰复还"、"湖山著墨浑如锁,电光千顷倏开破。此际一天波,沉雷波底过"、"黄昏记得深相倚,长堤一水波迤逦。波影荡星光,还同此夜长"。昔时山横壁立,网坛佳话,惜夫妇偕隐有年,琴箫合奏遂绝响于江湖矣。

四寨水军头领八员

天寿星混江龙李俊　李祁(1902—1989)

祁字稚愚,长沙人。受业于李肖聃、刘麟生。1933年由庚款招考入牛津大学攻读英国文学,归国后辗转主湖南大学、浙江大学、岭南大学等校讲席,嗣应傅斯年召,讲学台湾。1951年由香港赴美,先后执教于加州大学、密西根大学及加拿大温哥华B.C大学,1964年以名誉教授退休。1972年请得研究金,专研朱熹文艺批评。其词多抒写去国离思,《满江红·一九六五年二月温哥华》云:"七月勾留,曾看老、丹枫颜色。行到处、沙鸥云树,渐成相识。无竹无梅难说好,有松有水情堪适。最喜是、微雪降山头,迎朝日。　地之角,当西北。天欲坠,谁撑得。问鹏程初起,可愁天窄。碧海观澜昨倦矣,清宵听雨今闲极。又回思、故国雨声多,春逾急"。壮思闲愁,并入瑶章,如守贞写兰,一笔中兼有浓淡,几臻毕生追慕白石"雄浑飘渺两相兼"(《读扬子江歌》句)之境界。

天平星船火儿张横　张纫诗(1911—1972)

纫诗原名宜,后名转换,纫诗其字,自署南海女子。幼从名儒叶士洪及桂坫受经史之学,书法钟王,擅写牡丹,又尝为民国政要、诗人陈融掌书录。寓广州时加盟越社、棉社。1950 年赴港,"纱幔授徒,自修慧业"[80],后入坚社、硕果社,有"诗姑"之目。尝挟艺走东南亚、北美,倾动一时。中年适越南华侨蔡念因,偕隐太平山。纫诗早岁与叶恭绰、冒广生、詹安泰、朱庸斋、黄咏雩诸公交游,在港时同廖恩焘、刘景堂、饶宗颐、黄松鹤等文酒酬唱,数十年间往来者俱一时隽才,又居传灯港岛之功,真可谓身负半部岭南词史也。其词法南宋,出入清真、梅溪间而略近史,思韵双美,阒无率笔,如燕翦掠波,妥帖轻圆。百年香江词苑女性第一名家之位,应无二选。

天损星浪里白条张顺　张荃(1911—1957)

荃字荪簃,原籍广东揭阳,生于北京,学词于天风阁。之江文理学院国文系毕业后执教鞭十五年,抗战后赴台湾,应聘于台湾大学、台湾师范大学。中年罹溶血症,逝世于马来亚。《踏莎行》云:"险韵吟诗,深杯问字。旧游依约还能记。钱塘乱后少花枝,丹枫合染斑斑泪",《虞美人》云:"从今身世悲飞絮,南北皆歧路。欲抛心事重成眠。无奈一轮明月又当前"。无限深衷,都自浅语中来,是竹山标格。

天剑星立地太岁阮小二　潘思敏(1920—)

思敏南海人,诗人陈荆鸿室。早岁参加香港海声词社,从郑水心习诗词。品性慈和,襟怀渊若,博学多才,深受时流敬重,尤以填词为文坛称诩。二十世纪八十年代为香港《华侨日报》《艺文》副刊撰《词林雅故》百余篇,点评历代词人词作,颇多精识。《渔家傲·过青山红楼,当年孙总理中山先生曾寓于此》云:"满眼西风黄叶地,当年谁会幽栖意。亿万黄魂呼欲起。嗟已矣,尊前慷慨空余泪。　历尽红桑楼半圮,定巢燕子归无计。纵目屯门悲逝水。今古事,问君独醒何如醉",一番寄慨存焉。

天罪星短命二郎阮小五　温倩华(1896—1921)

倩华一字佩萼,江苏无锡人。生具夙慧,幼而能文,年十八,拜杭州天虚我生陈蝶仙门下,与陈小翠结金兰之契。诗文之外,兼工书画,且于医卜星相之术,无所不窥。二十岁适同里过锡鬯。后竟以母丧哀毁,得龄仅二十又六。[81]其天分绝高,栩园弟子中最能承继乃师"鸳蝴"气质。小令笔致隽秀,风韵独绝,长调亦无沉滞之弊,调转灵巧,一气通贯,《壶中天·胡园观荷作》云:"晓云笼树,笑看花来早,花还慵起。一角红亭三面水,消受四围香气。露咽蝉声,风惊鸳梦,写出凉无际。采莲儿女,雅怀倜傥如此。　远听泉水淙淙,炎氛不到,罗袂侵秋思。十万田田花世界,留得幽人芳趾。拗莲抽丝,跳珠掬水,无限娇憨意。夕阳明处,小鬟催作归计",神仙境界,惟闺中奇手能造。倩华殁后,小翠尝作《黛吟楼图序》挽之,极尽追思。倘天锡永年,翠黛二楼必足平訾于海上词坛也。

天败星活阎罗阮小七　冼玉清(1895—1965)

玉清别署碧琅玕馆主,生于澳门,长于香港,入名儒陈荣衮私塾习文史六年、圣士提女校习英文两年。自言不喜港岛花花世界,考入"藏修之所"岭南大学(后并入中山大学),毕业后留校执教。为当代著名文献学家、画家、诗人,有"不栉进士"之誉,称"数百年来岭南巾帼无出其右"者。[82]早岁有文名,尝从黄节、陈垣、郑孝胥、夏承焘、吴湖帆游,尤与陈三立、陈寅恪父子两代投契。《碧琅玕馆词》今仅存二十余首,然不肯作一字软媚平熟语,是以少许胜人多许处。玉清"以事业为丈夫,以学校为家庭,以学生为儿女"[83],终身未婚,遗世独立,不为富贵所累[84]，不为时流裹挟，端的"上上人物"也，"是另一样气色……使人对之，龌龊都销尽"[85]。

地进星出洞蛟童　威琦君（1916—2006）

琦君原名潘希真，小名春英，浙江永嘉瞿溪镇人。师事夏承焘、龙榆生，笔名琦君系二翁所赠[86]。毕业于之江大学国文系，1949年赴台湾，供职司法界，晚年以小说、散文家名世。电视连续剧《橘子红了》即据其原作改编。瞿禅尝赠诗勉之云："莫学深颦与浅颦，风光一回一日新。禅机拈来凭君会，未有花时已是春"。希真果能一洗闺中庸弱，得乃师挺健高逸之风骨。《水调歌头·随洪洛东、郑曼青诸前辈游碧潭》云："客里逢佳节，蜡屐厕诗翁，黄花莫负今日，直上最高峰。指点蓝桥仙路，一笑轩轩霞举，回首望云中。千片奔岩下，碧水自溶溶。　危楼上，邀明月，舞长风。豪情且付杯酒，百尺羡元龙。我欲高歌击节，更挽箜篌天半，此曲和谁同。禾黍中州梦，泪眼若为容"。瞿髯词才绝代，琦君得其气骨，荪簃得其情致。希真于乃师终身爱敬，词亦为"瞿禅范式"中探骊得珠者。

地退星翻江蜃童猛　张雪茵（1906？—？）

雪茵字双玉，湖南长沙人，十二岁能诗文，里称三湘才女。毕业于艺芳大学，历任湖南省民政厅秘书，《湘报》、《霹雳报》主编等职，赴台湾后专力从事新文学创作。刘梦芙评希真《双玉吟草》曰："工于小令，格调在南唐北宋之间，风华凄美"[87]。《柳梢青》云："衰柳斜曛。重阳过了，雨湿轻尘。小苑花开，洞箫声落，容易黄昏。　玉屏风冷愁人。误几度、香衾未温。一片新愁，渐吹渐起，如梦如云"。似白头宫女说玄宗，极尽哀婉低回之致。

四店打探声息邀接来宾头领八员

东山酒店

地数星小尉迟孙新　月如

月如另有马甲小微许回、服媚，网坛名宿军持女弟子。词深情刚健相济，隐有思想锋芒，于词界别树一帜。年尝以《苤苢》二集价倾洛阳，其"向日葵"组词三首云："一霎悲生疼不解。几团浓烈，分明都喊：我在我存在"、"莫待昏黄光线减，呼喊，来人或恐识凡高"、"甚矣其衰孰赦，且倚柱听园歌啸也。向鲁阳开，随秦雨谢"，读之真如观凡高同名油画，其设色鲜明也弗可掩，其生气郁勃也弗可遏。《南乡子·惘然记》云"我是雪皑皑。君是初阳耿素怀。山自失棱天自合，无猜。只恐情浓化不开"、"已惯莫能言。已惯相思苦自瞒。偶过广场偷一瞥，军辕。记得当时放纸鸢"、"是我负前盟。君亦何其负我轻。泉下相怜还速忘，狰狞。岁月于今是永刑"。或关乎一时情事，读之令人心魂俱痛，怅触莫名。近年月如远居异域，抚育女儿之暇，有由英文童谣改写之《金缕曲》"河马挪臀部"、"气她磨霜爪"、"莫怕三更近"数首，兼有童心奇趣，颇可一观。

地阴星母大虫顾大嫂　非烟（1970—）

非烟本名姜学敏，辽宁丹东人，环保部门工程师。词造境极深婉，琼思玉想，并入瑶笺；又能运遣现代白话，如盐着水，自然浑凝。《减兰·晨起有不知名鸟儿落于窗台内久之始啼飞而去》云"君家窗户，应是那年春去处。花落当时。我在盘旋君可知。　乱红欲息。著我双眸和两翼。若许关关。不向珠帘一惘然"、《一捻红·见有白发，用反骨斋韵》尤撩人心弦，"汝身盈尺矣。算一捻当中，两端何事。俄然指尖水"、"三千世界，真成梦，被他记。被琉璃窗上,江潮有意,冻作霜华露蕊。剩肩头、这缕朝云,去来而已"。不脱于古,不隔于今,能晓畅,能深情,盖女子天性与词体之美灵犀暗通也[88]。

西山酒店

地行星菜园子张青　王善兰(1904—1998)

善兰有家学。年方及笄,随父王积沂参与陶情诗社,尝以诗钟"乐叙天伦图一幅,俏移仙步露双弓"一联夺魁,为名儒耆宿称赏,遂有平湖才女之名。父谓母曰:"此女必传"。解放后汇箧中吟稿编《畹芬楼诗草》,惜毁于十年劫火。八十寿辰时检录旧作重梓[89],周鍊霞为署签。善兰老人大隐于乡,老而弥坚,与周振甫、许白凤分占平湖文气。词多家常语,闲闲叙来,真淳自见。《减字木兰花》云:"身居茅屋,田野风光长满目。小桨轻流,收入诗囊入乳舟";《卜算子·酬老许白凤原韵》云:"坐雨细谈诗,情味如年少。握手相期岁二千,轧着春红闹"。岂非"百年心事归平淡"、"人间有味是清欢"也欤?

地壮星母夜叉孙二娘　叶璧华(1841—1915)

璧华字婉仙,号润生,广东嘉应人,咸丰、光绪间闻名岭南文坛,曾受聘为张之洞家庭教师。戊戌后创办懿德女校,嗣任梅县县立女子师范学监,为我国首批现代女性教育家。诗词兼工,丘逢甲题《古香阁集》曰"滴粉搓酥绮意新,溶溶梅水写丰神"、"翩翩独立人间世,赢得香名饮粤中"。

南山酒店

地囚星旱地忽律朱贵　林岫(1945—　)

岫字蘋中、如意,号紫竹居士,浙江绍兴人,毕业于南开大学。"文革"中,于大兴安岭鄂伦春自治旗林海劳动八年,因有"流水杳然东去,山中稳作诗囚"、"不辨春秋,无乐无忧一楚囚"(《清平乐·月夜赏映山红》、《减兰》句)句。善绘深山雪景"蘑幻屋,树成梳,醉归未肯倩人扶"、"灯如豆,屋如拳,漫天飞雪压成绵"(《鹧鸪天》句),极北奇观,都入流人眼中。平生佳制多出自晦暗岁月、苦寒边陲,是蘋中诗家幸。

地全星鬼脸儿杜兴　胡蘋秋(1907—1983)

蘋秋名邵,世家子。早岁从戎,官至东北军何柱国部少将秘书长,以枢密位亲历"九·一八事变"、"西安事变"等重大军政活动。又以工花旦、青衣称民国京剧名票,与四大名旦交谊颇深。一生数度化身为女性,托名胡芸娘,与男词人酬唱往还。所作词惊才绝艳,诸老宿名家莫不蒙其蛊惑:夏承焘称其足与沈、丁并称"三艳妇";周采泉以"金闺国士"目之;张伯驹与之通函经岁,渐"情陷于中而不能自拔"[90],唱和积《秋碧词》五卷。男子作闺音古有之,然易弁而钗,入戏若之深者,则仅蘋秋一人。今列名女将,亦戏仿其颠倒阴阳、变幻色相之狡狯故耳。[91]

北山酒店

地奴星催命判官李立　曾昭燏(1909—1964)

昭燏字子雍,湖南湘乡人,曾国潢曾孙、陈宝箴外孙、陈寅恪表妹。衣冠雍穆,兄妹七人皆一时才彦。[92]就读中央大学时拜胡小石为师,后赴英国伦敦大学研究院研考古学,解放前膺中央博物院筹备处代理总干事、代理主任。解放后任南京博物院院长,曾领导南唐二陵发掘,为当代首屈一指之女考古学家。"五反"、"四清"中,以蒙冤致精神崩溃,自坠南京灵谷塔。友人沈祖棻赋诗吊之:"自伤暮齿少相亲,朗月清风忆故人。空说高文传海徼,身名荏苒总成尘。"程千帆笺曰:"子雍……位高心寂,鲜友朋之乐,无室家之好,幽忧憔悴……伤哉!"昔与沈祖棻、尉素秋辈交游,为梅社中"学识最渊博"[93]者。其词多毁弃,今止存三四篇。《琐窗寒·孝陵怀古》云:"断阙撑空,荒堙卧石,藓痕萦步。铜盘露冷,洒作一林寒雨。听萧萧断松夜吟,烧痕阅尽兴亡古。自鼎湖去后,葱葱佳气,即今何许。　无据。伤情处,又苑琐边愁,阵喧笳鼓。金瓯破了,漫道山川如故。想煤山犹有怨魂,忆君泪落千万缕。任无言,燕子飞来,对立斜阳暮"。吊古感时,托寄至微,满腔块垒或于斯可觇。

地劣星活闪婆王定六　李慎溶(1878—1903)

慎溶字樨清,闽词人李宗祎女、李宣龚妹。"髫龄绝慧"、"吐秀诣微"[94],因"一夕凉飚辞旧暑。飒飒墙蕉,恐是秋来路"句得名"李墙蕉",声闻乡里。年二十六岁,遽然仙逝,遗《花影吹笙楼》一卷,引诸家竞相题咏,频致叹惋。林畏庐题曰:"墙蕉总是秋来路,何事词人即断魂";樊樊山题曰:"好女莫填词,呕尽冰茧丝"、"红粉女词仙,合生忉利天"。人生倏忽,如露如电,才命相妨,今古同悲。

总探声息头领一员

天速星神行太保戴宗　周素子(1935—)

素子号白芷,浙江乐清人,适诗人陈朗。温岭陈氏一门风雅,陈朗父仲齐及叔伯辈伯龄、叔寅、季章(后名沧海)、鹗、凌云,兄弟行让、永言等皆善吟咏。素子生涯流徙,"反右"、"文革"中,数度由西北而东南,由山野而海陬,浮家泛宅,迄无宁日[95]。又以从事民居研究,屐痕遍及全国,1995年移居新西兰至今。友人周有光遂以"瀚海飘流燕"[96]喻之,素子亦自言"屈指行程千万里"、"身世萍飘星霜历"(《蝶恋花·拟远思》、《金缕曲·悼昌米并及昌谷二兄》句)。有《晦侬往事》记平生鸿雪、《情感线索》记故人往事。词亦擅传体,《六州歌头·哭胞兄昌谷》云:"孩提往事,历历几人同。和泥土,寻书蠹,比鱼龙。骋芳风。尝有筑巢志,长相聚,勿离别,雁荡麓,山溪厄,旧游踪。师法天然,泼墨写生处,林木葱茏。叹如橡彩笔,输与一毫锋。负笈武林,觅潘翁。　渐关河破,红尘堕,分襟乍,各西东。居难稳,机易失,少何养,老何终。膝下斑衣痛。唯一点,孝心通。不由己,不由彼,梦成空。留得丹青,只把众生相,涂抹其中。共湖边苏白,南北两高峰。烟水濛濛"。画家昌谷一生痛史尽在其中。笔锋健朗,得东坡神理,所居"海外仙岛"[97]又远于儋州千万里矣。

军中走报机密步军头领四员

地乐星铁叫子乐和　蔡德允(1905—2007)

德允号愔愔室主,江苏湖州人,为近世琴人中大成者,中岁后定居香港。[98]四十载育人无算,泽被香江琴坛。并擅诗词,有《愔愔室诗词稿》传世,饶宗颐题词曰:"愈响如君真美手,便声清,张急徽能别。余音在,久难绝。"词宗两宋,体格闲雅,每宜十七八女郎当筵清唱。《瑞鹤仙·鹤》幽人自画,孤标遗世:"緱山曾驻足。看疏翮高翔,紫虚遥度。冉冉海天暮。叹归来丁令,沧桑今古。华亭夜语,破幽梦、怀人意苦。谱瑶笙,律正清商,舒翼九霄飞舞。　闲豫。临风潇洒,映月清华,系身洲渚。为谁延伫。和靖远,总心阻。记符秦当日,八公金鼓,此际江城风雨。有苏仙、赤壁玄裳,醒时可睹。"

地贼星鼓上蚤时迁　左又宜(1875—1912)

又宜字鹿孙,一字幼卿,文襄公女孙,夏映庵继室。钱萼孙《近百年词坛点将录》点为

"地壮星母夜叉孙二娘",称"挺秀湘西"。然检诸《缀芬阁词》,所存六十三首中五十七首系剽窃吴藻、左锡嘉、顾贞立等前人作品。[99]以侯门闺秀厕身文偷之列,《隋书·韦鼎传》曰:"卿是好人,那忽作贼?"身后名,可不惜哉。

地狗星金毛犬段景住　　张清仪

世纪末有少女张清仪者成名网间。自云湖北孝感人,幼时患病切除右肺,伴药炉经年,然乐观开朗,自强不辍,日与网友切磋诗词。1998年夏,因劳累过度殒于电脑前,呕血染红键盘。网友哀之,为建网络灵堂,发布悼念诗文五百余。俄而此事影响渐巨,破绽转多,后证实事系"星伴论坛"网站捏造,实乌有先生、亡是君之徒耳[100]。炒作恶道也,虽鸡鸣狗盗不足称其鄙。

地耗星白日鼠白胜　　慕容宁馨

慕容宁馨出道于网络诗词肇兴之初,有"网络旧体第一才女"之名。自建竹筠清课聊天室,经营三载。网人慕其才貌,尽为羁縻,慕容遂巧言取信,非法筹募网友钱财数万元。未几,有见闻博广者,指其作品盖抄自韩国汉诗,慕容遽携财销匿,竹筠清课亦宣告解散。一时网坛大哗,慕容遂由枝头凤而过街鼠矣[101]。

守护中军马军骁将二员

地佐星小温侯吕方　　曾庆雨(1975—)

庆雨河北廊坊人,从叶嘉莹治词学、王蛰堪习创作。以"红蕖"弟子[102]身份,有"此夜南塘连梗瘦"、"朱蕤一朵待师归"(《定风波·送别迦陵师》)句。尝以《鹊踏枝》十首和半塘,其五、九云"知我百年能几许。再整行囊,只影迢迢去。苟遇知音倾盖语,流连又恐归期误。绾住游丝千万缕。不绕巫山,不滞桃源路。回首飞花飞雨处,此生此际关情否"、"小住长留皆有尽。梦未圆时,一例因春困。漫倚虚空书爱恨,剧终犹恋残妆粉。　人海遥时天路尽。冬雪春雷,各递人天信。月鉴山河谁更隐,垂髫老至繁霜鬓。"人生亘古寂寞感宣之于词,令人思老歌《三百六十五里路》。

地佑星赛仁贵郭盛　　石任之(1982—)

任之江苏徐州人,亦为迦陵门人,现任扬州大学教师。自云"欲取陶达杜优之中,处乎太上不及之间"[103],于当代词人尤爱还轩。《未凉灰》《西海玄珠》二集存词凡百余,深情款款,精诚耿耿,俱见乎辞。又有咏美剧《权力的游戏》组词,非仅关合人物个性故事与情节,《忆王孙·提利昂兰尼斯特》、《乌夜啼·夜王》、《醉花间·桑铎克里冈》诸篇尤极雄健古逸、奇辟纵横之至。任之学词甫数载即手眼不凡,盖夙慧,来日大成良可期也。

守护中军步军骁将二员

地猖星毛头星孔明　　王真(1904—1971)

真字道真,又字道之,号耐轩,自署道真室主人,福州人。祖王羹梅官至广东知府,父王寿昌即与林纾同译《巴黎茶花女遗事》者。先后从闽中名家郑无辩、何振岱、陈石遗习诗文经史,"积久所诣愈精"[104]。又性勇果,尝救振岱老人全家于横流洪水中[105]。似此才性为词必多劲语,《道真室词》中佳制可推《风入松·初阳》:"腾光出海揭金盆,寒气欲无纤。鱼龙岛屿都惊醒,看仙舟、安稳张帆。重海阴霾都息,古松千尺垂髯",奇气矫矫,喷薄纸面。振岱《道真室诗序》勉之曰:"吾且期道真为渊龙之潜,不为沼鳞之跃"[106],道真不负斯言。

地狂星独火星孔亮　王闲（1906—1999）

闲字翼之，号坚庐，道真妹。闽地多滋芝兰玉树之属，寿昌得此二女，作诗勉之："吾家真与闲，赋性颇奇特。从不理针线，而乃耽文墨"、"偶论及婚嫁，愤怒形于色。谓父既爱女，驱遣何太亟。嫁女未成才，无异手自贼。请观古及今，男女讵相敌"、"儿今欲返古，谋自食其力。女红殊戋戋，不堪供朝夕。要能擅高艺，凌霄长劲翮"（《书真闲二女》）。与道真其姊同为我春室门人，后适振岱次子敦敏。陈曾寿《味闲楼诗词序》云："其长短句无纤巧轻倩之语，亦无近人堆砌晦涩之习，有白石之清雅，易安之本色，词中可贵之品也。"[107]

专掌行刑刽子二员

地平星铁臂膊蔡福看　朱成碧（1979—）

看朱成碧本名秦萤亮，黑龙江人，供职国企企宣部门。昔光明顶上士女嬉游，阿朱词最俊。自言平生师稼轩，其词英气腾郁，得其仿佛。《破阵子·春雷》云："天际横生水墨，临空蘸下霜锋。渐次远来春轨迹，波澜翻涌到前庭。仰首暮云平。　空自电光圻裂，何曾雪练倾城。千里冬袍花欲染，人间待见草青青。江海破春冰"；《西江月》云："回首金依林杪，觉来翠抱双肩。铜阳铅月久沉潭，淬得凉波如练。　去路黄花四野，离人红叶三千。西风一入九州寒，遥饮天星对岸"。二短章不袭稼轩一字，以锤炼浑灏与之角胜。

地损星一枝花蔡庆　秦紫箫（1977—）

世有阿朱，便有阿紫。秦紫箫本名李文卿，广东佛山人。双姝情同姊妹，词亦伯仲间，尝互赠《菩萨蛮》云"遗簪解珮江皋侣，千山冰雪堪相遇。一纸报梅花，岭南女儿家。　翠楼吟未了，莫道前恩少。秦镜故新磨，皎如明月何"；"藏珠敛玉音尘静，腕底韶华风雨并。绮语祝红颜，半笺菩萨蛮。　一时弦管急，交错莺声呖。不是说相思，相思汝已知"。二人风神笑貌如画。阿紫生女，作词颇多。《南乡子》记女儿满月、病愈云："赐我万明珠。能及亲亲一笑无。地有山川天有日，何如。如此娇儿真属予"、"开口笑天真。虽是寒冬一室温。月样弯眉星样目，朱唇。渐有雏形近美人"，眷眷焉，殷殷焉，词人为母宜此。阿朱居北，阿紫在南；阿朱俊逸，阿紫娟好；开向一丛，相映成春。

掌管三军内探事马军头领二员

地微星矮脚虎王英　李久芸

久芸字蕊仙，适蜀中名士刘明扬，尉素秋寓蜀时与之交好。素耽吟咏，值"嗷鸿遍野，烽燧弥天"际，犹"从容艺苑，乐以忘忧"。[108]《玉露词》存五十七首，《菩萨蛮》云："嫩寒侵翠袂，照影临潭水。连卷绿云松，恨深双颊红"、"衣宽怜带窄，千里关山隔。归梦正凄迷，满园蝴蝶飞"，沉艳之姿，差近飞卿。蕊仙词未脱闺阁痼习，微见才情耳，以存人故，列地微星。

地慧星一丈青扈三娘　伦鸾（？—1927后）

伦鸾字灵飞，广东番禺人，杜鹿笙室，尝师事名士邓尔雅。况周颐《玉栖述雅》载其"资禀颖迈"，"年甫十五，即据讲座为人师。于归后，为桂林女学教习数年，授国文、舆地学、算学，生徒百余人"[109]，后任北京大学词学教授三十余年。[110]况氏于灵飞极推崇，盛称其词"清婉可诵，气格渐进沉着，不涉绮纨纤靡之习"、"矜持高格，浚发巧心"[111]。其《南乡子·咏雪狮子》云："蓄锐貌狰狞。传象精神照玉英。如此雄奇休入梦，梦腾。冷处凭谁一唤醒。　皮相仅堪惊。也似麒麟檀得成。便作虎形应逊汝，聪明。随意堆盐特地精"。《玉函

138

词》今不存,赖蕙风所传数阕一窥慧业词人眉目。

一同参赞军务头领一员

地魁星神机军师朱武　任淡如

淡如又有网名人淡如菊,网人爱之,径呼"菊菊"。2000年创办菊斋网,任"诗词曲联"版版主,积十数年心血维护。菊斋今已注册诗友四万余名,发表今人诗词近百万篇[112],为当代诗词最重要阵地之一,网间"奇才俊彦,狂生迁客"(《貂裘换酒·九马画山》句)泰半长驻于此。苏无名《网络诗坛点将录》赞曰:"美人巨眼识英雄,天下英雄半彀中"。词肖其名,婉约一路,《西江月》云:"道是不如不见,相逢何处何乡。旧书一束坐新凉,忽忆槐花小巷。我已十年无梦,忘了明月如霜。知君心事换流光,须是双双无恙",清圆流美,上乘之作。

掌管行文走檄调兵遣将一员

地文星圣手书生萧让　萧娴(1902—1997)

萧娴字雅秋,号蜕阁、枕琴室主。幼从父铁珊学书,年十三,为广州大新百货公司落成书丈二匹对联,震惊海内,世以"南海神童"目之;又随父出入南社,称"南社小友"。康有为跋其临本曰:"笄女萧娴写散盘,雄深苍浑此才难。应惊长老咸避舍,卫管重来主坫坛"。萧娴闻之,书"大哉南海,撮尔须弥"榜书楹联回赠,由兹拜入门墙。中年后居南京,与林散之、高二适、胡小石并称"金陵四家"。喜作擘窠大字,磅礴浑厚,元气淋漓,阳刚之美直驾须眉而上之。词亦学辛刘一路,可按入铁板铜琶,《满江红·题碧江柳岸钓月图》云:"一片中原,干净土、偏多荆棘。只剩得、沧江风景,尚同畴昔。别有洞天非世间,此中老稚忘休戚。盼崖前、两岸柳如烟,摇空碧。　天上月,光如揭。波心掩,映虚白。照过了古今,多少豪杰。诗酒如钩月作纶,垂竿不钓寒江雪。遥指点、一幅画图中,谁点缀"。昔弟子俞律撰《女书豪萧娴》毕,持请陈大羽为题签,陈云:"书法家只论大小,不论男女!"遂改题《大书家萧娴》[113]。词界惜无如此谠论。

掌管定功赏罚军政司一员

地正星铁面孔目裴宣　秦月明

月明现居天津,于高校讲授法学。活跃于网络诗词界早、中期,尝主持菊斋版务,为人爽利斩截,网人谓"顾盼自成睥睨",封"秦王"。自云最喜陈迦陵,以"气场合"故。庚辰年,月明作《菊斋春秋》,捃摭逸事,勾连人物,刀笔老辣,多皮里阳秋之属,合网为大噱,一众皆呼"太史婆"。有集名《金错刀》《小神锋》《归匣》,剑气刀光,的的荧烁。其诗绝佳,几可拟"七言长城",词略逊诗而风怀过之。苏无名雅重之,谓《满江红·迦陵韵》诸篇"直可平视古人"[114]。

掌管考算钱粮支出纳入一员

地会星神算子蒋敬　夏婉墨(1982—)

婉墨本名尹椿溢,重庆人,又有网名豹嘤嘤、悟七宝、一切观见池、野孩子等。其《嘤嘤集》《野仙子集》《非非想》诸集存词绝多而"积万累千,纤毫不差"[115]。网评婉墨曰"拗俏活泼,常能于今人浮辞中得人耳目"[116],因有"俊逸豹参军"之誉。其词非徒清新可喜,亦富气象,工感慨。又不事依傍,不主故常,往往阑入现代语汇甚或英文,掉运自如,转侧得宜,灵思逸想栩栩然字间,遂成不可无一、不能有二之"豹体",洵为小眉后一代网坛奇杰。

掌管专工建造大小战船一员

地满星玉幡竿孟康　张雪风（1917—1998）

雪风为浙江玉环县渔家女，《鹃红集》一卷珠玑久掩，世所罕知。诗词"不屑屑于引商刻羽，一以率真为归"[117]。诗句"一弯无恙蛾眉月，萧寺楼头挂万愁"尝为名画师写入丹青。与诗人陈沧海结一生情缘[118]，《鹃红词》纯是心花结撰："荷锄种梅人远去。瓣瓣芳心，开到离人处。制就寒衣寄未寄，寒风已到江南地。　梅自多情人有意。摘朵梅花，共枕衣裳睡。夜雪无声来万里，梅花梦冷人三起"、"沧海洪波今又起。燕子香笺，烧到名和字。一撮寒灰一勺水，背人葬入回肠底。　检点旧盟犹在臂。衣袂松烟、只是当时翠。十载重愁何处寄，秋风秋雨夜郎地"，痴缠幽丽，情深一往，何减静志、饮水。雪风"赤脚踏蹴海涂长大"[119]而"独挺出于网罟蓑笠间"[120]，严沧浪云"诗有别才"，信夫！雪风存词不多，然一观即叹为人间至情。曩岁冬素子老人自新西兰以《鹃红词》书影见寄，言其格律不茸，恐"不入君眼"。答曰词之大者惟情一字，苟真情动人，虽白璧微瑕而不掩真价也。

掌管专造一应兵符印信一员

地巧星玉臂匠金大坚　顾青瑶（1896—1978）

青瑶名申，别署灵姝，斋号绿梅诗屋，以字行，出身吴中望族，为晚清画家顾若波女孙。钱瘦铁称："江南女子中能通金石、擅才艺者，唯顾青瑶耳。"[121]曾为柳亚子治"前身青兕"印、为周鍊霞治"有限温存，无限酸辛"（鍊霞词《一剪梅》句）。青瑶十一岁入梼园学词，"天分学力超诣均迥绝"[122]，小翠视同骨肉，订半生知己。战后移居香港，任新亚学院艺术讲师。1972年赴加拿大，终老于北美。其《归砚室词稿》今亡，仅从画稿题识、书信残编中觅得作品若干。《金缕曲》谢友人赠红木秘阁云："别矣浑难说。恁年时、剪灯披雪，往还深密。最爱灵心天赋厚，艺事磋磨第一。但记取、待人真切。寥落生平哀恸感，倾青罇、解我肠千结。吾有疾，汝先急。　红梨秘阁临歧擘。想低鬟、拈毫腕底，宛然亲炙。粉划丝量刚合手，一任吹霏降屑。要几番、绸缪摩拭。伴去吴云春树里，只殷勤、重叠加胶漆。长把臂，不离隔"。格物入微，印人口角宛然。

掌管专造一应旌旗袍袄一员

地逐星通臂猿侯健　顾飞（1907—2008）

顾飞字墨飞、默飞，别署杜撰楼主，江苏南汇人，红梵精舍主人顾宪融妹。为黄宾虹入室弟子，其画作"一水一石，俱有来历，摹古创作，逸趣横生"[123]。以诗词论，亦有"女虎头"之诨号，才不让乃兄。《烬余集》存词五十八首，语淡而隽，多饶画意，是能得北宋声家三昧者。《鹊桥仙》云："秋云不雨，秋花不语，秋水潺潺不住。凭高何处是天涯，只千里、迢迢江暮。　雁来燕去，燕来雁去，来去匆匆无据。自来辛苦自相催，自谱出、人生律吕"。尝过杭州小翠故居，作《相见欢》、《卜算子》，"蕉不展，花不语，竹凄然。寂寞水禽三两、雨中眠"、"波影似年时，照影人何去。纵不凄凉也是秋，几滴黄昏雨"。顾氏一族，明、清两朝以"露香园顾绣"名世，墨飞虽无绣名，亦足称缝月裁云手也。

掌管专工医兽一应马匹一员

地兽星紫髯伯皇甫端　皇甫小菱

小菱，秋扇词人室，有《白丁香花馆词》。《淡黄柳》云："西窗剪烛，思绪寻芳迹。正好桐花飞雨密。梦入红衣水陌,都系心心暗香匿。 问消息。啼鹃一声急。算花落、更难觅。叹匆匆往事成今夕。伞底柔肠,烛边心曲,吹入盈盈小笛。"温厚绮丽,绝类秋扇,惜未睹全帙。

掌管专治诸疾内外科医生一员

地灵星神医安道全　曾懿(1853—1927)

曾懿字伯渊,一字朗秋,四川华阳人,才媛左锡嘉女,湖南提法史袁学昌室,翰林院编修、清史馆编纂袁励准母,今学者袁行霈祖母。自幼失祜,奉母乡居,乃遍览家藏医书。及笄,婴疾五稔,遂涵泳坟典,研习医理。其时西方进化论东渐,伯渊受其影响,主张行医救国,"保康强"、"强种族"。既怜乡民之无告,复恨庸医不识寒温、泥执古方之无能,积三十载撰《医学篇》八卷,成一代女儒医。教育家张百熙序其《古欢室全集》曰"叹夫人之襟抱宏远,议论明通,不独今之女界无此完人,即求之《列女传》中,亦不可数数觏"[124];缪荃孙赞曰:"古今才媛,不可多得之遇,以一身兼之,则又独异也。"[125]有《浣月词》传世,豪婉相兼,女杰之概。

掌管监督打造一应军器铁甲一员

地孤星金钱豹子汤隆　何曦(1899—1980)

何曦字健怡,一字敦良,南华老人何振岱独女、林则徐曾外孙,"福州八才女"之一。振岱视女如男,曦果能"健"而"怡"。词风亢爽。《晴赏楼词》中间有清刚语,如新硎初试,叩之作金石声。《琐窗寒·盆山》云:"谁箝寸塔,隐隐片云来去。问甃成、丘壑无多,教人结想神仙府。待招呼、上界星辰,手扪天尺五""蒭翎笑我雕龙里,仰望云霄辽绝"。《临江仙·剑意》云:"愿铲妖氛消众魅,至刚原属多情。人间悍怯苦相凌。好凭三尺,万恨为君平。 记昔秋霜飞月,寒锋照胆晶莹。剑光人影两分明。云山千叠,来往一身轻"。此等健句必淬冶自肝胆,非闺房苦吟能出也。

掌管专造一应大小号炮一员

地轴星轰天雷凌振　谢叔颐(1913—2002)

叔颐原籍湖南宁乡,毕业于蓝田国师,为"白云诗社"才女。抗战胜利后与同窗陈锦光结缡,任中学教师。"文革"初,叔颐罹文字之劫,后锦光被诬特务,遭造反派以粪勺击死,葬时双目未瞑[126]。奇祸之下,叔颐唯"扶樵吞声"(《醉花阴》句)以自活。晚岁制《忆江南·回忆录》五十二首,其三十四记锦光冤死、三十五记接受批斗、三十八记干校改造云"狂飙起,挨斗夜如年。获罪'顶峰'沦黑籍,无端老伴逐黄泉。肠断鹧鸪天"、"无日夜,战栗讲台边。鞠尽厥躬称罪重,飞来孤掌觉天旋。心事付啼鹃"、"清明雨,传令赴前营。误入苇湖几灭顶,忽窥塔影幸旋旌。无用是书生",为迷狂年代留下数帧版画质地之剪影。同乡熊鉴题其《山雷吟草》诗云:"一响山雷天地阔,神州五岳自崔嵬。"

掌管专造一起造修葺房舍一员

地察星青眼虎李云　梁令娴(1893—1966)

令娴名思顺,梁任公长女。自幼习倚声,父谓性情所寄,弗之禁也。方父执麦孟华过梁家,即从受业。令娴感于《词综》之浩繁而令人望洋生叹,复病《词选》、《宋四家词选》之严苛而不免主奴之见,故斟酌繁简,不论门户,手录《艺蘅馆词选》。初,备极披览,删珠选玉,得二千余。后经麦氏甄正,余六百,成五卷,[127]并列词人小传、词话本事、诸家评语于眉端,搜采浩博，体例井然，成一时文献。"夫选家之业，自古为难"[128]，令娴以摽梅之年卓然操选政，家学也，禀赋也，勤力也，慧眼也。

掌管专一屠宰牛马猪羊牲口一员

地羁星操刀鬼曹正　　许禧身（1858—1916）

禧身字仲萱，一字亭秋，浙江钱塘人，直隶总督兼北洋大臣陈夔龙继室。夔龙为清末权臣，得慈禧、荣禄、奕劻、李鸿章倚重，亲历庭审"戊戌六君子"、平定拳乱、签订《辛丑条约》、筹办两宫西狩、辛亥革命、张勋复辟等大事件。庚子、辛丑间，夔龙官京师，以内外交困"穷于因应"，禧身则"气闲身静，临乱不惊"，"枪弹林中，不失常度"[129]。随宦数十载间常佐夫计，夔龙云"凡有规画，夫人赞助之力为多"[130]。其《高阳台·感怀》隐记其事："漫点铜龙，缓敲檐铁，欣闻春雨纷纷。笼雾青纱，照来烛影偏清。隔闱共说安民语，喜听来、句句真诚。黯消凝。炉内香残，案上灯昏。　　运筹决尽承平策，奈安边少计，鬓角愁生。一样无眠，静传银箭沈沈。祝天早罢干戈事，愿从今、永庆升平。倚窗听。残溜声低，滴至黎明"。亭秋夫人以命妇政才协夫周旋于晚清危局之中，真乱世操刀手也。

掌管专一排设筵席一员

地俊星铁扇子宋清　　宋清如（1911—1997）

清如江苏常熟人，天风阁弟子、莎译专家朱生豪室。朱、宋十年苦恋，锦书盈箧，近年结集出版，火热坊间，俨然国民爱情读本。[131]清如才子妇，词亦可读，《蝶恋花》云"愁到旧时分手处，一桁秋风，帘幕无重数。梦散香消谁共语，心期便恐常相负。　　落尽千红啼杜宇，楼外鹦哥，犹作当年语，一自姮娥天上去，人间到处潇潇雨"，似永叔、同叔一辈语。

掌管监造供应一切酒醋一员

地藏星笑面虎朱富　　岛姬（1985—）

岛姬为发初覆眉好友，南京人，供职海关。为人狡黠可喜，自集诗词名曰《弃疗》、《撸猫》，序曰"多有刻薄句"、"多有掉节操"，不持威仪，警俊谐谑，一时无两。有《卜算子·各种死系列》咏割腕、服毒、吞枪、跳楼等死法十四种，题目古之未有，叹观止矣。其"卧轨"条目云："敬启俏甜心，亲爱的安娜：'海上花开海浪升，我是初来者。'　　前路必无歧，鼓枕听车马。或有村头小黑鸦，识我于荒野"，"AK47"条目云"眸是紫罗兰，腰是金星桦。白马高歌Катюша，万物安然夏。　　莫许凯而旋，莫许归来嫁。听哪前方号角声，до свидания（词下自注：两个俄文单词分别是"喀秋莎"和"再见"）！"打油而不卑、不伦极难，非明慧优容不能成此。百年俳谐词，当为此姝虚一席。

掌管专一筑梁山泊一应城垣一员

地理星九尾龟陶宗旺　　邓红梅（1966—2012）

红梅江苏句容人，十五岁入苏州大学，二十九岁获博士学位，先后师从吴企明、钱仲联、杨海明，任教于山东师范大学、南京师范大学。其积十年之力撰成《女性词史》，专为千年女词人树碑修史，非仅惠于学林，亦有功于女界。王元化评曰："……文笔清新，格调高雅……无理障，无文字障，其才其学多臻妙境"。然托命于学，化心血为蜡炬；花枝纵好，终摧折于东风。愿天国之中，能得漱玉、幽栖辈长相护持。红梅能词，今可由《邓红梅遗集》附录撷得遗作若干，其《清平乐·落梅》真若词谶："冰姿幽远，不见绡红浅。旧梦檀心空一点，飘零天不管。　　回首夕阳依依,寒山无限凄迷。谁见芳尘来去,翠禽夜吟空枝"。红梅仙去五年有奇矣,集唐人句以奠:皓质留残雪,香魂逐断霞。寒梅最堪恨,常作去年花(韦庄《旧居》、李商隐《忆梅》句)。

掌管专一把捧帅字旗一员

地健星险道神郁保四　吴无闻(1917—1989)

　　吴无闻又名吴闻,浙江乐清人,诗人吴鹭山妹。二十世纪七十年代与夏承焘结合,瞿禅暮年,幸赖维持。又以古稀之岁整理审订夏氏遗著,付之枣梨,使天风流韵广播天壤。无闻存词不多,然襟怀高朗,足可追陪词宗。《减字木兰花·1973年冬侍夏承焘夫子踏雪杭州西湖白堤,作此以呈》云:"长笳短笛,啸傲湖山追白石。词问笺成,说与梅边旧月听。　　断桥西路,抱朴仙翁招手去。不是仙翁,冰雪孤山一老松"。《望江南·羡山夏承焘教授墓》云"明湖曲,小宅住词仙。映水石莲开一朵,花头趺坐好参禅,入定不知年"。王小波致李银河信中有语:"你是我的军旗。"移谓吴、夏二先生,亦称允洽。

注　释:

〔1〕　冯梦龙《情史》,魏同贤主编《冯梦龙全集》,凤凰出版社2007年版,第191页。

〔2〕　钱仲联《近百年词坛点将录》选吕碧城、左又宜、沈祖棻,刘梦芙《"五四"以来词坛点将录》选陈家庆、陈翠娜、丁宁。

〔3〕　王培军谓点将录体为"分布诗史"。黄晓峰《王培军谈近代诗人排名风尚》,《东方早报》2014年12月14日。

〔4〕　宋之问《祭杨盈川文》,《全唐文》卷二四一。

〔5〕　汪辟疆著,王培军笺《光宣词坛点将录笺证》,中华书局2008年版,第2页。

〔6〕　郭长海、秋经武主编《秋瑾研究资料·文献集(上)》,宁夏人民出版社2007年版,第221页。

〔7〕　秋瑾弹词《精卫石》第一回回目,郭延礼等《秋瑾诗文选注》,人民文学出版社2011年版,第88页。

〔8〕　秋瑾《芝龛记题后八章》,郭延礼等《秋瑾诗文选注》,第88页。

〔9〕　徐寿凯《我所知丁宁先生的一些事》,丁宁著、刘梦芙编校《还轩词》,黄山书社2012年版,第141页。

〔10〕　扬之水《楒柿楼杂稿》,上海辞书出版社2013年版,第118页。

〔11〕　施蛰存《北山楼抄本跋》,丁宁著,刘梦芙编校《还轩词》,第138页。

〔12〕　指丁宁义藏恩师陈含光诗稿、捐献房产事。见徐寿凯《丁宁先生与诸大家》、《我所知丁宁先生的一些事》,《还轩词》第127—128、第155—158页。

〔13〕〔54〕〔115〕　施耐庵《水浒传》,人民文学出版社1990年版,第467、560、315页。

〔14〕　丁宁著,刘梦芙编校《还轩词》,第98页。

〔15〕　丁宁好友、版本目录学家周子美。

〔16〕　郑逸梅《艺林散叶》,《郑逸梅全集》第三卷,黑龙江人民出版社1991年版,第1页。按:李煜生日公认为七夕,此处当为异说。

〔17〕〔110〕　郑逸梅《南社丛谈》,上海人民出版社1981年版,第140、104页。

〔18〕　龙榆生《近三百年名家词选》置吕碧城词于卷末。

〔19〕〔20〕　顾随1946年7月13日致叶嘉莹书。赵林涛、顾之京编《顾随与叶嘉莹》,河北教育出版社

2009年版,第6页。

〔21〕 冒广生《校清声阁诗余卮题二首》,吕凤《清声阁词》,民国二十五年(1936)北平赵氏刻本。

〔22〕 徐英、陈家庆著,刘梦芙编校《澄碧草堂集后记》,黄山书社2012年版,第82页。

〔23〕〔26〕 尉素秋本无字,后以梅社时诨号"西江月"为字。尉素秋《词林旧侣》,巩本栋编《程千帆沈祖棻学记》,贵州人民出版社1997年版,第403、405页。

〔24〕〔25〕〔93〕 尉素秋《秋声词》,台北帕米尔书店1967年版,第112、110、112页。

〔27〕 尉素秋《梦秋词跋》,汪东《汪旭初先生遗集》,台北文海出版社1974年版,第137页。

〔28〕 "新欢"系沈祖棻词《薄幸》原句。沈祖棻《涉江词》,湖南人民出版社1982年版,第100页。

〔29〕 茅于美有《移植集》,以英文译李清照、韦庄、李煜词;又依五古体译英国诗人华兹华斯、拜伦短诗。茅于美《茅于美词集》,湖南人民出版社1985年版,第9页。

〔30〕 景蜀慧自言"倚声偏爱冯正中、李易安",《二十世纪诗词文献汇编·词部第一辑》,巴蜀书社2009年版,第30页。

〔31〕〔75〕〔87〕 刘梦芙《冷翠轩词话》,刘梦芙编选《二十世纪中华词选》,黄山书社2008年版,第1876、1978、1916页。

〔32〕 张珍怀著,刘梦芙、黄思维编校《飞霞山民诗词》,黄山书社2009年版,第14页。

〔33〕〔44〕 马大勇《二十世纪诗词史论》,时代文艺出版社2014年版,第66、54页。

〔34〕 刘梦芙《冷翠轩词话》谓其"善写锦瑟华年之情思,芬馨悱恻,而炼语殊新,慧心自运"。刘梦芙编选《二十世纪中华词选》,第1984页。

〔35〕 松鼠吃松鼠鱼《发初覆眉词的艺术特色》,微信公众平台"诗歌大观"。

〔36〕〔78〕〔79〕〔114〕 苏无名《网络诗坛点将录》,网文。

〔37〕 菊斋诗词论坛网站。

〔38〕 嘘堂与笔者谈话中语。

〔39〕 施议对编纂《当代词综》,海峡文艺出版社2002年版,2002页。

〔40〕 黄建琛《养心斋文存》,自印本,第54页。

〔41〕 杜召棠《再记郭坚忍》,陈保定编《郭坚忍纪念文集》,2014年自印本,第30页。

〔42〕 任厚康《韵琴诗序》,刘韵琴著,李西亭注《韵琴诗词》,武汉工业大学出版社1996年版,第1页。

〔43〕 陈荣广云:"吾国女界能以文字托业于新闻,影响政局,启迪人群者,当推刘女士韵琴始矣。"刘韵琴著,李西亭注《韵琴诗词》,第4页。

〔45〕 二姊吕美荪亦有诗名,与碧城不睦。碧城《惠如长短句跋》云:"(长姊)殁时,家难纠纷,著作湮没,遗稿之求,列入讼案,盖与遗产同被攫夺,亦往古才人所未闻也",即指美荪侵占遗产事。《晓珠词》中亦有"情死义绝"、"萁豆煎催"语。刘梦芙编选《二十世纪中华词选》,第1641页。

〔46〕 蔡嵩云《惠如长短句附识》,刘梦芙编选《二十世纪中华词选》,第1640页。

〔47〕 吕碧城《惠如长短句跋》,刘梦芙编选《二十世纪中华词选》,第1640页。

〔48〕〔81〕 刘梦芙《二十世纪名家词述评》,安徽文艺出版社2006年版,第304、271页。

〔49〕 宋亦英《宋亦英诗词选》,安徽人民出版社1983年版,第223页。

〔50〕 丁小玲《半丁集》,南京出版社2014年版,第4页。

〔51〕 邵瑞彭《红树白云山馆词序》,冯乾编校《清词序跋汇编》第四册,凤凰出版社2013年版,第2136页。

〔52〕 柳芜《螺川韵语辑》,陈思和、胡中行主编《诗铎》第二辑,复旦大学出版社2012年版,第379页。

〔53〕 刘聪著辑《无灯无月两心知——周錬霞其人其诗》,北京出版社2012年版,第39页。

〔55〕 黄朴《影观词序》:"大家相先师太炎先生,出处语默之大,米盐酒脯之细,宾萌酬酢之烦,靡不辨色审音,曲尽其道;既又迎奉太夫人,左右无违,南陔戒养,白华自清;所以移风易俗者,可谓能务其本矣。"《文教资料》2000年第4期。

〔56〕 徐复《影观词前言》,刘梦芙编选《二十世纪中华词选》,第1678页。

〔57〕 夏承焘《影观词序》,《文教资料》2000年第4期。

〔58〕 夏承焘《章夫人词集题辞》,《文教资料》2000年第4期。

〔59〕 陈永忠《章太炎与近代学人》,百花文艺出版社2012年版,第75页。

〔60〕 蒋礼鸿、盛静霞《怀任斋诗词·频伽室语业合集》,香港天马图书有限公司2004年版,前言页。

〔61〕 蒋遂《粉蝶飞迷千里路,落花飘下一声钟:盛静霞的诗意人生》:"转眼间,盛静霞就要毕业了,她一向怕写论文,于是向汪辟疆先生征求意见说:'可否以四十首《新乐府》代替论文?'汪先生说:'别人不可以,你可以'。"《之江大学的神仙眷侣——蒋礼鸿与盛静霞》,杭州出版社2012年版,第17页。

〔62〕 柳亚子1936年拟《文坛点将录》,其中天罡皆为南社、新南社成员,亦点寄尘、小淑为解珍、解宝。

〔63〕 钱南秀《薛绍徽及其戊戌诗史》,方秀洁、魏爱莲编《跨越闺门:明清女性作家论》,北京大学出版社2014年版,第287页。

〔64〕 钱仲联《近百年诗坛点将录》,《当代学者自选文库钱仲联卷》,安徽教育出版社1999年版,第684页。

〔65〕 郑逸梅《杨令茀诗、书、画三绝》,《郑逸梅选集》六,黑龙江大学出版社2001年版,第597页。

〔66〕 梁启超著,舒芜校点《饮冰室诗话》,人民文学出版社1959年版,第3页。

〔67〕 赵朴初《隆莲诗词选序》,隆莲著《隆莲大师文汇》,华夏出版社2011年版,第226页。

〔68〕 陈懋恒业余指导两儿赵之华、赵之云围棋,居然俱成国手。卢美松《陈懋恒诗文集前言》,福建文史研究馆整理《陈懋恒诗文集》,海峡文艺出版社2011年版,前言页。

〔69〕 宋路霞编《上海滩名门闺秀》3,上海科学技术出版社2012年版,第157—158页。按,宛云亦女义士也。因学棋结识林昭胞弟彭恩华,即为林昭保存遗墨,并与北大校友共同经营林昭苏州茔墓。宛云孀居多年,整理出版婆母遗著后将围棋界捐款尽数捐出,于2011年出家。

〔70〕 懋恒大学同窗、马寅初之女马仰曹语,宋路霞编《上海滩名门闺秀》3,第159页。

〔71〕 陈子展《澹园诗词序》,黄润苏《澹园诗词》学林出版社2001年版,第2页。

〔72〕 梁琤《颂笙诗词稿》复印件及年谱等资料由江苏省海州市诗词楹联协会朱成安寄赠。

〔73〕 高拜石《记尊重阁主赵尊岳》,《古春风楼琐记》第十六集,台北新生报社1979年版,第112页。赵尊岳号珍重阁主,高氏误"珍"作"尊"。

〔74〕 冯永军《当代词坛点将录》,网文。按,尊岳父凤昌曾任张之洞文巡捕、总文案,之洞倚之如左右手,虽中宵不离,颇有秽声。章太炎因有"两江总督张之洞,一品夫人赵凤昌"联语讥之。

〔77〕 光明顶原为QQ聊天室名,依《倚天屠龙记》例,设四大法王管理,后转型为论坛,网络诗词重要阵地。

〔80〕 高拜石《妹夫棒打鸳鸯——陈协棠梨之恋》,《古春风楼琐纪》第九集,第221页。

〔82〕〔83〕 陆键东《陈寅恪的最后二十年》,生活·新知·读书三联书店2013年版,第40、41页。

〔84〕 指冼玉清捐献家产事。黎细玲编《香山人物传略》,中国文史出版社2014年版,第644页。

〔85〕 金圣叹《读第五才子书法》,金圣叹评《水浒传注评本》,上海古籍出版社2015年版,第1001页。

〔86〕 龙榆生陷缧绁中,希真以学生身份上书层峰,为其申请保外就医。龙、夏通信提及此事,为免嫌

疑,乃以"琦"字称希真,盖瞿禅尝以"希世之珍琦"许之。龙为表礼貌,再赘"君"字。琦君《我的笔名》,张晖编《忍寒庐学记龙榆生的生平与学术》,生活·新知·读书三联书店2014年版,第66—67页。

〔88〕 姜学敏:"女性诗词作品完全可以独立于既有审美体系及标准,亦完全不必以竞争的心态和方式,去复制或填补男性的姿态和语言……所以,随缘且保持住自己的特质吧:女性,可以是一个很女人的诗人,慧之纤之;也可以是一个很汉子的诗人,豪之烈之。《诗书画》2015年12期。

〔89〕 王善兰《畹芬楼吟草》由浙江省平湖市政协寄赠。

〔90〕 罗星昊《胡蘋秋传略》,网文。

〔91〕 刘梦芙《"五四"以来词坛点将录》亦点胡蘋秋为鬼脸儿。

〔92〕 曾昭燏长兄昭承为哈佛大学硕士,二兄昭抡为麻省理工学院博士,弟昭杰为上海大夏大学学士,大妹昭懿为妇科医师林巧稚弟子、北平协和医学院博士,二妹昭鏻为西南联大经济系学士,小妹昭楣为西南联大生物学学士。岳南《南渡北归:南渡》,湖南文艺出版社2011年版,第323页。

〔94〕 王允晳题词,李慎溶《花影吹笙室词》,民国九年(1920)铅印本。

〔95〕 周素子《辗转的户口》、《西域探夫记》,周素子《晦侬往事》,生活·新知·读书三联书店2013年版,85—132页。

〔96〕〔97〕 周有光《海燕其归来乎》,周素子《晦侬往事》前言。

〔98〕 蔡德允三十年代移居香港,1942年日军侵占港岛,遂举家北上沪渎,1950年再返港。

〔99〕 计邓瑜《蕉窗词》六首,吴藻《香南雪北词》、赵我佩《碧桃仙馆词》、陆蓉佩《光霁楼词》各四首,左锡嘉《冷吟仙馆词》、李佩金《生香馆词》、鲍之芬《三秀斋词》、方彦珍《有诚堂诗余》、苏穆《贮素楼词》、刘琬怀《补阙词》、袁绶《瑶华阁词》、顾贞立《栖香阁词》各三首,曹慎仪《玉雨词》、左锡璇《碧梧红蕉馆词》、殷秉玑《玉箫词》、熊琏《淡仙词钞》各二首,孙荪意《衍波词》、徐诵珠《雯窗瘦影词》、汪淑娟《昙花词》、高佩华《芷衫诗余》、顾翎《茝香词》、吴尚熹《写韵楼词》、许庭珠各一首。翻检对照自徐乃昌辑《小檀栾室汇刻闺秀词》,南陵徐氏清光绪二十二年(1896)刻本。

〔100〕 事据张咏华《媒介分析:现代传播神话的解读》,复旦大学出版社2002年版,第292—293页;草牧子谦网文《汉语古典诗歌发展、现状及展望》等。

〔101〕 事据苏无名《苏子世说》、吴撷《关于"才女"的倒掉》、草牧子谦《汉语古典诗歌发展、现状及展望》等。

〔102〕 书名系出自其《浣溪沙》"红藕留梦月中寻"句,盖以荷花自喻。叶嘉莹《红藕留梦:叶嘉莹谈诗忆往》,三联书店2013年版。

〔103〕 微信公众平台"光影掬尘"。

〔104〕〔105〕〔106〕 何振岱《道真诗序》,《何振岱集》,福建人民出版社2009年版,第32、350、32页。

〔107〕 陈曾寿《味闲楼诗词序》,王闲著,何琇编《王闲诗词书画集》,福建美术出版社2012年版,第6页。

〔108〕 杨正芳《玉露词序》,李久芸《玉露词》,博文印书局民国三十八年(1949)版。

〔109〕〔111〕 况周颐《玉栖述雅》,孙克强辑考《蕙风词话·广蕙风词话》,中州古籍出版社2003年版,第168页。

〔112〕 微信公众平台"菊斋"。

〔113〕 "大书家"之号原为于右任所赠,萧娴时年二十四岁。张昌华《名家翰墨》,江苏文艺出版社2012年版,第113页。

〔116〕 微信公众平台"国风诗社"。

〔117〕〔120〕 陈朗《鹃红集序》,张雪凤《鹃红词》,杭州图书馆1993年版,第1页。

〔118〕 张雪风青年逃婚,寄住温岭寺庵,因结识陈沧海并得其庇护,遂成终生知己。沧海晚为罪囚,雪风曾寄寒衣,并接济其妻女,事为有司侦知,即围攻之。沧海去世前曾制《金缕曲·效顾梁汾以词代柬寄雪风武林》六首以寄。事详周素子《追忆张雪风》,陈沧海著,陈朗审订,何英杰注释加评《沧海楼诗词钞》,台湾朗素园书局 2014 年版,第 393—397 页。

〔119〕 周素子《追忆张雪风》,《沧海楼诗词钞》第 393 页。

〔121〕 王本兴《江苏印人传》,南京大学 2012 年版,第 297 页。

〔122〕 佚名《顾青瑶女士润格》,《红玫瑰》1929 年第 5 卷第 2 期。

〔123〕 丁翔华著,黄鸿初、丁翔熊编《蜗牛居士全集·艺人小志》中卷,上海丁寿世草堂 1940 年版,第 60 页。

〔124〕 张百熙《女学篇序》,清光绪三十三年(1907)湖南长沙刻本。

〔125〕 缪荃孙《古欢室诗集序》,张廷银、朱玉麒主编《缪荃孙全集·诗文》,凤凰出版社 2014 年版,第 369 页。

〔126〕 谢叔颐组诗《哭亡夫陈锦光》详记此事:"天胡憒憒地冥冥,一夕惊雷袭我庭。雨骤风狂行不得,俜仃何处叩仙扃"、"双目不暝难泄忿,一抔乍掩又开棺。伤心忍作违心论,泣血吞声裂肺肝"。谢叔颐《山雷吟草》,2008 年自印本,第 15—16 页。

〔127〕 其中正编甲卷选唐五代词三十一家一百十一首,以明渊源;乙卷选北宋词三十三家一百二十九首;丙卷选南宋词五十二家一百九十一首;丁卷选清及近人词六十八家一百六十七首,戊卷增选七十八首,并附历代词话若干种。

〔128〕 梁令娴《艺蘅馆词选》,广东人民出版社 1981 年版,第 1 页。

〔129〕 陈夔龙《亭秋馆词钞序》,《皇清诰封一品夫人陈尚书继配许夫人墓志铭并序》。沈建中《皇清诰封一品夫人陈尚书继配许夫人墓志铭并序考略》,《杭州文博》第五辑。

〔130〕 禧身尝为夫分析政局曰:"各国遇我情势,亦殊非一致要挟者"、"由是天心厌祸,各国亦如约缔盟,诚非始愿所及"。又,宣统二年监察御史江春霖上书弹劾奕劻,理由之一即"老奸窃位,多引匪人"。复奏:"陈夔龙继妻为前军机大臣许庚身庶妹,称四姑奶,曾拜奕劻福晋为义母。许宅寓苏州娄门内,王府致馈,皆用黄匣,苏人言之凿凿"、"夔龙赴川督任,妻畏道逗留汉口,旋调两湖,实奕劻力"。沈建中《皇清诰封一品夫人陈尚书继配许夫人墓志铭并序考略》。

〔131〕 朱生豪赠宋清如情词实不在其白话情书之下,撷录《鹧鸪天》一首:"楚楚身裁可可名,当年意气亦纵横。同游伴侣呼才子,落笔文华洵不群。　招落月,唤停云,秋山朗似女儿身。不须耳鬓常厮伴,一笑低头意已倾。"

〔作者简介〕 赵郁飞,1987 年生,女,吉林梅河口人,吉林大学文学博士,现为吉林大学中国史在站博士后。

近体押邻韵不限于首句论*

张培阳

押韵是中国古典诗歌的主要体制特征之一。相对古体而言,滥觞于齐梁的近体诗,押韵更为严格。一般来说,近体多押本韵。偶尔也有首句押邻韵(也称通韵),自清人钱大昕首倡后,中经王力的详细排比归纳[1],已广为人知。不过,由于所见有限,王先生误将个别非首句押邻韵的近体,悉数视为"出韵"[2],认为"近体诗……借用邻韵只限于首句"[3],则未免武断。事实是,近体诗除押本韵、首句押邻韵外,非首句押邻韵,也是其用例之一。兹以唐诗为例,试证如下。

押邻韵见于第二句的如:

赋得白日半西山　李世民

红轮不暂驻,乌飞岂复停。岑霞渐渐落,溪阴寸寸生。藿叶随光转,葵心逐照倾。晚烟含树色,栖鸟杂流声。[4]

莲塘霁望　刘兼

新秋菡萏发红英,向晚风飘满郡馨。万叠水纹罗乍展,一双鸂鶒绣初成。采莲女散吴歌阕,拾翠人归楚雨晴。远岸牧童吹短笛,蓼花深处信牛行。

第四句的如:

西陵夜居　吴融

寒潮落远汀,暝色入柴扃。漏永沉沉静,灯孤的的清。林风移宿鸟,池雨定流萤。尽夜成愁绝,啼蛩莫近庭。

骆谷行　章孝标

扪云裳栈入青冥,鞿马铃骡傍日星。仰踏剑棱梯万仞,下缘冰岫杳千寻。山花织锦时聊看,涧水弹琴不暇听。若比争名求利处,寻思此路却安宁。

第六句的如:

和卫尉寺柳　杜之松

汉将本屯营,辽河有戍城。大夫曾取姓,先生亦得名。高枝拂远雁,疏影度遥星。不辞攀折苦,为入管弦声。

本文收稿日期:2017.10.18

中秋月　可明

登楼仍喜此宵晴,圆魄才观思便清。海面乍浮犹隐映,天心高挂最分明。片云想有神仙出,回野应无鬼魅形。曾向洞庭湖上看,君山半雾水初平。

第八句的如:

送部四镇人往单于别知故　徐九皋

天下今无事,云中独未宁。悉驱更戍卒,方远送边庭。马饮长城水,军占太白星。国恩行可报,何必守经营。

对雪寄荆幕知己　齐己

猛势微开万里清,月中看似日中明。此时鸥鹭无人见,何处关山有客行。郢唱转高谁敢和,巴歌相顾自销声。江斋卷箔含毫久,应想梁王礼不经。

上举四组五、七言律诗,第一组两首"停"、"馨"两字在青部,余字在庚部,以青衬庚。第二组第一首,"清"字在庚部,余四字在青部,以庚衬青;第二首"寻"字在侵部,余四字在青部,以侵衬青。第三组两首"星"、"形"两字在青部,余字在庚部,以青衬庚。第四组第一首,"营"字在庚部,余三字在青部,以庚衬青;第二首"经"字在青部,余四字在庚部,以青衬庚。

不但五、七律如此,其它近体,如五绝、七绝、五排等也多有通韵不限于首句者,如:

秋日出游偶作　武元衡

黄花丹叶满江城,暂爱江头风景清。闲步欲舒山野性,貔貅不许独行人。

秋题　薛能

独坐东南见晓星,白云微透沇寥清。磷磷凳石堪僧坐,一叶梧桐落半庭。

于长史山池三日曲水宴　陈子昂

摘兰藉芳月,被宴坐回汀。泛滟清流满,葳蕤白芷生。金弦挥赵瑟,玉指弄秦筝。岩榭风光媚,郊园春树平。烟花飞御道,罗绮照昆明。日落红尘合,车马乱纵横。

其中第一首第四句"人"在真部,余两字在庚部,以真衬庚。第二首第二句"清"在庚部,余两字在青部,以庚衬青。第三首第六句"清"在庚部,余五字在青部,以庚衬青。第四首第二句"汀"在青部,余五字在庚部,以青衬庚。

以上都为一韵衬几韵("几"大于一),更有一韵衬一韵的如:

马诗二十三首(其四)　李贺

此马非凡马,房星本是星。向前敲瘦骨,犹自带铜声。

两韵衬两韵的如:

剑　李峤

我有昆吾剑,求趋夫子庭。白虹时切玉,紫气夜干星。锷上芙蓉动,匣中霜雪明。倚天持报国,画地取雄名。

其中第一首"星"在青部,"声"在庚部,所用韵脚为青、庚各半。第二首"庭"、"星"在青部,"明"、"名"在庚部,所用韵脚也是青、庚各半。

两韵衬三韵的如：

饯许州宋司马赴任　薛稷

令弟与名兄,高才振两京。别序闻鸿雁,离章动鹡鸰。远朋驰翰墨,胜地写丹青。风月相思夜,劳望颍川星。

别诗二首(其一)　吕岩

无心独坐转黄庭,不逐时流入利名。救老只存真一气,修生长遣百神灵。朝朝炼液归琼垒,夜夜朝元养玉英。莫笑老人贫里乐,十年功满上三清。

其中第一首,"兄"、"京"在庚部,余三字在青部,以庚衬青。第二首,"庭"、"灵"在青部,余三字在庚部,亦以青衬庚。

一首诗押三个韵部的如：

和方泰州见寄　徐铉

逐客凄凄重入京,旧愁新恨两难胜。云收楚塞千山雪,风结秦淮一尺冰。置醴筵空情岂尽,投湘文就思如凝。更残月落知孤坐,遥望船窗一点星。

其中,"京"在庚部,"星"在青部,余三字在蒸部,为以庚、青衬蒸。

上述主要是就庚、青部与相关韵部通押的情况而论,事实上,近体诗非首句而押邻韵,在其它一些韵部中,也不罕见。兹按平声三十韵顺序,略举例如次。

1、东、冬通押。

洛中送奚三还扬州　孟浩然

水国无边际,舟行共使风。羡君从此去,朝夕见乡中。予亦离家久,南归恨不同。音书若有问,江上会相逢。[5]

咏弓　章孝标

较量武艺论勋庸,曾发将军箭落鸿。握内从夸弯似月,眼前还怕撇来风。只知击起穿雕镞,不解容和射鹄功。得病自从杯里后,至今形状怕相逢。

其中第一首"逢"在冬部,余三字在东部,以冬衬东。第二首"庸"、"逢"两字在冬部,余三字在东部,以冬衬东。

2、江与阳、冬、覃、咸通押。

谢秀才有妾缟练改从于人秀才引留之不得后生感忆座人制诗嘲谢复继四首(其四)　李贺

寻常轻宋玉,今日嫁文鸳。戟干横龙簴,刀环倚桂窗。邀人裁半袖,端坐据胡床。泪湿红轮重,栖乌上井梁。

投常州从兄中丞　张祜

扁舟何所往,言入善人邦。旧爱鹏抟海,今闻虎渡江。士因为政乐,儒为说诗降。素履冰容静,新词玉润枞。金鱼聊解带,画鹢稍移桩。邀妓思逃席,留宾命倒缸。史材谁是伍,经术世无双。广厦当宏构,洪钟并待撞。成龙须讲邴,展骥莫先庞。应念宗中末,秋萤照一窗。

其中第一首,"窗"在江部,余字在阳部,为以江衬阳。第二首"枞"在冬部,余字在江部,为以冬衬江。

3、支、微通押。

般若寺　裴说

　　南岳古般若,自来天下知。翠笼无价寺,光射有名诗。一水涌兽迹,五峰排凤仪。高僧引闲步,昼出夕阳归。

宝剑　李群玉

　　雷焕丰城掘剑池,年深事远迹依稀。泥沙难掩冲天气,风雨终思发匣时。夜电尚摇池底影,秋莲空吐锷边辉。自从星坼中台后,化作双龙去不归。

其中第一首"归"在微部,余三字在支部,以微衬支。第四首"池"、"时"在支部,余三字在微部,以支衬微。

4、鱼、虞通押。

送和州张员外为江都令　徐铉

　　经年相望隔重湖,一旦相逢在上都。塞诏官班聊慰否,埋轮意气尚存无。由来圣代怜才子,始觉清风激懦夫。若向西冈寻胜赏,旧题名处为踌躇。

寒望九峰作　贯休

　　九朵碧芙蕖,王维图未图。层层皆有瀑,一一合吾居。雨歇如争出,霜严不例枯。世犹多事在,为尔久踌躇。

其中第一首"躇"在鱼部,余四字在虞部,以鱼衬虞。第二首"图"、"枯"在虞部,余三字在鱼部,以虞衬鱼。

5、齐与支、微通押。

日晚归山词　施肩吾

　　虎迹新逢雨后泥,无人家处洞边溪。独行归客晚山里,赖有鹧鸪临路岐。

送客之江西　郑锡

　　乘轺奉紫泥,泽国渺天涯。九派春潮满,孤帆暮雨低。草深莺断续,花落水东西。更有高唐处,知君路不迷。

杂曲歌辞(排遍第一)　佚名

　　三秋陌上早霜飞,羽猎平田浅草齐。锦背苍鹰初出按,五花骢马喂来肥。

倦学　刘兼

　　乐广亡来冰镜稀,宓妃嫫母混妍媸。且于雾里藏玄豹,休向窗中问碧鸡。百氏典坟空自苦,一堆萤雪竟谁知。门前春色芳如画,好掩书斋任所之。

其中第一首"岐"在支部,余两字在齐部,为以支衬齐。第二首"涯"在支部,余四字在齐部,亦为以支衬齐。第三首"齐"在齐部,余两字在微部,为以齐衬微。第四首,"稀"在微部,"鸡"在齐部,余三字在支部,为以微、齐衬支。

6、佳、麻通押。

商州王中丞留吃枳壳　朱庆余
方物就中名最远,只应愈疾味偏佳。若交尽乞人人与,采尽商山枳壳花。

送蕲州李郎中赴任　刘禹锡
楚关蕲水路非赊,东望云山日夕佳。葹叶照人呈夏簟,松花满碗试新茶。楼中饮兴因明月,江上诗情为晚霞。北地交亲长引领,早将玄鬓到京华。

其中第一首,"佳"在佳部,"花"在麻部,韵脚为佳、麻各半。第二首"佳"在佳部,余四字在麻部,为以佳衬麻。

7、真、文、元通押。

星精亭　郑损
星沉万古痕,孤绝势无邻。地窄少留竹,空多剩占云。钓篷和雨看,樵斧带霜闻。莫惜寻常到,清风不负人。

金陵上李公垂侍郎　殷尧藩
海国微茫散晓瞰,郁葱佳气满乾坤。六朝空据长江险,一统今归圣代尊。西北诸峰连朔漠,东南众水合昆仑。愿从吾道禧文运,再使河清俗化淳。

奉和陆鲁望白菊　郑璧
白艳轻明带露痕,始知佳色重难群。终朝疑笑梁王雪,尽日慵飞蜀帝魂。燕雨似翻瑶渚浪,雁风疑卷玉绡纹。琼妃若会宽裁剪,堪作蟾宫夜舞裙。

始为奉礼忆昌谷山居　李贺
扫断马蹄痕,衙回自闭门。长枪江米熟,小树枣花春。向壁悬如意,当帘阅角巾。犬书曾去洛,鹤病悔游秦。土甑封茶叶,山杯锁竹根。不知船上月,谁棹满溪云。

其中第一首"痕"在元部,"云"在文部,余三字在真部(其中"闻"为《广韵》中欣韵字,欣韵字少,在当时常徘徊与真、文部之间,兹计为真部),为以元、文衬真。第二首"淳"字在真部,余四字在元部,为以真衬元。第三首"痕"、"魂"在元部,余三字在文部,为以元衬文。第四首"云"在文部,"痕"、"门"、"根"在元部,"春"、"巾"、"秦"在真部,为以云衬元、真。

8、元与寒、删、先通押。

园　杜甫
仲夏流多水,清晨向小园。碧溪摇艇阔,朱果烂枝繁。始为江山静,终防市井喧。畦蔬绕茅屋,自足媚盘餐。

酬岳阳李主簿卷　齐己
把卷思高兴,潇湘阔浸门。无云生翠浪,有月动清魂。倚槛应穷底,凝情合到源。为君吟所寄,难甚至忘筌。

春夕寓兴　刘兼
忘忧何必在庭萱,是事悠悠竟可宽。酒病未能辞锦里,春狂又拟入桃源。风吹杨柳丝千缕,月照梨花雪万团。闲泥金徽度芳夕,幽泉石上自潺湲。

七言(其五四)　吕岩

曾随刘阮醉桃源,未省人间欠酒钱。一领布裘权且当,九天回日却归还。凤茸袄子非为贵,狐白裘裳欲比难。只此世间无价宝,不凭火里试烧看。

其中第一首,"餐"在寒部,余三字在元部,为以寒衬元。第二首,"筌"在先部,余三字在元部,为以先衬元。第三首,"萱"、"源"在元部,"宽"、"团"在寒部,"湲"在先部(《广韵》"湲"分属山、仙两部;《佩文诗韵》"湲"分属元、删、先三部,验之唐诗,"湲"十有八九在先部,故兹计为先部),为以先衬元、寒。第四首,"源"在元部,"钱"在先部,"还"在删部,"难"、"看"在寒部,为元、寒、删、先四部通押。

9、寒、删、先通押。

游春　邢巨

海岳三峰古,春皇二月寒。绿潭渔子钓,红树美人攀。弱蔓环沙屿,飞花点石关。溪山游未厌,琴酌弄晴湾。

元日　方干

晨鸡两遍报更阑,刁斗无声晓漏干。暖日映山调正气,东风入树舞残寒。轩车欲识人间感,献岁须来帝里看。才酌屠苏定年齿,坐中惟笑鬓毛斑。

秋晨同淄川毛司马秋九咏(秋月)　骆宾王

云披玉绳净,月满镜轮圆。裛露珠晖冷,凌霜桂影寒。漏彩含疏薄,浮光漾急澜。西园徒自赏,南飞终未安。

七言(其三三)　吕岩

四海皆忙几个闲,时人口内说尘缘。知君有道来山上,何似无名住世间。十二楼台藏秘诀,五千言内隐玄关。方知鼎贮神仙药,乞取刀圭一粒看。

其中第一首,"寒"在寒部,余三字在删部,为以寒衬删。第二首,"斑"在删部,余四字在寒部,为以删衬寒。第三首,"圆"在先部,余三字在寒部,为以先衬寒。第四首"缘"在先部,"看"在寒部,余三字在删部,为以先、寒衬删。

10、萧、肴、豪通押。

自喜　李商隐

自喜蜗牛舍,兼容燕子巢。绿筠遗粉箨,红药绽香苞。虎过遥知阱,鱼来且佐庖。慢行成酩酊,邻壁有松醪。

六月　赵璜

六月火云散,蝉声鸣树梢。秋风岂便借,客思已萧条。倾国三年别,烟霞一路遥。行人断消息,更上灞陵桥。

茂陵　李商隐

汉家天马出蒲梢,首蓿榴花遍近郊。内苑只知含凤觜,属车无复插鸡翘。玉桃偷得怜方朔,金屋修成贮阿娇。谁料苏卿老归国,茂陵松柏雨萧萧。

游终南山　姚合

策杖度溪桥,云深步数劳。青猿吟岭际,白鹤坐松梢。天外浮烟远,山根野水交。

自缘名利系，好此结蓬茆。

其中第一首"醪"在萧部，余三字在肴部，为以萧衬肴。第二首"梢"在肴部，余三字在萧部，为以肴衬萧。第三首，"梢"、"郊"在肴部，余三字在萧部，为以肴衬萧。第四首，"桥"在萧部，"劳"在豪部，余三字在肴部，为以萧、豪衬肴。

11、覃、盐、咸通押。

夜渡江　闾丘晓

舟人自相报，落日下芳潭。夜火连淮市，春风满客帆。水穷沧海畔，路尽小山南。且喜乡园近，言荣意未甘。

劝酒十四首·不如来饮酒七首（其一）　白居易

莫隐深山去，君应到自嫌。齿伤朝水冷，貌苦夜霜严。渔去风生浦，樵归雪满岩。不如来饮酒，相对醉厌厌。

题道光上人山院　张祜

真僧上方界，山路正岩岩。地僻泉长冷，亭香草不凡。火田生白菌，烟岫老青杉。尽日唯山水，当知律行严。

读《吴越春秋》　贯休

犹来吴越尽须惭，背德违盟又信谗。宰嚭一言终杀伍，大夫七事只须三。功成献寿歌飘雪，谁爱扁舟水似蓝。今日雄图又何在，野花香径鸟喃喃。

贞元中侍郎舅氏牧华州时余再忝科第前后由华觐谒陪伏
毒寺屡焉亦曾赋诗题于梁栋今典冯翊暇日登楼南望
三峰浩然生思追想昔年之事因成篇题旧寺　刘禹锡

曾作关中客，频经伏毒岩。晴烟沙苑树，晚日渭川帆。昔是青春貌，今悲白雪髯。郡楼空一望，含意卷高帘。

隋宫　李商隐

乘兴南游不戒严，九重谁省谏书函。春风举国裁宫锦，半作障泥半作帆。

送元帅书记高郎中出为婺源建威军使　徐铉

寒风萧瑟楚江南，记室戎装挂锦帆。倚马未曾妨笑傲，斩牲先要厉威严。危言昔日尝无隐，壮节今来信不凡。惟有杯盘思上国，酒醪甜淡菜蔬甘。

其中第一首，"帆"在咸部，余三字在覃部，为以咸衬覃。第二首"岩"在咸部，余三字在盐部，为以咸衬盐。第三首"严"在盐部，余三字在咸部，为以盐衬咸。第四首"谗"、"喃"在咸部，余三字在覃部，为以咸衬覃。第五首"岩"、"帆"在咸部，"髯"、"帘"在盐部，为咸、盐各半。第六首，"严"在盐部，"函"在覃部，"帆"在咸部，为盐、覃、咸三部通押。第七首，"南"、"甘"在覃部，"帆"、"凡"在咸部，"严"在盐部，亦为盐、覃、咸通押。

除了以上几组常见的韵部通押外，更有冬、庚互押，如曹松五排《寄李处士》等，微、灰互押，如李乂五律《高安公主挽歌二首》（宾卫俨相依）、李德裕五律《秋日美晴郡楼闲眺寄荆南张书记》等，虞、尤互押，如独孤良器五排《赋得沈珠于泉》、权德舆五排《建除诗》等，真、庚互押，如张说五律《和张监观赦》、武元衡七绝《秋日出游偶作》等，覃、文互押，如权龙褒五绝

《岭南归后献诗》等,限于篇幅,这里就不一一列举了。

综上所述,近体诗虽以押本韵为主,以首句押邻韵为辅,但非首句押邻韵也时得一见,不可忽视。以平声韵为例,这种特点几乎涉及所有平声韵部,时间上则贯穿了由初唐到晚唐的整个唐代,而且遍布五绝、七绝、五律、七律、五排等几种最为常见的近体。其特点,有一韵衬几韵("几"大于一)的,更有一韵衬一韵,两韵衬两韵,两韵衬三韵(以上为两韵通押),甚至三个韵部通押互衬的。

注 释:

　　* 本文为国家社会科学基金青年项目"传统七言古诗体制及其演变研究"(编号 15CZW029)研究成果之一。

　　〔1〕〔2〕〔3〕 参见王力《汉语诗律学》,上海世纪出版集团 2005 年版,第 52—71、47—48、53 页。

　　〔4〕 此诗前两联失对,为新体。近体乃新体发展演变而来,两者的性质并无差异,都是格律诗。它们与古体则迥不相同。近体也不妨说是新体中的一种。初唐时,这类失对或失粘,或者两者兼有的新体诗颇不少,本文举例时,特不相避:一则两者渊源极深、性质相近;二则以见通韵现象在唐代各个时期的存在演变之迹。除李世民这首外,文中涉及的这类诗,还有杜之松《和卫尉寺柳》、陈子昂《于长史山池三日曲水宴》、薛稷《饯许州宋司马赴任》、萧楚材《奉和展礼岱宗涂经濮济》、骆宾王《秋晨同淄川毛司马秋九咏·秋月》等五首。另,本文所引唐诗,统一见《全唐诗》,中华书局 1999 年版,为省累赘,不再一一出注。

　　〔5〕 此诗为中两联不对仗,而全诗每句都为律句,且对、粘皆合的散体五律。

　　〔作者简介〕 张培阳,福建惠安人,文学博士,南阳师范学院文史学院讲师,目前主要从事诗词曲格律研究。

《红袖添香夜读书:北宋文人往事》

(李强著,人民文学出版社 2016 年,28 元)

　　本书以轻松感性的笔调,讲述北宋初年神采各异的文人们不平凡的故事。比如"晏殊:神童、宰相和富贵闲人"、"苏舜钦:沧浪亭边的孤独酒客"、"欧阳修:幸福的文学青年"、"大相国寺:北宋文人的淘宝天堂"。千古文人侠客梦,红袖添香夜读书。书里的十一个文人,有的正如老友,可问千年风霜,别来无恙? 有的虽云初识,却是一见如故、同气相求。作者对北宋的文学和历史非常娴熟,而且具有清晰准确把握材料的能力,有独到的解剖历史的视角。

为诗法辩护

——重新思索古人对诗法著作的认识*

张 静 唐 元

中国诗学的核心内容是诗法,从唐代开始,历代诗论家们前赴后继地编纂,大小书坊反复翻刻,后来者又对前朝的诗法著作不断汇总,因此史上传承下来的诗法著作篇帙浩大。然而,古代诗论家对于诗法著作的评价中有许多批评的声音,使得这批史料的价值远不如诗话类更受学人关注,沦落成了"边缘史料"。其实古人的批评各有角度,值得商榷的,需在当代重新思索。

偏见一:妄立格法

对诗格著作的批评,目前可见的,以北宋《蔡宽夫诗话》为最早。"妄立格法"是蔡宽夫的主要批评观点,随后也成为了历代诗评家对于诗法著作的主要评价。"晚唐诗格"条云:

> 唐末五代,流俗以诗自名者,多好妄立格法,取前人诗句为例,议论锋出,甚有师子跳掷、毒龙顾尾等势,览之每使人抚掌不已。大抵皆宗贾岛辈,谓之贾岛格,而于李、杜诗不少假借。李白"女娲弄黄土,抟作愚下人。散在六合间,濛濛若埃尘",目曰调笑格,以为谈笑之资。杜子美"冉冉谷中寺,娟娟林外峰。栏干更上处,结缔坐来重",目为病格,以为言语突兀,声势寒涩。此岂韩退之所谓"蚍蜉撼大木,可笑不自量"者邪?[1]

这则批评直指诗法中的各种"名目",认为其中不少乃是穿凿附会,任意立格,有些名称也不甚确切,不知所以。

明代对诗法的批评以许学夷为最强音。他在《诗源辩体》卷三十五中多处认为诗法著作中的各种名目乃是"穿凿附会":

> 齐己有《风骚旨格》,虚中有《流类手鉴》,文彧亦有《诗格》。齐己"十势"之说,仿于皎然,虚中仿于《二南密旨》,文彧"十势"又仿于齐己。大抵皆穿凿浅稚,互相剽窃。《桂林诗评》略言大体,较前三家稍为有见,中有象外句格、当句对格、当字对格、十字句格、十字对格,虽非本要,未为穿凿;又有假色对格、假数对格、盘古格、腾骧格,则又穿凿

本文收稿日期:2017.9.15

鄙陋矣。[2]

清代对诗法著作的批评又以《四库全书总目提要》为代表，纪昀等四库馆臣对"备陈法律"的诗法类著述评价皆不高，诗法著述都被放置在诗文评的"存目"之中。其中的主要批评观点也是"强立名目"、"穿凿殊甚"：

> 是编皆标举诗格，而举唐、宋旧作为式。然所论多强立名目，旁生支节。（《天厨禁脔提要》）

> 是篇发明杜诗篇法，穿凿殊甚。……每首皆标立格名，种种杜撰，此真强作解事者也。（《少陵诗格提要》）[3]

应该说，一些诗法名目的确有"妄立"之嫌，但不能因为有这些情况就以偏概全，将诗法名目全盘否定。如果从深层分析，所谓穿凿附会、妄立格法主要在于批评者认为这些诗法乃是编著者"强作解事"。

的确，杜甫写作的时并非心中先有种种诗法名目，但杜甫肯定是有种种方法的，黄庭坚即言："杜之诗法出审言，句法出庾信，但过之耳。"[4]例如老杜多以颜色字置第一字，像"红入桃花嫩，青归柳叶新"、"青惜峰峦过，黄知橘柚来"、"碧知湖外草，红见海东云"等。这在杜甫心中就是一种诗法，只是他没有给予明确的总结与归纳。后世学人将这种方法总结归纳为"颜色字置第一字"，清晰明了以便于后学。

在历代的诗话著作中也经常会论及诗法。例如北宋王直方《诗话》云："'璧门金阙倚天开，五见宫花落古槐。明日扁舟沧海去，却将云气望蓬莱。'此刘贡甫诗也，自馆中出知曹州时作，旧云'云里'，荆公改作'云气'，又云：'五见宫花落古槐，此诗法也。'"[5]《诗人玉屑》引《小园解后录》云："'打起黄莺儿，莫教枝上啼。几回惊妾梦，不得到辽西。'此唐人诗也，人问诗法于韩公子苍，子苍令参此诗以为法。'汴水日驰三百里，扁舟东下更开帆。且辞杞国风微北，夜泊宁陵月正南。老树挟霜鸣窣窣，寒花承露落毿毿。茫然不悟身何处，水色天光共蔚蓝。'此韩子苍诗也。人问诗法于吕公居仁，居仁令参此诗以为法。后之学诗者，熟读此二篇，思过半矣。"[6]王安石、韩子苍、吕居仁都认为该诗使用了诗法，但究竟是什么诗法呢？诗话著作中没有给予概括。

而在诗法著作中这两种诗法都有总结与归纳，王安石所说的那一诗句运用了"错综句法"（倒装句法），真正的顺序当是"古槐落宫花"。金昌绪与韩子苍所用的诗法乃是"一篇血脉条贯体"。批评家所指责的"标立格名"其实是一种理论创造，对事物进行命名，是人们认识、理解世界的重要步骤，给诗法加一个确切的名称，恰恰是人们对诗歌技巧的深入理解与总结，而且便于学诗者迅速有效地掌握语言技巧。再例如，诗歌的结尾能够"言有尽而意无穷"最妙，这一点没人反对，而"含思落句势"（王昌龄《诗格》）——诗歌最后以景物结尾这一方法却如何就是"妄立"呢？

如果再进一步直击本质，所谓"妄立格法"最根本还在于批评家认为诗歌的写作不应该总结方法，不应该受方法的指导。其实也就是诗法的客观性、固定性和诗歌本身的艺术属性，形成了一定的对抗。南宋胡仔曰："梅圣俞有《续金针诗格》，张天觉有《律诗格》，洪觉范有《禁脔》，此三书皆论诗也……余谓论诗若此，皆非知诗者。善乎山谷之言曰：'彼喜穿凿者,弃其大旨,取其发兴,于所遇林泉人物,草木鱼虫,以为物物皆有所托,如世间商度隐语者,则诗委地矣。'"[7]其中的担忧还是来自于诗歌天机随发的特点是否会被诗法的教条性所损害。其实这两点并不矛盾。诗歌艺术是要通过语言技巧来达到,技巧本身却是客观的,经典的技巧自然可以被总结成方法,所以,承认诗歌的艺术属性,本不必要反对诗法的存在。

偏见二:浅稚谬误

第二种主流批评观点乃是诗法著作的内容浅稚。如明人许学夷所言:

> 世传魏文帝《诗格》,其浅稚卑鄙无论,乃至窃沈约"八病"之说,又引齐梁诗句为法,盖村学盲师所为,不足辩也。[8]

> 《沙中金》一书,亦出于元人。其法有实字作眼、响字作眼、拗字作眼、倒字押韵、虚字妆句、流水句、错综句、折腰句、句中对、扇对、巧对等,既非本要;又有交股对、借韵对、歇后句等,则又涉于浅稚矣。[9]

诗法著作的著书目的就是为了指引后学或者应试科举,例如明人黄溥《诗学权舆》本就是家塾刻本,其《自序》云:"是编盖自早岁已尝著之,以课家塾,名曰《诗学权舆》,每患其疏略未详,至是重加纂集,颇为明白,仍其旧名而不改者,良以后先所述,虽有详略不同,而其为初学者行远升高之助,初亦未尝异也。"[10]从课家塾的目的出发,自然需要相对浅显,而批评者用学术的标准来衡量,难免书籍会显得浅稚。再例如《四库全书总目提要》认为《冰川诗式》"杂录旧说,不著所出"[11],的确,部分诗法著作作为教科书的性质特点很难进入学人视野,但隔着千年的光阴,面对古典诗歌创作的衰落,我们再来看这些标举语言技巧的诗法著作,其价值意义早已不同于当年。

再有就是针对诗法著作谬误的批评。《四库全书总目提要》在指点诗法著作中的谬误方面用力甚勤。例如《木天禁语提要》:

> 其七言律诗一条称:"唐人李淑有《诗苑》一书,今世罕传。所述篇法止有六格,今广为十三格。"考晁公武《读书志》,《诗苑类格》三卷,李淑撰。宝元三年豫王出阁,淑为皇子傅,因纂成此书上之。然则淑为宋仁宗时人,安得称唐。明华阳王宣墡作《诗心珠会》,全引此条,亦作唐字。知原本实误以为唐人,非刊本有误。其荒陋已可想见。[12]

内容有所谬误的确是很多诗法著作中难以掩饰的缺陷,这和诗法著作的纂辑、翻刻、散逸等编撰与流传情况有关。但我们却不能因为个别的错误与缺陷就把诗法著作一棒子打死,我们对诗法著作要具备"沙里淘金"的研究精神。

再者,因为诗法著作的内容是形而下的器用与技术层面,所以在一些诗论家眼中它们的品格相对低下。南宋陈振孙《直斋书录解题》录《文章玄妙》一卷,其解题便云:

> 唐任藩撰。言作诗声病、对偶之类。凡世所传诗格,大率相似。余尝书其末云:"论诗而若此,岂复有诗矣。唐末诗格污下,其一时名人,著论传后乃尔,欲求高尚,岂可得哉?"[13]

同样还有四库馆臣批评梁桥的《冰川诗式》:"又参以臆见,横生名目,兼增以杜撰之体。盖于诗之源流正变,皆未有所解也。"[14]诗法之书本来就不以揭示"源流正辩"作为著书目的,为什么要用这一标准去要求它呢?这正反映了中国古代重理论轻技术的主流观念。方法与格法向来被认为是低一等的玩意,所以郭绍虞《宋诗话考》云:"窃以为宋人诗话之所以胜于唐人论诗之著者,由于宋人之著重在理论批评,而唐人之著则偏于法式也。重在评论,则学诗者与能诗者均可肄习;偏于法式,则袛便初学,为举业作敲门砖耳,不则亦僧侣学者妄立名目以欺人耳,故其书多不传。"[15]

张伯伟又指出诗法著作多自我宣传之语,因而显得品格低下。例如明人黄省曾《名家诗法》前有小序云:"清江范德机以诗名天下,编集唐人之诗具为格式,其若公输子之规矩,师旷之六律乎?无规矩,公输子之巧无所施;无六律,师旷之聪无所用。学诗者得此编而详味之,庶乎可造唐人之间奥奚。"这些话"如同书贾广告"。[16]《木天禁语·序》云:"是编犹古今《本草》,所载无非有益寿命之品。服食者莫自生狐疑,坠落外道。"[17]张伯伟指出:"这些话,皆类似于今日之'广告术语',诗坛之巨擘大家,岂能为此类汲汲于自我推销之言?"[18]其实这些话很有可能是在诗法传抄、翻刻的过程中后人或书坊主人所加,即便是作者所写,这些夸大其辞的自我宣传之语,对诗法著作来说也是"瑕不掩瑜"的。

偏见三:伪书伪撰

最早提出诗法著作乃是"伪书伪撰"的或是南宋陈振孙。其《直斋书录解题》著录唐宋诗格时每每指出其有伪撰的问题。的确,不少诗法著作乃是依托名人,如约南宋时有人杂取上官仪《笔札华梁》中杂取残存的散佚文字拼凑成帙,题名《诗格》,委托魏文帝之名以行世。

实际上,唐五代的诗格、诗式著作多有散佚,在后人重新篡集、刊刻的过程中,混入一些新的内容不可避免的。张健就认为"只要我们深入研究这些诗法的版本流传情况,就会发现,元代诗法在流传过程中有被增删改动的情况"[19]。并举例证明道:

> 如题名杨载撰的《诗法家数》在朱权编《西江诗法》中不同于杨成本《诗法》,《西江诗法》本中没有杨成本的抄撮前人论诗语"总论"部分,而就是"总论"部分,杨成本也不同于黄省曾《名家诗法》本、胡文焕《格致丛书》本,后两者的内容多于前者。这种情况标明,《诗法家数》原本可能没有"总论"部分,这些内容可能是后人增添。[20]

同样,《木天禁语》、《诗家一指》等诗法著作也有部分内容并非原著所有,而是后人改动加增的,所以并不能根据增删改窜的现象,就判断这些书是伪撰伪作。

晚明许学夷对诗法的批评一直都比较激烈,他甚至认为大多数唐代诗格都是伪撰:

> 世传上官仪、李峤、王昌龄各有《诗格》,昌龄又有《诗中密旨》,白居易有《金针集》、又有《文苑诗格》,贾岛有《二南密旨》,浅稚卑鄙,俱属伪撰。予曩时各有辩论,以今观之,不直一笑。盖当时上官仪、李峤、王昌龄、白居易俱有盛名,而贾岛为诗,晚唐人亦多慕之,故伪撰者托之耳,亦犹今世刻诗学大成托名李攀龙也。宋人言之而有未尽,今更详之。[21]

其出发点主要是这些书的内容"浅稚卑鄙"、"穿凿浅稚"、"浅陋为甚",所以"伪撰无疑"。

这一观点也为四库馆臣所继承。《四库全书总目》中认为《木天禁语》、《诗学禁脔》、《诗法家数》等皆是书坊伪撰。主要理由是:"其浅陋尤甚,亦必非真本"(《诗学禁脔提要》)[22]、"杨载序俚拙万状,亦必出伪托"(《诗法源流提要》)[23]、"其体例丛脞冗杂,殆难枚举。……盖与杨载《诗法家数》出一手伪撰。考二书所论,多见赵㧑谦《学范》中。知庸妄书贾剽取《学范》为之耳。"(《木天禁语提要》)[24],再如《诗法家数提要》云:"是编论多庸肤,例尤猥杂。(杨)载在元代,号为作手,其陋何至于是?必坊贾依托也。"[25]四库馆臣的这些批评大有盖棺论定之效,随后人们普遍认为诗法著作乃是伪书,无甚价值。

但这些观点,并没有影响当代学者正确的判断,张伯伟指出:"如《四库提要》'诗文评类存目'曾指出《诗法家数》、《木天禁语》、《诗学禁脔》为'坊贾依托',但只是就其议论庸陋而加以判断,缺乏具体考论,给人以虽言之成理,而未必持之有故的印象。所以今人出版的元诗研究或元代批评史著作,在涉及此类文献时,仍然作为元代名家的诗学观点加以引用或阐发。"[26]张健也指出:"(《四库总目》)这些判定都是就内容作出的,属于主观的价值判断,因为不同的人对同一部著作可以作出完全不同的价值判断,如上所云,明初以来对元代诗法著作就有高度评价。这些主观评价并不能作为判定真伪的依据。"[27]

不可否认,不少诗法著作的确显示出内容疏漏、体例猥琐的遗憾,但因为有这些问题,就一概否定诗法著作也是不客观的。即便不是名人所作而是书坊依托,但毕竟也是古人总结的诗歌技巧,也反映了一定的诗学观念与诗艺成绩,不能完全看成糟粕。书中内容对于今天来说已经是历史的遗留,对于研究当时社会对于诗歌技巧的看法与观念,是有很大价值的。

偏见四:书塾死法

明末清初的王夫之是一位较为反对诗法的诗论家,但他的批评观点不同于他人:

> 诗之有皎然、虞伯生,经义之有茅鹿门、汤宾尹、袁了凡,皆画地成牢以陷人者,有死法也。死法之立,总缘识量狭小。如演杂剧,在方丈台上,故有花样步位,稍移一步则错乱。若驰骋康庄,取途千里,而用此步法,虽至愚者不为也。[28]

> 有皎然《诗式》而后无诗,有《八大家文钞》而后无文。立此法者,自谓善诱童蒙;不知引童蒙入荆棘,正在于此。[29]

王夫之反对诗法的主要原因在于,他认为诗法乃是"画地成牢"、"死法陷人",是塾师赚童子的死法。再看王夫之针对一些具体诗法的批评:

> 近体中二联,一情一景,一法也。……若四句俱情而无景语者,尤不可胜数,其得谓之非法乎?夫景以情合,情以景生,初不相离,唯意所适。截分两橛,则情不足与,而景非其景。且如"九月寒砧催木叶",二句之中,情景作对;"片石孤云窥色相"四句,情景双收:更从何处分析?陋人标陋格,乃谓"吴楚东南坼"四句,上景下情,为律诗宪典,不顾杜陵九原大笑。愚不可瘳,亦孰与疗之?[30]

> 起承转收,一法也。试取初盛唐律验之,谁必株守此法者?法莫要于成章;立此四

法,则不成章矣。且道"卢家少妇"一诗作何解?是何章法?……何起何收,何承何转?陋人之法,乌足展骐骥之足哉?[31]

在诗法著作中标示"一情一景"这种方法,并非是否认有其他方法的存在。至于杜甫名作《登岳阳楼》的确是上景下情,而且这种先景后情的写法在律诗中占的比重非常大,说成"律诗宪典"稍有夸张,但也没有特别大的问题。再者,不可否认"起承转收"的确是一种好方法,也造就了不少名篇。但标示这种方法的存在难道就是要求必须篇篇固守这一方法吗?这种联系完全是王夫之不合逻辑的想象与主观的推断。蒋寅在文章中曾谈到王夫之的文艺批评"不免有名士的浮夸气,常偏激而河汉其言","见识疏阔而又很自以为是"[32],这种习气在他对诗法的批评中也可见一斑。

如果尝试着理解王夫之,主要还是因为他担心学诗者会全盘根据诗法来作诗,造成只见树木不见森林的恶果。因为的确有死塾师以此来教劣弟子,王夫之对此十分痛心疾首:

> 起承转收以论诗,用教幕客作应酬或可;其或可者,八句自为一首尾也。塾师乃以此作经义法,一篇之中,四起四收,非蠹虫相衔成青竹蛇何?两间万物之生,无有尻下出头,枝末生根之理。不谓之不通,其可得乎?[33]

所以,王夫之对诗法之书的不满之语,是着眼于机械运用来说的。严羽在《沧浪诗话》中说"惠洪《天厨禁脔》,最为误人"也是针对这一层面。人要驾驭诗法,而不是被诗法所束缚。正如俞成《萤雪丛说》云:"文章一技,要自有活法。若胶古人之陈迹,而不能点化其句语,此乃谓之死法。死法专踏蹈袭,则不能生于吾言之外,活法夺胎换骨,则不能毙于吾言之内。毙吾言者,故为死法,生吾言者,故为活法。"[34]所谓的"死法"不是方法的过错,而是使用者执着于方法的过错。

诗法只是参考,只是途径,而不是唯一的标准、最终的目的。其实,这一观点在很多诗法著作的序言中都有强调。文章的确有法,那些"活法"、"无法而妙"、"至法无法"的主张,都是在希望学诗者全面而娴熟地掌握诗歌创作的规矩法度,然后在自由地驾驭"法"的基础上超越"法",最终变化莫测、游刃有余。我们不能因为个别人在诗法面前邯郸学步、亦步亦趋,就去围剿"诗法",就去反对总结法则,实在是不合逻辑。

其实,诗法著作历代传承下来的编纂与体例的缺陷,只是其遭到批评的表面原因,最主要的还在于诗法的客观性、固定性和诗歌本身的艺术属性,形成了一定的对抗;某些人机械运用诗法的流弊与诗人应该具备的个性与自由气质也充满矛盾;诗法著作面向初学者与科举应试的著述目的与批评者的学术高度与质量要求之间有一定的距离;正是这些根本原因的存在,使得古人对诗法著作有众多批评的声音。而在当代技与艺并进的学术研究中,重新正确评价诗法著作是很有必要的。

注 释:

* 本文是 2016 年防灾科技学院教研教改项目《对古代自然灾害诗歌采用生态批评的教学实践研究》(JY2016B23)的成果之一。

[1] 郭绍虞《宋诗话辑佚》,中华书局 1980 年版,第 410 页。

〔2〕〔8〕〔9〕〔21〕 许学夷著,杜维沫校点《诗源辩体》,人民文学出版社1987年版,第334、331、341、333页。

〔3〕〔11〕〔12〕〔14〕〔22〕〔23〕〔24〕〔25〕 纪昀《四库全书总目提要》,中华书局1997年版,第2763、2763、2771、2767、2771、2767、2763、2767、2766页。

〔4〕 陈师道《后山诗话》,商务印书馆1935年版,第2页。

〔5〕 胡仔著,王利器校点《苕溪渔隐丛话前集》,人民文学出版社1962年版,第378页。

〔6〕 魏庆之《诗人玉屑》,中华书局2007年版,第180页。

〔7〕 胡仔著,王利器校点《苕溪渔隐丛话后集》,人民文学出版社1962年版,第260页。

〔10〕 黄溥《诗学权舆》,国家图书馆藏明成化五年刻本。

〔13〕 陈振孙《直斋书录解题》,上海古籍出版社1987年版,第645页。

〔15〕 郭绍虞《宋诗话考》,中华书局1979年版,第67页。

〔16〕〔18〕〔26〕 张伯伟《元代诗学伪书考》,《文学遗产》1997年第3期。

〔17〕〔19〕〔20〕〔27〕 张健《元代诗法校考》,北京大学出版社2001年版,第140、11、11、9页。

〔28〕〔29〕〔30〕〔31〕〔33〕 王夫之著,戴鸿森注《薑斋诗话》,人民文学出版社1961年版,第149、169、151、151、151页。

〔32〕 蒋寅《理论的巨人,批评的矮子——漫说王夫之诗学的缺陷》,《文史知识》2010年第3期。

〔34〕 俞成《萤雪丛说》,中国书店1990年版,第7页。

〔作者简介〕 张静,1982年生,山东威海人,文学博士,防灾科技学院副教授,主要研究中国诗学。唐元,1983年生,河北邢台人,文学博士,防灾科技学院副教授,主要研究中国古代文学。

《全校会注集评聊斋志异》(修订本)

(任笃行辑校,人民文学出版社2016年,全四册精装299元)

任笃行先生以手稿本、康熙本等作为底本,参校以青柯亭本、铸雪斋本、异史本、二十四卷本、但明伦批本等目前可见的十几种本子,重新厘定《聊斋》的编次,改通行本的十二卷为八卷;汇集十余家评语,除王士禛、冯镇峦、但明伦等之外,还加入不太常见的王金范和方舒岩的评语;汇编《聊斋》最重要的两位校注者吕湛恩、何垠的注释,在重要处加以考订,辨明注释正误,注明典故出处。

本书初版之后,任笃行先生即开始了修订工作,历时八年,更换了部分篇目的底本,大幅修订校记,矻矻终日,一字不苟,方告完成。人民文学出版社以他的修订本手稿为依据,出版了这部《全校会注集评聊斋志异》修订本,全书四册,布面精装,繁体竖排,正文内双行夹注,注释校记附于文后,附录有各抄刻本序跋、品题,重要版本编次对照表等重要资料,力求为广大《聊斋》爱好者、研究者们呈现一个最接近本来面目的《聊斋志异》。

论诗学中"格"之于"意"的依附性地位

——结合语义分析与康德美学

宋 烨

  古代文学批评概念中围绕"格"而衍生出来的概念非常丰富,它们构成了一系列重要的批评术语。作为衍生源头的核心概念"格",它自身与另一个极为重要概念"意"之间存在着密切关系。对这层密切关系的考察将揭示这样一个事实:中国诗学概念中的"格"之于"意"存在着一种深刻的依附性。文章立足于古代文学中关于"格"的重要文论资源,运用语义分析的方法给予问题以思辨性的考察,并通过结合古代文论与康德美学指出为什么在知性上理解"意"是理解"格"的前提。

一、"格"概念的非形式化指涉

  "格"与"意"的关系在之前相关的论文中也得到了详尽的阐发,如蒋寅《"正宗"的气象和蕴含——沈德潜新格调诗学的理论品位》、黄爱平《宋诗话中"格"的复杂意蕴及其诗学意义》、高晓成《唐代诗歌品格与诗意之关系—以"诗格"材料为中心》均谈论到"意"与"格"之间关系的密切性。[1]本文旨在更进一步地揭示这种关系的依附性本质,而在这之前需要先考察"格"这一概念自身的历史脉络。"格"在中国古代文学的批评概念中有着十分显要的位置,它和"情"、"气"、"意"、"韵"、"识"、"法"这些核心概念共同奠定起古代文学批评的理论基石。以"格"为核心而衍生的批评概念也非常丰富,主要有"气格"、"体格"、"风格"、"格力"、"格致"、"格韵"、"格调"等。其中"格调"在明代以后伴随着诗学复古运动的兴起还演变成为一个影响巨大的诗学流派,并在清代沈德潜那里与其它批评概念合流,最终形成了一个内涵极为丰富的诗歌艺术典范。核心概念与衍生概念彼此相互影响和作用,一方面,因为同属一个概念集群,依"格"而衍生的概念之间就会存在着"共同意义",而集群中的核心概念"格"就是产生关联意义的基础。另一方面,衍生出来的概念在原有核心概念的基础上为后者增添了新的涵义,故对原有的核心概念起到补充、发展与深化的作用。在这种关系中,前者是基础性的、决定性的,因为隐藏在核心概念中的那种共同而稳定的意义把所有衍生性概念统一了起来,成了它们的共相。需要指出的是,对概念间共相的承认,其前提是承认与概念相对应的现象之间必定也存在共相,把"共同意义"视为是概念之间共相的做法实际上是对维特根斯坦的"家族相似"理论的拒绝。但这种拒绝却限定在一定程度内,它并不否认某些现象之间确实可能没有共相可言,这些现象之所以被归入同一概念里完全是因为现象间存在某种程度的家族相似性而已,如维特根斯坦自己所举的"游戏"就是这种现象。现实中存在着各种各样的游戏,它们之间没有共同的本质可言,只是因为它们彼此之间具有某种相似性才都叫做"游戏"。但像"游戏"这类现象显然不能解释日常的所有经验,自然也包括文学经验。比如,可以按照明代格调派的趣味标准把所有符合他们理想、达到"格调"水准的唐诗全部挑选出来,它们之间一定分享着共同的诸多条件。岑参的诗与李颀的诗都被格调派奉为趣味典范,并不是因为两位诗人徒有某种表象上的相似性而已。同理,把各自具有"气格"、"体格"、"意格"、"韵格"、"风格"的诗作挑选出来放在一起考察,它们之间也一定拥有着某种共相属性,这个共相属性就存在于核心概念"格"的涵义属性中。"格"的涵义将深刻地影响所有以它为中心的衍生词,而"格"自身属性中所带有的限制也必然会制约着这些衍生词的属性。

因此,对"格"这一核心概念的属性给予语义上的考察在学理上非常必要。将这种语义考察建立在古代文论基础之上,旨在揭示这个概念里一些仍可能被遮蔽的重要事实。在"格"成为文学批判概念之前,它主要用于衡量事物的体式标准以及品鉴人物的品格风范。文学意义上的"格"在南朝时期最早出现,到了唐代才得到了广泛的运用,涌现出大量的诗格类著作。在《文镜秘府论》所记载的南朝洛阳人王斌的《五格四声论》中,其内容即包含声律病犯等音调方面要求,也包含内容的对属等稍涉意义方面的要求。[2]唐人以"格"、"式"命名的书多在讨论诗的法度与规则,创立了繁多的各种名目,诸如旧题王昌龄《诗格》中所举诗有"生思"、"感思"、"取思"三格;[3]旧题王昌龄《诗中密旨》中围绕诗的用事、比兴、体时状物等功能举出了九种"格",分别是"重叠用事格"、"上句立兴,下句是意格"、"上句立兴,下句是比格"、"上句体物,下句状成格"、"上句体时,下句状成格"、"上句体事,下句意成格"、"句中比物成意格"、"句中叠语格"、"轻重错谬格";[4]旧题白居易《金针诗格》中所列诗有四种不入格的情况,即:"轻重不高"、"用意太过"、"指事不实"、"用意偏枯";[5]旧题贾岛《二南密旨》中说诗有"情"、"意"、"事"三格;[6]李洪宣《缘情手鉴诗格》中说诗有"情"、"理"、"景"三格;[7]齐己《风骚旨格》中也有"上格用意"、"中格用气"、"下格用事"的三格划分。[8]这些是唐人比较重要和知名的关于"格"讨论,可以看到,以上不同涵义的"格"均有一个共同之处,它们都有较强的关于实质内涵方面的指向。王昌龄"生思"、"感思"、"取思"三格之说揭示了在作诗的心营意构活动中所存在的三类获得灵感的情形,分别是从力疲心竭中放松下来后的偶然获得、在涵泳前作中的感发获得以及在搜求境象中的相与神会。[9]灵感的获得是诗歌形成实质内容的前提。再如贾岛的"情"、"意"、"事"三格,其中说"动天地、感鬼神,无出于情,三格中情最切也",谈意格时说"取诗中之意,不形于物象",论及事格时说"须兴怀属思,有所冥合。若将古事比今事,无冥合之意,何益于诗教"。[10]这些论述都将"格"与诗歌的意蕴内涵紧密关联起来。"思"、"情"、"意"、"理"、"景"、"事"、"气"这些概念与声调音律以及字数长短非常不同,前者关涉诗歌的意义内容,后者则主要关涉诗歌独立于意义内容的形式特征。当然,唐人也有指涉形式特征的"格",如上面提到的王昌龄"九格"里其中"句中叠语格"就是关于形式方面的规定;还有《金针诗格》中所说的"扇对格"即那种"第一句对第三句,第二句对第四句"的诗格体例。[11]皎然《诗议》指出"诗对"有六种格,包括"的名对"、"双拟对"、"格局对"、"联绵对"、"互成对"、"类对体";[12]桂林僧景淳《诗评》所举的"当句对格"、"当字对格"、"假色对格"、"假数对格"、"十字句格"、"第一、第二、第三、第四句见题格"等。[13]这些带有形式意含的"格"只限于对诗歌命意遣词组合中其结构形式类型的讨论,主要是关于诗句字数、诗句对属、诗歌结构等问题的总结。无论是哪一种问题都完全可以独立于诗歌实际的内涵而被专门讨论,可以从任何"思"、"情"、"意"、"理"、"景"、"事"、"气"等实质内容中被单独抽离出来。像诗句间的对属形式虽然会受到词象意义和声调的限制,但如果把对属形式当做一种体例单独提炼出来的话,其核心关注却并非停留在词象意义上,而在于词象意义的"对属性"这一形式特征上。至于诗歌与诗题之间的呼应关系,也仍然是一种形式关系,虽然具体呼应的位置的确会影响诗歌意义的实质内涵,但文题间的呼应关系则更接近于一种形式结构的关系,两首意义截然不同甚至可能背道而驰的诗作完全可能共享同一结构。

比较之下可见,在唐人的议论中,内容指涉的"格",比形式指涉"格"在分量更重也更为知名。现今留下来的唐代诗格类著作都有意识地把诗的实质内容安排进"格"的涵义中。无论唐代诸家之间对"格"的阐释分歧如何,都更倾向于让"格"成为指涉特定实质内容的代称,纯粹关于形式的讨论虽然存在但并不占据主要位置。青木正儿在评价王昌龄《论文意》的那段"意高则格高"的著名议论时指出:"格是意即关于诗的内容方面的东西……就是说,格是思想表达的样式。"[14]唐人那里的"格"有着非形式化指涉的倾向,他们对"格"广泛而深入的讨论为基于"格"而衍生出来的概念群之内涵确定了疆域。

二、以"意"释"格"与"格"的依附性地位

唐人对"格"的讨论为理解这一核心概念的本质内涵奠定了基础。到宋人那里,"格"被置于更宽的论域当中加以阐发,不再是就格论格,而是被置于诗歌艺术效果的整体关照中。这样,在与其他层次问题的对比中,格的涵义更为清楚地展现出来。陈师道的一段很知名的论述就把对"格"的理解放置在一种诗歌文学艺术的整体视角当中,里面涉及了与诸多其他重要文学概念的关联,这段话记载在张表臣的《珊瑚钩诗话》中:

> 陈无己先生语余曰:"今人爱杜甫诗,一句之内,至窃取数字以仿像之,非善学者。学诗之要,在乎立格、命意、用字而已。"余曰:"如何等是?"曰:"《冬日谒玄元皇帝庙》诗,叙述功德,反复外意,事核而理长;《阆中歌》,辞致峭丽,语脉新奇,句清而体好,兹非立格之妙乎?《江汉诗》,言乾坤之大,腐儒无所寄其身;《缚鸡行》,言鸡虫得失,不如两忘而寓于道,兹非命意之深乎?《赠蔡希鲁诗》云'身轻一鸟过',力在一过字;《徐步诗》云'蕊粉上蜂须',功在一上字,兹非用字之精乎?学者体其格,高其意,炼其字,则自然有合矣。何必规规然仿像之乎!"[15]

这段议论面向世人学杜诗所存在的窃字模拟这种弊病,提出了作诗的一般性原则,即"立格"、"命意"和"用字"三个方面均有所得才可称善。在具体阐述时,陈师道使用了"意"、"事"、"理"、"辞"、"语"、"句"、"体"等一组概念来充实"立格"的内涵。比较之下,在"命

意"与"用字"的问题上,其牵涉的概念则十分简要,分别只使用了"深"与"精"这样的谓词,没有出现那么密集的进一步限定,"命意"就是指要达到诗句在意义上的深远,"用字"无非是追求遣词造句上的精当。于是看到这样的逻辑进路:

1、立格(即立格之妙)——须反复外意、事核、理长/辞致峭丽,语脉新奇,句清而体好——作品

2、命意——须深——作品

3、用字——须精——作品

须稍加解释的是,之所以把"立格"与"立格之妙"这个两个说法等同看待,而没有把"命意"与"命意之深"以及"用字"与"用字之精"等同起来,是因为如果把"妙"当作"立格"的谓词,"立格之妙"就是一个分析式的命题,谓词"妙"包含在主词"立格"的概念之中。而"命意之深"和"用字之精"却属于是综合式的命题,后面的谓词不能够包含在主词之中。理由如下,在文学批判中"妙"这个词就像"好"、"佳"、"善"这些词一样,除了表现褒扬赞美的态度外,并没有其他内涵,无法指出作品妙在何处,好在哪里。既然是对"立格"、"命意"、"用字"做出某种带有规范性色彩的概括,那么"妙"就是三者的题中之义,三者自然应达到"妙"之境地。所以"妙"不是对"立格"的解释,无法增进关于"立格"的知识。而"反复外意"、"深"、"精"这些谓词概念则并不当然地包含在主词概念中。这种谓词与主词相连的关系源自于经验上优秀的诗歌作品总是呈现出来的某种规律性,也就是说,这些主词、谓词总在一起的必然关系(例如"命意之妙"须达"深远",前者是主词,后者是谓词)源自于对某种古典文学价值背后规律的经验性总结,而不是概念的解析。

从上面所展示的陈师道的三个解释进路来看,"立格"显示出了两个不同于"命意"和"用字"的特征。其一,"立格"是个内涵复杂的概念,对它的解释需要诉诸和依赖许多其他的概念;其二,在阐发"立格"时使用了"反复外意",而"反复外意"正是属于"命意"的范围。相形之下,陈师道对"命意"与"用字"的解说则相当简单,都在用单一(或少量)并且带有形容性色彩的语词来作"命意"、"用字"的谓词。"深"和"精"这些形容性的语词也可以独立地承担"命意"概念解释说明的任务,这种"独立性"就集中表现在不必返溯到比"意"更为抽象的概念上去就足以增进对"命意"这一概念的理解(虽然它仍还不是理解的终点)。在陈师道的评述中,对《冬日谒玄元皇帝庙》一诗来说,"立格"(或"立格之妙")的概念本身包含着"命意"的内涵(即反复外意),而"命意"、"用字"的概念则转而借助"深"、"精"这样的谓词来进一步说明[16],但对"深"、"精"这两个概念的解释,陈师道却没有继续更进一步地诉诸其他概念,而是引导人们直接从诗文的具体鉴赏中去理解。应当看出,"格"与"意"在概念上并不属于同一层次,"立格"(或"立格之妙")的成功即须达到那种表现为"反复外意"的"命意"程度(这是必要条件),而"命意"的成功则须追求"意之深"的境界。其实,诸如立格中的其它概念如"事核"、"理长"也无不体现在诗人的命意当中,一定是通过诗人"意"来发现的事与理,通过"意"来彰显。而"辞致"、"语脉"、"句体"又无不是以对"意"的精当表现为依准。因此,陈师道的逻辑进路就自然可以推出这样的结论:知道"立格"的内涵需要首先知道"命意"的内涵,而知道"命意"则需要先理解蕴藏于作品之中的"意之深"到底何谓。在"格"——"意"的关系中,可以看到概念的模糊性有下降的趋势,"意"的概念较之于"格"

更容易被人所把握。

其实,"格"以及"格"的衍生概念与"意"的这种关系在早期的诗格类著作中就能够见到,旧题王昌龄《诗格》就有一段很有名的话这样说:"格,意也。意高为之格高,意下为之格下。"[17]从这个语句的结构上来看,"格"是有待解释的概念,而"意"则是解释"格"的概念工具,它的内在理路就是"欲想知格,先须知意",故此可谓"以意释格"。旧题白居易《金针诗格》云:"诗有内外意一曰内意,欲尽其理。理,谓义理之理,美、刺、箴、诲之类是也。二曰外意,欲尽其象。象,谓物象之象,日月、山河、虫鱼、草木之类是也。内外含蓄,方入诗格。"[18]此可见先须得内外含蓄之意,方可抵达立格之境。后来的《蔡夫宽诗话》云:"诗语大忌用工太过,盖炼句胜则意必不足,语工而意不足,则格力必弱,此自然之理也。"[19]杨载《诗法家数》云:"凡作古诗,体格、句法俱要苍古,且先立大意,铺叙既定,然后下笔,则文脉贯通,意无断续,整然可观。"[20]李瑛《诗法易简录》评苏颂《汾上惊秋》云:"必有不尽之意蕴蓄于字句之外者方见格力高深。"[21]以上诸论中都反映出"命意"对"立格"的重要影响,均潜在地遵循着通过"意"来释通"格"的逻辑。稍须提及的是,以意释格的方法在古代文论中也存在例外情形,如在《金针诗格》中就有这么一段话:"诗有四炼:炼字、炼句、炼意、炼格。炼句不如炼字,炼字不如炼意,炼意不如炼格。"[22]对于这段话的解读,刘熙载在《艺概》中这样评价:"论诗者或谓炼格不如炼意,或谓炼意不如炼格。惟姜白石《诗说》为得之,曰:'意出于格,先得格也;格出于意,先得意也。'"[23]此处所举两例都比较著名,它们的共同点是均承认"格"是"意"的渊源,对"格"的锤炼和掌握可以先于"意"而实现,而这就与以意释格的观点相反。知道中国古代文论源远流长,不同时代之间对立相左的见解是并不少见。姜夔、刘熙载都承认"意"与"格"可互为先后,可是"格先于意"的说法非常模糊,并且二人对此只是提而不论。"格"与"意"孰先孰后的问题,在很大程度上是一个如何理解"炼格"的问题。李瑛《诗法易简录》云:"(作诗)若入手卑缓,虽用好句振之刻入集中,亦只可选句而不在炼格之列。"《诗人玉屑》卷四《风骚句法》云:"诗有四炼……三曰炼意:'老骥思千里,饥鹰待一呼','风前灯易灭,川上月难留';四曰炼格:'日暮长安道,秋深云汉心','岛屿分诸国,星河共一天。'"[24]可以发现炼格实属于炼出一种有高度,有气象的诗意。诗歌的高度不可凭虚存在,文采雕琢无法改变诗作命意上的卑缓之气,像"日暮长安"、"星河一天"这样格高的诗句归根结底源发于一种高阔的属意。所谓"格先于意"(即意出于格)的说法不是指概念出现的历史顺序,而是指概念在介入诗人的创作过程中时所起作用的先后顺序。从认知的历史来看,"意"仍先于"格"并决定着"格",先有了文学上"意"的概念,才会进而用有文学上那个侧重指称诗歌内涵方面的"格"的概念。在实际鉴赏中,只有在读懂了诗作之"意"后才可能进而体察到诗作之"格",例如在上面所引王昌龄"意高谓之格高,意下谓之格下"的话后面他旋即举例说:"古诗:'耕田而食,凿井而饮'此高格也,沈休文诗:'平生少年日,分手易前期'此下格也。"[25]这便是以诗意来知诗格的典型。像旧题梅尧臣的《续金针诗格》中说:"诗曰:'日月光天德,山河壮帝居。'此物象显明,格所以高也。"[26]该论表面上看似是以"物象"来决定格之高低,然而物象仍须在物象之外的东西即"意"的统领和贯通下才能组合成有意义的诗句。该论所引陈后主之诗之所以显格高,实为帝王诗本有极高的自我命意,托之物象表述之而已。此句的格高之处,不在于山河物象,而在于君主拥有江山的不凡自命,可见格高的本原仍是命意之高、情致之高。[27] 当人们积累了足够丰富的诗歌审美经验后,被"意"决定的"格"便逐渐获得了独立而稳定的内涵,这时,一种"格",无论它叫"格力"、"体格"还是"格调",就都稳定地代表着一种艺术风貌,或者是一种诗歌精神风致,例如盛唐之格与中唐之格。盛唐诗的神韵轩举与中唐诗的平淡悠缓本质上是由不同时代气运下所涵泳的不同命意风尚所导致。这样,从阅读一首首名篇佳作开始,深入品察每首诗中的命意选辞,积少成多,积意成格,最终把不同时代、流派的诗作按其整体艺术风貌归入不同类型的诗格之中。选辞也是一种命意,是诗人在构思大意已定的情况下,斟酌更好、更精当的词象。该词象的确定使得之前笼统模糊的大意清晰起来,这在本质上也是在一种命意活动,因为每一个不同的词象都蕴含着不同的意义,在相同的大意下,其在表现力上可以有很不同的意义效果。有了"成格"之后,于是反过来,在经验中诗人以这种类型化的诗格作为他们创作的直接指引和典范,从中找寻以类型化的方式凝铸在其中的"意"的蹊径。尽管这凝于"格"中之"意"可能非常宽泛和笼统,但毕竟可以排除许多其他蹊径,大体上趋向一个较为集中的方向,一种稳定的理想艺术风貌。格的类型既可以用时代来划分,如魏晋、三唐,又可以主题来划分,如田园诗、山水诗,也可以个体诗人来划分,如李白、杜甫。这里的"格"几乎就是整体艺术风貌的代名词,固然时代、体裁、人物的划分来源于诗歌整体艺术风貌给人带来的差异化印象,但艺术风貌的形成其本质上是受命意选辞的决定。后代诗人创作时,心中那个确定的艺术典范对其命意选辞起着指引与制约的作用,他必须努力使作品在整体上靠近那种隐约而实在的理想艺术风貌。在明代复古派那里,魏晋诗与盛唐诗各自不同的艺术风貌在典范这个意义上被"格"统一起来。到沈德潜那里,以"格"为核心的"格调"概念发展成了融合"宗旨"、"体裁"、"音节"、"神韵"为一体的新格调理论。[28] 这时它对于诗文创作的典范性、指引性意义就更加突出,这就是"意出于格"(格先于意)的内涵,它就像是先有既成的"格"放在那里,然后再在创作中去命意模仿。其实,在诗人具体的创作过程中,"格出于意"与"意出于格"是并存的。每首诗作最终都将形成一种属于它自己的格,这是诗人命意选词作诗的结果,此正所谓"格出于意";诗人在命意之前,脑海中须存在的所欲接近的理想诗格典范,然后再去作具体的命意构篇,此所谓"意出于格"。但须看到,如果没有"积意成格"的过程,理想而类型化的诗格就不会被提炼出来,也就无从成为指引创作的典范。"意"在认知上先于"格",并对"格"起着决定作用。由是可见,对"格"概念的把握最终是诉诸并依附于"意"的概念之上。

三、"命意"的非概念化以及"格"依附性地位的哲学根据

　　澄清了意之于格在认知上的优先地位后,还需要对"命意"作进一步的探讨才能全面地掌握"格"概念的本质属性。前面陈师道对"立格"、"命意"、"用字"概念的三种解释最终都回到了对作品的鉴赏,这当然只是他的做法。在古代文论中,对"命意"和"用字"的说明也存在像"立格"那样只借助概念而不诉诸作品的情形。《文镜秘府论》这样说:

> 夫诗,入头即论其意,意尽则肚宽,肚宽则诗得,容颜物色乱下,至尾则却收前意,节节仍须有分付。夫用字有数般:有轻,有重;有重中轻,有轻中重;有虽重浊可用者,有轻

清不可用者。事须细律之,若用重字,即以轻字拂之,便快也。[29]

此论不是直接依托作品鉴赏,而是对诗歌审美经验给予抽象概括,把命意与用字的内涵用诸多概念化的语言总结出来。同样,后世的朱庭珍《筱园诗话》云:

> 立意宜审某意为题所应有,某意为题所应无,某意为人人所共见,某意为我所独得,某为先路正面,某为左右对面,孰重孰轻,孰宾孰主,一一审择于微,分毫不爽,于题之真际妙谛,一眼注定,不啻立竿见影……[30]

此处"立意"与"命意"同义,可见朱庭珍也使用了诸多其他概念来澄清"立意"的内涵,不同于陈师道和张表臣只用"深"、"精"的那种简练解释方式。和上面空海的引文并看可知,两人解释"立意"时均立足于诗人创作过程中真实的构思境况,并把这种境况用概念提炼出来。但必须指出的是,即便动用许多其他概念来充实支撑"命意"的内涵,若要真正理解它,仍需置身在具体的文学鉴赏环境当中。欲使人明白何谓"命意",最终还是要通过诉诸作品,即沿循着陈师道的逻辑进路,这就是命意问题的非概念化。因为诗人的"命意"完全弥散在作品中,脱离作品而只沉思于抽象总结和理论提炼终难得其全貌。为解释"命意"而新引入的概念(如"肚宽"、"物色"、"分寸"、"轻重"、"共见"、"独得")只有在真切的诗歌鉴赏中,在感发人心而带有"意味"的字里行间中,才能完全展现其指称的对应物,从而真实地推动人对这些概念的理解。古代对"命意"的这种特征就有近似的看法,《诗家一指》"十科之首"云:

> 诗先命意,如构宫室,必法度形似备于胸中,始焉斤斧;此以实论。取于譬,则风之于空,春之于世,虽暂有其迹,而无能得之以为物者。是以造端超诣,变化易成。若立意卑凡,清真愈远。[31]

此论中的最引人瞩目地方的就是对"命意"的比喻。诗中之意如同在空中穿行的风、在世间盛兴的春天一样,虽然看似都有迹可循,但终究不能以直接观照实物的方式对它们去加以观照领会。这是因为无论是空中之风,还是物候之春,均弥漫式地流通于世界万物之间,无处不在和变化无穷的样态超越了具体实物所能承载和反映的能力,无法凭借某种概括性语言来加以把握。"无能得之以为物者"这句话有着极深的哲学意含,此中之"物"本义指自然界的实在之物。如果春风行于水上,那么"水波"便是春和风的一种"迹象"。但春和风却并不是依托在水波上,它飘忽不定而来去自由,单凭水波是抓不住春与风的所有特质。命意也是如此,命意要落在某处,那么该处就必定有一个对应的概念来指称,因为每一个实在之物或事件,或大或小,都可以被归摄入一个相对应的概念中。如果诗人想对某种座山或者某种人生苦楚加以命意作诗,单凭"山"与"苦境"概念中某些固定的涵义是无法充分反映和预设最终的诗意全貌。因为"山"的概念一般会包括"高"之义,"苦楚"的概念一般会包含"失望"之义,然而"高"与"失望"的概括性太强,忽略掉了许多太多的细节。写山"高"的方式有无数种,它既可以是"岱宗夫如何,齐鲁青未了",也可以是"岂知五岳外,别有他山尊",也可以是"南山与秋色,气势两相高",也可以是"不敢高声语,恐惊天上人",不一而足。所以春与风不能得之以为物,就如同命意不能得之以为概念一样。从古代大量杰出的诗作中确实可以发现有迹可循的章法,找到意义上新旧奇俗、结构上起承转合、用字上轻重清浊的规律性东西,并通过核心概念的内涵以及概念间建立的联系,最终形成一种诗法理论。但实际上,如果脱离文学鉴赏的支撑,仅靠掌握这些诗法理论中的概念和逻辑根本无法增进对"命意"的把握。其根本原因就深藏于这些概念的性质中。诗法理论中的核心概念基本全都是审美性的,带有康德美学意义上的反思色彩。它们的功能并不像一般名词、动词、形容词那样去给事物和事态划定边界、确定范围,从而让人们可以仅仅依赖概念下揭示的笼统的共性,忽略归摄于同一概念下不同事物事态千变万化的细节差别,就足以在大脑中形成与概念相对应的主要事物事态、找到概念所指,并最终领会概念和理论。比较之下,审美性概念比如"肚宽"、"物色"、"分寸"、"轻重"、"共见"、"独得",当它们组合形成判断型语句并关涉审美价值时,对它们的理解则无法忽略掉事物事态中的细微差别,无法只从这些概念下所揭示的笼统共性就找到它们的全部所指。这些概念只作为理解"命意"的渠道,最终还要回归于丰富而大量的作品鉴赏中去,正如《诗家一指》所比喻的那样,"命意"就像风吹遍于万物之间一样弥散在作品中,不可从具体事物即具体概念上得之。

如果没有鉴赏的帮助,"命意"概念下所牵衍出来的各种繁细概念最终无法帮助完成对"命意"概念的真正理解。但"命意"概念本身,在不凭借鉴赏的情况下,却足以向人们指引出一条正确的鉴赏道路,并在抽象理论层次上推动了对问题的理解。"意"概念的介入是从理论上理解"格"的必经之路,这除了从上面对文献的语义分析可得知外,康德美学在哲学上提供了一种深刻的理由。

康德美学比较复杂,这里只用最核心的部分。康德认为在鉴赏活动中,人通过审美对象之表象的刺激,其内部的两种心灵能力即知性(understanding)与想象力(imagination)共同活跃并相互激发,最终抵达至一种和谐的关系状态。这种心灵能力间的和谐状态产生了愉悦感,并使相信引起这种愉悦感的对象就是美的。在这两种心灵能力中,知性能力是基础性的,它为想象力的活动提供法则。人们在欣赏美的事物时因为两种能力的参与,故其所产生的愉悦感是一种经过反思的愉悦,它要让美的事物所传达表现的东西置于心灵内的两种能力的审视之下,以看是否达到和谐。康德把美区分为自然美与艺术美,并指出自然美是一种"自由美",而艺术美则归属于"依附美"。自由美是指审美对象(如芳菲、落霞、风云月露)不以规定它应该是什么样的那些概念或法则为前提,知性因素在其中的介入程度很低,低到这类美像是拥有无凭无附的自由一样。而依附美(如建筑、绘画、诗歌)则是指审美对象必须满足某些概念或者法则(尽管是一些不确定的概念),这种美的产生以实现某个概念针对它所规定的完善性为前提。关于这两种美,康德说:

> 一个事物中杂多与该事物作为目的的内容在规定的协调一致就是该事物的完善性,所以在对艺术美的评判中必须同时把事物的完善性考虑在内,而在对自然美的评判中则根本不问这种完善性。[32]

具有自由美的事物展现美的时候,无须满足自己概念中所确立的那种完善性理想,例如自然花朵,"一朵花应当是一个什么样的事物,除了植物学家之外,很难有别人知道。而即便是认识花是授粉器官的植物学家,在他通过鉴赏对花做出判断时,也并不考虑这种自然目的。"[33]由于完善性理想的缺席,自由美中的知性色彩极为稀薄,这其实也解释了为什么人们在自然事物的鉴赏上分歧很小。而依附美须满足其概念中的完善性这一事实使得依附美中知性因素的参与程度很高，高到这类美就像是必须"依附"在知性因素上一样，也就是说不依靠知性，这种美就根本实现不了。康德指出："那些（在某种关系中）结合起来构成天才的心灵力量，就是想象力与知性。只不过，既然在为知识而运用想象力时，想象力被置于知性的强制和与知性的概念相适应的限制之下"[34]故一座建筑物如果是美的，至少需要符合建筑物概念的制约，它不能随心所欲地构造，而是必须至少满足坚固、平衡、可以居住的条件，然后再谈其它装饰。诗歌也是如此，李白《梦留天姥吟留别》中"黄鹄飞之尚不得过，猿猱欲渡愁攀援"是知性与想象力同时起作用并达到了一种和谐状态。黄鹄本在高空翱翔，这在知性范围内，而山峻极到黄鹄也飞之不过，这是一种想象力，这里知性与想象力和谐并处，诗歌表现了一种惊奇而合理的想象。如果诗改成"白鹿飞之尚不得过"，就会因为违背知性法，自然破坏了和谐关系。可以看到，在康德那里"美"概念的定义就是知性与想象力之间的和谐关系，是通过知性与想象力这两个概念更进一步地（而不是最终）理解了"美"的概念涵义。然而康德指出，美最终是不能通过概念来把握的，这就如同上面所说的"命意"最终是不能通过概念把握一样，人们必须置身于审美鉴赏之中去体会这知性与想象力到底是如何做到具体而个别的和谐统一。也就是说，不是通过知性、想象力这两个概念的涵义才知道什么是美的，毋宁是通过具体的鉴赏活动才知道一部作品中是如何表现出知性与想象力之间的和谐关系。但在理论上讲，从"美"的概念到"知性"、"想象力"的概念已经是理解上的一个飞跃。中国文论这边的"格"代表着一种整体艺术风貌的典范形态，无论是"体格"、"格力"还是"格调"都蕴含着某种审美取向，而"格调"一词在明清以后尤其如此，这就使它非常近似于康德"美"的概念。而对"格"的理解起到深化作用的"意"，它代表着诗歌的思想情感内涵，反映着诗人对世界的观照方式。像刘琨的"何意百炼钢，化为绕指柔"、戎昱的"社稷依明主，安危托妇人"、杜甫的"但见新人笑，那闻旧人哭"、白居易的"同是天涯沦落人，相逢何必曾相识"、李商隐的"夜半宴归宫漏永，薛王沉醉寿王醒"这些不胜枚举的不朽诗句看似很多是一种浓烈情感的流露，却都反映出诗人命意时在知性与想象力之间获得的一种匠心独运的和谐。"命意"的地位非常类似于"知性"与"想象力"在"美"概念中的地位。当然中国古典诗歌有其鲜明的独特性，除了命意外，字象与音调也起着重要作用，命意不可能涵盖一切。援引康德美的定义并不是声称康德的理论可以直接移植并转译成中国古典诗歌的美学原则，而是意在指出"命意"对"格"形成的决定性作用。康德认为艺术美依附在知性之上，因为知性对美起着决定性作用，这也就好理解为什么可以说"格"是依附于"意"之上，因为"意"对"格"也同样起着决定性作用。就像"美"无法脱离"知性"而被理解一样，"格"无法脱离"命意"而被理解，这就是"格"之于"意"的依附性地位其背后的哲学根据。

注　释：

〔1〕　蒋寅《"正宗"的气象和蕴含——沈德潜新格调诗学的理论品位》，《文艺研究》2016年第10期；黄爱平《宋诗话中"格"的复杂意蕴及其诗学意义》，《华南理工大学学报》2013年第1期；高晓成《唐代诗歌品格与诗意之关系—以"诗格"材料为中心》，《江苏师范大学学报》2017年第6期。

〔2〕〔3〕〔4〕〔5〕〔6〕〔7〕〔8〕〔10〕〔11〕〔12〕〔13〕〔17〕〔18〕〔22〕〔25〕〔26〕　张伯伟《全唐五代诗

格考》,江苏古籍出版社2002年版,第2、173、196、355、376、394、415、376—377、356、210、507、194、351、353、194、525页。

〔9〕 诗有三格:一曰生思,久用精思,未契意象,力疲智竭,放安神思,心偶照境,率然而生。二曰感思,寻味前言,吟讽古制,感而生思。三曰取思,搜求于象,心入于境,神会于物,因心而得。参见张伯伟《全唐五代诗格考》,江苏古籍出版社2002年版,第173页。

〔14〕 青木正儿著,杨铁婴译《清代文学评论史》,中国社会科学出版社1998年版,第121页。

〔15〕〔19〕〔24〕 吴文治《宋诗话全编》,凤凰出版社1998年版,第2610、613、9000页。

〔16〕 虽然在谈立格与命意时,陈师道举用不同的诗例加以阐述,但这显然不影响两者之间的逻辑连贯性。《江汉诗》中反映出来的命意的内涵可以适用于《冬日谒玄元皇帝庙》一诗。其实可以看到,对《玄元庙》"反复外意"的评价与对《江汉诗》、《息夫人诗》"命意之深之远"的评价何曾近似。

〔18〕 张伯伟《全唐五代诗格考》,江苏古籍出版社2002年版,第351页。谢榛《四溟诗话》对这段话有过批判,他说:"《金针诗格》曰:'内意欲尽其理,外意欲尽其象。内外涵蓄,方入诗格。'若子美'旌旗日暖龙蛇动,宫殿风微燕雀高'是也。"此固上乘之论,殆非盛唐之法。且如贾至王维岑参诸联,皆非内意,谓之不入诗格,可乎?然格高气畅,自是盛唐家数。太白曰:'划却君山好,平铺湘水流。巴陵无限酒,醉杀洞庭秋。'迄今脍炙人口。谓有含蓄,则凿矣。"谢榛此处批判的是《金针诗格》的"内意含蓄"观,不是针对用"意"释"格"的逻辑进路。

〔20〕〔31〕 张健《元代诗法校考》,北京大学出版社2001版,第21、277页。

〔21〕 李瑛《诗法易简录》,《续修四库全书》,上海古籍出版社2002年版。

〔23〕 刘熙载撰,袁津琥校注《艺概注稿》,中华书局2009年版,第382页。

〔27〕 许学夷《诗源辩体》卷三十六:"或谓:'晚唐人多用山水水石烟云花鸟为诗,其格卑,舍此而后,可以观诗矣。'予曰:'不然。诗有赋比兴、山水木石烟云花鸟,即古诗之赋比兴也。孔子论诗亦曰"多识于鸟兽草木之名"。故山水木石烟云花鸟自三百篇而下即初盛唐不能舍此为诗,岂可以责晚唐乎?晚唐之诗惟是气象萎苶、情致都绝,而徒籍山水木石以为藻饰,故其格卑下,要不可尽废山水木石。'"可见,作为物象的风云月露、山水木石仍需要凭借物象之外的东西(情致、命意)方可彰显高格。吴文治《明诗话全编》第六册,凤凰出版社2006年版,第6252页。

〔28〕 参见蒋寅《"正宗"的气象和蕴含——沈德潜新格调诗学的理论品位》《文艺研究》2016年第10期。

〔29〕 遍照金刚撰,周维德校《文镜秘府论》,人民文学出版社1975年版,第130页。

〔30〕 郭绍虞《清诗话续编》下册,上海古籍出版社1983年版,第2335页。

〔32〕〔33〕〔34〕 康德著,李秋零译注《判断力批判》,中国人民大学出版社2015年版,第135、58、140页。

〔作者简介〕 宋烨,中国社会科学院研究生院2015级中国古代文学博士生。

宋代诗注观念之嬗变

——以《集注东坡先生诗前集》为中心的考察

谭杰丹

宋刻《集注东坡先生诗前集》(简称《前集》)是现存最早的苏轼诗集注本,虽仅残余四卷,仍极具学术意义。学界目前的研究大多着眼于其文献价值,探讨其注本、注家及注释的现象问题。诗歌注释是诗人与读者之间的媒介,深受诗歌创作与接受两方面因素的影响,是时代诗学阐释的有机组成,而诗集注本更是社会文化的产物。因此,《前集》另一面向的价值在于反映了其时的诗学观念。通过观照前后注本的关系,可以理出宋代诗歌注释观念的发展变化。

一、《前集》与北宋中后期的诗注观念

今藏于中国国家图书馆的《集注东坡先生诗前集》残四卷是一个"十注"与"五注"的拼合本,体例为编年集注。卷一至卷三"十注"的注家是:程(缜)、李(厚)、宋(援)、赵(次公)、"新添"(多为林子仁)、"补注"(多为赵夔)、师(尹)、孙(侼)、傅、胡[1];卷四"五注"注家为:程(缜)、李(厚)、宋(援)、赵(次公)、"新添"(多为林子仁)。根据避讳字推测,《前集》刊行于南宋初年,至迟在宋孝宗前问世。[2]书中所集众注家的注苏活动开始得更早,至少程缜、李厚、宋援、林子仁(即江西诗派林敏修,注以字行)、赵夔的注释早在北宋末年已经动笔。[3]因此,《前集》的注释实际上反映了北宋末至南宋初的诗注观念。两宋之际正是宋代诗注观念第一次发生转折的阶段,《前集》恰好处于这一过渡期,带有两种诗注风尚的特点。

宋代蔚为大观的诗注活动以北宋中期杜甫诗集编校笺注为开端。杜诗首先引起宋人的注释兴趣,比技艺上的成就更重要的原因在于宋人从杜甫诗歌中读出其人之情性忠孝、忧国爱民,认为杜甫以诗为史、褒贬是非,具有经史微言大义的功能。这种把诗歌置于儒家思想价值体系之中给予评判的阐释倾向与北宋中期发展到顶峰的儒学复兴、政治改革、诗文革新等社会现象相呼应,是当时学术风尚的体现,也是宋代思想文化的重要品格。北宋中期的杜诗阐释观念重视诗歌的道德价值,影响到注释领域,使得当时的诗歌注释热衷分析杜诗之比兴以挖掘诗中符合"诗圣"、"诗史"义理之处。

本文收稿日期:2017.4.9

比如杜诗《北风》"北风破南极"句伪王洙注曰:"北,阴也;南,阳也。'北风破南极',喻小人道长,而见君子道消也。"[4]《江村》:"老妻画纸为棋局,稚子敲针作钓钩。"师尹注曰:"妻比臣,夫比君;棋局,直道也;针本全直,而敲曲之,言老臣以直道成帝业,而幼君坏其法;稚子比幼君也。此《天厨禁脔》之说也。或说老妻以比杨妃,稚子以比禄山,盖禄山为妃养子,棋局天下之喻也;妃欲以天下私禄山,故禄山得以邪曲包藏祸心。此说为得之。虽然,甫之意亦不如此,老妻稚子乃甫之妻子,其肯以已妻子而托意于淫妇逆臣哉?理必不然。皆村居与妻子适情以自乐耳。"[5]

伪洙注以及师尹征引的他人阐释都以解说比兴寄寓的方式发明诗人本意,这种注诗方法在北宋中后期盛行一时,已不限于阐释杜诗。神宗、哲宗时震动朝野的苏轼"乌台诗案"、蔡确"车盖亭诗案"皆以此法阐释诗歌,是借诗注施行政治打击的典型案例。其实苏轼之前已有文字狱,但影响不大。随着北宋中后期新旧党争矛盾激化、官制又保障了一定的言论自由,通过诗歌笺注阐释出诗人之本意便成为党派斗争、私人攻讦的工具,于是此种以比兴义理注释诗歌的风气愈演愈烈,在北宋中后期相当流行。黄庭坚在哲宗时代煞尾元符三年(1100)作《大雅堂记》,应当不仅就杜诗笺注而言,而是针对当时弥漫整个社会的诗歌阐释风气进行指责:

> 由杜子美以来四百余年,斯文委地,文章之士,随世所能,杰出时辈未有升子美之堂者,况室家之好耶!余尝欲随欣然会意处,笺以数语,终以汨没世俗,初不暇给。虽然,子美诗妙处,乃在无意于文。夫无意而意已至,非广之以《国风》、《雅》、《颂》,深之以《离骚》、《九歌》,安能咀嚼其意味、闯然入其门邪!故使后生辈自求之,则得之深矣。使后之登大雅堂者,能以余说而求之,则思过半矣。彼喜穿凿者,弃其大旨,取其发兴,于所遇林泉人物、草木鱼虫,以为物物皆有所托,如世间商度隐语者,则子美之诗委地矣。[6]

黄庭坚并不反对重视杜诗的道德价值,仍然提倡以解读《诗经》、《楚辞》的方式品味杜诗符合儒家经典规范的大旨、义理,他批判的是那些因小失大、过于穿凿附会,认为杜诗中"物物皆有所托"的注释者。黄庭坚的责难正表明当时这种比兴义理注诗思路在社会上有相当大的影响。

《前集》部分注家的注释活动开始于北宋后期。从目前可知的文献来看,其时正当流行的比兴义理注诗方法并没有为大多苏轼诗集注家继承,类似的阐释集中出现在"乌台诗案"苏轼本人及相关人员的陈述中,凭借诗案的审讯记录《乌台诗案》得以传播。比如《戏子由》诗,苏轼招供道:"此诗云:'任从饱死笑方朔,肯为雨立求秦优。'意取《东方朔传》:'侏儒饱欲死,臣朔饿欲死。'及《滑稽传》:'优旃谓陛楯郎:汝虽长何益?乃雨立;我虽短,幸休居。'言弟辙居贫官卑而身材长大,故以比东方朔、陛楯郎,而以当今进用之人比侏儒、优旃也。"[7]《前集》虽收录少量分析苏诗比喻意义的注释,却无关时政思想。事实上,如果有心像《乌台诗案》这样把诗歌比兴意义引申至政治时事,从思想义理的角度给予评判,涉案诗之外的苏诗还有很多可供挖掘之处,然而《前集》诗注家们却避而不谈,只在犯案诗注中引用《乌台诗案》的供述文字而已。这种状况,可能是注家为尊者讳,不愿像狱吏那样逼迫构陷,也可能源于苏轼在党禁时期敏感的政治地位,注家不得不谨慎对待苏诗中涉及政治时事的部分。另外,也不排除南宋初《前集》编纂者有意删削的情况,毕竟《前集》所集注家除赵次公注略可辑佚外,单注本皆未传世。

无论何种原因,北宋后期的苏诗注释与杜诗注释的确有所区别,但是,此一时期以杜诗阐释为代表的比兴义理注诗风尚还是对《前集》注家产生了一些影响,使《前集》具备其后的苏诗注释没有的特点。

《前集》部分注家有时采用的直接解说注释方法即继承自比兴义理注释风尚。直接解说的注释方法是相对间接征引而言,后者才是宋代诗注最常用的方法。北宋中后期的比兴义理注诗,还带有经学注疏阐释微言大义的影响痕迹,多用分章断句的详细解说进行注释。不过,宋人普遍认为汉代经学章句过于拘泥文句而茫昧枝蔓,并未抓住经文之大旨义理,因此,当以比兴义理注诗时,注家直接解说的乃是字词引申指涉的象征意义,不常运用训诂的方法解释字词在语言学上的意义。再后来,当诗注风尚转移,如五臣注那样的直接解说诗意不太受人推崇,李善《文选注》的间接征引注释方法应用更为普遍。而《前集》注家如师尹、赵夔、赵次公等人,处在两宋之际、介于两种诗学风尚之间,既继承了比兴义理注诗解释说明的方式,又较为注重直接点明词句的使用意义。尤其是师尹、赵次公,既注释杜诗也注释苏诗,他们的杜诗注往往通过更平实、更符合文义的解说来反驳之前过度比附政治寄寓的义理为注,注家用自己的言语进行解释说明的方式是一致的,都不仅仅征引文本而已。这种注诗方式在他们注释苏诗时得到延续,只是直接解说与间接征引的比例有所调整。

在内容方面,《前集》中赵次公等注家间或注释词、句、诗篇的意义,分析诗人的创作本意,这些注释对象也是北宋中后期比兴义理诗注尤为关注的问题。比如卷三《监试呈诸试官》:"蛟龙不世出,鱼鲔初惊涔。"程縯注:"《礼运》:'以龙为畜,故鱼鲔不淰。'淰,鱼骇貌。"赵次公注:"先生诗意以欧阳为蛟龙,出于希世,学者如鱼鲔,见之初惊。"苏轼此诗作于熙宁五年欧阳修刚去世时,苏诗缅怀欧的功绩,盛赞其嘉祐知贡举的文风改革,亦借题发挥,表达对当今新政文风再变,轻诗赋、重利益的不满。《前集》的注释,尤其次公注,用直接解说的方式注释出苏诗所用比喻想要表达的诗人本意。"诗人本意"正是比兴义理注诗着力挖掘的注释对象。不过,此诗中诸如"尔来又一变,此学初谁谂。权衡破旧法,刍豢笑凡飪"这样颇有寄寓的诗句注家并未出注,再次表明此一阶段苏诗注释的某种特殊性。

二、《前集》与南宋前期的诗注观念

中原陆沉,新的南宋政权通过清算前朝弊端确立统治的合理性与权威性,在文化方面,宋高宗声称自己"最爱元祐"[8],苏、黄诗歌获得官方肯定,奉黄庭坚为宗主的江西诗派随之声势日张,其诗学观念的影响在南宋前期臻于鼎盛。此一时期的诗歌注释也深受黄庭坚及江西诗派诗学理论浇灌。北宋后期,黄庭坚不仅检讨了当时的比兴义理注诗风气,亦在前辈的诗学主张基础上变本加厉,提倡用一种新的角度阐释诗歌,在《答洪驹父书》中黄庭坚称:

> 自作语最难,老杜作诗,退之作文,无一字无来处,盖后人读书少,故谓韩、杜自作此语耳。古之能为文章者,真能陶冶万物,虽取古人之陈言入于翰墨,如灵丹一粒,点铁成

金也。[9]

黄庭坚进一步把眼光由诗文的意义内容下落到文本的语言表达,把人们对诗文的兴趣引向它们作为文学艺术在语言表达上具有的特点,因而体会到"自作语"的难处。黄庭坚一方面认可文学语言有独特之处,另一方面又瓦解了这种独特,认为其实际来自"古人之陈言"、来自"读书"获得的知识与学问。由此,黄庭坚标举了一条"诗可学而能"的道路,重视读书以积累学问与创作经验,倡导体会、学习前人的诗艺与诗法并为己所用。这种诗学主张在南北宋之际,尤其是南宋前期,随着江西诗派地位提升与势力扩张,广泛而深刻地影响了其时的诗歌注释,令此一时期的诗注呈现出新的面貌。

这种新的诗注面貌主要表现为注家以学问为注、以艺法为注。所有的注释都以知识、学问为基础,但南宋前期兴起的这股以学问为注的风尚与以往不同,注家以学问为注的直接原因是他们相信诗人"以学问为诗",从而把诗中隐藏的来自书本闻见的学问、知识当作自己注释的主要困难与任务。此前的注家也认为诗人把学识化作典故密码是注释的难点,但此种学问之难在于有碍读者对意义的理解接受,而宋代诗注家除了注释此类影响诗意理解的事典出处,也会大量注释那些并不妨碍理解的、侧重语言表达层面的语典出处。即是说,宋代诗注家扩大了所谓学问、知识的范围,把文本间的重复都视作一种知识上的联系,相信诗人是有意沿袭、改造前人文本。由此,注家们普遍热衷寻找诗中隐藏的来自其他文本的细节,以此为诗人及本人知识、学问的体现。

南北宋之际赵夔首先为苏诗分类并注释,其书已佚,作于绍兴年间的自序附录在《王状元集百家注分类东坡先生诗》卷首,云:

> 崇宁年间,仆年志于学,逮今三十年,一句一字,推究来历,必欲见其用事之处。经史子传,僻书小说,图经碑刻,古今诗集,本朝故事,无所不览。又于道释二藏经文,亦尝遍观抄节。及询访耆旧老成间,其一时见闻之事,有得既已多矣。[10]

赵夔排比式地列举了自己注释过程中参考的书籍类型以及多种知识来源渠道,强调不如此不足以注释苏诗,那么苏轼写诗时运用的知识只多不少。与赵夔同时的其他诗注家也强调了诗人知识学问渊博这一注释难点,如任渊《黄陈诗集注序》称黄庭坚、陈师道的诗:

> 本朝山谷老人之诗,尽极骚雅之变,后山从其游,将寒冰焉。故二家之诗,一句一字,有历古人六七作者。盖其学该通乎儒释老庄之奥,下至于医卜百家之说,莫不尽摘其英华,以发之于诗。……暇日因取二家之诗,略注其一二,第恨寡陋,弗详其秘,姑藏于家,以待后之君子有同好者,相与广之。[11]

任渊自谦"寡陋",以丰富学识为注释的关键,并认同黄庭坚"无一字无来处"的说法,把诗作"一句一字,有历古人六七作者"亦看作诗人之"学"、之"秘"。这样的理念贯彻到诗注中,难以避免对语言重复这一知识类型的过度强调,也就导致了诗注中大量与诗意理解关联不大的语源性注释的出现。

宋人热衷的语源性注释,以征引语典出处为主要方式,这一注法继承自初唐李善的《文选》注释,李善的注释理念是:"诸引文证,皆举先以明后,以示作者必有所祖述也。"[12]然而宋人在继承的同时又悄然转换了重点。李善受到魏晋南北朝诗学背景的影响，强调的是诗人主体间的祖述效法，而以黄庭坚"无一字无来处"理论为代表的宋代诗注观念，面对相同的诗文作品重复的现象，却把关注点转换到诗歌文本间的出处源流。这样，更客体化的知识、学问取代了诗人意志行为的模仿、剽窃，令以学问为注更具有操作性，以学问为注也就成为南宋前期诗注的显著特点。

同样，在黄庭坚及江西诗派关于诗法、诗艺理论的影响下，诗注家也开始关注诗歌的文艺特性。魏晋以降，人们已经意识到诗歌作为文学有独特的审美艺术特性，但在注释领域，直到宋代注家们才开始在注释中自觉分析、总结诗歌的创作方法与艺术经验，即以艺法为注。这有两方面的表现，一是诗注家自觉体认诗歌作为审美艺术的文学特性，二是注家对诗歌作为语言艺术的创作方法进行分析、总结或评论。

注家虽然标榜"无一字无来处"，但实际出注之处是有限的，究竟哪些语言表达会吸引注家的关注，被他们视作一种知识？引起宋人注释兴趣的，正是诗歌作为文学艺术与一般语言表达不同的部分。诗注家在敏锐地发掘诗中凸显诗人艺术性构思、语意新奇之处的同时，不遗余力地打破诗人自创的幻想，试图找出更早的出处。先发现，再破坏，以此说明"无一字无来处"，并在此过程中展示如何学习、点化前人作品。如《前集》卷一《次韵和刘京兆石林亭之作……》"胡"注云：

> 尝喜本朝孙莘老之说，谓"杜子美诗无两字无来处"，而仆意又独谓："非特两字如此耳，往往一字繁切，必有来处。"今句云"鸿毛于太山"，其"于"字则孟子云"太山之于丘垤"也，可谓一字有来处。

显然，为常用介词"于"出注并非由于理解上的困难，注家关注的是"于"字的使用语境，涉及到文学语言表达上词与意的搭配方式。又如卷二《凌虚台》"落日衔翠壁"句赵次公注："太白诗：'青山犹衔半边日。'"太阳落于青山之上的日常景象，被诗人用文学语言审美化勾勒出来，注家得先体认到此一表达的特别之处，如山"衔"日的搭配，才会有注释的兴趣与动机，继而在浩如烟海的典籍中找到此种语言表达的出处来源。即使一些在后人看来完全没有必要出注的常用表达，宋代注家注释其出处，也一定是认为这些表达有某种文学艺术上的特殊性，并非丝毫无益。

另一方面，汉代注释者曾经简略地以"赋比兴"总结《诗经》的创作方法，但其后的诗歌注释并没有延续、发扬这一层面的注释类型，诗注者历来关注的都是诗歌表达的内容、意义，而非诗歌语言如何表达以及蕴含了怎样的艺术规律。直到唐代，随着科举以诗赋取士，诗歌愈加普及化，除了鉴赏、品评诗歌，技术层面上如何创作诗歌也逐渐成为广大学子关心的诗学问题。但当时主要是一些诗格、秀句选本著作在讨论这些创作方法层面的内容，诗歌注释并没有引入。而宋代，尤其南宋前期，在黄庭坚及江西诗派诗学理论的引导下，诗歌注释出现大量分析、总结或评论创作层面的诗法、诗艺的内容。以下略举数例：

> 卷一《壬寅二月有诏令郡吏分往属县减决囚禁……》"三川气象侔"句"胡"注云："退之诗：'气象难比侔。'此句反用古人意也。"

按："反用古人意"是对诗人用典方法的分析。

> 卷一《馈岁》"农功各已收"句赵次公注:"凡'功'皆谓之'收'。《选》云'功名良可收'也。而农事亦谓之'收',则《左传》有云'妨于农收'是已。"

按:此例主要是对用字法的总结。

> 卷一《二十七日自阳平至斜谷宿于南山中蟠龙寺》"入门突兀见深殿"句赵次公注:"杜甫《宿赞上人房》诗:'夜深殿突兀,风动金琅珰。'杜以夜之深晏而殿势突兀,而先生却言殿之深邃,皆不以文害意也。"

按:此例通过诗人诗句间的比较,分析、评论苏诗的艺术效果及创作方法。

总之,以学问为注、以艺法为注是南宋前期诗歌注释最为突出的特点。南宋前期以降,诗歌注释虽然继续保有这些特色内容,但其时的诗注风尚又有所转移,注家注释也相应表现出一些变化。刊行于南宋前期的《前集》,在新的诗学背景中被后出注本删汰与增添,正好体现了南宋中期及以后诗注观念的发展变化。

三、《前集》与南宋中后期的诗注观念

南宋中期时,以《前集》为代表的早期苏诗集注本已经不能满足新时代读者的需要,此期刊行的《王状元集百家注分类东坡先生诗》(以下简称《百家注》)即因不满当时流行的"八注"、"十注"而作,《百家注》题名编注者王十朋自序云:"予旧得公诗'八注'、'十注',而事之载者十未能五,故常有窥豹之叹。……近有暇日,搜诸家之释,衷而一之,划繁剔冗,所存者几百人,庶几于公之诗有光。"[13]此序虽以轻视的口吻谈论早期苏诗集注本,然而事实上,《百家注》充分吸收了这些注本的注释成果,并以其注释内容为主体。据统计,《百家注》中除苏轼自注跟题名撰者王十朋有51条注释外,注释条数前十位者如下:

赵次公	程缜	李厚	宋援	林子仁
3814	2336	1901	892	605
师尹	赵夔	任居实	孙倬	李尧祖
453	398	287	117	46

此十位注者与《前集》十注注家基本吻合(傅、胡本即其他注家的伪托)。要知《百家注》注家姓氏目录共96位注者,此十位与王十朋、实际无注的年谱作者傅氏之外,注文30条以上注者3人(张栻、胡仔、吕祖谦),20条以上6人(饶节、陈师道、张孝祥、刘子翚、汪洋、胡铨),10条以上14人(洪刍、洪朋、潘大临、徐俯、祖可、韩驹、李彭、汪革、沈敦谟、项用中、冯方、程天祐、刘珙、洪炎),其余61人皆为10条及以下,与前十位注者相差悬殊。显而易见,整个《百家注》的注释主体仍是早期集注本的内容。

《百家注》并非全盘接收这些早期集注成果,而是进行了删削。削汰的部分有共同特征,主要是注家用自己话语解释、说明、评论的内容。即是说,从注释方法来看,凡是通过直接解说评论,而非间接征引的方式注释的内容易遭削汰;从注释内容来看,涉及解释字词句篇的

意义、分析用典及字法、句法、章法、诗格等创作手法、揣摩诗人创作心理及品评诗歌艺术效果等方面的内容易遭削汰。前文所举例证中诸如"先生诗意以欧阳为蛟龙……"、"尝喜本朝孙莘老之说……"、"此句反用古人意也"、"凡'功'皆谓之'收'。(《选》云'功名良可收')也。而农事亦谓之'收',则(《左传》有云'妨于农收')是已"、"杜以夜之深晏而殿势突兀,而先生却言殿之深邃,皆不以文害意也"等解说评论而非征引其他文本之处皆被削汰。

《前集》被削汰的内容恰好体现着注本注释的特色,可见被削汰的原因,一方面是诗学风尚发生了变化。江西诗派末流到南宋中期已经暴露出奇拗生涩的弊端,时人于是开始反思、检讨黄庭坚与江西诗派的诗学理论。南宋中兴四大家都与江西诗派有渊源,仍然程度不同地表达了对江西诗学的不满。比如杨万里反对"挟其深博之学,雄隽之文,于是橐括其伟辞以为诗"[14]的创作方法,针对的即是江西诗派"资书以为诗"的倾向,他甚至作诗云:"传派传宗我替羞,作家各自一风流。黄陈篱下休安脚,陶谢行前更出头。"[15]抛弃了江西诗派的宗师黄庭坚、陈师道,转而以唐人为新的诗学典范。黄庭坚及江西诗派的诗学主张是《前集》注释的主要理论基础,《前集》注释的部分特色内容正好体现着这种诗学观念。当南宋中期诗学风尚发生变化,新的理论观点出现,《前集》注释的部分内容也就不那么为人推崇、重视,诞生在此一背景中的诗歌注本在利用的同时对《前集》注释有所削汰也就在所难免了。

另一方面,《前集》被删削也跟新的诗歌阐释兴趣点出现有关。对照《前集》与《百家注》可以发现,后者增补的注释除了引用诗话笔记与进一步注释典故出处,其余主要是征引历史与地理两大类文本。《百家注》新增的题注要么征引诗人年谱、国史、文集进行系年以及说明诗人行迹或者简介诗题涉及人物,要么便是征引各种方志图经、佛道谱录乃至诗话笔记详细介绍题中涉及的地理空间。诗中注亦是如此,历史类与地理类著作最常被注家引用,作为早期集注注家注释的补充说明。

《百家注》以"王状元"为噱头,号称"百家",极具炫目招徕的意味,分类的体例也表明了对读者市场的重视。《百家注》在继承《前集》典故出处注释的基础上,注重增补历史与地理方面的内容,显然是为了迎合广大读者的阅读期待,而读者期待的知识内容正是当时社会诗歌阐释风尚的体现。由此可见,南宋中期的诗歌阐释,比此前更加重视诗歌中的历史因素与地理因素。历史与地理,成为此一时期新的诗歌注释兴趣点。

其实《前集》也有关于系年、人物生平行迹等历史因素的注释,但对比《百家注》可以看出,后者更加自觉地运用以史释诗的方法进行注释,不仅此类注释数量、频率增加,注家一般也会标出历史知识的来源渠道,有时还略作考证。如卷一纪行类《十月二日初到惠州》原无题注,新增十朋注:"按《年谱》实绍圣元年十月三日也。"

南宋中期对诗歌中历史要素的强化认知与"诗史"观念进一步发展、传播,逐渐深入人心密不可分。北宋史学已经比较发达,宋代文人的历史意识空前浓厚,随着杜甫及杜诗堪称"诗史"的说法成为宋人的共识,在诗歌阐释中,以一种历史主义的眼光看待诗歌已然不再局限于杜诗,也扩展到其他诗人诗作。杜甫、韩愈等前代诗人之外,南宋人也开始编纂苏轼、黄庭坚等本朝诗人的年谱,编年诗文集也流行开来。就苏诗而言,南宋中期《百家注》编纂的年代,距离苏轼生活的时代已有百年,可能北宋末南宋初的注家习以为常的历史背景,在后来人看来俨然迷雾重重。而且时过境迁,一些政治事件也无须避讳,所以,在"诗史"观念流行的社会氛围中,南宋中期的诗注家及编集者比此前更多地关注苏诗中的历史因素。可为佐证的是,与《百家注》同样刊行于南宋中期的施元之、顾禧、施宿《注东坡先生诗》,不仅以史释诗,施宿在题注中更运用诗史互释的方法,着力挖掘诗人在历史政事中的隐微深意。

南宋中期的诗注家尤其对诗歌中的地理因素感到兴趣,这一点以前较少为人关注,实际上,这是南宋中期诗学阐释非常有特色的现象。《百家注》在《前集》基础上新增的内容,与地理有关的注释最多,地理知识的来源渠道也丰富多样。如卷二古迹类《游东西岩》题下原只有苏轼自注:"即谢安东山也。"增补程天祐注:"按《临安县图记》:东永安岩、西永安岩,在县北二十里,即谢安东山也。"孙彦忠注:"《韵语阳秋》云:安本传谓:安登台辅,于土山游集,今土山在建康。《建康事迹》云:安石于此拟会稽之东山,亦号东山。"注家不仅引用地理方志,也利用诗话、史志中有关地理的部分进行注释。《前集》中亦有关于地理的注释,区别在于,《百家注》新增的这些地理注释,不仅更加详细地说明事物的地理方位、空间布置或历史沿革,而且会用一种文学的眼光看待地理事物,把地理空间置于文学历史的脉络予以考察。如上例中,"在县北二十里"这类平实描述之后,注释的落脚点在此地"即谢安东山也",随后引用的诗话也围绕着历史上杭州、南京、会稽三地皆有谢安东山的传闻展开。虽然此例的地理注释兴趣点由地理空间引向历史文化中的谢安故事是受苏轼自注启发,但之所以到南宋中期注家才为此出注,亦是他们的阐释观念变化导致的结果。正是这种在文学中关注地理、在地理中发现文学的阐释倾向使《百家注》出现大量有关地理的注释内容。

综上,由《百家注》为《前集》增补苏诗关于历史、地理方面的注释可以看出,南宋中期的诗注风尚更为推崇这两大类型的知识,于是随着诗学观念的发展,在江西诗学影响下产生的关于艺法、创作心理以及比兴义理注诗风气遗留的直接解说词义、本意等注释内容也就不那么具有吸引力,自然会被新的诗集注本在编辑中削汰。

到了南宋后期,刘辰翁开始评点《百家注》,代表着当时诗注风尚的又一转变。这一转变也与诗学观念的变化息息相关。随着中兴四大家对江西诗派的超越,四灵、江湖诗派重拾唐风,南宋后期的诗学观念倾向于以情性为本、以自然风物为料的创作类型,诗歌阐释也更加推崇禅宗个人心解式的妙悟与活参。所以,刘辰翁提出:"观诗各随所得,别自有用"[16],读者可以自由理解与解释诗人的诗作,无须藉助他人的注释。这样,一股"反诠释"的思潮渐兴于南宋后期,诗歌评点趋于流行,以致最终"笺注之学转变为评点之学"[17],宋代诗歌注释完成了自己的嬗变历程。

注 释:

[1] 傅、胡名下注释实际分属赵次公、程縯、林子仁、赵夔等其他注家,参见何泽棠《苏诗十注之傅、胡考》,《乐山师范学院学报》2010年第3期。

[2] 参见刘尚荣《苏轼著作版本论丛》,巴蜀书社1988年版,第49页。

[3] 参见何泽棠《宋刊〈集注东坡先生诗前集〉注家考》,《内江师范学院学报》2010年第3期;谭杰丹《苏诗"百家注"研究》,四川大学2013年硕士论文。

[4] 黄希、黄鹤《黄氏补千家注纪年杜工部诗史》卷十五,"中华再造善本"丛书金元编,北京图书馆出版社2006年版。

[5] 黄希、黄鹤《黄氏补千家注纪年杜工部诗史》卷二十一。

〔6〕 刘琳、李勇先、王蓉贵校点《黄庭坚全集》,四川大学出版社2001年版,第437—438页。
〔7〕 朋九万《东坡乌台诗案》,《丛书集成初编》本,商务印书馆1939年版,第6—7页。
〔8〕 李心传著,胡坤点校《建炎以来系年要录》卷七十九,中华书局2013年版,第1487页。
〔9〕 刘琳、李勇先、王蓉贵校点《黄庭坚全集》,第475页。
〔10〕 题王十朋编注《增刊校正王状元集百家注分类东坡先生诗》卷首附录赵夔序,上海书店1989年影印《四部丛刊》初编本。本文《百家注》皆指此版本,数据亦据此本统计。
〔11〕 任渊、史容、史季温注,刘尚荣校点《黄庭坚诗集注》,中华书局2003年版,第1页。
〔12〕 萧统编,李善注《文选》,上海古籍出版社1986年版,第1页。
〔13〕 《增刊校正王状元集百家注分类东坡先生诗》卷首附录王十朋序。
〔14〕 杨万里《黄御史集序》,见辛更儒笺校《杨万里集笺校》,中华书局2007年版,第3209—3210页。
〔15〕 杨万里《跋徐恭仲省干近诗》之三,辛更儒笺校《杨万里集笺校》,第1369页。
〔16〕 刘辰翁《题刘玉田选杜诗》,《豫章丛书》本《须溪集》卷六,南昌古籍书店1985年版。
〔17〕 周裕锴《中国古代阐释学研究》,上海人民出版社2003年版,第272页。

〔作者简介〕 谭杰丹,女,1988年生,四川南充人,文学博士,现任职于四川大学公共管理学院。

《板桥杂记·续板桥杂记》(明清美文彩绘本)

(余怀、珠泉居士著,谭凤嫄绘图,人民文学出版社2017年,25元)

明清美文丛书收录《青泥莲花记》、《忆语三种》、《板桥杂记·续板桥杂记》、《浮生六记》几种,都是以女性为主角:有追忆伉俪情笃,有悼亡爱侣音容,有记叙名妓风采,还有将古今奇女子的事迹汇于一编。在这些或长篇或短札,或明快或深情的文字中,各种女性的形象熠熠生辉,今天读来仍触动人心。本丛书选取优质的版本,加以简洁的注释,卷首还有来自学者、作家的导读与感悟,并有人物画家谭凤嫄女士为丛书绘制精美的工笔彩图,使书中的人物与场景更加生动直观地呈现出来。

《板桥杂记》著成于康熙三十三年(1694),全书三卷,记述明朝末年南京秦淮妓院及诸名妓轶事,但非简单的香艳冶游之作,其中寄托了作者沉痛的亡国之恨,即"一代之兴衰、千秋之感慨所系"。书中语言纤丽清雅,情致沉郁悱恻,后世仿作虽多,均不及也。《续板桥杂记》为余怀《板桥杂记》续书,亦分三卷,记秦淮歌楼妓馆及名妓轶事遗闻,笔风力摹原作,亦有可观之处,但故国之思则远逊前记。

王增祺"诗缘"、"樵说"系列著作考述
——兼及诗选与诗话之关系

郑 幸

诗选与诗话,是清代诗学体系中颇为常见而又非常重要的两大著作门类。一方面不少诗学大家如王士禛、袁枚等,都曾借助编纂诗选或诗话来传播诗学观点、提升诗坛地位;另一方面,很多诗坛新秀甚至无名之辈则通过入选诗选和诗话,获得公开发表作品、传播声名的一席之地。因此,编选一部诗选或诗话,可谓于人于己皆有益处。且清代距今最近,其存世之诗选、诗话,无论是数量还是卷帙皆远超前代,这也成为清代诗学繁荣的一个重要特征。

清人王增祺所编诗选、诗话数种,包括《诗缘前编》四卷《诗缘正编》十卷、《诗缘前编续》四卷《诗缘正编续》十卷(以上诗选),以及《诗缘》四卷、《樵说》十二卷、《樵说续》十二卷、《诗缘樵说拾遗》六卷(以上诗话),共计六种六十二卷。一人撰有数量如此之多的诗学著作,已足以令人惊讶;作者还有意识地将这些著作区分为诗选、诗话两个体系,同时在诗选中又套有诗话,彼此内容各不相同又互相关联,更显体例之复杂与特别。特作梳理、考述如下,以期进一步探究清代诗学之多样性以及诗选、诗话的关系与分界等问题。

一、王增祺生平考略

增祺字师曾,一字也樵,别号蜀西樵也,四川成都华阳县人。生于道光二十五年(1845)[1]。卒年不详,惟其《诗缘樵说拾遗》卷末附自撰绝句七首,落款"光绪三十二年(1906)春正月十八日夜",可见其时尚在人世,年当六十二岁。其生平事迹略见于民国《华阳县志》,摘录如下:

> 王增祺,华阳人。字师曾,一字也樵。父少山,字晓峰,咸丰辛亥举人。工为制艺文,从学者甚众,罗绸、叶毓荣辈皆出其门下。年几五十始以知县发江西用,尝知龙南、金溪,并有治绩。增祺少好诗,年甫冠,即手录蜀中先辈及朋好之作,或全章,或断句,刻为《诗缘》。历官陕西韩城、石泉、洋县知县。晚岁还蜀,更取《诗缘》加以刊定,分正、续编若干卷。其意在藉诗存人,而近数十年耆旧雕俎、佚闻莫理,得是编以稍知其姓字梗

本文收稿日期:2017.5.8

概,亦有足多焉。其自刻所为诗曰《聊园诗存》正、续二十四卷;又有《樵说》十卷,盖诗话也。[2]

覆按王增祺诗文集,可知县志所记大致不差,惟其著述则尚有阙漏。除诗选、诗话外,王增祺实际存世的著作有《聊园诗存》十卷、《聊园诗存续》六卷、《聊园诗存再续》十七卷[3]、《聊园词存》一卷、《聊园杂文略》不分卷、《燕台花事录》三卷等。

王增祺早年家境富足,生活闲适,好结交诗友。其早期友人中,有成都龙藏寺主持含澈。[4]含澈好诗,曾编纂总集数种,其中《及见诗钞》、《续及见诗钞》等书多录已故川人之作。王增祺于十九岁就开始编选《诗缘》,很可能正是受到含澈的影响。

同治十年(1871),二十七岁的王增祺离开成都,辗转于江西、北京等地应试[5],中举后又在陕西各县任职多年。这一阶段正是清政府内忧外患极其严重的时期,中法战争、中日甲午战争、八国联军侵华战争、义和团运动等相继爆发。王增祺虽僻处中西部,但亦切身感受到国运艰危,民生困苦。这些现实,都被他如实地反映在所作诗歌与诗话著作中。其友人万丞曾有文字述及,颇能反映王增祺之性情为人,因不避辞繁,摘录如下:

> 君性耿介,语尤直,不稍面谀人。平生虽善饮,不困,惟以诗自娱。自少壮角逐于艺文之场,奔走于仕宦之途,已吟咏成癖,顾犹不敢大放厥词以摅愤懑。洎丙申内艰归里,日读《礼》弗成声。服阕,年甫服政,无复出山意。著述闭户,且作且刊,年都一帙,视陆剑南不多让。盖负磊落抑塞之才,不得《巷伯》、《缁衣》之意,流连风月,亦惩创有微词。矧蒿目时艰,锥心世变,慷慨悲歌,若弩发机,有景略扪虱之概,奚顾忌哉? ……聊园林泉自得,老杜所谓"白鸥没浩荡,万里谁能驯"者。顾群书博极,独具只眼,韵事实隐操月旦,一如其人,面无谀语,往往幸称司马于方外,恨不作董狐于朝端。所谓古之遗直,非欤?[6]

文中提及王增祺两大特点。第一是性情耿介,好发议论,尤喜针砭时政。故其所作诗歌时事性极强,表现出对当下现实强烈的关注。如《聊园诗存》卷七《马尾毁》、《基隆失》等诗,记录光绪十年(1884)法军炮轰马尾船厂,挑起马尾海战之事;又如《聊园诗存续》卷六《书愤》、《阅朝报》、《飞语》、《军报》、《又有感》诸诗,多涉及甲午中日战争之事。值得一提的是,除直笔叙述外,王增祺还喜欢以咏史诗来抒发议论,有时动辄数十首,如《南史乐府》八十首、《北史乐府》八十首等[7],皆颇有特点。

第二则是"吟咏成癖"。王增祺诗集多达三十余卷,又编选诗选、诗话数十卷,付梓时往往感叹敝帚自珍,不舍删削,故云"成癖"。友人赵太瀛甚至称其"生无浮慕,惟耽吟咏若性命,岁久弥笃"[8]。惟其吟诗贪多而又不加删汰,故总体上看艺术价值不高,成就主要体现在史料价值上。

吟咏之际,王增祺也结交了大批诗友,其中最值得关注的当属樊增祥。樊氏自光绪十年(1884)入陕为官,直至二十五年(1899)才离开陕西,与王增祺在陕时间基本重合[9],故二人往来颇多。光绪十七年(1891),王增祺还曾加入樊增祥、李嘉绩等人所结之"青门萍社",可见亦被樊氏引为同道诗友。[10]王增祺对樊氏诗才也颇为推重,不仅于其诗作"时讽咏不能忘",而且效仿《雨村诗话》之多录袁枚诗,对樊氏诗歌亦持"多录何伤"之态度[11],在其诗学著作中多次征引,重视之情不言而喻。

由于王增祺地位不显,诗歌的艺术成就也不高,因此学界对他的关注较少,专论只有李朝正《王增祺及其著作述评》一文[12],且只是比较简单的介绍。此外蒋寅《清诗话考》对《诗缘前编》、《诗缘正编》、《樵说》、《诗缘樵说拾遗》虽撰有提要,然遗漏《诗缘》、《樵说续》二种。可见对其著述仍有作进一步梳理的需要。

二、以诗选为主的"诗缘"系列

王增祺诸多诗学著作中,最早完成的是《诗缘》四卷。据卷首"例言"及署款"同治庚午孟冬"的作者自叙,知王增祺"以癸亥夏五"即同治二年(1863)五月开始编书,日有所积,至同治九年庚午(1870)十月乃"四卷梓竣",历时七年有余。《清诗话考》提及日本京都大学文学部藏有"同治九年惜花居刊本二卷",或即此初刻之本。惟"二卷"云云,可能是因为此书以随编随刊的方式出版。检《诗缘》内容,其卷四有"富顺吕秋莼诸生光坤于成都见《诗缘》"之语,可见《诗缘》在第四卷撰写未毕时,前面数卷就已经先行刊刻并传播于人手。惟此同治初刻本十分罕见,除京都大学外,至今未知有其他馆藏之本。又此书尚有光绪八年(1882)聊园重刻四卷本,上海图书馆有藏,其版心下方有"惜花居藏书"字样,应该正是据同治本重刻而成。因京都藏本未见,故本文所引内容,均出自此光绪本。

王增祺为川人,故《诗缘》之编纂,"意在表章全川文献,见即书记",同时强调"网罗散失,阐发幽隐,是编之本志也。其诗已经梓行与负骚坛重名者,所录从略"[13]。可知此书以收集、传扬四川文献为主要目的,尤其注重发掘那些名不见经传的川省文人。至于全编之体例,作者在卷首"例言"中云:"选楼高峻,非鄙人所能跻;而佳话流传,亦难尽悉。故是编不得名诗选,并不得名诗话。"开宗明义,说明《诗缘》不在诗选与诗话之体例之内。如此安排,主要是作者认为《诗缘》的创作比较随意,有缘即录,达不到严格的"选"或"话"的标准。然而就《诗缘》实际内容来看,其以逐条记录的方式,不仅记录了大量诗歌作品,同时也交代了不少诗人背景、文字因缘,以及对部分诗人、诗作风格的评价,这显然更符合诗话的体例特征。

细究王增祺的创作意图,"诗话"可能并不是其本意。《诗缘》例言第三条列举了明清两代四川地区最主要的诗歌总集,并称"是编于诸本已载者置不录",俨然有以《诗缘》之作接续前贤的意图。只是作者因自身体弱,怕不传于世,因而仓促出版,未暇顾及体例而已。正因如此,才会有后来对《诗缘》的重新编订。

光绪十六年(1890),王增祺在《诗缘》四卷的基础上,增补内容,调整体例,重新编成《诗缘前编》四卷《诗缘正编》十卷(按:书名据卷端题名。惟其内封又总题作《诗缘定本》,且作者行文时亦以"定本"称之[14],为行文省便,以下均简称《定本》)。其卷首有作者《重订诗缘序》云:

予年廿五,遽有《诗缘》之梓。明知体例未善,弃取未精,搜罗未广,毅然为之而不顾者,则以体羸多疾,惧弗克传故也。瞬息廿年,重加校订,于是分前编、正编,付诸手民。善与精犹未也,搜罗固较广矣。

据此可知,《定本》可完全视为《诗缘》的修订完善之本,所谓"定",正是可取代、覆盖《诗缘》之意。而其修订之后,首先的变化就在于卷帙的增加,即由四卷增至十四卷。故作者认为"搜罗固较广矣",这显然是作者二十年悉心搜集的结果。其中前编四卷主要收录四川省外诗人,正编十卷则皆川内诗人;各卷又按府县排序,方外、闺秀则列于最末。相比《诗缘》"见即书记"的编纂方式,这样的编排体例显然有序得多。

除了编排次序,作者还对《诗缘》的编纂体例作出了重大的调整。《定本》尽管继承了"诗缘"之旧名,却是以诗选的形式加以编纂。具体而言,即以人物为纲,下列小传,再列所选录的诗歌作品。这就改变了《诗缘》的"诗话"属性。比较复杂的是,王增祺并未完全抛弃"诗话"这一体例。《定本》之中仍然有不少叙述文字因缘或评论诗歌风格的"话",并被统一冠以"樵说"二字。这些"樵说"大部分附于人物小传之后,其内容大致先叙述诗人之生平经历,有时会涉及对诗人总体风格的点评,最后则摘录诗选所录全首诗作之外的零散佳句。还有一部分"樵说"附见于诗选正文所收诗作的题后、中间、末尾等,其内容则基本是对诗句的理解以及品评。《定本》的这种体例,可以视为与《静志居诗话》等相类似的总集之中附有诗话的一个例子。惟不同的是,"樵说"后来又被作为作者所撰系列诗话的正式名称。

至光绪二十八年(1902),王增祺又编成《诗缘前编续》四卷《诗缘正编续》十卷(按:二书内封又总题作《诗缘续编》,下文简称《续编》)。《续编》继承了《定本》之体例,即仍以诗选形式编纂,同时附有以"樵说"冠名之诗话,而各卷之编排次序也悉数参照《定本》。从内容看,《续编》也基本是对《定本》的延续与补充。除了增加、补充《定本》未收之诗人诗作外,《续编》还有意识地保留了几位与《定本》重出之诗人,如徐子来、雷谦、包汝谐、万慎、含澈、王麟书等人。作者在这些诗人名下标注"再见"二字以示区别,选录之诗则与《定本》不同。作者如此安排,是为了强调"要其诗非犹夫前之诗也"[15],可见其中还体现了对所选诗人风格变化的关注。

以上三种著作,俱以"诗缘"为名,与下文将要述及的"樵说"系列形成区别。值得一提的是,《定本》尽管调整了体例,却仍然沿用了《诗缘》的例言,只是根据实际情况增删少数字句而已。《续编》卷首例言亦称"例犹前也",只是补充了一些此前遗漏的内容,如卷次之编排,方外、闺秀诗人收录之标准等。显然,对作者而言,这三种著述在某种意义上有着一以贯之的创作意图。正如作者在《定本》自序中所云:"诗不必佳,有缘则录;不必不佳,无缘则不录:此予辑《诗缘》意也。"显然在编纂"诗缘"系列时,作者更看中其与诗人、诗作之间的因缘,并以此作为作品筛选的主要标准。这是"诗缘"得以成系列的最直接的原因。[16]

三、以诗话为主的"樵说"系列

在《定本》编成两年后即光绪十八年(1892),王增祺刊行了《樵说》十二卷;光绪二十七年(1901),又成《樵说续》十二卷,从而开启了另一个以"樵说"为名的系列著作。这些著作亦为随编随刊,故今存世诸本常常不全。如上海图书馆藏《樵说》十卷本一种[17],四川省图书馆藏《樵说续》九卷本一种,均为各书编纂中间阶段之半成品。

从书名看,《樵说》、《樵说续》直接沿用了《定本》、《续编》所附诗话"樵说"的名称,以强调其"诗话"的属性,从而与"诗缘"系列相区别。对于别创"樵说"系列的原因,作者曾在《续编》自序中作出解释:"《诗缘》之外,又有《樵说》,中亦多诗,则又何说?曰十七年《诗缘定本》所未收及续得,与夫零缣寸锦不忍割弃者,则说以存之。且不尽诗也,故名以别之。"这里提到的理由有二。第一,保存那些没有(或无法)收入《定本》的零散文字。第二,不尽是诗。这两点反映的,实际上都是体例问题。显然形式比较灵活的"诗话"体,更适合保存那些不成体系的驳杂内容。而王增祺对文字又有十分强烈的"敝帚自珍"的感情,因此最终又开拓了诗话体的"樵说"系列,以安放那些因为体例限制而不愿割舍的文字。

作为一组诗话,"樵说"系列收录了很多不宜入诗选的文献。首先是那些描写四川及周边地区风土人情的作品。作者常不惜篇幅,大量抄录竹枝词等地方色彩浓厚的文献材料。如《樵说》所录《黔苗竹枝词》、《嘐城竹枝词》、《巴里坤竹枝词》、《嘉定杂述》、《崇阳杂述》等,《樵说续》所录《游粤竹枝词》以及记录西南少数民族的《种人纪咏》等,俱颇见地方特色。其次则收录了不少诗歌之外的文学体裁,如词作、对联等。如《樵说》卷八的绝大部分、卷九的一小部分以及《樵说续》卷九所录均为词作,《樵说》卷十则全部为对联。今之搜辑相关文献者,或可留意。

在《樵说》、《续樵说》之后,王增祺又编成了《诗缘樵说拾遗》六卷(以下简称《拾遗》)。此书内封署"光绪乙巳仲冬成都聊园镌竣",则当成书于光绪三十一年(1905)十一月。惟全书最末附有作者自赋绝句七首,落款称"光绪三十二年春正月十八日夜",可知全书真正完刻已在三十二年(1906)正月。是年王增祺六十二岁,这也是他留下的最后一部著作。据书名可知,此书当为"诗缘"、"樵说"两个系列共同的补遗,但从体例上看则仍继承了"樵说"的诗话体。其卷首有作者短序云:"忽忽四十余年,遂有《诗缘》、《樵说》及续编之梓。余生无日,日见忍遗?拾而手钞,更靡次第。"作者虽云"更靡次第",实际上各卷内容层次分明。其中卷一至卷四以收录四川一地文人及其诗歌作品为主,卷五专录词作、对联、谜语、寿序等,卷六则专录闺秀之作,显得井然有序。

此书成于作者晚年,其足迹基本不出成都一地,故所录诗歌不少为友朋寄赠或代为搜求。此外,因"诗缘"、"樵说"系列刊布在前,已渐有影响,故不少青年后进纷纷慕名前来投赠诗作。如卷一录诸生陈延烈"癸卯应举来成都,见投四诗",其四有句云:"妙语随缘选(原注:先生选刻《诗缘》,脍炙人口),时名籍笔存。江湖波路阔,何处叩龙门。"又卷一录诸生程焕章来成都应举,以诗集出示。[18]这一现象很容易让人联想到袁枚编选《随园诗话》时万人投诗之盛况[19]。事实上,时人在恭维王增祺时,不乏有意无意将其与袁枚相提并论者。如卷二录崔瑛四律,其二即云:"肥遁鸣高夙慕袁,随园而后数聊园。"[20]这些诗用语夸张,吹捧之意明显,而作者亦欣然接受,照章全录,可见其内心亦不无效法之意。

四、"樵说"与《樵说》

通过对"诗缘"、"樵说"系列的梳理,不难发现王增祺的著述实际包含了两类诗话,即附见于诗选的"樵说",以及单独成书的《樵说》、《樵说续》、《拾遗》。[21]这实际上正代表了诗话与诗选发生关系的两种典型形式。前者是总集之中附见诗话,诗话实从属于总集。其首创之作一般公认为清初朱彝尊之《静志居诗话》。这部诗话穿插附载于康熙四十四年（1705）成书的总集《明诗综》之中，从而开创了一种将总集、诗话合二为一的特殊体例。其后效仿者渐多，其总数至少在三十种以上[22]，成为清代诗学中一道独特的风景。王增祺《定本》《续编》所附之"樵说"，即属此种体例。后者则因编总集而撰诗话，总集与诗话相辅相成而又彼此独立。[23]其典型代表如阮元所编之总集《淮海英灵集》与诗话《广陵诗事》。阮元曾在自序中云："余辑《淮海英灵集》既成，得以读广陵耆旧之诗，且得知广陵耆旧之事，随笔疏记，动成卷帙，博览别集，所获日多，遂名之曰《广陵诗事》。"[24]显然，作为诗话的《广陵诗事》与作为总集的《淮海英灵集》，前者主要叙事，后者主要录诗，彼此侧重不同，而又互有参证。两者相加，就是一部完整的扬州诗史。而王增祺的《樵说》《樵说续》以及《拾遗》，就是这样一批与总集相匹配的诗话。

一般情况下，一部总集如果已有附见之诗话，就不会再另外编纂与之内容相关的独立诗话。当然，也有研究者将从总集中辑出的附见诗话视为一种特殊形式的独立诗话，如江湄、姚祖恩先后所辑之《静志居诗话》、梁章钜自辑之《三管诗话》等。但这仍然是同一诗话的不同形式，似不能视为两部诗话。而在王增祺的著述中，"樵说"与《樵说》系列虽然名称相同，却是彼此内容相异的两部诗话。换句话说，《樵说》系列并不是简单地将《定本》《续编》等总集中所附之"樵说"辑出，而是重新编纂了一部新诗话。这种情况非常少见，除王增祺所著外，似只有陈衍《近代诗钞》所附《石遗室诗话》与其单行本之《石遗室诗话》差为相近，但这也是在王增祺之后了。

当然，如果仔细比较"樵说"与《樵说》的具体内容，不难发现《樵说》并非完全的另起炉灶，其中不少文字仍然沿袭自此前各书。如王怀曾、王怀孟兄弟事迹，《诗缘》《定本》《樵说》皆有记载，内容各不相同而又彼此因袭。其中《诗缘》最早，所录三条如下：

> 大竹王鲁之先生怀曾、同怀弟小云先生怀孟，俱年少能诗，人称"二王"。鲁之著《待鹤楼稿》。全首如《嘲郎曲》云（略）。《丙子行》云（略）。《漳河》云（略）。《入峡》云（略）。《感怀》云（略）。五言如《锦屏山晚眺》云（略）。《孟津渡河》云（略）。《感怀》云（略）。《襄阳道上》云（略）。《烽火塘望苍溪》云（略）。《道上》云（略）。《和壁上韵》云（略）。《春郊》云（略）。七言如《赠刘山长》云（略）。《书怀》云（略）。《栾城题壁》云（略）。《偶成》云（略）。皆不作凡近语。嘉庆庚午，小云举于乡，先生亦得副榜，时年俱未冠。后先生举顺天试，为道光壬午。以教习期满，出宰宏县，卒于官。小云终举人，兼乏嗣。

> 小云有《零砾诗存》。全首如《金牛峡怀古》云（略）。《口号》云（略）。《雨后过钱塘江》云（略）。《途中逢征西凯旋将士喜而有作》云（略）。《寂坐有感》云（略）。五言如《舟行》云（略）。《夜坐》云（略）。七言如《涿鹿道上》云（略）。《病中遣兴》云（略）。《登北城楼》云（略）。俱集中杰作。

> 小云诗帙被窃，赋诗云："费尽寒郊瘦岛神，几年行箧走风尘。人间何处寻知己，别后浑如忆故人。天不忌才我酷，囊今无物为诗贫。他时选入亡名氏，已是空王入化身。"又云："好句每烦妻妹读，遗篇未让子孙烧。"下语寄意深远，所该者又不仅在诗矣。

此外，二人又见于《定本》正编卷七，其小传下分别附有"樵说"如下：

> （怀曾）先生与同怀弟小云先生幼有神童之目。嘉庆庚午，小云举于乡，先生副榜，年俱未冠，名益噪。迨先生登科，教习期满，出官山东，小云仍不第，旋殁先生署，无嗣。先生诗为祝融取去，存者无几。身后其甥江子雨先生国霖乃合小云《剩草》刊于都下，兹录佳句如（略）。

> （怀孟）先生又有《词剩》二卷，新繁严渭春侍郎树森为刊于武昌。兹录诗全章外佳句如（略）。是录有科第者以年为先后，而弟不可以先兄，故编先生于鲁之后。若芳皋、止唐两先生，则以籍为先后。非变例也。

两相比对，不难发现"樵说"正是根据《诗缘》相关内容改编而成的。其中《诗缘》所录之部分"全首"诗歌成为《定本》之正文，而作者事迹及其零章散句（《诗缘》称之为五言、七言者），则归入"樵说"。此外，"樵说"第二条还增加了对编排体例的补充说明。

而在《樵说》卷一叶七、叶十六、叶十七中，王增祺同样提到了王氏兄弟及相关内容。其中叶七内容如下：

> 大竹王小云先生诗帙被窃，赋诗云（略）。又云（略）。呜呼！先生与其兄鲁之先生怀曾少有才名，未冠同领乡荐，乃礼闱屡不第。鲁之出官山东，小云卒死中道。吾川才人，乾、道间群推二张（原注：亥白、船山两先生）、二王。船山无嗣，小云继之，虽有遗篇，谁为烧也？噫！

此条前半全引《诗缘》第三条，惟删去"下语寄意深远，所该者又不仅在诗矣"一语。其后所增文字，相比《诗缘》并没有增加新的内容，只是叙事语句不同而已。此外，叶十六则补录了原收于《诗缘》、后被《定本》弃收的《嘲郎曲》全诗，其后则增加"予妇少喜诵之，然则落拓一官，动居人后，固为儿女子所料也"一语。又叶十七则补录王怀孟《游仙诗》十二首，此则为完全新增的内容。

不难发现，从《诗缘》到"樵说"，体现的是作者将诗话体改编为诗选体的意图。其中"樵说"作为《定本》的附属诗话，其主要作用是在介绍诗人生平并补充零散佳句。而从"樵说"到《樵说》，则更多是一种拾漏补阙，即将《诗缘》中不适合改编收入诗选的内容重新收入，同时增加新的内容。这样的例子还有很多。如《诗缘》卷四叶十四"秋闱号舍诗"条，作者重编《定本》时被删去，后又收入《樵说》卷五叶八。除对原文改易数字外，又增加"丁卯，予亦有题号舍格诗，未存，附此（略）"一段，顺便保存了自己的类似诗作。又《诗缘》卷四叶二二"叶汝谐夫妇"条，又见《樵说》卷七叶十一，并于其后增加"迨余东行"云云一段，则补充叙述了叶氏悼亡之后情。

与《樵说》不同的是，《樵说续》已不需要重拾《诗缘》之旧条目，而偏重于对此前内容作出补充。如卷五叶一李复心条云：

> 《诗缘正编》卷九末载道士李复心作，未悉乡贯。兹得泹县知县崇庆雷勉斋炯寄来《忠武侯祠墓志》，乃知李字虚白，吾川华阳县人，主持侯祠，《志》即所辑。人称其能琴善诗，有《朗吟集》、《静观偶存》及《拟韩诗外传》、《读李二曲〈反身录〉约钞》。是亦故

乡畸士,他年当入县志者。补记于此。

文中所及李复心,原收入《定本》正编卷九,小传云"字未详,四川人"。而《樵说续》此条,正是对《定本》的阙失作了补充。同时,由于获得了新的文献材料,作者在《续编》正编卷九中再次收录"李复心",而《樵说续》所提及的内容也一并再见于小传及所附诗话"樵说"中,惟文字稍异而已。值得一提的是,尽管《樵说续》的刊行时间较《续编》早了一年,但在《樵说续》中作者已多次提及《续编》,如卷二叶十三席裕驷条、陆昕条等,可见二书实际上是同时编纂的。因此,就李复心这类内容相似的文字而言,究竟是《樵说续》在先,还是《续编》所附之"樵说"在先,恐怕连王增祺自己也很难弄清楚了。

余　论

从《诗缘》到诗选所附之"樵说",再到《樵说》、《樵说续》,王增祺一直在尝试使用多种多样的诗学体裁,来充分表达他对保存乡邦文献的热情。这一方面使文献的记载显得更加全面多样,另一方面也造成了大量的内容重复,以至于各种诗话、诗选之前后卷帙累计多达六十余卷。这即使是在诗学著作体量大增的清代中后期,也是相当惊人的。对此,后人或不免有冗杂之讥,而王增祺也不可否认地存在贪多、自恋等个人问题,然而这种对一地文献的多种体例、多种形式的梳理与保存,仍然是一种具有一定开创性的、值得加以讨论的现象。尤其是其中所反映的作者对诗选、诗话这两种体例的认识,以及在改编过程中对文本的剪裁和处理,都为深入了解清代诗学著述(尤其是诗选与诗话)的编纂过程,提供了一个具体而生动的案例。

事实上,关于诗选与诗话(尤其是广义诗话)的分界问题,时至今日仍有许多具体问题需要讨论。一般而言,诗选重诗,诗话重话,这是前人就已认同的观念。如袁枚就曾在其《随园诗话》中强调了"话"之重要性:

> 自余作《诗话》,而四方以诗来求入者,如云而至。殊不知诗话非选诗也。选则诗之佳者,选之而已;诗话必先有话,而后有诗。以诗来者,千人万人,而加话者,惟我一人。搜索枯肠,不太苦耶?[25]

然而"诗"与"话"之所谓偏重,其比例究竟应当如何,恐怕很难给出具体的标准。如《诗人主客图》、《摘句图》之类,诗多而论少,似当归入总集,然因其富有评论意味的特殊体例,故传统目录著作多归入诗话。又如计有功《唐诗纪事》,一般视为典型的纪事体诗话,而明人胡震亨却指出"计氏此书,虽诗与事迹、评论并载,似乎诗话之流,然所重在录诗,故当是编辑家一巨撰"[26],认为当归入选集一类。显然,作品中诗歌的数量与比例虽然相当重要,却并不能成为区分诗选与诗话的惟一标准,而当综合作者之创作主旨、作品之编排体例等种种因素来作综合的考量。观乎此,则王增祺在《诗缘》例言中所谓的"不得名诗选,并不得名诗话"的矛盾结论,以及对其著述体例的反复修订,或许正体现了作者对这一问题的思考。

注　释:

* 本文为国家社科重大项目"清诗话全编"(12&ZD16)的阶段性成果。

〔1〕 按王增祺《聊园诗存续》卷三有《九月四日五十初度写怀》,此诗系年甲午,当光绪二十年(1894),则王增祺生于道光二十五年乙巳(1845)九月四日。《诗缘》卷三录王秉恩诗时,亦其"余同姓,又同乙巳生",正与之相符。

〔2〕 见民国《华阳县志》卷十五"人物",《中国地方志集成·四川府县志辑》第三册,巴蜀书社1992年版,第192—193页。

〔3〕 按《清代诗文集汇编》第760册影印《聊园诗存再续》十四卷(缺卷十三),系年止于甲辰(光绪三十年)。又上海图书馆有《聊园诗存再续》钞本,残存卷十七,系年为丙午(光绪三十二年),可见是集至少有十七卷。此书各家目录记载卷数均不同,可见亦为随编随刊。按本文所引王氏诗文,如无说明,均出自《清代诗文集汇编》第760册,上海古籍出版社2010年版。

〔4〕 王增祺《聊园诗存》卷一有《龙藏寺纪游》,系于同治六年,可见二人往来颇早。

〔5〕 王增祺《诗缘樵说拾遗》卷三叶七:"若予者,自甲子应举,西三北四,七负秋风,偏为师友、房考所误,欲罢不能。"而据《聊园诗存》相关诗作,可知所谓"西三北四",实指江西、北京等地。

〔6〕 王增祺《聊园诗存再续》卷十《聊园诗存七续序》,第439—440页。

〔7〕 见王增祺《聊园诗存再续》卷六(第329—347页)、卷八(第377—396页),分别各占一卷。

〔8〕 见王增祺《诗缘樵说拾遗》卷五叶三十二所引赵太瀛为作者所作《六十寿序》。

〔9〕 据王增祺诗集及《申报》光绪二十年七月初九日所载履历,王氏于光绪十一年(1885)任陕西韩城知县,十七年调署石泉知县,二十一年调任洋县知县,二十二年辞官归川。

〔10〕 王增祺《聊园诗存续》卷一"长安萍寄集"题下小注云:"青门之中有萍社焉,托迹其间凡八阅月,聊用名集。"第108页。又樊增祥《樊山集》卷十九《禹鸿胪为刘西谷先生(题略)》一诗夹注云:"余尝与西屏、晴谷诸君为诗会,号曰青门萍社。"(樊增祥著,涂晓马、陈宇俊点校《樊樊山诗集》,上海古籍出版社2004年版,第435页)又按:王增祺诗集中保存了大量在陕期间与樊氏往来之倡和诗作,惟多记日常琐碎之事,并无深致。而樊增祥诗集中所保存的与王氏之唱和诗,则仅两首而已。

〔11〕 见《樵说续》卷二叶十六。

〔12〕 收入李朝正《明清巴蜀文化论稿》,四川大学出版社1997年版,第178—184页。

〔13〕 分别见《诗缘》卷首《例言》第二、第四条。

〔14〕 如《诗缘续编序》中即称:"以故《诗缘》有初刻,有定本。"

〔15〕 见《诗缘续编》卷首自序。

〔16〕 按:这种在编选诗学作品时注重因缘的观念,至少可以上溯至清中叶性灵盟主袁枚。袁枚《随园诗话》卷三曾云:"余不喜佛法,而独取'因缘'二字,以为足补圣经贤传之缺。身在名场五十余年,或未识面而相憎,或未识面而相慕,皆有缘、无缘故也。"又卷十一云:"此二人者(按:指程明愫、法式善),素不识面,皆因诗句流传,牵连而至。岂非文字之缘,比骨肉妻孥,尤为真切耶?"王增祺不仅在诗歌风格上承其余绪(尤其是早期作品),晚年更因编纂诗话、诗选之举而被恭维者比作随园,足可见其对袁枚及《随园诗话》的效仿之意。

〔17〕 按《樵说》卷六之末,有"《樵说》甫刊成十卷……谨登诸六卷之末"等语,显然此书前十卷确曾先行刊刻,而此条则系后来补刻者。

〔18〕 以上分别见《诗缘樵说拾遗》卷一,第27、28页。

〔19〕 时崇尚袁枚的川人李调元亦紧随其后,所编《雨村诗话》,也是"海内以诗见投者日踵于门"。见《雨村诗话补遗序》。詹杭伦、沈时蓉《雨村诗话校正》,巴蜀书社2006年版,第380页。

〔20〕 见《诗缘樵说拾遗》卷二第13页。

〔21〕 按《诗缘》虽属诗话体,但其初衷实为编纂总集,因此可暂置而不论。具体可参见本文第二

部分。

〔22〕 按夏勇《清诗总集研究(通论)》第四章共列举十八种:朱彝尊《明诗综》附《静志居诗话》、刘彬华《岭南群雅》附《玉壶山房诗话》、郑杰《国朝全闽诗录》附《注韩居诗话》、郑王臣《莆风清籁集》附《兰陔诗话》、王昶《湖海诗传》与《青浦诗传》附《蒲褐山房诗话》、陶梁《国朝畿辅诗传》附《红豆树馆诗话》、梁章巨《三管英灵集》附《三管诗话》、伍崇曜《楚庭耆旧遗诗》附《茶村诗话》、胡昌基《续樵李诗系》附《石濑山房诗话》、朱彬《白田风雅》附《游道堂诗话》、刘存仁《笃旧集》附《屺云楼诗话》、符葆森《国朝正雅集》附《寄心庵诗话》、顾季慈《江上诗钞》附《蓉江诗话》、潘衍桐《两浙輶轩续录》附《缉雅堂诗话》、史梦兰《永平诗存》附《止园诗话》、陈诗《皖雅初集》与《庐州诗苑》附《尊瓠室诗话》、陈衍辑《近代诗钞》附《石遗室诗话》、徐世昌《晚晴簃诗汇》附《晚晴簃诗话》。此外,李清华《清代地域诗话研究》第一章《地域诗话区域分布情况表》又补充地域类附见诗话十二种:许灿《梅里诗辑》附《晦堂诗话》、沈爱莲《续梅里诗辑》附《远香诗话》、孟彬《闻湖诗钞》附《赋鱼诗话》、李王猷《闻湖诗续钞》附《耘庵诗话》、李道悠《闻湖诗三钞》与《竹里诗萃》附《求有益斋诗话》、孙锵《剡川诗钞续编》附《砚舫诗话》与江迥《艮园诗话》、许乔林《朐海诗存》附《弇榆山房笔谈》、杨廷撰《五峰耆旧集》与《五山耆旧今集》附《一经堂诗话》、冯金伯《海曲诗钞》《续钞》附《墨香居诗话》、黄协埙《海曲诗钞三集》附《畹香留梦室诗话》,最后一种为民国诗话。共计三十种。

〔23〕 按关于总集与诗话的关系,李清华《清代地域诗话研究》曾辟专章加以讨论,对这两种关系均有比较细致的梳理,并将之分别命名为"寄生"与"脱胎",亦可备一说。上海大学2016年古代文学博士论文。

〔24〕 阮元《广陵诗事》卷首自叙,广陵出版社2005年版,第1页。

〔25〕 袁枚《随园诗话补遗》卷五第三十九则,清乾隆嘉庆间增刻本。

〔26〕 胡震亨《唐音癸签》卷三十一,古典文学出版社1957年版,第268页。

〔作者简介〕 郑幸,1980年生,复旦大学古典文献学博士,上海大学文学院副教授。

《潘德舆全集》(精装,全五册,明清别集丛刊)

(朱德慈辑校,人民文学出版社2016年1月版,350.00元)

  本书对清代重要作家、学者潘德舆的著作进行了全面的搜集、整理、校勘、标点,涵盖了已刊诸稿和从未刊刻的诸多稿本。内容包括诗、文、词等文学创作,科举应试文、时文、四书文、酬赠代笔等应酬创作,诗话、诗文批点等文学批评著述,札记、书论等学术文章,以及日记、家书等重要文献。附录有传记资料、评论资料、年谱行状等。是潘德舆生平著述的全面集合,亦是清中期文学研究的重要文献资料。

《道咸同光四朝诗史·甲集》的刊印
——兼论孙雄的选诗思想*

吕姝焱

光绪三十四年(1908),常熟孙雄步"《湖海诗传》之后"[1],积数年之功出版了《道咸同光四朝诗史一斑录》(下文简称《一斑录》)。由于它采取当时尚未普及的钢笔版印刷方式[2],故宣统二年(1910),孙雄奏请时任直隶总督陈夔龙重新刊印:"钢笔印本多误,不便检阅,现拟合为总集,重加增损。集股付梓,冀广流传幸。"[3]不久,在《一斑录》的基础上,体例更为完备的《道咸同光四朝诗史·甲集》(下文简称《四朝诗史·甲集》)于当年十二月问世。一年后,孙雄又完成了《道咸同光四朝诗史·乙集》(下文简称《四朝诗史·乙集》)。

关于这三部书的作者孙雄,俞寿沧所作《常熟孙吏部传》记载:

> (孙雄)原名同康,字师郑,晚号铸翁。……原湘,字子潇,乃君高祖,嘉庆乙丑进士,入词林,著有《天真阁诗文集》行世。……魁光绪癸巳京兆试,联捷成进士,简翰林院庶吉士。戊戌,散馆,授吏部文选司主事。奏任京师大学堂文科大学监督……其发为文章者,如《师郑堂集》、《郑斋汉学文编》、《荀子校释》、《论语郑注集释》、《眉韵楼诗话》、《诗史阁壬癸诗存》、《师郑堂骈文》、《禹斋文存》、《郑学斋文存》、《名贤生日诗》、《道咸同光四朝诗史》、《甲乙集》、《郑斋类稿》、《郑斋感逝诗》、《落叶集》、《蝇尘酬唱集》、《诗史阁丛刊》、《读经救国论》等书,多有关于人心世道。[4]

孙雄是嘉庆朝著名诗人孙原湘的裔孙,"长从俞曲园、黄元同两先生游,深探经窟",后又受业于同乡翁同龢。孙雄于光绪二十年(1894)中进士,先任翰林院庶吉士,光绪二十八年(1902)转任吏部文选司主事,此后又任职于京师大学堂。入民国后,他以遗老自居,曾在清史馆、北京大学任职。孙雄著述颇丰,据《江苏艺文志·苏州卷》统计,其数量近50种。孙雄标榜其书斋"眉韵楼"是"诗史阁","固以民国以来诗史第一人自诩者也"[5]。

《四朝诗史·甲集》名为诗史,实为一部诗歌总集,正如石遗室主人陈衍在《四朝诗史·乙集》序中引孙雄本人之语:"外人每讥吾国无史学,所有历史史料而已。吾所录无以名之,姑名《诗史》,亦史料而已。以为史则去取必严,以为史料则去取之不严,留以待后人之去取可也。"[6]《四朝诗史》甲、乙两集将道光以降诗坛名家尽搜其中,"盖诵诗可闻国政,述史可

本文收稿日期:2017.8.6

资鉴戒"[7]。相较与《四朝诗史·乙集》,《四朝诗史·甲集》存世版本较为复杂,且该书与《一斑录》及孙雄的另一部《眉韵楼诗话》关联密切。故在此主要讨论《四朝诗史·甲集》的刊印源流,并由此论述孙雄个人的选诗理念。

一、《四朝诗史·甲集》的刊印

南京图书馆现存有两种不同版本的《四朝诗史·甲集》,且存有明显的递修痕迹。孙雄在刊印《四朝诗史·甲集》的同时,又编著《眉韵楼诗话》及《眉韵楼诗话·续编》各一部,它们与《四朝诗史·甲集》的关系实为"相辅而行"。

(一)版本。第一种,凡八卷,卷首一卷,共五册,宣统二年(1910)刻本,索书号为 GJ/5929。目录页分别钤有"绮芬"、"孙氏读书楼藏书画印"两枚方印,故知此书原为孙绮芬旧藏(下文简称"孙氏藏本")。孙绮芬,字梅伯,浙江余姚人,与夏敬观、徐兆玮等人交好。孙氏自称"十年来主持骚坛,神交半天下,先后所得各省名士硕彦投赠唱和,诸什满目琳琅,已达四千数百人"[8],曾编有《绮芬浪墨》。孙氏逝世后,其藏书四处散佚,不知此本何时归入南京图书馆。"孙氏藏本"的《四朝诗史·甲集》前有宣统二年(1910)十二月陈衍署签,及《道咸同光四朝诗史甲集样本目录》。孙雄在目录前记道:"甲集共凡六百余页,本定于庚戌季冬刊竣。兹因京师手民改业者,多不易招集,仅刊成十分之六七。友人索观,苦无以应。爰将已刊诸家,先行付印,以诒同志而快先睹。至每卷中页数前后,悉俟成书后补镌。孙雄谨识。"并在目录后补记:"此外已刊成各家,容随时将样本续印成册,再编目录。各家科分爵里,不无舛误,次序先后亦有倒置。统俟全书告竣,再行审慎编校,阅者幸有以教之。庚戌十二月师郑孙雄附识。"[9]该书目录后有《拟刊印〈道咸同光四朝诗史〉预约集股略例》。

第二种,凡八卷,卷首一卷,共十册,宣统二年刻本,索书号为 GJ/8367。目录页下方钤有"国立中央图书馆藏"一枚方印,第一册中夹有"泽存书库藏书"便签(下文简称"泽存书库本"),可知此本原属"泽存书库"旧藏。泽存书库由汪伪政府时期的内政部部长陈群于民国三十年(1941)创建,书库藏书几达四十万册,其中不乏宋元旧椠、明清善本,抗日战争胜利后,泽存书库所藏书目悉数转入中央图书馆。《甲集》前有宣统二年(1910)十二月陈衍署签,并钤有"昭文孙氏,版权所有"一枚方印。此后内容依次为《道咸同光四朝诗史甲集目录》、《拟刊印〈道咸同光四朝诗史〉预约集股略例》、《四朝诗史题词汇录》。今《续修四库全书》第1628册和上海古籍出版社2013年所影印之《四朝诗史·甲集》,即为此版本。

这两种版本有较为明显区别。首先,"孙氏藏本"的目录著录方式极为不规范。以卷一为例,"翁文瑞"、"左文襄"为"姓+谥号","李海初"、"朱丹木"、"左仲基"、"吴子苾"为"姓+字","龚定庵"为"姓+号"。"泽存书库本"的目录则统一采用了"姓+名"的著录方式,姓名后小字双排字、号或谥号,这样的著录方式显然规范许多。其次,"泽存书库本"较"孙氏藏本"新增八十余位诗人,并调整了部分诗人所在顺序。新增诗人中不乏诗坛名宿,如王先谦、沈曾植、李慈铭等人。此外孙雄还为部分诗人增选了部分代表作,如"泽存书库本"卷五增加何乃莹《游农事试验场歌》长诗及《多鸭十二律》,本卷亦增加了张元奇的《大风夜泊岳阳楼下》、《留别老墙根旧宅》等七首诗。当然,孙雄在"泽存书库本"中也剔除了部分诗人,如卷五"江建霞"、卷六"徐仁录"等。经过孙雄的此番调整,"泽存书库本"更为规范与科学。正如"孙氏藏本"目录所言,该目录实为《道咸同光四朝诗史甲集样本目录》,"孙氏藏本"也当为《四朝诗史·甲集》编纂过程中的初稿,"泽存书库本"实为最终定本。

(二)所选诗人的生活年限及其排序方法。孙雄在编写时,严格把控诗人所处生活年代的上限。"凡道光朝人均列卷一、卷二,咸丰朝人列卷三,同治朝人列卷四,光绪朝人列卷五、卷六。(每卷人数、页数,多寡不能,一律多者有二百余页,分装数册。)闺秀列卷七,方外及旧藩属遗民列卷八。"而此后的乙集,孙雄"亦用此例以期画一。甲乙等集乃以得诗先后分之,非分时代之先后也"[10]。另据笔者对《四朝诗史》甲、乙各集所涉诗人的生年进行统计,最长者桂超万生于乾隆四十九年(1784),最年幼者周学渊生于光绪三年(1877)。对于生年不在这一时间段的诗人,尽管在《一斑录》中已有选取,但在编写《四朝诗史·甲集》时则忍痛舍弃。例如,前者以阮元开篇,"籍表高山景行之意"[11],不过由于阮元生于乾隆二十九年(1764),故后者删去了阮氏的作品。考虑到前者各编内部皆以辈行年代为排序原则,而各编内部的前几位诗人生年也多在乾隆朝,故他们的作品均不见于后者。至于缘何以乾隆朝末年为界,这就不得不提及孙雄将《四朝诗史》视为"配归愚之《别裁》,抗兰泉之《湖海》"[12]的豪言,王昶所著《湖海诗传》直接限定了《四朝诗史》所录诗人的时间上限。《湖海诗传》依诗人科第为次,收录最早者程梦星于康熙五十一年(1712)中进士,最晚者顾莼于嘉庆七年(1802)进士及第,其所收诗人的生活年代基本与《四朝诗史·甲集》呈互补态势。

《一斑录》各编内部的诗人顺序,"略依辈行年代"排定[13]。各编之间的顺序,则"以得诗之先后,暂为分编之次第"[14]。到了《四朝诗史·甲集》,孙雄则对前八编的诗人顺序作了较大调整。他在《四朝诗史·甲集》中采取了以科第、辈行为据的办法,这样的灵感来自于沈德潜的《清诗别裁集》,请看孙雄在《拟刊印〈道咸同光四朝诗史〉预约集股略例》中所述:

> 沈归愚、铁冶亭、阮芸台诸家选诗、编目,旧例凡有科目者,均以科第先后为次,无科目者约以辈行先后为次。又归愚《别裁集》于顺治、雍正两朝,均先科目而后词人。康熙朝六十一年,因恐辈行先后相悬太甚,故变通其例,以六十一年三分之,科目、词人相见次第,今略仿厥意。凡道光朝人均列卷一、卷二,咸丰朝人列卷三,同治朝人列卷四,光绪朝人列卷五、卷六。(每卷人数、页数,多寡不能,一律多者有二百余页,分装数册。)闺秀列卷七,方外及旧藩属遗民列卷八。异日乙、丙、丁集分卷,亦用此例以期画一。(甲乙等集乃以得诗先后分之,非分时代之先后也。)[15]

沈德潜对乾隆以降的吴中地区诗风产生过深远影响,孙雄的曾祖孙原湘对其评价道:"吴中诗教五十年来凡三变,乾隆三十年以前,归愚宗伯主盟坛坫。"尽管此后"小仓山房出而专主性灵","兰泉司寇以冠冕堂皇之作,倡率后进",然归愚先生依旧对晚清吴中尤其是虞山地域诗学的发展产生了直接影响,孙雄在《四朝诗史》中的排序方法便有其深刻烙印。[16]沈德潜在《清诗别裁集·凡例》中记:"世祖十八年,俱先科目而后词人。圣祖六十一年,若准此例,恐辈行之先后,太相悬矣。故三分二十年,科目词人,相间次第之。世宗朝,及今上二十五年以前,仍准世祖朝之例。"[17]孙雄遂将沈德潜的排序方法原封不动借用过来。当然,除了有科名的诗人外,《四朝诗史·甲集》还收录了许多布衣、方外、外藩之士的诗作。最终,经过笔者统计,《四朝诗史·甲集》共收录道光朝诗人 42 位,咸丰朝 29 位,同治朝 28 位,光绪朝 125 位。光绪朝显然于晚清诗歌发展史中,有着突出地位。

在此值得注意的是,孙雄在《四朝诗史·甲集》中得心顺手地采取该排序方式,又得益于此书的刊印方法。笔者认为《四朝诗史·甲集》的印制并非"一气呵成",孙雄当是一边整理、一边印行。《四朝诗史·甲集》和《一斑录》所收作者,其内容所用面数全为偶数,且均从左面起印,即使右面为空,孙雄也不连排。笔者认为之所以出现这种现象,恐在于孙雄是将某位作家的诗歌刊印完毕后,即将书稿放置一边。新的作家另起一叶刊行,之后孙雄再将各家按顺序厘定。倘若各个作家在排印上采用联排,即内容上彼此衔接而不另起一叶,那么排序工作必然束缚于这种印制方式。孙雄采取的刊印方法,不仅方便他随时加入新诗人,也极大方便了孙雄调整诗人顺序。故仅仅在一年之间,"泽存书库本"与"孙氏藏本"的《四朝诗史·甲集》,不仅内容上有很大差异,二者诗作的顺序也有明显区别。

(三)与《眉韵楼诗话》的相辅而行。《四朝诗史》与《一斑录》的编选关系最为紧密,而其另一著作《眉韵楼诗话》,与《四朝诗史·甲集》实乃相辅相行。孙雄一边编纂《四朝诗史·甲集》,一边又辑录《眉韵楼诗话》,这显然是受到前人王昶的影响。《四朝诗史·甲集》乃孙雄"颇思继兰泉侍郎《湖海诗传》之后"[18],《眉韵楼诗话》则是孙雄"窃附蒲褐山房之往例"[19]。南京图书馆所藏《眉韵楼诗话》,为北洋官报局诗史阁丛书所收,光绪三十四年(1908)铅印本,凡八卷,共四册,索书号为 GJ/803990。今存前两册,共四卷。该书封面有江都人吴仲题签,第二册首页钤有"曾藏毗陵胡氏豹隐庐"藏书印。《眉韵楼诗话·续编》,为晨风阁丛书所收,宣统二年(1910)铅印本,凡四卷,共两册,索书号为 GJ/804255,第一、二册首页均钤有"曾藏毗陵胡氏豹隐庐"藏书印。故,南图所藏《眉韵楼诗话》及续编均属胡绍瑗旧藏之物。胡绍瑗,江苏常州人,室名豹隐庐,清末民初江南著名藏书家、刻书家,南京图书馆藏有其民国绿格钞本《豹隐庐文存》。

关于《眉韵楼诗话》的创作缘起,孙雄序中言:"此编之辑,原欲与《道咸同光四朝诗史》及《皇朝诗纪事》两书相辅而行,俾后人参互校阅,知入选各家之梗概。凡前哲及近人诗有与《诗史》体裁不甚融合者,又有得诗在后不及补印入选者,悉载此编。"[20]两年后,他在《续编》的序中同样记道:"《诗史》所未及网罗之名作,又随时辑为《诗话》。"[21]由此可知,《眉韵楼诗话》与《四朝诗史·甲集》实为"相辅而行"。在《眉韵楼诗话》具体各卷的编纂中,孙雄也是将《四朝诗史·甲集》中未曾录入的诗人、诗选,有甄别地编入其中。如周兹萌将祖父周韬甫的《芍华馆诗文集》赠与孙雄后,孙雄便"录入《诗史》十余首,又以《义马行》、《运甓图》二十,采入《诗话》,使兰陵学子知先生之梗概也"[22]。再如,他认为徐兆玮的《绛云杂事诗》、七绝等诗,"均可入《诗史》之选,然《诗史》为篇幅所限,不能多採,因先录入诗话"[23]。与之相反,在《四朝诗史·甲集》中,孙雄似乎有意躲避《眉韵楼诗话》的影子,他显然希望《四朝诗史·甲集》成为一部独立的诗歌选本,尽力避免给读者留下"意犹未尽"之感。对于购买《四朝诗史·甲集》读者,孙雄更是将《眉韵楼诗话》等书作为赠品赠与:"一次收足,给付收据,先行奉赠钢笔版印《诗史》(按,即《道咸同光四朝诗史一斑录》)初编至十六编各一部,十七编至三十编仍随时出版奉赠,《眉韵楼诗话》一部,《诗史》(按,即《道咸同光四朝诗史》)入选姓氏单张十份,均不取刊资。"[24]《眉韵楼诗话》于孙雄心中的地位由此可见。

一部名为"诗史",另一部则名为"诗话",但二者实为"一卵同胞"。光绪三十四年(1908)孙雄编纂的《一斑录》是《四朝诗史·甲集》的文献基础。而实际上早在光绪三十三年(1907),孙雄就已为编写《一斑录》做准备,"命人抄录,凡成十巨册,都五千余首"[25]。这些材料不仅成为《一斑录》的原始文献,还成为《眉韵楼诗话》的主要素材,诚如孙雄在《眉韵楼诗话·续编》所言:"前八卷(按,即《眉韵楼诗话》)多光绪三十四年以前所辑录。"[26]。

除《眉韵楼诗话》外,孙雄在编辑《一斑录》的同时还纂辑了《皇朝诗纪事》。他甚至打算在《一斑录》十编成书后,将《同光七子诗选》与《四十家诗选》也予以编订付印,以期与《四朝诗史》相互补充。孙雄编书计划甚多,时人对此颇有微言,如曾有人攻击其选诗之举是"隐怀标榜声誉之私"[27],但孙雄却不以为意。他认为盛世之时编纂诗选可获得声誉,而身处动荡时代,那些靠破坏旧传统、标举所谓新学说的投机者,却能邀名获利。与这些人相比,自己纂刻诗选仅是想让浸染先哲心血的诗作可以流传下去。

二、《四朝诗史·甲集》对《一斑录》的匡补

孙雄在《四朝诗史·甲集》分卷略例中言:"《一斑录》钢印本约以初编至八编合为甲集,九编至十六编合为乙集。十七编至三十编为丙丁等集。"[28]由此可见,《四朝诗史·甲集》所涉诗人皆从《一斑录》前八编而来。据笔者考察,《一斑录》前八编中除去重复收录者,共计有诗人686位,而《四朝诗史·甲集》共收录216位诗人。此外还有10余位诗人原本是收录在《一斑录》的九编、十编中,但是孙雄认为"九编以后名人佳作亦多,先行辑入甲集,以快先睹"[29],这便构成了《四朝诗史·甲集》的诗人全貌。

由于《一斑录》各编"系随手拈取,不加抉择,且鲁鱼亥豕,纷纭杂糅,阅者憾焉"[30],故孙雄在《四朝诗史》中进行了大量的匡正、订补工作。原本散乱无序的面貌得到较好改善,该项工作主要集中在以下三个方面。

(一)对作家小传的匡补。孙雄在《一斑录》、《四朝诗史·甲集》中,均将同一作家的若干首诗歌集中在一起,其数量少者仅一首,多者则达十余首。在选诗之前,又为每位作家撰写了人物小传,其信息主要包括姓名字号、科名官职、所著诗文别集等。此外,还设想"姓氏爵里后,均节採诗话、诗序,以资考证",然"现因未能脱稿,若仓卒为之,必多疏漏,故暂行从阙"[31]。尽管在实际操作中作家小传未能尽善尽美,但孙雄在编写《四朝诗史·甲集》时作了大量匡补内容、润色文字的工作。如,孙雄在《一斑录》中介绍曾国藩时言:"予谥文正"[32],而《四朝诗史·甲集》则改为:"赐谥文正。"[33]汪士铎在《一斑录》中的记载为:"汪士铎,字梅邨,江苏江宁人,有《梅邨诗文集》。"[34]此后小字双行写道:"道光庚子举人。"到了《四朝诗史·甲集》,孙雄则将其调整为:"汪士铎,字梅邨,江苏江宁人,道光庚子举人,有《梅邨诗文集》。"[35]再如对龚自珍的记载,《一斑录》言:"龚自珍字定庵,浙江仁和人,道光□□进士,官至礼部仪制司主事,有诗集二卷,诗续集一卷。"[36]《四朝诗史·甲集》改为"龚自珍字璱人,号定庵,浙江仁和人,道光乙丑进士,官至礼部主客司主事"。此后小字双行补充道:"选湖北同知不就,仍还原官。一名易简,字伯定,更名巩祚。"[37]孙雄不仅订正了龚自珍的字、号,也写明了他中进士的时间,亦将其部分履历信息注明。较《一斑录》,《四朝诗

史·甲集》的作家小传更为规范和准确。

（二）对所选诗歌的调整。虽然《四朝诗史·甲集》的主要内容承袭《一斑录》而来，但二者在所选诗歌方面仍有一定差异，这主要体现在四个方面。首先，在后者原有诗歌的基础上增加新作。如后者的初编、五编共收录翁同龢诗歌四首，前者则新加入《题何润甫草堂情话图》一首。其次，保留后者部分诗歌，加入该诗人的其它作品。如《一斑录·初编》选取了龚自珍《四月初一日投牒更名为易简》、《常州高才篇送丁若士履康》、《东陵纪役三首》，共三首诗歌。前者则仅保留后两首，并加入《寄北古口提督杨将军芳》、《暮春以事诣圆明园趋公既罢因览西郊形胜最后过澄怀园和内直友人春晚退直诗六首》。徐兆玮、陈三立等人亦如此。再次，删减诗歌。后者收入李联琇四首诗作，而前者则删除《题长垣本华山碑》一首。俞樾、潘祖荫等亦是如此。最后，删除后者某一作者全部诗歌，代以它作。左宗棠在《一斑录》中有诗《孙芝芳侍讲命题苍筤谷图》，而《四朝诗史》则以《癸巳燕台杂感》、《二十九岁自题小像》八首录五、《陶家园听彭山人琴》代替之。梅曾亮等人亦是如此。除此之外，《四朝诗史·甲集》新增陈昭常、翁斌孙等四十余位诗人及其作品，而他们在之前的《一斑录》各编及《眉韵楼诗话》中均不见记载。

（三）明晰诗学特征。《一斑录》各编诗人的择取较为随意，实属"信手捏取，不加抉择"[38]，以至于它颇有"晚清诗人资料汇编"的意味，其最大弊端是研究者很难讨论其选诗特征。到了《四朝诗史·甲集》，这一问题得到较好解决。因为《一斑录》中被孙雄数次表达喜爱的诗人，被悉数选入《四朝诗史·甲集》以及《眉韵楼诗话》，如：

> 不佞窃观百年间明德诗篇，自以曾、张二公为冠冕。曾诗浑灏流转，步趋韩杜，张诗昌明博大，囊括古今，天生命世大贤兼三不朽于一身，非常人所能跂及。然如越缦堂诗真力弥满，如秋弈僚丸，投之所向靡不如志，超象外而得环中，令人百读不厌，兀傲之气，何自而生。莫郑两家之诗，以郑巢经巢为尤胜，清言见骨，开经自行，邵亭不逮也。王太史湘绮楼诗草，覃精汉魏，融冶六朝，夐乎尚矣。……又如南海某氏所为诗，返虚入浑，运斤成风，洵能卓然独立，自称一家之言。[39]

孙雄以上列出七位诗人，即曾国藩、张之洞、李慈铭、莫友芝、郑珍、王闿运、康有为，对他们的作诗风格进行简要评述，赞赏之情溢于言表。曾国藩、张之洞、李慈铭、郑珍、王闿运便被孙雄列入《四朝诗史·甲集》中，康有为归入《四朝诗史·乙集》中，莫友芝则被辑入《眉韵楼诗话》中。他还将一些诗人冠以"四十家诗"、"同光七子"等名号，如"同光七子"：

> 近人之诗，以袁太常、樊方伯及郑太夷京卿、陈伯严前辈四家为最。……此外如嘉应黄氏、封丘何氏、通州范氏、萍乡文氏，咸能争滕薛之长，抗楚汉之职。……拟仿有明前后妻子之例，于以上诸家中，择其尤者，亦限作者七人之数，名曰《同光七子诗选》。[40]

> 《同光七子诗选》，拟俟《诗史》十编成书之后，与《四十家诗选》同时编定付印。桐庐袁爽秋太常，封丘何吟秋广文，武陵陈伯弢大令，识力之超，根柢之厚，殆与七子有如骖靳，付印时或增为十子，亦无不可。[41]

孙雄以上列出了袁昶、樊增祥、郑孝胥、陈三立、黄遵宪、何家琪、范当世、文廷式、陈汉章，共九位，尚不足十位。樊增祥、郑孝胥、陈三立、黄遵宪、范当世被列入《四朝诗史？甲集》中，袁昶、何家琪、文廷式则被辑入《眉韵楼诗话》。孙雄还将其推崇的冯端本、张百熙等人合称为"四十家诗",凡此种种,皆说明孙雄对所录诗人的钟爱。我们将《四朝诗史·甲集》与《一斑录》进行对比的同时,再对《四朝诗史·甲集》所选诗人及诗歌进行归类,便能够探讨孙雄的选诗理念,并由此论及作者的诗学观点。

三、由《四朝诗史·甲集》论及孙雄的诗学主张

如上文所谈,《四朝诗史·甲集》的诗学特征较《一斑录》更为集中,可借其归纳分析孙雄个人的诗学主张。

(一)以诗存人、以诗存史。孙雄选诗注重诗人的品行道德,他曾提到:"书蘅(吕按,即王式通)助之尤力,且谓:'古人选诗不外以人存诗,以诗存人二义,然尤当注重于其人之生平行谊。苟或出处进退之间稍有可议,其诗虽佳,宜从删汰。'余甚韪其言。"[42]王式通将"以诗存人、以人存诗"归结于人与人之间生平行谊的遵守,孙雄对此十分赞同。孙雄论诗主性情,他认为诗歌要表现诗人的真情实感,性情之外便要以忠孝为本。在他看来,那些以古人交谊为模本,且能在与友朋的往来中表现纯挚情感的人,自然能以性情入诗。如孙雄高度评价郑孝胥与顾石公的真挚情谊,同时也对自己与徐兆玮二十年的情谊十分自得:"余与同邑徐倚虹前辈相契二十年,无论久别与常聚,相见必大欢悦,其纵谈今古,旁若无人之概,颇与太夷所言略似,前辈诗学甚深,博雅温纯,不炫时誉……公瑾醇交于今再见,盖前辈诗固与盍山相累,即性情学问行谊亦殆与石公无异。"[43]孙雄认为徐兆玮为人忠厚朴实,为诗又"博雅温纯",固当以诗存其人。

孙雄论诗亦主张以诗存史,他希望通过《四朝诗史·甲集》"俾承学之士既可考寻文献,又能矜式典型"[44]。《四朝诗史·甲集》较《一斑录》的重要区别是孙雄多去掉游戏之作,而增加表现历史事件与场景的诗。正如孙雄本人所言:"吾所录无以名之,姑名《诗史》,亦史料而已。以为史则去取必严,以为史料则去取之不严,留以待后人之去取可也。"[45]所以钱仲联评价该书"保存清后期诗史资料"[46]。以诗存史的特征,到了《眉韵楼诗话》、《诗史阁诗话》中更是有深刻体现,如《眉韵楼诗话》中《先高祖壬戌年都门杂纪五古五首》,孙雄先谈及内容:"先高祖吉士公《天真阁集》有嘉庆壬戌年都门杂纪五古,咏禁城施糜,设厂编氓,携瓯就食种种困苦情形,以及灾黎求活而夺米,饥民亡命而为盗。"[47]孙雄对民众疾苦的关注,让我们不得不联想到杜诗的精髓。而谈及《诗史阁诗话》的诗史特质,蒋寅总结道:"此书所涉人、诗均有关乎时事,是为考史之资。"[48]从《眉韵楼诗话》、《一斑录》到《四朝诗史·甲集》,"以诗存史"是孙雄以一贯之的诗学主张。

(二)"诗是吾家事"。《四朝诗史·甲集》流露出作者对乡邦文献的有意搜寻。孙雄在《拟刊印〈道咸同光四朝诗史〉预约集股略例》中记:"王柳村《江苏诗征》、阮文达《淮海英灵集》,均录至嘉庆朝而止。不佞此集于江苏人搜采尤多,异日拟别为一书,以步阮氏、王氏之后尘,所望乡邦同志助我征录,无任企盼。"[49]孙雄与同乡好友徐兆玮长期以来注重对虞山地域诗学文献的搜集,孙雄还欲编选《虞山正雅集》、《海虞闺秀诗话》等书:"承示欲选《虞山正雅集》,王柳南后无继起者,此席舍足下莫属。惟邑人诗集搜访不易,弟处亦甚寥寥。前拟

为《海虞闺秀诗话》,属稿未就,近年随在留意,而同志寂寥,见闻有限,此愿恐无日能偿耳。"[50]孙雄对虞山乃至吴中地区诗人的关注,一方面是因为晚清吴中地区诗人数量众多,诗学成就较高,另一方面显然也是他有意而为。

相比对虞山籍诗人的留意,《四朝诗史·甲集》还收录了许多题咏、酬赠之作,其中便可见孙雄自我标榜的色彩。如孙雄在《一斑录》中选取了陈三立诗歌十五首,但是《四朝诗史·甲集》仅保留了《孙师郑吏部由京师寄所刊文集并附诗三章见赠次韵却寄》。徐兆玮、潘飞声、冯汝恒等人诗作,亦是多如此。孙雄甚至将他人写与自己的书信,作为《四朝诗史题词汇录》刊载于《四朝诗史·甲集》之前。难怪目空一切的林庚白耻笑孙雄编《四朝诗史》之举,实为"盖藉以进身于豪贵也"[51]。看来孙雄编写《四朝诗史·甲集》,不仅是想标举虞山地域诗学,亦希望自己的诗歌创作和诗学理论得以宣传。

(三)对长篇歌行体或排律的钟情。孙雄选诗颇喜长篇古体或近体诗,这与其自身作诗宗尚有关。孙雄的诗学思想可追溯至曾祖孙原湘,孙原湘认为:"诗家宜多作乐府、五七古,专工七律者,惧其风格不高,易蹈宋元粗厉软熟之习。"[52]除了对诗体有要求外,孙原湘作诗风格"古风师青莲,近体师义山"[53]。孙雄"才气横溢"[54],擅作古体诗和乐府,并以李白为师:"乐府必用旧题,唐人惟太白最工此体。宋本李集有乐府四卷,凡一百六十首,悉用旧题,今此六首皆李集所有之题。"[55]这就与孙原湘的主张及实践相一致。孙雄还喜作长诗。古体诗有《夏虫分咏拈得蚯蚓成五古四十韵》,《梧叶篇》更是多达三百二十韵。近体诗有《燕台杂感七律十二首》、《庚午旧都秋感七律二十二首》、《燕京岁时杂咏七绝三十首》等,叠章覆踏,颇有气势。孙雄遂将此主张带入选诗工作,如他选取了黄遵宪的《今离别》、《台湾行》、《送留学生回国》等诗,赞赏其借旧题写今事,融冶新旧学。

(四)虞山地域诗学兼容并蓄的传统得以延续。该选未表现出强烈的好恶,尽可能全面搜寻前哲及近人诗集,力求全面展现诗坛风貌。其间搜选着实不易:

> 近岁新学甫有萌芽,旧学已渐陵替,有青黄不接之叹。日本藏书家岁至吾国京师及吴中都会,捆载旧本经史子集,与金石书画之属,不惜重赀,购归藏贮,以致国朝人诗文集,凡在乾嘉以前,稍稍有名,今无刻本,靡不昂贵,故收书甚为不易。不佞今岁七月,以三十金购《施愚山诗文全集》,以二十四金购《鲒埼亭内外集》。如王梦楼、毕秋帆诗集均须十五六金,视十年前盖三倍矣。[56]

孙雄竭力遍寻近人诗作的渠道主要有三种:依靠自家藏书,依赖好友四处寻觅,在报刊杂志刊载征诗启示。[57]清末适值新旧学交替,国人弃之如糟粕的旧本书籍、字画,日本藏书家却不惜重资收购。随着珍本古籍的日益减少,其身价也日趋倍增,孙雄搜购诗文别集的难度可想而知。道咸以来,宋诗派、同光体、汉魏诗派、中晚唐诗派、南社、西昆派等诗歌流派,此起彼伏地活跃在诗坛,它们的诗学主张彼此不同,甚至相左。如宋诗派私淑江西诗派,西昆派则相戒不作江西语。孙雄在《四朝诗史·甲集》中则尽可能网罗各诗派代表人物,这首先与这孙雄个人诗学追求有关。[58]清代唐宋诗之争如火如荼,孙雄却兼容唐宋。他不仅欣赏李杜,亦认为苏轼、陆游可学,故徐兆玮评价其"不屑于慕唐范宋,而自有其凌躐一世之慨"[59]。与此同时,这些诗派成员的诗集流布范围甚广,孙雄也较易获读,故他们的诗作被辑入《四朝诗史·甲集》也就在情理之中了。

在《四朝诗史·甲集》中，孙雄并没有收录一位南社诗人及其诗作，这是耐人寻味的。南社于光绪三十五年（1909）成立，早《四朝诗史·甲集》成书两年。常熟隶属苏州府，清末有常熟籍人士共21位先后加入南社，其数量仅次于吴江、松江、太仓、金山和上海，[60]按理应该收入南社诗人的作品。只有陈去病曾被孙雄辑入《一斑录》，《四朝诗史·甲集》连陈去病也被删去了。其中原因，应从孙雄对清朝的态度谈起。光绪三十四年（1908），慈禧太后去世不久，孙雄便追忆起大清王朝，他感叹道："大清圣朝诞膺天命，抚有方夏，自开国以来，迄今垂三百年。"[61]在《四朝诗史·甲集》开篇，孙雄甚至还专门辑选皇室成员诗作，这均说明孙雄对大清朝有着很深感情。然而南社成员却打着反清、排满的旗号，孙雄自然对其没有好感，故《四朝诗史·甲集》未收录南社成员的诗作。

该选的兼容并蓄还体现在孙雄对外藩诗人的留意。甲、乙两集卷末附越南裴文禩、阮述、陈桂山及朝鲜金泽荣等诸家诗，孙雄自称"以为藩属之纪念"[62]。介绍裴文禩时说："越南已早为法亡，朝鲜又新为日灭，藩封既削，唇齿皆寒，杞人之忧，曷有极耶。时为宣统二年八月朔日，盖日韩合并问题甫于前月之杪宣布也，名为合并，实则吞噬亡国灭种，殷鉴不远。"[63]选录越南、朝鲜，是因为它们都曾是中国藩属国，然此时却分别被法国、日本所侵占。种种此类新闻深深触动了孙雄，故其希望国人以此为鉴，增强忧患意识。

孙雄为学有着深厚的家学渊源，平日亦勤奋好学，故在经学、诗文创作等领域均有建树。他凭数年之功编纂的《一斑录》，以及在此基础上成书的《四朝诗史·甲集》，为后人了解晚清诗坛风貌提供了重要文献。《四朝诗史·甲集》的最大特点即是做到了兼收并蓄，这比起那些以诗选标榜自身诗学思想的诗歌选本要客观公允得多。在风云突变的清末民初之际，孙雄并不赞同以武力推翻清政府，他希望通过改良扫除积弊。故他尽其所能编排诗选，意归温柔敦厚的诗教传统，并重振风雅之旨。

注　释：

［1］［18］［38］　孙雄《道咸同光四朝诗史一斑录初编·序》，光绪三十四年油印本。

［2］　关于该书的刊印方式，可参看苏晓君《油印嚆矢——记孙雄清末的一套油印本书》，《中国典籍与文化》2009年第2期；蒋寅《孙雄与〈道咸同光四朝诗史〉》，《文史知识》2013年第6期。

［3］　孙雄《北洋客籍学堂监督孙主政雄详送〈道咸同光四朝诗史〉呈请鉴定文并批》，《北洋官报》第二四一三册。

［4］　卞孝萱、唐文权《辛亥人物碑传集》，凤凰出版社1991年版，第628—629页。

［5］　钱仲联《梦苕庵诗话》，齐鲁书社1986年版，第161页。

［6］［30］［45］　孙雄《道咸同光四朝诗史·乙集》，宣统三年刻本。

［7］　孙雄《诗史阁图记》，《旧京文存》卷二，民国二十年刻本。

［8］［25］［50］　徐兆玮《徐兆玮日记》，黄山书社2013年版，第3104、865、2014页。

［9］［24］［49］　孙雄《道咸同光四朝诗史·甲集》，宣统二年刻本。

［10］［15］［28］［31］　孙雄《拟刊印〈道咸同光四朝诗史〉预约集股略例》，《道咸同光四朝诗史·甲集》，宣统二年刻本。

［11］［27］［39］［40］［44］［56］　孙雄《道咸同光四朝诗史一斑录三编·序》，光绪三十四年油印本。

〔12〕〔13〕〔42〕 孙雄《道咸同光四朝诗史一斑录续编·序》,光绪三十四年油印本。

〔14〕〔41〕 孙雄《道咸同光四朝诗史一斑录五编·序》,光绪三十四年油印本。

〔16〕 孙原湘《籁鸣诗草序》,《天真阁集》卷四十一,嘉庆五年刻增修本。

〔17〕 沈德潜《清诗别裁集·凡例》,乾隆二十五年教忠堂重订本。

〔19〕 孙雄《道咸同光四朝诗史一斑录·略例》,光绪三十四年油印本。

〔20〕 孙雄《眉韵楼诗话·序》,光绪三十四年铅印本。

〔21〕〔26〕 孙雄《眉韵楼诗话续编·序》,宣统二年铅印本。

〔22〕〔47〕 孙雄《眉韵楼诗话》卷一。

〔23〕〔43〕 孙雄《眉韵楼诗话》卷二。

〔29〕 孙雄《拟刊印〈道咸同光四朝诗史〉预约集股略例》,《道咸同光四朝诗史·甲集》,宣统二年刻本。如,原属第九编的刘鸿庚、第十的张维屏被辑入卷一,原属第十编王柏心被辑入卷二,原属第九编的严镜清被辑入卷三,原属第九编的王兰昇被辑入卷四,原属第十编的周馥被辑入卷五,原属第十编的刘锦被辑入卷六,原属第十编的吴芝瑛、吕清扬被辑入卷七,原属第十编的金泽荣被辑入卷八。

〔32〕〔34〕〔36〕 孙雄《道咸同光四朝诗史一斑录》温册"曾国藩"条、五编"汪士铎"条、温册"龚自珍"条,光绪三十四年油印本。

〔33〕〔35〕〔37〕〔63〕 孙雄《道咸同光四朝诗史·甲集》卷二"曾国藩"条、卷二"汪士铎"、卷一"龚自珍"条,卷八"裴文禩"条,宣统二年刻本。

〔46〕 钱仲联《近百年诗坛点将录》,《梦苕庵论集》,中华书局1993年版,第384页。

〔48〕 吴宏一《清代诗话考述》,"中央研究院"文哲所2006年版,第1249页。

〔51〕 林庚白《孑楼诗词话》,《丽白遗楼集》(下),中国人民大学出版社1996年版,第910页。

〔52〕 孙原湘《朱尊湄黄叶邨居集序》,《天真阁集》卷四十一,嘉庆五年刻增修本。

〔53〕 孙雄《灯下展读先高祖吉士公天真阁集敬题其后》,《眉韵楼诗》卷二,光绪三十年刻本。

〔54〕〔59〕 徐兆玮《北松庐诗话》卷三,光绪二十八年至民国二年稿本。

〔55〕 孙雄所作由六首古体诗,即《君马黄》、《相逢行》、《白鼻騧》、《行行且游猎》、《结客少年场》、《于阗采花》。孙雄《观申江赛马戏作乐府·序》,《眉韵楼诗》卷一,光绪三十年刻本。

〔57〕 参拙作《〈道咸同光四朝诗史一斑录〉编纂源流考述》,《北京社会科学》2017年第12期。

〔58〕 宋诗派有程恩泽、祁寯藻、何绍基、曾国藩、郑珍、莫友芝、陈衍;同光体有陈衍、郑孝胥、陈三立、陈宝琛、沈瑜庆、林旭、沈增植、袁昶、范当世、俞明震;汉魏诗派有王闿运、邓辅纶、高心夔、王鹏运;中晚唐诗派有樊增祥、易顺鼎;诗界革命有黄遵宪、康有为、梁启超、谭嗣同、夏曾佑、丘逢甲;西昆体则有徐兆玮。

〔60〕 参孙之梅《南社研究》,人民文学出版社2003年版,第61页。

〔61〕 孙雄《道咸同光四朝诗史一斑录四编·序》,光绪三十四年油印本。

〔62〕 孙雄《诗史阁诗话》,《民国诗话丛编》(二),上海书店出版社2002年版,第161页。

〔作者简介〕 吕姝焱,1987年生,河南洛阳人,南京师范大学文学院博士研究生,研究方向为清代诗学及地域文化。

权近《诗浅见录》诗学成就论析

付星星

权近(1352—1409),字可远,号阳村,是高丽末年李朝初年著名学者、哲学家、政治家。权近是高丽大儒权溥曾孙,师从高丽儒学大师李穑,于高丽恭愍王十七年(明洪武元年戊申,1368)中成均馆试。李朝立国后,历任成均馆大司成、艺文春秋馆大学士、议政府贤成事、知经筵春秋成均馆事,官至大提学,谥号文忠公。著作有《入学图说》、《五经浅见录》、《四书五经口诀》、《东贤事略》、《阳村集》等。

权近《诗浅见录》是保存在《五经浅见录》中关于《诗经》研究的著作,是朝鲜半岛现存最早的一部《诗经》学的论著。《诗浅见录》以十五国风为主要论述对象,呈现出三个方面的《诗经》学特色:一是《诗经》阐释遵循朱熹《诗集传》,开创了朝鲜半岛《诗经》学研究尊崇朱熹《诗集传》的先路;二是探究孔子《诗经》编辑中所寄寓的政治教化功能;三是揭示出《诗经》中所包韫的天理人伦精义。《诗浅见录》不仅确立了朱熹《诗集传》在朝鲜半岛《诗经》学史上的独尊地位,还透露出朝鲜半岛《诗经》研究具有浓郁的政治意味。

一、阐释并尊崇朱熹《诗集传》的解释基调

朱子学于高丽末年经由安珦(1234—1308)引入朝鲜半岛,之后性理之学渐兴。权近是朝鲜王朝早期致力于接受、转化朱子学,并努力建构以朱子学为主的王朝学术体系的学者,这种学术思想体现在《诗经》研究上则是尊奉朱熹《诗集传》。

《诗浅见录》以阐释朱熹《诗集传》为主,开创了朝鲜王朝《诗经》研究以《诗集传》为中心的研究理念,确立了《诗集传》在朝鲜王朝《诗经》阐释上的经典地位。

(一)对朱熹《诗集传》原文的阐释与推崇。权近通过解释,宣传并凸显朱熹解释的正确性,促进《诗集传》在朝鲜时代权威地位的形成。如《周南》,《诗集传》解释云:

> 武王崩,子成王诵立。周公相之,制作礼乐,乃采文王之世风化所及民俗之诗,被之筦弦,以为房中之乐,而又推之以及于乡党邦国,所以著明先王风俗之盛,而使天下后世之修身齐家治国平天下者,皆得以取法焉。[1]

朱熹又于《周南》末云:

本文收稿日期:2017.5.6

> 按此篇首五诗,皆言后妃之德。《关雎》,举其全体而言也;《葛覃》、《卷耳》,言其志行之在己;《樛木》、《螽斯》,美其德惠之及人。皆指其一事而言也。其辞虽主于后妃,然其实则皆所以著明文王身修家齐之效也。至于《桃夭》、《兔罝》、《芣苢》,则家齐而国治之效。《汉广》、《汝坟》,则以南国之诗附焉,而见天下已有可平之渐矣。若《麟之趾》,则又王者之瑞,非有人力所致而自至者,故复以终焉,而序者以为《关雎》至应也。[2]

朱熹认为《周南》的编辑者是周公,涉及的对象是践祚之初的成王,编辑的目的则是彰显先王风俗之盛大,寄寓周王朝的统治能够延祚万世的祈望,树立修身齐家治国平天下者所效法的典范。朱熹将《周南》前五首之《关雎》、《葛覃》、《卷耳》、《樛木》、《螽斯》总释为言后妃之德之诗,这些诗寓含文王身修而家齐的经验;将《桃夭》、《兔罝》、《芣苢》释为文王齐家而后国治的效应;再将《汉广》、《汝坟》释为国治而后天下渐平,而后于《麟之趾》见王者祥瑞的呈现。权近在《诗浅见录》中尊崇《诗集传》的释义,其云:

> 《周南》十一篇,当以家、国、天下,分为三节而看。《关雎》,正家之始。《葛覃》、《卷耳》、《樛木》,宜家之事。《螽斯》,家齐之极,致福庆及于子孙矣。《桃夭》,国治之事。《兔罝》,国已治而贤材多也。《芣苢》,国治之极。家室和平,妇人无事,相与歌其所事,以形容其胸中之乐,无一毫赞美之辞,益可见文王德化之大。所谓王者之民,皞皞而不知为之者也。《汉广》、《汝坟》,以南国之诗附焉,天下已有可平之渐。若《麟之趾》,则王者之瑞应焉。齐、治、平之极效,无以复加矣![3]

以上权近的解释完全是在朱熹的解释思路下进行的,是对《诗集传》的详细复述,他将朱熹赋予到《周南》的"修身齐家治国平天下"的理念具体到《周南》各诗篇的解释中。权近《诗浅见录》体现出以朱熹《诗集传》为中心的阐释基调。

(二)对朱熹《诗集传》释义次序的阐释与接受。朱熹《诗集传》在一些诗篇诗旨的阐释上时以"或曰"的形式存在两种解释,对于这些解释的先后次序,权近详加分析,区分主次。如《召南·采蘩》,《诗序》云:"夫人不失职也。夫人可以奉祭祀,则不失职矣。"[4]朱熹云:"南国被文王之化,诸侯夫人能尽诚敬以奉祭祀,而其家人叙其事而美之也。或曰:蘩所以生蚕。盖古者后夫人有亲蚕之礼。此诗亦犹周南之有《葛覃》也。"[5]朱熹对《采蘩》诗有两种解释:一是赞同《诗序》,解释为夫人以诚敬奉祭祀;一是认为此诗犹如《葛覃》,讲述的是后妃亲蚕制衣之事。权近对朱熹的两种解释加以辨析,其云:

> 《召南·采蘩》,《集传》以为奉祭祀之事,又引"或曰"为亲蚕之事,犹《周南》之有《葛覃》也。愚按:奉祭祀,成衣服,其事虽异而修妇职则一也。虽主前说,而言亦若《周南》之《葛覃》也,故次鹊巢之正始。或谓奉祭之事现于后之《采蘋》,此则似当为亲蚕之事也。然若是为衣服之事,则当有勤俭澣濯不忍厌弃之意,如《葛覃》勤谨备预。不敢暇逸之意,如《七月》矣。今观此诗,但见其即事有序,去事有仪,齐肃爱敬之至而已,其为祭祀之事无疑。此《集传》所以主前说也,编诗但取性情之正,辞气之和,其事之重复亦何害哉![6]

权近对《诗集传》中的两种释义与释义的主次加以解释,他首先以修妇职的实质统摄"祭祀之事"与"亲蚕之事"两种说法,以证明《诗集传》存两种释义是合理的;其次他分析《诗集传》主祭祀之说的缘由在于诗篇并无关于亲蚕制衣之"勤俭澣濯不忍厌弃之意",但于诗中见出祭祀时的秩序、礼仪、敬肃和爱之意,故《诗集传》将"诸侯夫人能尽诚敬以奉祭祀"的释义放在首位,而以"或曰"的形式存"盖古者后夫人有亲蚕之礼"的解释。权近对《诗集传》释义的详细阐释,传递出他的《诗经》研究是以朱熹《诗集传》为中心的研究。

二、抉发孔子《诗经》编辑中的政教观

"孔子删诗"最早是由司马迁提出来的,《史记·孔子世家》云:"古者《诗》三千余篇,及至孔子,去其重,取可施于礼义,上采契后稷,中述殷周之盛,至幽厉之缺,始于衽席,故曰'《关雎》之乱以为风始,《鹿鸣》为《小雅》始,《文王》为《大雅》始,《清庙》为《颂》始'。三百五篇孔子皆弦歌之,以求合《韶》、《武》、雅颂之音。礼乐自此可得而述,以备王道,成六艺。"[7]汉儒对于孔子删诗并无异议,至唐代孔颖达《毛诗正义》开始对司马迁之说提出怀疑,此后异议纷起。权近赞同《史记》孔子删诗的说法,认为孔子不仅对《诗》除了做"去其重"的工作,还作了编定的工作,并在《诗经》的编辑中寄寓了政治教化的功能。权近云:

(圣人)编诗但取性情之正,辞气之和。[8]

圣人之心,兴灭继绝,必欲变之复正。[9]

仲尼删诗,以周召始二南而终风雅,望天下与后世之深意也。呜呼,微矣。[10]

卫女之知礼也,故夫子皆存于卫风,以见卫俗淫僻之余而王化之犹存,秉彝之不泯,为后世劝也。[11]

孔子系统地总结过《诗经》的政治教化功能,如《论语·阳货》云:"《诗》可以兴,可以观,可以群,可以怨。迩之事父,远之事君。多识于鸟兽草木之名。"[12]权近在此基础上探求孔子在《诗经》编辑中寄寓的政教观念。

(一)《诗》可以观:观风俗之盛衰。《论语·阳货》云:"《诗》可以观。""《诗》可以观"是孔子重要的《诗》学理念,作为《诗经》学史上关于《诗经》功能的一个重要论断,有其特定的理论内涵,这主要是从政教功能的意义上肯定《诗》的存在价值。《诗》可以观具有两层意思:一是"观风俗之盛衰",一是"别贤不肖而观盛衰焉"。"观风俗之盛衰,是指《诗经》是社会现实的反映,因而可通过《诗经》考察社会情况、政治得失与国家盛衰。""别贤不肖而观盛衰焉","是指对赋诗言志者的观察认识"[13]。权近《诗浅见录》中的"诗可以观"主要是从观政的角度来论述《诗》具有观察并反映社会风俗盛衰的功能。

如《齐风·南山》讽刺齐襄公兄妹淫乱无耻。《春秋·桓公十八年》载:"公会齐侯于泺。公与夫人姜氏遂如齐。……丁酉,公之丧至自齐。"《左传》云:"十八年春,公将有行,遂与姜氏如齐。申繻曰:'女有家,男有室,无相渎也。谓之有礼。易此,必败。'公会齐侯于泺,遂及文姜如齐。齐侯通焉。公谪之。以告。夏四月丙子,享公。使公子彭生乘公,公薨于车。"[14]诗前二章刺齐襄公,后二章刺鲁桓公。权近解释此诗云:

> 齐襄、文姜鸟兽之行甚于卫宣攘其子妇,诗人鄙之,以狐称焉,其卒不免无知之弑,不善之报,昭昭明矣。卫之灭在于后世,齐之祸及于其身,其恶甚则其祸愈促,齐不遂灭亦其幸尔。诗可以观,此亦读诗者所当先知者也。卫有《定之方中》、《载驰》等篇,可知其国之灭,《集传》又发明之。齐有《南山》、《敝笱》甚丑之诗,无知之事不现于经,《集传》亦不及言,但记鲁桓薨于彭生之车而已。初学徒见襄公丑恶之行,不知天道祸淫之理如此之明。吾夫子删诗垂戒之意或几乎泯矣,故僭及而著之。[15]

权近在《春秋》、《左传》等史料的基础上,将齐襄公、文姜乱伦之行与卫宣公劫子伋之妻以为己有的行为相比较,得出齐襄公的行为比卫宣公更为恶劣,遂导致齐襄遭到"齐之祸及于其身"的直接后果。权近运用孔子"诗可以观"的《诗》学理论来考察《南山》诗中襄公之丑行并发现齐国兴衰寂灭的历史迹象,以证诗可以观国家政治风俗之盛衰的可行性与诗具有诗意保存史料的功能。

(二)《诗》可以兴:兴起其好善恶恶之心。《论语·阳货》"《诗》可以兴"是孔子关于《诗经》功能的重要理论。"兴",朱熹《论语集注》解释云:"感发意志。"[16]又《论语·泰伯》云:"子曰:'兴于诗,立于礼,成于乐。'"朱熹《论语集注》解释云:"兴,起也。诗本性情,有邪有正,其为言既易知,而吟咏之间,抑扬反复,其感人又易入。故学者之初,所以兴起其好善恶恶之心,而不能自已者,必于此而得之。"[17]可见"《诗》可以兴"指的是《诗》感发人的意志兴起其好善恶恶之心的功能。权近在《诗浅见录》中发扬孔子这一理论,探究孔子编诗所寄寓的惩创感发的诗教功能及以此参与政治教化的社会功能。如对于《诗经》十五国风的编排,权近云:"列国之风,则人伦之大变,天下之大乱极矣。圣人伤之,甚惧之,深录其善以感发其善心,著其恶以惩创其逸志。"[18]孔子编《诗》,是以其善感发善心,以著录其间的恶来惩创淫逸的心志,与朱熹"所以兴起其好善恶恶之心"遥相呼应。权近根据孔子"诗可以兴"的观念反观孔子在《诗经》编辑中所寄托的惩创感发之意。

郑卫之诗多淫诗,朱熹云:"郑卫之乐,皆为淫声。"[19]孔子编诗何故存郑卫之诗是《诗经》学史上聚讼纷纭的话题。权近从孔子"诗可以兴"的理论出发,发掘郑卫之诗感发惩创人心的力量,以获得孔子编郑卫之诗的目的。权近云:

> 郑卫之风皆为淫声,而郑声之淫有甚于卫。故孔子语颜回,以为邦则曰"放郑声"而不及卫,举其重者也。然卫以淫乱,为狄所灭,而郑不亡,何欤?郑风之淫,民间男女之乱而已。卫则宣公攘其子妇,公子顽通乎君母,世族在位,相窃妻妾,以居民上,不亡何待!又况由此父子兄弟骨肉相残,人伦之变,尤甚惨乎。亡而能复,盖亦幸矣。夫子独以郑声为戒者。卫诗犹多讥刺惩创之意,观者尚知亡国之由而自省矣。郑诗荡然无复羞愧悔悟之萌,则听其音者,其心缓肆,骎骎入于其中,不知其终至于必亡也,故夫子必使放之。以郑之不亡而无所惩,故尤必戒之也。然则不删而著于国风者,又何欤?为邦当用礼乐之正诗,则观俗尚之美恶而垂监戒也。后世观者必贱恶而丑言之,惩创之心油然而生矣。故彼之筦弦,则其音邪靡,易以惑人,所当放而绝之也,书之方册则其恶明著,易以监人,所当存而戒之也,故为邦则放之,删诗则存之无非所以教也。[20]

权近根据"诗可以兴"的理论来探究孔子"放郑声"与存郑诗的内在合理性,主要表现在以下两个方面：

首先，权近根据"诗可以兴"的理论分析《论语》只言"放郑声"而不涉及卫诗的原因。《论语·卫灵公》云"放郑声，远佞人。郑声淫，佞人殆"[21]，未涉及《卫风》。他认为卫诗多呈现出讥讽惩创的意思，读诗者可以通过这些讥讽惩创之意来观照卫国的兴亡从而达到内自省焉的目的，故不需要孔子在做放卫声的警告；郑诗与卫诗不同，郑诗大多肆意放荡并无羞愧悔悟之意，郑诗从内容上不能很好的激起读诗者的好善恶恶之心，故需要孔子特别提出"放郑声"，以告诫读者在郑诗的接受过程中持警戒惩创之心，不要在郑诗柔美弛缓的歌词与音调中放松警惕，从而避免陷入"其心缓肆，骎骎入于其中，不知其终至于必亡也"的后果。

其次，还从"诗可以兴"的诗学理论出发，探究孔子放郑声而不删郑诗的原因。孔子对于"其音邪靡，易以惑人"的郑诗持"放之"的态度，又将这些邪靡之音载于方册，权近指出孔子这种看似矛盾的态度与行为实是统一在"诗可以兴"的《诗》学理念之中，即以这种易于惑人的夸张的邪靡之音作为读诗者日常保持警戒的教材，供读诗者观俗尚之美恶而垂监戒，体现出《诗》可以兴起其好善恶恶之心的社会功能与惩创感召读者的巨大精神力量。

（三）《诗》可以"治"：包含治乱循环之理。《论语·子罕》云："吾自卫反鲁，然后乐正，《雅》、《颂》各得其所。"[22]可以推断孔子编《诗》的时间大致在"自卫反鲁"之后。"自卫反鲁"宣告孔子政治政治生涯的终结，至此孔子将"从周"的政治理想寄寓于《诗》、《书》的编辑中。孔子在《诗》、《书》的编辑中传达出他的政治理念，并以此来干预国家政治，达到《诗》可以"治"的政治目的。权近探析孔子在《诗经》编辑中所包蕴的治乱循环之理。

如《召南·何彼秾矣》诗的年代问题是《诗经》学史上争论较大的问题，关于该诗的年代主要有两种意见：一是《毛传》将此诗定为武王时诗。其原因在于《何彼秾矣》居于正风二南之《召南》，故应该是文王、武王之时的诗。故《毛传》解释"何彼秾矣？华如桃李。平王之孙，齐侯之子"的"平王"解释为"文王"，其云："平，正也。武王女，文王孙。"[23]《郑笺》无异议。孔颖达亦赞同《毛传》的解释，其云："此文王也。文者，谥之正名也，称之则随德不一，故以德能正天下则称平王。"[24]一是以此诗为平王之诗。如朱熹《诗集传》云："或曰：平王，即平王宜臼。"[25]但平王之诗为何处于《召南》之中，朱熹对该诗是文王抑或是平王时诗未加以评判，以"未知孰是"存疑。权近在此诗的解释中提出"诗可以治"的理念，其云：

> 《何彼秾矣》称"王姬"是武王以后之诗，然在武王时则当为雅，在平王时则当入黍离，其在二南亦当在《周南》矣。今乃在《召南》之末，为不可晓。然《汉广》、《汝坟》南国之诗，而入《周南》见天下可平之渐也。秾李王朝之诗，而在《召南》者，亦以见王化之大行而其终遂有天下也欤。故《汝坟》之称王者，殷也，周之化犹未洽于天下而有可平之渐。秾李之称王者，周也，周之化大洽于天下而天下已得而极治矣。《周南》则由闺门而达之天下，《召南》则由天下而本之闺门，其终则各举王者之瑞，有非人力所致者以终焉。以是而观，意略通矣。若其时世在雅，则不当为风。其诗直称平王，其在黍离之后欤。仲尼升于《召南》者，虽其衰乱之时而正始之道犹有不尽变者，故特取而附于正风。一以示文王太姒之化，不唯被于一时而及于天下后世；二以示后世之君，苟能自其身与家而正之，则变者可以复正也。垂训之意深矣。[26]

权近认为此诗直称"平王",遂判定该诗为平王东迁之后的诗,并深究孔子将《何彼秾矣》编入《召南》的深意:一是呈示文王太姒之化在时间上不局限于一时的影响,而是长久地影响后世。二是孔子以平王诗入《召南》,旨在彰显平王在乱政中正身齐家,致使国家由乱转治,实现了孔子"变者可以复正"的政治期待。

此外,权近从十五国风的编排次序,揭橥出孔子关于乱世可以复正的政治期待:

> 列国之风……虽甚坏乱之极,而必示循环之理,使知变之可以复正也。故于《邶》、《鄘》之后而系以《淇澳》,以武公望一国也;列国之终而系以《豳风》,以周公望天下也。非如周公之元圣,岂能复正乎?不唯此也,《风》以周公终,《雅》以召公终矣。昔周之初,周公为政于内,召公宣化于外。为政者有如周公,则朝廷之风化美,而变风可正矣;宣化者有如召公,则国之蹙者日辟,而《大雅》复作矣。此仲尼删诗以周召始二南而终风雅,望天下与后世之深意也。呜呼,微矣![27]

对于邶鄘卫次于二南之后,权近云:"卫诗首尾皆与《周南》相反,可观其变之验,又有复而可正之道。"[28]权近解释孔子以《桧风》、《曹风》、《豳风》三风系于国风之末云:"然后系以《桧》、《曹》思治之诗,而终以周公之《豳》,以言乱之可治,变之可正也。"[29]权近认为十五国风的编排次序包含了孔子"乱极思治"的苦心与乱可变为治的政治理想。

三、探求《诗经》中的"人伦"与"天理"之义

(一)"人伦"与十五国风之兴衰。《论语·阳货》云:"《诗》可以兴,可以观,可以群,可以怨。迩之事父,远之事君。多识于鸟兽草木之名。'"[30]记载了孔子关于《诗经》兴观群怨社会功能及多识鸟兽草木之名的认知功能的论述。"多识于鸟兽草木之名"说明《诗经》包蕴了种类繁多的鸟兽草木虫鱼之名。《诗经》中的诗人通过对大自然的亲切观察,通过与鸟兽虫鱼山川草木的观察与共语,透露出一种感悟生命的智慧。"《诗经》中的意象固然有所选择,但'形而下'者实可能远多于'形而上'者。密意深情,多半不离寻常日用之间,体物之心未尝不深细,不过总是就自然万物本来之象而言之,这也正是《诗》的质朴处和深厚处。"[31]扬之水道出了《诗经》以寻常物寻常事起兴的特点,《诗经》学家在这些平常的事物中寻觅并灌注道德的内核。如《关雎》,《诗序》云:"后妃之德也。"[32]朱熹云:"汉匡衡曰:'窈窕淑女,君子好逑,言能致其贞淑,不贰其操,情欲之感无介乎容仪,宴私之意不形乎动静。夫然后可以配至尊而为宗庙主。此纲纪之首,王化之端也。'可谓善说诗矣。"[33]汉儒宋儒皆从关雎鸟"挚而有别"的特性联系到后妃贞静悠闲的德行。汉代《诗经》学开创了《诗经》政治教化的功能,至唐代而鼎盛,汉唐《诗经》学具有浓厚的政治特征。宋代《诗经》学在研究的方向上改变汉唐《诗经》学向外发生的政治社会性转而进入内向研究,即是对于人的本体的关注,着力探求《诗经》中承载的人伦秩序与天地运行的规律。朱熹《诗集传》是从义理角度《诗经》的典范。权近《诗浅见录》尊崇《诗集传》,亦对《诗经》做从伦理到天理的意义探求。

"'人伦'一词最早见于《孟子》。"[34]《孟子·滕文公上》云:"设为庠序学校以教之:庠

者,养也;校者,教也;序者,射也。夏曰校,殷曰序,周曰庠,学则三代共之,皆所以明人伦也。人伦明于上,小民亲于下。"[35]可见"明人伦"是夏商周三代学校教育的主要目的。其后孟子又提出五伦的具体内容:"后稷教民稼穑。树艺五谷,五谷熟而民人育。人之有道也,饱食、暖衣逸居而无教,则近于禽兽。圣人有忧之,使契为司徒,教以人伦:父子有亲,君臣有义,夫妇有别,长幼有序,朋友有信。"[36]五伦概括了人处于社会生活中的五种重要关系。五伦的协和关系着个人行为的规范、家风的整齐乃至于社会秩序的稳定。

《诗经》所处的时代,还没有关于五伦的系统论述,但是西周初叶至春秋中期的诗人们感受了夫妇与家庭、宗族、社稷的兴盛有密切的关系。故孔子编《诗》,将《关雎》这一歌咏贵族男女婚恋的最为恬静温和的诗篇放在《诗经》之首,旨在昭示《关雎》中所赞美的好婚姻,是日用伦常间的谐美,更是"妃匹之际,生民之始,万福之原"。故"婚姻之礼,然后品物遂而天命全。孔子论《诗》,以《关雎》为始,言大上者民之父母,后夫人之行,不侔乎天地,则无以奉神灵之统而理万物之宜。自上世以来,三代兴废,未有不由此者也"[37]。《关雎》居《诗经》之首篇不仅反映了《诗经》时代诗人对于夫妇关系的重视,还承载了孔子编《诗》将家族社稷的兴盛寄于一门之内其乐融融的美好夫妇关系的向往。夫妇关系的重要性亦可在诸多的先秦文献中可以看到,如:

> 《易传·序卦》:"有天地然后有万物,有万物然后有男女,有男女然后有夫妇,有夫妇然后有父子,有父子然后有君臣,有君臣然后有上下,有上下然后礼义有所错。"[38]
>
> 《礼记·郊特牲》:"男女有别,然后父子亲。父子亲,然后义生。义生,然后礼作。礼作,然后万物安。"[39]

夫妇关系的和谐是父子、君臣等社会关系得以存在与发展的重要前提,"先秦儒家以'亲'、'尊'、'义'为准则建立了以夫妇一伦为首的人伦关系网"[40]。《诗经》中存在很多反映夫妇关系的诗篇:有夫妇和则家安国泰者,如《周南·关雎》、《葛覃》、《螽斯》、《桃夭》、《大雅·思齐》、《绵》等;有夫妇不义,家衰国败者,如《邶风·燕燕》、《日月》、《卫风·硕人》、《齐风·南山》、《载驱》、《大雅·正月》、《十月之交》。

权近深受中国古代文化的影响,他在《诗浅见录》中六次谈及"人伦",其中《关雎》一次,《驺虞》两次,《国风》序说两次,《郑风》通论一次。《诗浅见录》中的"人伦"大多指的是夫妇伦,旨在强调闺门和谐与家国安泰有紧密的关系。如他认为《周南》是周王朝齐家而后平天下的写照,《召南》则是周王朝经营南土返归闺门之和的呈现,其云:"《周南》则由闺门而达之天下,《召南》则由天下而本之闺门。"[41]

权近以人伦夫妇之道的得与失为核心论述二南正风与十三国变风的差异,其云:

> 正风,人道之得其正也,变风,人道之失其正也。人道之正,始自闺门而其终及于天下,王者之瑞应焉;人道之失,亦始于闺门,而其终至于骨肉相残夷狄灭亡之祸及矣。《黍离》降为国风,然犹王号未替,当为十三国之首矣,而先邶鄘卫者,卫风之变始自闺门,而其效皆与《周南》相反,终始之验最为详备,故特举以为变风之首,而著其效。故读《柏舟》、《绿衣》诸篇,则庄姜正静而不见答于庄公,正始之道其与《关雎》相反矣。观《燕燕》,则州吁弑完,其与《螽斯》子孙众多而和集者相反矣。读《凯风》、《匏叶》之诗

则形于国中者,其与《桃夭》之男女以正者相反矣。读《简兮》、《北门》之诗则贤者不得志,至有以事投遗而莫知其艰,其与中林武夫公侯腹心相反矣。读《击鼓》则征役不息而人民愁苦,读《北风》则国家危乱而气象愁惨,其与《茉莒》之和乐相反矣。观《式微》、《旄丘》之诗则衰微不振,不能修方伯连帅之职,况望及于天下乎?其与《汉广》、《汝坟》化及天下者相反矣。至读《二子乘舟》则骨肉相残,人道陷于禽兽,而天理灭矣,其与《麟趾》公子振振仁厚为王者之瑞者不可同世而语矣。始之不谨而其终至于如是之惨,故《邶风》于是而终矣,然后有夷狄之祸而卫遂灭焉。[42]

《诗序》把十五国风中的《周南》、《召南》定为正风,将其余十三国风定为变风。朱熹《诗集传》赞同《诗序》的说法:"旧说二南为正风,所以用之闺门乡党邦国而化天下也。十三国为变风,则亦领在乐官,以时存肄,备观省而垂监戒耳。合之凡十五国云。"[43]权近在其影响下,以"正风"、"变风"为核心概念来区分二南与十三国风,认为人道之正与失是二南与十三国风相区别的关键。权近将人道的范围缩小到闺门之内,认为闺门之内夫妇关系是关涉人伦的核心,从国风编排的次序证明《诗经》在编排上有意突出夫妇关系与家国兴衰的重要性,并以二南之后为邶鄘卫,而非作为王者之风的《王风》为例,权近指出这样的编排存有编诗者建构强烈对比的深深用心:二南闺门祥和致天下太平王者之瑞生焉,邶鄘卫夫妇失德致骨肉相残夷狄灭焉。遂认为:"卫诗首尾皆与《周南》相反,可观其变之验。"[44]权近例举《邶风》诸诗与《周南》进行比较:《柏舟》、《绿衣》与《关雎》;《燕燕》与《螽斯》;《凯风》、《匏有苦叶》与《桃夭》;《简兮》、《北门》与《兔罝》,得出邶风之变源于闺门夫妇之义失。

权近以人伦之失来概述十三国风政治得失的情况,其云:

> 《黍离》以降,天下不复有雅矣!至若男女之伦乱,而《郑风》变;鸟兽之行作,而《齐风》变;国政贫残,臣民叛去,而《魏风》变矣。《唐风》之变,则弑君篡国,赂王请命,而三家分晋之端兆矣;《秦风》之变,则奸良用殉,擅杀不忌,戎翟之俗,作俑于中国,而焚坑之祸萌矣;《陈风》之变,则宣淫、杀谏、君弑、国亡,夷狄入于中国,而变风终矣。要而言之,则夫妇之道变于《卫》,父子君臣之义失于《王》,男女之伦乱于《郑》,鸟兽之行作于《齐》,君民之道乖于《魏》,篡弑之乱成于《唐》,戎翟之俗用于《秦》,而弑逆夷狄之祸极于《陈》矣。然后系以《桧》、《曹》思治之诗,而终以周公之《豳》,以言乱之可治,变之可正也。此变风十三国之次也。呜呼!夫妇,人伦之本,朝廷风化之源。《柏舟》变而卫国以灭,《黍离》降而王室以微,至于列国之风,则人伦之大变、天下之大乱,极矣![45]

权近以夫妇作为人伦的核心来论述十五国风的次序,认为二南是人伦所得之正风,十三国风则是由于夫妇之道失所产生的变风,并指出人伦与天下泰平的关系:邶鄘卫所系的卫诗是夫妇之道始变,《王风》是父子君臣之义失,《郑风》、《齐风》是男女之伦乱,《魏风》、《唐风》是君臣之道乖离,《秦风》戎翟之俗用焉,《陈风》遭弑逆夷狄之祸。权近将《邶风》、《鄘风》、《卫风》、《王风》、《郑风》、《齐风》、《魏风》、《唐风》、《秦风》、《陈风》之不复有二南"始基之矣"的盛况归结为夫妇人伦之义失,强调"夫妇,人伦之本,朝廷风化之源",指出人伦与天下治乱的关系是"人伦之大变、天下之大乱,极矣"。权近对十五国风中人伦的探求旨在构筑朝鲜王朝君臣、夫妇、父子、男女之正常人伦秩序的建构,实现儒学的王道政治。

（二）"天理"在于"人伦"的思想脉络。权近是朝鲜半岛著名的性理学学者，他一生都致力于性理学的发展，以图说的研究方法提出"天人心性合一"的宇宙模式，为朝鲜半岛儒学奠定了基础。[46]韩国学者对权近性理学的研究主要是以《入学图说》为中心的考察，如韩国延世大学赵真熙《权近的天人心性论研究：以〈入学图说〉为中心》与成均馆大学郑晢静《阳村权近的心性论研究——以〈入学图说〉为中心》均是以权近性理学为研究主题的硕士学位论文，显示出权近对性理学问题的深入研究及其特色。[47]权近在对天人心性等哲学问题的论述中将人与天并举，并通过图示将二者结合起来，呈现出天人合一的哲学观。同时，权近在《诗经》研究亦将人伦与天理联系起来，其云：

> 此诗（《关雎》）者，不唯不妒，惟欲得淑德以配君子而成其内治。其哀其乐皆为淑女，而无一毫自私之心，故哀虽切，而不至于伤；乐虽深，而不至于淫。是皆天理、人伦之极也。[48]

又云：

> 至读《二子乘舟》，则骨肉相残，人道陷于禽兽，而天理灭矣。[49]

"天理"是朱子哲学的重要概念，与"人欲"相对立。陈来解释"天理"、"人欲"云："宋明儒者所说的'存天理、去人欲'，在直接的意义上，'天理'指社会的普遍道德法则，而'人欲'并不是泛指一切感性欲望，是指与道德法则相冲突的感性欲望。"[50]权近深受朱子哲学影响，他对人伦天理及人心天理的论述是对朱子哲学的继承与发展。

朱熹认为"人心"与"天理"相互依存，不存在没有"人心"的"天理"，亦不存在没有"天理"的"人心"。他说："人心如船，道心如柁。任船之所在无所向；若执定柁，则去住在我。"[51]柁不能离开船独立存在，意谓作为"道心"（天理）不能离开"人心"而独立存在；船不能离开柁的控制，否则会失去航行的方向，意谓"人心"不能离开"道心"（天理）的引导。权近受到朱子哲学的影响，他关于"人伦"与"天理"关系与朱子哲学中"人心"与"天理"的关系一致，不同的是他将朱子哲学中的"人心"具体到社会关系中的人伦上。朱子哲学的"天理"存在与"人心"，权近将此发展为"天理"存在于"人伦"，即存在于父子、君臣、夫妇、长幼、兄弟之中的人伦之理是"天理"在人间的体现，故他从日用伦常之际探究"天理"，其云："人伦日用之间，莫非天命之流行发现，汝在父子则当亲，在君臣则当敬，以至一事一物之征，一动一静之际，莫不各有当行之理，流动充满，无小欠缺，是孰使之然哉。皆上帝所以开导启迪于斯民，使之趋善而避恶，以不昧于其所适从也。"[52]权近将天理投注到具体而微的事物之上，具体到人伦日用之父子君臣关系、万事万物、一动一静之上。

朱子哲学中"人心"之正是"天理"存灭的关键，朱熹云："人之一心，天理存，则人欲亡；人欲胜，则天理灭，未有天理人欲夹杂者。"[53]人心遵循道德法则，战胜私欲，则天理存在；如果人心违反道德准则，则是私欲兴起，天理灭矣。权近在朱子哲学的基础上提出"人伦"是"天理"存灭的关键。其云："人道陷于禽兽，而天理灭矣。"[54]此处"人道"之失指的是人伦之理的丧失，导致了天理灭亡。

权近以"人伦"为核心分析十五国风之政治得失，强调五伦之理对国家社稷兴亡的重要性，为初期朝鲜王朝的统治秩序提供了理论根据。他从人伦到天理的意义探求，呈现出天人合一的哲学观点。

注　释：

　　＊　本文为2014年国家社会科学基金一般项目"朝鲜半岛《诗经》学史研究"（项目编号：14BZW025）阶段性成果。本论文受贵州大学—孔学堂中华传统文化研究院经费资助。

　　〔1〕〔2〕〔5〕〔19〕〔25〕〔33〕〔37〕〔43〕　朱熹《诗集传》，上海古籍出版社1958年版，第1、8、7、2、7、8、56、13、2、2、1页。

　　〔3〕〔6〕〔8〕〔9〕〔10〕〔11〕〔15〕〔18〕〔20〕〔26〕〔27〕〔28〕〔29〕〔41〕〔43〕〔44〕〔45〕〔48〕〔49〕〔54〕权近《诗浅见录》，韩国成均馆大学校大东文化研究院编《韩国经学资料集成》第71册，成均馆大学校出版部1995年版，第5、9、9、15、19、20、24、18、24、11、19、16、18、11、14—15、16、17—18、4、15、15页。

　　〔4〕〔23〕〔24〕〔32〕　孔颖达《毛诗正义》，北京大学1999年版，第65、104、104、4页。

　　〔7〕　司马迁《史记》，中华书局2014年版，第2345页。

　　〔12〕〔21〕〔22〕　杨伯峻《论语译注》，中华书局1980年版，第185、164、92页。

　　〔13〕　张启成、付星星《诗经研究史论稿新编》，贵州人民出版社2011年版，第20页。

　　〔14〕　杨伯峻《春秋左传注》，中华书局1995年版，第151、152页。

　　〔16〕〔17〕〔30〕〔35〕〔36〕　朱熹《四书章句集注》，中华书局1983年版，第178、105、178、255、259页。

　　〔31〕　扬之水《诗经别裁》，中华书局2007年版，第13页。

　　〔34〕　张岱年《人伦与独立人格》，《北京大学学报》（哲学社会科学版）1990年第4期。

　　〔38〕　孔颖达《周易正义》，北京大学出版社1999年版，第396页。

　　〔39〕　杨天宇《礼记译注》，上海古籍出版社2004年版，第322页。

　　〔40〕　李海超《先秦儒家对人伦次序的安排——以对夫妇一伦的考察为中心》，《孔子研究》2014年第4期。

　　〔46〕　李甦平《论权近的性理学思想》，《韩国研究论丛》第二十辑，第365页。

　　〔47〕　赵真熙《权近的天人心性论研究：以〈入学图说〉为中心》，延世大学大学院2000年硕士学位论文。郑暋静《阳村权近的心性论研究：以〈入学图说〉为中心》，成均馆大学校2016年硕士学位论文。

　　〔50〕　陈来《宋明理学》，生活·读书·新知三联书店，第2—3页。

　　〔51〕〔53〕　朱杰人、严佐之、刘永翔主编《朱子全书》，上海古籍出版社、安徽教育出版社2002年版，第十六册，第2663、388页。

　　〔52〕　于春海《权近〈天人心性合一之图〉研究》，《周易研究》2010年第5期。

〔作者简介〕　付星星，1984年生，文学博士，贵州大学文学与传媒学院副教授。

《唐绝选删》研究

左 江

一、《唐绝选删》的底本

许筠(1569—1618),字端甫,号蛟山、惺所、白月居士等,是朝鲜宣祖(1568—1608 在位)、光海君(1609—1622 在位)二朝著名文人学者,著述等身,流传至今者有《惺所覆瓿稿》二十六卷(包括《惺叟诗话》一卷)、《蛟山臆记诗》二卷、《鹤山樵谈》一卷、《乙丙朝天录》,及用谚文创作的小说《洪吉童传》。在创作之外,许筠还编撰了大量典籍,有《国朝诗删》十卷(第十卷为权韠选编)、《闲情录》十七卷,另有十二种中国诗文词集,包括《古诗选》、《唐诗选》、《四体盛唐》、《唐绝选删》、《温李艳体》、《四家宫体》、《宋五家诗钞》、《荆公二体诗钞》、《欧苏文略》、《明诗删补》、《明四家诗选》、《明尺牍》,多亡佚,现已发现的有《唐绝选删》(十卷)与《荆公二体诗钞》(六卷)两种。

《唐绝选删》现藏于韩国国立中央图书馆,笔写本,十卷,分乾、坤两册,页 10 行,行 20 字,有朱笔批语。许筠因谋逆之罪被杀,所以《唐绝选删》抹去了任何与他相关的痕迹。所幸《惺所覆瓿稿》卷五收录了《题〈唐绝选删〉序》,可以了解许筠编选此书的宗旨:

> 尝谓诗道大备于《三百篇》,而其优游敦厚足以感发惩创者,《国风》为最盛,《雅》、《颂》则涉于理路,去性情为稍远矣。汉魏以下为诗者,非不盛且美矣,失之于详至宛缛,是特《雅》、《颂》之流滥耳,何足与于情性之道欤?唐之以诗名者殆数千,而大要不出于此,甚至绮丽风花,伤其正气,流而贻教化主之诮,此岂非诗道之阳九耶?以余观之,唐人五七言绝句,梓而传凡万首,其言短而旨远,其辞藻而不靡,正言若反,庄言若率,不犯正位,不落言筌,含讽托兴,刺讥得中,读之令人三叹咨嗟,真得《国风》之余音,其去《三百篇》为最近。是以当世乐人采以填歌曲,如王维、李益辈之作,至以千金购入乐府。王少伯、高达夫之词,云韶诸妓皆能唱之,岂不盛欤?唐之诸家,盛而盛,至中晚而渐漓,独绝句则毋论盛晚,具得诗人之逸韵,悉可讽诵,虽闾巷妇人、方外仙怪之什,亦皆超然。唐之诗到此,可谓极备矣。余于暇日,取沧溟《诗删》、徐子充《百家选》、杨伯谦《唐音》、高氏《品汇》等书,拔其绝句之妙者若干首,分为十卷,弁曰《唐绝选删》,置之案右,以朝夕讽诵焉。噫,唐之绝句于是尽矣!而《三百篇》之遗音,亦可以此推求,则其于性情之

本文收稿日期:2017.1.30

道,或不无少补云尔。[1]

许序有数层意思:一,唐五七言绝句上承《国风》,得性情之正,不涉理路,不落言筌,既有温柔敦厚的教化之功,又有兴发感动人心的力量。二,唐其他诸体诗歌有初盛中晚的分期,到中晚期渐趋衰落,而绝句无论初盛还是中晚都是佳作,"悉可讽诵"。关于此点,许筠在《题四体盛唐序》中所言更为明确,《四体盛唐》是许筠编选的七言、歌行、五律、七律四体诗集,有人问为何不选绝句,许筠说:"余所取只盛唐,而绝句则毋论季叶,人人皆当行,不可以盛晚为断。"[2]在唐代,绝句不但不能以盛晚区分,且不能以人来取舍,这是个人人当行,甚至"闾巷妇人、方外仙怪"都能写出绝妙好诗的诗体。三,许筠以李攀龙的《唐诗删》、徐充《详注百家唐诗汇选》(简称《百家唐诗》)、杨士弘《唐音》、高棅《唐诗品汇》四种诗选为底本,选择其中"绝句之妙者",编为《唐绝选删》,共十卷,许筠非常自信,认为"唐之绝句于是尽矣"。

《唐绝选删》中的五七言绝句是从李攀龙《唐诗删》、徐充《百家唐诗》、杨士弘《唐音》、高棅《唐诗品汇》中摘选而来,在四种底本中,《唐音》、《唐诗品汇》以及《唐诗删》都是著名的唐诗选本,亦都有重初盛唐诗轻中晚唐诗的倾向。许筠对三家诗选非常熟悉,也很清楚各家的优劣,曾在三家诗选的基础上编选了自己的《唐诗选》,序云:"取高氏所汇,先芟其芜,存十之五;而参之以杨氏,继之以李氏,所渐拔者合为一书,分以各体,而代以隶人,苟妙虽晚亦详,而或颣或俗,则亦不盛唐存之,凡为卷六十,而篇凡二千六百有奇,唐诗尽于是矣。"[3]其《唐诗选》达六十卷,收诗二千六百多首,同样是分诗体编排,但与三种诗选"重初盛轻中晚"不同,他不囿于初盛中晚的分期,如是好诗,虽是中晚之作,亦不吝多选;相反,即使是盛唐人的作品,也会毫不犹豫地舍弃。《唐音》、《唐诗品汇》、《唐诗删》在明清两代影响深远,至今仍为学界重视,研究者甚众,对三种诗选在构建唐诗系谱中的作用与地位,以及与复古派文学思潮的关系,都有精深的论述,笔者在此不再赘言。[4]

需要略加说明的是顾璘(1476—1575)批点《唐音》,它主要有三个版本系统,一是祖本系统,二是辑注系统,三是批点系统。[5]其中与《唐绝选删》关系更密切的是顾璘批点本。顾氏批点本为十五卷,以王、杨、卢、骆四家为《始音》,别为一卷,与其他系统的版本无异。但他析《正音》为十三卷,卷二至卷十四以诗体编次,其中五古、七古各二卷,五律二卷(附五言排律),七律三卷(附七言排律),五绝二卷(附六绝),七绝二卷,有批语。将《遗响》合为一卷为卷十五,不以诗体编次,删除了原《遗响》中的大量诗作,对诗作的评点也很简略,轻晚唐重盛唐的倾向更为明显。顾璘的批点分题批、夹批、尾批、点批几种形式,佳句则加圈点。顾氏批语重感悟,虽简略,大多精当,温秀《批点唐音跋》称赞云:"大司空东桥夫子取杨士弘所编《唐音》而品题之,考其格律,比其意兴,辩其体制,究其条理,所谓具正法眼持最上乘禅者。有唐诗人之制作,皆衮然范围中矣。"[6]所以顾璘的批语常为明代其他诗评家引用。

许筠与《批点唐音》颇有渊源:"余壬午藏得此本,时年幼不辨得失,手而讽者殆十年余。失于兵燹,每思之而不可得。客岁有人购自燕市遗余,展玩则如见少日亲交面,意甚欢,不忍释去。"[7]他于壬午年(1582)15岁时就珍藏它,抄录学习讽诵达十年之久,可惜是书在壬辰倭乱中遗失。此后又有人从北京购得赠予他,他如见少年友人,爱不释手。即便如此,他对《唐音》及顾璘批点都有批评:"伯谦之分《正音》、《遗响》已甚无稽,华玉又弃掷不批,是《正音》数编足以尽唐人诗耶?如沈云卿、王少伯、高达夫之作,互见于《遗响》,是数公之什,其不及于张、王、许、李乎？不然,顾则尤聩聩矣。"[8]他最大的不满就是杨士弘将唐诗分为《正音》、《遗响》,而顾璘更突出了这样的划分,他忍不住质问:难道沈佺期、王昌龄、高适的诗作比不上张籍、王建、许浑、李商隐吗？另一方面,他又很欣赏顾氏批语:"其批语或透窍处,或嚅不通处,或明概,或晦,而去就颇不失体。其用功之不怠概可见矣。"[9]因此《唐绝选删》较多吸收借鉴了顾璘批语,"顾云"屡屡出现,如孟浩然《春晓》后有批语:"顾云:此篇真景实情,人说不道(到)。高兴奇语唯吾孟公。"与《唐音》仅"道"与"到"的差别。大致可以推断,顾璘《批点唐音》亦是许筠编选《唐绝选删》的重要参照本。[10]

除《唐音》、《唐诗品汇》、《唐诗删》三家诗选外,许筠选择的另一底本是徐充的《详注百家唐诗汇选》,此本则相对比较陌生,孙琴安在《唐诗选本提要》中即将书名题作《评注百家唐诗汇选》,将编选者误为"徐克",称该书"三十卷,有明万历世美堂刊本。……余欲知此书之详多年,终未如愿。"[11]在此有必要对徐充及《百家唐诗》略作介绍。

编选者徐充另有《暖姝由笔》三卷,收入李如一所编丛书《藏说小萃》。根据李如一《序》及卷首张衮所撰《兼山山人墓碣铭》,可约略了解徐充的生平。徐充,字子扩,号兼山,江阴人。《墓碣铭》说他:"春秋七十有二,以嘉靖癸丑(1553)九月十六日正襟而逝。"[12]《序》云:"丁巳(1497)岁,时年十七,有《与人乞薪槁墨》一律。"[13]可推知徐充的生卒年为1481年至1553年。徐充一生著述丰富,李如一《序》说他有《铁砚斋稿》三十余册,杂著不下二十种,"字学有《同文书》二十四卷,《重订淳化帖释文》十卷;注释有《老庄集义》、《文选删注》;日用有《兼山学圃志》、《鼎颐实录》"[14],正德十三年(1518),他曾往河南一游,写有《汴游录》,亦收入《藏说小萃》中。又据《墓碣铭》所载,徐充还曾注解杜甫诗集。

《详注百家唐诗汇选》[15]现有"白下周如溟、晏少溪世美堂"刊本,刊刻时间为"甲辰(1604)秋月"。此书题目比较混乱,扉页题为《唐诗选注》,书间题作《精注唐诗》,第一卷作《详注百家盛唐诗集》,其后各卷作《详注百家唐诗汇选》。前有叶向高(1559—1627)《精注百家唐诗汇选叙》,云:

> 诗自《三百篇》而后咸谓诗必汉魏盛唐,自严沧浪已持此论,今世之三尺童子能言之。不知诗必研穷中晚,方尽诗家之变,但善论诗得问其诗之真不真,不问其诗之唐不唐盛不盛。盖能为真诗则不求唐不求盛,而盛唐自在,苟徒狗盛唐之名而概谓中晚之不足观,则谬矣。盖诗本性情,若系真诗,则一读其诗而其人性情入眼便见。……假如未老言老,不贫言贫,无病言病,此是杜子美家窃盗也;不饮一盏而言一日三百杯,不舍一文而言一挥数万钱,此是李太白家掏摸也。

叶向高序包含了两点内容:一,反对"诗必盛唐"之说,认为只有"研穷中晚",才能真正了解诗歌的流变。二,"论诗当求其真",而真诗又源于真性情。序中未提及徐充,对于诗选的刊印也只有一句话:"时有梓《百家唐诗》传于世,故为之论著此云。"与诗选的内容也毫无关系。叶序对了解徐充及《百家唐诗》并无帮助,甚至他是否看过诗选都颇让人怀疑。但其"研穷中晚"之论与另三家诗选重初盛轻中晚的特点相异,这是否是《百家唐诗》的特点呢？

世美堂《百家唐诗》共三十卷,卷一至卷三为五言绝句,卷四至卷十二为七言绝句,卷十三至卷二十七为五律,卷二十八至卷三十为七律,七律的最后一首为韩愈的《奉和库部卢四兄曹长元日回朝》,后面没有跋文等等,很明显,这是一部未最终完成的诗选。前有《采用书籍》目录,共69种,有从唐到明的唐诗选,如《国秀集》、《河岳英灵集》、《万首唐人绝句》、《吹万集》、《唐诗品汇》等;还有多种诗话,如《唐诗纪事》、《诗人玉屑》、《严沧浪诗法》等;甚至包括类书、地理书,如《初学记》、《一统志》等。除少数几种外,每本书的下面会有对作者及书的卷帙的简单介绍,如《唐诗绝句》下云:"章泉、涧泉选诗,一百首。"《吹万集》云:"元大德间安成高仁立字敏则编,七十三卷。"《百家唐诗》对每首诗有校、注以及简单的评点,如王勃《蜀中九日》,题下注云:"《搜玉小集》作《九日升高》。"

> 九月九日望乡台《地志》:望乡台在益州,隋蜀王秀所筑,他度他乡送客杯。人情《英华》作今人已《搜玉》、《纪事》、《唐音》作今厌南中苦,鸿雁那从北地来。
> 情也。○《纪事》言:王勃为沛王府修撰,高宗时以作《斗鸡檄文》斥出。既废,客剑南,有《九日登玄武山旅眺诗》,即此。卢照邻时为新都尉,与邵大震同作七言绝句,俱载《纪事》中。玄武山在今东蜀地。

校对可以帮助了解诗作的不同版本情况,注释介绍了诗中的地名、人事、典故,评是对诗歌的简单评判,以上内容都言简意赅,对于读者阅读诗作颇有裨益。

徐氏诗选刊印于1604、1605年之间,刻印者为金陵书林世美堂的周如溟、晏少溪。万历三十四年丙午(1606),明朝因皇长孙诞生,派翰林修撰朱之蕃、刑科都给事中梁有年颁诏朝鲜,许筠为接待明朝使臣的从事官,与朱、梁二使交往密切。朱之蕃,字符升,一作元介,号兰嵎、定觉主人,祖籍金陵,在与许筠交往的过程中,他曾赠送许筠多种典籍,并且以江浙一带刊印的最新书籍为主,可以想见,徐氏诗选很可能也是朱之蕃带入朝鲜赠送给许筠的。因为许筠求新求异的个性,加上徐氏诗选前面十二卷即为五七言绝句,校注评点又简明扼要,所以该书也被他选作底本之一。

二、编选的体例与特点

《唐绝选删》编选的具体时间现已很难确定,徐充的《百家唐诗》大约在1606年传入朝鲜,而《题唐绝选删序》收入了《惺所覆瓿稿》中;《惺所覆瓿稿》为许筠自己编定于1611年春天,则诗选的完成时间应在1606年至1611年之间。韩国国立中央图书馆所藏笔写本《唐绝选删》,上册共六卷,卷一至卷五为五绝,卷一为"明济南李攀龙于鳞选",卷二为"明江阴徐充子扩选",卷三、卷四为"元襄城杨士弘伯谦选",第五卷"明新宁高棅廷礼选"。卷六为七绝,出自李攀龙《唐诗删》。下册卷七的七绝出自徐充《百家唐诗》,卷八、卷九出自《唐音》,卷十出自《唐诗品汇》。统计数据列表如下:

	李攀龙《唐诗删》	徐充《百家唐诗》	杨士弘《唐音》	高棅《唐诗品汇》	许筠《唐绝选删》
五绝	卷一51题54首	卷二44题46首	卷三100题105首 卷四49题55首 共160首	卷五85题91首	351首

七绝	卷六 110 题 123 首 卷七 106 题 109 首	卷八 85 题 96 首 卷九 94 题 97 首	共 193 首	卷十 149 题 159 首	584 首
合计	177 首	155 首	353 首	250 首	935 首

由上表，《唐绝选删》选诗数量一目了然，五绝 351 首，七绝 584 首，共选诗 935 首。其中从《唐诗删》选入五绝 54 首，七绝 123 首，共 177 首；从《百家唐诗》选五绝 46 首，七绝 109 首，共 155 首；从《唐音》选五绝 160 首，七绝 193 首，共 353 首；从《唐诗品汇》选入五绝 91 首，七绝 159 首，共 250 首。但实际情况要复杂得多，将《唐绝选删》中的诗作与四部诗选对校后会发现，《选删》存在着诗歌重出及误题作者的情况，所以还需要进行更细致的分析。[16]

另一要注意的现象是，《唐绝选删》虽自称以《唐诗删》、《百家唐诗》、《唐音》、《唐诗品汇》为底本，但有些诗作并不见于四种诗选，又以《百家唐诗》尤为突出。卷二选《百家唐诗》五言绝句，所录第二首王绩《过酒家》，第三首王勃《他乡叙兴》，第十二首高适《古歌》"开箧泪沾裾"（下文凡引《唐绝选删》，以韩国国立中央图书馆藏本为准），第十八、十九首令狐楚《从军行》二首，第四十二至第四十六首崔致远《客中》、鬼作《怨歌》、梦中《送酒》、拈颂《无题》、捧剑《即事》，共十首，却均不见于该书。卷七选《百家唐诗》的七言绝句，其录第五首严维《岁初喜皇甫侍郎见访》，第二十二首李益《写意》，第三十二首李涉《润州闻角》，第四十四首白居易《宫怨》，第四十七首署名滕迈《杨柳枝词》，第五十九首许浑《赠歌者》，第七十五首李群玉《冬日村行》，第八十一首方干《君不来》，第八十七首崔鲁《华清宫》"银河漾漾日晖晖"，第九十七首崔涂《题庾信集》，第九十九首司空图《修史亭》，第一百零八首无名氏《杂诗》："佳人十八正娇痴，一曲堂前舞柘枝。只有五郎知雅态，更无人道柳如眉。"共十二首，同样不见于该书。

为何《唐绝选删》会收入并不见于《百家唐诗》的二十二首诗，这是一个必须考虑的问题。第一种可能是版本差异，但这种可能性并不存在。第一，《百家唐诗》应只有 1604 年金陵世美堂刊本。第二，在上面所列的二十二首诗中，有三首比较特别，分别是五绝崔致远的《客中》："秋风唯苦吟，世路少知音。窗外三更雨，灯前万里心。"无名氏的《无题》："谁在画楼西，相逢笑语低。到家春色晚，花落鹧鸪啼。"七绝《杂诗》"佳人十八正娇痴"。崔致远作为新罗人，少年入唐为宾贡进士，并在唐为官，他的诗收入唐诗选尚有可能。而"谁在画楼西"一首为宋僧人从瑾《颂古》三十八首之一，"佳人十八正娇痴"为宋僧人怀深《颂古》三十首之一，《百家唐诗》应不会收入这两首诗作，所以不是因为版本的差异。

更大的可能是，除了四种诗选外，许筠还利用了其他唐诗选本。《唐绝选删》收入《昭君怨》一首，诗云："万里边城远，千山行路难。举头惟见日，何处是长安。"在题注下有对该诗作者的辨析："《唐音》及《品汇》俱作张祜，非也。盖此开天中方藩所进曲，或梨园弟子所唱，一时名人如王维、岑参、王之涣、王昌龄辈之作，如伊州、陆州之歌。洪迈《万首》汇在祜下，故传讹耳。"[17] 认为此首《昭君怨》作者非张祜，所以他题作"古曲"。除《唐音》、《唐诗品汇》，他提到的另一唐诗选是洪迈的《万首唐人绝句》。经核查，不见于《百家唐诗》的二十二首五七言绝句,除崔致远《客中》、两首宋僧人诗作,以及题作滕迈的"清江一曲柳千条"四首外,全部收入《万首唐人绝句》。《唐音》中收入四首:王绩《过酒家》、令狐楚《从军行》二首及方干《君不来》;《唐诗品汇》收入三首:王绩《过酒家》、王勃《他乡叙兴》、高适《古歌》;《唐诗删》一首未收。可见《唐绝选删》与《万首唐人绝句》的关系颇为密切。但收入《唐绝选删》中的18首绝句与《万首唐人绝句》在题目与内容上有较大差异,如李涉《润州闻角》,《唐绝选删》云:"孤城吹角水茫茫,勾引胡笳怨思长。惊起暮天沙上雁,海门斜去两三行。"明嘉靖刻本《万首唐人绝句》作《润州听暮角》,前两句云:"江城吹角水茫茫,曲引边声怨思长。"现已很难确定这样的不同是否因版本差异造成,也就难以断定这18首诗是来自于《万首唐人绝句》。

许筠虽很熟悉《万首唐人绝句》,但是否将其作为《唐绝选删》的底本之一,已很难断定。如果他利用了《万首唐人绝句》,为何在《唐绝选删》序中未提及呢?假设之一,就是《唐绝选删》的编撰开始于许筠得到《百家唐诗》之前,《万首唐人绝句》是四种底本之一。当他从朱之蕃手中获得《百家唐诗》后,因为此选本中的五七绝更为精粹,且有注释、批评,再加上此选本为最新出的、他人未见之书,许筠于是用《百家唐诗》取代了《万首唐人绝句》,但其中一些诗作他又不忍舍弃,所以就保留了下来,造成这些诗作也出自《百家唐诗》的假象。另四首诗的作者,崔致远是新罗人,《杨柳枝词》的作者是滕迈还是刘禹锡不能确定,另两首的作者是宋僧人,所以五种唐诗选都未收录。许筠将这四首诗放入《唐绝选删》中,似乎也有自己的理由:收录崔致远《客中》一首,明显带有为"东方文学之祖"〔18〕争取一席之地的意味;宋僧人之作风格接近唐诗,许筠也许不知作者为何人,只是根据自己的判断认为是唐绝句,也可能是误记,因此收入《选删》中。关于滕迈的《杨柳枝词》,《百家唐诗》收录一首,诗云:"三条陌上拂金羁,万里桥边映酒旗。此日令人肠欲断,不堪将入笛中吹。"其水平远不及"清江一曲柳千条",于是被许筠用这首取代了。关于这二十二首诗作的情况,暂时只能如此推测,尚有待进一步论证。另有一首张九龄的《自君之出矣》:"自君之出矣,无(不)复理残机。思君如满月,夜夜减容辉。"《唐绝选删》放入卷四的《唐音》中,实际上《唐音》并未收入此诗,这首诗在徐充《百家唐诗》及洪迈《万首唐人绝句》中都有收录,很有可能是许筠误记造成的。

《唐绝选删》以四种诗选为底本的选诗方式,最大的问题是造成了诗人诗作的割裂。比如《唐绝选删》共选入李白五绝14首,其中出自卷一《唐诗删》的有《静夜思》、《怨情》、《秋浦歌》、《独坐敬亭山》4首,出自卷五《唐诗品汇》的有《相逢行》、《绿水曲》、《玉阶怨》、《初出金门寻王侍御不遇咏壁上鹦鹉》、《自遣》、《夏日山中》、《陪侍郎步游洞庭醉后作》、《送陆判官往琵琶峡》、《见京兆韦参军量移东阳》、《青溪半夜闻笛》10首。李白七绝23首,出自卷六《唐诗删》的有17首,出自卷十《唐诗品汇》的为6首,其中《陪族叔刑部侍郎晔及中书舍人贾至游洞庭湖三首》中的"洞庭西望楚江分"一首在《唐诗删》中;"洞庭湖西秋水辉",题为《洞庭湖》,在《唐诗品汇》中;另一首"南湖秋水夜无烟",未入选《唐绝选删》。

王维《班婕妤》三首云:"宫殿生秋草,君王恩幸疏。那堪闻凤吹,门外度金舆。""玉窗萤影度,金殿人声绝。秋夜守罗帏,孤灯耿不灭。""怪来妆阁闭,朝下不相迎。总向春园里,花间语笑声。"在《唐绝选删》中这三首分别在卷一的《唐诗删》、卷三的《唐音》、卷五的《唐诗品汇》中。为何同一人的同题三首诗会出自三种诗选呢?因为许筠的《唐绝选删》正是按照他的编排顺序《唐诗删》、《百家唐诗》、《唐音》、《唐诗品汇》来选诗的。王维的《班婕妤》三首,《唐诗删》与《百家唐诗》选入的都是"宫殿生秋草"一首,《唐音》中入选的是"宫殿生秋草"与"玉窗萤影度"两首,《唐诗品汇》中的是"宫殿生秋草"与"怪来妆阁闭"两首。许筠先从《唐诗删》选入"宫殿生秋草",再从《唐音》选入"玉窗萤影度",最后从《唐诗品汇》选入"怪来妆阁闭",结果就造成同一人同题的三首诗被分割在不同的卷数不同的诗选中。

　　许筠的这一选诗方法在钱起的《江行无题》中表现得尤为明显,《江行无题》共一百首,《唐绝选删》中选入的是 8 首,他先选入《唐诗删》中的唯一一首:"只尺愁风雨,匡庐不可登。秪疑香雾窟,犹有六朝僧。"《百家唐诗》中未选《江行无题》,跳过。《唐音》选入四首:

　　　　翳日多乔木,维舟取束薪。静听江叟语,俱是厌兵人。
　　　　牵路缘江狭,沙崩岸不平。尽知行处险,谁肯载时轻。
　　　　咫尺愁风雨,匡庐不可登。秪疑香雾窟,犹有六朝僧。
　　　　斗转月未落,舟行夜已深。有村知不远,风便数声砧。

许筠从中挑出的是"翳日多乔木"、"牵路缘江狭"、"斗转月未落"三首,《唐诗品汇》入选二十首,许筠挑中的是以下四首:

　　　　去指龙沙路,徒悬象阙心。夜凉无远梦,不为偶闻砧。
　　　　月下江流静,村荒人语稀。鹭鸶虽有伴,仍共影双飞。
　　　　岸草连荒色,村声乐稔年。晚晴贪获稻,闲却采菱船。
　　　　景夕残霞落,秋寒细雨晴。短缨何用濯,舟在月中行。

与王维的《班婕妤》一样,这一组诗作也被分在了三卷中,这对于更全面地了解诗人诗作的特点,以及组诗内在的情感联系,诗人的心绪波动都造成了阻碍,不能不说这是此种选诗方法的大缺憾。

　　当许筠选诗未完全按照四种诗选的编排顺序时,从中可略窥他的思考与犹豫。比如卢纶《和张仆射塞下曲》共六首,诗云:

　　　　鹫翎金仆姑,燕尾绣蝥弧。独立扬新令,千营共一呼。
　　　　林暗草惊风,将军夜引弓。平明寻白羽,没在石棱中。
　　　　月黑雁飞高,单于夜遁逃。欲将轻骑逐,大雪满弓刀。
　　　　野幕蔽琼筵,羌戎贺劳旋。醉和金甲舞,雷鼓动山川。
　　　　调箭又呼鹰,俱闻出世能。奔狐将迸雉,扫尽古丘陵。
　　　　亭亭七叶贵,荡荡一隅清。他日题麟阁,唯应独不名。

这六首诗,《唐诗删》选入的是"鹫翎金仆姑"、"林暗草惊风"二首,《百家唐诗》未选,《唐音》选入"月黑雁飞高"一首,《唐诗品汇》中六首全选。《唐绝选删》则从《唐诗删》选入"林暗草惊风"一首,从《唐音》选入"月黑雁飞高"一首,再从《唐诗品汇》选入"鹫翎金仆姑"、"野幕蔽琼筵"二首。按照许筠的选诗顺序,"鹫翎金仆姑"一首本应从《唐诗删》选入,现在却出自《唐诗品汇》,可见他在选这首诗时颇有些犹豫,实际上这首诗的知名度以及入选诗选的频率的确都远不及"林暗草惊风"一首。

又如刘禹锡的《杨柳枝词》共九首,《唐诗删》选入两首:

炀帝行宫汴水滨,数株杨柳不胜春。晚来风起花如雪,飞入宫墙不见人。
城外春风飐酒旗,行人挥袂日西时。长安陌上无穷树,惟有垂杨绾别离。

《百家唐诗》选入四首,除上面两首外,另两首为:

轻盈袅娜占年华,舞榭妆楼处处遮。春尽絮飞留不得,随风好去落谁家。
花萼楼前初种时,美人楼上斗腰肢。如今抛掷长街里,露叶如啼欲恨谁。

《唐音》选入"花萼楼前初种时"、"炀帝行宫汴水滨"两首,《唐诗品汇》选入"炀帝行宫汴水滨"、"城外春风飐酒旗"两首。《唐绝选删》选入四首,包括《唐诗删》中的两首,《百家唐诗》中的"轻盈袅娜占年华"一首,以及《唐音》中的"花萼楼前初种时"。实际上,《唐绝选删》中的四首与《百家唐诗》完全相同,但因为许筠的选诗顺序造成了现今的复杂情况,"花萼楼前初种时"一首不出自《百家唐诗》,而出自《唐音》,亦可见他觉得这首诗在选与不选两可间。

以上情况在《唐绝选删》中较多,间接反映了入选《唐绝选删》的作品在许筠心目的高下优劣。另一方面,四种诗选在许筠心中是否也有高下之分呢?《唐诗删》五绝78首,七绝167首;《百家唐诗》五绝103首,七绝338首;《唐音》五绝238首,七绝331首[19];《唐诗品汇》五绝502首,七绝836首,四种诗选诗作入选《唐绝选删》及所占比例如下表[20]:

	唐诗删		百家唐诗		唐音		唐诗品汇	
	五绝	七绝	五绝	七绝	五绝	七绝	五绝	七绝
原诗选五七绝数量	78	167	103	338	238	331	502	836
唐绝选删五七绝数量	54	123	46	109	160	193	91	159
入选比例	69%	74%	45%	32%	67%	58%	18%	19%

其中入选《唐绝选删》比例最高的为《唐诗删》,其次是《唐音》,最少的是《唐诗品汇》。《唐诗删》是许筠选诗第一排序的诗选,自然入选诗作最多;《唐诗品汇》入选数量最少与它排最后,作为三种诗选的补充密切相关。而《百家唐诗》与《唐音》所表现出的选诗比例的差距,可以看出许筠重《唐音》轻《百家唐诗》的倾向,这一特点在比较四种诗选入选诗作数量在《唐绝选删》中所占的比重后,可以看得更清楚,《唐绝选删》五绝共351首,从四种诗选入选的诗作数量占总数的比例分别为15%、13%、46%、26%;七绝共584首,所占比例分别为21%、19%、33%、27%,无论是五绝还是七绝,《百家唐诗》入选数量都最少。由以上数量化的分析,可以看出许筠将徐充《详注百家唐诗汇选》作为《唐绝选删》的底本之一,可能并非因为其选诗的水平,更多地还是出于他自己求新求异的个性特点,当然也可能与《百家唐诗》"研穷中晚"相关,留待下文论述。

三、《唐绝选删》中的批语

因为许筠最终的人生结局,他的作品以及编选的典籍很多已散佚。《唐绝选删》虽重现人间,但关于它的流传情况已无法复原,只能根据一些蛛丝马迹稍加溯源。韩国国立中央国书馆藏本上有四枚印章,分别是"道源氏"、"东溟"、"溪翁"、"沧溟"。前二者可以确定为金世濂的印章。金世濂(1593—1646),字道源,号东溟,其母为许筠之兄许篈(1551—1588)之女,也就是金世濂为许筠的侄外孙。许筠被杀时,金世濂已26岁,可以想见二人曾有较多交流。在金世濂的成长过程中,许筠作为当时著名文人,也曾对他产生较大影响。许筠死后,其编选的部分典籍包括《唐绝选删》就传到金世濂手中。[21] 为了避祸,他可能将书中带有许筠印迹的内容都抹去了,现在能看到的《唐绝选删》没有序跋,也没有任何与编选者相关的线索。同样为了避祸,他也不敢将诗选公诸于世,所以无论在他本人的作品中还是其他文人文集中,都没有关于《唐绝选删》的记载,这些都大大增加了研究的难度。

《唐绝选删》中保留了不少批语,首先要确定批语是何人所写。首先,如上文所言,《唐绝选删》大量抄录了《唐音》中顾璘的批语。其次,还有一些批语来自《唐诗品汇》。《唐诗品汇》没有笺注,但多引前贤评语,以严羽、刘辰翁、谢枋得、范梈等人为多,《唐绝选删》也较多抄录了他们的评论。如李白《静夜思》下题批云:"刘云:自是古意,不须言笑。"与《唐诗品汇》中的刘辰翁批语一致[22]。又如高适《除夜作》尾批云:"谢云:客中除夜,闻此诗者谁不凄然。"《唐诗品汇》尾批云:"谢叠山云:客中除夜,闻此诗者无不凄然。"[23] 仅有一字之异。再如李白《横江词》下题批:"范云:此篇气格合歌行,使人嗟咏有无穷之思。"《唐诗品汇》尾批:"范德机云:绝句一句一绝乃其大本,其次句少意多极四咏而反复议论,此篇气格合歌行之风,使人嗟叹有无穷之思,此唐人所长也。诸家诗非不佳,然视李杜气格音调特异,熟读当见。"[24] 虽然二者差异颇大,但很明显《唐绝选删》中的批语是截取《唐诗品汇》而来。这些评语并非局限在从《唐音》、《唐诗品汇》中选出的诗歌,而是分布在四种诗选中。如卷一出自《唐诗删》的裴迪《孟城坳》题批为:"刘云:未为不佳,与维相去远甚。"卷二出自《百家唐诗》的高适《古歌》:"开箧泪沾裾,见君前日书。夜台何寂寞,犹是子云居。"题目下批语云:"古诗,而伶官截首四句唱之,方为绝唱。"尾批云:"为古则丑,为绝则高。"则《唐绝选删》的批语有两种情况,一是交待了批注者的,二是没有交待批注者的。

交待批注者的又可以分为两种情况,一种出处很明确,出自顾璘《唐音》批语或者出自《唐诗品汇》中的各家评点。这一类批语有些是原文抄录,有些则经过了抄录者的删减加工。如卷五李白《玉阶怨》尾批云:"刘云:矜丽素净。○萧云:无一字言怨,而幽怨隐然。"刘指刘辰翁,萧指萧士赟。《唐诗品汇》的评点如下:"刘云:矜丽素净可人,自愧前作。萧士斌(赟)云:此篇无一字言怨,而隐然幽怨之意见于言外。"[25] 卷六王昌龄《闺怨》题批为:"顾云:宫情闺怨,作者多矣,未有如此者雍容浑含、明白简易,绝句中之极品。"此条顾璘原批语云:"宫情闺怨,作者多矣,未有如此篇与《青楼曲》二首雍容浑含、明白简易,真有雅音,绝句中之极品也。"尾批为:"谢云:本人情而言也。"谢指谢枋得,此条在《唐诗品汇》中是大段文字:"谢云:见虫鸣螽跃而未见君子则忧,见采薇采蕨而未见君子则忧,草木之荣华,禽虫之和乐,皆能动人伤悲之心。此诗谓闺中少妇初不识愁,春日登楼,见杨柳之青青,始知阳和发育,万物皆春。吾与良人徒有功名之望,今日空闺独处,良人辛苦戎事,曾不如草木群生各得其乐,于是而悔望此功名。此亦本人情而言也。"[26] 这些评点经过抄录者的提炼概括,更为简明扼要,但缺点也显而易见,如顾璘批语本来指向的是《闺怨》与《青楼曲》二首,强调其"雅音";谢枋得的大段文字更是详细阐述了草木、禽虫如何感发人心,在此基础之上引申出"本人情而言"。《唐绝选删》中的评语经过减省,更为丰富的内容也就丢失了,更需要读者的体悟领会。其他出自方回、洪迈、朱熹、皎然、白居易、叶梦得、胡仔《苕溪渔隐丛话》、欧阳修《六一诗话》的批语,也是从《唐诗品汇》中来。如卷二李商隐《登乐游原》题批:"杨诚斋云:此诗忧唐祚将衰也。"杨诚斋指杨万里,此条与《唐诗品汇》完全相同。徐充《百家唐诗》亦引此条评语:"杨诚斋云:此诗忧唐之将衰也。""之"与"祚"的差别,可见这首诗虽然选自《百家唐诗》,但评语却摘自《唐诗品汇》。

对于这些出处明确的评语,在使用时也需小心,因为抄录者大多只标出了姓氏,如有同姓者就很容易混淆,如卷十刘长卿的《酬李穆见寄》尾批为:"刘云:魏野、林逋不能及也。"这里的"刘"实际上指刘克庄,而非刘辰翁,《唐诗品汇》此条云:"刘后村诗语云:魏野、林逋不能及也。"[27] 除了同姓混淆,还有抄录者误标姓氏的,如卷八郎士元《听邻家吹笙》有尾批:"刘云:情思句律,极其工巧。"《唐诗品汇》中无刘氏批语,而有:"谢云:只是听邻家吹笙,闻其声不见其人,求其人不得其所,一段风景极难形容。此诗情思句律极其工巧。"[28] 可知,"情思句律极其工巧"为谢枋得语,并非刘辰翁或刘克庄所言。

亦有标明批评者,批语非抄录《唐音》或《唐诗品汇》,而是出自其他诗话或文人文集的,如卷五李白《送陆判官往琵巴峡》:"水国秋风夜,殊非远别时。长安如梦里,何日是归期。"题批:"杨云:殊非二字,变幻愈奇。"杨为杨慎,其《升庵诗话》卷二"太白句法"云:"太白诗:'天山三丈雪,岂是远行时。'又云:'水国秋风夜,殊非远别时。'岂是、殊非,变幻二字,愈出愈奇。"[29] 卷六李白《峨眉山月歌》尾批云:"王云:此是太白佳境,然二十八字中有地名五,使后人为之不胜痕迹矣,益见此老炉锤之妙。"王指王世贞《艺苑卮言》,原文"有地名五"为"有峨眉山、平羌江、清溪、三峡、渝州"。[30] 卷六李白《清平调词》"一枝浓艳露凝香"尾批:"萧云:巫山断肠讥其曾事寿王。"萧指萧士赟,其《分类补注李太白诗》卷五云:"此云'枉断肠'者,亦讥其曾为寿王妃,使寿王而未能忘情,是'枉断肠'矣。"[31]

《唐绝选删》标明姓氏的批语中出现频率较高的一家是"梅云",如:卷六李白《清平调词》"一枝浓艳露凝香"另有尾批:"梅云:巫山妖梦、昭阳祸水,微文隐讽,风人之旨。""名花倾国雨相欢"尾批:"梅云:释恨此物,何关国家。"卷十李白《赠汪伦》尾批:"梅云:诗不必深,一时雅致。"《山中问答》尾批:"梅云:流易,众所喜耳。"《洞庭湖》"洞庭湖西秋水辉"一首尾批:"梅云:自是悲壮。"

李白诗作后面,"梅云"批语的多次出现颇引人注目,因此提供了判断《唐绝选删》中批语抄录者的一个条件。"梅"指梅鼎祚,他编有《唐二家诗钞》[32]。许筠对此书很熟悉也很赞许,他编选《四体盛唐》时,曾有人问为何不选李、杜作品,他回答云:"兹二家如睹大壑稽天,宁可以斗斛耶?况梅氏钞亦足以尽之矣。"[33] 李、杜二家之作不可选,并且就选本而言,梅氏《二家诗钞》已很完备,所以他在《唐绝选删》李白的诗作中较多地引用了梅氏批语。

如果《唐绝选删》中的批语也出自许筠之手,此选本对于研究许筠的诗学思想就更有价值。可以结合许筠的诗论观来进一步推断:

首先,关于"正音"与"遗响"的划分。前已言及,许筠对杨士弘《唐音》最大的不满是其区分"正音"与"遗响",认为"甚无稽"。在《唐诗选序》中又云:"杨氏虽务精,而《正音》、《遗响》之分,无甚蹊径,其声俊古鲁之音,亦或不采,使知者有遗珠之慨焉。"[34]《正音》、《遗响》区分不明晰,一来比较混乱,二来漏选了一些优秀的诗作。许筠认为唐人绝句"毋论季叶,人人皆当行,不可以盛晚为断"[35],那在绝句中区别"正音"、"遗响",更会影响对诗人诗作的评判,所以在《唐绝选删》的批语中,较多对"正音"、"遗响"的划分进行了质疑。

一些是《遗响》中可入《正音》的诗作,如卷八刘禹锡《洛中逢韩中丞之吴》尾批云:"此两篇何必减玄都二绝,而汇在遗响耶?"卷八选出的刘禹锡七绝有:《再游玄都观》、《乌衣巷》、《石头城》、《听旧宫人穆氏歌》、《竹枝词》四首、《杨柳枝词》、《阿娇怨》,这十首在《唐音》中编入《正音》;而《堤上行》二首、《洛中逢韩中丞之吴》、《和令狐相公别牡丹》四首在《遗响》中。批语中的"玄都二绝"指《自朗州至京戏赠看花诸君子》、《再游玄都观》,二首都收入《唐音》正音中。"两篇"应指《洛中逢韩中丞之吴》"昔年意气结群英,几度朝回一字行。海北天南零落尽,两人相见洛阳城",以及《和令狐相公别牡丹》"平章宅里一栏花,临到开时不在家。莫道两京非远别,春明门外即天涯",二诗感慨深沉,与"玄都二绝"一样都有着刘禹锡所特有的豁达倜傥之气。

一些是根本未入选《唐音》的作品,如:卷六高适《别董大》尾批云:"声俊,可入正音。"卷十刘商《送别》:"灞岸青门有弊庐,昨来闻道半丘墟。陌头空送长安使,旧里无人可寄书。"尾批云:"千载谈之犹自涕下,况亲见之者否。○此可入正音。"卷十李益《夜上西城听凉州曲》、《临滹沱见蕃使列名》两首后有尾批云:"二篇何减王龙标,俊丽翩翩可入正音。"卷十王建《宫词》四首题批云:"此四首乃可入正音。"四首分别为"蓬莱正殿压云鳌"、"笼烟紫气日瞳瞳"、"千牛仗下放朝初"、"秋殿清斋刻漏长"。卷十张仲素《塞下曲》:"猎马千行雁几双,燕然山下碧油幢。传声漠北单于破,火照旌旗夜受降。"尾批云:"可入正音。"张仲素《塞下曲》五首,入选《唐音》的是"三戍渔阳再渡辽"、"阴碛茫茫塞草肥"二首。卷十张祐《邮亭残花》:"云暗山横日欲斜,邮亭下马看残花。自从身逐征西府,每到花时不在家。"尾批云:"人情所同,讽咀生感,亦可入正音。"

以上十首诗都未入选《唐音》,而《唐绝选删》的批点者认为这些诗作都可入《正音》。批点者认为《唐音》遗漏了不少佳作,他忍不住质问"何哉"?如卷十张潮的《采莲词》:"朝出沙头日正红,晚来云起半江中。赖逢邻女曾相识,并着莲舟不畏风。"尾批云:"此胜《江南行》,而伯谦遗之,何哉?"张潮有《江南行》一首,入选四种诗选,《唐绝选删》是从徐充《百家唐诗》选入,诗云:"茨菰叶烂别西湾,莲子花开犹未还。妾梦不离江水上,人传郎在凤凰山。"二诗相较,《唐绝选删》的批点者认为《采莲曲》更胜一筹。

如果说在《唐绝选删》的批点者看来,《唐音》有漏选的佳作,有该入《正音》而在《遗响》的作品,那必然也有不应入《正音》而被纳入《正音》的作品,如:卷三钱起的《伤秋》:"岁去人头白,秋来树叶黄。搔头向黄叶,与尔共悲伤。"尾批云:"不合正音。"此诗过于浅白,正如顾璘所云"太粗",入选《正音》的确不妥。

卷八王建的《宫词》五首,分别为"鱼藻宫中锁翠娥"、"金吾除夜进傩名"、"避暑昭阳不掷卢"、"树头树尾觅残红"、"金殿当头紫阁重",前三首有尾批云:"上三诗率无妙解,而入正音,可异焉。"第四首尾批云:"意深。"第五首尾批云:"鸿丽。"《唐绝选删》共选入王建《宫词》九首,五首出自《唐音》,四首出自《唐诗品汇》,对于这九首作品,批点者的评价差别颇大,"蓬莱正殿厌云鳌"、"笼烟紫气日曈曈"、"千牛仗下放朝初"、"秋殿清斋刻漏长"四首虽未入《唐音》,批点者以为可入《正音》,而选入《正音》的五首中的三首他认为"无妙解"。为何有这样的区别呢?仍然可以从许筠身上找到答案。许筠很熟悉王建《宫词》,曾受其影响写作了《宫词》一百首,诗序中他比较了自己与王建《宫词》的不同:"昔唐王建因宗人大珰守澄,详问内里事,作百篇《宫词》。后之君子,虽奇其文,而鄙其与阉宦昵也。且其辞率宫中戏乐,不足训矣。今余适闻老宫人之谈,而其皆君后之德,可以为后嗣法者。"[36]他认为王建《宫词》"率宫中戏乐",不能起到教化后人的作用。用此观点来考察这九首《宫词》,被批点者认为"率无妙解"的三首正好描写的是宫中戏乐:"鱼藻宫中锁翠娥"虽然写出了宫女孤寂的生活,但宫禁中曾经"铺锦池"的奢靡状况更让人心惊;"金吾除夜进傩名"写除夕之夜,宫中表演傩戏来驱除疫鬼的仪式;"避暑昭阳不掷卢"同样写宫女们无所事事的生活,这些似乎都与"君后之德"不相干。其他数首或写帝王元日上朝,或写朝中公卿之事,即便"树头树尾觅残红,一片西飞一片东。自是桃花贪结子,错教人恨五更风"一首,写宫中女子的心事,也深婉动人,与只是写"宫中戏乐"的诗拉开了距离。可见《唐绝选删》中王建的九首宫词,何者可入正音,何者不宜入正音,正与许筠表现出的《宫词》需体现"君后之德"、"足以训世"的观点相符,此亦是批语即许筠所写的一个证明。

其次,从与王世贞相关的批语来看。王世贞是许筠最推崇的中国文人,也是他渴望达到的目标,这样的尊崇体现在《唐绝选删》中就是多处引用王世贞的诗评。除上文论及的数首,卷六王翰的《凉州词》"蒲桃美酒夜光杯",尾批云:"压唐人万首,实无瑕之璧。""无瑕之璧"实为王世贞评语,其《艺苑卮言》云:"'葡萄美酒'一绝,便是无瑕之璧,盛唐地位不凡乃尔。"[37]卷七白居易《宫怨》尾批云:"呜呼!自古旷女弃才何限耶?王元美所嗟赏者。"王世贞之语见《弇州四部稿》卷一五二,云:"及乐天绝句云'雨露由来一点恩,争能遍却及千门。三千宫女如花面,几个春来无泪痕',辄低回叹息,古之怨女弃才何限也?"[38]许筠《惺所覆瓿稿》也有关于"怨女"、"旷夫"、"弃才"的感慨,《遗才论》专为这些人发声,并称"刻怨夫旷女半其国,而欲致和气者亦难矣"[39]。与王世贞关系更为密切的是《续静姬赋》,序云:

> 王元美氏作《静姬赋》,其叙言:姬东海下邑女,饶令色,闲内则,入宫修内尚,贞孤自守,不善为蛊,又不善事其长,见憎后进,以谗退居永巷,为此自解。……其以姬自比而悼其不遇也。余读之而悲。呜呼!自古怨女弃才多矣,奚独元美乎?余遂儗之。元美则奇倔疏宕,而寓恨于辞中,反言者多,故跌而不委曲。不佞则婉切哀畅,而直叙其凄怆伤心者,俾闻者以为戒云。[40]

"自古怨女弃才多矣"与"自古旷女弃才何限"如出一辙,这样的感慨又都源于王世贞的激发。《唐绝选删》批语与《惺所覆瓿稿》所表现出的同一性,亦可见批语者即许筠。

《唐绝选删》与《国朝诗删》,二者都为许筠编选的诗选,又都有批语,比较两书的批语,其间体现出的相似性、同一性,也可以帮助判断批点者为同一人。

一,从批语的特点看,许筠特别喜欢极短小的批语,一般两到四个字,《国朝诗删》中的批语大多如此,比如"逼唐"、"最优"、"不可及"、"秾而艳"、"中唐高品"、"亦自楚楚"、"语葩思渊"、"何等清绝"、"峭丽深至"、"渊古有味"等等。这一特点也体现在《唐绝选删》中,"声俊"、"意好"、"殊意"、"可戒"、"可恨"、"鬼语"、"有神解"、"写得动人"、"衬而不粘"等,甚至"极好"、"名言"、"婉切"等《国朝诗删》中的常见批语也多次出现,如:卷二薛稷《秋朝览镜》、卷三钱起《宿洞口馆》二诗的尾批云:"极好。"卷五王维《漆园》、卷九李商隐《槿花》、卷十章碣《焚书坑》三诗尾批云:"名言。"卷七的《杨柳枝词》"清江一曲柳千条"尾批云:"婉切。"其他在《国朝诗删》批语中喜欢用的字如"秾"、"峭"、"渊"等在《唐绝选删》中也常出现,如卷一吕温《巩路有感》尾批云:"豪放而渊。"卷七郑谷《席上贻歌者》尾批云:"秾有余韵。"卷八刘长卿《寄别朱拾遗》尾批云:"峭而铿然。"卷八王建《江陵使至汝州》尾批云:"峭而隐约。"卷九杜牧《赤壁》尾批云:"悍而不渊。"将《国朝诗删》与《唐绝选删》中的批语对照阅读,会让我们有似曾相识之感。特别是下面两条:《国朝诗删》卞仲良《松山》批语云:"无限感慨,千载想之犹当泪下,况亲睹之者乎?"[41]《唐绝选删》卷十刘商《送别》尾批云:"千载谈之犹自涕下,况亲见之者否?"两条批语几乎相同。

二,从批评的方法来看,《国朝诗删》喜欢将诗人诗作进行比较,一是与中国的著名诗人比较,如朴宜中《次金若斋九容韵》批语云:"闲思可掬,香山遗韵。"李詹《闻莺》云:"酷似杜紫薇。"南孝温《西江寒食》批语云:"何减右丞?"二是朝鲜诗人之间的比较,如成侃《宫词》四首题批云:"四篇俱是当行,而较之荪谷(李达)相去奚啻万由旬。"[42]通过比较的方法可以更好地了解诗作的水准以及诗人在文学史上的位置。这一点同样体现在《唐绝选删》中,卷六李益《从军北征》尾批云:"此三篇不下江宁而惜稍秾耳。""三篇"的另两篇指《听晓角》、《夜上受降城闻笛》。卷八李益《早发破讷沙》尾批云:"正似龙标。"这是将李益与王昌龄相比,认为二人诗作不相上下。卷六李商隐《夜雨寄北》尾批云:"最佳,可肩韦钱。"卷九杜牧《题城楼》尾批云:"峭中意淡,可肩韦钱。"这是将李商隐、杜牧与韦应物、钱起相比,这样的比较亦有回应《唐音》之意。在《唐音》中,韦应物与钱起之作全部入选《正音》,而李商隐、杜牧的五绝未入选《正音》,七绝也大多在《遗响》中。卷九杜牧《秋夕》尾批云:"隔仲初一尘。"仲初指王建。此诗作者一说王建,批点者认为此诗与王建之作相比较逊色,所以作者当为杜牧。卷九薛涛《题竹郎庙》尾批云:"压倒元九。"卷十刘长卿《七里滩送严维》尾批云:"已启衰境,梦得得此而为秾语。"卷十花蕊夫人《宫词》两首,一云"厨舡进食簇时新,侍宴无非列近臣。日午殿头宣索脍,隔花催唤打鱼人",另一为"梨园弟子簇池头,小乐携来候燕游。试挟银筝先按拍,海棠花下合梁州",尾批云:"无愧仲初,目见而信手出之,故乃贤于不睹而淫作者。"

第三,《国朝诗删》的另一特点是将唐诗作为评价的尺度,将朝鲜诗人诗作也归入"初盛中晚"的不同阶段,"初唐秾韵"、"盛唐高韵"、"中唐高品"、"晚李佳品"等批语屡屡出现。在《唐绝选删》中,批点者的分期意识同样非常明确,如:卷一钱起《逢狭(侠)者》尾批云:"有盛唐气。"卷六王维《送元二使安西》尾批云:"调亮情切,盛唐最高。"卷六《李商隐《寄令狐郎中》尾批云:"中唐平韵。"卷七《绣岭宫》尾批云:"绝似盛唐,恐非才江语。"才江指晚唐诗人李洞,一说他为该诗的作者,而批点者认为此诗"绝似盛唐",不可能为李洞之作,所以他宁愿相信"甘棠叟"为此诗作者。卷九杜牧《泊秦淮》尾批云:"首句俳,故落晚格。"卷九杜牧《寄扬州韩绰判官》尾批云:"中唐佳品。"卷九李商隐《忆住一师》尾批云:"可入中唐。"卷十陈陶《陇西行》尾批云:"下句似盛唐,惜为上句所累。"这种唐诗"初盛中晚"的分期意识,以及以此来评判诗作优劣的特点与《国朝诗删》正一致。

第四，《唐绝选删》与《国朝诗删》的另一共同点是对"伊州歌"的关注。"伊州歌"就主题而言包括两点：一是征夫戍边，二是闺中思妇。除主题以外，许筠还关注诗作浑融一体，不可句摘、不可割裂的风格特点。如《国朝诗删》中宋翰弼《偶吟》"花开昨夜雨，花落今朝风。可怜一春事，来往风雨中"一首批语云："若截一句，篇不能成，亦伊州遗格。"[43] 其《惺叟诗话》中录罗湜诗云："老猿失其群，落日枯楂上。兀坐首不回，想听千峰响。"湖阴郑士龙是"大加称赏"，苏谷李达云"此盛唐伊州歌法"，同样是"所谓截一句不得成篇者也"。[44] 许筠在《唐绝选删》中亦多次提及"伊州歌"。卷一《伊州歌》二首"闻道黄花戍"、"打起黄莺儿"批语云："二篇俱是辋川，而最古雅。"《伊州歌》的作者颇多争议，有人说是盖嘉运，有人说是金昌绪，许筠都未采纳，视其为"古曲"。卷二《即事》"青鸟衔葡桃，飞上金井栏。美人恐惊去，不敢卷帘看"批语云："与《伊州》'打起莺儿'词同一格调。"卷七王维《忆征人》"秋风明月独离居，荡子从戎十载余。征人去日殷勤嘱，归雁来时数寄书。"批语云："此亦入伊州曲。"在以上围绕"伊州歌"的数条批语中，包含了两层意思：一是辨体意识，许筠认为"伊州歌"从古乐府演化而来，对将它系于某一作者名下他保持了比较审慎的态度。二是"伊州歌"的征夫、思妇主题以及其浑融一体的特点，影响了其后的诗人，如王维的五七言绝句古雅、浑融的特点都与"伊州歌"一脉相承。

通过《唐绝选删》中对"正音"、"遗响"的质疑，结合《惺所覆瓿稿》中相关篇章进行分析，再将《唐绝选删》与《国朝诗删》中的批语进行比较，可以充分肯定《唐绝选删》的批语者就是许筠。许筠编选《唐绝选删》，先按照《唐诗删》、《百家诗选》、《唐音》、《唐诗品汇》的顺序选出五七言绝句，再将《唐音》中的顾璘批语以及《唐诗品汇》中的评语抄录上去，抄录的过程中经过了提炼加工，所选择的批语以刘辰翁与谢枋得最多。在此过程中，他也加入了自己的批语。进行批点的过程也可以帮他检查《唐绝选删》，所以现存笔写本中也有许筠纠错的痕迹，比如上文所论重选的几首诗，除了李白的《望天门山》以外，其他数首赵嘏《江楼书感》、崔鲁《华清宫》、张籍《凉州词》、杜牧《山行》、顾况《听角思归》、张仲素《汉苑行》，以及《胡笳曲》在第二次出现的时候都在题目下或者诗句结尾标明"重见"；李商隐《夜雨寄北》第一次出现注明"重出"，第二次出现注明"重见"；《宫怨》一首是在题目下标明"叠出"。就字迹来看，可以明确判断为许筠所写的是《夜雨寄北》第一次出现诗题下的"重出"二字，其他几处字迹亦与批语相近。

其他比较明显的纠错还有以下内容，一种是标注作者姓名，如卷七《暮春浐水》为韩琮之作，本来未署名，而是将韩琮的名字放在下面一首《柳枝词》下面，这样《暮春浐水》很容易被误认为是前面一位诗人孟迟的作品，所以许筠在诗题下补上"亦韩作"三字。现在这首诗题下有"韩琮"二字，字迹明显不同，当是后人补上的，很可能出自金世濂之手。同在卷七的《猴山岭》出现相同的情况，题目下亦有"亦许作"三字，并有他人补上的"许浑"二字。卷三刘方平的《长信宫》，本来题目下误题"皇甫冉"三字，后涂掉，在下一首《秋怨》题目下补上"皇甫冉"的名字。[45] 另一种是更改诗句文字，如卷四丘丹《答韦苏州》一首最后一句"吹箫弄山月"，改"山"为"明"。卷六李白《秋下荆门》一首"布帆无恙持秋风"，"恙"误作"羔"，已改正。卷七顾况《宫词》"水精帘卷近银河"，改"银"为"秋"。但也有改错的情况，如卷十陆

225

龟蒙《怀苑陵旧游》"唯有日斜江上思",将"思"改作"寺"。《唐绝选删》中许筠更改的痕迹很多,不再一一枚举,由此亦可见其用心,但由于其中的问题仍然不少,在利用这本诗选时仍需多加留心,比如批语的作者,上文已言及,书中批语分为两种,一是标明作者与出处的,一是未标明的。我们已论证未标明作者或出处的批语为许筠所写,但实际情况是,有些批语是许筠漏标了姓名或出处,如卷八储光羲《明妃词》题批云:"凡宫闱之作,有情有事,有怨有刺,咏明妃者多矣,只此上篇与明妃传神,下篇稍不及。"此条实际为顾璘批语,"只此上篇"在《唐音》中作"惟此篇",其他完全相同。这条虽未标明作者,但并非许筠所写,需格外留意。

四、《唐绝选删》的诗学观

许筠对于唐代绝句最重要的观点就是:"毋论季叶,人人皆当行,不可以盛晚为断。"[46]又云:"唐之诸家,盛而盛,至中晚而渐漓,独绝句则毋论盛晚,具得诗人之逸韵,悉可讽诵,虽闾巷妇人、方外仙怪之什,亦皆超然。唐之诗到此,可谓极备矣。"[47]所以他反对"正音"、"遗响"的区分,对《唐音》颇多不满。《唐绝选删》是否真的做到了不以盛晚为断呢?

《唐诗品汇》凡例云:"大略以初唐为正始,盛唐为正宗、大家、名家、羽翼,中唐为接武,晚唐为正变、余响,方外、异人等诗为旁流。间有一二成家特立与时异者,不以世次拘之。"[48]可以据此分析《唐绝选删》中初唐中晚五七绝的收录情况,现将统计数据列表如下[49]:

	初唐	盛唐	中唐	晚唐	其他
五绝	24人40首	19人84首	46人155首[50]	18人39首	33首
七绝	9人11首	19人100首[51]	64人241首[52]	46人177首[53]	45首

陈国球在《明代复古派唐诗论研究》中列表统计了《唐诗删》及《唐诗品汇》选录唐诗情况,现将五七绝部分引用如下[54]:

《唐诗删》选录唐五七言绝句情况

	初唐	盛唐	中唐	晚唐	其他
五绝	11首	35首	24首	3	5首
七绝	11首	88首	42首	12首	14首

《唐诗品汇》选录五七言绝句情况

	初唐	盛唐	中唐	晚唐	其他
五绝	63首	129首	225首	50	34首
七绝	42首	180首	360首	166首	88首

将三种诗选中的统计数据进行比较，可以很清晰地看出其中的差异，李攀龙诗选中无论五绝还是七绝都以盛唐为多，而《唐绝选删》与《唐诗品汇》五七绝都以中唐为多[55]，《唐绝选删》中的晚唐七绝也远多于盛唐。从诗人、诗作的比例来看，《唐绝选删》中，初唐、晚唐人数虽少，但诗作入选率很高。盛唐与中唐诗人、诗作的比例比较接近，中唐仍高于盛唐。

还需要对徐充《百家唐诗》的情况作一分析，同样列表如下：

《百家唐诗》选录五七言绝句情况

	初唐	盛唐	中唐	晚唐	其他
五绝	11首	18首	47首	17	10首
七绝	11首	47首	142首	111首	27首

《百家唐诗》诗作的分布情况与《唐绝选删》最接近：五绝以中唐最多，其他各期相差无几；七绝亦以中唐为多，晚唐数量远在盛唐之上。由统计数据来看，《百家唐诗》的确如叶向高所言，是"研究中晚"，在明代论唐诗普遍"重初盛轻中晚"的潮流下，成为一股异流。虽然此诗选的选诗眼光、选诗水平颇多可议之处，但它表现出的不同于流俗的特点还是值得关注，这也许是许筠选择其为《诗删》底本的更重要的原因。

再看看《唐绝选删》入选诗作最多的几位诗人的时代分布情况，将入选诗作在15首以上的诗人列表如下：[56]

分期	盛唐				中唐							晚唐	
诗人	李白	王维	王昌龄	岑参	刘长卿	钱起	韦应物	李益	刘禹锡	张籍	王建	白居易	李商隐	杜牧
五绝	14	21	2	3	13	13	9	5	5	6	3	4	5	5
七绝	22	10	26	13	12	2	8	10	27	15	13	11	32	24
合计	36	31	28	16	25	15	17	15	32	21	16	15	37	29

由表格可以看出，盛唐、中唐诗人分布比较均匀，晚唐虽略少，但李商隐的诗作达到37首，已超过李白，成为入选诗作最多的诗人。其他李白36首，居第二位；刘禹锡32首，居第三位；杜牧29首，第四位；王昌龄28首，第五位，比较均匀地分布在盛、中、晚三期。

通过对《唐绝选删》入选诗作列表分析，我们可以看出许筠在选诗过程中的确能做到比较均衡，不会像《唐诗删》、《唐音》、《唐诗品汇》一样重初盛唐，轻视晚唐，实践了他唐代绝句"不可以盛晚为断"的诗学理念。关于《唐绝选删》的批语，还有以下几个问题需要追问：一，许筠抄录《唐音》、《唐诗品汇》以及其他诗话中的评语是否有自己的取舍标准？二，他对何诗可入正音、何诗宜入遗响是如何考虑的？与《唐音》有何不同？关于第一点，其抄录的批语多涉及诗歌的写作手法、风格特点，以及诗人之间的承接影响，如卷三孟浩然《宿建德江》引顾璘批语云："写景入神，平易中高远。"卷三崔颢《江南行》引《唐诗品汇》中的刘辰翁批语云:"其诗皆不用思致,而流丽畅情,宜太白之所敬。"[57]这些对帮助读者更好理解诗歌颇有帮助,但许筠在众多评语者如何取舍却很难说有规律可寻,理由也许不外两点:一是与自己所思所想契合;二是他人能道自己所不能道者。现在我们重点看看第二点。

杨士弘《唐音》有自己的编排体例,他对唐诗有粗略的分期,"唐初盛唐"、"中唐"、"晚唐"有很强的文学史意识,"始音"、"正音"、"遗响"三部分的安排有一区分"正"、"变"的目的,以便指导初学者。正如陈广宏所云:"《唐音》的基本构架是以《正音》为主体,《始音》示其发端,而《遗响》则为盛唐正格的补遗。作为指导学诗的门径,由体制声响的审辨入手而示其可法是一般的方法。"[58]那杨士弘选择诗作的标准又是什么呢?《唐音》中屡屡出现的"音律"二字尤为引人注目,其编选《唐音》是要"审其音律之正变,而择其精粹"[59],《凡例》中云:《正音》要"见世次不同、音律高下",《遗响》是因诸家诗"篇章长短参差,音律不能谐合"。[60]各卷叙目对各诗体的评价仍是围绕"音律"而来,比如七律,唐初"其音律纯厚",中唐"作者渐盛,然音律亦渐微",晚唐"作者愈盛,而音律愈降,独许浑、李商隐对偶精密";又如五绝,"盛唐初变六朝《子夜》、《杨柳》之类,往往音调高古",中唐"取其音律近盛唐者十九人";再看七绝,"唐初作者尚少,独王少伯、贺知章、王维而下,音律高古",晚唐"音律愈下,独牧之、商隐其精思温丽有可法者二人"。[61]由"音律"的多次出现可知这是杨士弘选择诗作的最重要标准,结合"谐合"、"对偶精密"、"精思温丽"等表述来看,"音律"更多的还是指诗歌的写作手法及风格特色,也即是诗作所达到的艺术水平,则杨士弘的选诗标准及评价体系与儒家的"声音之道与政通"的要求有很大的差别。

传统的儒家文学观将文学与"世道"相联,赋予文学以很强的政治意义,许筠也深受影响,文学有关"世教"也是他品评文学作品的标准之一,比如他评价苏谷李达的《洞山驿》、《拾穗谣》、《岭南道中》等诗作,即云:"为文不关于世教,则亦徒作而已。此等制作岂不贤于聱诵工谏乎?"[62]这样的观点也决定了许筠对唐诗的评价,如上文在论及王建《宫词》时,许筠对何者可入"正音"即是从"君后之德"、"足以训世"来考虑的,对《唐音》将"率宫中戏乐"的作品收入"正音"颇多微词。因为诗学观的差异,自然造成了许筠对《唐音》中"正音"、"遗响"入选诗作的质疑。

另一方面,杨士弘以诗作的风格特点、艺术成就作为选诗的标准,对此,又存在着见人见智标准难以统一的情况,如高适的《别董大》、李益的《夜上西城听凉州曲》、《临滹沱见蕃使列名》、刘商的《送别》、张仲素的《塞下曲》、张祜《邮亭残花》数首,根本未入选《唐音》,但许筠认为它们或"声俊",或"俊丽翩翩",或感人至深,都应该收入"正音"中。杨士弘漏选以上数首的原因难以确定,相比而言,许筠的判断更为准确,这数首都是上乘佳作,理应入选。

许筠以《唐诗删》、《百家唐诗》、《唐音》、《唐诗品汇》为底本编选了《唐绝选删》,又根据《唐音》、《唐诗品汇》、《唐诗删》编选了《唐诗选》,自然很清楚三种诗选的优缺点,其《唐诗选序》云:

> 有唐三百年,作者千余家,诗道之盛前后无两。其合而选之者亦数十家,而就其中略而精核者,曰杨士弘所抄《唐音》;其详而敷缛者,曰高棅《唐诗品汇》;其匠心独智,不袭故不涉套,以自运为高者,曰李攀龙《唐诗删》。此三书者出,而天下之选唐诗者皆废而不行。吁其盛哉!余尝取三氏所选而读之,可异焉。杨氏虽务精,而正音、遗响之分

无甚蹊径,其声俊古鲁之音亦或不采,使知者有遗珠之慨焉。廷礼所裒虽极其富,而以代累人,以人累篇,俾妍蚩并进,韶濮毕御,识者以鱼目混玑𤩹之似或近焉。至于于鳞氏所拣,只择劲悍奇杰者,合于己度则登之,否则尺璧径寸之珠弃掷之不惜,英雄欺人不可尽信也。其遗篇逸韵埋于众作之间,历千古不见赏者,于鳞氏能拔置上列,是固言外独解,有非俗见所可测度也。[63]

《唐音》的优点是"精核",缺点是正音、遗响的区分不明;《唐诗品汇》虽详尽,但不免泥沙俱下、鱼目混珠;《唐诗删》匠心独运,但过于自我。

由许筠的评价,可以发现他并未真正理解《唐音》、《唐诗品汇》以及《唐诗删》在构建唐诗系谱中的意义与价值,比如《唐音》的编排体例一是指导写诗,二是要体现诗歌的源流正变,而许筠则是从教化、性情的角度来分辨诗歌可入正音还是遗响。《唐音》影响了高棅《唐诗品汇》的编选,在《正音》之前设《始音》,"其目的当然在于显示盛唐之音形成的来源,尽管其由《始音》至《正音》的流变过程未必真正得到具体的展开,但这种思路对于之后如高棅之选的启迪作用是显著的,在元明之际的唐诗选本中终于出现体现源流正变的意识,实发于此。"[64]《唐诗品汇》强调"是编不言选","不立格,不分门",已明确指出《品汇》不等同于诗选,而是要以相对客观的态度对唐诗全体进行考察,其"因时先后而次第之"表明其对唐诗动态演化关系的注重,所以不管所录作者诗作的多寡甚至优劣,只要是能体现唐诗众体源流正变的,都会收录其中。[65]《唐诗删》由《唐诗品汇》而来,要树立唐诗之正典,也就强化了对盛唐诗歌的推崇,所选未免严苛,胡震亨云:"详李选(指《唐诗删》)与《正声》,皆从《品汇》中采出,亦云得其精华。但高选主于纯完,颇多下驷谬入;李选刻求精美,幸无赝宝误收。王弇州以为于鳞以意轻退作者有之,舍格轻进作者无是也。良为笃论。"[66]此论可谓公允。三家诗选各有自己的理念与宗旨,也就有着不同的导向,形成各自独特的面貌。

许筠也有自己的诗学理念,认为:"诗之理,不在于详尽婉曲,而在于辞绝意续,指近趣远。不涉理路,不落言筌,为最上乘。"[67]唐代绝句之所以好,同样因为"其言短而旨远,其辞藻而不靡,正言若反,危言若率,不犯正位,不落言筌,含讽托兴,刺讥得中,读之令人三叹咨嗟。真得国风之余音,其去三百篇为最近"[68]。很明显他的诗论是向严羽诗学的回归,从审美的角度出发,更注重诗歌的性情、趣味、体悟等,也就与《唐音》、《唐诗品汇》以及《唐诗删》致力于唐诗系谱的构建、唐诗歌史的梳理存在很大的差异,所以他对三种诗选的批评不免有隔靴搔痒之感。

三种诗选过于强调盛唐之作,也的确存在着一定的局限性,如桑悦所言:"杨仲(士)弘等所选,俱得其柔熟之一体,唐人诗技要不止此。国朝闽人高廷礼有《唐诗品汇》五千余首,虽分编定目,有正始、正宗、大家、名家、羽翼、接武、正变、余响、旁流之殊,要其见亦仲(士)弘之见。是诗盛行,学者终身钻研,吐语相协,不过得唐人之一支耳。欲为全唐者,当于三百家全集观之。"[69]胡震亨亦指出:"而大谬在选中晚必绳以盛唐格调,概取其肤立仅似之篇,而晚末人真正本色,一无所收。"[70]许筠在编选《唐绝选删》的过程中,能将唐代绝句"不可以盛晚为断"的理念贯彻其中,入选的初盛中晚之作比较均衡,客观上对三种诗选偏重盛唐的特点起到纠编的作用,也就更能展示唐五七言绝句的整体风貌,这也就使《唐绝选删》与同时期的唐诗选表现出不一样的特色。

明代刊刻诗选的风气盛行,唐诗选本尤多。唐诗选本既可以揭示唐诗在明代传播及受容的情况,也是一种独特的诗歌批评形式,与复古诗论关系密切。[71]许筠的《唐绝选删》同样是他诗歌理论的体现,他深受明复古诗论影响,但因为远在域外,又能与复古派保持一定的距离,他在《唐绝选删》中不但抄录前人批语,还写下了自己的感悟。在这些批点中,他质疑了"正音"、"遗响"的划分,从审美的角度表达了对唐诗初盛中晚分期的看法,表现出强烈的介入中国文坛的愿望。

《唐绝选删》作为异域之人编选的中国唐诗绝句选,既是明代复古文学思潮的产物,又有着独特的面貌、鲜明的特色,有必要将其纳入明代众多唐诗选中,给予应有的重视,从中可以更清楚地看到明代文学复古运动的巨大影响,又能看到文学运动中心之外相对边缘的异域之人对文学运动的反思与纠偏。当将汉文化圈作为一个整体来考察文学运动的发展及传播与影响的路径时,才能更准确地把握文学思潮的流衍与变迁。

注 释:

〔1〕 许筠《惺所覆瓿稿》卷五,《韩国文集丛刊》第 74 册,第 185 页。

〔2〕〔33〕〔35〕〔46〕 《惺所覆瓿稿》卷五《题四体盛唐序》,第 185 页。

〔3〕〔34〕〔63〕 《惺所覆瓿稿》卷四,第 175 页。

〔4〕 参见陈广宏《元明之际唐诗系谱建构的观念与背景》(《中华文史论丛》2010 年第 4 期)及陈国球《明代复古派唐诗论研究》(北京大学出版社 2007 年版)。

〔5〕 杨士弘编选,张震辑注,顾璘评点,陶文鹏、魏祖钦整理点校《唐音评注》,河北大学出版社 2006 年版,第 2—6 页。

〔6〕 杨士弘编选,顾璘批点《唐音》,湖北先正遗书本,据明嘉靖刊本影印。本文引用《唐音》批点内容都出自此版本,不再一一出注。

〔7〕〔8〕〔9〕 《惺所覆瓿稿》卷一三《批点唐音跋》,第 247 页。

〔10〕 《唐绝选删》中抄录了较多顾璘批语,但并非以《批点唐音》为底本。因为顾氏在《遗响》中删掉较多诗作,特别是杜牧与李商隐的作品,《唐绝选删》中大多收录进去了。

〔11〕 孙琴安《唐诗选本提要》,上海书店出版社 2005 年版,第 138 页。

〔12〕〔13〕〔14〕 徐充《暖姝由笔》,李如一辑《藏说小萃》,《北京图书馆古籍珍本丛刊》第 83 册,书目文献出版社,第 84、83 页。

〔15〕 本文所用徐充《详注百家唐诗汇选》为浙江图书馆所藏,刻本,三十卷,五册。

〔16〕 诗歌重出的有:李白《望天门山》(收入卷六、卷十)、顾况《听角思归》(收入卷六、卷十)、张籍《凉州词》"凤林关里水东流"(收入卷六、卷八)、张仲素《汉苑行》"春风淡淡影悠悠"(收入卷九、卷十)、李商隐《夜雨寄北》(收入卷七、卷九)、杜牧《山行》(收入卷七、卷九)、赵嘏《江楼书感》(收入卷六、卷七)、崔鲁《华清宫》"草遮回磴绝鸣銮"(收入卷六、卷七)、《宫怨》"柳色参差掩画楼"(收入卷六,作者司马礼;又收入卷七,作者司马札)、《胡笳曲》"月明星稀霜满野"(收入卷六、卷九,作者一作君山父老,一未署名)。误题作者或作者有争议的情况如下:卷一《别卢秦卿》,作者司空曙,误作卢纶;卷二《青楼曲》"青楼临大道",作者为濆,误作夷中;卷四《咏鸟》,作者李义府,误作许敬宗;卷五《江村夜泊》,作者项斯,误作马戴;卷十《奉和圣制同玉真公主游大哥山池应制》,作者张说,误作苏颋;卷十《咏河边枯树》,作者长孙佐辅,误作长孙辅佐;卷七《杨柳枝词》"清江一曲柳千条",作者为滕迈,又作刘禹锡;卷七《过南邻花园》作者雍陶,误作任翻;卷九《宫词》"自是三千第一名",作者薛能,误作薛逢;卷十《赠柳郎》"独持巾栉掩玄关",作者为守莹

青衣,又作故台城妓;卷十《送麹司直》,作者郎士元,误作李嘉佑;卷十《送休公归衡》,作者刘昭禹,误作刘昭属。

〔17〕 在此先假设《唐绝选删》的批语为许筠抄录或批点,具体论证见下文。

〔18〕 洪万宗《小华诗评》卷上,赵钟业编《修正增补韩国诗话丛编》第3册,太学社1996年版,第423页。

〔19〕 此处用于统计的是杨士弘编选,张震辑注,顾璘评点,陶文鹏、魏祖钦整理点校《唐音评注》,河北大学出版社2006年版。

〔20〕 此表分析未排除《唐绝选删》中重选、误题的情况,因为重选篇目有限,不影响分析的结果。

〔21〕 参见夫裕燮《许筠所选的中国诗(1)——唐绝选删》,载《文献与解释》2004年第27辑。

〔22〕 高棅编纂,汪宗尼校订,葛景春、胡永杰点校《唐诗品汇》第3册,中华书局2015年版,第1329页。

〔23〕〔24〕〔26〕〔27〕〔28〕《唐诗品汇》第4册,第1592、1541、1556、1609、1637页。

〔25〕《唐诗品汇》第3册,第1331页。

〔29〕 杨慎《升庵诗话》卷二,丁福保辑《历代诗话续编》(中),中华书局2006年版,第658页。

〔30〕 王世贞《艺苑卮言》卷四,丁福保辑《历代诗话续编》(中),中华书局2006年版,第1009页。

〔31〕 萧士赟《分类补注李太白诗》卷五,四部丛刊景明本。

〔32〕《唐二家诗钞》版本情况复杂,题名也颇多,据陈晨《〈唐二家诗钞〉版本考述》称:"梅鼎祚辑撰的李杜诗选有两种——《李杜诗选》与《唐二家诗钞》;历代著录中的各类称名,多是《唐二家诗钞》的衍名或简称;梅氏万历定本的题名是'唐二家诗钞',而不是'唐二家诗钞评林';称名不同的十二卷流传本,应是万历四年前八卷本《李杜诗选》的扩充本和改动本,因此,现存的十二卷本《唐二家诗钞》,显然是梅氏李杜批评思想的最完美体现。"(《古籍整理研究学刊》2009年第3期,第70页)许筠未言及其所见梅氏诗钞题名,因为十二卷本《唐二家诗钞》刊印于1579年,许筠很可能见到的就是这个版本。

〔36〕《惺所覆瓿稿》卷二《宫词》,第148页。

〔37〕 王世贞《艺苑卮言》卷四,第1013页。

〔38〕 王世贞《弇州四部稿》卷一五二《艺苑卮言附录一》,文渊阁四库全书第1281册,第445页。

〔39〕《惺所覆瓿稿》卷一一,第232页。

〔40〕《惺所覆瓿稿》卷三《续静姬赋并序》,第169页。

〔41〕 许筠编选《国朝诗删》,赵钟业编《修正补订韩国诗话丛编》第4册,太学社1996年版,第336页。

〔42〕 以上数条见《国朝诗删》,第334、335、354、339页。

〔43〕《国朝诗删》卷一,第322页。

〔44〕《惺所覆瓿稿》卷二五,第363页。

〔45〕 有些署名虽改正,但明显非许筠所为,如卷五项斯的《江村夜泊》,作者本来署名马戴,现"马戴"二字被涂掉,旁边写有"项斯"二字,由字迹来看,可以确定为他人所改。

〔47〕〔68〕《惺所覆瓿稿》卷五《题〈唐绝选删〉序》,第185页。

〔48〕《唐诗品汇·凡例》,第17页。

〔49〕 统计过程中已排除了重选诗作,并且将名字有误的归到真正的作者名下。

〔50〕 中唐五绝46人155首包括《唐诗品汇》未收录的唐怡、李绅各一首。

〔51〕 盛唐七绝19人100首包括《唐诗品汇》未收录的李清一首。

〔52〕 中唐七绝64人241首包括《唐诗品汇》未收录的崔护、窦梁宾各一首。

〔53〕 晚唐七绝46人177首包括《唐诗品汇》未收录的严恽、曹唐、裴庆余、崔道融各一首。

〔54〕 《明代复古派唐诗论研究》,第212、204页。

〔55〕 陈国球分析了《唐诗品汇》中"中唐入选最多,其次才是盛唐,又次是初唐、晚唐"的原因,但到高棅的《唐诗正声》,"盛唐诗的入选达全数一半以上(50.5%),而中唐退为三分之一以下(33.1%)……所以重盛唐之音,以盛唐诗为正格的宗旨就更彰明了",这与许筠在《唐绝选删》中有意识地多选中晚唐五七绝有着明显的区别。参见陈国球《明代复古派唐诗论研究》,第206—207页。

〔56〕 统计过程中同样已排除了重选诗作。

〔57〕 《唐诗品汇》五言绝句卷之三:"刘云:其诗皆不用思致,而流丽畅情,固宜太白之所爱敬。"《唐诗品汇》第3册,第1366页。

〔58〕〔64〕 陈广宏《元明之际唐诗系谱建构的观念及背景》,《中华文史论丛》2010年第4期。

〔59〕 《唐音评注·唐音姓氏并序》,第2页。

〔60〕 《唐音评注·凡例》,第9页。

〔61〕 《唐音评注·唐诗正音并序》,第72—74页。

〔62〕 许筠《鹤山樵谈》,载赵钟业编《韩国诗话丛编》第2册,太学社1996年版,第28页。

〔65〕 参见陈广宏《元明之际唐诗系谱建构的观念及背景》,第213页。

〔66〕 胡震亨《唐音癸签》卷三一,上海古籍出版社,1981年版,第326页。

〔67〕 《惺所覆瓿稿》卷四《宋五家诗钞序》,第175页。

〔69〕 桑悦《思玄集》卷一〇《跋唐诗品汇》,明万历四十四年刻本。

〔70〕 《唐音癸签》卷三一,第327页。

〔71〕 陈国球云:"我们会发觉复古诗论家一般对唐诗选本都很留心,这当然与复古派诗论以唐诗为主要的学习典范有关。进一步而言,唐诗究竟实指哪些作品,应如何掌握唐诗的真正面貌,《唐音》、《唐诗品汇》、《唐诗正声》、《古今诗删》等选本能够从不同的角度提供解答这些问题的线索。其中《唐诗正声》和《古今诗删》的选拔精纯之作以为唐诗的表征的做法,配合了复古派诗论追求正宗、正统的理想;《唐诗品汇》则大力推动了复古诗论家的文学史意识;而《唐音》则于这两个方面又有启迪之功。"《明代复古派唐诗论研究》,第231页。

〔作者简介〕 左江,深圳大学文学院教授。著有《李植杜诗批解研究》。

篇终浑灏接今古　学力精微阅浅深
——评吴光兴《八世纪诗风》

韦异才

古人云"十年磨一剑",追求快节奏的时代中,这样的典范似乎已经成了历史。然而,吴光兴大作《八世纪诗风:探索唐诗史上"沈宋的世纪"(705—805)》(社会科学文献出版社2013年11月版,下简称《诗风》),却以翔实的内容和精微的论断,为历来认为盛极难继的唐诗研究增加了一块重量级的砝码。

本书是作者研究唐代文学观念和诗歌发展的力作,历经20年(1992年博士论文脱稿,2013年出版。下文引该书仅注页码),由其博士论文脱胎而成。全书煌煌近百万字,极其厚重。作者自述其研究是受到李商隐一句诗论启发,即《献侍郎巨鹿公启》的"推李杜则怨刺居多,效沈宋则绮靡为甚"[1]。李商隐此论是对不同文学特质的一种区分,是对典型作家带动文学风尚的一种理论层面的自觉。联系八世纪作者"效沈宋"的眼光和实践,再观照贞元元和以下几十年"推李杜"的大力鼓吹,义山此论可以视为对他以前唐诗史的总结和臧否。作者抓住了这一习见材料,从他人忽略的视角入手,结合材料描绘出八世纪诗歌的真实情景,理清了很多具体细节,例如这一时期主流的评诗观念,各大中小诗人作品的数量和体裁,重要诗人之间交谊的具体过程,主要诗人的提携与被提携关系,等等。

"八世纪诗风"指中宗元年(705)至德宗末年(805)的诗歌发展历程,这个说法或多或少带有西方史学的色彩,但作者在导言中介绍,采用公元纪年,是为了突出历史上确实存在的"沈宋的世纪"——近体诗观念和创作主导的时代。正好在一个世纪之内,公元纪年比年号和朝代更具准确性。而且也可以避免落入"盛唐"、"中唐"的窠臼,蹈袭旧说。作者所运用的方法是中国传统的征实之学,所要揭示的是唐人的自我认识,而且材料的梳理和观点的总结都能落在实处,不诬古人,不误今人。所以这一提法并非标新立异,哗众取宠。

一、脉络与方法

全书分为上下两编,共六章。每一章中,结合《正声集》、《河岳英灵集》、《国秀集》、《箧中集》、《中兴间气集》等诗歌选本,并参照代表性诗格诗论如王昌龄《诗格》、杜甫《戏为六绝

本文收稿日期:2017.8.19

句》《解闷十二首》,皎然《诗式》等,还原诗坛本来面目。

上编以历史发展为轴,依次勾画了八世纪之中几个时段的诗坛面貌,并结合当时大作家自己的诗论和时人对他们的评价,将这些诗歌代表一一置于合理的历史定位上。下编属于上编的深化,研究了和历史发展相关的两个问题,一是从八世纪人心目中的诗坛正宗看当时的诗歌风尚,二是李杜的历史地位和八世纪诗歌的价值重估。另有附录一部分,是将"八世纪诗风"所涉及的人物进行系年,逐年编列百年文学史、文化(著作、科举等)史大事,以追踪八世纪文学演变之脉络,同时和正文相配合。颇具特色的是,本系年将这一时期最重要的诗人杜甫作为纪年标准,每一年之下标出"杜甫出生前 X 年/杜甫 X 岁/杜甫去世后 X 年",以便于读者查考伟大诗人和时代诗风的时间关系,以及这位伟大诗人在当时处于怎样的位置。《诗风》跨越了开元、天宝、大历乃至贞元几个阶段,包含后人心目中的"盛唐"却又不局限于"盛唐"。同时牢牢突出"沈宋的世纪"这一主题,以"沈宋诗风"贯之。

本书的主线是将八世纪的代表诗人按照时代顺序,分成了六组(或六代),分别是:以李邕、张九龄等为代表的"盛唐先驱者",以王维、崔颢、王昌龄等为标杆的开元鼎盛一代,以李白、杜甫、岑参(以及李华等一系列复古文人)为典范的天宝后起之秀,以"十才子"为英杰的大历律诗群体,以卢纶、李益为骨干的贞元新变先锋,以元白等为核心的元和未来领袖。在这六代诗人之内又按照各自特点分成不同流派或群体。虽然这一分类不无可商,但作者以史料为依据,清楚而细致地向读者展示了八世纪诗人的创作成就和诗学观点,许多要点是之前的学人没有注意到的。上编四章,即以此六代为主干。

首章为八世纪初叶的诗坛动向,聚焦沈宋之后的"后律诗"时期,宫廷诗人贬谪远方时的作品为本来整齐的律诗贯注了不同往常的气韵。张说、武平一、卢藏用或以朝廷显贵身份奖掖后进,或为律诗奠基人编撰文集,或充当复古思潮的先驱。吴越文士的七古歌行在这一时期独具特色。

第二章是上编的重点,研究作为盛唐代表的开元天宝诗风。作者反思历来综合而笼统地论述开天盛唐诗的做法,结合唐人"大抵文体十年一更"的观点(顾况《陶翰集序》),将开天文学史分为"先驱者""开元鼎盛一代"和"天宝后起之秀"三个诗人群体。其中又根据不同出发点,将每个群体细分为很多类别。这些类别组合不同于学人历来认知,但仔细研读之后可以发现,这些分类选取了合适的角度,实在有其道理。例如,作者以"和李邕的交往"为基准,将高适、李白、杜甫分为一类;以复古倾向和地域为标准,将李华、萧颖士和独孤及等归到一起。抓住每一类诗人独具特色、有待挖掘的某个侧面,从而将旧问题谈出了新意义。

第三章阐释"大历诗风"这样一个前人研究成果为数不少的话题。作者从"朝""野"竞争的角度切入,推敲、分析原始材料,将大历时代的诗学潮流分为左中右三翼,分别进行了清晰的阐述和公允的评价。《箧中集》所代表的是复古思潮的"左派",相对天宝复古思潮,它不仅推出了样板作品和理想作家,同时也接受作为新体的五言律诗,复古而不泥古。杜甫《戏为六绝句》是中间一派,以协商的态度和复古思潮切磋,对完全复古态度有所保留。他的观点可谓新旧合一,超越古今对立。大历的主流诗风"十才子"是主张保持现状的右翼,在唐人当时的语境中具备多重光彩(作者认为"大历十才子"评价过低是宋人文学道德观过强造成)。钱起作为大历诗风的"首座",接续了以王维为代表的开元鼎盛时期诗歌规范,也是唐代中期"沈宋的世纪"主导性的文学风气所在,他的地位应该引起当今学人的重视。作者对大历诗坛概貌和各派的理论、创作进行了详细解说,将大历视为八世纪之中诗风变革的关键期,主张重新评价大历文学的贡献。

第四章讨论"新变"之贞元诗风,深入贞元—元和之际诗史的隐微之处,探讨文学真相,坦然面对唐宋隔膜。贞元是一个新旧并存、指向未来的时期,"八、九世纪之交的这场'贞元—元和诗变',在许多论者的眼中,是中国诗史千古演变的一大关键。从此以后,产生过杜甫、李白、王维等大诗人的八世纪,成了只可向往、不可企及的诗歌'理想国',这却是意味深长的。"(第433页)作者从诗歌典范和诗坛风尚角度入手,指出当时的三方力量都指向一个方向,即不满于"沈宋"确立的旧规范,以推崇"李杜"为途径,塑造出崭新的诗歌追求。同时强调了卢纶、李益在贞元时的地位。

第五章和第六章属下编,是两个意义较大的专题。第五章"从八世纪人心目中的诗坛正宗看当时的诗歌风尚",分别探讨了"沈宋的世纪"三代典范诗人,"沈宋的世纪"文学史背景和序列,以及律诗的体制和价值。独孤及的《皇甫冉集序》是当时原生态诗风的珍贵资料,对古近体诗风进行了公允的评价。文章确立的三代诗人典范分别为沈宋、王(维)崔(颢)、钱(起)郎(士元)。视野宏通,足为启示。至于文学史背景,就是从齐梁体到近体的发展,其中楚辞、赋体对于诗歌的影响在其中穿插,起到了调整文坛品味的作用。律诗的作用则是将诗歌辞赋化转变为律诗化,影响了后来一千年的文学。作者详细分析了律诗在不同时代的不同风格,指出盛唐律诗的面貌是由齐梁尚声律、汉魏尚五言和辞赋尚丽语共同塑造的。可谓平正通达,廓庑广大。

第六章则探究一个文学史上的重要问题——李杜独尊,并将它和八世纪诗歌价值联系起来。作者详细分析了李杜各个时代的交谊,指出李杜齐名存在着地域因素,韩愈是李杜并尊的大力倡导者,李杜二人对律诗诗风都有其贡献,而且"李杜独尊"可以从各个角度如古近体对立、歌行体交流、文道说和文体论等去探讨,详明而深刻。

全书在方法论层面上,气魄宏大,从全球化的视野观照中国,尝试构建"分析文学史学",强调贴近作家共同体,尊重文学传统的独立性,"就文学史论文学史",在文学史内部做文章。和综合性的、解释性的文学史有所区别。

除了构建理论之外,作者使用一些方法之后的评价也很值得注意。如认为"在进行体裁的统计描述时,需要更仔细地辨析";对诗人进行分派要慎重;应多维考察诗人经历、具体创作、当时论断、当时选本、后代评价和交谊互动,从而得出全方位立体化的结论;下结论时应注意各个时期或者各个诗人、诗体的数量和比例。

二、回应与反思

唐代文学评论起步较早,研究著作汗牛充栋,时至今天,留下了很多经典论断或热点话题。作者在著作中,对一些唐诗经典问题,如殷璠的"开元十五年,声律风骨始备矣",如明代诗学的"四唐说"和后世的反正,都进行了回应和评价,给出了独具特色的答案,同时对于一些前人结论之中本然具备的局限性,进行了较为深刻的反思。

本书厘清了很多作家的"经典化"过程,从而为还原诗史真相做出了独到贡献。例如,孟浩然形象就存在一个"经典化"的过程。在唐代,孟浩然形象要立体很多。如若从为人、诗歌、诗风三个方面进行考察,可以看见孟浩然的复杂心态和为诗的多重特点。唐人讲究"终南捷径",孟浩然也和很多士子一样热衷功名,并不是陶渊明式的真隐士。他的隐居是不得已而为之,含有无奈的意味。至于李白评价他"红颜弃轩冕,白首卧松云",其实寄托了李白本人的志向,投射了自己愤懑不平的心绪,表达了求官不成转而绝然出世的一种情结,并不能视为孟浩然形象的完全写照,也不是孟浩然内心本意所在。

至于盛唐"山水田园诗派"的提法,更是有失严谨。以孟浩然为例,王士源初编孟集,按照《文选》思路将其作品分为游览、赠答、旅行、送别、宴乐、怀思和田园七大类,其中能够得上田园诗的只有游览和田园两种,旅行也勉强可以归入,但这几种题材在孟诗中所占比例没有过半,所以孟浩然够不上专门"田园诗人"的标准。更何况,他一生中游历的时间占了很大比例,像《过故人庄》那样纯写田园题材的作品是少数。所以,拿盛唐人自己的裁量权衡来看,"山水田园诗派"和盛唐时期语境不合。

另外,被人们习惯性认为"山水田园诗派"的其他代表,如王维、储光羲和常建,各自有其特点。储光羲和常建和王昌龄的关系更为密切(这一点以前很多论者从未措意)。仅仅由于他们写过为数不少的同一类内容,就把这几位诗人归为一派,局限性较大。诗人创作很难被诗歌的类型限制住,将诗歌内容分类延伸到诗歌派别分类,和实际情况出入不小。所以,我们今天看待诗人,更应该以他们擅长的体裁为出发点,而不是内容。另外,"王孟"并称,唐代尚未出现,可能来源于老杜的《解闷十二首》其六、其八。由于这两首诗分别评价了孟浩然和王维的诗风,后人就将他们合在一起论之。

对于孟浩然的评价,还有一个重要的观点,就是"韵"和其诗风的关系。这个论题是后出的,最著名的论者是苏轼,他说孟浩然"韵高而才短,如造内法酒手,而无材料"[2]。苏轼文学地位之高,使得这一结论影响了众多来人,如陆游,如严羽,如王世贞,纷纷着眼其"才力稍弱",把孟浩然塑造成一个"神韵"十足的诗人。殊不知上述论者各有其语境,和开天实际情况存在距离。王士禛反对明代"七子""九天阊阖,万国衣冠"的盛唐,就标举出他心目中充满"韵"致的盛唐,顺便也推广一下他自己的"神韵说"。至于严羽,则是为了反对江西诗派循规蹈矩学诗的路数。至于唐人评论中的孟浩然,却是"文采丰茸,经纬绵密"(殷璠),秀句之精美处可与齐梁人比肩(皮日休),呈现出一个和后人成见全然不同的形象。

和孟浩然一样,王维身上也存在"经典化"的过程。晚唐的司空图于这一结果大有功焉。司空图多次在论诗的信函中赞美王维和韦应物,说明王维诗史地位的确立很大程度要归功于司空图。另外,王维和陶渊明的关系,即王维是否复兴或改造了陶渊明诗风,也是王维研究者的一个讨论焦点。宇文所安将陶渊明复兴作为盛唐脱离初唐诗风的五个重要表现之一,同时对这一点进行了高度评价。但这一观点是否合理?《诗风》从唐人创作和生活的现实去考虑,给出了自己的答案。从唐人生活上看,为官的士大夫有休假,未出仕的人隐居读书,或者走"终南捷径"。所以,唐人对于隐逸非常熟悉。唐诗隐逸题材风行,这一点是其可能性。至于以隐逸为题材进行创作,不可避免地要师法文学史上同一题材的佳篇,唐人自然就把目光落在了陶渊明身上。但唐代的这种拟诗有一前提:律体规范。这是"当代"文学的基础。所以,内容可以更换,写法才是基本,因此唐人心目中陶渊明的地位并不如宋代以后高。唐人隐逸诗的内容从实际生活中来,用语和感情从陶渊明来,但规矩和写法,却实实在在属于自己的近体一路。日本学者入谷仙介评价王维"往陶渊明的世界导入了谢灵运的方法"[3]甚为恰当。作者能抓住近体诗作为主导、主流的文学史情况,对于唐代学陶现象做出了较为合理的解释,不偏不颇。

《诗风》还从细节讨论了一些诗学问题。如《戏为六绝句》有无"寄慨"自喻,"戏"是何种含义？作者先引用钱谦益的说法"谆谆然呼而寤之也,题之曰'戏',亦见其通怀商榷,不欲自以为是"[4]。然后观照老杜自己的诗歌创作情况：前期的《咏怀五百字》、《北征》"三吏"、"三别",后期的七言组诗、长篇排律,都是锐意创新的结果。继而指出,老杜这些创新也难免遭到批评。老杜评论前人的诗歌,也可以引申为对于自己的一种辩护,他是以和蔼的口吻,与复古、娱乐两派的反对者协商,这和宋人教训他人的口气相映成趣。最后下结论是：在绘声绘色的象喻之中,诗意得到了充分表达,思想也得到了充分展示。至于这一组诗的"伪体"和"当时体"怎么解释？作者结合钱谦益的说法,又抒发了自己的见解：汉魏也有伪汉魏,齐梁也有伪齐梁,对于历史上的诗作,先要'别裁'一番,然后同述《风》、《雅》之原,资籍历代各方面的成就,博采众长,方为正确道路。(第272页)

韩愈是后人心目之中唐诗的代表之一,但韩愈在《诗风》中的地位安排却最为出人意料——作者将他安排在张籍的"附属"地位。后人看来,韩愈乃是泰山北斗级的人物,如何能附见在张籍之下？但《诗风》抓住当时论断,进行了合理的回应,认为韩氏本来以古文笔札名家,而且唐人具有强烈的文体意识,诗和文判然不同,"以文为诗"当时并不为人所接受,所以韩愈在贞元时期的诗史地位并没有后人观念中高,也就合情合理。诚如程千帆《韩愈以文为诗说》所言"在宋诗的新面貌形成之前,它并不受重视"[5]。而且"韩孟诗派"这一品题是北宋欧阳修所缔造,和唐人自己的认知存在一定距离。

殷璠将"开元十五年"作为唐诗发展的重要分界,那么是否合理呢？在《诗风》看来,开元天宝属于承平之时,内部并没有绝对的分界,诗派分际亦不明显。(第155页)作为政治局势分界的天宝十三载,可以视为诗风的分水岭。接下来作者列举了这一年的八个因素,其中六个和文人、文学相关,集中于复古派的诗人动向(第194页)。这六个因素着眼于文学思潮的角度,自成一说,颇有道理。

三、结论与功力

作为一部学术专著,此书的各种结论自然引人瞩目。这些结论或是作者自己的创见,或是对前人观念的深化,或是对一些概念的厘清,下面略举几例。

书中指出,唐人流行"美文"的概念,这是当时评价诗文的一个重要标准。唐代的主要诗体,是由文人主导的五言,"五言流调,以清丽居宗"[6](《文心雕龙·明诗》),"清""丽"这一类的概念用来衡量是否优秀作品。例如杜甫评价王维用"最传秀句寰区满"(《解闷十二首》其八),将摩诘作为文辞美丽一派的代表;又如他将"清诗句句尽堪传"(《解闷十二首》其六)送给孟浩然,称赞他是清秀、清淡的典范;还有最著名的"清词丽句必为邻",写出诗圣心中杰出作品的最高标准。盛唐人标举"美",不甘心于质木无文,但也不要浓艳无骨。他们心中的理想应该如清水芙蓉一般,在声律讲究的基础上保持天然的风度。这一点是我们评价唐代主流文学时应该秉持的观念。清楚了这一观念,就会理解《诗风》之中涉及的很多问题。另外,"盛唐风骨"、"盛唐气象",这一类的词汇论者应用广泛,但其中内涵却很少有人说得清楚。作者标举"清丽"一门,可以说从风格上点明了盛唐诗歌的特色,即美文观念主导下清新秀丽的风貌。这也是《诗风》对于丰富"盛唐气象"内涵的一份贡献。

一部大跨度的文学研究著作,难免涉及对作家的评价问题。作者能够按照时人的评价,"以唐还唐",重估一些诗人的地位,比如崔颢在当时盛名可与王维等量齐观,韩愈在中唐时期诗歌地位并没有后人观念中那样高,等等。在开元时期,崔颢是仅次于王维的"第二人",这一品题在当时很流行。但是,崔颢的诗风前后期界限非常明显,这个评价是针对其前期还是后期的呢?作者详细考察了崔颢前期所属的岐王宅文学集团,以及和崔颢诗歌的具体成就,得出结论:王维、崔颢齐名的品题很可能出自岐王宅。同时,这一点与《河岳英灵集》的评价标准不同,殷璠选诗论人更看重崔的后期创作。

由此引申出一个问题,如果用诗律的"拗救"理论作比,律诗这一体裁的创制,也是一个"拗救"的过程。沈宋为代表的宫廷诗太过浓艳,属于文胜于质的"拗",那么一些作家即以乐府来"救"。乐府关乎风人之旨,属于比兴之体。规范的声律加上充沛的情感,正好达到平衡。这样,本来擅长乐府诗,从乐府而入近体的王维和崔颢,正好承担了这一历史任务,成为一代英杰。作者的引申思考新奇而合理,阐明了律诗完善的过程,以及这个过程中的一个重要辅助因素,不仅仅解释了王、崔二人并称的问题,同时也提示学人研究唐诗发展变迁要注意各个诗体的互动。

"元轻白俗,郊寒岛瘦"是苏轼对于贞元—元和之际大诗人的评价,这一评价以其言辞的简约精炼塑造了后世对于中唐诗人的印象。卢纶就是一位风格涉"俗"的贞元诗人。对于这一点,作者指出,应该看到唐人、后人在观念和语境方面的差异。唐代音乐文学很发达,和宋明时期的文以载道、文以明志有区别,卢纶的一些诗歌最初是入乐的,歌曲本来就有一定的娱乐性质;从唐人语境来看"轻"、"俗"、"寒"、"瘦",与其说是弱点,不如说是特色。这既是他们的个人特色,也是过渡时期诗风的地位所在。

全书还有一个突出的特色,即作者常能注意到诗歌发展演变之中的各种关系。如第六章指出任华《寄李白》、《寄杜拾遗》两篇歌咏和李杜齐名的关系,杜甫对陈子昂的崇拜与杜甫晚年诗论的关系,李杜文集行世和古文复兴阵营成员的关系,李杜并尊和韩愈的关系,韩氏家族及一系列天宝复古代表人物和李白、李阳冰叔侄的关系,韩愈的家学渊源和古文复兴思潮的关系。这些关系十分重要,组成一个个关系网,将八世纪后期的诗风演变罩在其中。可谓心细如发,目光如炬。

至于具体作家如李杜的典范地位,李杜当时评价和后代品题的差别,作者从具体材料出发,坚实有力地进行了辨析。另外,概念清楚也是本书的一大优长。《诗风》阐释了"风骨"、"兴象"等概念的演变和内涵,将来龙去脉梳理得十分清楚,而且对于"盛唐"、"近体"等一些概念进行了明晰界定,避免了议论过程之中的自我混淆。

作者功底深厚,能以《广韵》训释字义,而且对于《文心雕龙》、《诗品》的理解十分准确,文献解读能力极强。例如第二章第六节对开天诗和建安诗的关系,进行了一番辨证。通过引用《文心雕龙·风骨》对于"风骨"概念的界定,以及锺嵘《诗品》中对建安文学代表曹植的评价,揭示出建安诗风包含风格和词采两个方面,人们往往关注前者,忽略后者。而且还指出了六朝人心目中"风骨"并不一定和建安紧密相联。顺势对盛唐时期的"风骨论"以及后世论"风骨"进行了恰如其分的评析,认为殷璠的认识偏向"气",和六朝人相比并不全面。这一点十分有见地。当论者囿于"建安风骨"和"盛唐风骨"的概念中时,作者通过对基本材料的精读,发现问题肯綮所在,从而摆脱窠臼,指出古今观念的区别,标示出问题所在。同时,他能注意到文体之间的交互影响,看到了建安时已经成为经典的辞赋对于尚在成长中的五言诗具有引领作用,并结合《文选》体制和对偶理论具体指出了这种互动的可能性和特点。另外,作者熟悉唐代文化史知识,引用唐人立碑的规则来探析韩愈家族和李白家族关系。一块唐碑包括制作、书文和篆额三部分,这三部分请不同的人来完成。李白族叔李阳冰是篆书高手,韩愈叔父韩云卿是碑文行家,另一位叔父韩择木则是"开元已来数八分"(杜甫语)的书法能人,他们早有合作。韩愈推崇李白,将李杜并举,亦有其早先的家族渊源在。(第633页)

另外,《诗风》对于基本材料的解说不仅言辞运用十分到位,而且角度特别,独具只眼。例如第三章分析老杜的《戏为六绝句》,将全部六首诗分为三节,两两一组,以结构化的眼光去看待,认为这三组分别是立论—申论—总论。接下来对每一组诗的含义进行了详细解说,一遍解读一遍评价,最后得出结论:老杜和复古派、保守派都进行了商榷,提出"转益多师"的方法,留出"变化创新"的文学理论余地,超越对立,调和了比兴载道和审美娱乐两个极端,标举壮丽崇高之美,具有历史与理性的高度。同一章中解说钱起《奉送刘相公江淮催转运》,生动地指出每一联的刻画、安排,十分精到,令人心服口服。(第276—277页)

书中的很多论断,虽然乍见之下出乎意料,但如果对史料进行详细研读,就会认同其道理。例如作者在第五章指出,律诗是唐人的重要发明,可以称为"一代之文学"、"时代之文学",沈宋可与曹刘比肩,这是唐人引以为自豪之处。(第580页)律诗的定型具有承先启后的意义,它一变先前的辞赋化,同时又开启了其后一千年的"律诗文化"时代。(第597页)又如他发现在律诗基本定型之后,八世纪的很多古体诗也是"相对的"、"有条件的"(第596页。指盛唐古诗一定程度上受到律诗影响)。再如,第三章第二节总结杜甫论诗诗的意义时,指出,老杜推重"鲸鱼碧海"的审美观,既标举了文学的正义性和崇高性,又坚持了齐梁—沈宋以来的丽辞观念,同时涵盖了天宝以来复古思潮的比兴论,树立了"壮美"的评价标准,认为其观点具有历史和理性的高度,某种程度上也成为后来'独尊李杜'的精义所在。可见,《诗风》能将文学史和文艺理论有机结合,论述全面,观点独到,对杜甫的审美观给出了极富特色的历史评价。

当然,全书由于篇幅过长,写作时间跨度较大,也不免出现一些问题。例如对《周易》中"文言"和历史文体之间的关系一段论述似有未尽之处(第595页),古体和拗律的区别可以再深谈(第647页),以及部分章节用词略显口语化。一些细节如诗人代表作品的声病和平仄情况,如能进行更精确的统计,则锦上添花。但瑕不掩瑜,纵观全书,可谓篇章浑灏,学力精微,确是近年来唐诗历时性研究的佳作。

注释：

〔1〕 刘学锴、余恕诚校注《李商隐文编年校注》，中华书局2002年版，第1188页。
〔2〕 何文焕著《历代诗话》，中华书局2004年第2版，第308页。
〔3〕 〔日〕入谷仙介著，卢燕平译《王维研究(节译本)》，中华书局2005年版，第204页。
〔4〕 钱谦益著，钱曾笺注，钱仲联标校《牧斋初学集》，上海古籍出版社2009年版，第2204页。
〔5〕 程千帆《韩愈以文为诗说》，《古代文学理论研究》第1辑，上海古籍出版社1979年版，第193—251页。
〔6〕 刘勰著，范文澜注《文心雕龙注》，人民文学出版社1958年版，第67页。

〔作者简介〕 韦异才，女，1988年生，辽宁沈阳人，武汉大学文学院博士研究生。

《先唐文学与文学思想考论》(增补本)

(徐正英著，上海古籍出版社2015年第二版，50万字)

  本书是2005年初版基础上的增补本，新增内容28万字，共收有关先秦两汉魏晋南北朝文学与文学思想方面的研究论文31篇。该论文集以出土文献为起点，开辟了先秦出土文献及佚文献文学思想研究的新领域。对殷商甲骨刻辞中的尚文意识、文体意识、写作意识作了系统全面考察，首次讨论了甲骨刻辞中的8种文体，纠正了《文心雕龙》对多种文体起源的错误论断。还首次发现西周铜器铭文中已有了明确的文学功能理论，依次对其赞颂美德说、记彰功烈说、宣扬孝道说作了较为细致的分析，认为其与《诗》《书》等共时性传世文献同构并奠定了西周时期文学理论的主体内容和基调。有8篇论文集中对上博简《孔子诗论》进行了重点讨论，确认授诗者乃为孔子无疑；对简序所作复排和简文释读，后出转精；对孔子解读《诗经》文本的价值逐一作了新揭示。还借助郭店简、上博简、定县汉简等，提出了《孝经》成书于战国早期、编者为曾子弟子乐正子春的一家言。对先秦佚文献中22则文艺思想资料的辑录、整理与文艺思想价值提炼，有弥补学术空缺的意义，从中发掘出的法家后学论文艺本质、名家论创作主体、文艺作品形式媒介、接受主体之间"以类相动"关系等内容，都是传世文献中所不曾有的。传世文献相关论文刊发较早，对《典论·论文》、《世说新语》、《文心雕龙》、《昭明文选》等传统课题的讨论，也有一得之见。出土文献、佚文献与传世文献相印证，实证考辨与理论思维相结合，是作者探讨问题的主要方式，因而不少结论鞭辟入里而又信实可靠。

《全清词·顺康卷》续补二九〇首[*]

夏志颖

《全清词·顺康卷》自问世以来,有力地推动了清词的研究。后续的补遗工作也在持续进行中,除成册的《全清词·顺康卷补编》之外,相关文章又有数十篇之多[1]。笔者近日在翻阅台湾"中央研究院"历史语言研究所编刊的《傅斯年图书馆藏未刊稿钞本·集部》时,偶于其间发现多篇尚未刊布的清初词人作品,现略事勾稽,以资《全清词》之编纂。因所补佚词较多,以下仅列调名及首句,如系同调联章组词,则后词词调承前略去。

一、《半关诗集》所见词作

《半关诗集》,蒋廷鋐著,台湾"中央研究院"历史语言研究所傅斯年图书馆现藏作者自订稿本。是书共三十三卷,收录蒋氏康熙二十年(1681)至雍正四年(1726)间诗文词等作品四千余篇,并附亲友唱和往来之作多篇。集中诸作不分体,以时为序,故词作散落于集中,不易发现。蒋氏于诗集卷末有跋云:"诗以纪事,并以纪时,大抵率真,懒投世好。是以平日问我诗者,无论知与不知,谨谢不敏,非谦也,实无可知于人也。盖诗稿从未出门……余平生最厌刻诗笺送人……后之子孙或有选我诗词刻者,即作忤逆论,异日下泉有知,绝不轻饶,为非我志也。"[2]是此书知者颇少。

(一)《全清词》已收词人

1、蒋廷鋐(204首)

《全清词·顺康卷》第15册第8901页据《国朝词综补》录蒋氏小传并《醉花间》(半塘好)一首。今据《娄关蒋氏本支录右编》[3]卷十与《半关诗集》中信息,重拟小传如下,并补词二〇四首。

> 蒋廷鋐,字律九,号笠雪、半关等。江苏吴县(今苏州市)人。生于康熙二年(1663)。太学生。卒于雍正七年(1729)。著有《半关诗集》,又题《蒨山拟存》。

《永遇乐》(大好中秋)、《永遇乐》(大宛西来)、《小重山》(暖日和风花影横)、《醉花阴》(风光冉冉娇魂透)、《巫山一段云》(何处巫峰涌)、《一丛花》(红蕾开遍夏初天)、《惜余春慢》(夏景方新)、《画屏秋色》(独自倚楼角)、《踏莎行》(遽别乡园)、《簇水》

本文收稿日期:2017.1.20

(节届清明)、《满江红》(怅望江山)、《沁园春》(几树红霞)、《貂裘换酒》(缆系帆初卸)、《鹊踏花翻》(不数金张)、《沁园春》(摇落丘园)、《沁园春》(日卧北窗)、《满庭芳》(竹染湘痕)、《金菊对芙蓉》(障暖绵云)、《金菊对芙蓉》(拟整乌丝)、《金菊对芙蓉》(客梦千端)、《金菊对芙蓉》(石破天惊)、《金菊对芙蓉》(团扇宜捐)、《金菊对芙蓉》(一雁高飞)、《金菊对芙蓉》(术拟屠龙)、《金菊对芙蓉》(水气澄清)、《忆江南》(江南忆秋思满平川)(江南忆梦绕雁峰前)(江南忆更忆画屏阴)(江南忆能不一沾襟)

《雨霖铃》(谯楼更住)、《菩萨蛮》(无端秋思秋灯绕)、《醉花间》[4](多情好)、(悲秋好)、(杨枝好)、(大乔好)、(山中好)、《兰陵王》(韶光疾)、《清江裂石》(客里寻秋)、《鹧鸪天》(捧额宫眉已嫁年)、《龙山会》(王柳庾莲参佐)、《减字木兰花》(盈盈秋水)、《徵招》(故乡久识他乡)、《秋霁》(叶舞空城)、《沁园春》(薄薄酒醒)、《琐窗寒》(小梅呈玉)、《琐窗寒》(早春天气)、《琐窗寒》(暖入梅梢)、《玉烛新》(恰转严更后)、《倦寻芳》(霞皱桃浪)、《采桑子》(人人尽道乡关好)、(几年吾侄悬弧日)、(当年旧节填词日)、(非关客舍闲愁集)、(赏心并忆天中节)、(平生惯奏销魂曲)、(思量兴废浑无定)、(半生心事难忘却)、《水调歌头》(几见中秋月)、《沁园春》(扰扰浮生)、《沁园春》(以五彩容)、《沁园春》(虽则当归)、《沁园春》(春涨桃花)、《沁园春》(旧雨重来)、《沁园春》(此日归欤)、《沁园春》(锦瑟空长)、《满江红》(夏日炎炎)、《满江红》(寂寞东君)、《鹧鸪天》(睡醒茶烟度曲廊)、《满江红》(梦断江花)、《满江红》(芳草兰城)、《沁园春》(嫩绿成阴)、《满庭芳》(炼自娲皇)、《拂霓裳》(玩林泉)、《倡访仙源》(访仙源)[5]、《满庭芳》(旧历翻残)、《满庭芳》(栢子初烘)、《满庭芳》(彩胜偷翻)、《风入松》(夏清无事趁高眠)、《玉梅令》(笔端何绮)、《醉花阴》(清风合是胎仙眷)(此身合置烟江畔)(朱鱼拨刺红蕉转)、《醉花阴》(杖乡岁月飘香候)、《念奴娇》(秋光泼眼)、《芭蕉雨》(雨过桐阴)、《凤栖梧》(之子原饶鸿鹄志)、《凤栖梧》(隐居只合求其志)、《凤栖梧》(污泥不染青莲志)、《凤栖梧》(嗜嗜蝉声添逸志)、《凤栖梧》(孟光竟迈梁鸿志)、《凤栖梧》(宓妃追感陈思志)、《凤栖梧》(笔阵图荒谁复志)、《凤栖梧》(会汝飘零曾作志)、《凤栖梧》(多子前缘谁赋志)、《凤栖梧》(规得团团金石志)、《凤栖梧》(偶续嘻嘻出出志)、《凤栖梧》(蹑电追风曩昔志)、《凤栖梧》(无端谱索金兰志)、《凤栖梧》(孤愤长怀久久志)、《凤栖梧》(睡荒自锡荒难志)、《凤栖梧》(一笑茫茫千古志)、《凤栖梧》(道路骅骝千里志)、《凤栖梧》(太息披猖隋炀志)、《凤栖梧》(兴雨祁祁田父志)、《凤栖梧》(尔等处堂无远志)、《凤栖梧》(石鼓山人饶逸志)、《凤栖梧》(久望天泉消渴志)、《凤栖梧》(萧萧似读潇湘志)、《凤栖梧》(细检武夷山水志)、《凤栖梧》(忽忽远寻天外志)、《凤栖梧》(风骚浑逼香山志)、《凤栖梧》(想象前民作传志)、《凤栖梧》(未须蓄报睚眦志)、《凤栖梧》(恶食耻知非士志)、《凤栖梧》(休叹无闻谁见志)、《凤栖梧》(击鼓中流扬素志)、《凤栖梧》(十八声声悲悯志)、《凤栖梧》(络纬缲缲宁有志)、《凤栖梧》(痛汝孜孜勤苦志)、《凤栖梧》(太息徐君好古志)、《凤栖梧》(鸰原暗惜纷飞志)、《凤栖梧》(雪案萤窗嗟尔志)、《凤栖梧》(销尽雄心白日志)、《凤栖梧》(断壁斩蛟囊日志)、《凤栖梧》(贞魂万古青灵志)(芙蓉彻夜钩栏志)、《凤栖梧》(松栢西泠风雨志)、《凤栖梧》(直抵黄龙痛饮志)、《凤栖梧》(落红亭畔穷碑志)、《凤栖梧》(养乐园荒秋壑志)、《蝶恋花》(青青不屑侪红豆)、《鹊桥仙》(今宵月好)、《鹊桥仙》(叩首三千)、《鹊桥仙》(性爱墙阴)、《菩萨蛮》(秋兰九畹滋多少)、《西江月》(鄙我惟思肉食)、《西江月》(纽锲素娥灵兔)、《貂裘换酒》(桂子香飘陌)、《纱窗恨》(花残月缺如何好)、《沁园春》(破屋数椽)、《沁园春》(检到香词)、《沁园春》(人日才过)、《沁园春》(近为先祠)、《沁园春》(几夜锣喧)、《沁园春》(翰墨萦怀)、《谢池春》(怅望花魂)、《谢池春》(肃事花间)、《谢池春》(城市山林)、《谢池春》(花苒流光)、《谢池春》(明镜刀还)、《谢池春》(飞尽青蚨)、《谢池春》(铁石心肠)、《谢池春》(疗妒无烦)、《谢池春》(酒户原微)、《谢池春》(阅世情殷)、《琐窗寒》(白发蹉跎)、《忆江南》(偶居忆最忆一花丛)、(偶居忆最忆种桃红)、(偶居忆最忆小青松)、(偶居忆最忆老梧桐)、(偶居忆最忆药栏边)、(偶居忆最忆海棠娇)、(偶居忆最忆一庭蕉)、(偶居忆最忆是芙蓉)、(偶居忆最忆是秋葵)、(偶居忆最忆玉簪花)、(偶居忆最忆是长春)、(偶居忆最忆几株梅)、(偶居忆最忆剪春罗)、(偶居忆最忆是迎春)、(偶居忆一曲水红啰)、(偶居忆茉莉最新鲜)、(偶居忆最忆蔓菁开)、(偶居忆最忆是山榴)、(偶居忆最忆种茄棵)、(偶居忆最忆是新篁)、《花发沁园春》(地号虹桥)、《疏影》(凄其无那)、《景星现》(寂寞生涯)、《醉太平》(萧娘意真)、《满江红》(廿载怀君)、《满江红》(慰我牢愁)、《满江红》(白昼忘言)、《满江红》(杨柳依依)、《满江红》(满眼空花)、《琐窗寒》(笑我于思)、《琐窗寒》(骀荡春光)、《减字木兰花》(萧萧瑟瑟)、《临江仙》(黄昏正落迎霉雨)、《临江仙》(梦魂每夜无凭准)、《临江仙》(偶居住小蓬莱客)、《临江仙》(十年前识梅山谷)、《临江仙》(黄梅时节连朝雨)、《临江仙》(为他人作嫁衣裳)(安贫且着故衣冠)、《临江仙》(伽楠传道安南贡)、《临江仙》(几年曾奏销魂曲)(连枝同气寻常事)(雁行自昔怜中断)、《疏影》(悄红沉绿)、《暗香》(暗香偷揭)[6]、《临江仙》(拙宜忆昔填词日)、《临江仙》(轻明膜里藏钩戏)、《望江香曲》(自注:鸾啸编创调。)

(二)《全清词》失收词人。

案:以下所拟词人小传,俱据《娄关蒋氏本支录右编》卷十,所补词作若未加说明,皆据《半关诗集》。

1、蒋廷铨(14首,又20首)

蒋廷铨,为蒋廷鋐仲兄。为拟小传,并据补词十四首。又,蒋廷铨《宾松堂集》藏中国社会科学院文学研究所,该集附词二十首,一并录其词调名及首句如下。

蒋廷铨,字越音,号晋山,庠名鐇,府庠生,入太学,改今名。江苏吴县(今苏州市)人。生于崇祯十二年(1639)。历任福建汀州府上杭县知县、云南府昆阳州知州、顺天府管粮通判、署宛平县知县,卒于康熙四十三年(1704)。著有《上杭县志》、《小寄诗钞》、《宾松堂集》。

《半关诗集》附词:《沁园春》(甚矣吾衰)、《沁园春》(宜拙蜗居)、《满庭芳》(种托菩罗)、《金菊对芙蓉》(瓣雨廉纤)、《金菊对芙蓉》(雨织如丝)、《金菊对芙蓉》(放却闲愁)、《金菊对芙蓉》(夕照初平)、《清江裂石》(橘绿枫黄)、《龙山会》(飒爽秋光晴袅)、《减字木兰花》(迎风如笑)、《秋霁》(载酒题糕)、《琐窗寒》(杏霭晴光)、《琐窗寒》(忽送春来)、《玉烛新》(嫩绿枝头好)

《宾松堂集》附词:《虞美人》(恼人红紫瑶阶砌)、《踏莎行》(荷叶如钱)、《一剪梅》(花已阑珊)、《满庭芳》(碧玉玲珑)、《喜迁莺》(元宵又是)、《望海潮》(地宗滇海)、《暮山溪》(寒生冰幕)、《满庭芳》(桃雨濛濛)、《忆江南》(江南忆最忆是元宵)、(江南忆惊蛰岭梅开)、(江南忆寒食近清明)、(江南忆四月牡丹时)、(江南忆午节泛蒲觞)、(江南忆菡萏藕花香)、(江南忆乞巧坐空庭)、(江南忆最忆是中秋)、(江南忆九月是重阳)、(江南忆枫叶赤于丹)、(江南忆气转一阳天)、(江南忆寒尽雪飞绵)。

2、李楚章(19首)

李楚章,江苏吴县(今苏州市)人,卒于雍正二年(1724),与蒋廷鋐唱和,生平事迹不详。今补词十九首。

《沁园春》(君是人龙)、《沁园春》(边徼山城)、《满庭芳》(幼妇缣成)、《金菊对芙蓉》(山雨蒙蒙)、《金菊对芙蓉》(澹月烟笼)、《金菊对芙蓉》(倦客悠优)、《雨霖铃》(墙阴浓湿)、《菩萨蛮》(心情日逐江南绕)、《醉花间》(春花好)、(诗情好)、(滇南好)、(醒时好)、《清江裂石》(曾到天台)、《鹧鸪天》(犹忆春风是小年)、《龙山会》(却踵登高旧事)、《宴桃源》(秋满诗成)、《琐窗寒》(天末羁情)、《玉烛新》(一庭梨雨后)、《采桑子》(忆昔金峰联屐游)

3、李月嶂(1首)

李月嶂,字又和,云南籍,与蒋廷鋐唱和,生平事迹不详。今补词一首。

《沁园春》(江左风流)

4、曾思孔(2首)

曾思孔,字公愿,江西金溪县人,与蒋廷鋐唱和,生平事迹不详。今补词二首。

《金菊对芙蓉》(水畔沙明)、《沁园春》(事业文章)

5、赵子诏(1首)

赵子诏,生平事迹不详,与蒋廷鋐唱和。今补词一首。

《桃园忆故人》(同来异地)

6、蒋溥(1首)

蒋溥,蒋廷鋐长兄蒋铭长子。今拟小传,并补词一首。

蒋溥,字苍存,晚号苏台。江苏吴县(今苏州市)人。生于顺治十六年(1659)。太学生。少有神童之誉,性傲直,不治生产,六试乡闱,隐居灵岩,究医家、地理之学,尤耽吟咏。卒于康熙四十四年(1705)。著有《苏台诗集》。

《沁园春》(郁悒何堪)

7、蒋深(1首)

蒋深,蒋廷鋐长兄蒋铭第三子,出嗣叔父蒋廷镕。今拟小传如下,并补词一首。

蒋深,字树存,号绣谷,一号苏斋,晚号西畴居士。江苏吴县(今苏州市)人。生于康熙七年(1668)。太学生,由荐举充武英殿、南薰殿纂修,分纂《佩文斋书画谱》、《佩文韵府》、《皇舆全览》,注释《御选唐诗》,特授贵州平越府余庆县知县,署瓮安县、平越县、右阡府龙泉县知县、思州府知府,升山西大同府朔州知州。卒于乾隆二年(1737)。著有《绣谷诗》、《鸿泥轩诗》、《黔南竹枝词》、《雁门余草》等。

《沁园春》(漂泊狂奴)

8、郑应瑞(7首)

郑应瑞,字觉槐,又字瑶星,蒋廷錫妻兄,生于顺治十六年(1659),生平事迹不详。今补词七首。

《满庭芳》(雪意娇春)、《沁园春》(梅柳冰澌)、《诉衷情》(闲来几欲到山塘)、《鹧鸪天》(日色阴阴风乍清)、《谢池春》(小隐山塘)、《谢池春》(风送时来)、(拒色还金)

9、毛宗岗(4首)

宗岗因与父评改《三国志演义》而享盛名,然生平事迹迄今不详。其著述存世者,除小说评点文字之外,亦仅见《第七才子书琵琶记参论》一篇及褚人获《坚瓠集》和《金氏重修家谱》中所载零章断篇十数则而已。宗岗因坐馆于蒋氏,教授蒋廷錫诸人,故《半关诗集》中保存了其佚作廿二篇,其中有词四首,弥足珍贵。笔者据此另撰有《毛宗岗年表新证》待刊,今重订毛氏小传如下,并补词四首。

毛宗岗,字序始,号子庵、子叟、天谷老人、半衲。江苏吴县(今苏州市)人。生于崇祯六年(1633)。与父毛纶评改《三国志演义》,著名于史。卒于康熙五十七年(1718)后。

《满庭芳》(雨阻星桥)、《沁园春》(老我子身)、《沁园春》(今岁新正)、《谢池春》(闻说山轩)

10、蒋溁(5首)

蒋溁,蒋廷錫仲兄廷铨第三子。今拟小传如下,并补词五首。

蒋溁,字观存,号瞿圃。江苏吴县(今苏州市)人。生于康熙七年(1668)。太学生。卒于乾隆六年(1741)。著有《瞿圃集》。

《沁园春》(断翢羁栖)、《沁园春》(岁首逢春)、《沁园春》(欲事谋生)、《沁园春》(我叔情深)、《沁园春》(蛮鼓频敲)

11、黄鹤(1首)

黄鹤,字友仙,生于康熙二年(1663),生平事迹不详,与蒋廷錫唱和。今补词一首。

《满江红》(同病相怜)

12、陈培脉(1首)

陈培脉,今为拟小传,并据补词一首。

陈培脉,字树滋,号榕斋,江苏吴县(今苏州市)人。少负俊才,与诸才士角逐名场,老于诸生。诗宗盛唐,为王士禛所赏。卒于雍正九年(1731)。著有《藤笈丛稿》。

《琐窗寒》(南国词人)

13、杨无咎(1首)

杨无咎,字易亭,号震伯,生平事迹不详,与蒋廷鋐唱和。今补词一首。

《凤栖梧》(有客向怀肥遁志)

二、《吴志仁先生遗集》所见词作

《吴志仁先生遗集》,吴谦牧著,全书十卷,卷二为律诗绝句附诗余,稿本现存台湾"中央研究院"历史语言研究所傅斯年图书馆。吴氏生平详张履祥《杨园先生全集》卷二十一《吴子裒仲墓志铭》、陈确《乾初先生遗集》卷十四《哭吴子裒仲文》等。今拟吴氏小传如下,并补词八首。

吴谦牧,字裒仲,号志仁,浙江海盐人。生于崇祯四年(1631)。诸生。博学多闻,为程朱之学,以德行闻名乡里。与张履祥、陈确等人交游。卒于顺治十六年(1659)。著有《茧窝杂稿》、《困勉斋稿》、《吴志仁先生遗集》。

《踏莎行》(道是佳人)、《浪淘沙》(明月已云霾)、《满江红》(春月流辉)、《虞美人》(殷勤手札多成束)、《卜算子》(梦里乍相逢)、《菩萨蛮》(晚来风起萧萧急)、《满江红》(良夜迢迢)、《渔家傲》(迢递层阴天欲暝)

附言:蒋廷铨《宾松堂集》所附词承中国社会科学院文学所李芳研究员提供,特致谢忱!

注 释:

* 本文为2015年度教育部人文社会科学研究青年基金项目(批准号:15YJC751050)资助成果。

〔1〕 南京大学文学院《全清词》编纂研究室编《全清词·顺康卷》,中华书局2002年版;张宏生主编《全清词·顺康卷补编》,南京大学出版社2008年版。其他辑补文章散见于各刊,此不备列。

〔2〕《半关诗集》稿本影印后收入《傅斯年图书馆藏未刊稿钞本·集部》("中央研究院"历史语言研究所2014年版)丛书第7至11册,前有赖惠娟所撰提要一篇,对蒋氏其人及是书之内容、流传情况均有介绍,可参。

〔3〕《娄关蒋氏本支录右编》,光绪乙巳(三十一年)重镌本,笔者所见为台湾"中央研究院"历史语言研究所傅斯年图书馆据哥伦比亚大学图书馆藏本复制微缩胶卷。

〔4〕《全清词·顺康卷》收录之《醉花间》(半塘好)为《醉花间·被酒步楚兄韵》组词六阕之首章,今略去。

〔5〕 案:《倡访仙源》未见律谱登载,疑为蒋廷鋐自度曲。

〔6〕 案:此词后有《望江香曲》(原注:鸾啸编创调)一首,鸾啸为蒋廷鋐号,该调内容系罗列词调名而成,今略去。

〔作者简介〕 夏志颖,文学博士,现为西南大学文学院副教授,主要研究方向为诗词学。

《全清词·雍乾卷》失收陆纶词辑补

和希林

陆纶(1691—1761),字历才,一字怀雅,号允斋,又号渔乡,浙江平湖人。陆奎勋次子。康熙五十六年(1717)举人,授内阁中书。雍正九年(1731)出为广西梧州府同知,乾隆四年(1739)升湖南永州府知府,乾隆十年(1745)任广西梧州府知府。性孝友,以博学称,尝与修《广西通志》、《太平府志》、《芜湖县志》等。生平工诗,尤好倚声,与同里陆培、叶之溶等相唱酬。著有文集《允斋诗集》、《莞尔词》等。《全清词·雍乾卷》第15册据《国朝词雅》收录其词12首。笔者曾据王初桐《猫乘》、乾隆《平湖县志》为之补录词作3首[1]。国家图书馆古籍部藏有陆纶《莞尔词》两卷,该词集为著名词曲研究专家吴梅藏书,共收词132首。今去其重复,共为之补录词作122首。另外林葆恒《词综补遗》卷九十四(上海古籍出版社2005年版)收录其词2首,亦为《全清词·雍乾卷》所未录,故一并辑出。

金缕曲　不解倚声,率尔赋此,以问诸知津者

屈指沉吟久。算风流偷声减字,定谁能手。小令南唐歌残了,艳数秦黄周柳。尽一一量珠论斗。铁板铜琶君莫笑,问雄豪谁似苏家叟。辛老外,信无偶。　江山一角临安薮。洒吟笺梅溪菊涧,肯分先后。白石词人松陵路,嫋嫋烟波回首。只涩体吴家还斗。记省红牙徐按处,怕鸳鸯别有金针绣。遗谱在,可寻否。

梅花引

愁如织。来无迹。轻风细雨过寒食。石桥东。小亭空。香车人去,柳岸夕阳红。天然果自风流独。高髻云鬟笑妆束。近黄昏。掩重门。绿波春水,别意总销魂。

琐窗寒

密蕊犹苞,交枝自结,半檐丁子。沉吟小字,恰称省郎含未。锁相思销凝暮云,月阶剪出明于绮。想露文蒨色,香留清远,槿华难比。　阑尾。风摇曳。认一树春条,冶情偏系。方回谩赋,柳色黄轻如此,写深恩重叠寸心。翠笺久别空自寄,问黄昏细雨芭蕉,展得清愁几。贺方回《柳色黄》词"欲知方寸共有几许,清愁芭蕉不展丁香结"。《能改斋漫录》:方回眷一姝,别久,姝寄以诗,有"深思纵似丁香结,难展芭蕉一寸心"之句,贺因所寄诗遂成此调。

瑞鹤仙　芍药

香泥催燕乳。旋过却,花风殿春才吐。金铃教重护。看钗荸,千朵醉欹浓露。凭娇

本文收稿日期:2017.1.30

似舞。准拟借翻阶秀句。怪云英流落,重逢持腠,洛花差误。　　休炉。妆新堕马,色艳盘盂,锦遮云互。油车日暮。将离也,恨谁主。散红情,洎水相思深浅,只把玉箫缓诉。对三生杜牧清狂。夜阑梦阻。

台城路　与白蕉主人旅话

片云天外鸿飞处,年年自怜秋早。梦绕江枫,寒深岸柳,握手逢君一笑。征衣浣了。记侧帽微哦,玉鞭斜袅。指点齐烟,墨花红吐万山晓。　　春沟回认断字,怅随流去远,芳信全杳。倦笛声中,清琴指上,听到落梅多少。羁愁待扫。奈薜荔窗虚,短檠青小。洞口霞明,几时同欸棹。

小重山

淡色笼烟月半规。惊乌栖不定绕空枝。倦听渐渐复飔飔。阶前雨凉叶坠相思。
怕醒只眠迟。坐教银烛灺影参差。戍楼声促五更时。寒催觉无奈梦先知。

渡江云　湖上作

湖山人独眺,嫩寒又起,沽酒向谁家。六桥回抱影,屋外青旗,一片晚云遮。当年处士,问何心只爱梅花。空锁得断流苍磴,鹤语梦横斜。　　生涯。乡关春树,岁月尘衣,更凭栏今夜。波渐暖新蒲卧鸭,细柳藏鸦。黄鸡付与玲珑唱,剩几多白舫红纱。听自好,钟声晓带烟霞。

又　逗留寓楼雨后小晴遣意

楼高湖四望,湿尘皱縠,一碧漾清辉。棹船波外响,岸曲烟深,薄暝送人归。屏峰展翠,借东风吹尽云衣。看只有营巢梁燕,嗔掩竹间扉。　　沙堤。裙腰斗绿,镜面流香,近高城几里。空记忆洗铅池改,藏谜花迷。繁华都作春江水,况十年书剑无依。生计稳,青蓑未必全非。

凄凉犯　重过北塘感赋

疏阴老屋。舟重欸溪光雨润如沐。幔穿梦蝶,亭闲抱瓮,径荒松竹。平芜送目。但清泪低空断续。和斜阳新烟几掬,宿草又凝绿。　　追念年时事,小艇携竿,晚杯浮渌。瘦狂任我,绕梅根镇怜幽独。海鹤云深,谩裁与招魂怨曲。怕归来却笑思减,楚宋玉。

南楼令

欲别且留连。行人何处边。渐黄昏漏点初传。风定竹帘灯又灺,携手坐两茫然。
远火驿门前。疏林叫晚蝉。响呕哑小港归船。回望重城深锁地,波渺渺淡如烟。

天香　龙涎香

凤屑初燃,鸭炉乍爇,奇香暗省来处。探向沉渊,割余腥耳,不怕逆鳞轻迕。谁烧燕脯,蛰又醒贪馋自吐。心字诗酬远饷,青丝佩教珍护。　　螺杯半酣小户。散芬氲麝囊宁数。莫借海风吹转,嫩烟芬缕。逗起鲛绡怨思,进泪滴珠盘夜深舞。翡翠衾熏,行云梦去。

水龙吟　白莲

烂银盘里看花,素光缥缈香无际。灵心自与,能欺别艳,天然多丽。出水曾闻,凌波昔梦,玉容谁拟。想娉婷嫁了,铁衣远戍,啼痕揾红妆洗。　　消得荑苗轻试。并船歌采芳溪尾。柔纤一色,粉脂融露,玉搔映水。荡漾圆珠,平铺净练,月明长是。问闲鸥果否,西风眠醒,悟忘言意。

摸鱼儿　莼

渺澄湖绣纹如剪,凫葵波面相映。柔痕吹过空濛雨,软翠织成衾影。含藻景。更渚蓼花开,簇簇红疏冷。犀钗暗莹。荡一股云蓝,雉径龟坼,采采手香凝。　　侬家味,千里吴乡记省。休教膻酪持并。翻匙滑荇羹丝细,还共玉鲈清胜。挐小艇。趁风正蒲帆,直下牵归兴。萍身那定。只远忆凉秋,图间几笔,一一斗圆劲。"君看此图凡几笔,一一圆劲如秋莼",家剑南句。

齐天乐　蝉

年年故苑西风早,林梢定伊惊唤。浅画衣销,轻妆鬓改,剩说宫魂幽怨。么弦谱倦。恰咽入凉云,柳敧沙岸。碧瞉无情,曳烟笼月小窗晚。　　一身笑轻似羽。蜕痕余几叶,犹自留恋。翅冷潜移,腹虚难饱,赢得秋心千点。寒衾待展。惯依约残嘶,曙鸡催断。弦管楼中,阿谁知梦短。"不整寒衾待曙鸡",唐彦谦《夜蝉》句。"弦管楼中永不闻",赵嘏《听蝉》句。

桂枝香　蟹

蓉香冷骤。旋碧海输芒,汀涘萦逗。箳尾悬灯几曲,水纹红皱。盈亏未抵含珠蚌,怪黄消月华圆透。满筐朝市,金齑合配,蜀姜宜否。　　算馋腹平生领受。笑赤脚频呼,印泥须剖。不比空螯,嚼处最怜诗瘦。如钱乍着香糟渗,正霜清泖湖时候。酒人无恙,篱边菊外,劝持还又。陈季常《送蟹诗》:"笑呼赤脚拆印泥。"东坡《读孟郊诗》:"又似煮彭蚏,竟日嚼空螯。"

玲珑四犯　山塘小驻,闻邻舫歌声

画舸青塘,正扇掩新凉,闲度芳昼。渐老菱飔,犹皱绿波如绣。刚得一半明蟾,恰照到艳歌红袖。试问年筝柱才添。过却十三时候。　　绮帘不管游云逗。压玲珑玉箫声骤。眉梢澹著春情思,莺语垂杨瘦。因甚旧曲弄羞,认拍误分明偏又。怕唱回微雨,惊倦客,虚垂手。

倦寻芳　虎丘

水光受槛,帆影穿楼,迤逦行半。山在中心,松竹寺门阴转。塔午风来铃语细,亭坳月到钟声远。记春晴,有桃迎笑靥,柳窥愁眼。　　镇听彀林禽千唤,高下红阑,依旧凭遍。石外销沉,穿入剑池云断。短簿祠通沽酒市,真娘墓接藏花馆。惹游丝,故撩人,比侬情倦。

玉漏迟　过锡山感旧寄麐客

木兰舟共载。梁溪路转,镜明川霭。岸隔遥峰,染縠碧蛾修黛。一霎风轻雨小,作特地春寒无赖。攀柳带。禁烟过却,踏青时改。　　山椒绿水名园,枕万壑松声,阁虚廊坏。影过桥心,划破梦云愁态。可惜幽寻一片,早催付落红如海。吟思在。壁间旧题难再。

高阳台　甘露寺望江用梦窗过钟山韵

堤亘连城,崖穿限渚,一峰兰若清游。万顷银花,浮空绿点轻鸥。孙吴旧事春潮歇,跨沉沉铁锁横舟。莫销凝,石脚苍苔,腥雨黏愁。　　帽檐软压征尘细,对江山第一,绿鬓还羞。北固依然,闲花闲草闲丘。初鸿影逐飞霞过,叫天风摇荡晴秋。更何人,吹笛凭栏,夜月危楼。

秋霁　新秋重渡扬子望金山寺,用梅溪集韵

秋水秋江,对树影中流,不改山色。阅世僧伽,倚空楼殿,石根倒衔无力。巨涛打息。海门霞锁连天碧。问故国。弹指六朝烟草几诗客。　　还待唤起,两岸钟声,夜惊鱼龙,吹破岑寂。接微茫洲长月小,鬓丝孤照二分白。春酒染衫浑记得。五里十里,隐隐尚隔扬州,卸帆灯火,暮桥烟驿。

瑶花　过倾盖亭怀古

征衫换晓,一角明霞,认小亭斜处。东西南北,浑未定行迹栖栖齐鲁。停车握手,记邂逅野田相遇。赋清扬束帛曾贻,片语已成千古。　　追思别后心期,便白首重逢,知定如故。平生裘马,还有愿此意犹难轻许。论交异昔,况门外翻云覆雨。又苔铺盖影潜移,短策声声慵去。

暗香　咏雪

澹烟明灭。渐广庭积素,疏帘萦白。比似杨花,随意因风舞空阔。驴背吟鞭自袅,想天半山香才彻。转怪却禁体欧家,抛玉惯持铁。　　清绝。共谁说。送几点暮鸦,忍寒啼咽。谩愁内热。一片冰壶映融澈。醉起灯前欲舞,乘兴忆故人离别。放小艇溪路远,冷云万叠。

洞仙歌　追和白蕉风怀六解

芳尘履沁,记湘帘深处。碧玉双桐映朱户。拥窝云一串茉莉香浓,窥人乍,恰怪月明三五。　　石梁分手后,不道重来,水面桃花也难遇。楼阁雨深深,隔个红墙,便做得万分羁旅。算又是休灯梦来时,总输与流萤夜深偷度。

又

楼心瘦影,掩春山罗扇。月挂如钩晕如钏。海棠开谢了小叠红笺,相思寄,醒否钗梁睡燕。　　惜春春未晓,蛛网殷勤,那似游丝罥还断。无赖是杨花,飘荡随风,肯化作翠萍波面。忍听到阳关万千声,奈不共云空一行飞雁。

又

离肠尔许,并车轮回骤。惊起啼乌乱乌桕。甚明河水碧分隔双星,听不见,壶箭沉沉凉漏。　　小红低唱罢,吹落箫声,十四桥空自回首。屋角易秋风,扇裂齐纨,只皓月照人如旧。任盼到监官引趋朝,却一霎黄昏锁愁还又。

又

縠纹细剪,问清潭圆翠。一叶流红寄情未。怅风流楚客窥向东墙,柔魂又,梦逐穿花凤子。　　琴心伴未解,刺绣初闲,学捉迷藏画楼底。苔径试重寻,拾个遗钿,早一半泪痕深腻。但旧事凄凉夜分论,怕未老伶玄烛阑愁对。

又

石城艇子,载清江潮阔。心似蚕虫到春活。叹相逢半面陌路萧郎,应悔却,巫峡巫峰轻涉。　　田田初出水,欲采圆珠,不怕裙拖绣罗袭。梦里玉溪人,一树丁香,空想像翠条如结。纵莫近弹棋局中心,又飏起花风鬓丝愁杀。

又

熏添睡鸭,散青烟微缈。晚翠重匀远山好。想红楼几处冷拨银缸,帏乍下,半焰空余愁照。　　封来波渺渺,雾鬟风鬓,泪渍冰绡怒如捣。海客自秋多,石赠支机,怎未许片槎浮到。待酒饮中山醉还醒,也过了匆匆怨花迷草。

菩萨蛮

玉阶细滴梧桐雨。前秋曾省天涯住。戏语故教嗔。云英掌上身。　　不成真个有。泪掩香罗袖。惟许月明知。相思千里时。

踏歌辞

灯下残蚕絮,窗前白露团。秋风吹别梦,多半在长安。愁恨不随鸿雁度,万重山。

又

烧火明宵猎,霜花冷暮砧。群鸟饥噪雪,独鹤倦投林。别意未教云隔住,露遥岑。

百字令　寒柳

树犹如此,卷西风千里,看成寥泬。仿佛秋窗明镜里,剩镊星星华发。驻马亭荒,横舟夜冷,酒醒吟残月。连昌隋苑,自来一样愁绝。　　犹记细雨红桥,啼将青眼,送故人初别。临水登山能有几,攀尽寒枝无叶。休带斜阳,莫吹羌管,任舞漫天雪。萧萧烟暝,乱鸦飞噪难歇。

大圣乐　东园饯春,追和草窗韵

芜径迷香,暖尘吹曲,绿新檐树。剩杏衫犹怯春寒,蛱蝶满园,慵趁倦红鞚雨。别固黯然留无计,似目送离樯飞断浦。归何遽,尽鹁鸠数声,荼蘼千缕。　　江淹赋情更苦。几门掩黄昏成独语。怕晓钟敲到,余樽重洗,殷勤还许。蜡炬替人临歧惜,惜芳约梅梢回玉宇。东风误,逗帘影垂杨轻絮。

桂枝香　送郑荀若之黔

君行且去。尽楚竹湘烟,乱山还数。白袷衣轻时节,乍过闱暑。晓风残月停桡路,酒微醒一天愁赋。远江鸿起,古亭蝉咽,扣船凝伫。　　问轶事罗施几许。话木瓜金筑,坐挥犀麈。旧雨吟边,休道瘴乡羁苦。冷猿山鹧疏帘静,肯缄来暇时笺注。算重逢候,烛花剪罢,桂香浓吐。

紫萸香慢　四舅父震初贫老客游抱病,殁于彰德旅馆,
　　　　　　歌以当哭,哀思所寄,不自知其言之长也

甚文章偏憎命达,青衫白发潜涓。又骑鲸忽去,怨瑶瑟,咽寒蜩。回首谭经席冷,剩西州醒泪,恨点难消。作蘋花易老,力弱卷冲飚。唤不转远江去潮。　　飘摇。倦羽翛翛。凄雨滴更连宵。叹修文柱召,埋忧甚处,地阔天高。古廊一棺虚寄,莫黄土酒谁浇。付图书谩凭王粲,有楼登夜,哀笔空自吟骚。魂黯未招。

又

认眠蚕封题旧字,短檠腻渍残红。诉西江游倦,更留滞,邺城东。惆怅霸才无主,吊雀台荒草,词客萍踪。奈心孤易感,碧月冷秋桐。忍萎尽古香蕙丛。　　霜空。打落荒钟。辽鹤返海山重。想斜川几曲,床遗断犊,径偃苍松。冷罍瓮头不厌,又何苦伴哀鸿。叹随阳满汀烟水,稻粱何有,惊绝如此西风。歌罢涕从。

南浦　闻蝉

阑雨送斜曛,曳残声转过别枝还袅。容易是西风,微凉透遮唤繁阴难了。台荒苑古,露蛩相和鸣深窈。月影烘帘人未睡,不断五更秋晓。　　何须弹入焦琴,任门前客至清商仍好。一树碧无情,孤舟远犹记那时怀抱。含愁袅袅。柳条疏尽江潭悄。听到卢家明镜里,霜腻发痕多少。

长亭怨　蛩

傍金井碧梧飘处。草暗苔苍,几番凄楚。响越禅扉,夜凉长自定中语。最怜微羽,甘在野当迟暮。别浦易销魂,莫误作秋鹃啼苦。　　如诉。甚今宵露白,触耳便成延伫。灯昏一点,梦不到小窗机杼。伴贫甚四壁文园,镇愁和声声秋雨。惹薜荔萧疏,墙底澹烟笼住。沈彬:"薜荔惹烟笼蟋蟀"。

霜叶飞　雁

塞门吹到。重行迥,千峰红隐斜照。洞庭木落浩烟波,送去程渺渺。卷不尽汀沙露草。亭皋催遍寒威早。甚欲堕还飞,斗霁雪芦花压岸,渔火鸣棹。谁省越客情多,凭栏南望,倦翼归信犹杳。画楼今夜忝西风,对短檠清峭。想弄影霜空梦晓。抹云几点残星小。更那堪凄鸣似,筝柱初弹,十三弦悄。

月下笛　寒鸦

叠叠平芜,迷烟叫暝,乱群飞聚。苍葭断渚。此情都是羁旅。玉颜不借初阳影,但泪掩齐纨雪素。记愁来梦觉,分明几点,破窗风雨。　　欲去。台城路。又水阔云荒,野田如许。啼寒自苦。夜长惊起无数。绕枝莫怨垂杨老,怨历历飘零翠羽。倚楼处,黯魂销,还有宾鸿露杵。

金明池　追和小长芦燕台怀古韵

劫化楼桑,尘销潭柘,人世西风落叶。吟不了残芦似镞,又惊起明沙如雪。数兴亡宋后辽前,正屈指战斗燕云长接。但输币征兵,赍粮养寇,界划荒沟空说。　　对酒高阳人已歇。算吊古金台,几番英杰。呜笳动黄冠苦泪,飘烛冷白翎遗阕。渐茄花满地能红,作十二秋陵,绣苔眠碣。漫倚马看山,桑乾更渡,蛾影一衾斜月。

琵琶仙　用白石韵忆读书扬州官舍,春时雪毬一树盛开,欲赋未就,
荏苒已隔十余年,词以怀之,宛如旧雨飘零之思也。

精舍怀龙,记曾见绣错青毯千叶。烟意欲暖先寒,花枝正清绝。浑不夜珠光四射,压栏外雨晴啼鴂。蹴处偏怜,簪来恰重,风韵时说。　　算还是蛾月分明,照愁影三分旧时节。开尽绿芜芳槛,几东风榆荚。重待唤留春蛱蝶,作梦轻巧舞回雪。只恐吹著杨花,鬓痕全别。

湘月　忆竹

迷离碎影,记溪南曾见,千条烟里。闲指关山归去远,镇忆仙舟吹叔。紫极秋声,清湘月色,今古伤离地。飘摇翠袖,天寒日暮思倚。　　堪叹闻笛情孤,题诗兴冷,风自鸣窗纸。客到江村相送处,阴锁柴门空闭。镜黯荷香,雪欺梅瘦,旷望同云水。植根泥润,瓦盆说与重醉。

珍珠帘　忆桂

山间石畔攀援树。指心期不是梨云桃雨。静洗一天秋，共小窗幽侣。缥缈红香吹直上，恐便有月宫人妒。休妒。也梦到霓裳，兔寒蟾苦。　　回看青影团团，折繁花暗湿，无声零露。怀袖敛余馨，送夜凉如此。泛酒吟骚都倦了，镇怅望碧云来去。难去。问芳草何心，媵人留住。

解连环　忆梅

小帘垂绮。有琼姿冷浸，素瓷乌几。记瘦影立遍黄昏，正人在琐窗，浅卮微醉。占得春先，为第一铅华静洗。拂参差试谱，新词唱彻，绕衣芳吹。　　暌违岁寒屡矣。甚相思展转，梦迟醒易。尽万树围雪团香，只愁闭重扉，远书难寄。唤买天街，总不见一枝篮底。待阑干重倚灯深，也应拥髻。

又

月明如此。映苍苔恍见，缟衣姝丽。想淡意特避梨花，忍冰凝露寒，好枝先试。倚袖无言，镇悄立深藏竹里。逗帘垂几处，迷离暗雪，翠禽时起。　　山中定谁好事。纵笙歌未著，石杯应洗。破近水三两烟梢，躅一幅横图，夜归难似。驿路云昏，管役尽陆郎吟思。谩迟他点绿宫眉，暖香腻指。

南浦　忆钓

风漾细萍开，放新晴绿涨溪痕多少。挐个短乌篷，随流住果否贪鳞能晓。牵丝隐约，胜看瑟瑟吹罗小。云在意迟心不竞，明月夜来仍照。　　村边柳下人过，有烟波伴侣欢迎一笑。可也得鱼无，谁家去门掩酒旗妆了。闲鸥自绕。芰荷香里秋风早。翻尽绿簑青笠句，还是不如归好。

玲珑四犯　照白石体，感忆八月十六夜西湖泛月旧游

衣露泻凉，烛华摇水，船头寒玉徐涌。酒宜通夕醉，月并前宵重。凌空六桥饮蝀。转弯环柳敧荷耸。野唱时高，昏钟欲断，秋思一襟动。　　明月夜珠谁弄。想鲛宫暗启，奁翠微拥。旧游惊雨散，俯仰随尘鞚。蘋花半著诗人鬓，况风笛邻墙吹送。回晓梦。文梁照离情万种。

齐天乐　喜步蘅弟省侍来京兼擅添毫拂素之胜词以赠之

晓风吹到鞭丝影，行行为谁轻指。折柳阳关，寻桃别墅，难问高年心事。苍阶暗起。渐竹罅鸣秋，露凉如洗。望远看云，悄然频念赋归来。　　西窗扇余箪枕，剪兰膏夜迥，款语留滞。长卷调铅，横图泼墨，姿制天然小米。明霞散绮。但莫写江南，数重烟水。且试盘鹰，碧霄摩健翅。

八声甘州　送高西曹南岫假旋

古亭西紫笛数声秋，山远碧含愁。况行行堤柳，霜深翠减，折赠都休。马首断霞横处，迷雁宿荒洲。送客将归夜，月白卢沟。　　岂为莼羹鲈脍，把功名付与，狎鹭盟鸥。忍思亲望远，岁月此淹留。喜相看一枝堂北，护晴香晚色绿云稠。花间住小车随挽，彩服嬉游。

又

恰飘然万卷载图书，小筑近东湖。傍渔庄蟹舍，蘋洲菱渚，雨笠烟锄。门外溪风清

浅,杨柳闭门居。一事吾长笑,无酒须沽。　　记省雪香亭畔,有千株点地,梦也清虚。坐篔筜谷里,空翠扑衣裾。算此身君恩重,好田园容易赋归与。闲中事相招白社,莫著潜夫。

又

倚空山古意冷秋琴,寥落酒人心。记招来旧雨,狂呼灯夜,宴坐桐阴。野渚夕阳飞鸟,犹对欲分襟。霜晚看红叶,叶尽霜林。　　此后怜侬住也,怕春原草长,羁思难任。想松陵唱和,风雅继王岑。待携将笔床茶灶,问何年海月共登临。劳君去折梅花底,为我沉吟。

洞仙歌　夜思

秋英坠砌,早霜风催冷。返照闲庭坐将暝。看疏星几点雁过无声,窗烛灺,吹落苍茫片影。　　翠帷寒更卷,白月横阶,如水空明弄晴镜。高兴满烟波,倚棹中流,记曾与夜阑清景。听远巷车轮碾轻雷,正醉咏陶诗结庐人境。

秋思耗　伤挽二妹并唁荃源妹倩用梦窗韵

想像层阑侧。启緰帷孤照壁灯红色。尘腻镜奁,月明床簟,烟裹帘窄。怕归去瑶池,舞山香罢更掩仰。敛黛眉低寸碧。甚廿载瞻依,永违欢笑,料也几番魂黯,悔成虚忆。　　将夕。珠光自滴。向绮窗点检繁饰。佩环萧瑟。神伤荀倩,未谐发白。看燕子重寻杏梁,如叹双翠翼。感逝客图画识。纵划却芭蕉,春风愁未展得。梦隔凄清砚北。

木兰花慢

凭高空望断,翠痕锁远峰寒。剩衰柳千行,荒烟几点,鸟倦都还。江关。暮云自悄,况愁予短铗向谁弹。诗少不缘瘦剧,名疏却为身闲。　　堪叹。别易会当难。小盏腻颓颜。试问讯今宵,梅开也未,月好谁看。飞翰。最怜意阻,莫夸人小隐市朝间。拟把残书尽卖,换将风笛渔竿。

又

出门流水住,归未得记曾还。听橹响呕哑,前村暗火,急雨空滩。幽闲。并梅侣竹,耿无言几树倚高寒。只此支筇隐几,居然甫里孤山。　　慵看。岁历又将阑。春草思漫漫。待酒赏旗亭,诗翻乐部,胜事都删。双鬟。夜深已睡,任黄河远上白云间。踏碎琼阶月冷,何人晓唱阳关。

又

问何须卜者,随宜住只心安。又雪掩孤扉,烟迷远树,独客危栏。半间。睡余坐起,拥图书雅兴足销寒。画里华阳隐室,诗中渔父家山。　　桑乾。直下听潺潺。冰凝冻云宽。便辟尽蚕丛,论交到此,行路仍难。痴顽。谩嫌老子,想鸥栖总不碍飞鸾。风定严更自急,月明古调谁弹。

又

掩闱愁独立,人不寐语初阑。想拨尽孤檠,遥怜稚小,也忆长安。江干。望中路远,翠朦胧山外更连山。衣线频牵白发,刀环犹误红颜。　　云间。璧月又团圞。如水浸栏杆。看作意枯荷,西风恁早,零露才干。有以扇头荷索题者微叹。寺钟未了,乱惊乌晓送五更寒。恋尽重衾梦杳,扶头红日三竿。

又

销魂当此际,莫轻把柳词看。记流水孤村,晓风残月,一样吟坛。荆关。纵伊妙手,怕无边好景绘俱难。身世青琴掩抑,声名石磬清寒。　　毫端。万窍泻风湍。狂语莫教删。想腐鼠鹓雏,白榆绛树,毕竟同观。鹏抟。自飞九万,尽云垂不比海天宽。解会南华寓意,依然秋水濠间。

疏影　雪夜

沉沉夜色。甚遣寒滞酒,孤醒仍逼。隔牖惊风,密雨无声,依微素影摇隙。如梅落遍深庭院,笑底用高楼吹笛。剪小檠、烛袅疏花,一缕暗烟凝湿。　　多少离人望远,待将信寄与,鸿去难觅。隔巷车回,莫似乘船,也学山阴狂客。城阴戍鼓穿云断,放月澹墙腰都白。想晚来江上渔蓑,好景有谁争得。

过秦楼　春感

澹日摇波,断云含雨,望里好山当面。湔裙节过,修禊人闲,暗与岁华流转。恰笑花事关心,开到荼蘼,不成春怨。怪文梁隔住,深沉帘影,受风斜燕。　　空叹惜去马河桥,离亭风笛,惹得鬓霜轻点。烟光极目,草色薰愁,不信画楼天远。密约侵寻,误他锦字虚题,赤鳞难倩。想前溪艇子,犹锁红霞一片。

疏影　柳影,用玉田梅影韵

楼心澹月。印翠痕几缕,飘荡愁绝。一向东风,三起三眠,软绣苔铺难折。沉沉锁断红阑槛,半画出伤春时节。倩嫩寒、阁住轻阴,沙际暝烟明灭。　　为问横斜水面。未应独占了,清韵高洁。忽逗遥峰,暗压残阳,摇曳乱莺啼彻。柔条似识行云恨,斗旧日宫腰疑活。掩玉尊何处销凝,卷入灞桥晴雪。

南浦　春水,用玉田韵

池面碧摇空,似窥人镜阁奁开清晓。风入冻痕消,微波远黄沁曲尘难扫。鱼天倒映,带罗剪出青蒲小。分得十分销黯意,一半渡头芳草。　　秦淮遥接清淮,写春情几折冰销熨了。雨急晚潮生,桃根怨双桨为谁迎到。封来渺渺。倦红吹落溪流悄。珠箔飘灯鬓影散,方响夜深船少。

真珠帘　和白燕

将泥红蓼何曾惯。乍惊回练影抛翻双剪。雪样比轻盈,受雨娇风软。莫是玉容人共妒,又暗里匣钗偷展。归晚。傍珠箔笼阴,柳绵吹院。　　须信旧日乌衣,为飘零王谢,怕仍相见。一色漾帘旌,荡月华千点。冶梦梨云愁欲醒,镇软语东阑如怨。花瓣。共凤子寻香,素尘遮断。

绮罗香　樱桃

火齐圆擎,珊瑚碎击,乍喜筠笼携到。异品天生,乐府问名知好。较风味梅豆须拈,怕渴热蔗浆还捣。笑尝新此日微吟,转蓬恰胜杜陵老。　　花时长是恨别,回首玉窗几见,花香吹了。樊口争妍,不数柳腰娇小。裹嫩红何处含残,听暗绿数声莺晓。又过他烧笋江南,晚春良会少。李玉溪《樱桃答》:"众果莫相诮,天生名品高。何因古乐府,惟有郑樱桃。"

锦园春三犯　黄莺索白蕉和

嫩阳初曙。放如簧宛转,几梭穿树。困压歌眉,逗芳心难诉。辽西好去。正愁里梦魂无据。燕袅晴丝,蝶捎风蕊,相将春住。　谁怜凤城冶绪。话双柑斗酒,幽韵能赋。不惜声多,坐垂杨千缕。伤春最苦。忍听尽雨昏烟暮。隔水流香,溪阴入画,魂销犹语。

又

画帘捎燕。又东风唤起,栗留娇啭。毕竟谁春,笑桃蹊明暗。相逢酒半。为重省绮筵人远。挂笼樱红,吹箫饧白,客怀都感。　佳期赋归荏苒。误千门漏晓,幽梦频断。占得高枝,诉开元遗怨。声声睍睆。肯容易柳柔花暖。蓦地烟流,深黄一点,秋阴疏苑。

<small>李玉溪诗:"莺花啼又笑,毕竟是谁春。"又:"省对流莺坐绮筵。"李后主《秋莺诗》:"深黄一点入烟流。"</small>

又

试雏无力。似秦箫醉擪,弄娇犹涩。出谷春迟,敛烟芜千尺。临流渡陌。问何处趁香围席。接叶分巢,高花递泪,嘤嘤红湿。　西湖几番路隔。舞柔丝蘸浪,风飐如织。化去纱窗,认绿尘迷迹。歌喉怨抑。叹流落汝阴曾识。碧月青楼,多情一饷,东风帘隙。

<small>李玉溪诗:"莺啼如有泪,为湿最高花。"蒋竹山词:"化作娇莺飞归去,犹认纱窗旧绿。"《西清诗话》:"王晋卿歌姬名啭春莺,后流落汝阴,道中遇之。"</small>

水调歌头　吴敬斋先生斋头赋芍药

著我众香国,封尔玉堂仙。看朱成碧,多少倭堕髻云偏。冷落沉香亭子,缥缈阿环何处,长恨托钗钿。故续此花魄,要勒殿春妍。　映帘额,遮研尾,拂舣船。惊回一笑,又是飞絮扑溪烟。独客江南江北,几日逢花逢酒,乘兴药栏前。二十四桥路,梦醒月依然。

梅子黄时雨　蚕豆

林缀青梅,更添了绣縢,菽乳匀长。记扑遍繁花,蝶衣一桁。偷向深窗芦箔,翠痕印出三眠样。蔬盘敞。燕市酒人,凭醉春醠。　遮网。莺含红涨。和揉蓝百草,煎饼同赏。待小摘南山,柘阴浓放。为唤楼心秦氏女,瓦盆盛作田家饷。烟丝飏。旧溪定锁车响。

台城路　家艾庐叔于玉田课习农事,白蕉以词代束属和

好春农事闻人说,一橡后湖聊卜。素发萦愁,商歌感意,陶写难凭丝竹。风怀杜曲。算抱了长镵,漫吟黄独。响散烟簑,夕阳红射饮流犊。　阴阴乌啼翠树。似江乡几夜,梅雨初足。隐指柴桑,经传未耜,绝胜徜徉盘谷。香滕早熟。想赛罢丛祠,醉扶红烛。团扇家家,画图闲试续。

法曲献仙音　对雨漫兴

清压衾尘,沁粘衣润,响急骚骚檐溜。石盎跳珠,瓦沟悬玉,还看过申连酉。了不似峰高处。云生在窗牖。　起搔首。记溪南唱歌烟稜,秧倒映碧衬水田衣皱。潇洒荷蓑人,剪畦蔬归劝红友。霁色鱼天,弄乌篷学个渔叟。甚玲珑不管,藕里牵丝空逗。

貂裘换酒　送倪蕴丹别驾之任粤东

惯折行人柳。恰青青笼烟浥雨,玉沟桥口。见说题舆声价早,绾了绯桃鲜绶。过不尽津亭烟堠。南入天门春到海,快风吹雪立潮来候。刚挂席,月斜又。　　蛋人龙户蛮

音骤。径弯环桄榔叶底,送歌迎酒。压树圆珊秋荔晚,鱼子家家网逗。尽散入墨花娟秀。坐我相思红豆远,话经锄家学风流旧。能寄与,岭梅否。

尉迟杯　仲夏雨窗简寄小石林

城南路。爱近水小筑椽三五。惜惜翠鸟啼阑,罨画青桐初乳。诗情酒户。围密坐厌厌剪灯语。悔鞭丝又涴轻尘,打窗三过梅雨。　遥识静里年华,香润逼帘衣玉轸闲抚。几叠云根,山容淡浑,不减迂倪态度。何时共湖桥水寺。近月底偷声按旧谱。梦溪风笛弄惊回,绿蘋洲外飞鹭。

摸鱼儿　白蕉约来茶话,两为雨阻,词以遣意,即用白蕉寄慰荻汀韵

拟开怀隐囊谭麈,轩窗消尽炎燠。无端小约还成误,急溜频翻檐曲。愁六六。算共载江乡,便好支帆幅。枕书罢读。似咫尺青山,沉沉雾隔,何处送清目。　冲泥滑,寸步那能驰逐。东西遥住吟屋。晚晴值得人间重,扫径先安棋局。连雨足。怕又是云生,础润时凝瞩。黄昏暗卜。料草梦孤醒,缸花倦剪,灺了近床烛。

又　白蕉以寄人五叠新词见示,缠绵清越两得其胜,读之令我低徊难已,叠韵题后

对禅肩雨昏人悄,微吟聊代温燠。飞鸿不隔相思地,还到芦汀萍曲。三十六。充远使天边,一一书成幅。新词教读。把刻意伤春,销魂赋别,并入远游目。　山僧老,诗笔犹堪追逐。青鞋转忆湖屋。论才八斗君应擅,肯许曹刘分局。生计足。便烟月珠台,日日回清瞩。邻居好卜。指词客西泠,六家重数,相对刻窗烛。

又　已赋前词弥增乡曲之思又叠

又沉沉绿阴遮遍,轻风不扇繁燠。天涯半是离居者,红豆凄闻新曲。横蠢六。算何似拖筇,散步巾围幅。卷书暮读。只惯写江南,断肠诗句,留作贺家目。　同怀远,惟有梦魂知逐。相思常绕云屋。丁丁虱箭三更咽,还怕楸梧枯局。传雁足。话春雨春船,春坞同游瞩。而今那卜。共禅榻凄清,酒人聊倒,含睇拨银烛。

又　三叠前韵寄鸿渐大兄

记桥西片时分手,秋风犹剩余燠。无眠直恁销凝处,千点水萤船曲。蓬六六。对雨黑空江,不是看图幅。缄书自读。问竹簌三楹,鹤田二顷,何日快游目。　闲心忆,喹喹凫鸥飞逐。藏身都在荷屋。池塘屡过寻诗地,草暗苔侵石局。心易足。共啜水晨昏,也胜看云瞩。归欤未卜。又听尽深更,床床响溜,就枕灭明烛。

又　四叠前韵寄希升表弟

黯霜华断鸿迷影,几年相望凉燠。散人不作游仙梦,冷落水云词曲。屏倚六。怅轻负羊家,小字题裙幅。希升善书而不厌余拙腕,时为索书。低吟细读。唤残蝶悠扬,新蝉叫噪,与尔刮愁目。　霜蹄滞,千里未教轻逐。半床书自连屋。枯棋三百重分子,未必全输抛局。挥麈足。尽绿水芙蕖,处处留吟瞩。茝纂更卜。问尊酒何时,论文那地,良夜秉华烛。

又　白蕉枉过不值,因见余案头次韵诸句复承嵩叠柬示率尔赋酬五叠前韵

坐俙然翠帘乌几,爱吟忘了熇燠。苦心未悔高难和,抛尽阳春歌曲。成律六。又巧叠天孙,锦样词填幅。低徊竞读。怅倒屣门虚,封苔尘细,草暗谢池目。　花林路,十里红香难逐。羞他新燕泥屋。孟韩比拟差池甚,游戏浑如玉局。能事足。早七札层层,

贯处惊人瞩。飞腾已卜。添一段闲情，井亭花幔，听唱锦筵烛。

又　六叠前韵寄内

放轻帆露蟾凉照，井桐吹破残燠。鸡声马影愁年长，赪鲤虚传心曲。篇十六。且学个香山，醉咏诗盈幅。指效陶彭泽体诗《醉中》十六首。客嘲谩读。笑执戟名疏，雕虫技小，孤负俊游目。　牛衣伴，梦否燕台曾逐。缁尘深翳秋屋。芦帘纸阁他时事，掩镜休怜曲局。凝望足。有白发慈帏，眠食须瞻瞩。眉黄喜卜。向奇树庭前，锦丝机畔，一卷共篝烛。储儿十五，计年亦可稍知向学矣。

西子妆　石榴花，和白蕉

缃彩笼霞，锦窠绽雨，照眼花明阑尾。好春莫笑后时开，为伤春被鹃啼醉。鲜英点地。省忆到乘槎万里。破微薰，有扇风荷带，还成连理。　垂鬘指。绝小绯衣，也仗灵旛庇。不堪芳恨著人多，贮相思浅深裙泪。丹房子细。怕擘碎俄分秋意。比红儿，欲唤柔魂暗起。

三姝媚　高丽纸，和白蕉

文窗冰雪古。认凡都携来，百番珍贮。岛曲云连，想巧传日本，茧痕裁取。滑写春江，早鸭绿樯帆吹度。晓被禁寒，诗老生涯，藉伊方絮。　重检游仙逸句。傍研子松花，鼠须添注。色夺风流，笑浣花笺样，半怜眉妩。莹坯联筒，输镜面光匀如许。画出相思江上，寻鱼寄否。吴镇："高丽老茧冰雪古。"韩翃："红笺色夺风流座。"试莺以朝鲜厚茧纸作鲤鱼函，画鳞甲，藏书遗，宋迁尝有诗"花笺制叶寄郎边，江上寻鱼为妾传"云云，见伊席夫《琅嬛记》。

惜秋华　题青棠十九秋词后

作意悲秋，自荆台宋玉，登临曾赋。梦管吐花，词人又翻新谱。雕搜思入风云，逗石破天惊疑雨。泠然处，旋安锦瑟，调弦促柱。　年少鬓如许。甚闲心也寄，虫鱼笺注。烛炧暗窗，听遍雁霜蛩露。银钩虿尾分明，肯漫填玉纤眉妩。三五。唤坡仙与凌风舞。

祝英台近　七夕漫兴

坐虚堂，延夜景，凉月照西岭。缥缈云华，惊鹊逗檐影。自怜几度秋期，十年河朔，沉醉里轻风吹醒。　试闲省。事如春梦无痕，前欢意都冷。暗网尘丝，巧拙有何竞。画罗圆扇谁家，湿萤飞过，听露叶一声梧井。

柳梢青　秋月，以下十九秋词补和青棠

有个吟身。思家步月，凉意逡巡。莫放湘帘，碧空翻影，白又如银。　踏枝鸦点飞频。捣倦杵霜清几人。独夜江寒，四更山吐，何限伤神。

凄凉犯　秋风

莼鲈旧约。支帆趁乡心宛宛东洛。乱嘶牧马，潜疏岸柳，迅漂霜萚。凄其似昨。正摇荡余香淡薄。卷秋声中宵又作，盘蜡坠红萼。　远梦吹仍醒，不尽离情，玉关寥廓。飔飔袅袅，和惊回戍楼残角。皱碧留仙，写幽怨齐纨漫托。渺横汾云飞万里，带雁落。太白《子夜吴歌》："秋风吹不尽，总是玉关情。"

绮罗香　秋云

旋没奇峰，轻浮远岫，缕缕无心穿到。意与俱迟，星见欲销多少。疑锦样织就银河，辨绡影剪余龙岛。怪朝来巫峡难寻，感秋宋玉赋情悄。　高楼西北望眼，要约佳人日

暮,碧空吟绕。五朵浓书,怎似曼声歌好。看陇首冉冉孤飞,挂几痕雁绳林杪。想山中深处人家,一犁耕自晓。老杜"云在意俱迟",李玉溪"星见欲销云"。

露华　秋露

如珠胃泽,甚载得秋多,今夜先白。抱叶寒疏,知是重成涓滴。算擎掌上芙蓉,一梦汉宫如昔。还怜取,金茎半杯,不赐词客。　　荒蛮井畔啼碧。记醉拥绨衣,凉沁瑶席。试约宝囊盛到,倦眼频拭。点地欲听无声,冷入桂华凝湿。催鹤警,深宵几回响急。老杜:"露从今夜白。"

贺新凉　秋雨

摇落成秋苑。更琤淙响溜梢檐,酒空零乱。藕叶风欺消残了,瑟瑟斜穿波面。捧不定跳珠千点。石破天惊潜逗急,透疏云几尺庭蕉晚。和唧唧,砌蛩怨。　　关河游历平生倦。梦飘萧声敲船背,枕书清簟。焰影幢幢摇灯细,却话西窗重剪。奈润逼熏篝慵展。白袷寒添人夜坐,爱襄阳入画诗情远。疏又滴,碧梧满。李昌谷:"石破天惊逗秋雨。"

长亭怨慢　秋山

向垂柳楼阴疏处。几叠青螺,曲屏遥露。石径微茫,此时落叶满如许。丹枫又吐,添野兴停车住。与客共提壶,九日记登高曾赋。　　别苦。采黄花忆远,恰见暮禽归去。轻舟已过,怎听尽峡猿啼雨。待夺取翠色千峰,怕还被越窑羞妒。锁一片斜阳,如斗春前眉妩。

齐天乐　秋水

碧琉璃净铺千顷,漪漪漾空如画。蕖佩摇风,莼丝剪浪,恰称野航潇洒。揉蓝湿射。想割得层波,一双游冶。漫指流红,艳情不到冷蓉谢。　　滩声又惊暗雨。抱琴来此宿,秋意能写。高阁重临,长天一色,赋手于今谁者。沧江入夜。印碧月无痕,素涛寒泻。玉骨同清,梦随鸥鸟下。"抱琴来宿写滩声",家剑南句。

满江红　秋帆

安稳行人,放六扇高下倚空。飘飘犯暮鸦来去,江燕西东。双桨不须桃叶渡,后船忽过鲤鱼风。话古堤官锦事凄凉,衰柳中。　　天际远,烟外重。落霞衬,舞丹枫。浸浪花芦月,不是渔翁。入峡倒衔山影碧,抹云低挂夕阳红。忆疏灯自照宿江城,闻夜钟。老杜:"疏灯自照孤帆宿。"

浪淘沙　秋灯

冷露泡芙蓉。袅袅芳丛。剩吹繁烬落盘中。欲检残书烧夜永,吾已心慵。　　破壁影朦胧。碎语秋虫。暗风摇雨入帘栊。一枕梦寒庄蝶醒,蜡泪欹红。

离亭宴　秋燕

翠剪双翻绰约。野渚涵秋漠漠。犹记将泥红蓼岸,舞梦梨花云薄。恰语掌中人,又早露盘零落。　　门巷乌衣如昨。可恨年年漂泊。毕竟不知谁是客,尽掩西风帘幕。掠过白蘋洲,似与鹭鸥商略。

明月棹孤舟　秋鸿

烟外一声清影绝。早织就满林寒叶。梦泽风悲,长门灯暗,何处回峰曾说。　　芳信人人空怨别。写不了暮云重叠。暝宿芦花,惊飘戍管,万里平沙是月。

眼儿媚　秋草

如霰溶溶下前池。众绿更离披。裙斜一道,茵铺十里,误煞春时。　　玉舆不解承长信,只有乱萤飞。王孙故宅,蛾眉青塚,剩说相思。

一萼红　秋蓼

水边头。有蒹枝掩映,簇簇冷花稠。残照含红,轻烟散紫,幽意潜鹭藏鸥。碧滩畔鱼罾挂好,弄清影吹染一分秋。瘦苇霜多,白蘋风老,各自含愁。　　渔火夜湾移处,点吴云淡淡,楚岸悠悠。蟹舍横遮,雁绳低抹,江景图画难收。定携共绿葵露槛,称山中蔬味说风流。较得相思意苦,佩冷沧州。谭用之:"挂罾重对蓼花滩。"许浑:"蓼村渔火夜移湾。"李贺:"江图画水蓁。"

临江仙　秋柳

庾信平生萧瑟,相看无奈江潭。约眉不似旧痕纤。昏黄斜照冷,黯淡数峰尖。　　酒醒舟横何处,露寒蝉咽疏檐。渭城重与唱何戡。西风知别苦,吹尽碧鬖鬖。

洞仙歌　秋蝉

高枝抱露,旋清阴微漏。仿佛秋声梦凉逗。送一番阑暑一剪酸飔,疏欲断,消息而今知否。　　文梁双燕逝,遮莫多情,犹自余音恋庭槛。香雾湿云鬟,唤到黄花,想不比琐窗人瘦。甚还似魂销去年时,只带了斜阳数行衰柳。

扑蝴蝶　秋蝶

纤衣晕粉,惯逆尖风紧。兰荪欲别,余香判未忍。相兼能白芦花,扑到轻阴成阵。青陵旧情难尽。　　梦回认。双飞碧草,记得西园去时恨。无端自丽,金泥休簇损。莫愁明日黄花,约略重阳将近。翻翻嫩晴闲趁。李玉溪:"来别败兰荪。"又:"秋蝶无端丽。"李太白:"八月蝴蝶来,双飞西园草。"苏东坡词:"明日黄花蝶也愁。"

秋宵吟　秋蛩

薜萦阶,竹扫径。絮语潜移不定。声相和是玉杵敲寒,锦梭缫暝。咽烟芜,响露井。坠叶萧萧犹竞。阑干畔悄独立无眠,唤衔蝉醒。　　谩举唐风,甚局促空嗟逝景。月中霜里,恨切王孙,短烛吊孤影。败壁啼秋冷。篝火篱根,前事那省。并芙蓉细雨三更,如泣如诉枕倦听。袁桷《醉猫诗》:"醒来独立阑干畔,四壁无声蟋蟀吟。"王孙《蟋蟀吟》,也见《瑯嬛记》。

桂枝香　秋萤

墙阴草尾。剩湿火荧荧,碧痕吹起。串断蜻蜓巧入,稀疏帘底。侵星历乱池塘雨,怨芙蓉叶凋残翠。露盘纨扇,秦陵汉苑,飘零都似。　　怅一别逢秋五矣。问来岁沧江,诗老归未。可要囊盛,照写双鱼书字。月轮目断飞难到,逗荒芜几多凉意。傍林霜重,点衣风紧,落灯红细。"萤在荒芜月在天,萤飞岂到月轮边",薛涛句。

南歌子　秋叶

漏影摇灯小,疏阴得月多。青虫刻画绕庭柯。可似恹恹人病敛残蛾。　　断字荒沟觅,哀红借酒搓。柳家好句谩吟哦。怎敌秋风袅袅洞庭波。

沁园春　尘,追和琴雅

絮样飞飞,日影低穿,琐窗暗匀。逗宝奁时满,梳抛鬓髻,画梁犹舞,袖掩歌唇。压露花阴,荡晴苔砌,春色三分著二分。鞋尖浣,赌轻盈蹴鞠,懒縠经旬。　　化衣休叹缁痕。怪架面潜生翡翠裙。认扫除蛛网,旧题惨澹,书空鼠篆,晓案纠纷。芳飏层台,红遮九陌,山路愔愔半是云。思君泪,问几因风起,吹上车轮。杨诚斋:"只照游尘絮样飞。"又:"花洲苔砌荡晴尘。"东坡词:"春色三分,二分尘土,一分流水。"刘后村:"蹴鞠鞋尖尘不涴。"胡曾:"架上尘生翡翠裙。"范石湖:"扫尽蛛尘看旧题。"黄山谷:"书案鼠篆尘。"姚秘监:"山路尘埃半是云。"孟东野:"路尘如得风,吹上君车轮。"

又　心,追和琴雅

方寸如许,抛与词人,思多感生。甚花时争发,灰来余几,鸟啼不尽,别处偏惊。栀子微吟,丁香暗结,认取相关无限情。形相称,爱一钩残月,恰带三星。　　怜君照不分明。作白日东西朝暮更。怕棘针刺后,恹恹病捧,素琴挑罢,郁郁愁萦。似石能坚,比莲更苦,密倩蝇头写未成。中央近,恨弹棋玉局,最是难平。李玉溪:"春心莫共花争发,一寸相思一寸灰。"老杜:"恨别鸟惊心。"秦少游《赠妓陶心儿词》:"天外一钩残月带三星。"王筠:"本照君心不照天。"《子夜歌》:"欢行白日心,朝东暮复西。"赵象谢《非烟诗》:"密似蝇头未写心。"

水龙吟　题照

绿云一径横铺,湿尘不挂风来处。芳兰被汜,长松荫日,梧桐滴露。浴鹤何鲜,游鱼自乐,秋容澹妩。对泓澄似镜,水亭三面,飞潜外都天趣。　　仙骨飘飘如许。更珊瑚钓来十树。天池待徙,龙门直上,红香留住。那得容君,青泉白石,枕书眠雨。让侬家第四,桥边撑个,撅头船去。

柳梢青　八月十五夜,不白蕉招饮寓斋,挑灯剧谭,并检阅黑蝶、红藕诸前辈倡和诗词。待月不出,倦而就寝,用黑蝶翁《插柳词》四阕韵写意

挂柳摇丝。纵他缺处,等个圆时。道今宵,青天碧海,直恁相思。　　灯深卸了花枝。漫懊恼长安女儿。侬后兄前,苏豪柳腻,别样填词。

又

莫话家乡。红鲜菱角,绿嫩橙香。且饮尊前,昏钟烟外,细雨垂杨。　　些些好句偷将。都不是残阳晓阳。启户重看,白云千点,雁两三行。

绮罗香　题扇

鬖鬖玲珑,轻裾缥缈,飞下凌波幽倩。仿佛神光,不是洛川遗怨。随晓宴琼液分携,倚残醉蓬山偷转。等碧桃红熟千年,笑看海水几清浅。　　禅心泥絮似否,虚借天风散作,天花疑染。银浦无声,两两袜罗浣。曾信有玉洞春愁,漫忆煞赤城霞暗。胜凄凉钿合传词,荔支香梦短。

台城路　萧后洗妆楼怀古

疏杨冷压宫鸦点,斜阳望中楼角。石镜笼烟,云梳堕月,犹认吹香帘幕。凝妆似昨。露隐隐西峰,淡蛾才约。钿粉飘零,玉钩阑护雁霜薄。　　回心无奈院子。吊琵琶绝响,虫网丝络。练影波明,香词雨泣,环佩魂归寂寞。椒宫梦觉。忏几度僧鱼,几番风铎。六六芙蓉,倦红寒更落。

尾犯　观象

花牙吻破。认蛮奴双引,铁连钱髁。黄门学舞,通人意紫,驼输婀娜。偏忧黠鼠,搅耳畔、宵分卧。踏苍云、迹记微添,雨晴山腹行过。　　探向曲房深坐。买青蚨,百戏可。问玉莲花畔,悖否拚狮,同参果。粉面从窥那。看为汝、钿车尘涴。闹几簇、浴鼓

睎阳,冷波一片圆磨。

雪狮儿　第二句填字平仄照《秋林琴雅》

连蜷异锦,图传贡物,条支曾使。虓虎争雄,不道声消闻气。穴中遗子。怕惯堕捎毬机智。漫惊吼谈天拄杖,老髯诗意。　巨象力能抟未。占孙郎小字英风差拟。炭刻红炉,剩数开元华侈。堆余雪砌。半追话儿时游戏。重帘试。夜火蒙茸灯市。

高阳台　题金绘友《江声草堂图》

浦影通帘,潮声落枕,书堂静掩江村。万蛰生香,苍矶绿遍苔痕。故山归梦迟先入,正卸帆细雨灯昏。傍檐扃,响接松涛,润逼云根。　支颐暗省寻诗处,记莎边屐齿,柳外琴樽。似画分明,白沙翠竹柴门。少陵不用嫌双鬓,着草亭几许乾坤。补香泥,燕子重来,红杏花繁。

高山流水　同年伍鲲扶题赠十九秋词赋答,照梦窗体

樊川倦矣更逢秋。抵伤春几许关愁。遥夜砌鸣蛩,残蝉雨外初收。都判作絮语勾留。三分月,一段销凝旧怨,不到青楼。漫霜华倚袖,按曲话风流。　闲搜。雕虫定何事,空失笑壮志悠悠。野梦指江湖,凤翩也爱寻鸥。冷溪烟柳岸萍洲。墨螺泻,还似珠穿玉缀,古艳纷缪。送西峰罨画,霞翠独回眸。

淡黄柳　红叶

芙蓉醉靥。却妒霜清节。过雁飘云寒猎猎。寻遍诗筇瘦屐。谁点朱铅腻秋骨。　砌琼雪。疏枝弄凹凸。小车路晚来说。误繁花二月成虚别。散影斜阳,额黄无限,遥衬霞峰翠叠。

壶中天　用玉田怀雪友韵简禾中旧友

旧游云散,对山枫红胄,疏枝斜日。小雪添寒吹鬓影,愁说栖栖孤客。莲蕊分心,蛩啼著梦,身世犹萍迹。羊求门径,扫苔空付岑寂。　还问湖畔鸳鸯,贴波两两,可羡头俱白。情味中年狂思减,剩有梅边吹笛。吸月杯宽,检书烛短,别后成虚忆。明年春水,木兰重驻西驿。

湘春夜月　题云间息非居士遗照

黯吴霜,十年冷梦长安。赋隐几曲松风,青琐忆朝班。已觉身闲须早,更息非非息,参个蒲团。料九还只在,心田透得,些子元关。　长镵放下,茯苓知少,休道山寒。得意忘机,从世上水萍不定,蕉鹿无端。秋蝉宿树,问蜕痕宁恋华冠。认画里,正观空小劫方瀛一笑,曾堕人间。

月华清　白蕉主人之官东流写意赠行率赋二阕

赌局分棋,敲铜觅句,岁华曾共留滞。一笑长安,不满玉闺心事。惯无奈侧帽风尘,喜又早鸣琴江涘。红紫。尽潘花都入,平原才思。　晚日潮平扬子。便夜泊秦淮,烟笼寒水。时节刚春,盼到驿梅开未。算眼中同调偏怜,也几个贤兄弱弟。云尾。认相思恐有,雁回斜字。

又

淡月栖鸦,轻霜饯柳,玉珂偏绾离绪。几折江流,数了邮签重数。唤两桨桃叶春波,拖十幅彭湖烟雨。胥宇。是青林那角,迎人津鼓。　莫道折腰朝暮。想厅事闻莺,爱

闲犹赋。菊色风清,为有渊明曾住。面小姑山色空濛,画一点镜心眉妩。延伫。等池南草绿,梦寻君处。

点绛唇　树梢微雪远望颇似梅花,偶作

白点寒梢,只疑开遍南枝早。缭墙深窈。添个啼鸦悄。　　多事西阳,漏影穿林表。轻如扫。暗尘吹帽。怪煞香来少。

百字令　用小长芦自题画像韵缀《莞尔小草》后

茫茫人海,笑先生闭户,几成迁士。屋外花阴初日转,著梦樱桃红已。半笏看山,一丝钓雪,富贵宁须此。解人漫索,世间渔父知耳。　　回首十四桥深,松陵望断,渺吴烟吴水。绮语未能抛浩劫,聊写幽惊燕市。剑气凌虹,眉心抹翠,早觉非吾事。秀师三叹,我闻如是如是。

（以上《莞尔词》）

徵招　三月三日舟泊新洲,雨中遥望滕王阁

春波一片流红洗,轻桯倦依孤渚。时节正重三,采余香愁赋。钿车人更阻,但遥识城南芳路。画蝶惊寒,湿莺销梦,燕庭飘树。　　高阁望依然,登临兴寥寥此情千古。送近水繁华,有江凫来去。津头催暗鼓。奈烟草去帆何许。且闲对,窈窕两峰,闭画帘深雨。

法曲献仙音　同年庄与常兄奉役入京,过梧江,词以送之

虚阁昏櫑,小帘匣研,最忆长安游处。晓树苍梧,夜潮合浦,鱼笺漫传离愫。又此夕,江城畔,轻舟喜相遇。　　话炎土,锁亭阴暖蕉丛竹。应笑我还抱冷芸怨蠹。岸草倚灯痕,对青枫心事如许。二水湘漓,更连峰回雁西去。指鞭梢尘影,听取莺迁春树。

（以上林葆恒《词综补遗》）

注　释:

* 本文系河南省哲学社会科学规划项目"《续修四库全书总目》词籍提要研究"（2017CWX029）阶段性研究成果。

〔1〕 和希林《〈全清词·雍乾卷〉4家漏收53首辑补》,《书目季刊》第50卷第1期,2016年6月,第114—115页。

〔作者简介〕 和希林,1984年生,男,河南卫辉人。文学博士。南阳师范学院文史学院讲师。主要从事清代及民国词学文献的整理与研究。